Stephen Lawhead
Artus

Zu diesem Buch

Der junge Artus zieht vor aller Augen das sagenumwobene Schwert Britanniens aus dem Stein und legitimiert sich damit als zukünftiger Herrscher. Doch die böse Zauberin Morgian will mit allen Mitteln verhindern, daß der weise Merlin Einfluß auf den künftigen König ausübt. Artus schließt Frieden mit den Sachsen, siegt über die Iren und Angeln und gewinnt zunehmend an Macht und Einfluß mit Merlin als Berater an seiner Seite. Nach seiner Krönung zum Hochkönig heiratet Artus die irische Königstochter Gwen und errichtet die Tafelrunde, die zum Mittelpunkt und mystischen Zentrum seines Reiches wird. Nach sieben Jahren Regentschaft hat Artus das »Reich des Sommers« in ein blühendes, friedliches Land verwandelt. Aber Medrant, der hinterhältige Sohn der Zauberin Morgian, trachtet danach, diese Idylle zu zerstören ...

Stephen Lawhead, geboren 1951, ist als Autor von Fantasy- und Science-fiction-Romanen international bekannt. In Deutschland erzielte er seinen Durchbruch mit seinem Pendragon-Zyklus sowie der mehrbändigen »Saga des Drachenkönigs«. Stephen Lawhead lebt bei Oxford, wo er über keltische Geschichte und Legenden forscht. Zuletzt erschienen von ihm auf deutsch die Kreuzfahrer-Romane »Aidan. Die Reise nach Byzanz« und »Aidan in der Hand des Kalifen«.

Stephen Lawhead
Artus

Der legendäre König
Die Pendragon-Saga

Aus dem Englischen von
Frieder Peterssen

Piper München Zürich

Von Stephen Lawhead liegen in der Serie Piper
außerdem vor:
Taliesin (2611)
Merlin (2612)
Artus (2613)
Pendragon (2614)
In der Halle des Drachenkönigs (2721)
Die Kriegsherren des Nin (2722)
Das Schwert und die Flamme (2723)
Aidan. Die Reise nach Byzanz (3266)

Stephen Lawhead im Internet:
www.stephenlawhead.com

Taschenbuchsonderausgabe
November 2000

Titel der englischen Originalausgabe:
»Arthur. Book III of the Pendragon-Cycle«,
Crossway Books/Good New Publishers, USA 1989,
und Lion Publishing, Oxford 1989

Umschlag: Büro Hamburg
Stefanie Oberbeck, Katrin Hoffmann
Umschlagabbildung: Ken Kelly/Agentur Schlück GmbH
Foto Umschlagrückseite: Jerry Bauer
Satz: Uhl + Massopust, Aalen
Druck und Bindung: Clausen & Bosse, Leck
Printed in Germany ISBN 3-492-23284-1

Für Alice, die mir an Engagement und Hingabe in nichts nachstand

Zehn goldene Ringe gibt es und neun goldene
Torques der Kriegsführer von einst;
Acht fürstliche Tugenden und sieben Sünden,
für die man eine Seele verkauft;
Sechs ist die Summe von Himmel und Erde,
aller Dinge, sanft und kühn;
Fünf ist die Zahl der Schiffe, die segelten
von Atlantis, verloren und kalt;
Vier Könige der Westlande wurden gerettet,
drei Königreiche besitzen sie nun;
Zwei kamen zusammen in Liebe und Furcht,
in der Festung von Llyonesse;
Eine Welt gibt es, einen Gott und eine Geburt,
von den Sternen der Druiden geweissagt.

Prolog

Vortipor! Erster an Verderbtheit, Höchster an Niedertracht! Ein Schwein, das seine Schnauze in die Eingeweide seines Gegners gegraben hat, schlingt nicht schneller Frevel als du. Deine Bosheit strömt aus deinem rauchgeschwängerten Saal und überzieht das Land mit einer eklen Flut von Missetaten.

Du heißt dich edel. Du heißt dich König. Du heißt dich erhaben. Erhaben an Sünde vielleicht. Du hast deine Stirn mit Lorbeer umkränzt, doch unverdient – es sei denn, die Menschen verleihen den Lorbeerkranz jetzt für Lasterhaftigkeit, worin du ein Meister unter den Sterblichen bist!

Urien Rheged! Dein Name ist eine Anklage. Schänder! Ehebrecher! Oberverderber! Pfeiler der Liederlichkeit! Der gemeinste Wurm in deiner Senkgrube ist nicht gemeiner als du.

Obersäufer! Oberprasser! Der du entwürdigst, was du berührst. Dir ist die Verkommenheit von Zehnen zu eigen, die Lasterhaftigkeit von einem Hundert, die Sittenlosigkeit von einem Tausend! Dein aufgedunsener Körper schwärt vom Krebs deiner Verderbtheit. Du bist tot und weißt es nicht, doch dein fauler Leichnam stinkt zum Himmel!

Maelgwn! Großer Hund von Gwynedd! Wie tief bist du von der hohen Stellung deines Vaters gefallen. Maelgwn der Lange verdiente sich sein Ansehen durch Rechtschaffenheit und Tugendhaftigkeit; du stiehlst es dir von seinem Andenken. Solltest du alles vergessen haben, was du einst wußtest?

Du hast dir das Königtum durch Mord und Raub verschafft. Darob heißt du dich Oberdrache der Insel der Mächtigen. Du glaubst, dich mit dem Ruhm eines anderen zu ummanteln, doch dieser Ruhm geriet dir zu einem Leichentuch der Verrufenheit.

Pendragon! Möge dich ob deiner Anmaßung ewige Schmach verschlingen.

Doch gab es einst einen König, der dieser Bezeichnung würdig war. Dieser König hieß Artus.

Und die schlimmste Schande dieses bösen Menschenalters

besteht darin, daß sie den Namen dieses großen Königs bloß noch zum Spotte nennt. Artus! Er war die herrlichste Blüte unserer Rasse, der edelste Sohn von Kymry, Herr des Sommerreiches, Pendragon von Britannien. Gottes Gunst trug er gleich einem Purpurgewande.

Lauscht denn, wenn's euch beliebt, der Geschichte von einem wahren König.

Erstes Buch

Pelleas

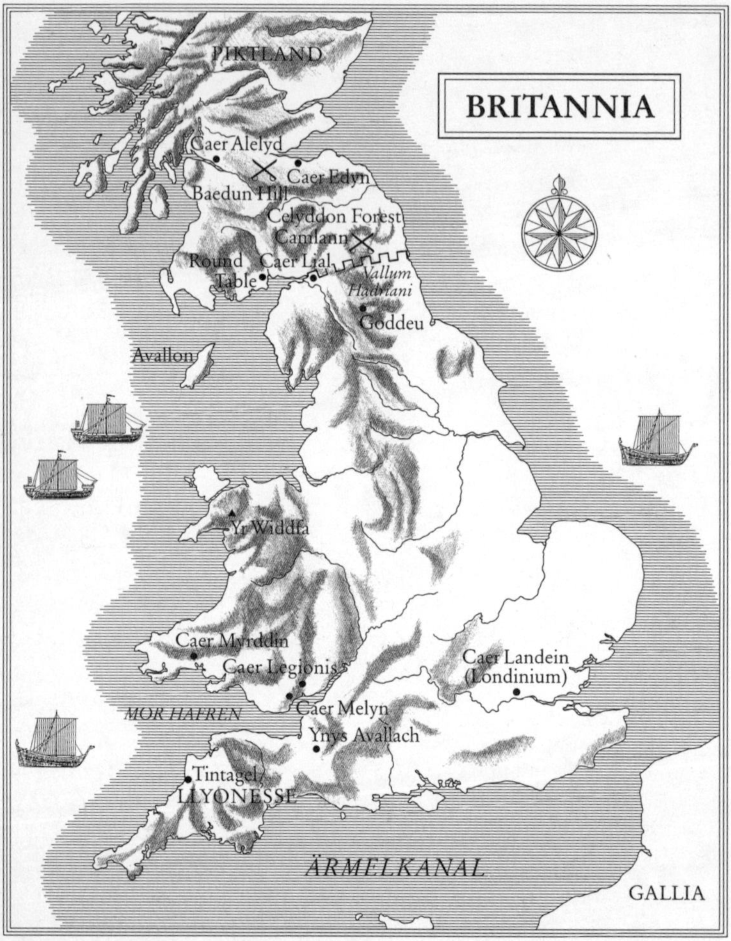
BRITANNIA
PIKTLAND
Caer Alelyd
Caer Edyn
Baedun Hill
Celyddon Forest
Camlann
Round Table
Caer Lial
Vallum Hadriani
Goddeu
Avallon
Yr Widdfa
Caer Myrddin
Caer Legionis
Caer Melyn
MOR HAFREN
Ynys Avallach
Caer Landein (Londinium)
Tintagel/
LLYONESSE
ÄRMELKANAL
GALLIA

I

Artus tauge nicht zum König. Uthers Bastard, Merlins Geschöpf sei er, von niederer Geburt, ein Tor. Eitel sei er, kleinmütig und grausam. Ein Fresser und Säufer, fehle ihm jegliche höfische Feinheit. Kurzum, er sei ein bockbeiniger, einfältiger Hohlkopf.

All dies und mehr behaupten die Menschen über Artus. Sollen sie.

Wenn alles gesagt und das Gezänk verstummt ist, bleibt dies eine bestehen: Wir würden Artus bis zu den Pforten der Hölle selbst und über sie hinaus folgen, wenn er uns darum bäte. Dies allein ist die Wahrheit.

Zeigt mir einen anderen, der solche Ergebenheit einzufordern vermag.

»Kymbrogen« nennt er uns: Herzensgefährten, Landsleute, Gefährten.

Kymbrogen! Wir sind sein starker Arm, sein Schild und Speer, sein Schwert und Helm. Wir sind das Blut in seinen Adern, die harte Sehne seiner Muskeln, der Knochen unter der Haut. Wir sind der Atem in seiner Lunge, das klare Licht in seinen Augen und das Lied, das ihm über die Lippen kommt. Wir sind die Speise und der Trank an seiner Tafel.

Kymbrogen! Wir sind Himmel und Erde für ihn. Und Artus ist uns all das – und noch viel mehr.

Bedenkt dies. Erwägt es lang. Erst dann werdet ihr vielleicht nach und nach die Geschichte begreifen, die ich euch erzählen werde.

Und wie könnte ich nicht? Wer außer dem Emrys selbst weiß soviel wie ich? Obschon kein Barde, bin ich würdig. Denn ich kenne Artus wie nur wenige andere; wir sind einander schließlich recht ähnlich. Beide sind wir Söhne ungewisser Abkunft, beide Prinzen, die von ihren Vätern nicht anerkannt wurden, beide gezwungen, unser Leben fern von Sippe und Verwandten zu führen.

Mein Vater war Belyn, der Herr über Llyonesse; meine Mutter eine Magd in des Königs Haushalt. Früh begriff ich, daß ich aus meines Vaters Hand nichts empfangen würde und mir meinen Weg auf der Welt selbst bahnen müßte.

Ich war kaum mehr als ein Knabe, als Myrddin einwilligte, mich zum Diener zu nehmen, doch keinen Tag bedaure ich. Selbst in jenen langen Jahren seines Wahnsinns, als ich allein das weite Celyddon nach ihm durchstreifte, wünschte ich nur, wieder das zu sein, was ich gewesen war: Diener und Gefährte des Myrddin Emrys, des Oberbarden auf der Insel der Mächtigen.

Ich, Pelleas, Prinz von Llyonesse, werde alles berichten, wie ich es erlebt habe... Und ich habe wahrhaftig viel erlebt.

»Bist du dir sicher, Myrddin?« flüstert Artus besorgt. »Alle schauen zu. Was wird sein, wenn es nicht klappt?«

»Es wird, wie du es nennst, ›klappen‹. Tu einfach, was ich dir gesagt habe.«

Artus nickt grimmig und tritt zu dem mächtigen Felsblock, aus dem das Schwert ragt; seine Klinge steckt fest im Herzen des Steines.

Der Hof ist jetzt größtenteils leer. Diejenigen, die Urbanus' Messe besuchen wollten, sind hineingegangen. Es ist kalt, der Tag schwindet zur Dämmerung. Ein paar Schneeflöckchen wehen vom sich verdüsternden Himmel herab und fallen auf die Pflastersteine unter unseren Füßen. Unser Atem hängt in Wolken über unseren Köpfen.

Es ist Heiliger Abend, und Britanniens Fürsten sind – wie beinahe alljährlich – zur Ratsversammlung nach Londinium gekommen, um herauszufinden, wer von ihnen Hochkönig werden könnte.

Seit das Schwert in den Stein gestoßen wurde, sind fünfzehn Jahre ins Land gegangen. Jetzt ist der einst feine Stahl verrostet, der Stein verwittert und fleckig. Doch der Amethyst in Adlergestalt am Heft des Schwertes glüht noch immer, sein kaiserliches Feuer ist ungebrochen.

Macsen Wledigs Schwert steckt dort. Britanniens Schwert. Einst gehörte es Kaiser Maximus – danach Constantin, Constans, Aurelius und schließlich Uther, der Reihe nach alle Hochkönige von Britannien.

Ja, seit der ersten Ratsversammlung sind fünfzehn Jahre ins

Land gegangen. Fünfzehn Jahre voll Dunkelheit, Zwist, Ernüchterung und Zusammenbruch. Fünfzehn Jahre, in denen die Sachsen wiedererstarkt sind. Fünfzehn Jahre, in denen ein Knabe zum Mann heranwuchs.

Als junger Mann steht er nun grimmigen Gesichts vor dem tief in den Stein getriebenen Schwert… zaudernd, unsicher.

»Nimm es, Artus«, fordert Merlin ihn auf. »Es steht dir zu.«

Langsam greift Artus nach dem Bronzeheft. Seine Hand zittert. Vor Kälte? Oder Furcht? Vielleicht ein wenig vor beidem.

Er packt das Heft und schaut zu Merlin, der stumm nickt. Er senkt den Blick und holt tief Luft, schöpft Mut, stählt sich für alles, was auch geschehen mag.

Artus' Finger schließen sich um das silbergeschmückte Heft: Wie natürlich es in seine Hand paßt! Er zieht.

Britanniens Schwert gleitet aus der Steinscheide. Die Leichtigkeit, mit der dies geschieht, leuchtet aus dem Staunen in Artus' Augen. Er kann wahrhaftig nicht glauben, was er vollbracht hat. Noch vermag er nicht zu fassen, was es bedeutet.

»Gut gemacht, Artus.« Merlin tritt neben ihn vor den Stein, und Artus bietet ihm ohne nachzudenken das Schwert dar. »Nein, mein Sohn«, spricht Merlin sanft, »es gehört fürwahr dir.«

»Was soll ich tun?« Artus' Stimme flackert, droht überzuschnappen. »Myrddin, du mußt mir sagen, was ich tun soll! Sonst bin ich verloren.«

Merlin legt Artus besänftigend die Hand auf die Schulter. »Warum fürchtest du dich, mein Sohn? Ich war immer bei dir. Wenn es Gottes Wille ist, wird es immer so sein.« Sie drehen sich gemeinsam um und gehen in die Kirche.

Ja, wir sind immer bei ihm gewesen, fürwahr. Ich kann mich an keinen Tag erinnern, wo wir es nicht waren. Und doch … und doch fällt es schwer zu glauben, daß der junge Mann, der auf der Schwelle zur Kirche steht, nicht schon erwachsen aus einer Höhle in einem Hügel oder einem verzauberten Teich im Wald von Celyddon getreten sein soll.

Daß es Artus nicht schon immer gegeben haben soll, kommt mir merkwürdig vor. Wie der Wind über den Mooren und den wilden Wintergestirnen, hat er bestimmt schon immer gelebt … und wird er immer leben.

Artus mit seinen scharfen blauen Augen und seinem Haar wie glänzendes Gold, seinem bereitwilligen Lächeln und arglosen Betragen. Mit breiten, schweren Schultern und langen Gliedern überragt er die übrigen Menschen und spürt, obzwar er die Macht seiner Statur noch nicht kennt, daß kleinere Menschen sich in seiner Nähe unbehaglich fühlen können. Er ist in jeder Hinsicht stattlich; ein schöner Anblick.

Noch haftet ihm die den nördlichen Hügellanden eigene Forschheit an. Er gleicht einem unbändigen Füllen, das in die Gesellschaft der Menschen gebracht wurde: neugierig, wachsam, begierig, die Quelle der sonderbaren Freuden zu entdekken, die seine Sinne erregen. Er ist noch grün und unerprobt, aber voll der Verheißung künftiger Größe.

Wenn er einen Saal betritt, wandern die Blicke ganz natürlich zu ihm. Wer mit ihm jagt, reißt sich darum, an seiner Rechten reiten zu dürfen. Schon zieht er Gefolgsleute an; das ist sein Geburtsrecht.

»Geh weiter, Artus«, drängt Merlin, als dieser auf der Schwelle zaudert. »Es ist Zeit.«

Ich besitze keine Sehergabe. Ich kann die Zukunft nicht schauen. Aber bei den Worten meines Herrn sehe ich alles wieder, was zuvor geschehen ist ... sehe Artus wieder, wie ich ihn zum ersten Mal sah.

Ein fast nacktes Kind, in nichts gehüllt als ein kurzes, schmutziges Hemdchen, die gelben Locken verfilzt von Laub und Stroh, stolperte er auf Beinchen wie winzigen Stümpfen, die blauen Augen fröhlich vor kindlichen Streichen. In beiden runden Fäustchen hielt er je ein Kätzchen.

Ein kleines Kind noch, packte er die beiden grauen Katzen fest am Genick und ließ sie über dem Boden baumeln. Wütend fauchend, speiend, sich windend kratzten sie ihn an den Armen – und Artus lachte. Erstaunt betrachteten wir die Szene. Der Kleine ertrug ihre Klauen und lachte aus vollem Seelchen.

Es heißt, daß aus der Form des Kindes der Mann gegossen werde. Nun, mein Herr und ich saßen rittlings auf unseren Rössern und sahen folgendes: den wilden, kleinen Artus, strahlend vor Lebendigkeit und Lachen, der Schmerzen nicht achtend, bereits begabt mit eindrucksvoller Körperkraft – und noch eindrucksvollerer Willensstärke.

Merlin lächelte und hob deklamierend seine Hand: »Seht dort, den Bär von Britannien!«

Dann schüttelte er den Kopf und seufzte: »Ein launisches Füllen. Und doch muß er abgerichtet werden wie jedes Tierjunge. Da liegt Arbeit vor uns, Pelleas.«

Und was für eine Arbeit das war!

II

In der Kirche flackerte das Licht Hunderter von Kerzen. Auf dem bloßen Steinboden knieten gesenkten Hauptes Könige und Fürsten vor dem riesigen Altar, während Bischof Urbanus mit lauter, dröhnender Stimme aus der Heiligen Schrift vorlas. Kniend wirkten diese hochfahrenden Fürsten wie ein Inbild von Demut und Verehrung. Fürwahr, daß sie knieten, war kein Geringes.

Still traten wir ein: Artus hielt das Schwert in der Hand, als wäre es lebendig und könnte sich winden und ihn beißen; als wäre es eine Opfergabe und er der Büßer, der sie pflichtschuldig zum Altar bringt.

Mit Augen, die im unruhigen Licht glänzten, leckte er sich über die trockenen Lippen und trat in die Mitte, drehte sich um, warf Merlin über die Schulter einen letzten Blick zu und ging dann das lange Säulenschiff hinunter auf den Altar zu.

Als Artus voranschritt, blickte Urbanus auf, sah den jungen Mann stetig auf sich zukommen und runzelte mißmutig die Stirn. Dann erkannte er das Schwert und erstarrte.

Als der Bischof beim Lesen innehielt, hoben sich die gesenkten Häupter. Die Fürsten gewahrten das Gesicht des Geistlichen und wandten sich dann alle gleichzeitig um, weil sie sehen wollten, was ihm die Sprache verschlagen hatte.

Artus stand einfach in ihrer Mitte, mit dem Schwert in der Hand.

Ihre Gesichter! Als ihnen die Augen aus dem Kopf quollen, konnte ich ihre Gedanken fast lesen: Was? Das Schwert! Wer ist dieser Emporkömmling? Wo kommt er her? Schaut ihn nur an! Ein Wilder aus den Nordlanden! Wer ist er?

Und seht nun: das Staunen weicht dem Zorn. Ergrimmt flammt es in ihren Augen.

Sie springen auf, die Messe ist vergessen. Keiner sagt einen Ton. Zu hören ist bloß das trockene Rascheln von Lederschuhen auf dem Stein.

Das ist die Ruhe vor dem dräuenden Sturm.

Mit einemmal bricht die Gewalt sich Bahn: Donner nach dem scharfen Blitz.

Stimmen: fragend, fordernd, wütend. Hände: fuchtelnd, zu Fäusten geballt, nach Messern greifend. Körper: vorwärts drängend, näher rückend, drohend.

Wunder aller Wunder: Artus zuckt nicht zurück! Grimmig hält er die Stellung, als Britanniens Fürsten ihn umzingeln. An Kopf und Schultern überragt er die übrigen. Er ist eher verwirrt denn besorgt oder verängstigt.

Sie rufen: »Thronräuber!« Sie fordern seinen Namen und sein Geblüt. Betrug! schreien sie. Hinterhalt! Täuschung! Sie kreischen wie gebrühte Schweine. Das heilige Gotteshaus ist zu einem Strudel aus Bosheit und Furcht geworden. In dessen Mittelpunkt steht stumm Artus, ungerührt und ohne sich zu rühren. Er ist ein in Stein gehauenes Bildnis, und die Edlen sind zuckende Tänzer.

Der Haß! Der Haß ist wie die Gluthitze eines Ofens. Wie ein geschleuderter Speer, der Schlag einer geballten Faust. Wie das Gift einer speienden Viper.

Ich will mich zu Artus durchkämpfen. Ich weiß nicht, wie ich ihm helfen soll, aber ich muß mich neben ihn stellen. Die Menge um ihn herum ist eine feste Mauer. Ich kann nicht zu ihm.

Artus steht allein in dem Ingrimm, den sein Auftreten ausgelöst hat.

Schwerter fliegen hoch, Messer funkeln. Ich bin mir sicher, daß sie den Knaben umbringen werden. Sie wollen seinen Kopf auf einer Lanze sehen, ehe sie das Knie vor ihm beugen. Es war ein entsetzlicher Fehler, ihn hierherzubringen.

Mit hochgereckten Armen, winkenden Händen schiebt Urbanus sich heran. Sein Gesicht ist leichenblaß, er ruft zur Ordnung, zum Frieden. Keiner hört ihn. Sie wollen ihn nicht hören. Eine Hand schnellt vor, und aus der Nase des Bischofs schießt Blut. Mit einem gedämpften Schrei fällt Urbanus nach hinten.

Die Menge schließt sich. »Tötet ihn! Tötet den Thronräuber!« Es ist ein Todesgesang.

Artus' Augen werden grau und hart. Seine Brauen verfinstern sich. Er umfaßt den Schwertknauf fester. Es ist keine Opfergabe mehr, sondern wieder eine Waffe, die er gebrauchen wird.

Tötet ihn!... Tötet ihn!... Tötet ihn!

Welch gräßlicher Lärm. Der Mob drängt näher.

Mein Schwert ist bereit. Wo steckt Merlin?

Gottvater! Das Ganze ist ein entsetzlicher Fehler. Wir sind tote Männer.

Und dann, als ich gerade mein Schwert erheben will, um mir einen Weg zu Artus zu hauen, ertönt ein Brausen wie Sturmwind – das Rauschen eines mächtigen Seesturms. Die Männer weichen zurück, plötzlich angsterfüllt. Sie schützen den Kopf mit den Armen und spähen in die Dunkelheit über ihnen. Was ist das? Stürzt das Dach herunter? Der Himmel?

Das sonderbare Brausen verklingt, und sie blicken einander voll Furcht und Staunen an. Merlin ist da. Ruhig steht der Emrys neben Artus. Seine Hände hält er leer emporgehoben, sein Gesicht blickt streng in die unnatürliche Stille, die er geschaffen hat…

Damit war die Sache nicht beendet. Sie hatte fürwahr noch nicht angefangen.

»Genug!« verkündete Merlin wie ein Vater, der mit unfolgsamen Kindern spricht. »In dieser heiligen Nacht wird kein Leben genommen.«

Die Edlen raunten furchtsam, beäugten Merlin voll Verachtung und Mißtrauen. Durch ihn fühlten sie sich klein und ängstlich, und das verziehen sie ihm nicht.

»Dein Werk ist das!« rief jemand. Morcant, der König der Belgen, schob sich durch die Menge. »Ich kenne dich. Das ist einer deiner Tricks, du Hexer.«

Merlin wandte sich zu dem König um. Mit den Jahren war Morcants Seele keineswegs sanfter geworden. Der Hunger nach dem Hochkönigtum brannte so heftig in seinen Eingeweiden wie je. Morcant war zusammen mit seinen Freunden Dunaut und Coledac derjenige gewesen, der Aurelius und Uther solchen Ärger bereitet hatte. Dunaut lag sicher in seinem Grab, über sein Reich herrschte Idris, ein junger Verwandter. Coledac regierte nun über die reichen Lande der Ikener, die Aurelius für ihn von den Sachsen eingefordert hatte. Folglich war Coledac geneigt, Artus in einem freundlichen Licht zu betrachten.

Aber Morcant, der jetzt mächtiger denn je zuvor war, strebte noch immer messerscharf nach dem Hochkönigtum. Er hatte nicht vor, es kampflos zu übergeben. Und sein Sohn Cerdic hatte das Verlangen von seinem Vater erworben. Aus demselben Holz geschnitzt, sah der Knabe, der nicht älter als Artus war, sich bereits den Thron zieren.

»Ich erkenne dich wieder, Morcant«, erwiderte Merlin, »und zwar als das, was du bist.«

»Betrüger!« höhnte Morcant. »Es bedarf mehr als deiner Zaubertricks, um aus dem Welpen dieser Hure einen König zu machen.«

Merlin lächelte, aber seine Augen wurden kalt. »Ich werde ihn nicht zum König machen, Morcant. Das werden die hier versammelten Fürsten tun – und zwar aus freien Stücken.«

»Niemals!« Morcant lachte bitter. »Bei meinem Leben, das wird nie geschehen.« Er wandte sich zu den Versammelten und suchte nach Zustimmung für seine Worte. Manche gewährten sie ihm augenblicklich, andere waren sich weniger sicher, aber insgesamt Morcants Meinung.

Von dieser Unterstützung erkühnt, ging Morcant zum Angriff über. »Wir kennen diesen Knaben nicht; er ist kein König. Seht ihn nur an! Es bestehen Zweifel, ob er überhaupt von edlem Geblüt ist.« Mit einer verächtlichen Handbewegung zeigte er auf das Schwert. »Erwartest du wirklich, daß wir das für das echte Schwert Britanniens halten?«

»Das«, erwiderte Merlin ruhig, »läßt sich leicht beweisen. Wir brauchen nur auf den Hof zu treten, um den leeren Stein zu sehen, aus dem das Schwert gezogen wurde.«

Morcant war keineswegs geneigt, Merlin recht zu geben. Aber da er damit angefangen hatte, konnte er jetzt schlecht zurück. »Na schön«, sagte er, »sehen wir nach, ob es das echte Schwert ist.«

Schiebend und johlend kämpfte sich die Menge – Adlige und alle anderen – unter Rufen aus der Kirche und in den dunklen Hof, wo sogar im launischen Licht der flackernden Fackeln jedermann deutlich sehen konnte, daß der große Stein tatsächlich leer war.

Das überzeugte ein paar, aber Morcant gehörte nicht zu ihnen. »Ich will selbst sehen, daß er es nimmt«, erklärte er im festen Glauben, daß es für Artus einfach ein Ding der Unmöglichkeit war, das Schwert herauszuziehen, daß er auf keinen Fall in der Lage sein würde, das Wunder zu wiederholen. »Er soll es zurückstecken«, forderte Morcant, »und es wieder herausziehen, wenn er es vermag.«

»Er soll es zurückstecken!« rief einer aus der Menge, und auch andere schrien: »Zurückstecken! Er soll das Schwert zurückstecken!«

Auf Merlins Nicken trat Artus vor den Stein und steckte das Schwert zurück, ließ es einen Moment stehen und zog es dann genauso leicht wie zuvor wieder heraus.

»Ha!« krähte Morcant. »Das ist keine echte Probe. Sobald der Bann gebrochen ist, kann jeder das Schwert herausziehen!«

»Na schön«, sagte Merlin trocken. Er wandte sich an Artus. »Stecke die Klinge zurück.« Das tat Artus und trat beiseite.

Bösartig grinsend griff Morcant das Schwert mit beiden Händen und zog. Der große König ächzte und mühte sich. Sein Gesicht lief dunkel an und seine Muskeln verkrampften sich vor Anstrengung. Doch das Schwert stak so fest wie eh und je. Es ließ sich nicht bewegen. Geschlagen trat er beiseite.

»Was ist das für ein Zauber?« fauchte Morcant, sich die Hände reibend.

»Wenn es ein Zauber ist«, versetzte Merlin, »dann ist es der Zauber Gottes und nicht meiner.«

»Lügner!« kreischte Morcant.

Andere scharten sich um den Stein und versuchten die Klinge zu ziehen. Aber wie stets zuvor blieb Britanniens Schwert fest in dem Felsblock. Keiner unter den Größten der Insel der Mächtigen vermochte es herauszuziehen, ausgenommen allein Artus.

Als alle es vergebens versucht hatten, tobte König Morcant: »Das beweist gar nichts! Ich lasse mich nicht von der Dunkelheit täuschen. Er soll das Schwert bei hellem Tageslicht herausziehen, sage ich! Dann wissen wir, daß alles seine Ordnung hat.«

Dergleichen glaubte Morcant natürlich nicht. Er wollte die Probe nur ein wenig länger aufschieben, in der unbestimmten Hoffnung, doch noch einen Weg zu finden, wie er das Schwert gewinnen könnte.

Merlin war geneigt, Morcant nicht nachzugeben, aber Urbanus trat vor, das heilige Kreuz hoch emporgereckt, und forderte alle im Namen Christi eindringlich auf, die Probe auf den folgenden Tag zu verschieben.

»Morgen ist die Christmette«, sagte der Bischof. »Kommt in die Kirche und betet zu dem heiligen König aller Menschen, daß er uns in seiner großen Gnade ein Wunder weise, durch das wir ohne jeden Zweifel wissen, wer Hochkönig werden soll.«

Einigen klang das wie die Weisheit selbst. Ich konnte sehen, was Merlin von dem Vorhaben hielt. Ich konnte seine höhnische Erwiderung beinahe hören: *So wahr ich vor Gott stehe, wir haben unser Wunder bereits erlebt! Wie viele Wunder braucht ihr noch, ehe ihr glaubt?*

Aber zu meiner Überraschung gab Merlin ganz ruhig klein bei: »So sei es«, erwiderte er. »Versammeln wir uns morgen wieder hier und sehen wir, was Gott bewirkt.«

Damit drehte er sich um und ging. Artus und ich folgten ihm und ließen die vom Fackellicht erhellte Menge uns nachstarrend zurück.

»Warum nur, Myrddin?« fragte Artus, sobald wir den Kirchhof hinter uns gelassen hatten. Die schmale Gasse war dunkel und naß vom geschmolzenen Schnee. »Ich könnte es wieder – da bin ich mir sicher. Bitte, Myrddin, laß mich.«

Merlin blieb auf der Straße stehen und sprach zu Artus: »Ich weiß ganz genau, daß du es könntest. Fürwahr, du könntest das Schwert fünfzigmal ziehen oder fünfhundertmal – und doch würde es ihnen nicht genügen. Aber so geben wir ihnen etwas zum Nachdenken. Lassen wir sie die ganze Nacht grübeln, und vielleicht sehen sie die Sache dann morgen anders.«

»Aber morgen könnte Fürst Morcant...«, setzte Artus an.

»Morcant hatte fünfzehn Jahre, um eine Möglichkeit zu finden, an das Schwert zu kommen«, erklärte Myrddin. »Noch eine Nacht ändert nichts daran.«

Wir gingen weiter. Unsere Unterkunft lag nicht weit von der Kirche, so daß wir bald da waren. Artus schwieg, bis wir die Tür erreichten. »Myrddin, warum hast du mich hierhergebracht?«

»Das habe ich dir gesagt, mein Junge. Es ist Zeit, daß wir sehen, was aus dir wird.«

»Das ist keine Antwort. Du wußtest, was geschehen würde. Du wußtest, daß es heute abend Ärger geben würde.«

»Komm herein, Artus. Es ist kalt.«

»Nein«, weigerte Artus sich schlichtweg. »Erst, wenn du es mir sagst.«

Merlin seufzte. »Na schön. Ich sage es dir. Jetzt laß uns hineingehen. Gradlon hat ein Feuer. Wir trinken von seinem Wein, und ich sage dir alles, was sich sagen läßt.«

Wir traten in das Haus, wo der Weinhändler Gradlon, wie Merlin sagte, ein Feuer geschürt hatte. Im eleganten Stil des alten Londinium standen Stühle am Feuer; daneben ein langbeiniger Tisch voller Silberbecher und mit einem schönen Glaskrug rubinroten Weines.

Gradlon selbst war nirgends zu sehen, noch hatte es den Anschein, als wäre einer seiner Diener in der Nähe.

»Ich sehe nach, ob jemand da ist«, sagte ich und zog los. Die Räume im Erdgeschoß waren leer. Oben gab es zwei Zimmer – eines davon war Gradlons Privatgemach. Das andere nutzte er als kleinen Lagerraum und für seine Buchhaltung. Gradlon befand sich in keinem davon. Das Haus war leer.

Ich ging wieder in das Herdzimmer. Merlin und Artus saßen am Feuer. Auf dem Herdstein standen drei Becher zum Warmwerden.

»Es ist niemand im Haus, Herr«, meldete ich.

Merlin nickte. »Und doch bereitete er alles zu unserem Willkommen vor. Vermutlich wurde er weggerufen und ist bald wieder zurück.«

Artus lümmelte auf seinem Stuhl, die großen Hände über der Brust verschränkt. »Ich dachte, sie wollten mir an den Kragen«, murmelte er. »Das wären sie auch, hättest du sie nicht aufgehalten. Aber warum, Myrddin? Warum waren sie so zornig? Und wo ist Meurig? Und Ectorius und Kei – wo sind die? Und Custennin und Bedwyr? Sie sollten hier sein, um mich zu stützen.«

»Das sollten sie«, gab Merlin ihm recht. »Aber sie wurden aufgehalten. Vielleicht kommen sie morgen. Vielleicht gar nicht.«

»Was? Ist dir gleich, was geschieht?« Artus' Stimme wurde schrill.

Geduldig antwortete Merlin: »Zweifelst du an mir? Ich sage nur, wie es ist: Entweder sie kommen morgen oder nicht. Aber ob sie kommen oder nicht, ich kann kaum etwas daran ändern.«

Artus starrte düster, sagte aber nichts. Ich trat an den Herdstein und goß Wein in die erwärmten Becher, reichte erst Merlin einen, dann Artus.

»Hadere nicht, Artus«, sagte ich zu ihm. »Alles ist, wie es sein soll – wie es bestimmt ward. Meurig und Custennin wissen über den Weihnachtsrat genau Bescheid. Sie wissen Bescheid und werden kommen.«

Das nahm er hin wie auch den Wein und schluckte einen Mundvoll. »Du hast versprochen, daß du mir alles sagst. Du hast eingewilligt. Also. Ich bin bereit, dir jetzt zuzuhören.«

Merlin musterte ihn einen Augenblick sorgfältig. »Bist du das? Bist du wirklich bereit, alles anzuhören? Das frage ich mich.«

Das Knistern der Flammen im Herd erfüllte den Raum. Ich spürte, wie mein Herr die Worte sorgsam in Herz und Verstand erwog und sie prüfte, wie ein Mann einen Leinensack für Korn prüft, ehe er ihm den Reichtum seiner Ernte anvertraut.

»Artus«, sagte Merlin schließlich, »wenn ich dir jemals etwas verschwiegen habe, vergib mir. Anscheinend ist die Zeit für Verborgenes vorüber. Das Wissen muß dich nun dorthin führen, wohin ich dich nicht führen kann. Aber ich bitte dich, dessen zu gedenken, daß ich, was ich tat, stets nur zu einem einzigen Zweck tat: dir aufs beste zu dienen.«

Darauf ging der junge Mann bereitwillig ein. »Weil du wußtest, daß ich einst König werden würde?«

»Ganz recht. Weil ich wußte, daß du einst König werden würdest.«

»Durch das Schwert? Aber ich habe geglaubt ...«

»Und ich ließ dich in dem Glauben, Artus. Sei sicher, es geschah nicht aus Mangel an Vertrauen zu dir, sondern aus Mißtrauen gegenüber den anderen.« Merlin hielt inne, überlegte, nippte an seinem Becher und sagte: »Das heute abend war eine Probe, ja – aber keine Probe, wie du glaubst. Du hast dich nicht nur als würdig erwiesen, König zu werden –«

»Nein?«

»Du hast dich bereits als bestehender König erwiesen, Artus. Als Hochkönig.«

Artus legte die Stirn in Falten, während seine Gedanken vorauseilten. Ich konnte sehen, wie er daran arbeitete, sich abmühte, alles zu erfassen. Dennoch zweifelte er nicht daran, daß es stimmte; sein eigenes Herz sagte ihm, daß es so war.

Verblüfft saß der Junge da, aber nur einen Augenblick lang. Dann sprang er auf. »Darum waren sie so zornig! Myrddin! Sie haßten mich, weil ich etwas geschafft habe, woran sie gescheitert waren. Der Siegespreis war viel größer, als ich wußte.«

Der junge Mann lächelte, als wäre das die Lösung seiner Leiden. Fürwahr, er hatte den Unterkönigen ihren Verrat bereits vergeben. Er war wieder glücklich.

Als er vor dem Feuer auf und ab ging, strahlte sein Gesicht hell vor Freude. »Hochkönig – ach, Myrddin, es stimmt. Das weiß ich. Ich bin Hochkönig.«

Diese Freude war jedoch von kurzer Dauer. Denn noch während der Gedanke in seinem Kopf Gestalt annahm, erkannte Artus die Weiterungen seines neuentdeckten Adels. »Aber das heißt ...«

Seine Miene brach ein; seine Schultern sackten zusammen. Nach der Höhe seiner Seligkeit wirkte er nun niedergeschlagen und verloren.

»Ach, setz dich, Artus.«

»Wer bin ich, Myrddin? Sag es mir! Wer bin ich, daß ich Hochkönig werden soll? Denn die Vernunft sagt mir, daß ich nicht mit Ectorius verwandt bin – noch mit Meurig oder Custennin.«

Sanft schüttelte Merlin den Kopf. »Nein, Custennins Linie entstammst du nicht, auch nicht der von Meurig oder Ectorius. « Er stand auf, stellte sich vor Artus und legte dem Knaben beide Hände auf die Schultern. »Es ist lange her, Artus. Die Insel der Mächtigen ist viel zu lange ohne Hochkönig gewesen.«

»Wer bin ich, Myrddin?« flüsterte Artus. »Sag es mir! Bin ich der Sohn des Pendragon?«

»Nein, nicht der Uthers. Dein Vater war Aurelius«, erwiderte Merlin schlicht.

»Aurelius?«

»Ja, und deine Mutter war Ygerna.«

»Uthers Frau?« Er bekam große Augen.

»So war es nicht«, erklärte Merlin sanft. »Ygerna war Aurelius' Königin, ehe sie Uther heiratete. Du bist Aurelius' wahrer Sohn, Artus. Du hast keinen Grund, dich zu schämen.«

Soviel konnte der Knabe auf einmal nicht begreifen. »Wenn ich mich nicht zu schämen brauche, warum wurde es dann geheimgehalten? Und behaupte ja nicht, um mir damit besser zu dienen!«

»Um dich zu schützen, Artus.«

»Vor Morcant?«

»Vor Morcant, jawohl, und seinesgleichen. Du hast gesehen, was heute abend geschah. Ich wollte es dir sagen, als deine Mutter starb, aber du warst noch zu klein. Es ist jetzt schon schwierig genug; damals hättest du es noch weniger begriffen.«

Artus wehrte sich. »So bin ich nicht, Myrddin. Ich sage es dir ohne Umschweife: So bin ich nicht. Wenn Ygerna meine Mutter war, warum –« Er erriet es, noch ehe er seine Frage beenden konnte. »Uther.«

Merlin seufzte. »Ich bat dich, stets zu bedenken, daß ich alles nur tat, um dir zu dienen, Artus. Es gab keinen anderen Ausweg… Nein, vielleicht gab es doch einen anderen; ich will nicht das Gegenteil behaupten. Aber wenn es ihn gab, dann sah ich ihn nicht. Ich habe in dem Licht gehandelt, das mir gegeben war, Artus. Kein Mensch vermag mehr.« Er streckte dem Knaben eine Hand hin. »Ich verlange nicht, daß du das gutheißt, mein Junge – nur, daß du es verstehst.«

Der junge Artus nickte, sagte aber nichts.

Merlin nahm Artus' Becher und reichte ihn dem Knaben. Der nahm ihn, hielt ihn in seinen Händen und starrte in seine Tiefen. »Trink deinen Wein«, sagte mein Herr zu ihm. »Dann geh schlafen. Schluß mit den Worten. Wir haben für heute abend genug geredet.«

Artus leerte seinen Becher in einem Zug und machte sich dann zu seiner Schlafstatt auf. Ich wollte ihm zur Hand gehen, aber er bat mich zu bleiben. Er wünschte, allein zu sein.

Als er fort war, sagte ich: »Er hat recht, wütend zu sein.«

Der Meinung war auch Merlin. »Wir haben diesen Augenblick in Gedanken jahrelang durchlebt – hoffend, betend, daß er eintreffen möge. Doch Artus wußte von alldem bisher nichts. Wir sollten uns nicht wundern, daß er überrascht ist. Aber lassen wir ihm Zeit, und er wird sich der Aufgabe stellen. Das wirst du sehen, Pelleas.«

Ich füllte unsere Becher wieder. Merlin trank seinen aus und wollte nicht mehr. »Nein, das genügt. Geh zu Bett, Pelleas. Ich möchte noch ein wenig länger hier sitzen«, sagte er und drehte seinen Stuhl zu dem niedergebrannten Feuer. »Vielleicht kehrt Gradlon zurück. Ich möchte ihn gern sprechen.«

Als ich ging, starrte er in die rotgoldene Glut, suchte auf den vielfältigen Pfaden der Anderswelt nach Weisheit und Mut.

Denn in den kommenden Tagen sollten wir beides dringend brauchen.

III

Rauh und kalt graute der Morgen. Von einem Himmel aus gehämmertem Blei wehte träge Schnee herab. Wir wachten auf und frühstückten bei Binsenfackeln in Gradlons Haus. Unser Gastgeber wirbelte um uns herum, gab seiner Dienerschaft Befehle, machte um jede Kleinigkeit ein Aufhebens, voller Erregung über ein großes Ereignis.

»Eßt!« drängte er uns und ließ Grütze in unsere Schüsseln und dampfenden Glühwein in unsere Becher füllen. »Ihr habt einen langen Tag vor euch. Ihr werdet eure Kräfte brauchen – und euren Verstand. Keiner kann denken, wenn er Hunger hat. Eßt!«

In seinem langen Leben hatte er, der gewiefte Geschäftsmann, oftmals Gelegenheit gehabt, bei entscheidenden Augenblicken in der Nähe zu sein. Um die Wahrheit zu sagen, hatte Gradlons Hand unsichtbar hinter vielen Machthändeln und -spielen gewirkt.

Statthalter, Könige, Fürsten kamen und gingen, aber stets zu Gradlons Nutzen. Obgleich er zu nichts und niemandem hielt, außer zu sich selbst und seinem Beutel, machte ihn seine Fähigkeit, bei jedweder Auseinandersetzung die obsiegende Partei zu erahnen – und das häufig lange bevor die Schlachtlinien klar gezogen waren oder die Widersacher den Kampf aufgenommen hatten –, zu einem unschätzbaren Verbündeten.

Gradlon verstand schlicht und einfach die unsteten Sprünge der Macht – auch wenn er anders als die meisten Menschen selbst kein Verlangen nach ihr verspürte. Sein eigenes Leben des Handelns und Tauschens, Spielens, Riskierens und Spekulierens war ihm viel lieber. Von Artus' Aufenthalt in seinem Haus war Gradlon hochbeglückt.

»Ihr könnt euch sicher sein, daß Morcant heute morgen kräftig ißt«, sagte er und trieb seine Diener zu größerem Fleiß an. »Der Mann hat in seinem Leben noch keinen Bissen ausgelassen!«

»Setz dich«, befahl Merlin. »Ich möchte von deinem Gespräch

mit Statthalter Melatus hören. Du bist gestern nacht spät heimgekommen.«

Gradlon verdrehte die Augen und blies die Backen auf. »Melatus ist natürlich unmöglich – er hat ein Rückgrat wie eine Weidengerte und einen Verstand wie ein Sieb.«

Das entlockte Artus ein Kichern, der unter uns als einziger Appetit hatte. Der Junge folgte Gradlons Rat und aß eifrig. Sollte es seine Henkersmahlzeit sein, dachte ich, dann wäre sie wenigstens gut.

»Das Problem liegt natürlich darin«, fuhr Gradlon fort, während er das harte Brot brach und die Kruste in seine Grütze tunkte, »daß der Statthalter keine feste Meinung zu der Angelegenheit hat. Er hat keine Meinung, weil er in der Vergangenheit lebt. Tss! Melatus und seine Lakaien glauben, daß der Kaiser im Frühjahr mit vier Kohorten anrückt.« Der Kaufmann nahm die Kruste aus seinem Mund. »Vier Kohorten! Warum nicht gleich hundert! Ja, tausend!«

Merlin schüttelte den Kopf. Gradlon lachte. »Welcher Kaiser? fragte ich ihn. Ach, er ist ein Tor, das sage ich euch. Gallien ist am Ende. Das Reich ist eine Erinnerung. Eßt! Ihr habt euer Essen noch nicht einmal angerührt.«

»Will er sich nicht auf unsere Seite stellen?« fragte Merlin.

»Genausowenig wie er sich auf die Seite der Sachsen stellen würde. Bei der Gnade Gottes, der Mann hält euch für die Sachsen! Melatus hält jeden, der außerhalb der baufälligen Mauern Londiniums geboren ist, für einen Barbaren oder Schlimmeres.«

»Dann stellt er sich wenigstens nicht auf die Seite der anderen«, warf ich ein.

»Sei dir da nicht zu sicher, mein Freund«, erwiderte Gradlon. »Melatus ist ein Tor und verfährt nach der Weisheit eines Toren. Er könnte sich einfach auf die Seite der anderen stellen, um euch zu verwirren. Außerdem gibt Morcant sich als Kaiser, und das macht auf Melatus Eindruck.«

»Dann können wir ihn also nicht außer acht lassen«, versetzte Merlin. »Das wird schwieriger, als ich dachte.«

»Überlaßt Melatus mir!« erklärte Gradlon. »Ich kümmere mich um ihn.«

Artus aß seine Grütze auf und schob die Schüssel weg. Er nahm seinen Becher und trank von dem Gewürzwein. Vom

Rand des Bechers stieg beim Trinken Dampf auf. Gradlons Blick blieb einen Augenblick lang auf Artus ruhen, dann sagte er: »Aurelius' Sohn – wer hätte das gedacht, was? Heil, Arturius! Ich grüße dich.« Gradlon hob seine Handfläche zu einem zwanglosen, aber aufrichtigen Gruß.

Artus grinste. »Noch bin ich nicht König.«

»Noch nicht«, pflichtete Merlin ihm bei. »Aber vielleicht reden wir am Ende des heutigen Tages anders.«

Doch trotz Merlins hoffnungsfroher Worte sollte es anders kommen.

Artus hatte nicht viel Sinn für Beschwichtigungen oder die Ränke eines Mannes wie Morcant. Hätte man ihm die Wahl gelassen, so hätte er, vermute ich, die Sache lieber mit der Schneide seines Schwertes geregelt. Besser die kurze, scharfe Hitze der offenen Schlacht als das kalte Gift der Kabale.

Merlin hatte Verständnis dafür, wußte aber, daß es so nicht ging. »Du wurdest zum Kämpfen geboren, Junge«, sagte er. »Was ist ein kleiner Zwist für dich? Nimm ihn leicht; er geht vorüber.«

»Mich stört nicht, daß sie mich hassen«, entgegnete Artus. Und er meinte es wohl auch so. »Aber es erzürnt mich, daß sie mir mein Geburtsrecht verweigern.«

»Soll ich dir etwas verraten? Aurelius haben sie nicht besser behandelt«, vertraute Merlin ihm an. »Und ihn liebten sie. Denke darüber nach.«

Artus ließ seinen Blick über die im Kirchhof versammelte Menge schweifen. »Hassen die mich auch?«

»Sie haben sich noch nicht entschieden.«

»Wo sind Ectorius und Kei? Ich sehe sie nicht.« Ectorius und sein Sohn Kei waren in Londinium eingetroffen und uns auf unserem Weg zum Kirchhof begegnet.

»Ich habe ihnen gesagt, sie sollen sich zu Morcant gesellen.«

»Zu ihm?«

»Vielleicht zetert er nicht gar so laut, wenn er außer seiner Stimme keine andere hört.«

Artus lächelte düster. »Morcant fürchte ich nicht.«

»Es geht hier nicht um Furcht, Artus, sondern um Macht«, sagte Merlin ernst. »Und Morcant hat genau das, was du brauchst.«

»Ich brauche seine Zustimmung nicht.«
»Sein Stillhalten.«
»Das ist das gleiche«, fauchte Artus.
»Vielleicht«, räumte Merlin ein. »Vielleicht.«
»Ich hätte gern mit Kei geredet.«
»Später.«
»Worauf warten wir noch? Fangen wir an.«
»Wir warten noch ein wenig – lassen Morcant und seine Schar im eigenen Saft kochen.«
»Ich bin derjenige, der kocht, Myrddin! Bringen wir es hinter uns und fertig!«
»Schscht, Geduld.«
Trotz der Kälte versammelten sich weiter Leute im Hof. Artus, Merlin und ich standen außer Sichtweite im Torbogen der Kirche und warteten, während die Könige und Fürsten eintrafen, um noch einmal zum Zeugen des Wunders zu werden, daß sie weder hinnehmen noch anerkennen wollten. Aber sie kamen trotzdem. Was hätten sie anders tun können?
Ich musterte die Menge ebenfalls und wünschte mir im Herzen, Meurig und Custennin möchten gekommen sein. Ich wunderte mich, warum Lot nicht da war. Was mochte sie aufgehalten haben? Ich wurde das Gefühl nicht los, daß ihre Gegenwart etwas geändert hätte – obschon ich wußte, daß diese Hoffnung vergeblich war.
Ohnehin hatte Merlin entschieden, welchen Verlauf die Dinge nehmen sollten.
Mit kahlem Haupt und Hängebacken eilte Urbanus herbei; seine Sandalen klapperten auf den nassen Steinen unter seinen Füßen. »Alles ist bereit«, sagte er leicht außer Atem. »Alles ist gerichtet, wie du es befohlen hast.«
»Ich habe Urbanus gebeten, uns einen Ort herzurichten, wo wir uns hinsetzen und wie zivilisierte Menschen reden können. Mein Vorschlag lautet nicht, auf dem Kirchhof zu schachern wie Pferdehändler auf dem Markt. Die Angelegenheit ist zu wichtig, Artus. Wenn Menschen zusammensitzen, dann kommen sie mit größerer Wahrscheinlichkeit zur Vernunft.«
»Ja«, meinte Urbanus. »Also, wenn ihr bereit wäret …?«
»Ich gebe dir ein Zeichen«, erwiderte Merlin.
»Nun gut. Ich nehme meinen Platz ein.« Urbanus drückte die

Hände zusammen und hastete davon, daß sein Atem in der kalten Luft dampfte.

Artus trat von einem Fuß auf den anderen. Die ruhelose Menge stapfte in der Kälte auf der Stelle. Einige der um den Felsblock versammelten Fürsten redeten laut und sahen sich suchend um. In wenigen Augenblicken würde der Ruf nach Artus laut werden. Sollte er nicht erscheinen, würde ein Aufruhr ausbrechen.

Artus spürte, daß die Spannung in der Menge sich wie eine Flut gegen ihn wandte. Flehentlich fragte er Merlin: »Bitte, können wir nicht anfangen?«

Im selben Moment begann die Menge zu rufen.

»Siehst du? Sie haben das Warten satt, und ich auch.«

Darauf hatte Merlin, glaube ich, gewartet. Er wollte die Gefühle der Leute und auch die von Artus zum Wallen bringen; er wollte, daß sie wach und aufgestört wären.

»Ja«, räumte er ein. »Ich glaube, wir haben sie lang genug warten lassen. Gehen wir. Vergiß nicht, was ich dir gesagt habe. Und was auch geschieht, überlaß niemandem das Schwert.«

Artus nickte einmal knapp. Er begriff ohne weitere Erklärung.

Merlin drängte sich zu dem Felsblock und wurde sogleich erkannt. »Der Emrys! Macht Platz dem Emrys! Macht Platz!« Und vor ihm tat sich eine Gasse auf.

Wir gelangten zu dem Felsblock. Als wollten sie uns einen Strich durch die Rechnung machen, standen Morcant und seine Freunde uns genau gegenüber, mit höhnischen Mienen und Grimassen. Ihre Feindseligkeit brodelte in ihnen und trat ihnen dampfend aus Mund und Nase. Der Tag schien sich verdüstert zu haben.

Der Stein wirkte mit seiner dünnen Schneeschicht riesig, weiß und kalt … so kalt. Und das große Schwert Macsen Wledigs, Britanniens Schwert steckte bis zum Heft darin, so fest, wie der Steinblock es nur halten konnte; die beiden waren auf immer vereint, sie würden sich nicht trennen lassen.

Hatte ich nur geträumt, daß Artus es herauszog?

Im schwächlichen Licht des trüben Tages wirkte alles Vorangegangene so fern und wirr wie ein verblaßter Traum. Der Stein hatte alle besiegt, die Hand an das Schwert gelegt hatten. An diesem trostlosen Tag würde er auch Artus überwinden. Und Britannien würde endlich der Finsternis anheimfallen.

Merlin hob die Hände, obwohl die Menge bereits still geworden war. Er wartete, und als alle Blicke auf ihn gerichtet waren, sagte er: »Das Schwert wurde bereits aus dem Stein gezogen, wie viele hier bezeugen können. Doch wird es nochmals bei Tageslicht gezogen werden, vor den Augen aller hier Versammelten, so daß niemand von Trug oder Hexerei sprechen kann.«

Er hielt inne, um seine Worte wirken zu lassen. Der Wind sirrte, und es begann tatsächlich Schnee zu fallen – große, pudrige Flocken wie Fellstückchen auf dem wechselnden Wind.

»Ist hier jemand, der sich an dem Stein versuchen möchte? Dann soll er es jetzt tun.« Merlins Stimme sprach eine Herausforderung aus, kalt und hart wie der Stein selbst.

Natürlich wollten einige es versuchen. Sie wußten im Herzen jedoch bereits, daß sie geschlagen werden würden, wie sie zuvor geschlagen worden waren. Doch wie aus Unwissenheit und Torheit wollten sie sich die Gelegenheit nicht entgehen lassen, noch einmal zu scheitern.

Der erste Fürst, der es probierte, war die junge Viper Cerdic, Morcants vorlauter Sohn. Die Lippen zu einem höhnischen Grinsen verzerrt, bahnte sich der Narr einen Weg zu dem Stein, streckte die Hand aus und griff nach dem Heft, als wollte er das Gut eines anderen beanspruchen. Er zog mit seinem ganzen Hochmut – und das war kein geringes Maß. Die Menge feuerte ihn mit Rufen an, aber einen Moment später wich er zurück, mit einem von Anstrengung und Niederlage roten Gesicht.

Maglos von Dumnonien, Morganwgs Sohn, war der nächste – mehr aus Neugier denn aus Hoffnung. Zaghaft berührte er das Heft, als könnte es ihn verbrennen. Er hatte verloren, bevor er zog, und gab gutmütig auf.

Coledac schob sich vor. Er starrte das Schwert an – als wäre es unter seiner Würde, es anzufassen –, legte seine Hand um den Knauf, zog und ließ ihn fast augenblicklich wieder los. Er drehte sich um und zwängte sich wieder in die Menge.

Ernsten Blickes stellte sich dann Owen Vinddu, der Führer aus Cerniw, neben den Stein. Er legte beide Hände um den Knauf und zog mit solcher Kraft, daß seine Knöchel davon weiß wurden. Mit einem mächtigen Ächzen ließ er besiegt ab.

Und weitere drängten herbei: Ceredigwan von Gwynedd und sein Nachbarkönig Ogryvan; Morganwg, der dem Beispiel seines Sohnes folgte und dem es nicht besser erging; der greise Antonius der Cantier, der steif vor Alter war, aber bis zum Ende dabei blieb ... und andere – Fürsten, Könige, Anführer und deren Söhne dazu.

Alle, die aufs Herrschen aus waren, versuchten es an jenem Tag, und alle mußten sich geschlagen geben, bis nur noch Artus übrig war. Als die johlende, anspornende Menge sich ihm zuwandte, wurde es still.

Hochgewachsen und grimmig stand Artus da, die Augen von der Farbe eines Sturmhimmels, die Schultern gerade, die Lippen zu einem dünnen, blutleeren Strich zusammengepreßt. Die Härte an ihm überraschte mich, und auch andere sahen sie. Ja, er würde es mit dem Stein aufnehmen können – er sah aus, als wäre er aus dem gleichen Stoff gemacht.

Er streckte seine Hand aus und ergriff das Heft, als wollte er es aus den Eingeweiden eines Feindes ziehen. Als er daran riß, ertönte das kalte Scharren von Stahl auf Stein, dann das Aufstöhnen der Menge, als er die großartige Waffe hochhob und in der Luft schwang, daß alle sie sehen konnten.

Zu ihren immerwährenden Gunsten sei gesagt, daß einige sofort das Knie beugten und ihren König anerkannten. Die meisten taten es nicht. Sie mochten nicht glauben, was sie gesehen hatten. Die Menschen hatten viele Jahre auf diesen Anblick gewartet und versäumten es nun, ihn wahrzunehmen.

Was erwarteten sie? Einen Engel in schimmernder Wehr? Einen Gott aus der Anderswelt?

»Betrug!« Das war einer von Morcants Anführern, der zweifellos angewiesen worden war, einen Aufruhr in Gang zu setzen. »Thronräuber!« Andere über die Menge verstreute Männer taten desgleichen und versuchten den Unmut gegen Artus zu entfachen. Aber darauf war Merlin vorbereitet.

Ehe die Sache heiß wurde, nickte er Urbanus zu, der neben Artus trat und die Arme zu einer versöhnlichen Geste ausbreitete. »Ruhe!« rief er. »Warum versteift ihr euch, anzuzweifeln, was ihr mit eigenen Augen gesehen habt? Laßt an diesem Weihnachtstag keinen Hader zwischen uns entstehen. Treten wir lieber in das Haus Gottes und beten um seine Leitung, wie

Christenmenschen es tun sollten. Danach können wir uns zusammensetzen, miteinander Rat halten und so beschließen, was am besten zu tun ist.«

Das kam unerwartet. Die aufrührerischen Fürsten hatten nur an Erhebung und Blutvergießen gedacht und waren nicht darauf vorbereitet, etwas auf Urbanus' ruhigen und vernünftigen Vorschlag zu erwidern. Rasch bekräftigte Ectorius den Plan. »Gut gesprochen!« rief er. »Wir sind verständige und maßvolle Leute. Was ist schlecht daran, sich zusammenzusetzen? Und was gibt es für einen besseren Ort dafür als diese heilige Kirche?«

Die Aufrührer fanden nur schwer eine Antwort darauf. Wenn sie sich geweigert hätten, hätte das Volk sie als die Verräter erkannt, die sie waren, und Artus zum Hochkönig ausgerufen. Doch wenn sie Urbanus' Vorschlag nachgaben, mußten sie Artus' Forderung als berechtigt anerkennen. Sie saßen schön in der Falle.

Urbanus sah ihr Zaudern und kannte seine Ursache. »Kommt«, sagte er in vernünftigem Ton. »Laßt Zank und eitlen Hader beiseite. An diesem hohen und heiligen Tag soll Friede zwischen uns sein. Kommt in die Kirche.«

Das Volk murmelte seine Billigung, und die Unterkönige erkannten, daß diese Schlacht verloren war. »Na schön«, sagte Morcant, seine Truppen sammelnd, »halten wir Rat und entscheiden, was am besten ist. Ich berufe den Rat der Könige ein.« Er hoffte, damit anzudeuten, daß die Angelegenheit noch längst nicht erledigt war und daß ihm die Führung zustand. Damit drehte er sich um und führte den Zug in die Kirche an.

Wenn er davon zu profitieren gehofft hatte, daß er den Ehrensitz selbst einnahm, so blieb diese Hoffnung eine Totgeburt in seiner Brust. Merlin hatte Urbanus angewiesen, die Stühle der Könige in einem großen Kreis innerhalb des Gotteshauses anzuordnen – wie es zu Uthers und Aurelius' Zeiten der Fall gewesen war, doch seitdem nicht mehr.

In dieser Sitzordnung stand kein König über seinen Nächsten. Daher zählte die Meinung keines Fürsten mehr als die eines anderen. Das schmälerte Morcants Einfluß auf die Fürsten unter ihm.

Morcant gefiel das gar nicht, aber er konnte nichts daran ändern. Er stapfte auf seinen Stuhl zu, drehte sich um und setzte sich mit so viel Überlegenheit, wie er aufzubringen vermochte. Die anderen setzten sich nach Belieben zu beiden Seiten von ihm, ihre Berater und Helfer neben sich. Hinter ihnen strömten die neugierigeren Bürger Londiniums herein. Innerhalb weniger Augenblicke summte der weite Raum, der von Hunderten von Kerzen erhellt wurde und nach Weihrauch duftete, wie ein Hornissennest. Urbanus hätte sich für die Weihnachtsmesse keinen größeren Zudrang erhoffen können.

Folglich konnte er sich die Gelegenheit nicht entgehen lassen. Er leitete die Ratsversammlung mit einem mahnenden Gebet ein – sowohl auf lateinisch als auch auf britisch, so daß keinem entging, was er zu sagen hatte. Und das sagte er ziemlich ausführlich.

»Allwissender Vater«, schloß er, »großer Spender und Führer, leite uns in Weisheit und Rechtschaffenheit zu dem König, den du gewählt hast, und schenke uns Frieden bei der Kür. Segne unsere Ratsversammlung mit dem Licht deiner Gegenwart und laß jeden Mann unter uns dir in Gedanken, Worten und Taten gefällig sein.«

Als sein Gebet endlich beschlossen war, erhob Urbanus sich und wandte sich an die Versammlung. »Es ist viele Jahre her, daß diese Gemeinschaft in Übereinstimmung zusammengetreten ist; viele Jahre her, daß in Britannien ein Hochkönig herrschte – sehr zu unserem Schaden, erkläre ich.« Er hielt inne und ließ seinen Blick über die gesamte Menge schweifen, ehe er fortfuhr. »Daher gebe ich euch auf: Laßt diesen Rat nicht auseinandergehen, ohne dieses Unrecht wiedergutzumachen, indem ihr wieder einen Hochkönig einsetzt.«

Das klang dem Volk wohl in den Ohren, und es gab einhellig seinen Beifall. Dann wandte Urbanus sich an Merlin. »Ich stehe bereit, um dir auf jede dich nützlich dünkende Weise zu dienen.«

»Danke, Bischof Urbanus«, entgegnete Merlin und wandte sich gleich darauf an Morcant. »Da du diese Versammlung einberufen hast, Morcant«, hub er an, »solltest du uns vielleicht erklären, warum du das Zeichen nicht hinnehmen willst, an dem wir alle den nächsten Hochkönig Britanniens zu erkennen vereinbart hatten. Denn wenn du nicht einen zwingenden Grund entdeckt hast, aus dem wir das, was wir mit eigenen

Augen gesehen haben, verwerfen sollen, dann, so sage ich dir, steht Britanniens Hochkönig heute mit dem Schwert in der Hand vor dir.«

Morcant runzelte die Stirn. »Es gibt genug Gründe, um zu verwerfen, was wir gesehen haben. Unseres ist, wie wir alle wissen, ein böses Zeitalter; im Land um uns herum herrscht viel Hexerei. Woher sollen wir wissen, daß, was wir mit eigenen Augen gesehen haben« – er äffte den Ausdruck nach –, »nicht durch Zauber bewirkt wurde?«

»Wie denn durch Zauber, Morcant?« fragte Merlin. »Mache deinen Einwand deutlich: Klagst du Artus der Hexerei an?«

Morcants Stirnrunzeln verstärkte sich. Hexerei zu unterstellen war viel einfacher, als sie zu beweisen. Er hatte keinen Beweis und wußte es. »Bin ich ein Hexenmeister, daß ich von solchen Dingen weiß?« grollte er.

»Du warst derjenige, der die Sünde unter uns erwähnte. Ich frage dich, Morcant, ist Artus ein Hexer?«

Morcants Gesicht zuckte vor Wut, doch er beherrschte sich und antwortete ruhig: »Ich habe keinen Beweis außer dem Schwert in seiner Hand. Wenn es nicht durch Hexerei gewonnen wurde, dann verlange ich zu wissen, durch welche Macht es erlangt wurde.«

»Durch die Macht der Tugend und des wahren Adels«, verkündete Merlin. »Die gleiche Macht, die allen gebührt, die sie sich erwählen.«

Daraufhin johlte das Volk, und Morcant merkte, daß er gegenüber Merlins Gewitztheit und Logik an Boden verlor. Dennoch konnte er nicht anders. Er breitete vor der Versammlung seine Arme aus und fragte: »Willst du den Adel der guten Männer anschwärzen, die hier versammelt sind? Willst du ihre Tugend beflecken?«

»Das sind deine Worte, Morcant. Ich halte nur die Tugend und den Adel dessen hoch, der vor uns steht.« Merlin deutete mit einer Hand auf Artus, der steif neben ihm stand. »Wenn du dich in seiner Gegenwart angeschwärzt und befleckt fühlst«, sagte Merlin, »dann arbeitet zweifellos die Wahrheit in dir.«

»Bist du Gott, daß du dir anmaßt, die Wahrheit zu kennen?« höhnte Morcant.

»Und ist dir die Wahrheit so fremd, daß du sie nicht mehr

erkennst?« Merlin machte eine wegwerfende Handbewegung. »Schluß mit dieser Narretei, Morcant. Wenn du Einwände hast, so sprich freiheraus.« Dann schloß er die übrigen in seine Herausforderung ein. »Wenn irgend jemandem ein gerechter Grund bekannt ist, aus welchem Artus nicht die Hochkönigswürde antreten sollte, die er sich zu Recht errungen hat, dann rede er jetzt!«

Das Schweigen in dem großen Raum war derart, daß ich die Schneeflocken draußen im Hof hätte fallen hören können. Keiner einschließlich Morcant brachte einen triftigen Grund vor, warum Artus nicht hätte Hochkönig werden sollen – außer dem eigenen stolzen Ehrgeiz.

Merlins goldene Augen schweiften über die Versammlung und die herbeigeströmte Menge. Es war Zeit, die Sache zu Ende zu führen. Langsam erhob er sich und trat in die Mitte des Kreises. »Also«, sprach er sanft, »ist es, wie ich dachte. Keiner kann gegen Artus einsprechen. Darum frage ich jetzt: Wer spricht für ihn?«

Als erster sprang Ectorius auf. »Ich spreche für ihn. Ich erkenne ihn an als König!«

»Ich erkenne ihn auch als König an.« Das war Bedegran.

Diejenigen, die ihr Knie zuvor schon gebeugt hatten, riefen Artus nun abermals aus. Daraufhin jubelte die Menge, doch der Jubel blieb dem Volk in der Kehle stecken. Denn sonst erkannte niemand Artus als König an. Die Ratsversammlung der Könige blieb gespalten, und Artus wurde nicht von ausreichend vielen unterstützt, um den Thron in Anspruch zu nehmen.

Morcant verlor keinen Augenblick. »Wir nehmen ihn nicht als König über uns hin«, krächzte er. »Ein anderer muß gewählt werden.«

»Er hat das Schwert!« rief Merlin. »Und daran hat sich nichts geändert. Wer auch König werden will, muß sich erst des Schwertes in Artus' Hand bemächtigen. Denn das sage ich euch, ohne es wird keiner König!«

Ergrimmt ballte Morcant die Fäuste. So geschickt er versucht hatte, von diesem Umstand abzulenken, hatte Merlin die Aufmerksamkeit wieder dorthin zurückgeführt.

»Artus, komm her«, befahl Merlin. Der junge Mann trat neben den Emrys in den Kreis.

»Hier steht er«, sagte Merlin und trat beiseite. »Wer von euch will es als erster versuchen?«

Artus stand allein im Kreis der Könige. Im flackernden Licht der Weihnachtskerzen hielt er das Schwert locker am Heft, wachsam, entschlossen, furchtlos. Wie ein Racheengel wirkte er, die Augen flammend vom hellen Feuer der Rechtschaffenheit.

Eindeutig hatte jeder, der sich das Schwert mit Gewalt aneignen wollte, einen Kampf zu gewärtigen. Toren waren sie ja vielleicht, aber nicht so sehr, daß sie einen Einzelkampf mit diesem unbekannten jungen Krieger gewagt hätten. Merlins Herausforderung stand im Raum.

Und trotzdem konnte Artus die Hochkönigswürde nicht glattweg einfordern. Er hatte keine Ländereien, keinen Reichtum, keine Kriegerschar; und seine Anhänger waren zu gering an Zahl. Das Patt blieb bestehen. Seit dem vorigen Abend hatte sich nichts geändert.

Aber Merlin war noch nicht geschlagen.

IV

Den ganzen langen Wintertag wanden die Könige sich bis spät in die Nacht, aber Merlin hielt sie in seinem eisernen Griff und wollte nicht loslassen. Bei Artus' Verteidigung wurde er erst zum Felsen, dann zum Berg. Artus stand ebenso ungerührt da. Keine Macht auf Erden hätte ihn überwinden können…

…ebensowenig wie keine Macht auf Erden einen Mann dazu bringen kann, einem anderen Ehre zu erweisen, wenn er es nicht selbst will.

Fürwahr, die kleinmütigen Könige wollten Artus keine Ehre erweisen. Er mußte sich ihre Ehrbezeugung und Anhängerschaft erringen. Merlins große Umsicht sollte dies ermöglichen.

Es gelang ihm durch die Wiederbelebung des Titels »Dux Britanniarum«, Herzog von Britannien – Uthers altem Titel aus der Zeit, als er Aurelius' Feldherr war –, und diesen übertrug er auf Artus.

Dem stimmte der Rat schließlich zu, denn es bewahrte seine Mitglieder davor, Artus sofort zum Hochkönig zu machen. Doch sobald Merlin diesen Kompromiß erzielt hatte, eröffnete er seinen Plan: eine von sämtlichen Königen gleichermaßen geförderte Kriegerschar zum Nutzen aller aufzustellen. Eine frei umherziehende Truppe, die Britanniens Lande Sicherheit geben sollte. Keinem König verpflichtet, von allen gefördert, sollte dieses bewegliche Heer zuschlagen, wo und wann es erforderlich wäre – ohne Rücksicht auf die einschränkenden Abkommen und Bündnisse der Kleinkönige.

Da, lautete das Argument, Britannien einem gemeinsamen Feind gegenüberstehe, sollten wir eine gemeinsame Streitmacht ins Feld schicken, unter einem Führer, der keinem die Treuepflicht schuldete, aber allen gleichermaßen diente, wenn die Not es gebot.

Darüber war natürlich nicht so leicht eine Einigung zu erzielen, denn es bedeutete, daß Könige wie Morcant und Coledac ihre Kriegszüge aufgeben mußten; andernfalls hätten sie Artus und seiner Kriegerschar gegenübergestanden, die sie selbst unterstützten.

So sollte die Ernennung Artus' zum Herzog von Britannien den Frieden erzwingen. Das war das Schöne an Merlins Plan, doch zugleich seine größte Schwäche. Denn fürwahr, die Könige, die keineswegs die Absicht hegten, Artus die Treue zu schwören, wollten ihn nicht zu ihrem eigenen Schaden unterstützen.

Andere Könige sahen eine weitere Bedrohung: Eine frei umherziehende Kriegerschar, die sie nicht beherrschen konnten, war eine kaum geringere Gefahr als die sächsischen Plünderer, welche von der nämlichen Kriegerschar in Schach gehalten werden sollte.

Doch da sie Artus' Titel bereits zugestimmt hatten, konnten sie schließlich nicht mehr zurück. Ein Feldherr braucht auch ein Heer. Und dessen Notwendigkeit konnte keiner leugnen. Artus sollte Feldherr und das Heer vermittels der von den Ratsmitgliedern gelobten Unterstützung ausgehoben werden.

Zwar war das nicht die Hochkönigswürde. Aber Merlins Plan gab Artus, was er brauchte: freie Bahn zur Erringung des Königtums. Und die nutzte er.

Als Artus in jener kalten und hellen Nacht, in der das Eis im weißen Mondlicht schwarz glänzte, aus der Kirche schritt, weit ausholend, davonhastend, Britanniens Schwert endgültig um die Hüfte gegürtet, war er nicht mehr der junge Mann, der sie am Morgen betreten hatte. Die Arglist der kleinmütigen Könige, ihre kleinliche Gehässigkeit, ihre Ränke und Eifersucht hatten ihn gehärtet. Aber der allwissende Geist geht geheimnisvolle Wege: Artus kannte die Fürsten jetzt, wie sie waren.

Dadurch war er ihnen überlegen, denn sie kannten ihn ganz und gar nicht.

Artus hatte immer schnell gelernt. Wenn er als Knabe in Ectorius' Haushalt unter Melumpus, dem gallischen Lehrmeister aus dem Kloster im nahegelegenen Abercurny, beim Latein und Rechnen war, brauchte man ihm etwas nur einmal zu sagen, und er begriff es, zweimal, und er vergaß es nie wieder.

Oft, wenn ich die Knaben am Nachmittag abholen wollte, um Reiten oder den Waffengang zu üben, war Artus geduldig dabei, Kei ein Wort oder eine Rechnung zu erklären, während Melumpus, die Hände über dem Wanst gefaltet, in der Sonne döste. Artus konnte ebensogut lehren wie lernen, obschon er das Tun dem Denken stets vorzog.

Was möglich war, wollte Artus tun. Und was unmöglich war – das wollte er erst recht tun.

Lebhaft steht mir in dieser Hinsicht die Episode vor Augen, als wir auf unserem Weg nach Caer Myrddin über Gwynedd reisten, um Tewdrig zu besuchen. Bei uns waren Ectorius und Kei sowie natürlich Merlin; daneben ein kleiner Begleittrupp.

Es war Artus' elfter Sommer, glaube ich, und es waren Berichte über neuerliche Raubzüge der Iren an der Westküste zu uns gedrungen. Merlin wollte die Lage mit Tewdrig und Meurig erörtern, außerdem selbst sehen, wie die Dinge standen. Er hatte vorgehabt, allein und in aller Stille zu reisen. Aber sobald Artus davon Wind bekam, schloß er sich mit Kei sofort an und ließ sich die Sache nicht ausreden. Da wir keinesfalls Gefahr laufen durften, mit Artus ohne Begleitschutz zu reisen, beschlossen wir, die Reise alle gemeinsam zu unternehmen.

Bis wir den Yr Widdfa erreichten, ging alles gut. Beim Anblick dieser großen, kalt drohenden Schieferhügel fiel Artus vor Staunen fast vom Pferd. »Seht nur! Habt ihr je einen höheren Berg gesehen? Da oben liegt noch Schnee!«

»Wirklich ein großartiger Anblick«, räumte Merlin ein.

»Hat er einen Namen? Wie heißt er?«

»Den hat er. Die ganze Gegend heißt Yr Widdfa, das Schneereich.« Merlin deutete auf den höchsten Gipfel. »Was du da anstarrst, ist der Eryri.«

»Er ist –«, er suchte nach Worten, »– riesig! Riesig und schön.« Verzückt starrte er den Berg an, sog den Anblick gierig in sich auf. »Ist schon jemals ein Mensch dort hinaufgeklettert?«

Die Frage traf Merlin unvorbereitet. »Das glaube ich kaum«, antwortete er. »Das halte ich für unmöglich.«

Das hätte er auf keinen Fall sagen sollen. »Gut! Dann bin ich der erste«, verkündete Artus. Er meinte es ernst. Und wollte sofort aufbrechen. Mit dem Halfter schlagend, ritt er auf den Berg zu.

Merlin wollte ihn zurückrufen. Doch Kei hielt ihn davon ab. »Bitte, Herr Emrys, ich möchte auch hinaufklettern.«

»Du, Kei?« Merlin wandte sich um und blickte in das rote Gesicht. Die klaren blauen Augen drückten so viel Hoffnung aus, wie ein Mensch nur in sich tragen kann. Sie zu zerstören war undenkbar. Und Merlin sah, daß Kei, sosehr Artus auch den Berg erklimmen wollte, es noch stärker wollte, aber aus einem ganz anderen Grund.

»Nein, Caius, das darfst du nicht«, hub Ectorius an.

Merlin unterbrach ihn mit einer Handbewegung. »Natürlich«, sagte er zu Kei, »glaube ich, daß die Zeit reif ist, den Berg zu erobern. Und ihr beide seid genau die richtigen Männer dafür. Also, nur rasch zu, sonst bleibst du zurück.« Er scheuchte Kei fort, und der Knabe ritt Artus hinterher.

»Hältst du das für klug?« fragte Ectorius und beobachtete Kei mit einer gewissen Bangnis. Lange hatte er das lahme Bein seines Sohnes geschützt – Folge eines Reitunfalls und eines schlecht geschienten Knochens.

»Nein«, erwiderte Merlin, »es ist die Torheit selbst, sie ziehen zu lassen.«

»Aber warum ...?«

Merlin lächelte und streckte eine Hand zu dem Berg aus. »Weil sie, wenn wir sie jetzt aufhalten, das Unmögliche nie wieder aus ganzem Herzen und freien Stücken in Angriff nehmen würden.«

»Ist das so wichtig?«

»Für gewöhnliche Menschen nicht.« Merlin schüttelte den Kopf und sah den Knaben nach. »Aber, Ector, gewöhnliche Menschen wollen wir aus ihnen ja nicht machen.«

»Sie können dabei umkommen!«

»Dann sterben sie in einer ruhmreichen Niederlage«, erklärte Merlin. Ectorius wollte etwas einwenden, aber mein Herr schnitt ihm das Wort ab: »Eines Tages werden sie ohnehin sterben, das können wir nicht verhindern. Verstehst du das nicht?«

»Nein. Das ist ein überflüssiges Risiko.« Ectorius zeigte seine Verachtung für solche Gedanken.

»Die Toten sind so lange tot«, sagte Merlin. »Besser, man hat gelebt, solange man am Leben war, oder? Im übrigen: wenn sie das schaffen, haben sie einen Riesen erobert; sie werden unbesiegbar sein.«

»Und wenn nicht?«

»Dann haben sie etwas über die Grenzen der Menschen gelernt.«

»Eine teure Lehre, scheint mir«, murmelte Ectorius.

»Damit wird sie um so kostbarer. Komm, sei guter Dinge, mein Freund«, ermunterte ihn Merlin. »Wenn Gott und seine Engel bereitstehen, sie zu halten, können wir da zurückbleiben?«

Ectorius verfiel in trübsinniges Schweigen, und wir wandten unsere Pferde, um den Knaben zu folgen. Kurz darauf holten wir sie auf einer der Almen unterhalb der dräuenden Hänge ein, als sie gerade beredeten, wie sie es am besten anstellen sollten.

»Und? Wie soll es gehen?« fragte Merlin.

»Dieser Weg erscheint uns am besten«, antwortete Artus sogleich. »Die anderen sind zu steil. Auf dieser Seite können wir ein gutes Stück hinaufgehen.«

»Dann los mit euch«, sagte Merlin und warf einen Blick auf den Sonnenstand. »Ihr habt euch den besten Tag ausgesucht. Wir schlagen hier ein Lager auf und warten auf euch.«

»Er hat recht«, sagte Artus entschlossen zu Kei. »Ziehen wir los.«

Jeder von ihnen nahm lediglich einen Wasserschlauch und ein paar Roggenbrötchen; dann verabschiedeten sie sich und begannen ihren Angriff auf den Eryri. Wir hingegen schlugen ein Lager auf und ließen uns zum Warten nieder.

Kurz nach Mittag ging Ectorius mit ein paar seiner Leute zur Jagd; bei Einbruch der Dämmerung kamen sie mit einem Dutzend Hasen und ebenso vielen Fasanen zurück. Größeres Wild hatten sie verschont, da wir es nicht hätten essen oder mitnehmen können.

Während die Männer das Wild ausweideten und unser Abendmahl bereiteten, beschrieb Ectorius, wie reich an Wild die Gegend war. Dabei warf er hin und wieder einen Blick auf die Berghänge über uns. Schließlich sagte er: »Ob sie wohl die ganze Nacht da oben bleiben?«

»Das nehme ich an«, erwiderte ich. »Es ist zu weit, um wieder herunterzukommen. Und den Gipfel können sie noch nicht erreicht haben.«

»Es gefällt mir nicht, daß sie womöglich in der Dunkelheit herumklettern.«

»Sie sind vernünftig genug«, beruhigte ich ihn. »Sie werden Halt machen und die Nacht über rasten.«

»Ihre Rast macht mir keine Sorge.« Brüsk wandte Ectorius sich ab und seinen Aufgaben zu.

Ich staunte über Merlin, denn er wirkte überhaupt nicht in Sorge ob der Unternehmung. Für gewöhnlich ließ er im Hinblick auf Artus' Sicherheit die allergrößte Vorsicht walten. Als ein wenig später die Hasen und Fasane auf Spießen über dem Feuer brieten, suchte ich ihn am Bachufer auf, wo er die Wasserschläuche auffüllte und die Pferde tränkte. Auf meine Frage antwortete er mir schlicht: »Sei ruhig, Pelleas, an diesem Ort kann ihm nichts schaden.«

»Was hast du gesehen?«

Er hielt inne und richtete sich auf. Dann wandte er seinen Blick dem Berg zu, dessen Gipfel vom roten Nachglühen des Sonnenuntergangs in Flammen stand. Er schwieg einen Moment, während seine Augen von dem merkwürdigen Licht der Höhen leuchteten. »Ich habe einen Berg gesehen, der einen Menschennamen trug, und dieser Name lautet Artus.«

Wir warteten den ganzen nächsten Tag lang, und Ectorius hielt still. Doch als die Nacht hereinbrach und die Luft kälter wurde, stapfte er, die Hände in die Hüften gestemmt, zu Merlin. »Sie sind noch nicht wieder da.«

»Nein«, pflichtete ihm Merlin bei.

»Es ist etwas passiert.« Unbehaglich blickte er zu der dunkler werdenden Bergflanke empor, als könnte er die Jungen dort hängen sehen. Sein Mund bewegte sich einen Moment lang lautlos, dann brach es aus ihm hervor: »Keis Bein! Der Junge kann ohnehin kaum laufen – ich hätte sie niemals gehen lassen dürfen.«

»Ruhig Blut, Ectorius. Du hast keinen Grund zur Sorge. Sie kommen zurück, wenn sie getan haben, was ihnen möglich war.«

»Wenn sie sich das Genick gebrochen haben, meinst du.«

»Das halte ich für unwahrscheinlich.«

»Ganz im Gegenteil!« grollte Ectorius. Aber in dieser Nacht sprach er nicht mehr davon.

Am nächsten Morgen waren die Knaben noch immer nicht wiedergekehrt, und ich begann Ectorius' Unmut zu spüren. Konnte Merlin sich getäuscht haben?

Am Mittag war Ectorius dann der dünne Geduldsfaden gerissen. Er stürmte schweigend durch das Lager, murmelte etwas in seinen Bart. Merlin achtete er so weit, daß er ihn nicht offen kränkte, indem er darauf bestand, nach den Knaben zu suchen. Aber er dachte daran – und bei allem Respekt hätte er keine weitere Nacht gewartet.

Merlin tat so, als würde er Ectorius' heftiges Unbehagen nicht bemerken. Er beschäftigte sich mit einem Spaziergang durch das Tal, bei dem er Kräuter sammelte, die es weiter im Norden nicht gab.

Als schließlich die Sonne hinter dem Rand der Berge um den Eryri verschwand, beschloß Ectorius, die Sache selbst in die Hand zu nehmen. Er befahl vieren seiner Männer, die Pferde zu satteln und sich zur Suche bereit zu machen.

»Überlege, was du tust«, sagte Merlin gleichmütig.

»Ich habe den ganzen Tag nichts anderes getan!« fauchte Ectorius.

»Laß es gut sein, Ector. Wenn du ihnen jetzt nachsetzt, raubst du ihnen ihren Triumph. Dann wissen sie, daß du nicht auf ihren Erfolg vertraut hast.«

»Und wenn ihre zerschmetterten Körper blutend in einer Felsspalte liegen? Sie können sterben.«

»Dann laß sie als die Männer sterben, die sie eines Tages zu werden hofften«, versetzte Merlin. »Ector«, besänftigte er ihn, »vertraue mir noch ein wenig länger.«

»Ich habe dir schon viel zu lang vertraut!« schrie Ectorius. So groß wie seine Liebe war auch sein Schmerz. Ich glaube, er gab sich selbst die Schuld an der Behinderung seines Sohnes – das Pferd war sein eigenes gewesen.

»Wenn du mir nicht vertrauen kannst, dann vertraue auf den gütigen Gott. Geduld, Bruder. Du hast deinen Unmut so lange getragen, trage ihn noch ein wenig länger.«

»Es ist schwer, was du da von mir verlangst.«

»Wenn sie bis zum Morgengrauen nicht wieder bei uns sind, dann brauchst du die Suche nicht anzuführen. Das besorge dann ich.«

Ectorius schüttelte den Kopf und fluchte, aber er ging auf Merlins Beruhigung ein und stapfte davon, um die Befehle an seine Männer zurückzunehmen.

Die Abenddämmerung brach langsam herein. Die Nacht

kommt, glaube ich, zu den Höhen dieser Welt immer zuerst. Am Firmament blinkten bereits Sterne, obwohl sich das Tageslicht noch am Himmel hielt, als wir uns zu unserem Abendmahle setzten. Die Männer redeten laut übers Jagen und versuchten ihren Herrn von seinen unfrohen Gedanken abzulenken.

Merlin hörte den Ruf als erster. Fürwahr, er hatte wohl den ganzen Tag darauf gelauscht und sich schon zu fragen begonnen, warum er noch nicht erscholl.

Er stand auf und gebot, den Kopf zur Seite gelegt, mit der Hand Schweigen. Weder ich noch sonst einer hörte etwas außer dem dünnen Tirilieren der Berglerchen, die zur Nacht in ihre Nester flatterten.

Obschon ich ihn gut genug kannte, um nicht an ihm zu zweifeln, schien er sich getäuscht zu haben. Die Männer wurden unruhig.

»Es war bloß ein -«, fing Ectorius an.

Merlin stand einen Augenblick lang stocksteif, dann wandte er sich dem Berg zu. Langsam breitete sich ein Lächeln über sein Gesicht. »Aufgepaßt!« sagte er. »Die Eroberer kehren zurück.«

Ectorius sprang auf. »Wo? Ich sehe sie nicht!«

»Sie kommen.«

Ectorius rannte ein paar Schritte. »Ich sehe sie nicht!«

Dann erscholl der Ruf wieder. Ich hörte ihn: das hohe, zitternde »Holla«, das in den Bergen üblich ist. Auch die anderen waren jetzt auf den Beinen – alle strengten wir in der wachsenden Dunkelheit Auge und Ohr an.

»Sie sind's!« rief Ectorius. »Sie kehren zurück!«

Wir sahen sie nicht, bis sie wirklich ganz nah waren, denn in der Dämmerung hob ihre Kleidung sich nicht von der dunklen Bergwand ab. Als sie abermals riefen, erkannte ich zwei Gestalten, die auf uns zueilten.

»Kei! Artus!« rief Ectorius.

Gleich darauf waren sie da, und ihren Gesichtsausdruck werde ich niemals vergessen. Denn bei keinem Menschen hatte ich je dergleichen Triumph und Hochstimmung erlebt – und seitdem nur ein einziges Mal wieder. Sie waren beide erschöpft, abgekämpft, strahlten aber im Glanz ihres Sieges. Sie waren Helden. Sie waren Götter.

Sie wankten ans Lagerfeuer und fielen zu Boden. Sogar im

Feuerschein konnte ich erkennen, daß ihre Wangen und Nasen von der Sonne versengt waren; Artus' helle Haut schälte sich, und Keis Hals und Stirn waren so rot wie sein Haar! Ihre Kleidung war schmutzig – an Knien und Ellbogen zerrissen und zerlumpt. Ihre Hände waren aufgeschürft, und an Armen und Beinen hatten sie blaue Flecken, Kratzer und Risse. Sie schienen durch Dornenmauern und Disteldickicht gedrungen zu sein.

»Holt ihnen etwas zum Trinken!« befahl Ectorius. Und jemand eilte davon, um Bier zu bringen. Der Herr über Caer Edyn starrte seinen Sohn an, die Brust von Stolz geschwellt, bis er wie ein stelzender Gockel aussah.

Ich holte Essen und reichte es ihnen. Artus nahm das Brot und stopfte sich den halben Laib in den Mund. Auch Kei versuchte welches zu essen, hielt es aber bloß in der Hand und glotzte es an.

»Hier«, sagte Merlin und gab ihnen einen Wasserschlauch, »trinkt.«

Kei nahm große Schlucke und reichte den Schlauch dann Artus, der das kühle Naß in lauten Zügen trank.

Ectorius konnte nicht länger an sich halten. »Und wie ist es dir ergangen, mein Sohn? Hast du den Gipfel erreicht?«

»Den Gipfel«, erwiderte Kei ehrfürchtig. »Wir haben den Gipfel erreicht, ja.« Er wandte sein Gesicht Artus zu, und in seinen Augen lag der Blick eines Mannes, der eine tiefe, lebensverändernde Wahrheit erfahren hatte. »Ohne Artus hätte ich es niemals geschafft.«

Artus ließ den Wasserschlauch sinken. »Sag das nicht, Bruder. Wir haben ihn gemeinsam erklommen – du und ich gemeinsam.« Er sprach uns Umstehende an. »Es war wunderbar! Herrlich! Ihr hättet dabeisein sollen, Merlin, Pelleas, ihr hättet mitkommen sollen. Man kann von einem Ende der Welt zum anderen sehen. Es war ... es war wunderbar.« Er verfiel in Schweigen, um Worte verlegen.

»Du hast gesagt, es sei unmöglich«, erinnerte Kei Merlin. »Du hast gesagt, keiner habe es bisher getan. Und wir haben es geschafft. Wir haben ihn ganz bis zum Gipfel erklommen!« Er hielt inne und fügte, zu Artus gewandt, ruhig hinzu: »... er hat mich fast getragen.«

Ich habe einen Berg gesehen, der einen Menschennamen trug, und dieser Name lautet Artus, hatte Merlin gesagt.

Die volle Bedeutung dieser Worte sollte mir erst viele Jahre später aufgehen, als die Barden von Artus' Jugendabenteuern erfuhren und den Berg als das Große Grab zu bezeichnen anfingen. Damit meinten sie, daß er den schneebedeckten Riesen besiegt und erschlagen hatte.

Nun, an dem Tag, als er mit Britanniens Schwert an seiner Hüfte aus der Ratsversammlung der Könige schritt, hatte er einen anderen Berg zu besiegen und einen anderen Riesen zu Grabe zu tragen. Dieser Berg bestand darin, Britanniens Einheit zu schmieden – der Riese war der eitle Dünkel der Unterkönige.

Angesichts dieser beiden Dinge wirkte der Eryri mit seinen furchterregenden Höhen nur wie ein Hügel auf einem Rübenacker.

Ich habe oft darüber nachgesonnen, was an jenem Tage vollbracht wurde – was verloren, was gewonnen ward.

Zwar hatten wir einen Hochkönig verloren. Aber wir gewannen einen Dux Britanniarum, einen Feldherrn – wenn auch nur dem Titel nach. Es gab keine Legionen zu befehligen, keine Hilfstruppen, es war keine Flotte vorhanden, keine berittene *Ala*. Artus hatte keine Kriegerschar – er besaß nicht einmal ein Pferd! Und daher bedeutete der großartige römische Titel nichts, und alle wußten es.

Alle außer Artus. »Ich werde ihr Herzog sein«, gelobte er. »Und ich werde die Schlachten so gut und gerecht anführen, daß sie mich zum Hochkönig machen müssen!«

Dennoch hatte er keine Streitmacht, die er hätte führen können. Nur Bedwyr und Kei hatten seit ihrer Kindheit Artus und sich gegenseitig die Treue gelobt. Zwar bildeten die drei zusammen eine Macht, die nicht zu unterschätzen war. Jeder König hätte jedem von ihnen den Platz des Führers eingeräumt, allein um solche Krieger unter seiner Obhut zu haben.

Artus' erste Probe sollte darin bestehen, eine Kriegerschar zu sammeln. Dazu gehörten auch Unterhalt und Verpflegung der Krieger. Es war eine Sache, die Männer auszuheben, eine ganz andere, für sie aufzukommen: Waffen, Pferde, Nahrung, Kleidung, Unterkunft – das bedurfte unendlich großen Reichtums.

Reichtum beruht auf Landbesitz. Die Ameisen im Staub besaßen mehr davon als Artus.

Dieser Mangel wurde jedoch rasch angesprochen, denn als wir in jener Nacht zu Gradlons Haus zurückkehrten, war Meurig mit dreien seiner Hauptleute aus Caer Myrddin gekommen, erschöpft und beinahe in den Sätteln erfroren.

»Es tut mir leid, Herr Emrys. Ich bitte dich um Vergebung«, sagte Meurig, als er sich mit einem warmen Becher in der Hand am Herd niederließ. Und zu Artus gewandt fügte er eilends hinzu: »Und auch dich, Herr Artus. Ich bedaure es aus ganzem Herzen, nicht bei der Ratsversammlung dabeigewesen zu sein. Mein Vater wünschte so sehr zu kommen, aber das Wetter...«

»Du hast nichts versäumt«, erwiderte Artus. »Es ist gleich.«

»Ich verstehe dein Mißvergnügen«, setzte Meurig an. »Aber...«

»Er meint nur«, unterbrach Merlin ihn, »daß dein Beisein, so willkommen es gewesen wäre, nichts genützt hätte.«

»Aber wenn ich dagewesen wäre...«

»Nein.« Merlin schüttelte sanft den Kopf. »Wie die Dinge liegen, bist du den weiten, kalten Weg vergebens geritten. Doch da du hier bist, solltest du den Herzog von Britannien grüßen und auf sein Wohl trinken. Auf dich, Artus, Dux Britanniarum.«

»Was ist passiert?« Meurig hatte erwartet, daß Artus zum König gekrönt worden sei.

»Mit einem Wort«, murmelte Ectorius: »Morcant.«

Bei diesem Namen machte Meurig eine heftige Handbewegung. »Da hätte ich gar nicht zu fragen brauchen. Ich hätte wissen sollen, daß der alte Betrüger Artus' Anspruch niederringen würde. Er war nicht der einzige?«

Ja, Meurig hatte erwartet, Artus als König wiederzusehen – seinem Vater Tewdrig, dem König von Dyfed, hatte Merlin Artus als Säugling gebracht, zum Schutz in den ersten Lebensjahren. Folglich hatte Meurig Artus' wahre Herkunft längst entdeckt. Dennoch gefiel nicht einmal Meurig, so nahe er Artus stand, dessen Anspruch auf Britanniens Thron.

Das – muß man gerechterweise sagen – ging damals den meisten Männern so. Er mochte ja Aurelius' Sohn sein, schön und gut; aber es bedurfte mehr als dessen, um jemanden zum Hochkönig zu machen. Es bedurfte der Unterstützung sämtlicher

Könige. Oder mindestens so vieler, daß die Abweichler zum Schweigen gebracht wurden – was in der Praxis fast aufs gleiche hinauslief.

Keiner glaubte so recht daran, daß ein Jüngling von fünfzehn Jahren, ein Knabe noch, die Hochkönigswürde erringen könnte, noch wollte man dem Vorschub leisten.

»Morcant hatte genug Hilfe«, erwiderte Merlin säuerlich.

»Mit Freuden würde ich seine Hängebacken glattziehen«, fluchte Kei, »wenn es etwas nützte.«

»Ich hätte da sein sollen«, wiederholte Meurig. »Meinem Vater geht es nicht gut, sonst wäre er mit uns gereist. Wir wurden durch das Wetter aufgehalten. Ja, wir haben zwei Pferde eingebüßt. Es tut mir leid, mein Junge.«

»Es ist gleich, Herr Meurig«, versuchte Artus seine wahren Gefühle zu verbergen, die jedoch alle an seiner Miene ablesen konnten. Die unglückliche Gemeinschaft schwieg.

»Herzog von Britannien? Das ist wenigstens ein Anfang.« Da Meurig sich für die Stimmung verantwortlich fühlte, versuchte er es mit Jovialität. »Was hast du nun vor?«

Artus hatte eine Antwort parat. »Ich will eine Kriegerschar aufstellen – erst einmal. Die größte Kriegerschar, die man auf der Insel der Mächtigen je erlebt hat. Nur die besten Krieger sollen mit mir reiten.«

»Dann wirst du Ländereien brauchen – um Pferde, Korn, Fleisch zu bekommen«, meinte Meurig großmächtig. Artus runzelte die Stirn, denn er spürte seine Armut. »Darum sind mein Vater und ich übereingekommen, daß dir die Ländereien südlich von Dyfed zufallen sollen.«

»Silurien! Aber diese Ländereien gehören dir!« wandte Artus ein.

»Gehörten mir«, verbesserte Meurig ihn. »Mein Vater ist alt und wird nicht weiterherrschen. In Dyfed soll ich jetzt herrschen. Darum brauchen wir im Süden eine starke Hand, und da ich keinen Erben und Nachfolger habe, wüßte ich keinen besseren, der das Land schützen sollte, als dich. Einverstanden?«

Artus' Stirnrunzeln wich einer ungläubigen Miene.

»Also«, fuhr Meurig flugs fort, »zwischen dem Taff und dem Ebbw liegt eine alte Hügelfeste mit einem Hafen am Mor Hafren. Sie heißt Caer Melyn. Man müßte einiges daran richten, aber du könntest daraus eine taugliche Festung machen. Das Land ist gut. Bei einiger Sorgfalt bringt es Ertrag.« Meurig strahlte vor Freude über sein Geschenk. »Nun, wie steht's? Hast du nichts zu sagen, Jung Artus?«

»Mir fehlen die Worte.«

Der junge Herzog wirkte so verdutzt von dieser Neuigkeit, daß Ectorius ihm auf den Rücken klopfte und rief: »Sei frohen Mutes, mein Sohn. Du brauchst dein Glück nur mit Händen zu greifen und es zu schmieden, so gut du kannst.«

»Ländereien und ein Schwert!« sprach Kei. »Was noch? Eine Frau und plärrende Kinder gewiß.«

Artus' zog eine Grimasse ob Keis Stichelei und sagte zu Meurig: »Ich stehe in deiner Schuld, Herr. Ich will mein Bestes tun, das Land zu schützen und darüber zu herrschen, wie du selbst es tätest.«

»Das bezweifle ich nicht. Du wirst eine Mauer aus Stahl sein, hinter der das Volk Dyfeds fett und faul werden wird.« Meurig lachte, und die Schatten, die jeden unserer Schritte verdüstert hatten, seit wir in Londinium waren, verflüchtigten sich.

Ich goß Met aus einem Krug ein. Wir tranken auf das Glück des Herzogs von Britannien und redeten dann über die Aufstellung von Artus' Kriegerschar. Ectorius und Kei, wurde beschlossen, sollten nach Caer Edyn zurückreiten, sobald das Wetter es gestattete, und mit dem Ausheben einer Streitmacht anfangen, die sich Artus im Süden anschließen sollte.

Natürlich konnte Artus es kaum erwarten, seine Ländereien zu sehen. Er war zwar als Knabe dort zu Besuch gewesen, hatte Dyfed aber seit langem nicht mehr gesehen. Der Winter hatte das Land hart im Griff, doch das störte Artus nicht. Er wollte am nächsten Morgen sogleich nach Caer Melyn reiten, um es in Augenschein zu nehmen.

»Warte wenigstens, bis der Schnee geschmolzen ist«, drängte Merlin. »Meurig sagt, daß der Winter dieses Jahr in den Südlanden hart ist.«

»Was ist ein bißchen Schnee?«

»Sei auf der Hut, Artus. Es ist kalt.«

»Dann tragen wir zwei Mäntel! Ich möchte meine Ländereien sehen, Myrddin. Was für ein Herr wäre ich, würde ich meine Besitztümer vernachlässigen?«

»Von Vernachlässigung kann kaum die Rede sein, wenn man wartet, bis die Straßen passierbar sind.«

»Du hörst dich an wie ein Krämer«, schalt er und schmiedete ungerührt seine Pläne fort.

Ich glaube, noch ehe wir Londinium verließen, hatte er sich alles genau zurechtgelegt: wie er seine Kriegerschar ausheben würde, wie er sie unterhalten würde, wie er sich sein Königreich errichten würde – mit Caer Melyn und den reichen Südlanden als starker Grundlage. Er sah alles so deutlich vor sich, daß die Zweifler sich ihm anschließen oder beiseite stehen mußten. Hier gab es wie so oft bei Artus kein Mittelding.

Also verließen wir Londinium am nächsten Morgen und eilten gen Westen. Als wir den Fluß Ebbw erreichten – nachdem wir mehr eiskalte Nächte unterwegs gewesen waren, als ich mich erinnern mag –, ritt Artus sofort zu der Hügelfeste hinan. Wie alle anderen in dieser Gegend war sie auf der Kuppe des höchsten Hügels im Umkreis gebaut und bot eine weite Sicht in alle Richtungen. Caer Melyn wurde von einem Ring kleiner Befestigungen umgeben, insgesamt ein Dutzend, welche die Eingänge zu den Tälern und die Flußmündungen der nahen Küste bewachten.

Unmittelbar im Osten lag noch ein Ring aus Festungen, in deren Mitte sich Caer Legionis befand. Die Festung der Legionen war verfallen, verlassen, wertlos. Doch Meurig hatte ein Stück weiter nördlich eine Feste auf einem hohen Hügel errichtet, auf den Ruinen eines eingestürzten römischen Kastells, und auch sie war von einem Kreis kleinerer Befestigungsanlagen umgeben.

So wurde der ganze Landstrich von miteinander verbundenen Festungsringen geschützt, so daß Dyfed und Silurien sicher waren. Meurig hatte jedoch nie in Caer Melyn gelebt. In der Tat lag es viele Jahre zurück, daß irische Seewölfe es gewagt hatten, die Wachsamkeit der britischen Könige im Südwesten zu prüfen. Daher waren die Hügelfesten durch mangelnden Gebrauch überwachsen und baufällig. Caer Melyn mußte wahrhaftig ausgebessert werden: die Tore wieder eingehängt, Wälle wieder aufgeschüttet, Gräben neu ausgehoben, Mauerteile ersetzt, Vorräte aufgefüllt werden…

Caer Melyn, die goldene Feste. So hieß sie nach den gelben

Schwefelquellen in der Nähe, aber Artus sah eine andere Art Gold hier glänzen. Er sah sie, wie sie sein würde, stellte sich als den Herrn dieses Reiches vor.

Dennoch war unser Schlafplatz nichts als eine einsame Hügelkuppe, die den eisklaren Sternen und dem bis auf die Knochen beißenden Wind preisgegeben war. Artus war das gleich. Der Ort gehörte ihm, er war hier der Herr; er wollte die erste Nacht auf seinem neuen Land in seiner eigenen Feste verbringen.

Wir schürten das Feuer hoch und schliefen ganz dicht daneben, in unsere Vliese und Mäntel gehüllt. Vor dem Einschlafen bestürmte Artus Merlin, zu dieser Gelegenheit eine Geschichte zu singen. »Das ist das erste Lied in meinem Saal« – es gab keinen – und das muß geziemenderweise vom Oberbarden der Insel der Mächtigen gesungen werden.«

Merlin wählte den »Traum des Macsen Wledig« und veränderte die Geschichte leicht, um Artus mit einzubeziehen. Das gefiel dem jungen Herzog ungemein. »Hier will ich meine Heimstatt finden«, erklärte er großspurig. »Und vom heutigen Tage an soll Caer Melyn als der erste Hof Britanniens gelten.«

»Aller vergangenen, gegenwärtigen und künftigen Höfe«, erwiderte Merlin. »Dieser wird der oberste unter ihnen sein. Man wird sich an ihn erinnern, solange es Erinnerungen gibt.«

Es sollte zwar einige Zeit dauern, bis man die Ruine wieder eine Burg nennen konnte oder gar einen Hof. Artus besaß an jenem rauhen Wintermorgen, als wir in Frost und Sturm aufwachten und die Arme über der Brust zusammenschlugen, um uns zu erwärmen, nicht einmal einen Herdstein auf seinen Namen.

Das einzige, was er hatte, war in der Tat Merlins leuchtende Verheißung.

An jenem Tag ritten wir zu einigen der umliegenden Hügelfesten, um Artus' Reich weiter zu erkunden. Es schien ihn nicht zu stören, daß die Stätten sich mehr für Wölfe und Raben eigneten als für Menschen. Es wurde klar, daß Meurigs Geschenk seinen Preis haben würde, aber den wollte Artus – mit einem Lied auf den Lippen – zahlen.

Während die Sonne sich am niedrigen Winterhimmel wieder auf ihre abschüssige Bahn begab, wandten wir uns Richtung Caer Myrddin, wo Meurig weilte. Als das blaßgrüne Licht von den

Hügeln verschwand, erreichten wir die Feste. Die Nüstern der Pferde waren eisbedeckt und ihre Kruppen dampften, als wir den Pfad zu dem holzumzäunten Bollwerk trabten.

Nichts war mehr übrig von der alten Villa, die einst hier gestanden hatte, als der junge Merlin in längst verklungenen Zeiten hier mit Herrn Maelwys, Meurigs Großvater, als König herrschte. Maridunum hatte die Burg damals geheißen. Jetzt hieß sie Caer Myrddin – nach ihrem berühmtesten Herrscher, obschon er kein König mehr war und seit sehr vielen Jahren nicht mehr hier wohnte.

An den Toren brannten bereits Fackeln – gelbe Flammen in den tiefblauen Schatten auf dem harten, gefrorenen Boden –, doch waren die Tore noch offen. Wir wurden erwartet.

Im Hof standen unversorgt Pferde. Darüber wunderte ich mich und wollte Merlin, der neben mir ritt, darauf hinweisen. Aber Artus hatte sie bereits gesehen und wußte, was sie zu bedeuten hatten.

»Hüah!« Er schlug seinem Roß die Lederzügel über die Flanken und galoppierte in den Hof. Kaum berührte er den Boden, so geschwind raste er auf den Saal zu. Die Menschen darin mußten seinen Ruf gehört haben, denn als Artus sich aus dem Sattel schwang, ging die Tür zu Meurigs Saal auf, und eine Blase von Männern ergoß sich in den Hof.

»Artus!«

Einer löste sich aus der Menge, rannte auf Artus zu und umarmte ihn heftig. Die beiden standen im blaßgoldenen Fackelschein des Saals, sich fest umschlingend, traten dann zurück und hielten einander zum alten Willkommensgruß Verwandter an den Armen.

»Bedwyr! Du bist da!«

»Wo sollte ich sonst sein, wenn mein Bruder mich braucht?« Bedwyr grinste und schüttelte den Kopf. »Sieh dich einer an ... Herzog von Britannien, fürwahr!«

»Was ist falsch daran?«

»Artus, dein Anblick ist Himmel und Erde für mich«, erwiderte Bedwyr trocken. »Aber wenn ich dabeigewesen wäre, wärest du nun König.«

»Wie das, Bruder? Bist du der Kaiser des Westens, daß du Könige ernennen kannst?«

Über diesen Wortwechsel lachten sie beide von Herzen und fielen einander wieder in die Arme. Dann fiel Bedwyrs Blick auf uns. »Myrddin! Pelleas!« Er eilte zu uns und umarmte uns. »Ihr seid auch da. Ich hatte nicht erwartet, euch alle zu sehen. Wie ich mich freue! Ihr hellen Geister seid Zeugen, Gott ist weise und gut!«

»Heil, Bedwyr! Du siehst ganz wie ein Fürst von Rheged aus«, sagte ich. Es stimmte. Bedwyrs Locken waren in einem dicken Zopf zusammengefaßt. Sein wollener Umhang war hellgelb und schwarz in dem geschickten Muster des Nordens kariert. Seine weichen Lederstiefel waren mit Schlangenmustern bemalt und reichten ihm bis zu den Knien. Alles in allem wirkte er wie ein Kelte von früher.

»Pelleas, Gott sei dir gnädig, ich habe dich vermißt. Es ist so lange her.« Ja, das war es – acht Jahre genau.

»Warum bist du hier?« fragte Artus. »Wir dachten, du würdest bis zur Schmelze warten.«

»Wir hatten im Norden einen ganz milden Winter«, antwortete Bedwyr. »Folglich mußten wir länger bleiben, als wir wollten: Seewölfe haben uns noch lange Sorgen gemacht, sonst wären wir im Herbst gekommen.« Er lachte kurz. »Aber wie ich sehe, habe ich sogar Myrddin überrascht, und das hat das Warten gelohnt.«

»Unerwartet magst du sein«, räumte Merlin ein. »Aber eine Überraschung ist es nicht, jemanden zu begrüßen, dessen Gesellschaft wir so oft herbeisehnten. Es ist die reine Freude, dich zu sehen, Bedwyr.«

Meurig, der zugesehen hatte, kam mit einer Fackel in der Hand näher und strahlte vor Glück. »Möge mein Saal sich füllen. Wir feiern in dieser frohen Nacht ein Freudenfest.«

Und das taten wir. Das Essen nahm kein Ende, und das Trinken floß in unablässigen Strömen aus Krügen und Schläuchen. Der Saal flammte von Kiefernspänen und Binsenfackeln, und das Herdfeuer warf fröhlich knisternd seinen roten Schein in die Runde. Meurig hatte einen nicht ungeschickten Harfner angestellt, so daß es uns nicht an Musik mangelte. Wir sangen eifrig und tanzten die alten Schritte.

Die nächsten Tage waren ausgefüllt: mit Jagen, Essen und Trinken, Singen, Reden, Lachen. Bischof Gwythelyn kam aus dem nahegelegenen Kloster von Llandaff, um unseren Frohsinn zu segnen und Artus in seiner neuen Stellung als Schutzherr Britanniens zu weihen. Das geschah auf edle Weise. Noch heute sehe ich Artus' Bildnis vor mir, wie er vor dem gütigen Bischof kniete und den Saum von Gwythelyns ungefärbtem Umhang an die Lippen hielt, während der Bischof ihm die heiligen Hände auflegte.

Und es war so: Im einen Augenblick war Artus der Herzog von Britannien und trug Ehre und Verantwortung dieses Titels, im anderen war er ein kymrischer Fürst mit unbeschwertem Herzen und leichtem, freien Lachen. Allein ihn zu sehen, in seiner Nähe zu sein, war ein Fest für die Seele.

Süßer Jesus, ich kann mich keiner glücklicheren Zeit entsinnen. Keiner genoß sie mehr als Artus und Bedwyr, die nebeneinander an der Tafel saßen und die ganze Nacht lang redeten und lachten. Und als die letzten Lichter ausgelöscht wurden, steckten sie noch immer die Köpfe zusammen und erzählten einander ihre Hoffnungen und Träume für die kommenden Jahre.

Jeder hatte dem anderen so vieles zu sagen, soviel verlorene Zeit wiedergutzumachen. Artus und Bedwyr kannten einander fast von Geburt an, denn Merlin hatte Artus in Tewdrigs Feste nach Dyfed gebracht, als dieser noch ein Säugling war. Die ersten Jahre hatte er daher in Caer Myrddin mit König Bleddyns jüngstem Sohn Bedwyr verbracht: einem schlanken, anmutigen Knaben, der so dunkelhaarig war wie Artus blond. Ein kühner Schatten für Artus' helle Sonne.

Die beiden waren zu treuen Freunden geworden: goldener Met und dunkler Wein in denselben Becher gegossen. Jeden Tag dieser frühen Jahre verbrachten sie gemeinsam – bis sie im Alter von sieben Jahren von der zwingenden Notwendigkeit getrennt wurden, in verschiedenen Königshäusern aufzuwachsen. Bedwyr war zu König Ennion, seinem Verwandten in Rheged, gekommen und Artus zu Ectorius nach Caer Edyn. Und abgesehen von allzu kurzen Gelegenheiten wie Versammlungen oder dem seltenen Königsrat hatten sie einander kaum gesehen. Ihre Freundschaft hatte eine lange Trennung aushalten müssen, aber sie hatte gehalten.

Keiner nahm es den beiden übel, als sie eines Morgens ausritten, um Artus' Lande zu besichtigen und drei Tage lang nicht wiederkamen. Bei ihrer Rückkehr verkündete Artus, daß er den östlichen Teil seiner Lande – dazu gehörten viele tiefe, versteckte Täler – der Pferdezucht widmen und unter Bedwyrs Herrschaft stellen wolle.

Sie dachten bereits sehr weit voraus, an den Tag, an dem jedes Pferd, das sie stellen konnten, einen Krieger mehr für Britannien bedeuten würde.

So war Anfang des Frühlings der Kurs bestimmt, auf dem – zum Guten oder Schlechten – die Insel der Mächtigen durch den dräuenden Kriegssturm gesteuert werden sollte. Gleich nach Pfingsten begannen die Arbeiten in Caer Melyn. Sieben Tage nach Beltane traf Kei mit den ersten Kriegern von Artus' Heer ein: einundzwanzig gut ausgebildete junge Männer, die von Ectorius als die Besten nördlich des Limes ausgewählt worden waren.

Und sechs Tage nach Lugnasadh beschloß König Morcant, das Stehvermögen des jungen Herzogs auf die Probe zu stellen.

V

Die Kunde erreichte Caer Melyn, daß Morcant sein Heer sammle, um im neuesten Strauß ihrer seit langem dauernden Blutfehde gegen Bedegran und Madoc zu reiten. Artus hatte nur zwanzig Mann; er selbst, Kei und Bedwyr eingeschlossen, waren sie dreiundzwanzig. Morcants Hundertschaften kaum gewachsen.

Dennoch war Artus der Überzeugung, daß er sich von Morcants Überzahl nicht einschüchtern lassen durfte, andernfalls er dem alten Schurken Britanniens Schwert gleich hätte geben können – und die Hochkönigswürde noch obendrein.

Ich wollte mit ihm reiten, doch Merlin riet davon ab. »Bleibe, Pelleas. Es wird andere Schlachten geben, wo wir dringender gebraucht werden. Laß sie ihre erste auf eigene Faust gewinnen. Ein Sieg wird sie ermutigen und ihnen einen gewissen Ruhm im Lande eintragen. Außerdem sollen Morcant und seinesgleichen erfahren, daß Artus selbst seinen Mann stehen kann.«

Daß diese Probe so früh stattfinden sollte, war unglücklich, aber Artus war unerschrocken. Er begrüßte sie sogar. »Dieser zahnlose alte Löwe hat einmal zu oft gebrüllt, das sage ich euch«, sprach er. »Wir ziehen ihn aus und scheren ihn wie ein Schaf, ja?«

Ohne weitere Sorge und größere Vorbereitungen ritten die Krieger sogleich zu Morcants Feste.

Die Belgen sind ein uraltes Volk, deren Stammessitz sich in Venta Belgarum befindet. Dank ihres frühen Friedensschlusses mit den Römern gewannen sie in der Gegend eine Vormachtstellung und wurde Uintan Caestir zu einer bedeutenden *Civitas*. Durch ihre Dienste für die Legionen gediehen die Belgen und ihre Stadt und wurden mächtig.

Als die Legionen abzogen, schrumpfte die Stadt zusammen – wie alle anderen auch –, und die Belgen kehrten aufs Land und zu ihren früheren Bräuchen zurück. Doch Überreste der Stadt bestanden noch, und hier hatte Morcant sich festgesetzt.

Caer Uintan hatte einst über ein öffentliches Forum und eine

Basilika verfügt. Diese hatten die belgischen Fürsten sich vor langer Zeit zu ihren Privatzwecken angeeignet: Das Forum wurde zur Burg umgebaut, die Basilika zum Festsaal. Trotz seines britischen Geblüts gab sich Morcant das Ansehen eines römischen Regenten.

Betrat man seinen Palast, war es, als würde man in eine längst vergangene Zeit kommen. Eine Zeit, die von jenen, welche sie nicht erlebt hatten, als unglaublich prächtig und herrlich ins Gedächtnis gerufen wurde – als ein goldenes Zeitalter von Ordnung, Wohlstand, Frieden und Gelehrsamkeit.

Gewiß gab Morcant sich solchen Träumereien hin. Er lebte umgeben von Dingen der Vergangenheit, ihm wurde von einer Schar Diener aufgewartet, die den Anschein jener vergangenen Ära für ihn aufrechterhielten. Er lebte wie ein Kaiser ... aber wie einer, der aus seinem geliebten Reich verbannt war.

Gleich Londinium rühmte Caer Uintan sich eines steinernen Befestigungsringes. In jüngster Zeit war um den Ring ein Graben ausgehoben worden, um den Wall noch höher zu machen. Sosehr Caer Uintan von seinem früheren Glanz verloren hatte, war es doch immer noch die Festung eines mächtigen Königs.

Doch dieser König war nicht da.

Morcant war bei seiner Kriegerschar und suchte die nahegelegenen Siedlungen von Madocs Bruder heim. Bis der räuberische König von Artus' Eingreifen hörte und zu seiner Burg zurückkehrte, bemannten der junge Herzog und seine wenigen Krieger die Wälle von Morcants Bollwerk bereits gegen ihn.

Damit zeigte Artus den ersten Schimmer jenes Kriegsgenies, das er in den folgenden Jahren immer wieder an den Tag legen sollte. Das Manöver überrumpelte Morcant vollkommen. Hatte er denn wirklich erwartet, daß Artus sich ihm im Felde stellen würde?

Morcants Mannen waren denen Artus' fünfzehnfach überlegen. In offener Schlacht hätten die Kräfte des jungen Herzogs denen Morcants keinen Widerstand leisten können. Obzwar eifrig und entschlossen bei der Sache und alles andere als unbeherzt, waren sie noch grün und unerprobt. Und Artus hatte keinerlei Erfahrung mit der Führung noch unbewährter Männer. Ja, Artus hatte fast überhaupt keine Erfahrung mit der Führung eines Heeres gleich welcher Größe oder Art.

Morcant hoffte, glaube ich, Artus der Lächerlichkeit preiszugeben. Er wußte, daß Artus die Herausforderung nicht übergehen durfte, daher erwartete der alte Löwe, daß Artus die wenigen Waffen einsetzte, die er besaß. Doch der Tor war Morcant; und seine Torheit hatte ihn bereits das Leben vieler seiner guten Mannen gekostet. Damit mußte ein für allemal Schluß sein.

Und das geschah so: Artus brach nach Caer Uintan auf und fand es wie erwartet praktisch schutzlos vor. Denn so groß war Morcants Hochmut, daß er es für gefahrlos hielt, seine Festung ungesichert zurückzulassen, wenn er auf Raubzug ging.

»Ach, das Eindringen war keine Schwierigkeit für uns«, erzählte Kei mir, entzückt über jede Einzelheit der von ihm beschriebenen Ereignisse. »Wir ritten einfach hin, als würde man uns erwarten, und meinten: ›Was sagt ihr? Morcant ist nicht da? Begrüßt man so den Herzog von Britannien? So geht denn und holt euren Herrn. Wir warten drinnen auf ihn.‹

Sobald wir drinnen sind, rufen wir alle zusammen – ohnehin fast nur Frauen und Kinder – und bringen sie in den Saal. Und dort erzählt Bedwyr ihnen, es sei eine Kränkung, den Herzog nicht mit einem Festmahl zu empfangen. Das versetzt sie alle in Aufregung, so daß sie umherwieseln und uns ein Fest bereiten. Die Verwirrung ist so groß, daß keiner bemerkt, wie Artus die Tore verriegelt.«

Seinen Bericht auskostend, lachte Kei vor sich hin. »Als Morcant erfährt, daß Artus da ist, stürmt er zu seiner Feste zurück. Aber es ist zu spät. Die Tore sind verschlossen, die Mauern gegen ihn gerüstet. Er tobt fast den ganzen Tag lang, aber der Herzog läßt sich nicht sprechen.

Er schrie. Ach, wie er schreien konnte! Und sein Sohn, dieser Cerdic, der hat auch ein großes Maul. Aber Artus antwortete ihnen nicht. Statt dessen bat mein Herr mich, mit ihnen zu verhandeln. Also rief ich von den Mauern zu ihnen hinab: ›Heil, Morcant! Heil, Cerdic! Wie ist's möglich, daß wir hierherkommen und von keinem begrüßt werden? Wie's steht, mußten wir uns unser Willkommensfest selbst bereiten.‹

Und der brüllende alte Löwe antwortet mir: ›Kraft welcher Befugnis überrennt ihr meinen Burgpalast?‹

›Kraft der Befugnis des Herzogs von Britannien‹, entgegne ich, ›dem nämlichen, der jetzt auf deinem Stuhle an der Tafel sitzt.‹ Ach, das gefällt ihm ganz und gar nicht. Dem zum Beweis beschimpft er mich endlos, und Artus sogar noch mehr. Doch ich tue so, als würde ich seiner nicht achten.

›Sage mir, großer König‹, spreche ich zu ihm, ›erkläre mir doch, wenn du es kannst, wie es kommt, daß du von deinem eigenen Feste ausgesperrt bist? Von diesem Wunder soll mir ganz Lloegres sprechen.‹ Das ergrimmt ihn noch mehr. Er plustert sich auf wie eine Natter, die zustoßen will – aber es gibt nichts zu beißen. Also ruft er von neuem.

Cerdic ist außer sich. ›Kommt heraus und kämpft!‹ schreit er. ›Feiglinge! Diebe! Regeln wir die Sache mit dem Schwert!‹ Etwas anderes kennt er nicht. Doch wieder antworte ich nicht.

So geht es weiter bis Sonnenuntergang. Ich begebe mich zu Artus und frage ihn, ob das die ganze Nacht so weitergehen soll. ›Jawohl‹, erwidert er, ›wir sind streng geritten und brauchen unsere Ruhe. Sage Morcant, daß wir uns jetzt schlafen legen und er nicht solchen Lärm machen soll.‹« Ob dieser Frechheit kicherte Kei.

»Ich gehe also wieder zum Wall zurück und teile Morcant mit, was der Herzog gesagt hat. Ist er darüber froh, Pelleas? Nein, das ist er nicht. Er kreischt wie ein Schwein, wenn es vom Messer getroffen wird. Er schäumt vor Wut, und seine Leute fangen zu lachen an – was die Sache für ihn nur noch schlimmer macht.

Aber was hat Morcant erwartet? Also überlassen wir ihn der Nacht, und am nächsten Morgen sehe ich nach, was er ausheckt. Da steht er mit geröteten Augen, das Gesicht vor Zorn verzerrt. Ich glaube, er verbrachte die Nacht im Sattel mit Fluchen! ›Ihr laßt mir keine Wahl‹, schreit er, ›ich belagere meine eigene Festung.‹ Und tatsächlich sind seine Leute vor den Wällen derart aufgestellt, als wollten sie uns an der Flucht hindern.

Das hält er für ganz schlau, aber als ich Artus davon berichte, lacht dieser nur und ruft nach einer Fackel. Wir marschieren in den Hof hinaus, und der Herzog steckt einen der Speicher in Brand. Glaubst du das, Pelleas? Bei Gott, ich erzähle dir die Wahrheit!

Und als die Flammen lodern, spricht Artus: ›Laßt uns nun zu Morcant gehen und sehen, ob er mit seinem Diener höflicher spricht oder ob seine scharfe Zunge ihn seinen schönen Palast kostet.‹ Das tun wir also.

Auf der Mauer ruft Artus: ›Sei gegrüßt, mein König, ich höre, du hast nach mir verlangt. Vergib mir, aber ich hatte über vieles nachzudenken.‹ Das sagte er so süß, wie man es sich nur wünschen kann – ganz ein Unschuldslamm.

›Glaube nicht, daß du der Strafe entgehst, Bürschchen!‹ belfert Morcant. ›Aurelius' Bastard oder nicht, ich will deinen Kopf auf einer Pike sehen, wo du jetzt stehst.‹

Der alte Tor schäumt wie wild, und ich glaube schon, daß wir einen großen Fehler begangen haben, denn einige der Männer umklammern ihre Schwerter und murren untereinander – es sei ihnen vergeben, weil sie Artus ja nicht kennen. Doch der Ort ist sicher und die Sache kein Fehler.

›Ist das die Gastfreundschaft, deren man dich so rühmt?‹ fragt Artus. Ha, das ist sie, und er weiß es genau!« krächzte Kei. Dann rieb er sich fröhlich die Hände und fuhr fort: »Nun, inzwischen steigen vom Hof hinter uns Rauchwolken auf. Das sieht Morcant und auch die Fackel in Artus' Hand – Artus hält sie nämlich immer noch. ›Was hast du getan?‹ fragt der König. ›Was brennt da?‹

›Da scheint jemand mit seiner Fackel zu sorglos gewesen zu sein‹, erwidert Artus. ›Zu schade, denn jetzt weiß ich nicht, wo ich heute nacht schlafen soll‹, sagt er, obwohl es kaum Tag ist! Du hättest Morcants Gesicht sehen sollen – ein seltener Anblick, das sage ich dir.

›Mein Palast!‹ kreischt Morcant. Sein Gesicht ist vor Gift jetzt grün und schwarz; er ist davon aufgedunsen. ›Du brennst meinen Palast ab!‹ Seine Augen quellen hervor, als er auf den Rauch starrt.

›Ja‹, versetzt Artus, hart wie kalter Stahl, ›ich brenne deinen Palast ab. Du hast nur eine Möglichkeit, ihn zu retten: Beende deinen Krieg mit Madoc und Bedegran und zahle mir Tribut.‹

›Der Teufel soll dich holen!‹ brüllt Morcant. ›Ich lasse mir von niemandem Bedingungen diktieren!‹

Da dreht Artus sich um und reicht die Fackel Bedwyr: ›Bring sie zu den Ställen und Speichern. Sieh, ob sie rasch Feuer fangen wie Morcants Saal.‹ Und Bedwyr folgt ihm rasch«, lacht Kei. »Nur zu gern will er ihm den Gefallen tun.

Das hört Morcant natürlich. Und er kann seinen Ohren nicht trauen. ›Nein, nein!‹ schreit er ohne jede Beherrschung.

Doch Artus schenkt ihm keine Beachtung.« Kei schüttelte bewundernd den Kopf. »Artus kennt keine Furcht, gar keine.«

»Und dann?« fragte ich, unendlich ergötzt von der Geschichte.

»Na ja«, nahm Kei einen langen Zug von seinem Bier, »Morcant befiehlt seinen Männern anzugreifen. Cerdic führt sie. Aber was können sie ausrichten? Sie schlagen mit ihren Schwertknäufen gegen die Tore. Ein paar fällen einen kleinen Baum und versuchen damit einzudringen. Aber sie sind mit dem Herzen nicht bei der Sache.

Das weiß Artus, darum befiehlt er uns, sie nicht zu steinigen. ›Laßt nur‹, sagt er. ›Unsere Waffenbrüder sind verwirrt. Tut ihnen nichts.‹

Der Qualm wallt jetzt dicht und schwarz auf. Bedwyr hat die Speicher gar nicht in Brand gesetzt, sondern nur eine Menge Korn in den Hof geschüttet und verbrennt dieses, damit es viel Rauch gibt. Auch einen oder zwei Wagen Heu haben sie dazugeschüttet, glaube ich, und –«, Kei unterbrach sich lachend, »– er hat ein paar Pferde daneben gestellt. Die Pferde haben vor dem Feuer natürlich Angst und schlagen einen Heidenlärm.

Das hört Morcant – doch was kann er dagegen tun? ›Haltet ein! Haltet ein!‹ brüllt er. ›Ich tue, was ihr verlangt. Nennt euren Tribut‹, faucht er. Er kann die Worte kaum ausspucken, so ergrimmt ist er. Cerdic heult wie ein tollwütiger Hund.

›Dreißig von deinen Kriegern!‹ erwidert Artus.

›Niemals!‹ belfert König Morcant.

›Dann fünfzig‹, entgegnet der Herzog.

›Zur Hölle mit dir, du Hurensproß!‹ lautet Morcants Antwort.

›Kei, Herr Morcant glaubt wohl nicht, daß wir es ernst meinen. Trage deine Fackel zu seinen Gemächern und seiner Schatzkammer‹, befiehlt Artus. Er blickt auf die sich windende Schlange hinab und sagt: ›Zum Glück haben wir unendlich viele Dinge zum Verbrennen.‹

Und ich beeile mich, seinem Befehl nachzukommen. Als Morcant das hört, bleibt ihm die Spucke weg. Er traut seinen Ohren nicht. Dennoch sagt er nichts, und ich beginne schon zu glauben, er sei so stur, alles in Flammen aufgehen zu lassen, nur um Artus zu trotzen.

Doch als ich gerade von der Mauer steigen will, höre ich ihn wieder rufen. ›Haltet ein! Haltet ein! Ich willige ein!‹

Ich kenne Morcant aber zu gut, um ihm zu trauen. Ich vermute, daß er uns in dem Glauben der Sicherheit wiegt und uns dann nachsetzt, sobald wir ihm den Rücken kehren. Daran hat Artus jedoch schon gedacht. Darum spricht er zu Morcant: ›Na gut, dann komm lieber herein und kümmere dich um das Feuer, ehe dein Palast ein Haufen Asche ist.‹ Und er befiehlt, ein Tor zu öffnen.«

»Wie verhinderte er, daß Morcant euch alle überwältigte, als er hereinkam?« fragte ich, denn genau das erwartete ich von dem König.

Kei warf den Kopf zurück und lachte. »Wir ließen sie zwar herein, aber immer nur einen, und nahmen ihnen die Waffen ab, sobald sie da waren«, erwiderte er. »Ja, Artus war schlau. Er nahm ihnen Schwert und Speer ab und gab ihnen Kanne und Krug – um das Feuer zu löschen. Bis Morcant zum Eingang kam, waren seine Männer damit beschäftigt, die Flammen zu bekämpfen, während ihre Waffen auf einem Haufen im Hof lagen.

Morcant war verrückt genug, einer Schlange den Kopf abzubeißen, aber selbst er sah ein, wie aussichtslos es gewesen wäre, Artus allein anzugreifen. Er kochte wie ein Kessel, der zu lang auf dem Herd steht, erhob das Schwert jedoch nicht gegen uns. Ich glaube, er hoffte uns später bei einer Unachtsamkeit zu erwischen.« Kei senkte die Stimme ehrfürchtig. »Aber Artus war Morcants Meister, lange bevor die Flammen in Caer Uintan hochzüngelten.«

»Wie seid ihr da nur lebendig herausgekommen?« staunte ich. »Artus spielte ein gefährliches Spiel.«

»Ja, es ist wahrhaftig ein Wunder«, gab Kei mir recht. »Am Ende ritten wir einfach hinaus, wie wir eingeritten waren – doch wohlgemerkt: wir waren fünfzig Mann mehr! Denn der Herzog ließ sich den Tribut in Gestalt von Morcants besten Männern zahlen.

›Kei‹, sprach er zu mir. ›Du und Bedwyr, ihr wählt die besten unter ihnen aus. Aber achtet auf eines: nehmt nur junge Krieger, die keine Verwandten unter denen haben, die zurückbleiben.‹ Und so machten wir's.«

Auch ich staunte über diese Verschlagenheit, die so scharfsinnig wie kühn war. Mut war vonnöten, das ja, aber auch ein ungewöhnlicher und gewitzter Verstand. Erst fünfzehn Jahre alt und schon fast ein Taktiker wie der sagenhafte Macsen Wledig. Artus war mit zweiundzwanzig Mann ausgeritten und kam mit zweiundsiebzig zurück. Er hatte die Zahl seiner Krieger verdreifacht – und dabei nicht einen Tropfen Blut vergossen!

»Ja, dadurch daß er nur jüngere Männer gewählt hatte – Männer ohne verwandtschaftliche Bande zu denen Morcants«, erklärte Kei, »gewann der Herzog Krieger, die er ganz allein für sich befehligen konnte. Sie werden nicht danach trachten, zu Morcant zurückzukehren und nicht zögern, gegen Morcant zu kämpfen, wenn erforderlich.« Er hielt inne und fügte dann hinzu: »Doch um die Wahrheit zu sagen: Artus hätte sie alle haben können. Jeder von ihnen wäre ihm gefolgt ohne auch nur einen Blick zurück. Ich sage dir, die Krieger liebten Morcant nicht.«

All dies berichtete Kei nach ihrer triumphalen Rückkehr. Und dieselbe Geschichte bekam auch Merlin zu hören. »Gut gemacht«, sagte Merlin. »Fürwahr, sehr gut. Paß nur auf, Pelleas, Artus hat sich mit dieser Tat mehr als nur Ruhm erworben. Damit hat er so viele Menschen gewonnen wie nur Ohren haben, die Geschichte zu hören.«

Vielleicht. Aber im Augenblick hatte Artus genug damit zu tun, die Männer unterzubringen und zu verköstigen, die ihm bereits folgten. Die Kriegerschar zu verdreifachen war ein kostspieliges Unterfangen. Im Sommer konnten sie natürlich jagen, aber den langen Winter über – in dem es nichts zu tun gab, außer Waffen instand zu setzen und auf den Sommer zu warten – würden die Nahrungsvorräte einfach dahinschwinden.

Der Sommer wurde hitzig und betriebsam: Der Saal war zu bauen, Speicher und Vorratskammern waren zu errichten, Vieh- und Pferdepferche aufzustellen, Mauern und Erdwälle zu sichern, Nahrung und Vorräte zu sammeln. Zum Glück hatte Artus genug Männer. Es gab so viel zu tun, daß jede Hand vom Anbruch des Morgens bis zum Einbruch der Nacht beschäftigt war und dennoch vieles liegen blieb.

Als der Sommer in den Herbst überging, warteten wir auf die Wagen mit den Tributen. Denn mit jedem Tag wurde unser Bedarf dringender, und wir wußten, daß wir den Winter ohne die versprochenen Vorräte nicht durchhalten konnten. Wir hatten zwar Viehkoppeln und Speicher – aber nichts, um sie zu füllen. Wir hatten einen Saal, aber nicht genug Häute, um darauf zu schlafen, nicht genug Mäntel, um uns alle warm zu halten.

Wie ich sagte, hatten alle Könige Tribute zum Unterhalt von Britanniens Heer gelobt. Aber als die ersten Wagen ankamen – die meisten waren halb leer, und das wenige, was sie brachten, war der Mühe kaum wert –, erkannten wir, daß uns die nächste Schlacht bevorstand.

»Warum tun sie das?« Hilflos deutete Artus auf die magere Last, die abgeladen und in die Speicher geschafft wurde.

»Den Dux bedürftig halten und ihn so beherrschen. Ihn beherrschen und über ihn gebieten«, erwiderte Merlin. »Die Menschen folgen keinem, über den sie gebieten.«

»Verflucht sollen sie sein!« Artus erbleichte sofort. »Ich könnte mir mit Gewalt holen, was mir versprochen wurde.«

»Das würde nichts nützen«, beruhigte Merlin ihn.

»Dann sollen wir ihretwegen verhungern?«

»Keiner wird verhungern. Custennin und Meurig werden uns durch den Winter bringen, nur keine Sorge.«

»Und dann? Es wird lang dauern, bis wir die Saat aus- und die Ernte einbringen können.«

»Bitte!« rief Merlin. »Eine Sorge nach der anderen, Artus. Kümmere dich nicht schon heute um die von morgen.«

»Das sind alles Dinge, die es zu bedenken gilt.«

»Wohl wahr, und darum weiß ich auch schon, was wir tun müssen.«

Artus stieß den Fuß in den Schlamm. »Warum läßt du mich dann so aufbrausen? Gefällt es dir, wie mir der Schweiß ausbricht?«

»Wenn du einen Augenblick zu toben aufhörst, dann sage ich dir, was zu tun ist.«

Und so fand ich mich auf einem Schiff wieder und segelte über das Meer Muir Nicht, unterwegs nach Armorica.

VI

Ich war nie zuvor auf einem Schiff gewesen und lernte die Seereise als höchst unerquicklich und nervenaufreibend kennen. Obwohl das Meer ruhig blieb, fühlte ich mich durch die ständige Bewegung – auf und ab, hin und her –, als würde ich trunken vor Wein auf einem ungezähmten Fohlen reiten. Die Überfahrt dauerte einen ganzen Tag und dann fast noch einen, und kein Mensch war jemals glücklicher als ich, sobald die vom Staub braunen Höhen Armoricas in Sicht kamen.

Düster in der rötlichen Dämmerung schimmernd, türmten sich hoch über uns kräftige rotgraue Wolkenbänke, und schon zeigten sich die ersten Sterne im Zwielicht am Firmament. Ich erblickte jene Hügel und kam mir vor, als hätte ich mein ganzes Leben auf diesem engen Boot zugebracht und kennte das Land nur gerüchteweise aus Seemannsgarn. Das Wunder dieser Landung – großes Licht, welch ein Aufatmen! – brachte mir die Tränen in die Augen, das sage ich euch.

Merlin ertrug die Reise mühelos. Er redete mit dem Kapitän und der Besatzung und entlockte ihnen, was er konnte. Dadurch erfuhr er, wie die Dinge in Armorica standen, so daß wir bei unserer Ankunft dort keine Überraschung zu gewärtigen hatten.

Nach der Landung entsandte Merlin einen Boten, der dem Herrn dieses Gebietes, das Benowyc genannt wurde, unsere Ankunft melden sollte. Die Nacht verbrachten wir in einem Dorf am Meer, das der Schiffsmannschaft zusagte. Die Leute in diesem Hafen waren freundlich und gut gerüstet, den Bedürfnissen Reisender zu dienen. Daher wurde uns mit gutem Essen und besserem Wein aufgewartet, als ich je genossen hatte. Die Leute sprachen freimütig von den Ereignissen in Gallien, auch wenn sie sich selbst nicht als Teil davon betrachteten, sondern eher als Teil Britanniens, was auch die Ähnlichkeit unserer Sprachen bestätigte.

In jener Nacht schlief ich gut – trotz des eingebildeten Gefühls von Wellen unter mir. Als wir am nächsten Morgen frühstückten, kam der Bote mit einem Zeichen des Herrn zurück und einer Nachricht, daß wir sofort zu ihm kommen und ein geziemendes Willkommen erfahren sollten.

König Ban von Benowyc war mit Hoel versippt, dem König, der Aurelius und Uther vor Vortigern geschützt hatte, als die beiden noch Kinder waren. Hoel hatte Aurelius eine Kriegerschar zu Hilfe gegen den Sachsenfeldherrn Hengist gesandt. Daher war der Name Merlin Ban wohlbekannt und vielen anderen ebenso.

Wir saßen auf – ich gelobte, mich nie wieder über den Sattel zu beklagen – und ritten sogleich nach Benowyc, wo Ban uns begierig erwartete. Die Entfernung war nicht groß, so daß wir unser Ziel bald erreichten: Caer Kadarn, eine große, gut gerüstete Festung auf einem Hügel mit Blick nach Norden und Westen aufs Meer.

»Heil, Merlin Embries!« rief er vom Rücken seines Pferdes aus, als er zu unserer Begrüßung auf uns zugeritten kam. »Schon lange war es mein Wunsch, dich kennenzulernen.« Er beugte sich über den Sattel und faßte meinen Herrn nach Art von Verwandten an den Armen. »Dir Gruß und Willkommen. Mein Herd sei dein, solange du bleiben magst – und ich bitte, daß dein Aufenthalt nicht kurz sein werde.«

Mein Meister nahm diese Begrüßung artig auf. »Heil, Herr Ban! Wir haben von der Gastfreundlichkeit und Höflichkeit der Könige Armoricas vernommen. Sicher bist du aber der Liebenswürdigste unter ihnen, daß du Fremde derart willkommen heißt.«

Diese Erwiderung gefiel Ban ungemein. Tatsächlich genossen die Armoricaner es, Lob zu empfangen, und suchten stets, einem Schmeichelworte zu entlocken. »Aber ihr seid keine Fremden, mein Herr«, sagte Ban. »Der Name des großen Embries ist ein Name von Ruf und genießt Hochachtung unter uns. Du bist nur ein Freund, dessen Bekanntschaft zu machen wir bisher noch nicht das Vergnügen hatten.«

Wie ich sagte, legten die Armoricaner großen Wert auf unsere gute Meinung von ihnen und wollten sich ihrer versichern. Das bewältigten sie mit Geschick und ohne übermäßige Anstrengung, so gewandt war ihr Benehmen.

Wir wurden zu Bans Saal geleitet, wo er ein bescheidenes

Willkommensmahl hatte bereiten lassen: Körnerbrot, Käse und eine Art süßen schweren Wein. Wir kosteten davon und lauschten Ban, der die Ereignisse des Sommers schilderte und wie er und sein Bruder Bors, der Feldherr von Benowyc, drei Schlachten gegen die Angeln und Juten in Gallien gefochten hatten.

»Ich würde deinen Bruder gern kennenlernen«, sagte Merlin.

Darauf erwiderte Ban: »Glückreiche Menschen führen ihr Glück mit sich, wie ich sehe. Denn tatsächlich wird Bors übermorgen hier zurückerwartet. Auch er wird dich begrüßen wollen.«

Wir verbrachten den Tag mit Reden und Reiten, denn Ban war begierig, uns sein Reich zu zeigen und unser Lob darüber zu hören. Das war uns keine Last, denn Benowyc war ein schöner, anmutiger Landstrich, dessen Anblick einem zu Herzen ging, gesegnet mit weiten Feldern, Wäldern aus hohen Bäumen und unvergleichlichen, langen und üppigen Jagdstrecken. Darum war Ban ein wohlhabender König.

Wie viele reiche Männer stellte Ban sich als überstolz auf seine Besitzungen heraus und ergötzte sich daran, sie zu zeigen, über sie zu reden, sie zu preisen und Lobpreis über sie zu hören.

Dennoch genoß er die Achtung seines Volkes, das ihn als ruhigen, beständigen Herrscher kannte, der großzügig regierte. Und was man auch sonst über ihn sagen mochte, so hatte er sein Urteilsvermögen nicht durch seine Liebe zum Reichtum trüben lassen.

Bors hingegen war von Kopf bis Fuß Krieger: hastig, unbeherrscht, leicht zu Waffen und Taten gereizt, gleich begeistert vom Prahlen wie vom Trinken – er war ein echter Meister des Bechers, das kann ich euch sagen. Trotzdem war er in der Schlacht und der Leitung seiner Mannen überaus begabt, ein wilder Kämpfer, der die Stärke und das Temperament eines angreifenden Ebers besaß.

Die beiden Brüder teilten jedoch dieselbe Liebe zum Leben und denselben Haß auf die Barbaren. Bei Ban und Bors konnte man sich darauf verlassen, daß sie jedem beispringen würden, der gegen die Feinde von Ordnung und Recht stritt. Und bei ihrem Reichtum konnte diese Hilfe beträchtlich sein.

Aus diesem Grund war Merlin natürlich gekommen: um

ihnen von Artus zu erzählen und sich ihres guten Willens und ihrer Unterstützung zu versichern. Da ihr Verwandter Hoel Aurelius geholfen hatte, hoffte Merlin, daß Ban auch Artus helfen würde.

Aber es gab einen weiteren Grund. Etwas, das Merlin im schwarzen Wasser der Seherschale erspäht hatte – ein altes Hilfsmittel der Druiden, dessen er sich mitunter bediente, um die verschlungenen Pfade der Zeiten abzusuchen. Er wollte nicht verraten, was er gesehen hatte, aber es beunruhigte ihn, und er beabsichtigte, die Quelle davon zu entdecken.

An unserem zweiten Tag bei Ban kehrte die Kriegerschar heim. Ein üppiges Mahl – sowohl zu unseren Ehren als auch derjenigen der Krieger – wurde im Saale aufgetragen, und wir speisten ausgezeichnet. Bors, der sich mächtig freute, wieder zu Hause zu sein, wandte sich mit einem Krug Bier in der Hand an Merlin. »Was höre ich da über dich, Merlin? Du sollst Barde sein. Stimmt das?«

Bors meinte es nicht böse, so daß Merlin seine Unwissenheit gutmütig hinnahm. »Mein Herr«, erwiderte er bescheiden, »man weiß von mir, daß ich ab und an die Harfe schlage. Manche, glaube ich, finden den Lärm angenehm.«

Bors grinste und schlug mit der flachen Hand auf den Tisch. »Bei Lud, das ist schön! Die Harfe, sagst du? Nun, dann bin ich dein Mann, Herr Embries.«

»Schwöre mir nichts, bis du mich spielen gehört hast«, erwiderte Merlin. »Armoricanische Ohren werden vielleicht nicht mögen, was sie hören.«

Darüber lachte Bors lauthals. »Dann spiele, sage ich, damit ich den Wert britischen Lärms beurteilen kann.«

Auf das Geheiß meines Meisters holte ich die Harfe, die bereits gestimmt war, und reichte sie ihm. Und wie es in jenem Lande der Brauch war, kamen nun die Frauen, die ihr Mahl andernorts eingenommen hatten, in den Saal, um den Gesängen zu lauschen. Sie traten ein und setzten sich zu den Männern an die Tafel oder an den Herd.

Zufällig hatte Ban einen Harfner an seinem Hof, einen jungen Mann namens Rhydderch, den alle einfach Rhys nannten: ein dünner, schlaksiger Junge, der nichts Bemerkenswertes an sich hatte außer seinen Augen, die groß und herrlich ausdrucksvoll waren, von der Farbe wie Holzrauch. Wir hatten ihn am Abend zuvor spielen hören.

Beim Anblick von Merlins Harfe erhob Rhys sich von seinem Platz und begab sich zur Tafel des Königs. Dort stand er in einiger Entfernung und sah wachsam zu, wie Merlin sich vor die Runde stellte.

»Was möchtest du hören, Herr?« fragte mein Meister.

Ban dachte einen Augenblick lang nach, dann erwiderte er: »Da dies eine Zusammenkunft von Freunden ist, laß uns eine Erzählung von Freundschaft und Ehre hören.«

Merlin nickte und begann, seine Harfe zu zupfen. Die ersten Noten stiegen im stillen Saal auf, schimmernd wie Silbermünzen aus der Anderswelt, während Merlins Finger die Melodie zu seinen Worten wob.

Die Geschichte, die Merlin darbot, war »Pwyll, der Herr von Annwfn«, eine der schönsten Geschichten über die Ehre unter Freunden, die es gibt. Zu jenem Abend in Bans Saal paßte sie besonders gut, denn durch sie forderte Merlin Freundschaft für Artus ein, gerade so, wie Arawn sie in der Geschichte von Pwyll einforderte.

Als er geendet hatte, saß der Saal verzückt da und wollte die gesegnete Stille, die auf Merlins hinreißendes Lied folgte, nicht entweihen. Als dann die letzten Noten in das Oran Mor, die große Musik, verklangen, wie Wogen in das spendende Meer zurückfallen, hörten wir einen lauten Knall. Bors war aufgesprungen und hatte dabei seine Bank umgestoßen.

Der Feldherr stieg auf den Tisch, von wo er auf Merlin voll Ehrfurcht und Staunen herabsah. Bors hob die Hände empor und erklärte vor allen, die versammelt waren: »Mein Volk, höre mich an! Tot möge ich auf diese Steine stürzen, wenn je ein Mensch unter diesem Dach einen solchen Gesang gehört hat. Dieser edle Dienst soll entlohnt werden, sage ich ...« Er grinste breit und fügte hinzu: »Ja, sogar mit der Hälfte meines Königreichs.«

Damit sprang Bors vor Merlin auf den Boden und umarmte ihn heftig. Dann nahm er einen seiner goldenen Armreifen ab und streifte ihn Merlin über den Arm – zum Entzücken aller, die versammelt waren.

Die Leute jubelten, und Ban schlug den Becher auf den Tisch und rief nach mehr. Doch Merlin weigerte sich, bat um Nachsicht und versprach, vor seiner Abreise noch einmal zu singen. Es entsprach nicht seiner Gewohnheit, mit seinen Gaben zu protzen.

Als klar war, daß es an dem Abend keinen weiteren Gesang geben würde, strebten die Krieger und ihre Frauen allmählich zu ihren jeweiligen Schlafplätzen. Ban und Bors wünschten uns eine gute Nacht und überließen uns unserer Ruhe.

Als wir jedoch zu unserem Gemach kamen, wartete dort jemand auf uns: Rhys, der junge Harfner. Seine ersten Worte verrieten sogleich, was er auf dem Herzen hatte. »Hat euer Herr viele gute Harfner?«

»Guten Abend, Rhys«, erwiderte Merlin. »Feinsinn soll man Wind und Wellen überlassen, wie?«

Rhys errötete ob seiner Anmaßung, gab jedoch nicht nach. »Vergib mir meinen Vorwitz, Herr. Ich spreche nur von Harfner zu Harfner. Ich hätte gern deine Antwort.«

Solcher Hochmut! Er betrachtete sich als Merlin ebenbürtig.

»Sprich nur freiheraus, Junge«, meinte Merlin. »Derlei Zurückhaltung ist unter Freunden nicht angebracht.«

Rhys blinzelte verwirrt und sah mich hilfesuchend an.

»Man gemahnt dich an deine Manieren«, sagte ich zu ihm.

Da errötete der junge Mann noch mehr, haspelte aber weiter. »Ränke sind mir verhaßt, mein Herr, das versichere ich dir. Wenn du das meinst.«

»Deine Unverblümtheit ist erfrischend, Rhys. Ich fühle mich ermahnt«, lachte Merlin. »Womit kann ich dir dienen?«

»Das habe ich doch schon gesagt.« Hilflos breitete er die Arme aus.

»Dann höre meine Antwort«, versetzte Merlin. »Der Herr, dem ich diene, besitzt lediglich den Mantel auf seinem Rücken und das Schwert an seiner Seite. Er sammelt zwar gerade Krieger und Gefolge, aber ein Harfner befindet sich nicht darunter. Das wäre ein Luxus, den er sich nicht leisten könnte.«

Rhys nickte, als würde er einen Entschluß fassen. »Dann wird dein Herr Artus jemanden brauchen, der seine Siege am Herd besingt.« Was ihn betraf, hätte die Harfe in Merlins Hand auch ein Ruder sein können.

»Du wirst meinem Herrn Artus wohl gestatten, daß er sich erst einmal einen Herd verschafft.«

»Um so besser«, erklärte Rhys triumphierend. »Denn wie soll sein Ruhm so wachsen, daß Männer ihn schätzen und ihm folgen? Außerdem kann ich ein Schwert so gut schwingen, wie auf der Harfe spielen, darin bin ich der Beste in ganz Benowyc. Da kannst du fragen, wen du willst.«

»Dann lade ich dich ein, mit uns zu kommen, wenn nichts dich davon abhält«, erwiderte mein Meister dem jungen Harfner. »Doch dein Herr wird ein Wörtchen mitzureden haben. In der Tat, Bors ist selbst ein Herr, der des Ruhmes wert ist. Zweifellos fände deine Kunst hier besseren Lohn.«

»Herr Bors ist wahrhaftig ein würdiger Führer«, pflichtete Rhys bei. »Aber er hat vier Harfner, die seinen Lobpreis singen können, und...« Hier lag gewißlich die Quelle seiner Klage. »... und ich bin der geringste unter ihnen – an Rang, wohlgemerkt, nicht an Geschick. Sie sind eifersüchtig und beachten mich daher nicht.«

»Ich verstehe«, räumte Merlin ein und zupfte an seinem Kinn. »Ja, das ist ein Punkt. Und du glaubst, daß es dir bei Artus besser ergehen könnte. Stimmt das?«

»Es stimmt, fürwahr«, gab Rhys ihm ernsthaft recht. »Wenigstens glaube ich nicht, daß es mir viel schlechter ergehen könnte.«

»Nun, wenn du keine Angst hast, das Schwert so gut wie die Harfe zu führen, dann kannst du dich für willkommen halten.«

Wir ließen die Angelegenheit für diese Nacht auf sich beruhen und dachten nicht mehr daran, bis wir am nächsten Tag unser Mittagsmahl einnahmen und Bors uns darauf ansprach. »Gott sei euch wohlgesonnen«, rief er. »Ich hoffe, unser schlichtes Mahl behagt euch.«

»Du und dein Bruder sind recht großzügig. Und das Essen ist ganz nach unserem Geschmack.«

»Gut!« rief Bors, als hätte er den ganzen Tag auf dieses Lob gewartet. »Sehr gut.« Er ließ sich neben Merlin auf der Bank nieder und nahm sich von dem Brot und dem Fleisch aus den Schüsseln vor uns.

»Nun denn«, sagte er und teilte das Brot in seiner Hand, »was höre ich da: Ihr wollt mir einen meiner Barden stehlen?«

»Rhydderch hat dir von seinem Vorhaben erzählt?«

»Willst du ihn mitnehmen?« fragte Bors liebenswürdig.

»Das kann ich nicht sagen«, entgegnete Merlin. »Die Entscheidung liegt bei dir und Artus. Das habe ich auch dem Jungen gesagt. Willst du ihn ziehen lassen?«

Bors kaute eine Weile nachdenklich, ehe er antwortete. »Obwohl ich einen guten Harfner nur ungern verliere, bin ich mit meiner Ehre gebunden, dir eine Belohnung zu gewähren –«

»Ich habe keine Belohnung verlangt«, wandte Merlin flink ein.

»– eine Belohnung für deinen Gesang gestern abend«, fuhr Bors fort. »Denn das halbe Reich hat das Versprechen aus meinem Munde vernommen.«

»Bitte, du schuldest mir nichts. Ich gab, wie mir gegeben wurde.«

»Soll denn geflüstert werden, daß das Wort des Bors von Benowyc weniger wert ist als die Luft, die es bedarf, es auszusprechen?« Bors schüttelte mit ernster Miene den Kopf, aber seine Augen waren fröhlich. »Das kann nicht angehen.«

»Wohl wahr...«, pflichtete Merlin ihm zögernd bei.

»Also sollst du Rhys bekommen, Herr Embries«, sagte Bors und fügte listig hinzu: »Aber es wäre nicht klug, wenn ich ihn alleine gehen ließe.«

»Wieder wahr. Was schlägst du vor?«

»Ich schlage vor, mit ihm zu gehen. Um zu gewährleisten, daß dem Jungen kein Leid geschieht, verstehst du.«

»Ich sehe«, versetzte mein Meister. »Fahre doch bitte fort.«

»Natürlich«, sagte Bors, während er sich ein Stück Fleisch in den Mund steckte und dann die Finger leckte, »könnte ich nicht alleine mitkommen. Da ich ein geselliger Mensch bin, bedürfte ich meiner Gefährten, um nicht einsam zu werden.«

»Sicher, eine Reise fern der Heimat läßt einen Mann oft einsam werden.«

»Einhundert meiner besten Männer sollten wohl genügen. Mit Waffen und Pferden, dann wäre ich nicht einsam.«

Merlin lachte herzlich und lobte Bors' Umsicht. Bors gefiel der Scherz, aber er hob die Hände und sagte: »Preise mich nicht zu sehr. Ich versichere dir, es geht mir dabei nur um die eigene Bequemlichkeit.«

Ban und Bors hatten erraten, warum Merlin gekommen war und wollten nicht, daß er sich herabließ, um Unterstützung zu bitten, die sie ihm nur zu gern angedeihen ließen. Um ihm die

Verlegenheit zu ersparen – wie schlecht kannten sie meinen Meister, wenn sie wähnten, er würde vor irgend etwas zurückschrecken, um Artus zu befördern –, boten ihm die Brüder daher Männer und Pferde auf diese Weise an. Und Merlin erkannte die Geste natürlich in ihrer vollen Bedeutung. Auch die Klugheit darin entging ihm nicht: Jede Schlacht, die in Britannien gegen die Sachsen geschlagen wurde, war eine weniger, die sie auf eigenem Boden auszufechten hätten.

»Ich sage dir etwas, Pelleas«, sprach er später, »diese Männer lassen sich an Gastfreundlichkeit und Ehre nicht überbieten. Wären doch nur die britischen Könige so geneigt, Artus zu helfen.«

Ein Zweck unserer Reise war erfüllt, und zwar schneller, als wir hatten hoffen dürfen. Von dem anderen hatte Merlin noch immer nichts gesagt. Am nächsten Tag führte Ban Merlin auf einer Rundreise durch sein Reich an die Orte, die einen Fremden am meisten beeindruckten. Ich blieb zurück, um mit Bors auf die Jagd zu gehen. Wir erfreuten uns an unseren langen Ausritten und den Abenden im Saal, gutem Essen, noch besserem Wein und allerbestem Gesang.

Die merkwürdige Sitte der Frauen – getrennt zu essen und sich den Männern zur Kurzweil im Saal anzuschließen – wurde auch bei diesen Gelegenheiten eingehalten. Daher nahm ich sie erst am dritten Abend wahr: eine unvergleichliche Maid von seltener und auserlesener Schönheit.

Sie kam mit den übrigen Frauen herein und suchte sich einen Platz am Herd. Gleich, als ich sie dort sitzen sah – leicht nach vorne gebeugt, um dem Gesang zu lauschen, die Hände im Schoß gefaltet, die Augen hell vor Freude und Erwartung, auf den Lippen ein Lächeln, das von reinem Entzücken und einer ins Leben verliebten Seele kündete –, da war mir …

Bors bemerkte meinen Blick, lachte und sprach: »Ja, sie ist schön, nicht wahr? Sie heißt Elaine.«

Elaine! Der Name rief in mir ein Gefühl wach, welches mir die Sprache verschlug.

Elaine …

Aus den Tiefen meines Gedächtnisses stieg die Erinnerung auf: Von den vier Schiffen Avallachs, die der Katastrophe entronnen waren, welche Atlantis zerstört hatte, waren nur drei nach Britannien gelangt. Das vierte und letzte blieb vermißt...

Avallach hatte seinen Sohn Kian verloren; und mein Vater Belyn seine Frau und Königin: Diese hatte Elaine geheißen. Obwohl mein Vater nie von ihr sprach, hatte ich die Geschichte von dem verlorenen Schiff bei Hofe oftmals gehört.

Ich verlangte keine weitere Bestätigung. Allein durch ihre Statur, die Anmut ihres Auftretens wußte ich in meinem Inneren, daß die Dame vor mir meinem Stamm angehörte. Ich saß da und starrte sie an, während die Erkenntnis mich schwindelig machte: Feenvolk in Armorica!

War es möglich?

Bors mißdeutete mein Starren als Schwärmerei und sagte: »Du bist nicht der erste Mann, der dem Zauber einer Feenmaid erliegt.«

»Wie kam diese Frau an deinen Hof?« fragte ich, und meine Stimme klang mir schrill im Ohr.

»Das ist kein Geheimnis. Der Vater meines Vaters, König Banw, heiratete eine Frau ihres Stammes. Obzwar schön, war die Frau zerbrechlich und starb, ohne ihm einen Erben zu gebären. Er nahm natürlich eine weitere Frau, doch sagte er immer, daß sein Herz der Feenkönigin gehörte. Seit Banws Zeiten leben Feen bei uns. Elaine entstammt ihrer Rasse. Sie sind zwar der Welt abgewandt und hochmütig, aber friedfertige Wesen, so seltsam sie auch sein mögen, und bleiben unter sich.«

»Wo wohnen sie?«

»Im Wald von Broceliande – ein gutes Stück weiter östlich.« Bors beobachtete mich genau, als würde er mich zum ersten Mal sehen. Er beugte sich zu mir, als wollte er mir etwas anvertrauen. »Ich habe sagen hören, daß Herr Embries dem Feenvolk entsprossen ist. Ist dem so?«

»So heißt es.«

Bors nickte, als würde dies einiges erklären. »Und du?«

»Ich auch.«

»Das dachte ich mir. Ich erwähnte es Ban gegenüber, aber mein Bruder tat es als Unsinn ab.«

»Die Leute machen zuviel Aufhebens darum«, versicherte ich ihm. »Das Feenvolk ist gar nicht so anders, wie man meint.«

Das nahm er rasch lachend auf. »Was die Leute so alles glauben. Ich habe sagen hören, daß dein Volk die Gestalt wechseln kann, wie es ihm beliebt – sich in Wölfe, Hirsche, Eulen oder was auch immer verwandeln kann.«

Unser Gespräch wandte sich bald wieder anderen Dingen zu, doch ich dachte bei mir: Feenvolk, hier in Armorica. Das mußte Merlin erfahren!

VII

Broceliande lag einen Zweitagesritt von der Küste entfernt zwischen den weiten, niederen Hügeln Armoricas. Das Land jenseits des schmalen Meeresarms ist nicht so naß, nicht so häufig Nebel und Regen ausgesetzt wie Ynys Prydein. Doch im Hochsommer kann es dort sehr heiß werden. Die Hitze steigt dann von der Erde auf und tanzt in schillernden Wellen über die Hügelkämme, und der Staub wirbelt unter den Hufen der Pferde hoch.

Es ist ein schönes Land. Bäche und Flüsse, Seen, Quellen und Tümpel sind zahlreich. Die Bäume sind von gewaltigem Wuchs und die Wälder reich an allen Arten von Wildbret. Ein Herr, der ein solches Reich besäße, müßte sich gesegnet heißen. In der Tat kenne ich viele, die weniger besitzen und sich glücklich schätzen.

Es ist mir rätselhaft, warum es in der Gegend nicht mehr Dörfer gibt. Auch wenn wir auf unserem Weg durch zwei neue Siedlungen kamen, so waren diese von Briten gerodet und errichtet, welche wie andere aus den südlichen und östlichen Landstrichen Britanniens übers Meer gekommen waren, um den plündernden Sachsen zu entgehen. Die Sachsen ließen Armorica größtenteils in Ruhe, während Britannien um so reifer für Raubzüge war.

Wenn Britannien fiel oder sich faßte und Plünderungen abwehrte, dann würde der Blick der Barbaren bald auf Armorica fallen, und wohin würden zivilisierte Menschen dann fliehen?

Der Gedanke, daß Landsleute – oder gar unsere eigene Sippe! – unser Land verließen, entmutigte Merlin. Das gefiel ihm gar nicht und mir auch nicht. Ich begriff und vergab ihnen ihre Furcht, während Merlin sich betrogen fühlte.

»Glauben sie vielleicht, sie können der Finsternis entrinnen, wenn sie ein wenig Wasser überqueren?« fragte er und betrachtete die grobe Siedlung traurig. »Ich sage dir die Wahrheit, Pelleas: Wenn die Sonne untergeht, dann verschwindet für alle das Licht, und alle Menschen werden die Nacht gleichermaßen verfluchen.«

Er seufzte und schüttelte bedächtig den Kopf. »Und wenn das Licht einmal verschwunden ist, läßt es sich nicht zurückholen.«

Also war es für uns alles andere als eine unbeschwerte Reise. Aber als wir an den Rand des Waldes gelangten, trafen wir auf einen kleinen Weiler – nicht mehr als eine Handvoll Lehmhütten und eine Dornenhecke um ein Viehgehege. Die Menschen, die dort lebten, waren freundlich und begierig nach Neuigkeiten aus der großen Welt. Als wir sie nach der Siedlung des Feenvolkes fragten, teilten sie uns gerne mit, wo und wie wir sie finden konnten, und hätten jemand zu unserem Geleit mitgeschickt, wenn wir dies zugelassen hätten. Das Feenvolk, sagten sie, lebe zurückgezogen und sei Fremden gegenüber nicht aufgeschlossen. Doch es besitze das Wissen um vielerlei ungewöhnliche Geheimnisse und helfe dem Weiler mitunter, wenn es nötig sei.

Alles in allem stellten wir fest, daß Broceliande in vielem Celyddon glich, und die Ansiedlung der Feen war beinahe mit der Custennins identisch. Der tiefe, dunkle Wald verbarg sie vor der Welt so sicher wie jeder Zauber.

Die Siedlung war aus Holz auf den hohen Felsufern eines weiten Waldsees gebaut – genau wie bei Goddeu in Celyddon hatten die Flüchtlinge sich entschlossen, nahe einem abgelegenen See zu siedeln. Der Wald war nicht ganz gerodet worden; Häuser und Speicher standen zwischen Bäumen verstreut. Das trug gewiß zu dem Eindruck von Heimlichkeit bei; aber es verlieh dem Ort auch etwas von Düsterkeit und drückender Stille.

»Das ist ein freudloser Ort«, sagte Merlin, als er die Siedlung erblickte. Wir waren ein gutes Stück weit einem schmalen Weg in den Wald gefolgt und einen mählichen Pfad hinangeritten. Auf der Hügelkuppe hielten wir inne, um auf die Siedlung hinabzublicken. Es schien niemand da zu sein; nichts deutete darauf hin, daß jemand unsere Ankunft bemerkte. »Nun denn, stellen wir uns ihnen vor.«

Vorsichtig lenkten wir unsere Pferde voran und achteten beim Näherkommen auf jedes Lebenszeichen im Dorf.

Vor dem auffälligsten Gebäude – einer Holzhalle mit einem hochgiebeligen Rieddach – zügelten wir unsere Pferde und warteten. Da überkam uns ein ungutes Gefühl. Merlin, der jetzt die Brauen zusammenzog, starrte aufmerksam auf die Häuser, als wollte er entdecken, was mit ihren Bewohnern geschehen war. Denn keiner von uns nahm auch nur eine lebendige Seele wahr.

»Sie sind nicht da«, sagte Merlin schließlich und saß ab. »Gehen wir hinein und sehen wir, was ihnen zugestoßen ist oder wohin sie gegangen sind.«

Die Halle roch nach Moder. Die Binsen auf dem Boden waren verschimmelt, und von den Balken und Fackelhaltern hingen Spinnweben. Auf der Tafel standen Teller mit Essen, das keiner angerührt hatte außer Mäusen. Die Asche im Herd war kalt und feucht.

Die Halle hatte eindeutig seit langem niemand mehr betreten. Und diejenigen, die zuletzt hier gewesen waren, hatten sie überstürzt verlassen.

»Es wird überall so aussehen«, sagte Merlin. »Sie haben diesen Ort verlassen – und das wohl voll Entsetzen.«

»Suchen wir in den anderen Behausungen. Vielleicht finden wir dort etwas, das uns einen Hinweis auf ihren Verbleib gibt.«

Also machten wir uns daran, in den anderen Gebäuden der Siedlung nachzusehen. Überall Zeichen eines überstürzten Aufbruchs: zubereitete, aber unangetastete Mahlzeiten; Herdfeuer, die unbewacht weitergebrannt hatten; Gebrauchsgegenstände, die zusammengerafft und dann auf beliebigen Haufen liegengelassen worden waren. In einer Hütte war eine Binsenfackel angezündet und an ein Brett gesteckt worden, wo sie, lange vor sich hin schmorend, ein dünnes, schwarzes Brandmal hinterlassen hatte, ehe sie verlosch. Und in einer anderen befand sich ein irdener Topf, der zum Kochen auf den Herd gestellt worden und von der Hitze geborsten war, so daß die Brühe ausgelaufen und in den Flammen verkohlt war.

»Wie merkwürdig«, sagte ich. »Als hätten sie ihren Aufbruch erwartet, den Zeitpunkt aber nicht gekannt. Siehst du das?« Mit einer Handbewegung wies ich auf die beinahe leere Hütte: »Keine Waffen und keine Kleidung, keine Schätze oder wertvollen Dinge sind zurückgeblieben. Dennoch finden sich keinerlei Zeichen von Zerstörung oder Plünderung. Ich glaube nicht, daß sie angegriffen wurden.«

»Und doch wurden sie angegriffen«, erwiderte Merlin, der mit zusammengekniffenen Augen seinen Blick über das Innere eines Raums gleiten ließ, der sicher das Gemach des Herrn gewesen sein mußte. Neben der Bettstatt stand ein Kandelaber, dessen Kerzen zu harten Wachsklumpen herabgebrannt und auf den staubigen Boden gekullert waren. »Aber nicht von den Sachsen oder dergleichen.«

»Von wem dann?«

Er schüttelte schlicht den Kopf. »Gehen wir fort von hier.« Er wandte sich ab und ging nach draußen. Als wir aus der Hütte traten, erhaschte ich am Rand meines Gesichtsfeldes kurz eine Bewegung, doch als ich hinsah, war nichts da. Einen Moment später hörten mein Meister und ich ein Platschen im nahegelegenen See – als hätte jemand einen großen Felsbrocken hineingeworfen.

Merlin blieb stehen und blickte zum See hinüber. Ohne ein Wort machten wir kehrt und gingen an den Pferden vorbei auf einem Pfad zum Ufer hinab. Der Spiegel des Sees war glatt und ungetrübt, aber am Gestade sahen wir in dem groben Kies Vertiefungen. »Das waren viele Füße«, sagte er. Der Kummer machte seine Stimme leise und schwer.

Ich folgte den Spuren bis zum Wasserrand; dort verschwanden sie.

»Warum?« fragte ich flüsternd. Ich mühte mich, unter die Wasseroberfläche zu schauen, weil ich wohl dachte, dort die verschlungenen Leichname treiben zu sehen.

»Das erblickte ich in der Seherschale«, murmelte Merlin. »Und ich bin zu spät gekommen.« Er sah mich scharf an. »Warum? Ebensogut kannst du den Wind fragen – er weiß viel mehr als ich.« Lange stand er da und blickte auf das glatte, schimmernde Gewässer, das still in der tiefen Einsamkeit des Waldes lag.

»Aber eines kann ich dir sagen«, setzte er dann ruhig fort, »über diesem Ort liegt der Hauch des Todes ... er überzieht ihn wie der Gestank fauligen Fleisches ... wie ein tödlicher Nebel über dem Moor. Hier ist der Tod ...«

Mit einemmal kniff er die Augen fest zusammen und preßte sich die Hände an die Schläfen. Sein Mund öffnete sich zu einem fürchterlichen Entsetzensschrei: »Aaach!« hallte Merlins Stimme über den See und wurde von dem immergrünen Wald rundherum verschluckt.

Ich faßte ihn am Arm, um ihn zu stützen. Langsam öffnete er

die Augen, deren hellgoldener Glanz jetzt von Pein und Kummer verdüstert war. »Morgian!« schluchzte er, die Stimme erstickt vor Gram. »Es war Morgian...«

Sofort drehte er sich um und kletterte zu den Pferden zurück nach oben. Ich blieb einen Augenblick länger stehen und starrte in das klare Wasser. Kalt, tief und dunkel, gab der See nichts preis. Doch als ich gerade weggehen wollte, erhaschte ich einen metallenen Schimmer und schaute zu meinen Füßen hinab. Auf dem Kies lag eine kleine Silberbrosche.

Ich hob sie auf und hielt sie hoch. Eine einfache, muschelförmige Scheibe mit einem Loch in der Mitte, in dem sich Stoff bündeln ließ, und eine Silbernadel, um ihn festzuhalten. Das Schmuckstück war verbogen – zertreten, dachte ich.

Als ich es umdrehte, sah ich, daß ein Stück hellblaues Tuch noch fest an der Nadel hing. Da wurde mir klar, daß die Brosche gewaltsam von dem Kleidungsstück gerissen worden sein mußte, vom Leichnam des Menschen geraubt, der sie getragen hatte. Sie mußte hingeworfen und niedergetrampelt worden sein. Noch einmal blickte ich auf die ungestörte Wasserfläche und die vielen Fußspuren am Ufer. Wie ich so dastand, erfaßte mich ein kalter Schauder.

Ich schob die Brosche unter meinen Gürtel und eilte den Pfad hinan, wo Merlin auf mich wartete. Ich schwang mich in den Sattel und wandte mein Pferd dem Pfad zu, nur allzu bereit, diesen traurigen Ort zu verlassen.

Wir ritten unverzüglich zurück, glitten schweigend durch Schatten und Düsternis, spürten bei jedem Huftritt den dumpfen Schrecken der verlassenen Siedlung und fragten uns, welche Ungeheuerlichkeit hier begangen worden war.

Ich ritt voran, und Broceliande wurde noch bedrohlicher als bei unserem Eintreffen. Keiner von uns beiden sagte etwas; Merlin ging mit sich zu Rate, und als ich mich umdrehte, sah ich, daß er sich in seinen Umhang gehüllt hatte, obschon es warm war.

Wir hielten neben einem klaren, trogähnlichen Teich, um ein Nachtlager aufzuschlagen. Der Teich lag auf einer luftigen, offenen Waldlichtung, umgeben von Bäumen wie von einer hohen, dunklen Mauer. Neben dieser Mauer wuchs eine Gruppe Birken, und um den Teich wuchsen ein paar Weiden und Holunderbüsche.

Ich tränkte die Tiere, sattelte sie ab und pflockte sie an – mit besonders viel Seilraum, so daß sie so weit wie möglich zwischen den Bäumen grasen konnten. Dann fing ich an, das Lager zu richten. Merlin setzte sich ein Stück weg und sah mir gedankenverloren zu.

Als das Tageslicht schwächer wurde, ging ich das Stückchen bis zu den Birken, um Feuerholz zu sammeln. In kurzer Zeit hatte ich einen ganzen Armvoll und wollte gerade zu dem Teich zurückgehen. Doch auf halbem Wege blieb ich stehen…

Was ist das? staunte ich lauschend.

War es der Wind im Gras und den kahlen Zweigen, der diesen leisen Gesang erzeugte? Ich ging weiter. Aber der Gesang wurde lauter, als ich mich dem Teich näherte.

Ich sah sie im gleichen Augenblick wie sie mich. Eine Maid mit goldenem Haar, ganz in Grün gekleidet – Kleid, Untergewand und Stola. Sie trug einen Ledereimer in der Hand. Ihre Haut hatte einige Sommersprossen und deutete auf häufiges Arbeiten in der Sonne hin. Sie war von anmutiger und zierlicher Gestalt; ihre Augen groß und dunkel wie polierte Jade. Bei meinem Anblick fuhr sie sich mit der freien Hand an den Mund und unterdrückte einen Schrei.

»Bitte, Herrin«, sagte ich. »Hab keine Furcht.«

Sie ließ die Hand sinken, hielt den Eimer jedoch so, als wollte sie ihn auf mich werfen. »Wer bist du?« Ihre Stimme klang voll und süß wie Rahm.

»Ich bin ein Wanderer«, sagte ich, »der Bedienstete eines Edlen, der mich am Teich erwartet.« Ich zeigte auf die Weiden vor uns.

Sie blickte auf den Eimer in ihrer Hand, als wollte sie mir damit den Wahrheitsgehalt ihrer Worte beweisen, und erwiderte unsicher: »Ich will Wasser holen.«

»Und du sollst welches bekommen«, versetzte ich und ging auf den Teich zu. Sie zögerte. »Komm, dir geschieht nichts.«

Widerstrebend folgte sie mir mit zwei Schritten Abstand. Wir gelangten zu der Stelle, wo Merlin mit dem Rücken an einer der Weiden ruhte. Als wir uns näherten, schlug er die Augen auf, sah das Mädchen und erhob sich.

»Sie will Wasser holen«, erklärte ich und ließ das Feuerholz zu Boden fallen.

»Ich wünsche dir einen guten Tag, Herrin«, sprach Merlin zum Gruß. »Du mußt in der Nähe wohnen. Doch haben wir keine Siedlung gesehen.«

»Ach, es gibt keine, Herr«, erwiderte die Maid. »Mein Vater und ich leben allein.« Sie drehte sich um und deutete unbestimmt in die Ferne. »Dort hinten.«

»Vielleicht sollten wir deinem Vater unsere Aufwartung machen«, meinte Merlin. »Da wir anscheinend über sein Land reiten.«

Das Mädchen biß sich auf die Lippe und zog bekümmert die Stirn kraus. Sie so betrübt zu sehen, gefiel mir gar nicht. Ich streckte die Hand aus und berührte sie sanft am Arm. Ihre Haut war warm und weich. »Du brauchst dich vor uns nicht zu fürchten«, sagte ich. »Wir sind ehrenwerte Männer.«

Sie lächelte und senkte den Blick. »Ich wollte nicht unartig sein, Herr. Nur … mein Vater ist zur Jagd, und ich bin allein.« Als sie dies sagte, hob sie den Kopf und blickte Merlin geradewegs in die Augen.

»Wie heißt du, Mädchen?«

»Nimue, Herr«, erwiderte sie freundlich.

»Und dein Vater?«

»Herr Meleagant«, antwortete sie zaudernd.

»Bleibst du oft allein, Nimue?«

»Recht oft. Aber nie lange, Herr«, fügte sie flugs hinzu. »Obwohl das Jagen hier schwierig ist und mein Vater für unseren Unterhalt weit umherziehen muß.« Sie lächelte und verlor ihre Scheu. »Darum bin ich oft allein, doch das macht mir nichts aus. Ich habe mich daran gewöhnt.«

»Hast du nie Angst vor dem Alleinsein, Nimue?« fragte Merlin und verlieh damit meinen Gedanken Ausdruck.

Sie warf ihre goldenen Locken zurück. »Warum sollte ich Angst haben? Hierher kommt niemand, und wilde Tiere, die mir etwas zuleide tun könnten, gibt es nicht. Mein Vater ist nie lange weg; er hütet mich wohl.« Sie zeigte auf die Gegend um uns: »Hier ist es nicht wie andernorts; hier gibt es keine Störenfriede.«

»Auch wir wollen dich nicht stören«, erwiderte Merlin und

wandte sich zum Gehen, »wir wollen nur eine Nacht an deinem Teich rasten.«

Sie hielt ihn mit dem seidigen Gespinst ihrer Stimme in Bann. »Ach, ihr braucht doch nicht neben diesem Teich zu schlafen, Herr – nicht solange ich ein Dach habe, unter dem ich euch bergen, und einen Herd, an dem ich euch wärmen kann. Du bist sichtlich ein Mann von hohem Ansehen; auf der kalten Erde zu schlafen liegt unter deiner Würde.«

»Dein Angebot ist freundlich«, sagte Merlin. »Doch da dein Vater nicht da ist, würde es uns nicht einfallen, in dein Haus zu kommen.« Er wollte sich abwenden, doch wieder beharrte sie.

»Ob mein Vater da ist oder nicht, die Gastfreundschaft unseres Hauses darf ich anbieten, wem ich will. Und da ich euch für aufrichtige Männer halte –«, sie sah mich an und lächelte hold, »– würde ich es als eine Ehre betrachten, wenn ihr meine bescheidene Einladung annähmet –«, ihre Augen funkelten vor Freundlichkeit, »– und als Kränkung, wenn nicht.«

Merkwürdigerweise sprach die Maid wie eine Frau von edler Abstammung: geradeheraus, aber artig. Ich merkte, daß ich sie bewunderte, und fragte mich, wie sie dazu gekommen war, in dieser Wildnis zu leben.

Merlin lachte: »Es soll keiner von uns sagen, daß wir uns einer Kränkung schuldig machten, wo wir dies verhindern konnten.« Zu mir sagte er: »Pelleas, wir begleiten diese Maid zu ihrer Behausung.«

Ich packte unsere wenigen Habseligkeiten zusammen und wollte die Pferde bereit machen. »Es ist nicht weit«, unterbrach Nimue mich. »Den Pferden wird hier nichts geschehen.«

»Wir können sie hierlassen«, meinte Merlin.

»Aber ...«, wollte ich einwenden.

»Es wird schon gut sein«, beharrte Merlin. »Laß sie hier.«

Sie unbeaufsichtigt zu lassen behagte mir ganz und gar nicht, doch da das Haus nahe lag und keine Gefahr drohte, tat ich, wie mir geheißen. Ich klemmte mir unsere Waffen unter den Arm und folgte Nimue, die uns vorausging.

Tatsächlich war das Haus nicht weit. Ich begriff nicht, wie wir es hatten übersehen können, denn wären wir nur ein paar Dutzend Schritt weitergeritten, hätten wir es gefunden. Vielleicht hatte der Teich uns abgelenkt, oder die Weiden hatten es verdeckt.

Es war ein festes, ganz aus Stein gebautes Haus. Davor lag ein kleiner Hof, sauber und gut gepflegt. Auf einer Seite befand sich ein Schafpferch, doch ohne Schafe darin. Im Inneren waren der Boden gekachelt und die Wände gekalkt. Offensichtlich lebten Nimue und ihr Vater nicht schlecht und waren auf ihre kleine Wohnstatt stolz.

Im Herd brannte ein Feuer, und am Spieß briet Fleisch: drei Stück schönes Geflügel derselben Art. Über den Flammen brodelte ein schwarzer Topf mit Grütze. Einen großen Teil des einzigen Raums nahm ein mächtiger Tisch ein, wie man ihn oft in den Sälen von Königen findet. Hinter einer riesengroßen, weißen Ochsenhaut neben dem Herd verbarg sich ein Alkoven. Im hinteren Teil des Raums hing eine zweite Ochsenhaut.

Hinter dieser verschwand Nimue, als wir ins Haus traten, und kehrte einen Augenblick später mit einem Weinschlauch und Silberbechern auf einem Holztablett wieder zurück.

Sie schenkte den Wein ein und bot, nachdem sie zu Ehren des Hausgottes ein paar Tropfen versprengt hatte, den ersten Becher Merlin an. »Der Gastbecher, Herr. Dir Gesundheit und langes Leben.«

Sie wartete, bis er den Becher geleert hatte, ehe sie mir den nächsten reichte. Ich führte ihn an meinen Mund, doch als die rubinrote Flüssigkeit meine Lippen berührte, wurde ich von einem heftigen Niesreiz gepackt. Einmal, zweimal nieste ich kräftig.

Als ich mich wieder gefaßt hatte und den Becher abermals zum Mund heben wollte – da mußte ich wieder niesen. Verstohlen blickte Nimue mich an. War es Sorge? Oder war es Angst, was ich in ihren Augen las?

Ich versuchte, sie zu beruhigen, und entschuldigte mich: »Wein hat mitunter eine unangenehme Wirkung auf mich. Nehmt es mir nicht übel, aber ich kann davon nicht trinken.« Damit stellte ich den Becher auf das Tablett zurück.

Der Abend verstrich fröhlich. Wir speisten von dem gebratenen Geflügel und der Grütze und redeten über die Angelegenheiten des Reiches. Nimue interessierte sich sehr für unsere Neuigkeiten und stellte viele Fragen – Fragen, die einen regen Verstand und ein breites Wissen über die Welt jenseits ihrer Behausung verrieten. Offenkundig waren wir nicht die ersten

Reisenden, die unter ihres Vaters Dach Zuflucht gefunden hatten.

Nach dem Mahl und der Unterhaltung fiel mir ein, nach den Pferden zu sehen. Ich sorgte mich ein wenig um sie und dachte, es könne nicht schaden, mich vor dem Schlafen um sie zu kümmern. Ich erhob mich und wollte gehen, als Nimue mich bei den Händen faßte und sagte: »Geh nicht, Herr. Es ist dunkel, und du könntest in den Teich fallen.«

»Ich kann schwimmen«, versetzte ich lachend und trat hinaus.

Es war eine klare Nacht, hell schien der Mond über mir. Meinen Weg konnte ich mühelos sehen und schritt den Pfad entlang. Der Teich schimmerte im Mondschein und funkelte wie ein an die Erde gefesseltes Juwel. Die Pferde standen Flanke an Flanke und hielten die Köpfe gesenkt. Als sie mich gewahrten, wieherten sie sanft. Ich streichelte ihnen den Hals und redete ihnen gut zu. Dann überprüfte ich, ob sie sicher angebunden waren, und ging zurück.

Ich muß im Mondschein wohl die Orientierung verloren haben, denn als ich ein gutes Stück gegangen war, hatte ich das Haus noch immer nicht erreicht.

An unvertrautem Ort verirrt man sich leicht, vor allem im Dunkeln. Dennoch fand ich den Weg zum Teich zurück mühelos. Als ich dann wieder zum Haus zurückzukehren versuchte, hörte ich abermals Gesang – dieselbe muntere Stimme wie vor meiner Begegnung mit Nimue. Sehen konnte ich jedoch niemanden.

Ich ging weiter und gelangte kurz darauf unerklärlicherweise wieder zu dem Teich. Abermals nahm ich den Pfad, sicher, daß es diesmal der richtige war, denn jetzt paßte ich ganz genau auf. Dennoch hatte ich mich bald im Holundergebüsch verlaufen. Und wieder hörte ich das unheimliche Singen. Ich rief, aber es kam keine Antwort. Ich wartete und rief aufs neue. Das Singen hörte auf.

Als ich meine Schritte nun dem Teich zuwandte, merkte ich, daß ich diesmal länger brauchte, bis ich dort war. Der Weg hatte sich unauffällig verändert, und ich war verwirrt.

Schließlich erreichte ich den Teich aus einer ganz anderen Richtung. Das verstörte mich, aber anstatt weiterzugehen, setzte ich mich einen Augenblick hin, um einen klaren Gedanken zu fassen.

Das Haus lag nicht weit weg – höchstens ein paar hundert Schritt vom Teich entfernt. Es schien unmöglich, daß ich es verfehlte: Der Mond stand hoch und schien hell, der Weg war deutlich zu erkennen.

Dennoch hatte ich mich dreimal verirrt. Ich holte tief Luft, ging wieder los und achtete darauf, den Teich im Rücken zu behalten; damit folgte ich nicht dem Pfad, sondern meinem eigenen, rasch nachlassenden Orientierungssinn.

Ich ging eine Weile so – viel länger, als ich erwartet hatte – und wollte schon umkehren, als ich es erblickte. Geradewegs vor mir, im Mondlicht schimmernd, stand das Haus: Der Schein des Herdfeuers fiel schwach durch die Tür. Vom Strohdach stieg langsam Rauch auf, silbrig im Mondlicht glich er den Dünsten über einem schwelenden Sumpf.

Ich ging auf das Licht zu und hörte, als ich die Tür erreichte, den Gesang: Sanft, einlullend, süß war er, und doch schauderte mir davor. Denn vor allem anderen besaß der Klang die gespenstische Schwermut eines kalten Herbstwindes, der durch kahle Äste weht.

Auf der Schwelle blieb ich stehen und lauschte. Doch die letzten Töne verklangen – das Lied war zu Ende.

»Die Pferde sind versorgt...«, hub ich an, dann erstarrte ich und stierte.

Neben dem Herd lag Merlin am Boden, das Haupt in Nimues Schoß. Sie hatte Merlins Messer in der Hand. Bei meinem Eintreten wandte sie sich zu mir um: Ich bin mir zwar nicht ganz sicher, aber im flackernden Feuerschein wirkten ihre Züge wie zu einer Miene unsagbarer Wut und Verachtung verzerrt. Und ich hatte das Gefühl, als würde ein Speer mir den Bauch durchbohren und in meinen Eingeweiden wühlen.

Nimue lächelte einladend. Sie legte einen langen Finger an die Lippen und flüsterte: »Dein Meister schläft.« Sie strich ihm das Haar glatt und wollte ihm einen Kuß geben.

Ich reagierte rasch und heftig. Wie ein Blitz durchfuhr mich der Zorn. »Nein! Das darfst du nicht...« Ich sprang auf sie zu, doch sie hob eine Hand hoch, und ich hielt ein.

»Pst! Du weckst ihn auf!« Dann fügte sie sanfter hinzu: »Ich habe ein wenig gesungen, und er schlief ein ... er war so müde.«

So rasch, wie die Hitze meines Zorns aufgewallt war, erkaltete sie, und ich stand da und kam mir töricht vor. »Es tut mir leid«, murmelte ich, »ich dachte...«

Nimue lächelte. »Nicht weiter. Ich verstehe schon.« Sie drehte sich um, und als würde sie mich vergessen, fing sie wieder an, Merlin über das Haupt zu streicheln. Dann beugte sie sich hinab, küßte ihn keusch auf die Stirn und steckte das Messer in seinen Gürtel zurück. Sie raunte etwas über ihn hin und ließ dann seinen Kopf und seine Schultern sanft auf den Boden sinken.

Dann stand sie auf, kam lächelnd auf mich zu und legte mir die Hände an die Brust. »Vergib mir«, wisperte sie und näherte ihr Gesicht dem meinen. Ich roch den Duft nach Apfelblüten in ihrem Atem. »Er sah so friedlich aus, da konnte ich nicht widerstehen...«

Ihre Lippen öffneten sich, und ihre Lider fielen zu. Sie drückte ihren Mund auf meinen, so daß ich die süße Wärme ihrer Lippen fühlte. Ich spürte ihre Finger an meinem Handgelenk, wie sie meine Hand an ihre Brust führten, und in diesem Augenblick begehrte ich sie wie nie eine andere Frau.

Nimue preßte ihren Körper an mich, drückte ihren Unterleib an meinen Schenkel. Ich spürte ihr warmes Fleisch unter meinen Händen und verlangte schmerzlich nach ihr.

Das nächste, was ich weiß, ist, daß sie vor dem Feuer stand und ihr Kleid zu Boden fiel. Ihr Körper war von erlesener Gestalt, makellos, das Gleichmaß der Linien wurde von Schatten und Licht des Herdfeuers hervorgehoben. Sie drehte sich um, umfaßte mit den Händen ihre Brüste und ging langsam auf mich zu, als würde sie mir die Reife ihres Körpers darbieten.

Ich streckte eine Hand aus, um sie zu berühren, sie zu nehmen.

Das Bild zweier Menschen, die sich in der Liebe vereinigen, kam mir in den Sinn, die verschlungenen Gliedmaßen, die sich windenden Leiber. Und da schien mir, daß etwas Häßliches im Gange sei. Das Bild verschob sich leicht, und ich sah, daß der Körper der Frau eine verwesende Leiche war...

Augenblicklich verging mir jegliches Verlangen; an seine Stelle trat unbeschreiblicher Abscheu. Angewidert wandte ich mich ab.

»Pelleas...« Ihr Atem streifte heiß meinen Nacken, ihre Stimme war ein lustvolles Stöhnen. »Nimm mich, Pelleas, ich will dich lieben.«

»Nein!« Unwillkürlich entrang der Schrei sich meiner Kehle. »Nein!«

Ihre Hände waren auf mir, umfaßten mich an der Hüfte, streichelten mich. »Liebe mich, Pelleas. Ich will dich.«

»Laß ab!« brüllte ich wieder und drehte mich rasch zu ihr um, die Hände zum Schlag ausholend.

Herausfordernd stand Nimue da, einen Blick hochmütigen Triumphes auf dem schönen Gesicht. »Nur zu«, sagte sie, »schlage mich.«

Mit höchster Willensanstrengung ließ ich die Hand sinken. Der Drang, sie zu schlagen, war unvermindert, aber ich widerstand ihm. »Das werde ich nicht.«

Obwohl ihre Verführung mißglückt war, konnte sie ihre Selbstgefälligkeit nicht verbergen. »Ich verabscheue Schwäche«, zischte sie. »Zeige mir, daß du nicht schwach bist.« Sie trat auf mich zu und strich sich dabei mit den Händen über die Schenkel.

»Weiche von mir, Hure!« zwang ich jedes einzelne Wort heraus. »Im Namen Jesu Christi, zurück!«

Sie blieb stehen, ihre Lippen zuckten voll Ekel. »Das wirst du noch bereuen, Pelleas ap Belyn!« keuchte sie, als hätte sie einen Hieb in den Bauch empfangen. Dann drehte sie sich um, raffte ihre Kleider zusammen und floh aus dem Haus.

Sobald Nimue verschwunden war, überfiel mich eine große Müdigkeit. Der Raum verdunkelte sich und schwankte vor meinem Blick wie eine Spiegelung in einem See. Ich fühlte mich betrunken – obschon ich den Wein doch nicht angerührt hatte. Auf unsicheren, fühllosen Beinen stolperte ich zum Lager hin; dort fiel ich der Länge nach auf das Stroh…

Als ich aufwachte, strömte mir das Sonnenlicht in die Augen, und ich hörte ein Pferd leise wiehern. Ich stützte mich auf und erkannte, daß ich neben dem Teich im Gras lag. Neben mir graste mein angepflocktes Pferd. Merlin war nirgends zu sehen.

Mit einemmal kam mir wieder ins Gedächtnis, was am Abend zuvor geschehen war, und ich sprang auf. Mein Kopf dröhnte dumpf, meine Augen schmerzten, und meine Glieder taten weh, aber ich war unverletzt. Ich rannte auf dem Pfad zum Haus.

Es war nicht mehr da!

Ich suchte, bis ich nach Atem rang, konnte es aber nicht

finden. Das feste Steingebäude war nirgends zu sehen. Das Haus war verschwunden – und Merlin mit ihm.

Da wurde mir klar, was geschehen war. Doch es war zu spät. Ich verfluchte meine Blindheit und die Leichtgläubigkeit, mit der ich dem Zaubertrug verfallen war.

Und dann fiel mir wieder Nimue mit ihrer im Zorn ausgestoßenen Drohung ein: Das wirst du noch bereuen, *Pelleas ap Belyn …*

Sie hatte mich bei meinem Namen genannt! Eine Welle von Übelkeit und Entsetzen durchzuckte mich. Die Galle stieg mir hoch, und ich übergab mich –

»Morgian!«

VIII

Von ringsumher überflutete mich die Angst. Was wäre, wenn Morgian zurückkäme und ihren Preis forderte?

Gesegneter Jesus, hilf mir! Wo ist Merlin?

Ich rannte. Suchte blindlings. Stolperte, stürzte, raffte mich wieder auf und rannte weiter. Ich suchte nach dem Haus, konnte es aber nicht finden und Merlin auch nicht. Ich rief ihn, aber es kam keine Antwort … keine Antwort.

Schließlich kehrte ich zu dem Teich zurück und zwang mich zum Niederknien und Trinken. Ein wenig gelabt, wusch ich mir das verschwitzte Gesicht und fing dann an, die Pferde zu satteln.

Ich war von Herzen entschlossen, meinen Meister zu finden oder bei dem Versuch zu sterben. Und sollte Morgian auch zurückkommen … und sollten sämtliche Mächte der Hölle gegen mich toben … ich war gewillt, ihn zu finden und von dem Hexenbann zu befreien, der ihn fesselte.

Mit diesem Schwur in meinem Inneren sank ich auf die Knie und betete, daß die Hand des Herrn mich führen und die Engel und Erzengel mich schützen sollten. Dann saß ich auf und begann erneut zu suchen.

Vielleicht werden in jener Wildnis so selten Gebete vernommen, daß sie um so schneller erhört werden. Oder vielleicht gewährt der Allerhöchste dort, wo der böse Feind mit seiner Macht protzt, rasch die Bitte des angstvollen Herzens, das sich an ihn wendet.

Wie immer es sei, meine dringenden Gebete verwandelten sich bald in Lobpreisungen, denn ich war erst halb um den Teich geritten, als ich meinen Meister sah. Er lag auf dem Gesicht unter einem Holunderbusch, Beine und Füßen hingen ins Wasser.

Ich sprang aus dem Sattel, rannte zu ihm, zerrte ihn aus dem Teich und rollte ihn auf den Rücken. Dann drückte ich ihm mein Ohr an die Brust und horchte. Er lebte. Sein Herz schlug zwar langsam, aber regelmäßig. Er schlief – ein bleierner Schlaf wie der eines Toten: reglos, der Atem leicht und flach.

Ich wiegte ihn in meinen Armen und begann seine Hände zu reiben und ihn an den Schultern zu rütteln, um ihn aufzuwecken. Doch es gelang mir nicht.

Da erhob ich mich und überlegte, was zu tun war. Offenkundig durften wir nicht in dem Wald bleiben. Wir brauchten Hilfe. Es blieb nichts anderes übrig, als nach Benowyc zu reiten. Merlin konnte ich aber nicht allein lassen.

»Vergib mir, Meister, anders geht es nicht.« Damit hob ich ihn auf und legte ihn mir auf die Schultern.

Langsam und unter unendlichen Mühen setzte ich meinen Herrn auf sein Pferd. Und obzwar es mir weh tat, band ich danach die Hände um den Hals seines Reittieres; dabei bat ich die ganze Zeit um Vergebung für die Kränkung, die ich ihm antat.

Als ich mir schließlich sicher war, daß er nicht aus dem Sattel stürzen würde, nahm ich die Zügel seines Pferds und band sie an meinem Sattel fest. Ohne einen Blick zurück brach ich auf, zurück nach Benowyc.

»Was auch nötig sein mag, wird getan«, wiederholte Ban voll Ernst. »Du brauchst es nur zu sagen.«

Mir fiel nichts anderes ein, als Merlin so rasch wie möglich fort nach Ynys Avallach zu schaffen. Denn ich bildete mir ein, daß mein Herr, wenn überhaupt irgendwo, dann nur im Schrein des Erlösergottes nahe beim Palast des Fischerkönigs gerettet werden könne. Und wenn irgend jemand auf der Welt ihn heilen konnte, dann Charis, die Dame vom See.

»Ich danke dir abermals, Herr Ban«, erwiderte ich. »Dein schnellstes Schiff würde uns viel nützen. Mehr bedürfen wir im Augenblick nicht.«

»Ich komme mit euch.«

»Das ist nicht nötig.«

»Dann gestatte mir wenigstens, einen Arzt mitzuschicken. Ich lasse einen aus dem Kloster kommen.«

»Ich wage keinen Tag länger zu warten. In Ynys Avallach gibt es Ärzte, die wissen werden, wie sie meinen Meister von dem Zauberbann befreien können.«

Ban zog die Brauen hoch. »Nun gut, du sollst sofort aufbrechen. Ich werde dich zum Schiff geleiten und Kapitän und

Mannschaft persönlich Anweisungen geben. Außerdem werde ich dir zur Hilfe einen Mann mitsenden.«

Wir verließen Caer Kadarn, sobald eine Bahre für Merlin bereit stand. Die Flut zog sich gerade zurück, als wir den Hafen erreichten; das Schiff war bemannt und bereit. Sobald die Pferde sicher festgebunden waren, gingen wir an Bord. Daraufhin gab Ban den Seeleuten seine Befehle. Kurze Zeit später spürte ich, wie das Schiff ablegte. Ich drehte mich um und rief Fürst Ban einen Abschied zu.

»Was auch immer geschehen mag«, gab er zurück, »wir besuchen euch im Frühling. Und die Vorräte, um die ihr gebeten habt, kommen, sobald die Ernte eingebracht ist. Ich werde meine Hilfszusage nicht vergessen!«

Fürwahr, Artus und den Grund, warum wir überhaupt nach Benowyc gekommen waren, hatte ich ganz aus den Augen verloren.

Von der Überfahrt läßt sich nichts weiter sagen, als daß sie gnädig kurz war. Günstige Winde brachten uns geschwind übers Meer ins Mor Hafren. Am Ende des dritten Tages gingen wir am Briw an Land, nachdem wir so weit landein gesegelt waren, wie der Fluß es erlaubte. Von dort aus ritten wir weiter. Wir folgten dem Fluß geradewegs zu dem See, der König Avallachs Burginsel umgibt.

Im Morgengrauen erreichten wir den Tor, der rotgolden im diesigen Licht des neuen Tages schimmerte. Wir waren die Nacht über geritten und hatten weder zum Schlafen noch zum Essen angehalten. Die Pferde waren erschöpft und ich auch.

»Wir sind daheim, Meister«, sagte ich zu dem Körper, der reglos wie ein Leichnam auf der Trage neben mir lag. »Hier gibt es Hilfe.«

Ich ritt am Ufer entlang und bog auf den Damm ein, der den Burgberg mit dem Heiligtum und der Gegend dahinter verbindet. Mir folgten Merlin und Bans Bediensteter. Wir überquerten den Damm und ritten dann langsam den gewundenen Pfad hinan bis zum Gipfel. Dabei behielt ich den Palast die ganze Zeit im Blick, damit er nicht wie Morgians Zauberhaus verschwinden sollte.

Der Palast des Fischerkönigs ist ein merkwürdiger und wundersamer Ort. Von fern gleicht er dem Palast meines Vaters in Llyonesse, aber Avallachs Reich ist die Sonne verglichen mit Belyns schwarzer Nacht. Umgeben von Seen und Salzsümpfen, mit Hainen voll Apfelbäumen an den niederen Hängen, ist Ynys Avallach eine richtige Insel – eine von Land umschlossene Insel zwar, aber vom Festland so vollkommen abgeschnitten wie eine Klippe im Meer.

Notgedrungen paßte das Feenvolk die offenen, lichtdurchfluteten Gebäude der untergegangenen Heimat dem eher düsteren Klima von Ynys Prydein an. Doch noch immer suchte es nach der edlen, emporschwingenden Linie, der Illusion von Licht – das in diesem trübseligen Winkel der Welt dringend vonnöten ist.

Feenvolk – den Namen hatte man den verwaisten Überlebenden des verlorenen Atlantis gegeben, die sich hierzulande niederließen. Feenhaft sind wir im Vergleich; denn wir sind größer, stärker und flinker als die Briten; von Natur aus stattlicher, besitzen wir hohe Gaben. Auch bemißt unsere Lebensspanne sich anders.

Da verwunderte es kaum, daß uns die stark zum Geheimnisvollen neigenden Bewohner des Inselreiches oft als Götter selbst betrachten. Das einfache Volk hat eine unnötig hohe Meinung von uns, die Hinterwäldler verehren uns grundlos, und die Abergläubischen beten uns an.

Ich weiß sehr wohl, daß ich der letzte meines Stammes bin. Nach mir wird es keine von uns mehr geben. Doch Gottes Wille geschehe. Ich bin's zufrieden.

Merlin jedoch ist anders. Wie sehr, läßt sich nur schwer sagen. Er ist auf seine Weise ein Geheimnis für sich – genau wie sein Vater.

Ich bin Taliesin nie begegnet. Doch sprach ich mit denen, die ihn kannten – auch mit Charis, die, wiewohl für kurze Zeit, sein Leben teilte.

»Fürwahr«, erzählte sie mir einst, »für mich ist Taliesin jetzt mehr denn je ein Wunder – und jedes Jahr wird er es mehr. Du willst von mir wissen, wer er war – ich sage es dir geradeheraus: Ich weiß es nicht.« Bedächtig schüttelte sie den Kopf und blickte mit ihrem inneren Auge auf jene lebendige Vergangenheit zurück, in der Taliesin und sie noch eins waren. »Wir waren glücklich, und mehr weiß ich nicht. Er schloß mein Herz der Liebe auf und damit Gott, und meine Dankbarkeit wird gleich meiner Liebe ewig dauern.«

Als ich den Berg Tor beim ersten Morgenstrahl erblickte, kam mir dies alles wieder ins Gedächtnis, und in meiner Müdigkeit schloß ich mich in meiner Träumerei ein, während wir langsam zum Palast hinanritten.

Es war noch früh, die Tore waren noch geschlossen. Daher weckte ich den Wärter, der mich wie einen Bruder umarmte und dann laut rufend zum Palast rannte: »Pelleas ist heimgekehrt! Pelleas ist da!«

Völlig ausgelaugt, hatte ich keine Kraft, ihm nachzurufen. Mehr als aufrecht im leeren Hof stehen konnte ich nicht.

»Willkommen, Pelleas!« Avallachs Stimme erkannte ich sofort. Ich hob meine Augen und sah den Fischerkönig auf mich zuschreiten. Er sah Merlin auf der Trage liegen, und Gruß und Lächeln erstarben ihm auf den Lippen. »Ist er ...?«

Zum Antworten blieb mir keine Zeit. »Pelleas!« Das war Charis in ihrem Nachtgewand. Barfuß eilte sie über den Hof, das Gesicht voll Hoffnung und Entsetzen zugleich. Sie blickte hinter mich, wo Bans Diener wartete, der den Kopf kummervoll gesenkt hielt. »Was ist geschehen? Ach, Pelleas, ist er noch am Leben?«

»Er lebt«, beruhigte ich sie, krächzend wie ein Krähe. »Aber er schläft wie ein Toter.«

»Was soll das heißen?« Ihre grünen Augen suchten in meinem Gesicht Trost, fanden aber keinen.

»Ich vermag ihn nicht zu wecken«, erwiderte ich. »Es war ...« Wie konnte ich dieses Wort nur aussprechen. »Es ist Zauberei.«

Charis' lange Erfahrung in der Pflege von Kranken und Sterbenden kam ihr gut zu Diensten. Dem wartenden Torwärter befahl sie: »Geh sofort zum Kloster und hole den Abt.« Ihre Stimme war ruhig, aber den Nachdruck spürte ich, als hätte sie geschrien.

Avallach beugte sich über Merlins Körper. »Helft mir, wir müssen ihn hineinbringen.« Gemeinsam hoben Avallach und Bans Diener Merlin von der Bahre; der Fischerkönig umfing ihn mit seinen Armen und trug ihn in den Saal.

Schwindlig vor Erschöpfung schwankte ich hin und her. Charis legte den Arm um mich zur Stütze. »Ach, Pelleas – es tut mir so leid, ich hatte keine Ahnung ...«

»Das braucht es nicht, Herrin ...«, hub ich an, aber sie wollte nichts davon hören.

»Du bist müde. Laß mich dir helfen.«

»Ich kann gehen.« Ich tat einen Schritt, und der Boden schien mir unter den Füßen wegzurutschen. Ohne Charis wäre ich im Hof zusammengebrochen. Irgendwie schafften wir es bis zum Saal und durchquerten ihn zu dem Zimmer, das für mich gerichtet worden war.

»Ruhe dich jetzt aus, Pelleas«, hieß Charis mich. »Du hast deinen Teil getan; jetzt kümmere ich mich um meinen Sohn.«

Als ich aufwachte, war es schon spät. Der Himmel im Westen war golden, denn die Sonne glitt hinter den Hügelkamm. Völlig ausgehungert stand ich auf, wusch mich und begab mich in den Saal zurück. Dort wartete Charis, gesenkten Hauptes betend. Auf dem Tisch neben ihr stand ein Tablett mit Fleisch, Brot und Käse. Außerdem Becher und ein Krug Bier.

Als sie meiner gewahrte, stand sie auf und kam lächelnd zu mir. »Du siehst schon fast wieder wie der Pelleas aus, den ich kenne. Hast du Hunger?«

»Großen«, gab ich zu. »Aber ich kann noch warten. Hat sein Zustand sich geändert?«

Bedächtig schüttelte sie den Kopf. »Nein. Ich habe mir überlegt, was wir tun können, habe den Tag damit verbracht, in meinen Bücher nachzusehen, auf der Suche nach einem Heilmittel. Aber ...« Sie sprach nicht weiter. »Jetzt mußt du frühstükken«, meinte sie. »Um wieder zu Kräften zu kommen.«

»Wir holen ihn zurück«, sagte ich kühn, mehr zur Ermunterung als aus Zuversicht.

Charis legte mir die Hände auf die Schultern, beugte sich zu mir und gab mir einen Kuß auf die Wange. »Du bist ihm ein guter Diener. Mehr als das, du bist sein treuester Freund. Er hat Glück; jeder könnte sich gesegnet schätzen, der einen solchen Gefährten hat. Ich bin froh, daß er dich erwählt hat.« Sie setzte sich neben mich und goß Bier in die Becher.

»Herrin, ich habe ihn mir erwählt«, erinnerte ich sie. »Und ich werde ihn nie im Stich lassen.« Ich schaute durch die hohen Fenster. Draußen dunkelte es.

Ich aß fast alles auf, was dastand. Wie viele Tage lang hatte ich nichts mehr zu mir genommen? Als ich schließlich satt war, schob ich das Tablett weg und griff zu dem Becher.

»Der Mann, der bei dir war«, sagte Charis, »der hat Avallach erzählt, daß er aus Armorica stammt, einem Königreich namens Benowyc. Wurde Merlin dort… krank?«

»Ja«, erwiderte ich und begann ihr das Ziel unserer Reise zu erläutern. »Die Schwierigkeiten hier im Süden – Morcants dummer Krieg, Kämpfe an einem Dutzend Orten –, die sind erst der Anfang. Einen Hochkönig brauchen wir jetzt mehr denn je, doch wurde Artus' Anspruch nicht ausreichend unterstützt.«

Ich erzählte ihr von der Ratsversammlung und wie Artus Heerführer geworden war, dann von unserer Reise nach Benowyc zu Ban, um Hilfe zu gewinnen. Ich beschrieb ihr, daß wir an Bans Hof auf Feenvolk trafen… und dann berichtete ich ihr von Broceliande.

Da wurde Charis ernst. »Pelleas, wenn ich helfen soll, dann muß ich eins erfahren: Was geschah mit den Menschen in Broceliande?«

»Das kann ich nicht mit Gewißheit sagen, aber ich glaube, es war Morgians Tat.«

»Morgian!« Charis riß die Hände hoch, als wollte sie einen Schlag abwehren.

»Als du von Zauberei sprachst, dachte ich nicht an…« Die Stimme versagte ihr. Dann nickte sie, als würde sie einen bitteren Trunk schlucken. »Erzähle mir, was meinem Sohn widerfuhr. Ich werde es ertragen.«

Jedes Wort voller Schrecken und Kummer, schilderte ich Charis langsam von unserer Begegnung mit Nimue. Die Dame vom See lauschte mir reglos, aufrechten Hauptes. Aber ihre Augen verrieten ihre Seelenpein. »Es war Morgian«, flüsterte sie, als ich geendet hatte.

»Das fürchte ich auch«, sagte ich. »Ich weiß nicht, wie es kam, aber sie erwartete uns. Fürwahr, ich glaube, sie lockte uns zu unserem Verderben dorthin.«

»Aber ihr wurdet nicht verdorben.«

»Nein«, antwortete ich. »Gott ist gütig; wir wurden verschont.«

»Mein Herz verlangt danach, dir zu sagen, daß du dich irrst, daß es eine andere Erklärung geben muß. Aber mein Verstand sagt mir, daß du recht hast. Das ist Morgians Tat, ich spüre es.«

»Als ich fand und sah, daß er noch lebte, war mein einziger Gedanke, ihn hierher zu bringen. Wenn Merlin gerettet werden kann, dann nur hier.« In meinen Worten lag mehr Gewißheit, als ich in jenem Augenblick empfand.

»Dein Glaube ist bewundernswert, Pelleas. Aber von Zauberei verstehe ich nichts. Ja, ich weiß nicht, wie der Bann gebrochen oder Merlin von ihm befreit werden kann.«

Charis seufzte, und ich spürte, daß ihr fast das Herz brach.

Das Zimmer war von Kerzen hell erleuchtet. Als wollte Charis das Dunkel verbannen, das ihren Sohn zu rauben drohte, hatte sie befohlen, das Gemach voll brennender Leuchten zu stellen. Gemeinsam betraten wir den Raum, der warm nach Bienenwachs duftete.

Merlin lag auf dem Rücken, die Arme an die Seiten gedrückt. Abt Elfodd saß ihm zur Seite und hielt das Ohr nahe an Merlins Mund; er horchte auf den Atem des schlafenden Mannes. Sein Gesicht war ruhig, doch sein Blick sehr ernst.

»Keine Veränderung«, sagte Elfodd leise, als wir eintraten. Charis und er hatten zahllose Male bei Kranken gewacht, so daß sie sich nicht eigens zu begrüßen brauchten.

»Es ist Morgians Zauber«, sagte Charis und nannte ihre ärgste Furcht.

»Oh ...« Der gute Abt fuhr sich mit der Hand über die Augen. »Gott steh uns bei.«

Wir verstummten und schauten Merlin an. Gab es ein Mittel, gab es irgend etwas zu tun, was ihn retten konnte?

Elfodd schüttelte als erster seinen Schrecken ab. »Da!« rief er und streckte eine Hand ins Zimmer. »Spürt ihr es? Diese Furcht, dieses Entsetzen ist Teil des Zaubers. Damit sollen wir entmutigt werden. Geschlagen werden, ehe wir noch angefangen haben, dagegen zu kämpfen.«

»Du hast recht«, pflichtete Charis ihm sofort bei.

»Also«, fuhr Elfodd fort, »ich kenne etwas, das stärker ist als Angst.« Und sofort begann er mit kühner Stimme einen Psalm zu beten. »Der Herr ist mein Fels, meine feste Burg und mein Retter; mein Gott ist mein Fels, auf den ich mich flüchte. Er ist Schild und

Schwert meiner Errettung, meine Festung. Ich flehe zum Herrn, gelobt sei sein Name, und er errettet mich vor meinen Feinden!«

Sogleich wirkte die Atmosphäre in dem Gemach weniger bedrückend. Die schwere Drohung wich zurück.

Dann fragte der Abt mich: »Nun, Pelleas, ich möchte, daß du mir alles über den Zauber erzählst, was du weißt – aber nicht hier. Wir gehen in den Saal. Entschuldige uns, Herrin«, sagte er zu Charis, »wir kommen sofort zurück.«

Ich erzählte ihm alles wie zuvor schon Charis. Der gute Abt lauschte mir stirnrunzelnd, nickte gelegentlich, während meine kummervolle Schilderung ihren Fortgang nahm. »Zweifellos«, sagte er am Ende, »verhält es sich, wie wir alle vermuten: Ein ganz mächtiger Zauber ist am Werk. Die Waffen, die wir zum Kampf benötigen, müssen genauso mächtig sein.«

»An was denkst du, Elfodd?«

»Das wirst du bald sehen. Jetzt hole mir ein wenig Öl, Pelleas. Und das Kreuz, das Dafyd Avallach geschenkt hat – auch das hole. Ich gehe wieder zu Merlin.«

Damit eilte der Abt davon, und ich befolgte seinen Auftrag. Ich holte das Öl in einer Phiole und suchte Avallach wegen des Kreuzes auf. Vor langer Zeit hatte ich es einmal gesehen, wußte jedoch nicht, wo es aufbewahrt wurde. Avallach traf ich allein in seinem Gemach an. Der Schmerz seines langwierigen Leidens hatte ihn wieder befallen, und er lag auf dem Ruhesofa.

»Ich störe dich nur ungern, Herr«, sagte ich, als er mich eintreten hieß. »Wir brauchen das Kreuz, das Dafyd dir schenkte.«

Langsam stützte der König sich auf einen Ellbogen. »Dafyds Kreuz?« Seine Augen wanderten zu der Phiole in meiner Hand. »Keine Veränderung?«

»Keine«, erwiderte ich. »Elfodd ist jetzt bei ihm.«

»Das Kreuz befindet sich dort.« Er deutete auf ein kleines Kästchen auf dem Tisch neben dem Sofa. »Nimm es. Ich komme mit ...« Er versuchte sich zu erheben, doch hielt der Schmerz ihn nieder. »Ach!« Er fiel zurück, kämpfte sich noch einmal hoch, biß die Zähne zusammen.

»Bitte«, sagte ich rasch, »bleibe hier und hilf uns mit deinen Gebeten. Die brauchen wir gerade jetzt.«

»Also gut«, willigte er ein und fiel wieder zurück. »Ich tue, was du sagst. Doch komm und berichte mir, sobald es etwas Neues gibt.«

Das versprach ich Avallach und kehrte mit Kreuz und Öl zu Merlins Gemach zurück. Dafyds Kreuz, wie Avallach es nannte, war ein kleines Kruzifix aus grob geschnitzter Eiche, das durch den häufigen Gebrauch in langen Jahren geglättet war.

Elfodd küßte das Kreuz, sobald ich es ihm gereicht hatte. Dann hielt er die Hand über die Phiole und sprach ein Gebet, um die bernsteinfarbene Flüssigkeit zu segnen.

Er ging zum Bett und setzte sich Charis gegenüber, goß ein wenig Öl in seine linke Hand, tauchte die Fingerspitzen seiner Rechten hinein und begann Merlin damit zu salben.

Als er seine Hand sinken ließ, glänzte auf Merlins Stirn sanft im Kerzenlicht ein Kreuzzeichen.

Dann nahm Elfodd das Kreuz und hielt es über Merlins Haupt. »Großmächtiger«, sprach er, »Schützer und Verteidiger aller, die deinen Namen anrufen, behüte deinen Diener mit deiner starken Hand. In einem unnatürlichen Schlaf, Vater, liegt er, denn ein Feind hat ihn überlistet und unter einen starken Zauber gebannt.

Sein Verstand ist vergiftet, Vater, von großer und böser Hexerei. Erwecke unseren Bruder und stelle ihn wieder her, darum bitten wir dich. Geliebter Vater im Himmel, geh zu ihm, wandle neben ihm, wo er auch sei, und führe ihn zu uns zurück.

Lebendiger Gott, zeige deine Macht beim Schutze deiner Kinder. Großer Spender, laß uns deinen Lobpreis von den Hügeln singen. Darum bitten wir dich im Namen deines mitleidvollen Sohnes Jesus Christus.«

Als das Gebet zu Ende war, ließ Elfodd das Kreuz sinken und legte es Merlin sacht auf die Brust.

Charis zwang sich zu einem angestrengten Lächeln. »Danke, Elfodd.«

Der Abt faltete die Hände und blickte auf Merlin. »Wir haben getan, was wir konnten«, sagte er.

»Es ist genug«, erwiderte Charis. »Gott, laß es genug sein.«

»Ich werde die Nacht über bei ihm wachen«, erbot Elfodd sich. Er schritt um das niedrige Bett, nahm Charis an der Hand und zog sie fort. »Geh nun. Gönne dir ein wenig Ruhe. Ich schicke nach dir, wenn es nötig wird.«

Charis zauderte. Ihr Blick wich nicht von Merlins Gesicht. »Nein … ich bleibe. Wenn ich nicht bei ihm bin, habe ich keine Ruhe.«

»Es ist besser, du gehst«, beharrte Elfodd. Seine Stimme war noch immer sanft, aber nun etwas fester.

»Wenn du glaubst …«, hub Charis an und wendete zum ersten Mal einen Blick von ihrem Sohn.

»Vertraue mir. Ich rufe dich, wenn du gebraucht wirst.«

Widerstrebend willigte Charis ein: »Bleibe bei Elfodd, Pelleas. Vielleicht bedarf er deiner.«

»Wie du wünschst, Herrin.«

Darauf ging sie und schloß hinter sich leise die Tür.

»Es ist schlimm für sie«, seufzte Elfodd, »aber glaube mir, es ist das Beste für sie. Sie will ihm so sehr helfen, daß ihre Sorge – die für eine Mutter so natürlich ist – die Sache nur noch verschlimmern kann. Der Feind würde sie benutzen. Zweifel, Furcht, Entsetzen – das alles nährt den Fluch.«

Der Abt zog den Stuhl ans Bett heran und setzte sich zur Wacht. »Gehe nur, Pelleas. Überlasse ihn meiner Obhut.«

»Ich bleibe«, entgegnete ich, »wie ich es versprach.«

»Ich schätze dein Versprechen, aber du hilfst deinem Meister im Augenblick mehr dadurch, daß du für deine eigene Gesundheit sorgst. Ruhe dich aus. Ich wecke dich, wenn ich dich brauche.«

Obwohl der Himmel im Westen noch hell war, ging ich in mein Zimmer und streckte mich auf mein Lager. Ich dachte, nicht einschlafen zu können, aber als ich die Augen schloß, spürte ich, wie mich der Schlaf überwältigte, und wußte von nichts mehr.

Im Schlaf geriet ich in den Zustand, in welchem ein Mensch der Anderswelt am nächsten ist. Der Schleier, der die beiden Welten voneinander trennt, wurde dünner, und ich konnte die schäumende Dunkelheit spüren, die den Palast umhüllte. Tief, undurchdringlich, schwarz wie der Tod, war sie der Schatten eines großen Raubtiers – ein gräßliches Ding mit Flügeln, das sich wand wie eine Schlange und den Berg und die Burg in seinem Bann hielt.

Sehen konnte ich das teuflische Wesen nicht, aber ich spürte die Kälte seiner Gegenwart, die mir in die Knochen drang, und hörte das Geheul seines sinnlosen Hasses. Ich ängstigte mich vor der Macht, die es zum Leben erweckt und auf die Welt losgelassen hatte.

Doch so düster und mächtig das Höllending sein mochte, etwas hielt es in Schach – etwas noch Stärkeres –, wiewohl ich nicht erkennen konnte, was es war.

Ich sank noch tiefer in Schlaf, Dunst vernebelte mein inneres Auge, aber meine Sinne blieben geschärft, schärfer als im Wachzustand. Ich schlief – und schlief doch nicht. Mein Seelen-Ich blieb gegenüber der Gefahr um mich achtsam und hellhörig.

Und es bestand Gefahr. Große Gefahr.

Mir schien, als würden mir Flügel wachsen und ich würde schweben – denn ich spürte, wie die Erde unter mir vorbeirauschte: Felsen und zerklüftete Hügel, durch die Geschwindigkeit meines Fluges und das dunstige Dunkel nur unscharf zu sehen. Immer weiter flog ich über diese bedrohliche Landschaft, eilte voran, kam aber nirgends an.

Doch als es mir so war, als müßte ich ewig so weiterreisen, nahm ich in der sonderbaren Finsternis um mich einen Blitz wahr. Die Schwärze wurde von einem schwachen und blassen Licht grau gefärbt.

Als ich das Licht auf meinen Augen spürte, drehte ich mich nach ihm um, und der wolkige Nebel teilte sich – unten lag Düsternis und oben schwach, aber wahrnehmbar Licht.

Im selben Augenblick wurde ich schwerer; meine Glieder wurden hölzern und steif. Ich fing zu fallen an, stürzte auf die Landschaft aus scharfen Klippen weit unter mir zu. Und obschon ich wußte, daß ich träumte, vermeinte ich, wenn ich auf die grausamen Felsen schlüge, sicher zu Tode zerschmettert zu werden.

Da kämpfte ich gegen den Sturz, indem ich mit Armen und Beinen ruderte, als würde ich schwimmen. Ich sank noch rascher. Der Gedanke an die schrecklichen Felsen, auf die ich zuraste, erregte meinen Grimm. Mit all meiner Kraft wehrte ich mich.

Ich fiel schneller. Meine Glieder begannen vor Anstrengung zu schmerzen, und ich wußte, daß ich nicht mehr lange würde durchhalten können, doch biß ich die Zähne zusammen und schwor mir weiterzuschwimmen, bis meine Muskeln sich verkrampften und ich mich nicht mehr bewegen könnte.

So ging es in einem fort, ich mühte mich ab und fiel dennoch. Nach einer Ewigkeit – so schien es mir – gelangte ich schließlich ans Ende meiner Kräfte...

Doch da spürte ich, daß ich, anstatt zu fallen, aufstieg.

Ich bemerkte, daß das Licht während meines Kampfes heller geworden war. Ja, es schien, als hätten meine schwachen Bemühungen das Licht irgendwie gemehrt. Unerklärlicherweise wurde ich von dem Licht, das ich zu verstärken geholfen hatte, nach oben gezogen; das nämliche Licht, das ich erzeugt hatte, rettete mich nun.

Bald gelangte ich zu einem Ort, wo das Licht hell und ungetrübt erstrahlte. Es war blendend weiß wie das Leuchten der Morgensonne auf frisch gefallenem Schnee. Ich schirmte meine Augen mit der Hand und blickte den Weg zurück, den ich gekommen war. Da sah ich, daß ich gar nicht geflogen war und nur halb soviel gekämpft hatte, wie es mir vorgekommen war. Denn das Licht zeigte mir einen glatten, ebenen Pfad, auf dem ich gewandelt war... vorsichtig Schritt um Schritt.

Und da ging mir auf, daß der Geist so zu Gott reist: Er beginnt seine Wanderung in der Finsternis, bricht in Gefahr und Verwirrung auf und kämpft sich voran ins stets gegenwärtige Licht, das ihn anzieht und immer aufrecht hält...

IX

Unter einem Sonnenstrahl, der in mein Zimmer flutete, wachte ich auf. Sofort erhob ich mich. Wie lange hatte ich geschlafen? Es war schon Tag!

Aber noch als ich dies dachte, wurde das Licht schwächer: das Morgengrauen. Es war noch früh.

Ich eilte in Merlins Gemach, wo ich Elfodd sanft auf seinem Stuhl neben dem Bett dösen fand. Er schreckte hoch, als ich eintrat; er hatte also gar nicht geschlafen, sondern die Augen nur zum Gebet geschlossen.

»Wie geht es ihm?« fragte ich.

»Unverändert«, antwortete der Abt. »Es hat sich nichts getan.«

»Ich bin jetzt da«, sagte ich. »Ich wache bei ihm.«

Er zögerte und berührte Merlins Hand. »Ich bleibe noch ein wenig länger.«

»Du hast deinen Teil getan, Elfodd«, beharrte ich sanft. »Ich bin zu dem meinen bereit.«

Der gute Abt gähnte und erhob sich steif von seinem Stuhl, die Hände an den Rücken drückend. »Nun gut, dann schlafe ich ein wenig«, sagte er im Weggehen. »Damit ich um so besser dienen kann.«

Kurz nach Elfodds Weggang erschien Charis. »Ach«, sagte sie leise, und der Hoffnungsschimmer in ihren Augen erlosch, »ich hatte gehofft, ihn wach vorzufinden.«

»Ich auch, Herrin«, erwiderte ich. »Ich hatte gehofft, der Zauber sei gebrochen.«

Ohne weitere Worte begannen wir, gemeinsam zu wachen.

Drei Tage lang lag Merlin unter dem bösen Bann im Schlaf. Wir beteten, wir lasen Psalmen, wir riefen den Beistand des Allerhöchsten an, wir badeten Merlin, salbten ihn, wir redeten zu ihm und erfüllten sein Herz und die unseren mit Worten der Ermunterung.

Die ganze Zeit lang schwebte er in diesem Dämmerzustand

zwischen Leben und Tod. Wie unsere Ängste auch aussehen mochten, wir ließen sie nicht in das Zimmer zu ihm, sondern legten sie ab, bevor wir zu Merlin gingen. Auf diese Weise war er stets von Hoffnung und heilsamen Gebeten umgeben.

Am Abend des dritten Tages kehrte Elfodd vom Kloster wieder, wohin er sich den Tag über zurückgezogen hatte, und brachte zwölf seiner teuersten, frömmsten und gläubigsten Brüder mit. Es waren Männer von festem Glauben, welche die Schliche des Feindes wohl kannten. Sie waren aus Kapellen, Klöstern und Stiften von nah und fern gekommen – denn die Kunde war übers Land geeilt, daß Merlin unter einen Zauber gefallen und dem Tod nahe sei.

Blaß und grimmig, empfing Avallach sie feierlich in seinem Saal und bot ihnen Brot, Fleisch und Wein, um ihre Kräfte zu stärken, ehe sie sich an ihre Aufgabe machten.

Dann führte Elfodd sie in Merlins Gemach, wo Charis wartete. Sie erblickte die heiligen Männer und dachte, sie seien gekommen, die Riten für die Sterbenden auszuführen. Da vergrub sie das Gesicht in ihren Händen.

»Ruhig, Schwester«, sagte Elfodd, »fürchte nicht das Schlimmste. Schöpfe vielmehr Hoffnung. Denn diese Männer wollen uns helfen. Wir kämpfen nicht gegen Fleisch und Blut. Da unser Feind mächtig ist, müssen auch wir mächtig sein.«

»Es sind nun schon drei Tage, Charis, und wir waren nicht imstande, den bösen Zauber zu brechen. Darum habe ich diese guten Brüder herbeigerufen, daß sie uns bei unserem Kampfe zur Seite stehen.«

Mit Tränen in den Augen nickte Charis.

»Gehe nun«, sagte Elfodd, »ruhe ein wenig. Komme wieder, wenn du erfrischt bist.« Der Abt gab mir einen Wink, sie zu begleiten.

»Ich gehe mit dir, Herrin«, erbot ich mich, »komm.«

Ich faßte sie am Arm und führte sie widerstandslos aus dem Zimmer. Ich brachte sie zu ihrem Gelaß und bat dann in der Küche, daß ihr Essen gebracht würde. Dann kehrte ich zu ihr zurück, um ihr Gesellschaft zu leisten und sie zu Bett zu bringen.

Als das Essen kam, warf sie kurz einen Blick auf die Schüssel und schob sie beiseite. Ich stellte sie wieder vor sie und sprach:

»Du mußt etwas essen.« Es tat mir weh, sie so leiden zu sehen. »Es hilft ihm nichts, wenn du dich schwächst – iß.«

Widerstrebend griff sie nach der Holzschüssel und fing an, mit ihrem Löffel den Eintopf umzurühren, brachte dann den Löffel an ihren Mund, kaute und schluckte. Ich glaube nicht, daß sie etwas schmeckte. Ein Löffel folgte dem nächsten, bis sie die Schüssel geleert wieder abstellte.

Sie stand auf und lächelte schwach. »Jetzt geht es mir schon besser. Danke, Pelleas. Ich werde nun schlafen.« Sie ging zu ihrem Bett.

»Ich überlasse dich deiner Ruhe«, sagte ich auf dem Weg zur Tür, »und sehe in einer Weile nach dir.«

»Bitte, kümmere dich nicht um mich. Bleibe lieber bei Merlin.«

Sogleich kehrte ich in Merlins Gemach zurück, wo die frommen Brüder knieten, während Abt Elfodd mit einem Kelch Wein und geweihtem Brot von einem zum anderen ging. Als der letzte das heilige Mahl empfangen hatte, kam er zu mir. Ich kniete nieder und nahm Brot und Wein aus seiner Hand entgegen.

Dann standen die zwölf auf, hoben Merlins Bett hoch und stellten es in die Mitte des Raumes. Jeder von ihnen nahm eine von den vielen Kerzen, die Charis hatte anzünden lassen, und Elfodd reichte jedem von ihnen einen Weihrauchkessel, den sie mit der Kerze entfachten. Die Kerze in der einen und den Weihrauchkessel in der anderen Hand, stellten die Brüder sich im Kreis um das Bett. Sie knieten nieder und senkten den Kopf. Einige bewegten still die Lippen. Der süße Weihrauch erfüllte nun den Raum; schlängelnd stieg er in die stille Luft empor. Ich nahm den Platz neben der Tür ein und stand bereit, falls die guten Brüder etwas benötigen sollten.

Kurz darauf fing Abt Elfodd an, lateinische Gebete zu sprechen, in welche die Männer nacheinander alle einstimmten. Ich kenne die Gelehrtensprache nicht so gut, doch aus ein paar Sätzen, die ich ab und zu verstand, schloß ich, daß es eine dringende Bitte an den Allmächtigen war, er möge seine Macht beweisen, indem er seinen Diener rettete.

Während ich zuhörte, wurde mir klar, daß das Gebet eigentlich als eine Art Opfer gemeint war: Jeder der Männer erbot sich, Merlins Stelle einzunehmen, wenn dieser so von seinem Todesschlaf gerettet werden könne.

Ich staunte ob ihres Glaubens. Jeder von ihnen war bereit, sein Leben für Merlin zum Pfand zu geben. Von ihrer Liebe gerührt, sank ich neben der Tür in die Knie, streckte mich auf den Boden und wiederholte in meinem Herzen den Inhalt ihres Gebets: Großes Licht, ich biete mich dir dar zum Wohle meines Bruders. Mache ihn wieder gesund, darum bitte ich. Und wenn ein Leben für ein Leben gegeben werden muß, dann nimm meines.

So betete ich immer wieder, bis es zur Litanei wurde, die aus den Tiefen meiner Seele strömte und sich wie duftender Balsam vor Jesu Thron ausbreitete.

Ich weiß nicht, wie lange ich so dalag. Ich merkte nicht, wie die Zeit verstrich, und auch sonst nichts. Es war, als hätte die Menschenwelt zu bestehen aufgehört, und ich spürte, wie die unzähligen Bande, welche die Seele festhalten, sich lösten und von mir fielen, bis ich ganz frei war. Nur die Stimmen der Mönche waren noch da, die Süße des Weihrauches und das Gebet in meinem Herzen.

Allmählich nahm ich wahr, wie das Licht um mich her sich leicht veränderte. Ich roch heißes Wachs und dachte, die Kerzen seien am Niederbrennen. Da hob ich meinen Kopf und hörte im selben Augenblick einen Laut wie von einer Harfe, wenn sie von selbst klingt – wie wenn der Wind eine geheimnisvolle Musik hervorbringt.

Die Luft regte sich sanft wie von der leichten Bewegung gefiederter Schwingen. Ich spürte sie kalt auf meinem Gesicht und schmeckte Honig auf meiner Zunge. Ich atmete einen Duft, der süßer war als alles, was ich je erlebt hatte.

Im selben Augenblick erschien eine Maid in einem fließenden weißen Gewand. Hochgewachsen und wunderschön, mit Haar von der Farbe reinen Sonnenlichtes und milchweißer Haut. Ihre Augen waren wie die feinste Jade, tief und grün, und ihre Lippen hatten die Farbe reifer Beeren. Auf ihrer edlen, hohen Stirn trug sie ein Diadem aus goldenen Scheiben, von denen eine jede glänzte wie eine güldene Sonne. Um ihre schlanke Hüfte schlang sich ein Gürtel, der ebenfalls aus hellgoldnen Scheiben bestand.

Ich weiß nicht, ob die Tür aufgegangen war, damit sie eintreten konnte; so muß es gewesen sein – und doch schien es, als sei sie einfach in unserer Mitte aufgetaucht.

In ihren Händen hielt diese wundersame Erscheinung ein Silbertablett mit einem Gefäß, das von einem weißen Seidentuch verhüllt wurde, dünn und leicht wie eine Wolke. Und unter diesem Seidentuch hervor leuchtete dieses Gefäß mit einem klaren und steten Licht.

Ohne ein Wort noch einen Blick trat die Maid auf Merlin zu. Die guten Brüder und der Abt wichen erstaunt zurück. Einige bekreuzigten sich, andere sanken tiefer auf die Knie und senkten das Haupt.

Ich lag da wie von einem heftigen Schlag niedergestreckt und starrte die Maid an: Um meinen Blick von ihr zu wenden, hätte ich mir die Augen aus dem Kopf reißen müssen. Mir stockte der Atem vor Ehrfurcht und Verwunderung. Ich dachte, mir würde das Herz bersten. Lieber Jesus, so etwas Schönes und zugleich Schreckliches habe ich mein ganzes Leben nicht empfunden!

Sie stellte sich neben das Bett und blickte mit einer Miene unendlichen Mitleids auf den schlafenden, sterbenden Merlin hinab. Und dann hob sie leise zu sprechen an – ihre Worte waren wie Schneeflocken, die rieselnd zur Erde fielen.

»Merlin, dein Schlaf ist zu Ende«, sagte sie. »Wache nun auf, lieber Freund, dein Werk ist noch nicht vollendet.«

Bei diesen Worten hob die Maid ihre Hand und zog das Tuch von dem Gefäß auf dem Tablett. Sofort erstrahlte das Gefäß mit der Helligkeit der Mittagssonne und warf ein blendendes Licht. Da ich es nicht ertragen konnte, barg ich meine Augen hinter meinen Händen.

Als ich wieder aufzusehen wagte, war das Licht verschwunden. Das Gefäß war wieder zugedeckt. Die Dame lächelte und berührte Merlins Stirn sanft mit der Hand. »Steh auf«, sagte sie, »und du bist wieder gesund.«

Im gleichen Augenblick ertönte draußen vor dem Palast ein lautes Lärmen – das Rauschen des Sturmes, der vorüberzieht. Der Palast wankte; irgendwo knallte ein Tür zu, daß ihre Angeln barsten. Und über dem Wind hörte ich ein Aufjaulen wie das eines waidwunden Tieres, wenn der Jäger ihm die Lanze in die Brust stößt. Doch war es dünn, hoch und blutleer – nichts der Erde Entsprossenes.

Merlin, der hager und fahl auf seinem Bett lag, schlug die Augen auf und hob den Kopf.

Von dem Bösen befreit, das ihn im Bann gehalten hatte, blickte mein Meister verständnislos und überrascht die um ihn Versammelten an. Als ihm dann die Wahrheit dämmerte, barg er sein Gesicht in den Händen und weinte.

X

Mit einem Freudenschrei stürzten wir alle zu ihm. – Merlin ist wieder gesund! Der Bann ist gebrochen! Ruhm unserem großen Erlöser! Merlin lebt! – Unser Lobpreis hallte von den Dächern wider und durch die Gänge von Avallachs Palast.

Und mit einemmal stand Charis in der Tür, mit besorgter und aufgeregter Miene. Doch der Schrecken wich bald der Freude, als sie sah, daß ihr Sohn sich von seinem Sterbelager erhob.

Sie eilte zu ihm und schloß ihn in die Arme. Merlin weinte immer noch und sie mit ihm. Sie hielt ihn und wiegte ihn sanft hin und her, als wäre er wieder ein Säugling. Ich stand so nahe, daß ich ihn murmeln hörte: »Ich bin nicht würdig … nicht würdig … großes Licht, warum wurde ich so blind geboren!«

Eine seltsame Äußerung. Merlin blind geboren? Aber er weinte, als wäre er vor Gram gebrochen, als läge sein Herz zerrissen in seiner Brust, als könnte nichts mehr den Spalt in der klaffenden Wunde seiner Seele heilen. Ich glaube nicht, daß mir jemals ein Mensch begegnete, der so einsam und untröstlich war.

Sein Elend war vollkommen.

Ich sehe sie noch vor mir. Ich sehe das ganze Bild: Charis, wie sie ihren Sohn hält, und die beiden sanft hin und her wiegen; die Mönche im Kreis um sie, unsicher, zwischen Freude und Betrübnis schwankend; die hellen Kerzen, der Raum von den vielen Lichtern glastig; das Beben von Merlins Schultern, während die Seufzer sich seinem wunden Herzen entrangen.

Und die Frau – die lichte Botin, die Merlin aus seinem Zauberschlaf erweckte – wo ist sie?

Entschwunden ist sie. So still und geheimnisvoll entschwunden, wie sie gekommen war. Entschwunden ist sie und der wundersame Gral mit ihr.

Ja, ich spüre, wie die dumpfe Verzweiflung wieder von mir Besitz ergreift … die brüllende Leere der Vergeblichkeit … die taumelnde Trübsal der Niederlage, des Wissens, daß die Schlacht erst noch geschlagen werden muß und daß sie verlorengehen wird.

Merlin begriff dies sofort. Er war ein wahrer Prophet. Er sah alles. Im blendenden Licht seiner Befreiung sah er die kalte, feuchte Asche seines Scheiterns.

Kein Wunder, daß er weinte.

Eine Weile vermochte er nicht darüber zu sprechen. Später, als er Worte dafür fand, begann ich zu begreifen, was ihn bekümmerte.

»Es war Hochmut«, sagte er zu mir. »Es war Stolz! Davon war ich blind und dumm, Pelleas. Wage nicht, mir zu widersprechen! Eitelkeit! Du hättest mich sterben lassen sollen.«

Ich wollte seine Vorwürfe mildern, aber er ließ sich nicht beirren.

»Ich ging nach Broceliande auf der Suche nach einem Zeichen. Ich empfing endlos viele Zeichen – und achtete ihrer nicht! Siehst du, wie unwissend ich war? Wie töricht? Die Königin der Lüfte und der Finsternis fing mich mit einem Kindertrick! Herrliche Blödheit! Bewunderst du mich nicht darob, Pelleas?«

»Aber, Meister –«

»Wie du mich noch Meister nennen kannst! Ich bin es nicht wert, Pelleas. Glaube mir, daß ich dir die Wahrheit sage. Keiner war dessen jemals weniger wert.«

»Aber du wußtest es nicht.«

»Wußte es nicht? Zu wissen ist meine Pflicht! Ich achtete ihre Macht gering. Ich übersah die Gefahr.«

Er fing an, unruhig im Saal auf und ab zu gehen. »Wie konnte ich ihr nur so nahe sein und es nicht merken? Wie war es möglich, daß sie sich so vollständig verstellte?«

»Nimue?«

»Ach, es war mehr als nur ein neuer Name, Pelleas. Sie war die Unschuld selbst. Wie kann es sein, daß etwas so ungeheuer und verderblich Böses sich in solche Schönheit und Reinheit kleiden kann?«

Es sei ein Maß für Morgians Macht, könne nichts anderes sein, schloß er. Daß sie sich derart zu verstellen vermochte – in Gestalt und Wesen –, war tatsächlich ein seltenes Wunder.

»Ach, großer Merlin!« jubelte er, seiner selbst spottend. »Er ist so klug und mächtig. Merlin ist unbesiegbar! Siehst du das nicht, Pelleas? Morgian kann offen vorgehen, voll Hochmut, und wir sind machtlos.«

Jetzt bekam ich es mit der Angst zu tun. In einem derartigen Zustand hatte ich ihn nie erlebt. »Es gibt den Gral«, sagte ich und griff damit nach einem Strohhalm.

Merlin blieb stehen. Er drehte sich um und sah mich mit dem Licht seiner goldnen Augen an.

»Ja«, erwiderte er langsam und legte einen Finger an seine Lippen. »Es gibt den Gral. Das darf ich nicht vergessen.« Dann blickte er mich scharf an. »Ich sah ihn einmal, weißt du. Das habe ich nie jemandem erzählt. Auch Avallach hat ihn wohl gesehen. Und jetzt du, Elfodd und die übrigen.«

»Ja, aber was ist er genau?« wollte ich wissen. Das hatte mir noch niemand erklärt.

»Es ist der Kelch«, entgegnete mir Merlin mit Bedacht, »den Jesus beim letzten Abendmahl benützte und den der Kaufmann Joseph von Arimatäa hierher brachte – der nämliche, der das erste Heiligtum auf dem Hügel gründete und die Lehre Christi auf der Insel der Mächtigen einführte.

Der Becher, den Jesus mit den Worten segnete: ›Das ist mein Blut, das für eure Sünden vergossen wird.‹ Der Becher ging in der Nacht, in der er verraten wurde, unter den Zwölfen von Hand zu Hand. Unser Herr trank daraus.

Joseph war derjenige, der in jener Nacht das Zimmer und das Mahl bezahlt hatte. Nach Christi Tod und Wiederauferstehung, als seine Jünger in die Welt gesandt wurden, um das Evangelium zu verkünden, kam Joseph hierher. Und brachte den Kelch mit.«

Diese Geschichte hatte ich noch nie gehört und sagte es ihm.

»Nein?« erwiderte Merlin. »Nun, vermutlich nicht. Es ist eine alte Geschichte, die nicht offen erzählt wird. Diejenigen, die den Kelch sehen dürfen, sprechen nur höchst ungern darüber. Hier ist ein Geheimnis und wirkt eine Macht ...«

»Das ist nicht einmal die halbe Wahrheit!«

»Wie dem auch sei, dem Gral wohnt eine große Heiligkeit inne, und von solchen Dingen spricht man nicht leichtfertig.«

In der Tat wollte Merlin darüber nichts sagen.

Als die Mönche am nächsten Tag für ihn gebetet und ihn gesegnet hatten, brachen sie auf. Merlin dankte ihnen für ihre Hilfe und Treue und gab ihnen Geschenke mit. Elfodd ging als letzter. Nachdem er die anderen verabschiedet hatte, blieb er noch kurz, um mit Merlin zu sprechen.

»Ich will dich nicht fragen, wie dich ein solcher Zauber ereilen konnte«, sagte der Abt. »Aber es steht fest, daß auf der Welt große und schreckliche Kräfte am Werk sind. Mir wäre wohler, wenn ich wüßte, wie du zur Hexerei stehst.«

Merlin legte den Kopf zur Seite. »Glaubst du etwa, Elfodd, ich hätte mir diese Schmach durch Schwarze Kunst selbst zugefügt?«

Elfodd zog die Brauen kraus. »Ich mache dir keine Vorwürfe, mein Freund. Aber an bösen Geistern und dergleichen haben wir vom Heiligtum viel erlebt. Es sieht beinahe so aus, als lägen wir hier unter Belagerung.« Das Stirnrunzeln des Abtes wurde stärker. »Wir hören viele Gerüchte über Druiden.«

»Und da ich Barde bin, glaubst du –«

»Leugnest du, die Lehre der Druiden empfangen zu haben?«

»Ich leugne nichts! Und um unserer Freundschaft willen, Abt Elfodd, werde ich sofort vergessen, was du gerade gesagt hast.«

»Eben aus Freundschaft sage ich es!«

Merlin hielt inne und holte tief Luft. »Du hast recht. Vergib mir.«

Elfodd wischte die Entschuldigung beiseite. »Deine Worte kränken mich nicht. Sei du nicht gekränkt von den meinen.«

»Ich vergesse immer, daß die gelehrte Bruderschaft nicht mehr ist, was sie einmal war«, räumte Merlin traurig ein.

»Nein, das ist sie nicht.« Der Abt verschränkte ernst die Hände. »Es macht mir Kummer, dich so verwirrt zu sehen. Du mußt begreifen, daß du den Feind nicht mit den Waffen des Feindes bekämpfen kannst – nicht einmal um des Guten willen.«

»Das begreife ich, Elfodd.« Merlin seufzte. »Zweifle nicht daran.«

»Zauberei ist etwas Widerwärtiges –«

»Und zweifle nicht an meiner Treue«, fügte Merlin hinzu. Obwohl er freundlich sprach, hörte ich den Stahl in seiner Stimme. »Ich werde tun, was ich tun muß.«

Der Abt starrte Merlin kurz an, nickte und wandte sich zum Gehen. »Leb wohl, Merlin«, rief er. »Komm zu einem Segen ins Heiligtum, ehe du aufbrichst.«

»Leb wohl, Elfodd.« Merlin sah ihm nach, bis er den Hof

durchschritten hatte und durch das Tor entschwunden war. Dann sagte er zu mir: »Er glaubt, daß ich der Zauberei nachgehe – alle glauben es. Um der Liebe Gottes willen, sind sie von Sinnen? Warum zweifeln sie an mir?«

»Sie zweifeln, weil sie dich nicht kennen«, sagte ich, obwohl er gar keine Antwort von mir erwartete.

»Habe ich so lange im Dienste der Wahrheit gelebt, nur um nun geschmäht zu werden? Sie halten mich für einen Verräter, Pelleas.«

»Sie sind verwirrt. Sie wissen es nicht besser.«

»Dann denken sie nicht!« grollte er.

Es hatte keinen Zweck, ihm zuzureden. Damit hätte ich die Sache nur noch schlimmer gemacht. Er wollte auf nichts hören, was ich vorbrachte.

Ohnehin wußte ich selbst nicht, was ich ihm entgegenhalten sollte. Mein Herz gab Merlin recht: daß unter allen Menschen gerade die Gläubigen mehr Glauben an ihn haben sollten. Seine Gedanken waren ganz auf die Wahrheit ausgerichtet und auf Britannien und das Wohl seiner Menschen. Wie einige es ausdrückten: Merlin ist Britanniens Seele.

Er hatte Macht, das ja. Große Macht.

Aber ich sage euch die Wahrheit: Niemals verwendete Merlin seine Macht zu seinem eigenen Nutzen. Der ganze Himmel sei Zeuge! Wenn er es gewollt hätte, hätte er Hochkönig werden können. Er hätte Kaiser werden können!

Niedergeschlagen und entmutigt, suchte Merlin in der Zeit seiner Not Trost. Er spazierte um den See und ließ unter den Äpfeln, die golden und reif für die Ernte waren, den Frieden der Glasinsel heilend auf seine Seele wirken. Sich selbst überlassen, wäre er wohl gern für immer auf Ynys Avallach geblieben.

Aber die Tage wurden grau, und der Wind erinnerte uns mit kalten Böen an den bevorstehenden Winter. Merlin verstand die Warnung. »Die Zeit fliegt dahin, und wir werden andernorts gebraucht«, sagte er eines verregneten Morgens. »Artus wird sich fragen, was aus uns geworden ist.«

Damit wußte ich, daß die Glasinsel ihre Wirkung getan hatte und er bereit war, sich wieder der Menschenwelt zu stellen. Avallach und Charis tat es leid, uns so bald Abschied nehmen zu sehen, aber sie nahmen Merlins Entscheidung artig hin. Ich verbrachte den Tag damit, den notwendigen Proviant für die Reise zu packen, und Merlin ritt zum Heiligtum, um zu beten und sich von Elfodd zu verabschieden, wie er es versprochen hatte.

Am späten Nachmittag war ich soweit, aber Merlin war noch nicht zurück. Ich wartete. Da kam Charis in den Saal. Wir redeten von diesem und jenem, aber ich merkte, daß ihre Augen immer wieder verstohlen zur Tür und dem dahinterliegenden Hof wanderten. Auch sie wartete besorgt auf Merlins Rückkehr.

Als im Osten das letzte Nachmittagslicht verblaßte, sagte sie: »Es ist ihm etwas zugestoßen. Wir sollten hinabreiten.«

Ich war einverstanden. Wir ritten den Pfad zum Damm hinab, über den Sumpf und um den See bis zu dem kleinen Kloster am Fuße des Heiligtums.

Uns begegneten ein paar Mönche, die uns bestätigten, daß Merlin sich tatsächlich zu dem Heiligtum begeben und gebeten hatte, allein zu bleiben. Seither hatte niemand ihn gesehen. Niemand hatte ihn zu stören gewagt.

Charis dankte den Brüdern, und wir stiegen den Pfad zum Hügel hinan.

Dieser Hügel ist nicht mehr als ein großer Erdbuckel ganz in der Nähe des Burgbergs. Er ist ein alter, heiliger Ort, denn hier gelangte das Wort Jesu zuerst auf die Insel der Mächtigen. Und von hier nahm die Verehrung des wahren Gottes auf der Insel ihren Ausgang.

Das Heiligtum selbst ist ein kleines, rundes weißgekalktes Gebäude aus Lehm und Zweigen. Der nackte Lehmboden wird täglich gefegt und das Rieddach beständig erneuert, so daß die winzige Kapelle stets wie neugebaut wirkt.

In jüngster Zeit wurde in der Nähe am Fuße des Hügels ein Kloster errichtet, damit immer für das Heiligtum gesorgt ist. Das Kloster selbst wurde zu einem Ort der Heilpflege – vor allem aufgrund von Charis' Diensten. Die Dame vom See, wie sie vom gemeinen Volk genannt wird, ist als erfahrene und leidenschaftliche Heilerin bekannt.

Wir erklommen den Hügel und gingen zu dem Heiligtum. Von drinnen war kein Laut zu vernehmen. Die Luft war reglos. Nichts rührte sich, kein Vogel sang sein Abendlied. Wir horchten einen Augenblick und traten dann durch die niedrige Tür. Drinnen verdunkelten die Schatten sich zum Dämmerschein.

Erst sahen wir nichts als einen dunklen Haufen vor dem Altar – als hätte ein Mönch achtlos ein paar Kleider dort liegen lassen. Wir gingen darauf zu, und Charis kniete nieder.

»Merlin?« Sie streckte ihre Hand aus, und der Haufen bewegte sich. Ein Kleiderrascheln, und Merlin rollte sich auf den Rücken.

»Merlin?«

»Ach – Mutter …« Sein Gesicht glänzte hell im schwachen Lichtschein. »Ich – ich muß eingeschlafen sein.«

»Komm«, sagte Charis über ihn gebeugt, »wir bringen dich jetzt heim.«

»Mutter«, sagte Merlin, rappelte sich auf die Knie hoch und wickelte sich aus dem Altartuch. Er wirkte hager und ausgezehrt – als hätte er im Schlaf mit bösen Geistern gerungen. »Es tut mir leid. Ich wollte diesen Tag mit dir verbringen, und nun –«

»Schon gut«, erwiderte Charis rasch. »Komm jetzt, wir gehen nach Hause.«

Merlin stand langsam auf. Ich hob das Altartuch auf, schüttelte es aus und legte es an seinen Platz zurück. Als ich Merlin und Charis ins Freie folgen wollte, fiel mir auf dem Boden ein dunkler Fleck auf … Schweiß? Tränen?

Wo Merlins Haupt gelegen hatte, war die Erde feucht.

XI

Wie geplant verließen wir am folgenden Tage die Glasinsel – sehr zu Charis' Mißvergnügen. Es war kein fröhlicher Abschied. Wir wußten alle nur zu gut, wieviel Böses über das Land zog und welchen Schaden Morgian mit ihrer Macht anrichten konnte. Unsere Gedanken waren ahnungsschwer.

Die Welt war mit dem Jahreszeitenwechsel kälter und trostloser geworden. Der Sommer war geflohen wie ein Hase durchs Unterholz, und ein früher Winter stand bereit, ihm nachzujagen.

Über dem Land dräute das Verhängnis. Bedrohlich, düster – als würde hinter jedem Baum Trübsal lauern und hinter jedem Hügel Zerstörung. In jeder Einöde nistete die Niedertracht, und jede Wüstenei strömte Grauen aus.

Ich kann mich nicht entsinnen, jemals durch ein Land geritten zu sein, daß so voll finsterer Vorahnungen war. Der Weg wirkte unvertraut; altgewohnte Pfade schienen tückisch vor Gefahr. Jeder Huftritt war mühselig und langsam.

Merlin saß in seinen Mantel gehüllt gesenkten Hauptes auf seinem Roß; die Hände hielt er um den Sattelknauf gefaltet. Im Vorübergehen hätte man seine Haltung für Versenkung im Gebet halten können. Doch das war sie nicht. Es war die Haltung eines niedergeworfenen Führers, der voll Schimpf und Schande heimkehrte.

Als wir eines grauen Nachmittags durch Morganwgs Lande ritten, trafen wir auf eine fünfzig Mann starke Gruppe von Icenen – vorwiegend Greise, Frauen und Kinder – mit ein paar Stück Vieh und einigen Schafen. Hinter ihnen her polterten vier Wagen. Abgesehen vom Blöken des Viehs und dem Knirschen der Wagenräder, gaben sie keinen Laut von sich, während sie sich durch den dichter werdenden Dunst schleppten.

Merlin grüßte sie. Sie hielten an und brachten uns traurige Kunde: Vor drei Tagen sei ihr Weiler wie viele andere von sächsischen Plünderern gebrandschatzt worden.

»Dies zu hören ist bitter«, sagte Merlin voll Mitleid.

»Es zu erzählen macht auch keine Freude«, fauchte der Anführer der Gruppe, ein Mann mit einer Beilwunde in der Seite. »Die Küstenfesten sind sofort gefallen. Es gab keine Gegenwehr.«

»Was ist mit Coledac?« fragte Merlin.

»Der wurde mit seinen Kriegern erschlagen. Alle sind sie tot. Keiner entkam, die Seewölfe ließen niemanden am Leben. Als die Festungen genommen waren, fielen die Barbaren über die Bauernhöfe her. Wir flohen, als wir im Osten Rauch sahen.«

»Unser Weiler war klein – die anderen wurden früher angegriffen ... und zerstört«, jammerte die dürre Frau neben ihm.

»So ist es«, pflichtete der Mann ihr unglücklich bei. »Ich fürchte, die anderen Siedlungen haben das Schlimmste abbekommen. Den Gerüchten nach soll es im Süden entlang der Sachsenküste noch viel schlimmer gewesen sein.«

Wir befahlen sie Gott und ritten weiter.

In jener Nacht starrte Merlin in die Flammen unseres notdürftigen Lagerfeuers und suchte nach einem Zeichen. Was er sah, schenkte ihm kaum Hoffnung, ein schwacher Lichtschimmer angesichts der dichter werdenden Finsternis. Es war eine freudlose und trostlose Reise, eine traurige Rückkehr.

Bei strömendem Regen erreichten wir Caer Melyn. Durchnäßt bis auf die Haut, zitternd vor Kälte, standen wir vor dem Feuer in Artus' gerade vollendetem Saal und spürten, wie das Leben wieder in unsere steifen Glieder kroch. Artus brachte uns gewürzten Wein und schenkte ihn uns mit eigener Hand aus.

»Myrddin! Pelleas! Welch herrlicher und freudiger Anblick! Willkommen, herzlich willkommen!« rief Artus zur Begrüßung. Sein Lächeln war so deutlich wie aufrichtig. »Wie ist es euch im Süden ergangen, meine Freunde?«

Merlin war nicht dazu aufgelegt, seine Antwort milde ausfallen zu lassen. »Uns droht die Katastrophe, mein Sohn«, sagte er, »und die Finsternis wird uns gewiß bald übermannen.«

Artus, dessen Lächeln nicht von seinem fröhlichen breiten Gesicht wich, blickte zwischen uns hin und her, als wollte er ihm nicht glauben. In der Tat, der Saal war warm, das Feuer loderte hell – Verzweiflungsworte hatten wenig Sinn. »Warum denn?«

»In diesem Land gibt es eine Macht, die nicht ruhen noch rasten wird, ehe wir uns ihr alle unterwerfen.«

»Nun, verschiebe diese Sorge auf einen anderen Tag. Heute abend sind meine Freunde bei mir, und der Wein ist gut.« Er hob seinen Becher. »Auf die Feinde unserer Feinde! Und auf eure unversehrte Rückkehr!«

Allein Artus' Begrüßung ließ Merlins Kummer verebben. Denn ich sah, wie mein Meister den jungen Herzog in all seinem jugendlichen Eifer musterte. In Artus brannte das Licht des Lebens so hell, daß Merlin beschloß, ihm zuliebe die Düsterkeit und Niedergeschlagenheit beiseite zu schieben, die ihn auf unserer Reise bedrückt hatten. Ich sah, wie Merlin die Schultern straffte, wie er das Kinn reckte. Und obwohl er sich zu dem Lächeln, mit dem er Artus' Willkommen erwiderte, zwingen mußte, lächelte er immerhin, und seine Begrüßung war ehrlich.

So wich der Schleier, der über Merlins Geist gelegen hatte, nach unserer Ankunft in Caer Melyn bald. Das war, wie ich sagte, Artus zuzuschreiben. Denn schon damals äußerten sich an ihm höchst seltene Gaben: eine Freude, die sich aus Entbehrung speiste, durch Widrigkeiten vergrößerte und im Unglück ihren Gipfel erreichte.

In der Niederlage vermochte Artus den goldenen Strahl der Hoffnung zu entdecken, ein vereinzeltes Aufblitzen von leuchtendem Blau an einem sturmgebeugten Himmel. Das machte ihn zu einem so einnehmenden Führer – dem Mann, dem andere gern ihr Leben weihten. Artus' Begeisterungsfähigkeit und Selbstvertrauen waren die Flamme am trockenen Reisig der Menschenherzen. Sobald er gelernt hatte, Funken zu schlagen, konnte er sie in Brand setzen, wann immer es ihm beliebte. Und das war ein herrlicher Anblick.

In jener Nacht, als wir gemeinsam am Herd standen, fand mein Meister Anlaß zur Hoffnung, obwohl augenscheinlich alles dagegen sprach. Er begann, glaube ich, die Gestalt unserer Rettung zu erahnen: Sie war größer, großartiger, höher, reiner und viel machtvoller, als er sie sich jemals vorgestellt hatte.

»Natürlich«, sollte er später immer sagen, »mußte es so kommen. Etwas anderes war gar nicht möglich.«

Doch bis dahin war es noch weit. Es sollte noch dauern. Aber es sollte eintreffen.

In jener Nacht der Heimkehr konnte jedoch der junge Artus

mit seiner grenzenlosen Fröhlichkeit unsere Herzen erfreuen. Ach, wie er Merlin liebte!

»Erzählt mir von eurer Reise«, sagte er, als die Tafel bereitet war. »Hat Ban euch wohl empfangen? Wird er uns helfen? Schickt er Unterstützung? Wann –«

»Artus, bitte!« rief Merlin und hielt die Hand empor, um Artus' Neugier Einhalt zu gebieten. »Eine Frage nach der anderen.«

»Dann beantworte, welche dir beliebt. Aber berichte etwas!«

»Ich werde dir alles berichten«, versprach Merlin. »Doch laß uns erst einmal Platz nehmen und wie höfliche Menschen reden. Wir sind heute weit geritten, und ich habe Hunger.«

Wir setzten uns an die Tafel und warteten auf den Eintopf.

»Also«, sagte Artus, als wir unsere Becher in der Hand hielten. »Jetzt singe, Barde. Ich warte.«

»Ja, Ban hat uns empfangen. Ja, er schickt Unterstützung. Die Vorräte kommen, sobald die Ernte eingebracht ist –«

»Gut gemacht!« Artus hieb auf den Tisch, daß unsere Becher hüpften. »Gut gemacht, Myrddin! Ich wußte, daß du es schaffen würdest.«

»– Krieger kommen im Frühjahr unter Bors' Führung.« Auf Artus' erstaunte Miene fügte er hinzu: »Ja, zusätzlich zu Vorräten schickt Ban uns sein Heer und seinen Bruder. Sie stehen dir zu Befehl.«

»Es wird ja immer besser!« rief Artus und sprang auf. »Kei! Bedwyr!« brüllte er durch den Saal, als die Tür aufging und ein paar Männer eintraten. »Kommt her!«

Die beiden schüttelten sich den Regen von den Mänteln und stellten sich triefnaß vor uns an den Tisch. »Seid gegrüßt, Myrddin und Pelleas«, sagte Bedwyr. »Welche Kunde bringt ihr?«

»Steht Ban uns bei?« fragte Kei. Anscheinend beschäftigte alle, auf welcher Seite der König von Benowyc stand.

»Männer und Vorräte!« rief Artus. »Bors kommt mit seinem Heer.«

»Und mit Pferden auch?« wollte Bedwyr wissen.

»Hundert berittene Krieger. Ausreichend Vorräte für sie und auch für uns. So ist es abgemacht.«

Bedwyr und Kei strahlten einander und Artus an. Bedwyr

klopfte Merlin auf den Rücken: »Fürwahr, du wirkst Wunder, Myrddin!«

»Becher!« rief Kei. »Bringt uns etwas zum Trinken. Unser Glück muß gefeiert werden!«

»Sie kommen erst im Frühjahr«, warf Merlin ein.

»Dann feiern wir noch einmal«, lachte Bedwyr. »Du wirst uns doch nicht die erste gute Nachricht seit deiner Abreise verderben wollen.«

»Wie? Was ist denn geschehen?«

Bedwyr warf Artus einen Blick zu. Dieser sagte: »Uns ist zu Ohren gekommen, daß Morcant gegen mich ein Bündnis mit Coledac und Idris geschlossen hat.«

»Owen Venddu hat ihnen Krieger und Pferde versprochen«, schimpfte Kei. »Und uns hat er gesagt, er könnte kein Haferkorn entbehren, sonst müsse er im Winter verhungern. Verflucht sei das ganze Pack!«

»Bis zum Sommer hoffen sie ein Heer von tausend Mann gegen uns ins Feld zu führen«, setzte Bedwyr hinzu. »Ja sogar mehr, wenn sie weitere Fürsten hinter sich scharen können.«

Die Gekränktheit ihres Tons wirkte echt, das Gefühl von Verrat war stark. Merlin nickte verständnisvoll. »Nun denn«, meinte er, »so weit kommt es vielleicht ja gar nicht. Zumindest wird einer von ihnen nicht in der Lage sein, im Frühling gegen euch Krieg zu führen.«

»Warum? Was hast du erfahren?« fragte Artus.

»Coledac ist tot«, entgegnete Merlin, »und die meisten seiner Krieger ebenfalls.«

»Ha!« fauchte Kei freudlos. »Der Verrat ist heimgezahlt.«

»Was ist vorgefallen?« erkundigte sich Bedwyr.

»Seewölfe haben die Sachsenküste überrannt.« Merlin ließ die Bedeutung seiner Kunde auf sie wirken.

Artus faßte sich als erster. »Wie schlimm steht es?«

»Die Festen sind genommen und die Dörfer gebrandschatzt – die kleinen Befestigungen ebenfalls. Coledac kam beim ersten Gemetzel um, und die Krieger wurden vernichtet. Keiner entkam. Danach war keine Gegenwehr mehr vorhanden.«

Artus kniff die Augen zusammen, erwog die Gefahr und umklammerte den Messingbecher so fest, daß das Metall sich verbog. »Wie weit ins Landesinnere sind sie vorgedrungen?«

»Das ist ungewiß«, erwiderte Merlin. »Den Auskünften nach, die wir hörten, landeten sie den Hauptangriff weiter im Süden.«

So feierte eine düster gestimmte Gemeinschaft unsere Rückkehr. In den folgenden Tagen wurde die traurige Kunde immer wieder bestätigt, als vereinzelte Gruppen Heimatloser zur Burg kamen, um auf ihrem Weg nach Westen Schutz zu suchen.

Nach und nach schälte sich aus vielen wirren, einander widersprechenden Berichten die Wahrheit heraus: Sachsen unter einem Feldherrn namens Aelle hatten einige der alten Festungen an der Südostküste zwischen dem Wash und der Themse erobert. Der Hauptangriff war jedoch ein wenig weiter südlich zwischen Themse und Avon erfolgt, in den alten Landen der Cantier. Diese Attacke wurde von einem König namens Colgrim geleitet, dem ein zweiter beistand – Octa, der inzwischen erwachsene Sohn des Hengist, der zurückgekommen war, um seines Vaters Tod zu rächen.

Dieses Gebiet im Südosten heißt Sachsenküste. So benannten es die Römer, weil sie dort ein Netz aus Leuchttürmen und Vorposten eingerichtet hatten, um sich vor den plündernden Seewölfen zu schützen.

Und ebendieser Küstenstrich hatte Vortigern Hengist, Horsa und ihren Stämmen als Siedlungsgebiet zugewiesen – in der vergeblichen Hoffnung, damit den unaufhörlichen Raubzügen Einhalt zu gebieten, die Britannien allmählich ausbluteten. Und von dieser Küste her ergossen die Barbaren sich in die Umgebung, bis Aurelius sie zurückdrängte, besiegte und vertrieb.

Jetzt waren sie wieder da und nahmen das Land wieder in Besitz, das Hengist schon einmal gehört hatte. Die Sachsenküste – der Name würde Bestand haben, wenn auch aus einem anderen Grund. Die Eindringlinge beabsichtigten zu bleiben.

Das bereitete uns den ganzen Winter lang Kopfzerbrechen. Der Gedanke daran, daß Sachsen britisches Gebiet eroberten, brannte in Artus wie ein Feuer, aber er konnte nichts dagegen tun, als die Schande ertragen. Fürwahr, uns blieb keine andere Wahl. Wir mußten warten, bis Bors im Frühjahr mit den benötigten Männern kam. Und dann mußte Morcant zur Strecke gebracht werden, ehe an eine Auseinandersetzung mit den Sachsen zu denken war.

Insgesamt war es ein kummervoller Winter für uns. Trotz Bans großzügiger Gabe an Vorräten gingen die Nahrungsmittel kurz vor Ende des Winters zur Neige. Dank Ban hatten wir zwar genug Korn, aber kein Fleisch. Am Vorabend vor Weihnachten ritten wir zur Jagd aus und umklammerten unsere Speere mit steifen, erfrorenen Händen, in der Hoffnung auf einen Hirsch, ein Schwein oder einen Hasen – irgend etwas, das uns Fleisch für die Tafel liefern würde.

Merlin sang häufig im Saal und tat, was er konnte, damit wir nicht verzagten. Doch im Frühling war unser Mut dennoch auf dem Tiefstpunkt angelangt; besorgt erwarteten wir die Ankunft von Bors und Bans Mannen. Mit jedem Tag wurde Artus' Groll auf die Kleinkönige größer.

Der Frühling brachte keine Erleichterung. Das Wetter blieb kalt, der Himmel grau. Tag für Tag peitschte eisiger Regen auf die Hügel im Süden. Der wütende Wind heulte durch lange, kalte Nächte; und es hatte den Anschein, als wollte die Erde nie mehr unter der Sonne warm werden, sich kein milderes Klima mehr einstellen.

Dann gab es eines Tages einen Umschwung. Die Wolken rissen auf, und die Sonne schien hell am hohen, blauen Himmel. Das Licht kehrte ins Land zurück. Und mit ihm die Kunde, vor der wir uns den ganzen Winter gefürchtet hatten.

Die Füße des Boten hatten kaum den Boden berührt, als schon der Ruf widerhallte: Morcant reitet gegen uns!

»Von woher?« fragte Artus.

Der Bote wischte sich den Schweiß von der Stirn. »Sie kommen die Küste entlang. Inzwischen dürften sie den Ebbw überquert haben.«

Artus nickte knapp. Der Ebbw bildete die Ostgrenze von Artus' Reich. Eine Streitmacht, die entlang des Mor Hafren ritt, konnte sich schneller fortbewegen, als wenn sie den Weg durch die gewundenen Täler genommen hätte. Morcant wollte schnell sein.

»Wie viele?«

»Dreihundert.«

»Was!« rief Kei. »Wie konnte der alte Löwe nur so viele um sich scharen?«

»Wir haben noch Zeit, bevor es zum Treffen kommt.« Mit

Frühlingsbeginn hatte Artus befohlen, den Ring kleiner Hügelfesten mit Spähern zu besetzen – vor allem diejenigen entlang der Küste, denn er hoffte, daß dort mit jedem Tag die Kunde von der Ankunft der Schiffe Bans eintreffen würde. Der Späher in Penygaer hatte gesehen, wie Morcants Streitkräfte die Mündung des Ebbw überquert hatten.

»Artus«, sagte Kei ruhig, »wie willst du ihnen begegnen? Es steht siebzig zu dreihundert.«

»Ich gebe zu, daß es ein ungleicher Kampf wird.« Artus grinste schief und verwegen. »Aber Morcant wird zusehen müssen, wie er ihn übersteht.« Zu mir gewandt sagte er: »Pelleas, hole Bedwyr und Myrddin. Wir versammeln uns in meinem Gemach.«

»Sogleich, Herr.«

Er und Kei schritten über den Hof, als das Jagdhorn Alarm blies. Merlin und Bedwyr fand ich in einem der Speicher bei der Überprüfung der schwindenden Gerstenvorräte.

»Sei gegrüßt, Pelleas«, rief Bedwyr, als ich auf sie zustürmte. Als er meine Miene sah, verging ihm das Lächeln. »Was ist los? Was ist passiert?«

»Morcant reitet gegen uns. Er ist mit dreihundert Mann auf dem Weg hierher.«

»Wir können uns ihnen nicht stellen«, meinte Bedwyr. »Es sind zu viele. Sogar mit Hilfe von Meurigs Kriegern wären sie uns dreifach überlegen.«

»Wo stehen sie?« fragte Merlin. Sein Tonfall verriet weder Erstaunen noch Sorge.

»Sie haben an der Küste den Ebbw überquert, um uns von Süden her anzugehen.«

»Ja«, überlegte Merlin, »so würde ich es auch machen.«

»Nach Caer Myrddin zu reiten ist ohnehin keine Zeit.«

»Wir sollen uns sofort in Artus' Gemach versammeln«, ließ ich sie wissen.

Artus und Kei saßen an dem langen Tisch in Artus' Gemach. »Es ist unmöglich«, sagte Kei gerade, als wir eintraten, »und selbst wenn, dann wäre das Risiko ungeheuerlich.«

Artus lächelte und zauste Kei die roten Locken. »Kei denkt immer nur ans Risiko.«

»Bei Gott! Das stimmt. Ich erwäge die Risiken. Einer muß es

ja tun.« Kei verschränkte die Arme über der Brust und machte unter seinen kupferbraunen Brauen ein finsteres Gesicht.

»Was schlägt er diesmal Unmögliches vor?« lachte Bedwyr, als er sich auf die Bank setzte. Ich ließ mich neben ihm nieder. Merlin blieb stehen.

Kei, dessen Züge ein gequälter Ausdruck verzerrte, erwiderte: »Bitte mich nicht, es zu wiederholen. Das tue ich nicht.«

Artus blickte Kei ruhig an und zuckte die Achseln. »Vielleicht hat er recht – es ist nicht zu schaffen.« Dann wandte er sich an Bedwyr und Merlin. »Nun, ihr weisen Ratgeber? Ratet mir weise, sonst tut Morcant es.«

Wir blickten einander an und berechneten still unsere Aussichten, den Tag zu überleben.

»Nun ja«, sagte Merlin nach einer Weile, »vielleicht ist heute ja ein Tag für unmögliche Taten. Wer weiß?«

»Anscheinend haben wir keine Wahl«, schimpfte Kei.

»Dürfen wir deinen unmöglichen Plan erfahren?« fragte Bedwyr. »Heraus damit!«

»Ich dachte nur«, sagte Artus langsam, »ihr wißt ja, daß die Hügel das Echo zurückwerfen …«

Die Sonne stand senkrecht über uns, und noch immer war nichts von Morcants Heer zu sehen. Es waren Kundschafter ausgesandt worden, und diese waren tatsächlich mit der Bestätigung zurückgekehrt, daß eine Streitmacht von dreihundert oder mehr Kriegern sich entlang der Küste näherte. Sie hatte den Ebbw überquert und hielt auf das Tal des Flusses Rominw zu.

Das tiefe Tal wand sich halbmondförmig um Caer Melyn Richtung Osten und dann nach Süden auf das Mor Hafren zu. Für jeden Angreifer war es eine natürlich Straße geradewegs ins Herz von Artus' Reich.

Der junge Herzog kannte das Tal und wußte, daß seine Feinde es als seine Schwachstelle ansehen würden. Aber ein Teil von Artus' Genie gründete sich auf seine bemerkenswerte Fähigkeit, die Örtlichkeiten richtig einzuschätzen.

Er brauchte eine Gegend nur einmal zu sehen und kannte sie schon – jeden Hügel und jede Senke, jeden Bach und jedes Rinnsal, jede Mulde und jede Vertiefung, jede Felsenklippe und jeden Steinblock. Er wußte, wo eine sichere Furt lag, wo der

Bodenbewuchs am dichtesten war, wo sich verborgene Pfade kreuzten und wohin sie führten. Er kannte sämtliche alten Hohlwege und Steige, wo man ungesehen in Sicherheit reiten konnte, wie die Schlachtfelder der verschiedenen Reiche lagen, welche Anhöhe Schutz bot, welche Ebene ein Versteck, wo natürliche Wehranlagen zu finden waren, wo das Land sich eignete zum Angriff, Rückzug oder Hinterhalt…

All dies und noch viel mehr las Artus aus den Falten und Spalten der Erde. Das Land sagte ihm etwas, es offenbarte seinem flinken Auge bereitwillig sämtliche Geheimnisse.

So kam es, daß ich auf einem Hügel mit Blick über die Furt im Rominw kauerte, vor mir einen Schwarzdornbusch, um mich einen Trupp Krieger, die ähnlich verborgen waren. Jenseits des Tals lag Kei mit einer zweiten Schar hinter einer niedrigen, grasbewachsenen Anhöhe versteckt. Und im Norden noch ein Trupp; im Süden wieder einer, und so fort das ganze Tal entlang.

Die Zeit verging. Ich saß da und beobachtete die Schatten der Wolken auf der Hügelflanke mir gegenüber oder blickte gen Süden entlang der Biegung des Flusses; ich lauschte auf den Lärm der nahenden Streitmacht und fragte mich, was sie aufhalten mochte – ob sie womöglich gar nicht den Weg ins Tal des Rominw genommen hatte.

Der Wind hatte nach Norden gedreht, wodurch der Lärm von Morcants Nahen weniger leicht zu hören war – falls er tatsächlich in das Tal vorgedrungen sein sollte. Warum brauchte der alte Löwe so lang?

Vielleicht war er an der Küste weitermarschiert und nahte von Westen. Vielleicht hatte er den Rominw schon überquert und eilte jetzt nach Osten zurück, um vom Landesinneren her entlang eines der kleineren Bäche anzugreifen. Vielleicht hatte er – der Gedanke kam nicht zu Ende, denn in diesem Augenblick hörte ich den Laut: das rasche, rollende Trommeln der Pferdehufe auf der Erde.

Ich reckte meinen Hals Richtung Süden und spähte durch die Zweige meines Schwarzdornbusches. Einen Moment später erblickte ich sie: Morcants Krieger näherten sich durch das Tal. Sie kamen als ungeordneter Haufen; es gab keine fest geschlossenen Ränge, keine gegliederte Formation. Wie ein wilder

Schwarm breiteten sie sich über den Talboden aus. Eher ein Mob als ein Streitmacht aus Kriegern mit Zucht.

Das war der Gipfel! So hochmütig war Morcant, so eitel und selbstsicher, so überzeugt von seiner Überzahl, daß er keinen Versuch unternommen hatte, Ordnung in seine Scharen zu bringen. Er hatte vor, Artus' Krieger zu überrennen – wollte wie eine Welle über die Küste einfach über uns hinweg branden und uns durch sein alles mitreißendes Gewicht fortspülen.

Ich beobachtete, wie der zuchtlose Haufen in das Tal unter uns strömte, da packte mich der Zorn wie eine glühend rote Flamme. Der Narr! Morcant verachtete Artus vollkommen. Dermaßen, daß er es nicht einmal für klug hielt, seine Ränge zu schließen. Ach, er war von Dreistigkeit verblendet, vom Stolz betäubt.

Das sah ich, und es war mir gleich, daß wir nur siebzig gegen dreihundert waren. Heiliger Jesus, wenn wir heute sterben, dann laß uns ehrenvoll als Krieger sterben.

Die ersten Feinde hatten die Furt erreicht. Einige platschten durch den Strom, andere hielten zum Trinken an – die unwissenden Flegel. In ihrem Dünkel sorglos und dumm. Mein Grimm brannte noch stärker in mir.

Sobald der Hauptteil der Streitmacht das gegenüberliegende Ufer erreicht hatte, ertönte ein mächtiger Ruf, ein allumfassender Ruf, ein Ruf, der die Wurzeln der Welt erschüttern sollte. »Halleluja!«

Ich schaute hinüber und sah Merlin allein auf der Hügelkuppe stehen. Er streckte die Arme empor, sein Mantel flatterte lose im Wind. Im gleichen Augenblick erklang die Antwort von der anderen Seite des Tals: »Halleluja!«

Das Echo hallte wider: »Halleluja! ... Halleluja!«

Ich stimmte in den herzerfrischenden Schrei ein, und die Krieger um mich riefen ebenfalls: »Halleluja!«

Die Rufe erklangen jetzt im ganzen Tal, daß die Echos wie Glocken dröhnten, die immer weiter läuteten. Halleluja! Halleluja! Halleluja!

Die Wirkung ließ nicht auf sich warten. Sie war dramatisch. Beim ersten ungeheuren Schrei hatte der Feind angehalten. Die Hallelujarufe stürzten von allen Seiten auf ihn ein. Die Krieger suchten mit den Blicken die Hügel nach uns ab, sahen aber niemanden. Die Echos kreisten sie ein, regneten auf sie hinab... Halleluja! Halleluja! Halleluja! Halleluja!

Morcants Heer löste sich vollends auf. Der Hauptteil wich hinter den Fluß zurück und ritt in diejenigen, die noch nachkamen. Als andere sahen, daß die Furt hoffnungslos versperrt war, wandten sie sich den Hügeln zu. Eine Gruppe von zwanzig Reitern riß sich los und kam stracks auf uns zu.

Wir ließen sie kommen. Näher ... immer näher.

Mit einem mächtigen Schrei schoben wir die Schwarzdornäste beiseite, die uns verbargen. »Halleluja!«

Das Schwert in der Hand, sprangen wir auf, schlugen zu und zerrten die überraschten Reiter aus dem Sattel. Wir warfen sie zu Boden und schickten ihre verschreckten Pferde den Hügel hinab in die verwirrte Kriegerschar. Ich schaute über das Tal hinüber. Auf dem gegenüberliegenden Hügel geschah das gleiche, als verdutzte Krieger hinter der grasigen Anhöhe verschwanden, wo Keis Mannen warteten.

Geschrei, Gekreisch, Gebrüll – das Tal dröhnte von dem unheimlichen und zermürbenden Toben. Morcants Heer, das sich einem unsichtbaren, aber anscheinend unüberwindlichen Feind gegenübersah, zog sich in völliger Auflösung zurück.

Als wir das sahen, rannten wir zu unseren Pferden, die hinter dem Hügelkamm angepflockt standen. Nur einige Augenblicke später rasten wir den Hügel hinab und in das fliehende Heer hinein. Morcant und Cerdic standen an der Furt, während um sie herum die Krieger Reißaus nahmen. Sie brüllten ihre Männer an, sie sollten bleiben und kämpfen.

Und dann war Artus mit seinen elf Mannen mitten unter ihnen. Sie waren anscheinend aus dem Nichts aufgetaucht – aus den Felsen unter ihnen gesprossen.

Das war zuviel. Cerdic wandte sein Pferd und floh seinen Männern hinterher. Morcant war zu wahnsinnig vor Zorn, um auf die Gefahr zu achten. Er hob sein Schwert und ritt auf Artus zu. Die beiden begegneten sich. Ein kurzes Aufblitzen von Stahl, und Morcant fiel. Er rollte in den Fluß; der König lag reglos da.

Hiermit war der Kampf nicht beendet. Wir entronnen an jenem Tag dem Tod, mehr nicht.

Obwohl wir alle dankbar waren, noch unter den Lebenden zu sein, als die Sonne hinter den Hügeln im Westen verblaßte und wir in den Caer zurückkehrten, wußten wir, daß wir lediglich eine Schlacht gewonnen hatten. Wir hatten keine Verluste erlitten; nur zwei Männer waren verwundet. Cerdics Kriegerschar war bei seiner Flucht fast unversehrt. Er würde die Kränkung seines Stolzes ein Jahr lang nähren und dann wiederkommen, um seinen Vater zu rächen. Andere, die von der Fehde zu profitieren hofften, würden sich ihm anschließen, der Krieg weitergehen.

Während wir Briten uns gegenseitig bekämpften, würden die Schiffe kommen und Siedlungen brennen. Immer mehr Land würde dem Schatten anheimfallen. Und die Sachsen würden in Britannien wieder erstarken.

XII

»Das ist Wahnsinn!« fauchte Artus. »Das verabscheue ich, Myrddin! Ich verabscheue es mehr als alles andere.«

»Das tat dein Vater auch«, erwiderte Merlin. »Und trotz allem, was die Leute über Uther reden, hatte dein Onkel auch keinen Sinn dafür. Aber er hielt es aus, und das wirst du auch.«

»Als hätten wir nichts Besseres zu tun, als uns in diesem sinnlosen Gemetzel hinzuschlachten. Ich habe diesen Monat sechzehn Kymbrogen verloren. Sechzehn! Hörst du das?«

»Die ganze Welt hört dich, Artus.«

»Das ist Urbanus' Werk. Wenn ich diesen ränkesüchtigen Bischof jetzt vor mir hätte, dann ... dann würde ich ...«, stotterte Artus und rang nach Worten, um seiner Enttäuschung Ausdruck zu verleihen.

»Ihm seinen Kopf auf einem Tablett reichen?« meinte Kei hoffnungsvoll.

»Selbst das ist noch zu gut für ihn«, schalt Bedwyr.

Wir saßen an einem Tisch in Artus' Zelt. Das Zelt war aufgeschlagen, aber es war heiß – das Ende eines schwülen, enttäuschenden Tages. Wir waren alle müde und hatten immer noch Hunger, obwohl das Mahl längst beendet war. Die Stimmung unserer Gemeinschaft hatte sich getrübt, lange bevor das Gespräch sich Urbanus zuwandte.

Höchstwahrscheinlich hatte Artus recht. Urbanus' Versuche, Frieden zu stiften, hatten die Sache nur noch schlimmer gemacht, als sie ansonsten gewesen wäre. Der ehrgeizige Geistliche hatte kein Talent für die Diplomatie und begriff nichts. Er wußte nichts von den Kräften, die an dem Kampf beteiligt waren.

Für Urbanus war die Sache ganz einfach: Es sollte ein für alle annehmbarer Hochkönig gewählt werden. Wenn Artus auf Widerstand stieß, mußte die Herrschaft über Britannien einem anderen zufallen.

Er erkannte nicht, wie dies Artus' Anspruch und Ansehen

untergrub. Er sah nicht, wie seine dauernden Vermittlungen die Fehde verlängerten.

Denn wenn die Kirche Artus fest unterstützt hätte, hätten die Abweichler keine Anhänger gefunden. Darüber hinaus hätten sie gegen die Kirche kämpfen müssen, um ihren verheerenden Aufstand fortzusetzen. Wie die Dinge lagen, schöpften die aufrührerischen Fürsten aus Urbanus' Zweideutigkeit Hoffnung. Und der Krieg ging weiter.

Es hatte in dem Frühling angefangen, als Morcant gefallen war – vor vier Jahren. Vier Jahre ... genausogut hätten es hundert sein können, denn wir waren dem Ende des Zwists kein bißchen näher gekommen.

Cerdic, der den Tod seines Vaters zu rächen suchte, und der magere, hungrige Idris, der hoffte, das Land zu mehren, welches er von seinem Verwandten Dunaut geerbt hatte, bildeten den Kern des Bündnisses der Fürsten, die sich offen gegen Artus erhoben.

Schlicht und einfach Rebellion unter dem Deckmantel dessen, was sie Artus' Mißbrauch der Kriegstruhe nannten: der Vorräte und Gelder, die er von den Fürsten erhob, um Britanniens Heer zu unterhalten. »Er nimmt zuviel!« schrien sie. »Er hat kein Recht dazu! Wenn wir nicht zahlen, werden wir von seinen Leuten bestraft. Er ist schlimmer als alle Sachsen!«

Lügen, nichts als Lügen. Aber damit hatten sie eine Ausrede, sich gegen Artus zusammenzutun. Eine Rechtfertigung für ihren Verrat. Und damit köderten sie sogar Männer wie Owen Vinddu, Orgyvan und Rhain für ihren bösen Plan. Andere, die sämtlich kleine Fürstlein waren, ergriffen die Gelegenheit, sich ihnen anzuschließen, weil sie hofften, ihre mageren Besitztümer durch geplündertes Gold und geraubte Ehre zu mehren.

Von Artus' Freunden schickten nur Custennin, Meurig und Ban Männer und Vorräte zu seiner Unterstützung. Schändlicherweise hielten sogar seine Möchtegernverbündeten – Madoc, Bedegran, Morganwg und einige andere – sich zurück, bis der Krieg so oder so ausging. Dennoch kamen wir mit Artus' furchtloser Hartnäckigkeit und der Großzügigkeit seiner Verbündeten gerade noch durch.

Das erste Jahr war recht hart. Bors traf rechtzeitig mit seinen Kriegern ein, um zu verhindern, daß wir schlichtweg hingemetzelt wurden. Bis zum Herbst des zweiten Jahres waren wir alle schlachterprobte Krieger. Im dritten Jahr gelang es uns, den Kampf von Artus' Reich in das von Cerdic zu verlagern.

Jetzt, am Ende des vierten Sommers, führten wir beinahe alle paar Tage ein Gefecht. Zwar gewannen wir die meisten davon; aber kämpfen mußten wir, und das, obwohl wir wenig Ruhe und nur dürftiges Essen hatten. Harte Bedingungen für Krieger.

Wäre Bors nicht gewesen, dann weiß ich nicht, was wir getan hätten. Er und seine Männer standen uns zur Seite, hielten uns aufrecht, stärkten uns, während wir das Kriegshandwerk erlernten. Gemeinsam führten Bors und Artus Britanniens einzige Hoffnung ins Getümmel und retteten das Land vor dem sicheren Zerfall. Nicht nur einmal, sondern immer wieder.

Wir wußten nicht, wie lange wir so durchhalten würden. Aber Tag für Tag schöpften wir Kraft aus dem Sieg des Vortages und fochten irgendwie weiter.

»Wir haben ihnen den ganzen Sommer zugesetzt«, sagte Artus. »Sie müssen klein beigeben.« Der Zorn des Augenblicks war verraucht. Er beschäftigte sich wieder mit seiner zweiten Sorge: der Frage, wann die Könige sich geschlagen geben würden. »Es kann nicht noch ein Jahr so weitergehen.«

»Das kann es ganz leicht«, versetzte Bedwyr. »Bald ist Erntezeit. Sie werden nach Hause zurückkehren müssen, um das Korn einzubringen. Und von dir erwartet man das gleiche. Den Winter über gibt es dann einen Waffenstillstand wie immer.«

»Sollen sie zur Ernte auf ihre Höfe zurückkehren. Aber einen Waffenstillstand gewähre ich ihnen nicht...« Nachdenklich hielt er inne. Alle, die wir um den Tisch saßen, sahen, wie seine klaren, blauen Augen von innen heraus zu leuchten begannen.

»Was ist denn?« fragte Bedwyr. »Was habe ich gesagt?«

»Wir tragen den Krieg auf ihre Felder«, erwiderte Artus.

»Ich verstehe nicht, wie uns das –«, hub Kei an, aber Bedwyr war ihm bereits ein Stück voraus.

»Wir verbrennen die Feldfrüchte, wo sie stehen!«

»Sollen sie den Winter über hungern, genauso wie wir. Warum sollen wir nicht gemeinsam verhungern?«

Bors schlug mit den Händen auf den Tisch. »Das gefällt mir!«

Kei schüttelte den Kopf. »Ich verstehe nicht, was das nützen soll.«

Artus legte Kei den Arm um die breiten Schultern. »Wenn sie ihr kostbares Getreide verlieren, überlegen sie es sich zweimal, ob sie den Krieg nächstes Jahr fortführen wollen«, erläuterte er. »Sie müssen entweder aufgeben oder Getreide aus Gallien kaufen.«

»Und das kommt teuer«, sagte Bedwyr. »Das kann sich nur Cerdic leisten.«

»Und auch nicht so recht nach diesem Jahr«, warf Bors ein. Er lachte und haute auf den Tisch, bis die Becher und Teller schepperten. »Soll Cerdic den ganzen Winter daran kauen, dann ist er im nächsten Frühling nicht so scharf aufs Kämpfen.«

»Gut gesagt!« Zustimmend schlug Artus sich auf die Schenkel.

»Aber ich begreife immer noch nicht, was es nützt, gemeinsam mit ihnen zu hungern«, sagte Kei störrisch. »Das bräuchten wir doch nicht.«

»Ach? Hast du einen besseren Plan?« fragte Bedwyr obenhin.

Kei zog die Brauen hoch. »Wir verbrennen das Korn nicht, sondern ernten es statt dessen.«

»Wir sind doch keine Bauern!« schimpfte Bedwyr.

»Unsere Schwerter zu Sicheln schlagen?« johlte Bors. »Pah!«

Kei zog die Brauen noch höher. Seine grünen Augen verdüsterten sich, wie es immer geschah, wenn er argwöhnte, man mache sich über ihn lustig oder nehme ihn nicht recht ernst.

»Kei hat recht.« Merlins sanfter Tonfall brachte sie abrupt zum Schweigen. »Wir haben Hunger. Es zu verbrennen wäre eine Sünde. Außerdem würde es keinem von euch weh tun, mit einer Sense in der Hand gesehen zu werden.«

»Aber wir können doch nicht –« Bedwyrs Einwand ging in Artus' wildem Freudenschrei unter.

»Großartig!« Artus sprang auf. »Wunderschön, weil es so einfach ist. Das ist die süße und sichere Rettung!« Er klopfte Kei auf den Rücken, und das Lächeln wurde zu einem zweifelnden Grinsen.

»Wir bringen die Ernte für sie ein –«, hub Artus an.

»Und sie lassen sie uns einfach wegtragen?« Bedwyr schüttelte den Kopf. »Nicht solange unter ihnen noch Männer sind, die Speer und Schwert führen können.«

»Wir bringen ihre Ernte ein, weil sie zu beschäftigt sein werden, sich mit dem leidigen Bors und seinen unangenehmen Armoricanern herumzuschlagen.« Mit langen, sicheren Schritten ging Artus um den Tisch und gestikulierte erregt mit den Händen. Sein Verstand eilte uns allen bereits voraus. »Wenn sie dann nächsten Winter hungrig ihre Pferde und Hunde anstarren, verkaufen wir es ihnen zurück.« Er schwieg, um seinen Worten größeres Gewicht zu verleihen. Dann wurde seine Stimme eisenhart. »Der Preis soll die volle Bündnistreue sein.«

Merlin lächelte grimmig. Er stieß dreimal mit dem Ende seines Stabes auf den Boden. »Gut gemacht, Artus! Gut gemacht!« Er zeigte auf Kei. »Und gut gemacht, Kei. Du hast den Kopf behalten und klug nachgedacht.« Seine Worte waren ein Lob, sein Tonfall aber spöttelnd.

»Du bist einverstanden, Myrddin? Ist es das Klügste? Ist der Plan gut?«

»Ach, ein sehr guter Plan, Artus. Aber selbst die besten Pläne können scheitern.«

»Glaubst du, er wird scheitern?« fragte Bedwyr.

»Was ich glaube, spielt keine große Rolle«, erwiderte Merlin zurückhaltend. »Mich brauchst du nicht zu überzeugen. Entscheiden müssen deine Krieger.«

»Was das betrifft«, stellte Artus fest, »kenne ich nicht einen Mann, der nicht gern ein, zwei Tage lang sein Schwert beiseite legen würde.«

»Auch wenn er dafür Sichel und Flegel in die Hand nehmen müßte?« Bors verzog angewidert das Gesicht.

»Keine Sorge, Herr Bors«, besänftigte Artus ihn, »du wirst dieses gefürchtete Werkzeug nicht anfassen müssen. Du führst deine Männer auf Schikaneüberfälle, Ablenkungsmanöver – alles, was du willst, solange du diese Hunde beschäftigst, während wir ihr Getreide stehlen.«

»Das werde ich! Beim Gott, der mich schuf, das werde ich!«

Sofort fingen sie an, Pläne zu schmieden, um die aufrührerischen Könige abzulenken und um das Korn zu transportieren, sobald sie es hätten. Merlin ließ sie allein und schlich sich still aus dem Zelt in die frühe Dämmerung.

Ich folgte ihm und stellte mich neben ihn, während er auf das anhaltende Abendrot im Westen starrte. Nach einer Weile sagte ich: »Was ist los?«

Merlin gab keine Antwort, sondern blickte weiter in den Himmel, wo ein Schwarm Krähen zu den Schlafplätzen in einem Hügelwald flogen.

»Geht dir die Kornplünderung durch den Kopf? Wird sie scheitern?«

»Fürwahr, das weiß ich nicht...«

»Was ist dann? Was hast du gesehen?«

Lange sagte er nichts, aber schließlich sprach er: »Schiffe, Pelleas, und Rauch. Ich habe die scharfen Buge durch den Schaum schneiden sehen und viele Füße auf den Strand setzen. Ich habe Rauch gesehen, dicht und schwarz, der im Wind trieb.«

»Sachsen?«

Merlin nickte, aber wandte den Blick nicht vom Himmel. »Im Norden... Ich glaube, Eboracum ist gefallen.«

Eboracum durch die Sachsen gefällt? Davon hatten wir nichts gehört. Ich zweifelte jedoch nicht an meinem Meister; seine Worte würden sich als zutreffend erweisen.

»Was sollen wir tun?«

»Was wir tun sollen?« Er drehte sich zu mir um, die goldenen Augen dunkel vor jähem Zorn. »Diesen unsinnigen Aufruhr beenden. Was für eine Verschwendung! Wir zerfleischen uns gegenseitig, während die Sachsen frech das Land erobern. Das muß ein Ende haben. Das muß ein Ende haben.«

Er wandte sich zum Gehen und stieg den Hügel zum Bach hinab. Nach ein paar Schritten blieb er stehen und schaute über seine Schulter zurück. »Wird der Kornraub gelingen?« rief er und gab dann die Antwort: »Bete, Pelleas! Bete mit jedem Tropfen Blut in dir, daß er gelingt. Denn die Zeit ist bald vorüber, daß wir es zulassen können, wie die Sachsen unter uns Wurzeln schlagen.«

Stumm und zornig standen die Männer des Weilers da und sahen zu, wie Artus' Krieger den letzten Sack Korn auf den überladenen Wagen hievten. Als der Lenker mit dem Stachelstock kam, um die Ochsen auf den Pfad zu führen, trat ein Greis vor Kei – einer der Bauern, die zugesehen hatten, wie das Korn entschwand.

»Es ist nicht recht, daß ihr alles nehmt«, klagte der Bauer. »Ihr solltet uns etwas lassen.«

»Wenn du dich beschweren willst, geh zu deinem Herrn«, erwiderte Kei trocken. »Es ist Cerdics Schuld.«

»Wir werden diesen Winter hungern. Wenn ihr uns nichts dalaßt, sterben wir.«

»Dann sterbt!« rief Kei und schwang sich auf sein Pferd. Aus dem Sattel erklärte er ihnen: »Ich will euch die Wahrheit sagen: Wir würden euch euer Korn nicht rauben, wenn Cerdic nicht seinen Schwur, Artus zu unterstützen, gebrochen hätte. Jetzt nehmen wir uns nur, was uns versprochen wurde.« Damit wandte er sein Pferd und trottete hinter dem Wagen her.

Auch in den anderen Weilern hob keiner die Hand, um uns aufzuhalten. Nicht, daß dies etwas geändert hätte. Die stille Anklage in ihren Blicken genügte. Wir kamen uns alle wie Barbaren und schlimmer vor.

»Ertragt es noch ein wenig länger«, ermahnte Artus uns immer wieder. »Es ist bald vorbei, und dann hört der Krieg auf.«

Nur Artus' feste und unerschütterliche Sicherheit hielt uns bei der Stange. In einem Dorf nach dem anderen – drei bis vier an einem Tag – sammelten wir rasch die Jahresernte an Korn und Gerste ein, dazu einiges Vieh und Schafe. Währenddessen hielt Bors mit kleinen, listigen Überfällen und Raubzügen das zusammengezogene Heer der aufrührerischen Fürsten in Atem. Damit sollten sie geärgert und zugleich von uns ferngehalten werden.

Ja, es klappte. Vielleicht zu gut. Unser Erfolg war zu leicht errungen. Das hätte uns eine Warnung sein sollen.

Aber als Cerdic und die Aufrührer schließlich entdeckten, was wir taten, lagerte das Korn sicher hinter den Mauern von Caer Melyn. Tatsächlich brachten wir gar nicht alles unter – unsere Speicher boten nicht Platz genug. Einen Gutteil schickten wir Meurig, und was er nicht abnehmen konnte, stapelten wir im Hof auf dem Boden und deckten es mit Häuten ab.

Der Wetterumsturz kam früh in jenem Jahr. Der Herbstregen setzte ein, als die letzten Wagen den Hügel zur Burg zu erklimmen begannen. Während die Krieger vorausritten, um dem Regen zu entgehen, stand Artus am Tor und hieß sie willkommen.

»Nun, das wäre geschafft«, sagte er, als kurz darauf der letzte Wagen in den Hof trudelte. Reglos stand er da und blickte auf die Hügel hinaus, als Bedwyr sich zu ihm gesellte. »Das war der letzte Streich«, sagte Artus.

»Ich hoffe es.« Bedächtig schüttelte Bedwyr den Kopf.

Artus schielte ihn an. »Warum machst du ein so verdrießliches Gesicht?«

»Um die Wahrheit zu sagen, ich schäme mich.«

»Wärest du lieber tot?« fauchte Artus. »Cerdic wird sich freuen.«

»Nein, nein«, besänftigte Bedwyr ihn. »Ich gebe dir ja recht, daß es notwendig war. Bei der Liebe Gottes, Artus, ich weiß, daß es das war. Aber das heißt nicht, daß es mir gefallen muß. Ich kann wieder ruhiger schlafen, wenn Bors zurück ist.«

»Er verspätet sich, das ist alles.« Artus machte eine wegwerfende Handbewegung und ging dorthin, wo die Wagen entladen wurden. Einer der nassen Kornsäcke rutschte weg und fiel Artus vor die Füße. Dort barst er, daß sich ein goldener Strom ergoß.

Artus starrte kurz auf das verschüttete Getreide, dann stieg ihm die Zornesröte ins Gesicht. »Kehrt das zusammen!« rief er ergrimmt. Die Männer hielten inne und starrten ihn an. »Kehrt das sofort zusammen, hört ihr? Ich lasse nicht zu, daß auch nur ein einziges Körnchen vergeudet wird.« Er schüttelte sich das Getreide von den Stiefeln und stapfte davon.

Ja, Bors war spät dran. Das beschäftigte alle. Er hätte schon seit Tagen wieder da sein sollen, aber er hatte uns keinerlei Nachricht zukommen lassen, so daß wir fürchteten, es sei ihm etwas zugestoßen.

Die Tage vergingen, und Artus wurde wie wir alle immer reizbarer und ungeduldiger. Bors' Harfner Rhys sang jeden Abend im Saal und tat, was er konnte, um unsere Laune zu heben. Da er jedoch vor einer mißgestimmten und unaufmerksamen Zuhörerschaft spielte, vermochte er nicht viel auszurichten.

»Ich gehe ihn suchen«, erklärte Artus eines Abends. »Jesus weiß, wir können nicht den ganzen Winter so dasitzen.«

Dunkel und feucht graute der Morgen mit schlierigem Nebel. Artus suchte sich zur Begleitung zwanzig Krieger aus. Als sie gerade ihre Pferde sattelten, hörten wir einen Ruf vor den Toren: »Macht auf! Laßt Tegal ein!«

Sofort flogen die Tore auf, und der Reiter – ein Späher von einem der Türme an der Grenze – zügelte sein Pferd und glitt aus dem Sattel. Sogleich scharte sich ein Knäuel von Neugierigen um ihn.

»Was gibt's?« fragte Artus und schob sich durch die Menge.

»Mein Herr, ein Kriegsheer rückt heran.«

»Wie viele?«

»Fünfhundert.«

»Cerdic.« Artus Stimme war so flach und scharf wie sein Schwert. »Na schön, dann regeln wir die Sache ein für allemal.« Er wandte sich an seine Krieger: »Rüstet euch! Wir reiten ins Treffen mit ihnen!«

Im Caer brach augenblicklich ein Durcheinander aus, als die Männer losrannten, um ihre Waffen zu holen und die Pferde zu satteln. Aber wir ritten nicht aus. Wir verließen nicht einmal die Burg.

Denn als wir uns im Hofe sammelten – darin folgten wir den römischen Generälen: wir stellten uns in ordentlichen Rängen auf, ehe wir in die Schlacht zogen –, kam ein Bote von Cerdic vor die Burg. Er ritt unter dem Zeichen des Parlamentärs: einem Weidenzweig in der rechten Hand.

»Laßt ihn ein«, befahl Artus. »Wir wollen uns anhören, was er zu sagen hat.«

Das Tor ging auf und der Reiter kam herein. Artus stellte sich vor ihn. »Du brauchst gar nicht abzusteigen«, sagte er zu dem Boten. »Entledige dich deiner Botschaft. Was hat Cerdic uns zu sagen?«

Der Reiter zog vor Überraschung leicht die Brauen hoch, weil wir seinen Auftrag bereits kannten. »Fürst Cerdic bittet, in die Nähe deiner Festung kommen zu dürfen.«

»Zu welchem Zweck?«

»Er möchte mit dir sprechen.«

Bevor Artus antwortete, warf er Kei und Bedwyr einen Blick zu. Keiner machte Einwände, darum entgegnete er: »Gehe und sage Cerdic, daß ich ihm gestatte, sich zu nähern. Er kann seine Ratgeber mitbringen – aber nicht mehr als drei.«

Der Bote nickte, wandte sein Pferd und ritt den Weg zurück, auf dem er gekommen war.

Wir erwarteten Cerdic auf den Schutzwällen, während der Nebel auf unseren Mänteln und Haaren perlte. Und kurz darauf sahen wir die Kriegerschar Cerdics und der aufständischen Könige über den fernen Hügelkamm steigen und zur Durchquerung des langen Tales ansetzen, über dem Caer Melyn aufragte.

»Er hat sie alle herangeführt«, stieß Kei hervor. »Jeden einzelnen Bastard.«

»Gut«, sagte Artus. »Machen wir ein Ende.«

Auch Merlin stand auf dem Wall. Aber er sagte nichts.

Als die Kriegerschar den Fuß des Hügels erreichte, machte sie Halt. Dann beobachteten wir, wie vier Reiter sich von den übrigen lösten und den Hügel heraufkamen. Bald konnten wir erkennen, daß Cerdic von zwei seiner Verbündeten begleitet wurde: Idris und Maglos ritten ein wenig hinter ihm, zwischen ihnen befand sich ein dritter Mann.

Wir brauchten einige Augenblicke, bis wir erfaßten, wer der dritte war, doch dann wurde uns alles klar.

»Bors!« rief Kei aus. »In Gottes Namen, sie haben Bors dabei.«

Leider stimmte das – Bors ritt zwischen Idris und Maglos; Hände und Arme hatte man ihm auf dem Rücken gefesselt. Bei diesem Anblick murrten die Krieger finster, aber Artus brachte sie mit einer raschen Handbewegung zum Schweigen.

Die vier ritten bis vors Tor und hielten dann. »Heil, Artus! Ich grüße dich herzlich«, rief Cerdic frech. »Was? Empfangt ihr so eure Herren – daß ihr mit dem Schwert in der Hand hinter verschlossenen Toren schnattert?«

»Ich war bereit, dich anzuhören«, erwiderte Artus kühl. »Gib dich damit zufrieden. Aus meiner Hand empfängst du keinen Willkommenstrunk.«

Cerdic stieß ein höhnisches Gelächter aus. »Glaubst du, ich pflege die Gastfreundschaft eines räuberischen Hurenkindes anzunehmen?«

»Dafür bringe ich ihn um«, schimpfte Kei leise.

Artus achtete des Spotts nicht. »Wenn du etwas zu sagen hast, Cerdic, dann heraus damit! Ich warte.«

»Ich bin hier, um dir einen Handel vorzuschlagen –«, hub Cerdic an.

»Nein, Artus! Tu's nicht!« rief Bors, worauf Maglos ihn zum Schweigen brachte, indem er ihm mit dem Handrücken auf den Mund schlug. Aus Bors' geplatzten Lippen schoß Blut.

»Lege noch einmal Hand an ihn«, warnte Artus düster, »und du verlierst diese Hand, Maglos.«

»Spare dir deine Drohungen, Herzog Artus«, höhnte Cerdic,

»du hast hier nicht zu befehlen. Der Handel lautet folgendermaßen: das Korn, das du uns allen gestohlen hast, gegen das Leben deines Spielknaben Bors. Ich mache dir dieses Angebot nur einmal. Was sagst du dazu? Ich warte hier, während du dich mit deinen Ratgebern besprechen kannst. Aber ich warne dich: Laß mich nicht zu lange warten.«

»Da du so ungeduldig bist, gebe ich dir meine Antwort gleich. Höre also: Töte Bors und seine Krieger, wenn du das vorhast. Denn ich habe gelobt, daß keiner von euch auch nur eine Hülse von dem Getreide wiedersehen soll, wenn ihr nicht eine Bedingung erfüllt.«

Da wich das Lächeln von Cerdics Gesicht. Er wandte sich um und sprach ein paar eilige Worte mit seinen Verbündeten. »Wie lautet deine Bedingung?« fragte Cerdic.

»Gelobt mir Treue und erneuert eure Verpflichtung, mich zu unterstützen. Wenn ihr dann den Tribut gezollt habt, den ihr der Kriegstruhe Britanniens schuldig seid, gebe ich euer Getreide zurück.«

»Niemals!« fauchte Cerdic. »Dir schwöre ich niemals Treue!«

»Dann bekommst du dein Getreide nicht.«

»Ich bringe ihn um!« brüllte Cerdic und zeigte mit dem Finger auf Bors.

»Tu mit ihm, was du willst. Ich tausche das Korn nur gegen die Treue und den Tribut, den ihr mir versprochen habt.«

»Dir ist das Korn mehr wert als sein Leben?« fragte Idris ungläubig.

»Ich schätze das Leben meines Freundes so hoch wie mein eigenes. Aber über allem schätze ich Britannien. Dieser Krieg zwischen uns wird ein Ende finden.« Artus sprach kühn und mit überlegener Selbstsicherheit. »Das Korn bleibt hier, bis ihr mir den Treueid schwört.«

»Es soll euch im Maul verfaulen!« schrie Cerdic. »Ich brenne die Festung nieder.«

»Und was sagst du deinem Volk, wenn der Winter an seinem Bauch nagt? Was sagst du ihm, wenn seine Kinder verhungern?« erwiderte Artus mit Grabeskälte.

Idris und Maglos verzerrten das Gesicht. Cerdic zum Schaden ihrer Völker unterstützen, das wollten sie nicht. Ja, ich glaube, sie waren es müde geworden, ihm beizustehen, und wollten die Sache zu Ende bringen.

»Nun, Cerdic? Ich warte. Wofür entscheidest du dich?«

Cerdic wand sich vor Unentschlossenheit.

»Du hast ausgespielt, Cerdic«, preßte Bors zwischen seinen blutenden Lippen hervor. »Gib in Ehren auf.«

»Nein! Noch kann ich kämpfen. Wir streiten gegen euch und nehmen uns zurück, was uns gehört.«

»Wir haben den ganzen Sommer über gefochten, Cerdic, wie jeden Sommer seit vier Jahren. Ich sage dir, daß der Krieg zwischen uns ein Ende haben wird.«

»Nicht solange ich genug Luft habe, um dich zu verfluchen, du Bastard!«

Der Tag war kalt geworden, und der Nebel war in Nieselregen übergegangen. Idris und Maglos blickten einander unbehaglich an. Sie froren und hatten den Mut verloren. Sie waren mit ihrer Geduld und Ausdauer am Ende und wünschten sich nichts sehnlicher, als endlich zur Ruhe zu kommen.

»Herr«, hub Idris an, »uns bleibt keine Wahl, als ihm Folge zu leisten.«

»Er hat recht«, setzte Maglos hinzu. »Beenden wir die Sache hier und jetzt.«

»Laßt auch ihr mich im Stich? Dann fort mit euch. Nehmt eure Leute mit. Ich kämpfe allein gegen ihn.« Cerdics Augen blitzten vor Haß – und dem jähen Licht einer verzweifelten Erleuchtung. »Was sagst du da, Bastard von Britannien? Du willst gegen mich kämpfen? Oder bist du der Feigling, wie die Leute sagen?«

»Ich habe keine Angst, gegen dich zu kämpfen, Cerdic.«

»Dann komm aus deinen Mauern heraus, und wir kämpfen.«

»Nein, Artus«, sagte Kei. »Laß mich an deiner Stelle kämpfen.«

»Ruhig, Bruder«, erwiderte Artus. »Es geht schon gut.«

»Du kämpfst nicht mit ihm«, sagte Bedwyr. »Er ist bereits geschlagen. Idris und Maglos lassen ihn im Stich. Er hat verloren.«

Artus schüttelte heftig den Kopf. »Aber er weiß es nicht. Und ich will ihn nicht von hier fortgehen lassen, damit er seinen Verrat gegen mich weitertreiben kann. Diejenigen, die Cerdic unterstützen, müssen erfahren, daß sie schließlich gescheitert sind. Ich will euch eines sagen: Alle werden mir Treue schwören – oder keiner.«

Darauf wandte der Herzog sich wieder an Cerdic. »Ich kämpfe gegen dich, Cerdic. Wenn du siegst, bekommst du das Korn zurück. Aber wenn ich gewinne, dann schwörst du mir einen Treueid. Einverstanden?«

»Einverstanden«, erwiderte Cerdic rasch. »Fangen wir an.«

Auf Artus' Geheiß wurden die Tore von Caer Melyn geöffnet, daß Cerdic, Idris, Maglos und Bors einreiten konnten. »Bindet ihn los«, sagte Artus. Idris zog sein Messer und schnitt die Stricke an Bors' Handgelenken durch.

Dann saß Artus auf, nahm Schwert und Schild und rief uns allen zu: »Hört mich nun, Kymbrogen! Wenn ich getötet werde, soll keiner die Hand gegen Cerdic erheben. Ich soll nicht gerächt werden. Schwört es nun alle.«

Wie aus einer Kehle erwiderten die Krieger: »Es geschehe, wie du es sagst!«

Darauf packte Artus die Zügel und wandte sich zum Treffen mit Cerdic, der auf der anderen Seite des Hofes in Stellung gegangen war.

Bedwyr forderte meinen Meister auf: »Myrddin, gebiete Einhalt. Daraus kann nichts Gutes erwachsen.«

»Oh, viel Gutes kann daraus erwachsen. Denn wenn Artus gewinnt, haben wir Britannien gewonnen. Das ist das Risiko wert, glaube ich.«

Bedwyr wandte sich auch an mich, aber ich wußte, daß es keinen Sinn hatte, Merlin überreden zu wollen, sobald er seine Meinung geäußert hatte – da hätte man auch einen Berg überreden können, zu wandern, oder einen Fluß, seinen Lauf umzukehren. »Laß es gut sein, Bedwyr«, entgegnete ich. »Habe Vertrauen.«

»Ich habe Vertrauen zu Artus«, versetzte er. »Aber Cerdic traue ich ganz und gar nicht.«

Die beiden Recken stellten sich einander gegenüber. Wir bildeten einen Kreis um sie. Schweigend standen wir im Regen und warteten auf den Beginn des Streites auf Leben und Tod.

Und der verlief so:

Cerdic spornt sein Pferd an und trottet allmählich im Kreis, erst langsam, aber mit zunehmender Geschwindigkeit. Artus tut es ihm gleich, und sie umkreisen einander, immer weiter, und schätzen einander ab.

Plötzlich wendet Cerdic sein Roß und jagt in die Mitte des Rings. Artus läßt sich nicht verblüffen, denn im selben Augenblick schnalzt er mit den Zügeln und fliegt Cerdic geradewegs entgegen.

Das Krachen ihres Zusammenstoßes hallt in unseren Ohren wider. Der Aufprall erschüttert den Boden unter unseren Füßen. Cerdic wird im Sattel zurückgeworfen. Die Rösser springen sofort beiseite. Cerdic kreist wieder. Sein Gesicht ist angespannt.

Wie zuvor jagen sie einander um den Ring, wenden sich dann zur Mitte und reiten im vollen Galopp aufeinander zu.

Bei der Wucht ihres Zusammenstoßes zerreißt die Luft. Schwerter blitzen auf. Artus schwankt im Sattel. Cerdics Pferd geht in die Knie, und der König stürzt zu Boden.

Die Kymbrogen rufen laut Beifall. Sie glauben, daß Artus gesiegt hat. Aber Cerdic ist wieder auf den Beinen, streckt das Schwert von sich, hält den Schild bereit. Seine Miene ist grimmig. Artus ist stärker, als er dachte.

In seinen Augen funkelt noch Haß, jetzt aber auch Furcht.

Artus steigt aus dem Sattel und gleitet behende zu Boden. Er schreitet auf Cerdic zu.

Als sie fast aufeinander sind, stößt Cerdic einen wilden Schrei aus und stürzt, mit dem Schwert hauend, vor. Mit der Wut des Wahnsinns schlägt er zu: einmal, zweimal, dreimal. Artus hält seinen Schild vor sich und wird zurückgeworfen.

Jeder von Cerdics Hieben bohrt sich tief in Artus' Schild. Das Holz splittert, das Metall wird aufgeschlitzt. Jetzt ist der Buckel gespalten, und nun der Rand. Metallstücke fallen herunter.

Artus!

Mit ungeheurer Anstrengung hebt Cerdic sein Schwert über den Kopf und läßt es niedersausen. Unter seiner Wucht birst Artus' Schild entzwei. Cerdic hebt sein Schwert noch einmal. Es schwebt in der Luft – und saust herab.

Artus wirft die Reste seines Schildes fort. Er blutet, wo Cerdics Schwert sich in seinen Arm gebissen hat. Cerdics Schwert stößt durch die Luft auf Artus' schutzlose Brust zu.

Aufgepaßt!

Aber Artus ist flinker, als Cerdic dünkt. Britanniens Schwert ragt auf und fängt Cerdics Schlag in der Luft ab. Es klingt, wie wenn ein Hammer auf einen Amboß trifft.

Cerdics Arm zittert von der Wucht des Hiebs, und die Spitze seines Schwertes bebt. Artus springt auf seinen Gegner zu und schlägt ihn um. Cerdic fällt nach hinten, wirft das Schwert vor seinen Kopf, um die vernichtenden Schläge abzuwehren, die auf ihn niederprasseln.

»Gib auf, Cerdic!« ruft Artus und reißt Macsen Wledigs Schwert über seinen Kopf empor.

»Niemals!« brüllt Cerdic trotzig. Und als er aufs Geratewohl mit seinem Schwert zuschlägt, trifft er Artus an der Hüfte.

Mit einem mächtigen Ächzen läßt Artus seine Waffe niederfahren. Wie ein Blitz aus dem grauen Himmel stößt sie herab. Und wie ein Blitz zerteilt sie die Luft. Cerdic wirft sich den Schild über den Schädel, um sein Haupt zu retten. Artus' Klinge trifft den Buckel genau in der Mitte, und Cerdics Arm fällt herab. Des Schildes Eisenrand trifft Cerdic an der Stirn, und er sinkt wie tot zu Boden.

Der Kampf ist vorbei.

Aber es bricht kein Jubel aus. Kein lauter Beifallssturm feiert Artus' Sieg. Über die Menge legt sich Schweigen. Denn wir haben alle gesehen, was Artus noch nicht gewahrt.

Artus dreht sich um und hebt triumphierend sein Schwert. Und da merkt er es: Britanniens Schwert ist zerbrochen.

XIII

Artus brütete über den Verlust von Macsens Schwert. Zwar hatte er Britannien gewonnen – nach Cerdics Niederlage gaben die aufrührerischen Fürsten ihren Widerstand schnell auf und schlossen Frieden –, aber das war unter diesen Umständen ein geringer Trost. Der Grund dafür war einfach: Dadurch, daß er Britanniens Schwert verloren hatte, vermeinte er, den rechtmäßigen Anspruch auf den Thron eingebüßt zu haben. Das war natürlich Unsinn, und Merlin sagte es ihm. Aber Artus achtete nicht darauf.

Darum wurde es ein langer Winter für ihn.

»Das darf nicht so weitergehen«, sagte Merlin eines Tages außer sich. »Schau ihn dir an! Er sitzt da und bläst Trübsal wie ein Hund, der vom Herd verjagt wurde. Wenn das andauert, vergiftet seine bittere Laune noch das ganze Reich.«

Es ging auf die Wintermitte zu, und Weihnachten war nicht weit. Darauf wies ich hin: »Vielleicht könnte ein Fest zur Feier des heiligen Tages ihn aufheitern.«

»Er braucht ein neues Schwert, kein Fest.«

»Nun, dann besorgen wir ihm eines.«

Merlin gab keine Antwort, überlegte es sich aber anders. Er hielt inne, legte den Kopf zur Seite, und dann brach es aus ihm heraus: »Ja! Genau so machen wir es. Gesegnet seist du, Pelleas. In künftigen Jahren wird ganz Britannien deinen Lobpreis singen!«

Alles gut und schön. Aber zwei Tage später wünschte ich mir, ich hätte den Mund nie aufgetan.

Frostiger Nebel hing über dem Hügel und über uns, als wir durch die langen, gewundenen Täler ritten. Der Wind wehte glücklicherweise nur schwach aus dem Norden, aber fuhr uns dennoch in die Knochen – und blieb dort. Die Pferde mühten sich durch den Schnee in den Tälern und bliesen Dunstwolken aus ihren Nüstern. Ich steckte meine Hände unter die Satteldecke, um sie an dem dampfenden Pferderücken zu wärmen. Artus und Merlin ritten voraus, vom Kinn bis zu den Knien in lange, schwere Wintermäntel gehüllt, die steif vor Kälte waren.

Das einzige bißchen Sonnenschein an dem elenden Tag war uns kurz vor Einbruch der Dämmerung vergönnt, als wir einen steilen, von Heidekraut überwucherten Hügel erklommen. Da teilten sich die Wolken im Westen, und wir erblickten das tiefe Rot der verlöschenden Sonne.

Es war schon der vierte Tag, und wir hatten kaum mehr als die Hälfte der Wegstrecke zurückgelegt, die wir uns vorgenommen hatten. Unsere Laune war gedämpft. Aber mit dem Licht schöpften wir Hoffnung. Denn in den letzten Sonnenstrahlen erhaschten wir einen Blick auf einen Weiler unten im Tal. Da würden wir wenigstens nicht auf der nackten Erde schlafen müssen.

»Dort suchen wir Unterschlupf für die Nacht«, sagte Merlin. »Es ist lange her, daß ich für mein Mahl singen mußte. Hoffentlich bleiben wir nicht ausgerechnet heute hungrig.«

Das machte mir keine Sorge. Nie hatte ich erlebt, daß Merlin mit einem Lied enttäuscht hätte. »Wir werden bestimmt nicht verhungern«, tröstete ich ihn grimmig. »Wenn alles andere nichts hilft, dann singe ich!«

Artus lachte, und da war uns zum ersten Mal an diesem Tag leichter ums Herz.

Die Wolken zogen wieder zu und warfen das Tal in Dunkel. Der Wind wehte mit beißender Kälte. Wir spornten unsere Pferde zum Trab an und hielten auf den Weiler zu.

Als wir den Haufen Steinhäuser neben dem klaren Bach erreichten, lief uns bellend ein großer, schwarzer Hund entgegen. Wir zügelten unsere Pferde und warteten, daß das Geheul des Tieres jemanden auf den Plan rufen würde, und augenblicklich erschien ein Mädchen mit braunen Zöpfen.

Höchstens sechs oder sieben Sommer zählend, schlang sie dem Hund die Arme um den Hals und schalt ihn: »Tyrannos! Still!«

Das Tier gab dem Drängen des Mädchens nach, welches Merlin, sich aus dem Sattel beugend, grüßte: »Guten Tag, mein Kind.«

»Wer seid ihr?« fragte sie offen heraus und schielte auf den harfenförmigen Buckel unter der Lederhülle hinter Merlins Sattel. Merkwürdig, daß dies immer das erste war, was Kinder sahen.

»Wir sind Reisende. Und wir frieren und haben Hunger. Gibt es an eurem Herd heute nacht noch Platz?«

Sie antwortete nicht, sondern machte kehrt und rannte ins Haus zurück. Ich hörte ihren Ruf, als sie hinter der Ochsenhaut, die in der Tür hing, verschwand. »Der Emrys! Der Emrys ist da!«

Erstaunt schüttelte Merlin den Kopf. »Ist es schon so weit gekommen?« wunderte er sich. »Sogar kleine Kinder erkennen mich gleich.«

»Hier gibt es nicht gar so viele Harfner«, meinte Artus und wies auf den verräterischen Buckel hinter Merlins Sattel. »Und schließlich gibt es nur einen Emrys.«

»Wie dem auch sei, mir wäre lieber, es wüßte nicht gleich die ganze Insel jeden kleinen Schritt von uns.«

»Nur ruhig, Krieger«, versetzte Artus gutmütig. »Das ist doch nichts Schlimmes.« Er reckte sich im Sattel und blickte zum rasch dunkelnden Himmel auf. Der zunehmende Wind heulte über den Hügeln: ein kalter, einsamer Laut. »Ich wünschte, irgend jemand würde Anteil an uns nehmen.«

Sein Wunsch wurde erfüllt. Einen Augenblick später war der mit Feuersteinsplittern gestreute Hof voll von Leuten. Wir wurden von einem gewissen Bervach begrüßt, der uns herzlich willkommen hieß. »Das ist kein Tag zum Reisen, meine Herren. Kommt herein ans Feuer, und wir vertreiben die Kälte aus euren Knochen. Am Spieß brät Fleisch, und im Schlauch ist Wein.«

»Wir nehmen deine Gastfreundschaft an«, entgegnete Merlin und saß ab. »Deine Freundlichkeit soll belohnt werden.«

Der Mann lächelte glücklich, so daß eine breite Zahnlücke zu sehen war. »Sage das nicht! Der Emrys muß doch nicht zahlen, um unter dem Dach von Bervach ap Gevayr zu schlafen.« Trotz seiner Worte konnte der Mann nicht anders; verstohlen wanderten seine Augen zu dem Bündel hinter dem Sattel, und sein Lächeln wurde breiter.

»Doch, doch, du sollst eine Belohnung haben«, versprach Merlin. Er zwinkerte mir zu, und ich nahm die Harfe vom

Sattel und trug sie unter meinem Arm, während die Pferde zum Füttern weggeführt wurden.

»Das ist kein Tag zum Reisen«, wiederholte Bervach, als wir uns bückten, um in sein niedriges Haus zu treten. »Der Wind über den Hügeln geht einem durch Mark und Bein. Kommt, Freunde, seid willkommen.«

Artus schritt zu einem breiten, tiefen Herd, der eine ganze Wand einnahm. Er stellte sich davor, streckte die Hände aus und seufzte vor Vergnügen, als die Wärme in ihn drang.

Bervach betrachtete Artus einen Moment lang, und seine Augen funkelten neugierig. »Ich habe das Gefühl, ich müßte den Mann bei dir kennen«, sagte er zu Merlin, um diesem den Namen zu entlocken. Als Merlin nicht anbiß, fügte er hinzu: »Aber gesehen habe ich ihn noch nie.«

Ich sah den raschen Zweikampf zwischen Stolz und Vorsicht sich in Merlins Gesicht spiegeln. Er wollte nicht preisgeben, wer Artus war – wir befanden uns nicht auf unseren Landen, und Artus hatte noch immer Feinde. Und dennoch wollte Merlin, daß die Menschen Artus kennen- und schätzenlernten, denn eines Tages würde man ihre Achtung und Hingabe brauchen.

Der Zwist war kurz. Der Stolz obsiegte.

»Da du danach fragst«, erwiderte Merlin, »will ich dir sagen, wer an deinem Feuer steht: Artus ap Aurelius, Herzog von Britannien.«

Als Bervach dies erfuhr, zog er die Brauen hoch: »Gleich als ich ihn erblickte, wußte ich, daß er ein Fürst ist.« Er nickte bedächtig und meinte dann achselzuckend: »Ich habe von diesem Herzog Artus gehört, auch wenn ich nicht dachte, daß er so jung ist. Aber kommt, ich stehe hier zwischen euch und dem Feuer. Nur zu. Ich hole euch einen wärmenden Trunk.« Es war klar, mit wem Artus rechnen konnte.

Wir stellten uns zu ihm an den Herd. Unter einem langen Spieß, der sich unter dem Gewicht eines großen Hüftstücks bog, prasselte lustig ein rosiges Feuer. Das Wildaroma erfüllte den einen großen Raum. Der dicke Rauch schlängelte sich langsam durch das schwere Rieddach hinaus. An einer Ecke des Herdsteins buken ordentlich aufgereihte Roggenlaiber.

Kurzum: eine enge, aber gemütliche Behausung, in die sich jetzt allmählich auch die anderen Familien des Dorfes drängten, mit gedämpften Stimmen aufgeregt plappernd. Als Bervach mit Trinkhörnern ankam, schoben sich immer noch Leute aus dem Weiler herein, bis das Häuschen keinen mehr fassen konnte. Und trotzdem kamen weitere: Mann, Frau und Kinder; dreißig Seelen insgesamt – die komplette Siedlung.

Frauen wieselten mit Gefäßen aus Holz und Ton hin und her und machten sich eifrig zu schaffen. Sie bereiteten uns aus dem Stegreif ein Ehrenfest. Offenkundig war die Anwesenheit des Emrys ein Ereignis, bei dem es dabeizusein galt. Und das waren offenbar alle.

Bervach ap Gevayr konnte sich – wenigstens in jener Nacht – mit jedem Fürsten auf der Insel der Mächtigen messen, denn der Emrys würde unter seinem Dach schlafen. An die Geschehnisse dieser Nacht würde man sich immer erinnern, sie erörtern, und alles, was danach käme, würde von diesem Zeitpunkt an gerechnet werden. Künftigen Generationen würde man erzählen, daß der Emrys vorbeigekommen sei und in diesem Hause übernachtet, dort gegessen und den Met getrunken und auf dem Herd da geschlafen habe.

Und er sang! O ja, er sang…

Merlin war sich der Erwartungen wohl bewußt, die seine Anwesenheit auslöste. Obwohl er müde war und sich nichts anderes als Essen und Schlaf wünschte, wollte er seinen Gastgeber erfreuen.

Nach dem Mahl, das so gut und zufriedenstellend war wie alle, die wir in reicheren Häusern zu uns genommen hatten, gab Merlin mir ein Zeichen, daß ich ihm die Harfe reichen solle. Ich hatte sie natürlich gestimmt und reichte sie ihm unter den Entzückensrufen und Freudenseufzern der Menge.

»Wäre ich ein König«, verkündete Merlin laut, daß alle ihn hören konnten, »ich hätte kein besseres Mahl bekommen können. Aber da ich kein König bin, muß ich sehen, wie ich euch entlohnen kann.«

»Bitte, ihr seid unsere Gäste. Habt nicht das Gefühl, uns etwas zurückzahlen zu müssen«, sagte Bervach voller Ernst. »Aber«, er hielt inne und ließ jäh sein Zahnlückenlächeln sehen, »wenn es dir beliebt, die Mühsal der Reise auf diese Weise zu lindern, dann wollen wir es dir zuliebe ertragen.«

Merlin lachte von Herzen. »Ich wiederhole es: Ich stehe in

eurer Schuld. Doch würde es mir gefallen, wenn ihr ein Lied ertragen wolltet – mir zuliebe.«

»Nun gut, da du darauf beharrst. Aber nur ein kurzes Lied – nichts Langes. Wir wollen nicht, daß du dich unseretwegen überanstrengst.«

Merlin sang »Die Kinder von Llyr«, ein sehr langes, verwikkeltes Lied von großer und packender Schönheit. Ich hatte es bereits zweimal gehört – einmal in Aurelius' Kriegslager und einmal in Bans Saal –, aber noch niemals so, wie Merlin es sang.

Die Harfe sponn ihre leuchtenden Silbertöne durch die reglose Luft, und Merlins Stimme folgte ihr und wob ihre eigene Melodie aus der Erzählung der jahrhundertealten Worte. Die Worte! Jedes Wort, jeder Ton und Atemzug erblühte wie neugeboren: hell und frisch wie die Schöpfung, unversehrt, makellos, unschuldig.

Ihn singen zu hören ... Ach, ihn zu hören hieß, der Geburt eines lebendigen Wesens beizuwohnen. Das Lied lebte!

Wer in jener Nacht unter Bervachs Dach versammelt war, hörte das Werk eines wahren Barden, wie es nur wenigen vergönnt war. Und sie waren gesegnet darob, wie in diesen jammervollen Zeiten nur wenige gesegnet sind.

Als der Gesang geendet hatte und Merlin die noch immer bebende Harfe beiseite legte, war es wahrhaftig schon spät. Doch es schien, als wäre der Abend im Nu verstrichen; es schien, als würden wir Lauscher, während Merlin sang, uns in der Zeit verlieren, als hätten wir sie durchmessen und einen Ort erreicht, wo sie uns nicht länger berührte.

Solange das Lied dauerte, atmeten wir die Luft einer anderen Welt, in der ein anderes Leben herrscht: reicher, höher und in jeder Hinsicht vollkommener.

Merlin hatte die Gabe; darin glich er wohl seinem Vater.

»Jetzt weiß ich, was die Menschen hörten, wenn Taliesin sang«, meinte ich später zu ihm, als wir einmal ungestört waren.

Er schüttelte fest den Kopf und zog die Mundwinkel nach unten. »Taliesins Gabe war meiner so sehr überlegen wie das Sehvermögen eines Sehenden dem eines Armseligen, der blind geboren wurde. Die beiden Dinge lassen sich nicht miteinander vergleichen.«

Am frühen Morgen, kurz vor der Dämmerung, verabschiedeten wir uns von Bervach und den übrigen Bewohnern des Weilers, die sich uns zu Ehren im Hof versammelt hatten. Als wir aufsaßen, traten einige der Mütter vor und streckten dem Emrys ihre kleinen Kinder entgegen, auf daß er ihnen seinen Segen gebe. Das tat er artig, aber es verstörte ihn.

Schweigend ritten wir durch das Tal weiter ins flache Land. Erst als wir am Mittag rasteten, die Pferde tränkten und uns mit einem kleinen Mahl stärkten, sagte Merlin, was er auf dem Herzen hatte: »So darf es nicht sein«, schalt er. »Ich bin kein Heiliger, daß ich Säuglinge segnen sollte.«

»Was ist so schlimm daran?« fragte ich. »Die Leute brauchen jemanden, zu dem sie aufschauen können.«

»Sollen sie zum Hochkönig aufschauen!« Die Worte waren ausgesprochen, ehe er sich versah. Artus verzog das Gesicht, als hätte ihn ein Messer durchbohrt.

»Nein... nein«, sagte Merlin rasch, »ich habe es nicht so gemeint. Es tut mir leid, Artus. Mit dir hat es nichts zu tun.«

»Ich verstehe schon«, entgegnete Artus, doch der Schmerz wich nicht aus seinem verzerrten Gesicht. »Ich bin doch kein König.«

Traurig schüttelte Merlin den Kopf. »Ach, der böse Feind hat uns eine sehr listige Falle gestellt. Hier liegt Gefahr, und wir müssen vorsichtig auftreten.«

Die unglückliche Stimmung dieses Wortwechsels herrschte den Rest unserer Reise hindurch wie die dunklen, nassen Wolken, die über unseren Köpfen hingen, und hielt vor, bis wir Ynys Avallach erreichten.

Der Anblick der Glasinsel erhob unsere Herzen. Im Saal des Fischerkönigs erwarteten uns Essen, Trinken und Wärme, gesegnete Wärme. Und obschon der kalte Wind unsere frierenden Körper peitschte und uns in den Augen brannte, spornten wir unsere Pferde an und flogen den Hügel zum See hinab. Artus rief, so laut er konnte, so froh war er, endlich da zu sein.

Der See und die Salzsümpfe waren noch nicht zugefroren, so daß sich Enten aller Arten hier zum Überwintern gesammelt hatten. Als wir am Ufer entlanggaloppierten, scheuchten wir sie in Schwärmen auf.

Obwohl die Gärten abgeerntet, die Bäume kahl und leblos waren, wirkte die weiße Schneedecke am Boden, als würde die

Insel tatsächlich aus Glas bestehen. Das jähe Aufblitzen der Nachmittagssonne, die sich durch die Wolken brannte, bestrahlte den Tor mit funkelndem Licht: ein Leuchtturm angesichts des drohenden Sturms.

Doch als wir den Damm zum Burgberg erreichten, zügelte Merlin sein Roß und sagte: »Heute abend suchen wir im Kloster Zuflucht.«

Ungläubig starrte ich ihn an. Warum sollten wir die Nacht in einer Mönchszelle verbringen, wenn alle Annehmlichkeiten im Palast des Fischerkönigs gleich jenseits des Wassers lagen? Im Nu wären wir dort gewesen!

Ehe ich meinem Erstaunen über Merlins Vorschlag Ausdruck verleihen konnte, wandte der sich an Artus: »Das Schwert, das du bekommen sollst, ist nah. Du sollst die Nacht im Schrein des Erlösergottes verbringen und dich betend darauf vorbereiten, es zu empfangen.«

Das nahm Artus ohne weitere Fragen hin, und wir bogen vom Pfad ab und ritten um den See zum Kloster unterhalb des Hügels, auf dem das Heiligtum sich befand. Abt Elfodd hieß uns herzlich willkommen und lud uns ein, uns am Herd zu wärmen. Er entbot Artus, den er vom Sehen kannte, obwohl sie einander nie gesprochen hatten, seinen Segen.

»Du bist hier natürlich gern gesehen«, sagte der Abt, als er uns Becher mit Gewürzwein in die Hand drückte, »aber Charis und Avallach werden euch erwarten.«

»Sie wissen von unserer Reise nicht«, entgegnete Merlin.

»Ach?«

»Wir suchen sie bald auf, aber wir müssen erst etwas erledigen.«

»Ich verstehe.«

»Artus ist hier, um sich Britanniens Rettung zu weihen.«

Elfodd zog die Brauen hoch: »Tatsächlich?« Er betrachtete Artus mit neu erwachtem Interesse.

»Tatsächlich«, antwortete Artus gleichmütig.

»Wir hatten vor, im Schrein Wacht zu halten«, erklärte Merlin.

»Wie ihr wünscht. So sei es. Ich habe nichts dagegen einzuwenden – nur daß es kalt ist und man dort kein Feuer machen kann.«

»Es wird auch so gehen.«

Dann redeten Merlin und der Abt kurz über die Dinge des Reiches. Artus mischte sich ab und zu in das Gespräch ein, doch fiel mir auf, daß er immer wieder zur Tür schaute, als hätte er es eilig, wegzukommen. Schließlich stand Merlin auf. »Danke für den Wein und die Wärme, Elfodd. Wir würden bleiben, aber wir müssen unseren Geschäften nachgehen.«

»Ganz wie ihr es für richtig haltet. Wir werden euch nicht daran hindern.«

Damit nahmen wir Abschied und gingen in den Hof zurück. Der Himmel war fast dunkel, die untergehende Sonne fast verdeckt von den Wolken, die wieder aufgezogen waren. »Dort ist der Schrein«, sagte Merlin und deutete auf die kleine weiße Kapelle auf dem nahegelegenen Hügel. »Gehe hin und beginne deine Wacht.«

»Kommst du mit mir?«

Merlin schüttelte den Kopf. »Jetzt nicht. Vielleicht später.«

Artus nickte feierlich, machte kehrt und erklomm den Hügel zum Heiligtum. Da merkte ich, daß Merlins Worte über eine Wacht zum Beten und Sichsammeln, über die Aufgabe, sich Britanniens Rettung zu weihen, in Artus ihre Wirkung entfaltet hatten. Sie boten ihm die Antwort auf das Grübeln seiner Seele seit dem Verlust von Macsens Schwert.

»So ist es gut und recht, Pelleas«, sagte Merlin rasch, als er Artus nachblickte. »Du bleibst heute nacht hier bei ihm, und ich kehre morgen bei Tagesanbruch wieder.«

Die Pferde standen nicht weit, und er schwang sich in den Sattel und ritt davon. Ich ging ihm ein paar Schritte nach. »Wo reitest du hin?«

»Ich sorge vor, daß Artus sein Schwert bekommt«, rief er im Davongaloppieren über die Schulter zurück.

Artus und ich verbrachten eine lange, kalte Nacht. Ich schlief ein wenig, in meinen Mantel gehüllt. Artus kniete vor dem Altar des kleinen Rundbaus, gesenkten Hauptes, die Arme über der Brust verschränkt.

Einmal rührte ich mich, weil ich dachte, es sei Morgen. Beim Erwachen bot sich mir ein Anblick, den ich niemals vergessen werde. Der Himmel hatte aufgeklart, ein heller Wintermond war aufgegangen und schien klar durch das schmale, kreuzförmige Fenster über dem Altar.

In dem Lichtkegel kniete Artus – genauso, wie ich ihn zuvor gesehen hatte: das Haupt gesenkt, die Arme verschränkt. Ich dachte, daß er gewiß eingeschlafen sein mußte. Aber während ich ihn betrachtete, hob der Herzog von Britannien den Kopf und wandte sein Gesicht langsam dem Licht zu. Gleichzeitig hob er die Arme empor, um es zu umfassen.

In dieser Haltung verharrte er sehr lange. Den Kopf erhoben, die Arme bereitwillig und flehentlich geöffnet – während ihn die ganze Zeit das sanfte, silbrige Licht umfloß. Und ich hörte das stille Gemurmel seines flüsternden Gebets.

Während ich so lauschte, erfüllte die Kapelle sich mit solchem Frieden und solcher Ruhe, daß ich darin ein hohes und heiliges Zeichen erkannte. Ich hatte keinen Zweifel, daß Artus in Jesu Gegenwart eingegangen war, dessen gütiges Licht segnend auf ihn herabstrahlte. Angesichts dieses Wunders schwoll mir das Herz zum Bersten, denn ich wußte, daß auch ich unter den Menschen auserwählt war, da ich es schauen durfte.

Nur ein wenig später hörte ich von draußen einen leisen Pfiff. Ich stand auf und traf dort auf Merlin, der die Pferde herführte. »Es ist Zeit«, sagte er. »Hole Artus.«

Ich sah nach Osten: Die Sonne ging gerade auf. Der Mond, der noch einige Augenblicke zuvor geleuchtet hatte, verblaßte nun am sich aufhellenden Himmel. Prickelnd und beißend weckte die kalte Morgenluft mich ganz auf. Ich ging zurück ins Heiligtum, um Artus zu rufen. Als er seinen Namen hörte, erhob er sich und trat hinaus.

Wir saßen auf und ritten schweigend am See entlang zum Damm. Die Welt wirkte wie neu, zart, jedoch unbesiegbar in ihrer Schönheit: der fahle weiße Schnee unter uns und die tiefblaue Nacht über uns, das glatte, schwarze Wasser des schilfumstandenen Sees, das Rotgold der aufgehenden Sonne, die den Himmel im Osten entflammte.

Erst glaubte ich, wir würden geradewegs zum Tor reiten, aber Merlin führte uns am Damm vorbei um den See herum und hielt erst bei ein paar entlaubten Weidenbäumen. Dort saßen wir ab. Merlin betrachtete den friedlichen, morgensanften See und deutete auf das Riedufer vor uns.

»Dort liegt ein Boot«, sagte er zu Artus. »Steig hinein und stake dich über den See zur Insel. Dort wirst du auf eine Frau treffen. Achte ihrer. Sie wird dir das Schwert geben.«

Artus erwiderte nichts; es war nicht nötig. Sein Gesicht leuchtete von der Hoffnung und Herrlichkeit der aufgehenden Sonne. Ruhig ging er zu dem Schilf und stieg in das Boot – in welchem ich Avallachs Fischerboot erkannte. Artus ergriff die Stange und stieß sich vom Ufer ab. Das Schilf raschelte, als er daran vorbeiglitt, und dann fuhr er aufs dunkle Wasser hinaus.

Merlin spürte, daß in mir Fragen brodelten. »Charis erwartet ihn und wird ihm das Schwert geben«, sagte er. »Sie wird ihn im Apfelhain treffen.«

»Warum?« fragte ich, denn ich fand diese ausgeklügelte Kurzweil höchst verwirrend. Warum nicht einfach zur Burg reiten und Artus das Schwert geradewegs geben? »Es ist doch bloß ein Schwert, oder?«

»Nicht für Artus«, erwiderte Merlin, während er beobachtete, wie der Herzog über den See stakte. »Von heute an wird es sein Leben sein, bis die Insel die Sachsen los ist.«

Er drehte sich ganz zu mir um. »Außerdem ist es ein gutes Schwert. Ein zweites solches gibt es nicht auf der Welt.«

»Wessen Schwert ist es denn?«

»Artus'.«

»Aber…«

»Es ist das Schwert, das Charis für Avallach schmieden ließ. Ich trug es eine Weile, wie du dich entsinnen wirst. Aber es gehörte mir nie richtig. Es wurde, glaube ich, für Artus geschaffen. Er allein wird es wahrhaft besitzen.«

Ich blickte über den See und sah, daß Artus die Insel erreicht hatte. Er sprang aus dem Boot und stieg zu dem Obsthain hinan. Die Bäume waren alle kahl, ihre laublosen Äste schimmerten dunkel unter dem Schnee hervor.

Einen Augenblick später sah ich Charis behende zwischen den Bäumen hervortreten. Er erblickte sie und blieb stehen. Sie hob die rechte Hand zum Gruß – in der Linken hielt sie die bloße Klinge. Dann hob sie das Schwert, legte es sich auf die Handflächen und bot es Artus dar.

Artus ging auf sie zu, mit feierlichem Gesicht und langsamen, absichtsvollen Schritten. Charis wollte ihm das Schwert reichen, doch der Herzog ergriff es nicht. Er kniete vor ihr nieder und streckte die Hände aus. Sie sprach mit ihm und legte ihm das Schwert dann auf die flach hingestreckten Handflächen.

Dann stellte sich Artus und schwang das Schwert. Das frische Sonnenlicht funkelte auf der spitz zulaufenden Klinge wie ein goldener Blitz. Er schwenkte das Schwert in der Luft, und sein Gesicht wurde von einem Ausdruck der Ehrfurcht verwandelt.

»Komm«, sagte Merlin, zu den Pferden gehend. »Wir reiten jetzt zu ihnen.«

Wir begaben uns zum Damm zurück, überquerten ihn und schlugen mit Artus' Pferd im Schlepptau den Weg zum Hain ein. Charis begrüßte ihren Sohn mit einem Kuß und mich ebenso.

»Hast du es gesehen, Myrddin?« rief Artus und hielt das Schwert ehrfürchtig hoch. Sein Gesicht leuchtete von der einzigartigen Schönheit der Waffe. Denn sie war wahrhaftig von seltener Schönheit: lang und schlank, kalt, tödlich. Zwei verzierte Schlangen mit ineinander verschlungenen rotgoldenen Leibern und blinkenden Juwelenaugen bildeten das Heft. Vor langer Zeit von einer Kunst geschmiedet, die alles übertraf, was jetzt bekannt ist, war es, wie Merlin sagte, eine Traumwaffe, geschaffen für die Hand eines Gottes.

»O ja«, erwiderte Merlin, die Klinge mit den Fingerspitzen berührend, »ich habe es ein paarmal gesehen. Wie willst du es nennen?« Er sagte nicht, daß er selbst es einst getragen hatte.

»Es nennen?«

»Eine solche Waffe muß einen Namen haben.«

»Hat es einen Namen, Herrin?« fragte Artus Charis.

»Keinen, von dem ich wüßte«, erwiderte sie.

»Die Dame vom See hat mir gesagt, daß diese Klinge aus viel härterem Stahl ist als alle anderen in Britannien«, sagte Artus.

»Nenne es Caliburnus«, schlug Merlin vor.

Artus zog die Brauen kraus. »Das ist lateinisch – und heißt?«

»Caledvwlch würden die Kymren sagen.«

»Schneidestahl!« rief Artus und hob die Waffe abermals empor. »Sehr schön, da ich ein römischer Kelte bin, werde ich es Caledvwlch nennen.«

Artus war über seine neue Waffe hoch erfreut. Er hielt das Schwert locker in der Hand und befühlte die merkwürdigen

Zeichen auf der Klinge kurz unter dem Griff. »Diese Male«, sprach er zu Charis, »die kann ich nicht lesen. Was bedeuten sie?«

»Es sind atlantische Schriftzeichen«, erläuterte sie. »Hier steht: *Nimm mich auf*, und auf der anderen Seite: *Leg mich weg.*«

Darob runzelte Artus die Stirn. »Ich werde es nie beiseite legen«, gelobte er und blickte ihr in die Augen. »Ich stehe in deiner Schuld, Herrin. Was du von mir verlangen magst, ich will es dir, so es in meiner Macht steht, gewähren.«

Charis lächelte. »Dies Schwert ist ein Geschenk – für einen König geschaffen und einem anderen überreicht. Ich verlange nichts dafür.«

»Doch«, erwiderte Artus und ließ seinen Blick abermals über den makellosen Stahl gleiten, »würde es mich eine Ehre dünken, es dir zu entgelten, wie ich nur vermag.«

»Komm«, sagte Merlin und legte Artus eine Hand auf die Schulter. »Gehen wir in den Saal zum Frühstücken. Hast du vergessen, was heute für ein Tag ist? Es ist Weihnachten. Laßt uns die Feier sofort beginnen.«

Daraufhin machten wir uns auf dem schmalen Pfad zum Palast des Fischerkönigs auf. Artus blickte sich um, als wir höher kamen, und beobachtete, wie die strahlenden Finger der Sonne über die Hügel und Senken um uns strichen. Als er durch den großen Torbogen in den Palasthof trat, umfing ihn sogleich der natürliche Zauber des Ortes.

Wir warteten nicht, daß man uns zur Begrüßung entgegenkam, sondern eilten schnurstracks in den Saal, um uns aufzuwärmen. Dort harrte Avallach und ging auf uns zu, um uns herzlich willkommen zu heißen. Jedoch hielt er die Hand an die Seite gepreßt, wie er es immer tat, wenn die Wunde ihm Kummer bereitete.

»Gott sei euch zugetan!« ließ er seine Stimme durch den Saal dröhnen. »Merlin! Pelleas! Wie oft habe ich in den letzten Tagen eurer gedacht und mich nach eurer Gesellschaft gesehnt. Kommt, setzt euch an den Herd. Seid ihr weit gereist?«

»Merlin kam vergangene Nacht hierher, aber du warst in deinem Gemach, und wir wollten dich nicht stören«, sagte Charis und hakte sich bei ihrem Sohn unter.

»Großvater«, sagte Merlin, auf Artus zeigend, »ich darf dir Artus ap Aurelius, Herzog von Britannien vorstellen.«

König Avallach betrachtete den jungen Herzog mit scharfem, fürchterlichem Blick. Artus hielt dieser Musterung artig stand; er zuckte mit keiner Wimper und kam dem König auch nicht mit Hochmut, wie viele es an seiner Stelle getan hätten. Breitschultrig stand Artus da, hielt den Kopf hoch, die Augen gerade, rührte sich nicht und ließ Avallach sich eine Meinung bilden, wie ihm beliebte.

In all den Jahren, seit ich ihn kannte, hatte ich nie erlebt, daß Avallach so mit jemandem umgegangen war – schon gar nicht mit einem Gast in seinem Hause. Charis öffnete den Mund, um sich einzumischen, doch Merlin drückte ihr rasch die Hand, und sie ließ es sein.

Als der Fischerkönig mit seiner Schätzung fertig war, hob er die Hand auf Schulterhöhe und sprach: »Heil, Artus, Herzog der Briten, ich grüße dich. Lange schon erwarten wir dein Kommen.« Dann trat er vor und umarmte Artus fest. Eine schlichte Geste zwar, aber auch mehr als nur das.

Merlin sah mit zusammengekniffenen Augen zu. Die Bedeutung dieses Benehmens wühlte ihn auf, und seine Sinne wurden wach. Er sah, das wußte ich, in Avallachs Umarmung weit mehr als Charis oder ich.

»Es ist die Vereinigung von Kräften, Pelleas«, erklärte er mir später. »Siehst du das nicht? Weißt du nicht, was das heißt?« Ehe ich ihm sagen konnte, daß ich nichts begriff, fuhr er rasch fort: »Es ist wahr! Alles, was wir für Artus erhofften, alles, für das wir uns abmühten – uns Jahre, viele Jahre abmühten, Pelleas! –, trägt nun Früchte! Artus *ist* der Sommerkönig! Seine Herrschaft wird zum Sommerreich führen.«

»Weil Avallach ihn begrüßte?«

»Weil Avallach ihn erkannte.«

»Aber wir wußten doch stets, daß es mit Artus anfangen würde.«

Merlin hob den Zeigefinger. »Wir hatten immer *gehofft*, daß Artus der Sommerkönig werden würde. Das ist etwas anderes.«

Mir war immer noch nicht klar, was durch Avallachs Begrüßung anders geworden war oder warum Merlin dies dachte. Aber ich glaube, daß Avallach für die untergründigen Einflüsterungen des Geistes empfänglich geworden war. Mit den Jahren war er an Weisheit und Frömmigkeit gewachsen – durch seine Gebete und die Meditationen über die heiligen Schriften, die Abt Elfodd ihm brachte. Darum sah er in Artus vielleicht etwas, das ihn bewegte.

Aber was ich dachte, war gleichgültig. Merlin hatte, aus welchem Grunde auch immer, etwas an Avallachs Willkommen für Artus erkannt, das in ihm die Hoffnung aufs Sommerreich nährte. Und das genügte.

Nach dem Frühstück ritten wir zum Kloster hinab, um der Christmesse beizuwohnen. Merlin stellte Artus noch einmal dem Abt Elfodd vor, der für ihn betete und ihn der Beendigung des Aufruhrs empfahl. Die Messe wurde gelesen, und die Mönche sangen Loblieder. Anschließend gingen sie an uns mit dem Frieden Christi auf den Lippen vorbei.

Als wir wieder aufbrachen, lud Avallach Elfodd ein, sich am Abend zum Mahle zu uns zu gesellen. Es war ein schöner und glücklicher Tag, und ich mußte an die fröhlichen Feiern zurückdenken, die ich am Hof des alten Pendaran und Maelwys' erlebt hatte. Auch die von dem heiligen Dafyd angeführten Massen kamen mir wieder in den Sinn.

Doch das waren nun längst vergangene Zeiten, und ich glaubte, dergleichen nie wieder zu erleben.

Als wir uns an jenem Abend nach dem Mahl am Herd versammelten, holte Merlin seine Harfe hervor und fing zu spielen an. Wir lauschten ihm eine Weile, als er plötzlich innehielt.

»Als ich noch ein Kind war«, sagte er, »pflegte mir meine Mutter an Abenden wie heute von der Vision meines Vaters Taliesin zu erzählen, welche er ihr anvertraut hatte. Wie ihr wißt, habe ich es mir von jeher zur Aufgabe gemacht, diese Vision zu befördern und hienieden Wirklichkeit werden zu lassen.

Doch Artus, dir habe ich niemals von der Vision gesprochen, wie sie mir erzählt wurde. Und obschon du davon weißt, hast du sie niemals gehört, wie ich sie gehört habe. Das sollst du heute abend, doch nicht von meinen Lippen. Ich möchte, daß du sie von derjenigen hörst, die sie stets in ihrem Herzen bewahrt hat.« Dann sah er seine Mutter an und forderte sie auf: »Erzähle uns vom Königreich des Sommers.«

Charis betrachtete ihren Sohn kurz, dann stand sie auf und trat vor uns hin. Sie verschränkte die Hände vor sich, schloß die Augen und begann ihre Schilderung.

»Ich habe ein Land gesehen, daß vor Güte leuchtet, wo jeder Mann die Würde seines Nächsten schützt wie seine eigene, wo Krieg und Not nicht mehr sind und alle Stämme unter demselben Gesetz von Liebe und Ehre leben.

Ich habe ein Land gesehen, das vor Wahrheit strahlt, wo das Wort eines Mannes ein Schwur und Arglist fremd ist, wo die Kinder sicher in den Armen ihrer Mütter schlafen und niemand Angst noch Leid kennt.

Ich habe ein Land gesehen, wo Könige die Hand zur Gerechtigkeit ausstrecken, anstatt nach dem Schwert zu greifen; wo Gnade, Güte und Mitleid wie eine Flut das Land überziehen und die Menschen Tugend, Wahrheit und Schönheit verehren und nicht Bequemlichkeit, Vergnügen und selbstsüchtigen Gewinn. Ein Land, wo in den Herzen der Menschen Frieden herrscht; wo auf jedem Hügel der Glaube wie ein Leuchtfeuer lodert und die Liebe wie Glut in jedem Herd brennt; wo der wahre Gott angebetet wird und man alle seine Bräuche gutheißt.«

Charis schlug die Augen auf, die von einem Tränenschleier schimmerten. »Das sind Taliesins Worte. Hört und merkt sie euch«, sagte sie. Und als sie auf ihre Füße hinabblickte, sah sie, daß dort Artus kniete und dort auf den Handflächen das Schwert hielt, welches sie ihm geschenkt hatte. Keiner hatte bemerkt, daß er seinen Platz verlassen hatte.

Da sprang Merlin auf, und sein Antlitz strahlte im Feuerschein. Seine Züge waren vor Erregung gespannt. »Artus?«

Charis hielt Merlin mit einem Zeichen zurück. Sie berührte Artus sanft an der Wange, und er hob den Kopf. Auch seine Augen glänzten – nicht vor Tränen oder dem Feuerschein, sondern von der Herrlichkeit der Vision, die Charis' Worte wachgerufen hatten.

»Was ist, Artus?« fragte sie.

»Du hast mir das Schwert geschenkt«, sagte er mit vor Rührung steifer Stimme. »Und jetzt hast du mir die Vision geschenkt, zu der ich es führen kann. Jetzt weiß ich, warum ich auf die Welt kam: Ich werde der Sommerfürst werden. Mit der Hilfe Gottes und seiner Engel wird es mir gelingen. Ich werde das Königreich des Sommers schaffen.«

»Was wünschst du von mir?«

»Weihe mich, Herrin, der Aufgabe, zu der ich geboren wurde.«

»Aber ich –«, hub Charis an und warf Abt Elfodd Hilfe heischend einen Blick zu. Der Abt stellte sich neben sie, steckte seine Hand in seinen Ärmel und holte eine kleine Phiole mit Öl hervor. Diese drückte er Charis in die Hand und ermutigte sie zu tun, worum Artus bat.

Sie willigte ein, legte Artus die Hände auf den Kopf und sprach mit zarter und leiser Stimme: »Als Dienerin des Erlösergottes empfehle ich dich dieser edlen Aufgabe, Artus ap Aurelius. Im Namen Jesu Christi salbe ich dich mit diesem Öl zum Zeichen seiner Macht und unvergänglichen Gegenwart.« Sie benetzte ihre Fingerspitzen und machte ihm das Kreuzzeichen auf die Stirn.

»Seine Macht erhalte dich; seine Weisheit erfülle dich; seine Liebe stärke dich; seine Gnade mache dich gerecht und barmherzig. Erhebe dich, Artus, und folge der Vision, die unser Herr Jesus dir aufgegeben hat.«

Artus faßte Charis' Hand und drückte seine Lippen darauf. Dann stand er auf, und ich betrachtete ihn mit neuen Augen. Denn er war nicht mehr derselbe Artus; er hatte sich verändert.

Seine Hände umfaßten Caledvwlch zu einem feierlichen Zweck; seine klaren blauen Augen strahlten Freude und Frieden aus. Ja, das Licht, das von ihm ausging, leuchtete mit einem hohen und heiligen Feuer.

Merlin stellte sich mit emporgehobenen Händen vor ihn – wie ein betender Druide. Mit feierlicher, mächtiger Stimme hub er zu sprechen an. Und er sprach so: »Sehet einen König von Gestalt mit einem geschmiedeten Kettenhemd, behelmt mit Erhabenheit und Licht! Sehet einen strahlenden Krieger, der mit dem Kreuz Christi gegen die Heiden ficht! Sehet einen Fürsten, in welchem andere Fürsten ihren Wert und ihren Gehalt finden!

Sehet seinen Hof! Auf Gerechtigkeit gebaut, Stein um Stein. Sehet seinen Saal! Die Ehre errichtete sein hohes Dach. Sehet seine Lande! Barmherzigkeit nährt Wurzeln und Zweige. Sehet sein Volk! Wahrheit herrscht in seinen selbstlosen Herzen.

Sehet ein Königreich voll Frieden! Sehet ein Königreich voll

Recht! Sehet einen König, der mit Weisheit und Mitleid als treuen Ratgebern herrscht!

Sehet Artus, von dem es heißt: Seine Tage waren wie das Feuer an Beltane, das von Hügel zu Hügel springt; wie der sanfte Wind des Südens voller Wohlgerüche; der süße Frühlingsregen auf den roten Heidehügeln; des Herbstes reiche Ernte, welche jedem Herd und Heim Wohlstand und Fülle bringt; der vollkommene Segen des Schenkergottes im Himmel für sein reuiges Volk.

Sehet das Königreich des Sommers!«

Zweites Buch

Bedwyr

I

Ich, Bedwyr, Prinz aus Rheged, schreibe dies. Mein Vater war Bleddyn ap Cynfal, Fürst von Caer Tryfan im Norden, verwandt mit Tewdrig ap Teithfallt und den Fürsten von Dyfed im Süden.

Selbst wenn mich der Teufel holen sollte, werde ich nie vergessen, wie ich Artus zum ersten Mal begegnete. Das geschah auf Caer Myrddin in Dyfed. Myrddin hatte Artus dorthingebracht, um ihn vor seinen Feinden zu verbergen, und mein Vater hatte mich an Tewdrigs Hof geführt, wo ich zu meiner ersten Erziehung hinkam. Artus war noch ein plärrender Säugling.

Nicht, daß ich selbst viel älter gewesen wäre – höchstens fünf Sommer zählte ich, war aber alt genug, um mich bereits für einen Krieger von hohem Ansehen zu halten. Ich stapfte über den Schutzwall von Tewdrigs Festung, in Händen den Schaft eines hölzernen Kurzspeeres, den mein Vater mir geschnitzt hatte.

Während die Könige über Angelegenheiten des Reiches beratschlagten, marschierte ich im Burgdorf herum und tat so, als wäre ich dort Herr und Anführer. Mein einziger Gedanke war, daß ich eines Tages ein Krieger wie mein Vater werden wollte, ein geachteter Feldherr, und daß ich Sachsen töten würde, damit mein Volk stolz auf mich wäre.

Krieger zu sein! Das waren meine Sonne und meine Gestirne. Ich konnte nicht schlafen, wenn ich meinen hölzernen Speer nicht in der Hand hielt. Das Leben eines Kriegers hatte damals für mich eine große Anziehungskraft; etwas anderes kannte ich nicht. Ach, ich war noch so jung!

Caer Myrddin – das einstige Maridunum – schwitzte unter der heißen Sommersonne. Überall waren die Menschen fleißig bei der Arbeit; aus jeder Ecke funkelte und glitzerte hartes Metall, und der Klang eines Hammers auf Stahl hallte durch die gleißende Luft wie tönendes Eisen oder Kirchenglocken. Der Caer war ein ganzes Stück größer als unserer eigener in Penllyn. Er kündete von der Macht und dem Reichtum des Königs, wie es sich ziemte. Und Tewdrig hatte – im Unterschied zu uns – sogar einen Schmied. Auch war der Saal größer; er hatte ein großes, in Eisen gefaßtes Holztor. Die Wände bestanden aus Holzbohlen auf steilen Erdwällen.

Ich stand auf dem Wall über dem Graben und stellte mir vor, daß ich ganz allein das Tor verteidigte und der Sieg von mir abhing. In meine Träume von künftigem Ruhme vertieft, spürte ich, wie jemand meinen Speer berührte, und sah mich um. Der kleine Artus hielt mit seinen dicken Händen das Ende meiner Waffe umklammert und grinste mich zahnlos an.

Wütend riß ich den Speer weg. Aber er hielt ihn fest. Ich riß wieder daran, und noch immer ließ er nicht los. Was für ein Griff! Natürlich mußte ich ihm zeigen, daß ich der Überlegene war. Darum ging ich auf ihn zu und stieß ihm den Speer gegen die Brust. Seine unsicheren Beinchen knickten ein, und er purzelte rücklings in den Staub. Ich lachte ihn aus und freute mich an meiner Stärke.

Er weinte nicht, wie ich es erwartet hatte, noch schwand das Lächeln von seinem runden Gesicht. Er starrte mich einfach fröhlich an und zeigte nicht den mindesten Vorwurf im Blick.

In mir widerstritten Wut und Scham. Die Scham obsiegte. Ich blickte mich schuldbewußt um – falls jemand gesehen hatte, was ich getan hatte –, bückte mich rasch, packte das dicke Ärmchen und zog Artus hoch.

Von diesem Augenblick an waren wir Freunde. Der kleine Artus wurde zu meinem Schatten und ich zur Sonne, die am Himmel für ihn aufging. Es gab nur wenige Tage, die wir nicht gemeinsam verbrachten. Wir brachen dasselbe Brot, tranken aus demselben Becher, atmeten dieselbe Luft. Und später, als er wie ich ins Knabenhaus kam, standen wir uns näher als Brüder.

Wenn die Menschen jetzt an Artus denken, dann sehen sie den Kaiser mit seinen Ländereien und seinem Palast vor sich. Oder den ruhmreichen Feldherrn, dessen Siege sich hinter ihm ausbreiten wie ein mit Juwelen überzogenes Gestade. Sie sehen den unüberwindlichen Pendragon, der Britannien in seinen starken, sicheren Händen hält.

Bei Gott, ich glaube, sie halten ihn für ein Wesen aus der Anderswelt, das in ihrer Mitte aus dem Staub unter ihren Füßen erstanden ist oder von Myrddin Emrys aus den Nebeln des hohen Yr Widdfa herabgerufen wurde. Gewiß denkt keiner an ihn als Mann – mit einer Geburt und Kindheit wie jeder andere. Davon berichten auch die Barden nichts.

Heutzutage wimmelt es von Geschichten im Land; sie verdichten sich wie Moos auf einem abgestorbenen Zweig. In einigen steckt ein Körnchen Wahrheit, aber in vielen nicht. Vielleicht ist der Wunsch, mehr aus den Dingen zu machen, ganz natürlich – ein Geschichte wächst oft durchs Erzählen.

Doch das ist nicht nötig. Reines Gold braucht man ja nicht zu vergolden.

Wohlgemerkt, ich spreche von Artus, dem Feldherrn. *Artorius Rex* war er noch nicht. Durch die langen Zeiten des Kampfes erkannten die Kleinkönige ihn nicht an. Kleinhunde sollte ich wohl eher sagen. Obwohl sie ihm sogar den Titel des *Dux* neideten – und der war ja nicht viel wert! –, trug er diesen stolz und focht Kriege für sie aus.

Die Kriege... Jeder war ruhmreich und häßlich, jeder anders als alle vorigen, doch am Ende genau gleich.

Alles in allem waren es zwölf an der Zahl. Der erste fand gleich in dem Sommer statt, nachdem Artus Cerdic im Zweikampf ausgestochen und den Aufruhr gegen sich beendet hatte. Den Winter hatte er in Ynys Avallach zugebracht und war im Frühjahr mit seinem neuen Schwert und der neuen Vision des Sommerreichs zurückgekehrt.

Ich war zu den Zuchtplätzen gezogen – den geschützten Tälern östlich von Caer Melyn, wo wir die Pferde im Winter hinbrachten und unsere Zucht unterhielten. Ich wollte sehen, womit wir im kommenden Frühjahr rechnen konnten. Es war Zeit zum Fohlen, und dabei wollte ich den Knechten beistehen.

Der Winter hatte sich in die Länge gezogen, und ich war froh, ein paar Tage aus dem Caer zu kommen. Geschlossene Orte haben mir noch nie gefallen; weite Hügel und ein hoher Himmel waren mir immer lieber als die Mauern und das gewölbte Dach eines Saales. Obwohl ich in der Nacht fror, war ich froh, bei den Hirten in ihren Hütten zu verweilen und tagsüber mit ihnen auszureiten, wenn sie ihre Herden hüteten.

An einem windigen Morgen führte ich vier dickbäuchige Stuten in den Pferch neben der Hütte hinunter, wo sie leichter entbunden werden konnten. Als ich den frischen Wind im Gesicht spürte, besserte sich meine Laune, und ich begann laut und kraftvoll zu singen – sonst hätte ich den Reiter gehört, der mich rief.

Ja, ich hörte ihn nicht, bis er fast unmittelbar oberhalb von mir war. »Bedwyr! Heil, Bedwyr! Warte!«

Als ich mich umschaute, sah ich einen der jüngeren Krieger auf mich zugaloppieren. Sobald er sein Pferd zügelte und neben mir herritt, grüßte ich ihn. »Sei gegrüßt, Drusus, was führt dich hierher?«

»Herr Kei schickt mich, um dich zu holen. Artus ist wieder da und möchte dich um sich haben. Wir reiten in drei Tagen los.«

»Wohin?« Ich wußte von keinen Händeln im Reich.

»Das weiß ich nicht; Kei hat es mir nicht gesagt. Kommst du?«

»Erst kümmere ich mich um die Pferde hier. Ruhe dich aus, und dann kehren wir gemeinsam zurück.«

Ich ritt ins Tal weiter und überlieferte die Stuten der Fürsorge eines Hirten. Dann holte ich meinen Mantel und meine Waffen aus der Hütte und begab mich sogleich zurück zum Caer. Die ganze Zeit über grübelte ich darüber, was im Gange sein mochte. Von Drusus erfuhr ich nichts weiter, darum begnügte ich mich damit, über die windgepeitschten Hügel zu fliegen, so rasch mein Roß laufen konnte. Bei Gott, ich wäre ohnehin geeilt, da ich Artus dringend wiedersehen wollte.

Als ich einritt, stand er inmitten eines drängenden Gewimmels und besprach sich mit Kei. Ich warf mich aus dem Sattel und rannte zu Artus. »Gelobt sei Jesus Christus! Der Wanderer ist wieder da!« schrie ich.

»Heil, Bedwyr!« rief er und lächelte sofort breit. »Haben wir eine Herde?«

»Wir haben eine Herde. Schon fünfzehn Fohlen und vielleicht noch zwanzig weitere dazu. Es ist ein Lebenselixier, dich wiederzusehen, Artus.«

Ich trat näher, und wir faßten einander wie Brüder an den Armen; dann umarmte er mich, daß die Rippen krachten. »Dir ist die Zeit gut bekommen, wie ich sehe.« Er klopfte mir kräftig auf den Rücken. »Hat der Winter dir behagt?«

»Er war ein wenig lang«, meinte ich, »aber nicht zu kalt.«

»Kei hat mir berichtet, daß du Rhys mit deinen Klagen fast zum Wahnsinn getrieben hast. Er ist doch bloß Barde, Bedwyr. Soll er das Wetter denn mit einem Lied ändern?«

»Ein frisches Lied, um den Wind zu überstehen, würde schon genügen. Aber wie du aussiehst, Bär – du bist zu einem vom Feenvolk geworden.«

Sein Lächeln wurde geheimnisvoll, und er zog sein Schwert, damit ich es bewundern konnte. »Das ist Caledvwlch«, sagte er. »Ein Geschenk der Dame vom See.«

Eine solche Klinge hatte ich noch nie erblickt und sagte es ihm. »Damit könnte ein Mann sich ein Königreich erringen«, bemerkte ich, als ich sein flinkes Gewicht in der Hand spürte. Die Waffe schien sofort ein Teil von mir zu werden, eher eine Verlängerung meines Armes als ein Stück kalter Stahl.

»Gut gesprochen«, entgegnete Artus, »und das Königreich hat auch einen Namen.«

Mehr sagte er nicht und wollte nicht weiter darüber sprechen. »Kommt in mein Gemach. Ich will Myrddin rufen lassen.« Und er ging über den Hof davon.

Ich blickte Kei an, der nur die Achseln zuckte. Er war genauso verwirrt von Artus' Wandlung wie ich selbst. Denn unser Freund hatte sich tatsächlich gewandelt.

Oder vielleicht sah ich ob seiner langen Abwesenheit jetzt nur eine Seite von ihm, die mir zuvor entgangen war. Aber nein, wir waren doch Brüder! Ich kannte ihn gut genug, um zu erkennen, daß in Ynys Avallach etwas vorgefallen sein mußte. Das wollte ich von Myrddin erfahren.

»Ich höre, wir reiten in drei Tagen los«, sagte ich zu Kei, als wir zum Saal gingen. »Wohin soll's denn gehen?«

»An die Sachsenküste.«

Ich blieb stehen und faßte ihn am Arm. »Ist das wieder so ein geschmackloser Scherz von dir?«

»Das ist kein Scherz.« Ausnahmsweise waren die grünen Augen in seinem geröteten Gesicht ernst. »Das hat er jedenfalls gesagt – aber mehr auch nicht. Und nun weißt du davon soviel wie ich.«

»Ist dir aufgefallen, wie er mich angelächelt hat?« fragte ich im Weitergehen. »Ein solches Lächeln habe ich in meinem Leben erst zweimal gesehen: das erste Mal im Gesicht eines begriffsstutzigen Jungen, der aus meines Vaters Koben ein Schwein stahl und ertappt wurde, als er es auf dem Markt verkaufen wollte; und das zweite Mal, als der alte Gerontius beim Beten starb.«

Kei lachte laut auf. »Ich glaube nicht, daß Artus ein Schwein gestohlen hat, aber ausschließen würde ich es nicht.«

»Ich sage dir die Wahrheit, Caius; mir gefällt das nicht. Merke dir meine Worte: Dabei kommt nichts Gescheites heraus.«

»Wobei?«

»Dabei … dabei eben! Du weißt schon, was ich meine.«

Er lachte wieder und klopfte mir auf den Rücken. »Du denkst zuviel, Bedwyr. Du hättest Druide werden sollen. Laß nur; es wird schon alles gut werden.«

Wir gingen durch den Saal bis zu Artus' Gemach und warteten dort. Sofort trat Pelleas ein und begrüßte uns herzlich – auf seine besondere Art.

Die Leute vom Feenvolk überraschen mich immer. Sie ähneln uns nicht im geringsten. Sie sind eine stolze Rasse und halten sich vom Leben um sie herum stets fern. Wundersam herrlich anzusehen, sind sie trotzdem scheu und zeigen von Natur aus ihre Gefühle nicht. Ich halte das für Hochmut.

Myrddin ist nicht ganz so. Aber er gehört ja auch nur halb dem Feenvolk an … auch wenn niemand weiß, was er zur anderen Hälfte ist.

»Irgend etwas Neues aus Ynys Avallach, Pelleas?« fragte ich. Im Palast des Fischerkönigs war ich nie gewesen, hatte Myrddin aber so oft davon reden hören, daß ich ihn kannte.

»Wir hatten einen sehr angenehmen Winter, Prinz Bedwyr«, erwiderte er. Das sollte wohl eine sehr genaue Schilderung ihres Lebens dort sein. Pelleas kannte ich, seit ich ein Knirps war, und er hatte immer so mit mir geredet.

»Stimmt es, daß es auf der Glasinsel nie schneit?« fragte Kei ihn ganz ernst; aber ich sah, daß seine Mundwinkel fröhlich zuckten.

»Natürlich schneit es dort, du junger Held!« Das war die Stimme des Emrys, der in diesem Moment mit Artus eintrat. »Seid gegrüßt, Kei und Bedwyr!«

»Myrddin!« Ich drehte mich um und wurde von ihm an die Brust gedrückt.

»Darbend vom Winter und nach dem Frühling hungernd,

was?« sagte er und schaute mir in die Augen, als würde er meine Seele nach einer Antwort ergründen. Das tat er immer. Manche Menschen finden das angeblich höchst zermürbend.

»Bei Gott, das bin ich!« rief ich. »Aber du siehst aus, als hättest du den ganzen Winter von gebratenen Enten und Honigkuchen gelebt. Jesus sei dir gewogen, ja, wie gut du aussiehst!«

In der Tat wirkte er so frisch wie eh und je – nicht, daß er sich jemals besonders verändert hätte.

»Setzt euch alle«, sagte Artus, auf die Bänke um seinen Ratstisch zeigend. »Wir haben zu reden.« Er zog seinen Stuhl heran: Uthers alten Feldstuhl. Ich habe nie herausgefunden, wie er an ihn kam, es sei denn, Tewdrig hatte ihn für Artus aufbewahrt.

Er breitete seine Hände auf dem Tisch aus und betrachtete seine zehn Finger, als würde er überlegen, welcher ihm am besten gefiel. »Ich habe vor, in drei Tagen zur Sachsenküste aufzubrechen.«

Ich schaute der Reihe nach die anderen an. Keiner zeigte sich im geringsten überrascht. *Vielleicht habe ich mich verhört*, dachte ich; *vielleicht hat er gesagt: »Ich habe vor, heute abend Hammel zu essen.«*

Aber da sonst keiner sich zu Wort meldete, meinte ich: »Vergib mir, Bruder, aber habe ich dich sagen hören, daß wir in drei Tagen die Sachsenküste angreifen?«

Artus setzte wieder sein merkwürdiges Lächeln auf und schüttelte den Kopf. »Nein, von Angreifen kann keine Rede sein. Ich will ihnen ein Friedensangebot machen.«

»Frieden?« Verblüfft starrte ich ihn an. »Jetzt weiß ich, daß du Stroh im Kopf hast, Artus. Abgesehen davon, daß du gar nicht ermächtigt bist – was verleitet dich zu dem Glauben, daß ein Friedensvertrag mit dir eingehalten würde?«

»Ich bin der Herzog von Britannien, der Feldherr. Wer außer mir hätte das Recht, ihnen Frieden zu gewähren?«

»Aber den Sachsen! Hast du das Gemetzel vor vier Jahren vergessen?«

»Keineswegs, Bedwyr. Aber ich bin bereit, ihnen zu vergeben, wenn sie Frieden halten.«

»Und wenn nicht?«

»Dann werden wir tun, was wir müssen«, sagte er und hörte sich ein wenig mehr nach dem Artus an, den ich kannte. »Aber wir wären keine Christen, wenn wir ihnen nicht den Frieden anböten, bevor wir zum Schwert greifen.«

»Ich verstehe. Und das soll sie davon abhalten, dir den Kopf vom Hals zu hauen, ehe deine Zunge zu schlagen aufgehört hat? Es sind Sachsen!«

»Und auch Menschen wie wir. Ich will gegen keinen Menschen mehr Krieg führen – ob Sachse oder Brite –, wenn ich ihm nicht vorher Frieden angeboten habe.« Die Überzeugung, mit der er sprach, war unerschütterlich.

»So und nicht anders?«

»So und nicht anders.« Artus hätte auch ein Steinklotz sein können, so wenig ließ er sich bewegen. Wenn er sich einmal etwas in den Kopf gesetzt hatte, dann ließ er nicht mehr davon ab. Artus hieß nicht umsonst der Bär von Britannien.

»Ich schicke Boten aus, um alle Könige, die es wollen, aufzufordern, daß sie mit uns ziehen«, fuhr Artus fort. »Ich bete, daß einige es wollen. Aber ob sie mitziehen oder nicht, wir verlassen Caer Melyn in drei Tagen.«

»Möge Gott uns beistehen!« sagte ich.

Dann redeten wir über die Vorkehrungen, die zu treffen waren – so viele Krieger in Bewegung zu setzen ist immer eine heikle Aufgabe. Von Artus' hirnrissigem Friedensplan war nicht weiter die Rede. Als wir fertig waren, rief Artus nach Bier. Wir tranken und machten uns dann an unsere Pflichten.

Darum hatte ich erst, als wir zum Abendmahl in den Saal zurückkehrten, wieder Gelegenheit, mit Myrddin zu reden.

»Sage mir, weiser Emrys«, sprach ich, als ich neben ihn trat, »was ist mit unserem teuren Herzog geschehen?«

Mit seinen goldenen Augen sah er mich fest an. »Er wächst in seine Macht hinein.«

»Das ist keine Antwort. Welche Macht? Woher kommt sie? Wer hat sie ihm übertragen? Wie kommt er daran? Und warum wird sein Verstand davon so sanft?«

»Sein Verstand hat sich nicht verändert, aber sein Herz, Bedwyr.«

»Verstand, Herz – ich erkenne ihn kaum wieder!«

Myrddin lächelte verständnisinnig. »Laß ihm Zeit. Er kommt schon wieder zu sich.«

»Ein schöner Trost. Leider sind wir dann alle tot. Die Sachsen wollen nicht unseren Frieden, sie wollen unser Land und unser Vieh.«

»Artus hat eine große Wahrheit empfangen. Sein Königreich wird sich auf Gerechtigkeit und Barmherzigkeit gegen alle Menschen gründen, die auf dieser Insel leben.«

»Die Sachsen eingeschlossen?«

»Ja, Bedwyr, die Sachsen eingeschlossen. So muß es sein.«

»Das ist nicht die Wahrheit, das ist Wahnsinn.«

»Wenn einer Grund hat, die Sachsen zu hassen, dann ich«, erwiderte Myrddin mild. »Weißt du, was mein Freund Hafgan mir immer erzählte?«

Hafgan, das wußte ich, war Myrddins Druidenmeister gewesen. Er galt nun als einer der letzten drei wahren Barden auf der Insel der Mächtigen. »Nein, weiser Emrys, erleuchte mich. Was erzählte Hafgan dir?«

»Er sagte, daß einige Männer einst einen Brunnen aushoben und dabei auf einen großen flachen Stein stießen. Der, entdeckten sie, war der Grundstein der irdischen Welt. Also beschlossen sie, ihn zu bergen und zu sehen, was darunter lag. Und das taten sie. Und weißt du, was sie fanden?«

»Keine Ahnung. Was fanden sie?«

»Die Liebe«, erwiderte Myrddin schlicht.

»Die Liebe. Ist das alles?« Ich nahm es mir übel, daß ich mich von Myrddins Kindermärchen hatte einwickeln lassen.

»Das ist alles, Bedwyr. Die Liebe liegt allem zugrunde und trägt es. Artus hat erkannt, daß dem so ist. Sein Königreich wird auf dem einzig dauerhaften Fundament aufbauen.«

Kopfschüttelnd ging ich weg. Nicht, daß ich ihm nicht geglaubt hätte. Bei der Liebe Gottes, wenn der Glaube allein den Rang der Menschen bestimmte, wäre ich Papst! Aber über die Sachsen weiß ich so einiges, das kann ich wohl sagen. Und einem Mann, dessen Axt einem im Kopf steckt, hat man schwer die Liebe Christi predigen!

Herrlich großmütig mochte Artus' Vorhaben zwar sein, aber auch herrlich töricht.

Doch wenn Myrddin ihm beipflichtete, ließ sich nichts machen. Bors hätte vermutlich gegen Artus' Friedensplan gewettert, aber er war noch nicht aus Benowyc zurück und würde erst kommen, wenn die Frühlingswogen sich glätteten. Keis Unterstützung suchte ich erst gar nicht zu gewinnen. Kei wollte nie ein Wort gegen Artus hören, Gott schütze ihn. Seine Ergebenheit kannte kein Hindernis, seine Treue keine Grenzen. Rückhaltlos gab er Artus alles hin. Ob richtig oder falsch, das war Kei gleich, wenn es um Artus ging.

Das mußte an einer Sache liegen, die sich vor Jahren zwischen ihnen zugetragen hatte. Die Geschichte erzählte Pelleas mir einmal – wie die beiden gemeinsam einen Berg erklommen. Bei Keis verkrüppeltem Bein kann das kein leichtes gewesen sein. Doch wie dem auch sei, als es vollbracht war, hatte Artus in Kei eine Ergebenheit erweckt, die nur wenigen Menschen vergönnt ist: sie war unermüdlicher, tiefer, selbstloser, stärker und unerschütterlicher als der Tod.

Da die Dinge nun so standen, beschloß ich zu beten und mein Schwert zu wetzen.

II

Ein Sachsenlager ist kein erfreulicher Anblick. Schließlich sind sie ja Barbaren.

Doch nach dreizehn Tagen im Sattel hätte ich sogar ein Erdloch für einen Palast gehalten, wenn es mir in der Nacht Schutz vor dem Regen geboten hätte. Dreizehn Tage Regen! Das reicht, damit das Elend wie ein guter Kamerad aussieht. Wir waren jedoch alle mehr als elend.

Ich glaube, auch die Sachsen waren nicht glücklich und suchten nach einem Zeitvertreib. Oder vielleicht hatte der Regen ihre Gemüter besänftigt. Wie dem auch war, wir trafen sie in einer höchst seltenen Stimmung an: gefügig.

Das soll heißen, daß sie uns nicht gleich auf den ersten Blick umbrachten.

Drei Tage nach Artus' Rückkehr waren wir von Caer Melyn aufgebrochen und langsam gen Osten zum Ouse vorgerückt, der die alte Icenengrenze bildete. Dort schlugen wir unser Lager auf. Wir wußten, daß Aelle, der Feldherr der dortigen Sachsenhorde, unsere Bewegungen bereits ausgemacht hatte. Er mußte wissen, daß wir ihn nicht schnurstracks angreifen wollten. Darum richteten wir uns im Schlamm ein und warteten.

Und ja, zwei Tage später wurden wir von den Hörnern und Pauken eines Sachsenheeres auf der anderen Seite des Flusses geweckt. Artus stand auf und befahl, drei Pferde zu satteln: seines, Keis und meines. Myrddin bat darum, ebenfalls mitkommen zu dürfen, doch davon wollte der Herzog nichts wissen: »Falls mir etwas geschehen sollte, muß wenigstens Britanniens Seele am Leben bleiben.«

Zu Kei und mir meinte er: »Laßt eure Waffen hier. Wenn alles gut geht, werdet ihr sie nicht brauchen.«

»Und wenn nicht?« fragte ich.

»Dann nützen sie auch nichts.«

Widerstrebend gehorchten wir ihm – obschon dies selbst dem ergebenen Kei ein paar Schritte zu weit ging.

»Ob sie etwas nützen oder nicht, mit dem Schwert in der

Hand wäre mir wohler«, grummelte er, als wir aufsaßen und aus dem Lager ritten.

»Es könnte schlimmer stehen«, stichelte ich. »Wenigstens regnet es nicht. Im Regen zu fallen würde mir gar nicht behagen.«

Der Ouse ist tief und hat nur wenige gute Furten. Wir hatten uns ganz nah bei einer der besten gelagert – in früheren Zeiten der Schauplatz zahlloser Schlachten – und ritten nun darauf zu, jeder mit einem grünen Weidenzweig in der Hand. Die Sachsen gebrauchten dieses Zeichen selbst: Sie erkannten es an, wenn es ihnen zupaß kam. Ich betete, daß dies der Fall sein mochte.

Als wir uns näherten, stieß ihr Heer ein ohrenbetäubendes Gekreisch aus. Das ging eine Weile lang so, aber als die Krieger sahen, daß wir nur zu dritt waren und Weidenzweige trugen, beruhigten sie sich und warteten ab, was wir tun würden.

Artus ritt in die Mitte der Furt und hielt an, Kei und ich ihm zu seinen beiden Seiten. »Jetzt werden wir ja sehen«, sagte er, »was für Menschen sie sind.«

Das hätte ich ihm auch so sagen können!

»Aelle!« rief Artus. »Komm, Aelle! Ich will mit dir reden!«

Ich musterte die gegen uns in Stellung gegangenen Krieger – es waren mindestens tausend Mann, und keinem lag ein freundliches Wort der Begrüßung auf den Lippen. Sie blieben stumm, und einen Augenblick später trat ein einzelner Krieger aus einer Menge, die sich um eines ihrer häßlichen Feldzeichen scharte: Pferdeschädel und -schwanz. Der Krieger war ein riesengroßes Ungeheuer, dessen strohgelbe Haare in zwei langen Zöpfen vom Kopf hingen, und er stolzierte derart hochmütig, derart unverschämt, daß ich wußte, das mußte Aelle sein, wie er leibte und lebte.

Die große Streitaxt in der Hand, kam er zum Ufer herab. »Ich bin Aelle«, sagte er und gab sich gar nicht erst die Mühe, seine Eitelkeit zu verbergen. »Was willst du?«

O ja, er beherrschte unsere Sprache. Das ist gar nicht so erstaunlich, denn die Sachsen hatten länger an unserer eigenen Küste gelebt als an ihrer. Britannien war die einzige Heimat, die sie kannten.

»Frieden«, erwiderte Artus schlichtweg.

Ich fiel beinahe vom Pferd. Mit den Sachsen ein Abkommen

schließen zu wollen ist ja schon närrisch genug, aber dann muß man listig zu Werke gehen. Sie achten nämlich nichts als die scharfe Schneide eines Schwertes und die Kraft, die dahintersteckt. Alles andere gilt ihnen als Schwäche, und sie verachten es. Wir waren verloren.

»Artus! Bedenke, was du tust!« wisperte ich mit rauher Stimme.

»Ich weiß, was ich tue!« erwiderte er.

Blinzelnd stand Aelle am Ufer. Dann begann es zu regnen.

Der Sachsenhäuptling blickte mit einem Auge Artus an und mit dem anderen die Regenwolken und kam zu dem Schluß, daß beide sich nicht so bald verziehen würden.

»Komm«, rief er übers Wasser. »Ich werde mit dir reden.«

Damit hob Artus die Zügel an, und sein Pferd trabte voran. Kei und ich folgten, so daß wir drei in das von Sachsen gehaltene Gebiet überwechselten.

Als wir das andere Ufer erreichten, wurden wir sofort von Aelles Leibwache umringt – zwanzig hünenhafte Wilde, die ob ihrer Körpergröße und ihres Mutes ausgewählt worden waren, ihrem Herrn bis in den Tod zur Seite zu stehen. In ihren kalten blauen Augen las ich nichts als Abscheu.

»Wer bist du – *Wealas*?« höhnte Aelle. Er hatte eine Grobheit sagen wollen, aber ich schwöre, daß er für jede Frechheit einen Stiefel ins Gesicht bekommen hätte. So wenigstens bewies er etwas Verstand.

»Ich bin Artus, der Feldherr von Britannien. Ich bin hier, um dir und deinem Volk Frieden anzubieten.«

Darüber dachte Aelle nach, während er unser Lager auf der anderen Seite des Flusses abschätzte. Wir waren weniger als zweihundert, denn außer Meurig hatte keiner der britischen Könige sich dazu herabgelassen, mit uns zu reiten. Dieser Umstand entging Aelle nicht, und es sah nicht gut für uns aus.

»Bist du so mächtig?« Das war eine sonderbare Frage. Da dachte ich, daß Aelle aufrichtig verwirrt war. Er wußte nicht, was er von Artus halten sollte.

Jetzt begann ich die Sache mit seinen Augen zu sehen. Hier stand ein britischer Fürst, der einem vielfach stärkeren Heer entgegenritt, waffenlos, und bot Frieden an – das konnte nur Wahnsinn sein. Es sei denn, der Fürst vor ihm war in der Tat ein ungeheuer mächtiger Mann – so mächtig, daß er keine größere Truppe brauchte, keine Unterstützung von den anderen britischen Fürsten. Aber wer besaß solche Macht?

»Ich bin, wie du mich siehst«, erwiderte Artus. Das verwirrte den Sachsen noch mehr. Was sollte das nun heißen?

Der Regen fiel und rann uns in Strömen übers Gesicht. Die Sachsen schienen das gar nicht zu bemerken.

»Komm, gehen wir ins Trockene und reden dort.«

Aelle blickte Artus lange an und überlegte. Dann nickte er knapp, wandte sich an seine Männer und brüllte in ihrer abscheulichen Sprache einen rauhen Befehl. Die Leibwächter drehten sich um wie ein Mann und eilten fort. Im Augenblick zog das gesamte Heer sich vom Fluß zurück.

»Begeben wir uns in mein Lager«, sagte Aelle.

Das Sachsenlager war nicht weit – nur ein Tal und einen Hügel östlich des Ouse. Wir ritten auf dem Weg durch die verkohlten Ruinen eines Weilers, und das war hart für uns. Kei sah sich die rußgeschwärzten Reste nicht an und Artus auch nicht. Aber ich bemerkte, daß seine Hände die Zügel fester umklammerten.

Wie ich sagte, ein Sachsenlager ist ein elender Ort. Sie verderben alles, was sie anrühren – einschließlich der Erde, auf die sie sich hocken. Ein paar grobe Zelte aus Häuten und Hütten aus Gras und Zweigen bildeten einen lockeren Kreis, in dessen Mitte ein Feuer brannte. Neben dem Feuerring lagen die zerhackten Kadaver von geschlachteten Rindern und Schafen am Boden, dazwischen verstreut die Knochen anderer. Es stank nach Ausscheidungen und Müll.

Die auffälligste Unterkunft gehörte Aelle. Er ging hinein. Wir saßen ab und folgten ihm. Es war ein dunkles, feuchtes, schmuddeliges und stinkiges Loch, aber es hielt den Regen ab. Wir setzten uns auf den nackten Boden – Aelle saß auf einer Ochsenhaut – und warteten, während ein Sklave links und rechts von Aelle Fackeln an die Zeltstangen hängte. Der Sklave, bemerkte ich, war ein Gallier. Doch zweifelte ich nicht, daß sich auch Briten unter den Sklaven in Aelles Lager befanden.

»Was hast du mir zu sagen?« fragte Aelle.

So fing es an. Der Sachsenführer erachtete es nicht für erforderlich, Ratgeber zur Seite zu ziehen. Außer ihren Vorzeichendeutern, auf die sie große Stücke hielten, besprachen sich die Sachsenherrscher selten mit ihren Günstlingen.

»Folgendes habe ich dir zu sagen«, hub Artus ungerührt an. »Die Lande, die du jetzt hältst, gehören dir nicht. Es sind Britenlande. Du hast unser Volk getötet und unsere Dörfer verbrannt, um sie zu erlangen.«

Darauf runzelte Aelle trotzig die Stirn und machte den Mund zum Reden auf. Aber Artus hielt die Hand hoch und fuhr fort.

»Ich könnte dein Leben und das Leben aller deines Stammes verlangen, zur Vergeltung des Unrechts, das ihr uns angetan habt. Ich könnte die gesamten Heerscharen Britanniens aufrufen und dich angreifen – wir würden siegen. Du würdest fallen.«

Aelles Stirnrunzeln wurde verdrießlich. »Das haben schon andere versucht. So leicht bin ich nicht zu fällen. Vielleicht töte ich dich.«

»Vielleicht. Vielleicht würden wir beide umkommen und alle unsere Krieger mit uns. Und was dann? Andere Fürsten und Feldherrn würden gegen dich aufstehen. Der Krieg würde weitergehen, bis keiner mehr übrig wäre, ihn auszufechten.«

»Wir sind zum Kämpfen bereit«, murrte Aelle stur.

»Aber wir brauchen nicht zu kämpfen«, sagte Artus. »Es kann Frieden zwischen uns herrschen und zwischen unseren Völkern. Das Blutvergießen kann ein Ende haben, und du kannst das Land behalten, das du uns weggenommen hast.«

»Wie soll das gehen?« fragte der Sachse mißtrauisch.

»Ich schenke es euch«, entgegnete Artus. »Ich gebe euch das Land für ein Versprechen.«

»Wie lautet das Versprechen?«

»Gib dein Wort, deinen Schwur, nie wieder gegen mein Volk Krieg zu führen. Das als erstes«, sagte Artus und machte mit dem Finger vor sich einen Strich auf dem Boden. »Dann mußt du dich bereit erklären, auf dieser Seite des Ouse zu bleiben.« Er zog noch eine Linie. Aelle beobachtete ihn genau.

»Und dann?«

Artus zog eine dritte Linie: »Und dann mußt du diejenigen meines Volkes herausgeben, die du zu Sklaven genommen hast.«

Aelle starrte die drei Striche im Schmutz mißtrauisch an – als wären sie eine List, mit der Artus ihn übertölpeln wollte.

»Und wenn ich nicht einwillige?« sagte er schließlich.

»Dann bist du noch vor Beltane tot.«

Da starrte der Sachse vor Zorn. »Ich habe keine Angst.«

»Ich bin der Feldherr Britanniens«, gemahnte Artus ihn, »und ich habe alle besiegt, die sich gegen mich erhoben haben. Ich will, daß dieses Land Frieden bekommt, Aelle. Heute biete ich dir freiwillig den Frieden aus meiner Hand an ... morgen erringe ich ihn mir mit dem Schwert.«

Das sagte er mit solcher Bestimmtheit, daß Aelle es widerspruchslos hinnahm. Er wandte sein Gesicht ab und blickte einen Moment hinaus in den Regen. Dann stand er auf und verließ das Zelt.

»Bald bekommen wir unsere Antwort«, meinte Artus. Kei und ich sahen einander ungewiß an und wußten beide nicht, was wir sagen sollten. Draußen platschte der Regen und füllte die Fußabdrücke im Schlamm mit Wasser. Unsere Pferde standen durchnäßt und einsam da, mit gesenkten Köpfen, die Mähnen triefend.

»Geduld, Bruder«, sagte Artus. Ich sah auf und merkte, daß er mich anschaute. »Habe Vertrauen. Wir tun hier Gottes Werk; er wird uns nicht scheitern lassen.«

Ich nickte, versuchte zu lächeln und gab es achselzuckend auf.

»Ich frage mich, ob es den ganzen Tag regnen will«, schimpfte Kei.

»Nur Mut«, ermunterte uns Artus, »der Regen dient unseren Zwecken aufs beste. Keiner kämpft gern im Regen, am allerwenigsten die Sachsen.«

»Das stimmt«, räumte Kei zweifelnd ein.

Eine Zeitlang saßen wir so im Zelt, und ich dachte schon, Aelle habe uns vergessen. Doch als ich gerade aufstehen und meine Beine strecken wollte, regte sich vor dem Zelt etwas. Jemand rief, worauf sich eine Menge versammelte. Der Ruf wurde mit einer leisen, fauchenden Drohung in der Sprache der Barbaren beantwortet. Scharf und flink hallte Stahlgeklirr wider.

Ich wollte aufstehen, aber Artus zog mich wieder nach unten. »Bleibe. Das geht uns nichts an.«

Nein, aber wir reckten die Hälse und lugten durch den Zeltspalt hinaus. Ich sah nichts als die Rücken der Leute, die um den Feuerring herumstanden. Aber am Ächzen der Kämpfer und den klappernden Tönen von Stahl auf Stahl konnten wir erkennen, daß ein Zwist ausgefochten wurde.

Er endete so rasch, wie er begonnen hatte. Und unter viel Gemurmel und Gemurre – ob mißbilligend oder zustimmend, ließ sich nicht sagen – zerstreute die Menge sich.

Einen Augenblick später trat Aelle wieder ins Zelt. Er war naß und schmutzig und atmete schwer. Aus einem bösen Schnitt an seiner Brust sickerte Blut, aber als er sich wieder auf seiner Ochsenhaut niederließ, lächelte er. Er blickte Artus an, und über seine breiten Züge huschte eine leichte Gemütsbewegung. Was sie darstellte, konnte ich nicht sagen. Stolz? Reue? Dankbarkeit?

»Es soll geschehen, wie du sagst«, sprach Aelle schließlich.

»Das wirst du nicht bereuen, Aelle«, versetzte Artus. »Halte Vertrauen zu mir, und ich werde dafür sorgen, daß deinem Volk kein Unrecht widerfährt.«

In diesem Augenblick ging die Zeltklappe auf, und ein Sachse mit einem Rundschild trat herein. Auf dem Schild lagen zwei lange Trinkhörner, wie sie die Barbaren schätzen. Der Schild wurde zwischen Artus und Aelle gelegt, und der Diener ging. Gleich darauf kam er mit einem Stück Braten zurück, das er neben die Hörner legte.

Aelle hob eines davon hoch und reichte es Artus. »*Was Hael*!« sagte er. Dann nahm er sein Horn und leerte es in einem Zug. Artus trank und reichte das Horn mir. Ich nippte an dem sauren Gebräu und gab es an Kei weiter, der den Rest durch seine Kehle zwang.

Aelle sah uns zu und knurrte. Dann nahm er das Messer und fiel über den Braten her. Er riß einen großen Brocken ab und gab ihn Artus. Dann schnitt er ein zweites Stück los und fing, mit seinen Zähnen am Fleisch zerrend, zu essen an.

Artus nahm ein paar Bissen und reichte das Fleisch an mich weiter. Ich tat es ihm gleich. Dann war Kei an der Reihe.

Wie zuvor beobachtete Aelle uns genau und knurrte zustimmend, als wir fertig waren. Das sollte wohl eine Art Ritual sein. Und da es abgeschlossen war, schien Aelle uns gegenüber sanfter gestimmt. Er deutete auf die Hörner auf dem Schild. Der Diener sammelte sie ein und ging hinaus.

»Wir haben Fleisch und Trank miteinander geteilt«, sagte Aelle. »Nun werde ich den Eid leisten, den du verlangst.«

Artus schüttelte den Kopf. »Ich verlange keinen Eid von dir. Sage mir nur eines: daß du den Frieden halten willst, von dem wir gesprochen haben.«

»Ich werde ihn halten«, versprach Aelle, »und mein gesamtes Volk mit mir.«

»Gut«, erwiderte Artus lächelnd. »Der Frieden hat begonnen. Verdammt sei, wer ihn bricht.«

Das schien den Sachsen zu verwirren. Bedächtig schüttelte er den Kopf. »Was für ein Unterpfand willst du?«

»Ich verlange kein Pfand und keinen Schwur. Sondern ich schenke dir mein Vertrauen, daß du alles tun wirst, um den Frieden zu bewahren, den wir heute geschlossen haben.«

Das erwog Aelle einen Augenblick, dann schüttelte er den Kopf. Er stand auf und winkte uns, ihm zu folgen. Wir traten hinaus und sahen eine junge Frau im Regen stehen; um ihre schlanken Schultern hatte sie einen durchnäßten Pelz geschlagen. Das, erfuhren wir, war die Tochter von Aelles Schwester; seine nächste Verwandte und nach sächsischer Sitte derjenige Mensch, dem er am meisten zu Schutz und Fürsorge verpflichtet war.

»Das ist Behrta«, sagte Aelle und winkte das Mädchen zu sich. »Ich gebe sie dir. Wenn ich den heute geschlossenen Frieden breche, wirst du sie töten.«

Bedächtig schüttelte Artus den Kopf. »Daran erkenne ich, daß du dein Versprechen wert hältst. Du brauchst mir keine Geisel zu geben.«

Aber der Sachsenführer blieb unnachgiebig. »Es geht nicht um mich, *Weala*s, sondern um mein Volk.« Er zeigte auf die Krieger, die erwartungsvoll zusahen. »Sie müssen wissen, welchen Wert ich diesem Frieden beimesse.«

Da begriff ich, was er sagen wollte. Das Mädchen war von edler Geburt; sie würde bei den Sachsen vermutlich eines Tages Königin werden. Indem der gerissene Häuptling sie Artus gab, tat er, was er konnte, um sein Versprechen zu besiegeln.

Artus wandte sich an Kei: »Nimm sie mit uns. Setze sie auf mein Pferd.« Kei trat vor, faßte das Mädchen sanft am Arm und führte sie zu Artus' Roß.

»Wirst du mich zu Octa begleiten?« fragte Artus, wieder an Aelle gewandt. »Ich will auch mit ihm Frieden schließen, unter denselben Bedingungen, die ich dir gewährt habe.«

Aelle willigte ein. »Morgen komme ich mit dir.«

Wir stiegen auf unsere Pferde und ritten über den Fluß zurück. Als wir das Lager verließen, sah ich den nackten Leichnam des Mannes, den Aelle bei dem kurzen Zwist vor dem Zelt getötet hatte. Der Ring an seinem rechten Arm zeichnete ihn als Hauptmann aus. Aus dem klaffenden Loch in seiner Brust lief noch Blut.

Auf der anderen Seite des Flusses hielt Myrddin nach uns Ausschau. Als er uns über den Hügelkamm kommen sah, sprang er ins Wasser und rannte uns durch die Furt entgegen.

Artus ließ sich juchzend aus dem Sattel gleiten und warf sich Myrddin in die Arme.

»Ich habe die ganze Zeit für dich gebetet«, sagte Myrddin. Dann erblickte er das Mädchen und sagte: »Da brauche ich ja gar nicht zu fragen, wie es dir erging. Ich sehe, daß du deine Sache gut gemacht hast.«

»Sie war Aelles Einfall«, entgegnete Artus. »Ich wollte keine Geisel, aber er gab nicht nach. Er sagte, sein Volk müsse wissen, was ihm der Friede wert sei.«

Myrddin schürzte die Lippen. »Sehr gewitzt. Ja, ich verstehe schon. Und wenn ihr unter deiner Obhut etwas zustößt, hat er einen Grund, dein Vertrauen zu brechen. Sein Schwert ist zweischneidig.«

Sie wandten sich um und durchschritten die Furt. Auf halbem Weg fingen sie zu lachen an, daß das Echo im ganzen Tal widerhallte. Ach, das hatten sie schlau eingefädelt, die beiden.

Ich beobachtete Artus und Myrddin, wie sie sich gegenseitig den Arm um die Schulter gelegt hatten und durch den Fluß stapften, und spürte, wie mich dieselbe freudige Erleichterung überkam. Ich lachte laut auf. Kei starrte mich an und begann dann auch zu lachen.

Wir hatten es geschafft! Wir waren in die Höhle des Löwen gegangen und mit seinem Bart in der Hand zurückgekommen. Hatte es dergleichen je gegeben?

Ja, würde es dergleichen je wieder geben?

III

Am nächsten Morgen in aller Frühe kamen Aelle und seine Leibgarde zu uns ins Lager, und wir machten uns entlang dem Ouse auf den Weg gen Süden. Wir reisten langsam, denn die Sachsen gingen zu Fuß. Sie mögen Pferde nicht und fürchten sie. Das machte unsere Reise von Anbeginn beschwerlich; sie wurde es noch mehr dadurch, daß Artus sich fern von Londinium halten wollte.

Aber das Wetter klarte auf und blieb eine Zeitlang schön. Wie zuvor lagerten wir uns an einer Furt – diesmal des Stur – und warteten auf Octa, der genauso wie vorher Aelle ankam.

Begleitet wurde er von seinem Vetter Colgrim, und wir trafen sie an der Furt – gemeinsam mit Aelle. Das löste auf der anderen Seite des Flusses nicht geringen Kummer aus, wo Octa und Colgrim mit ihren Horden standen. Ich konnte sehen, wie sie darüber grübelten: Was hatte das zu bedeuten? Hatte Aelle sich dem Feind angeschlossen? Hatte der Feind ihn niedergerungen? Und wo war die britische Streitmacht?

Artus ließ die Lage auf sie wirken und ritt dann wie beim ersten Mal in die Flußmitte. Von dort rief er: »Octa! Colgrim! Ich will mit euch reden!«

Colgrim besprach sich mit Octa, dann erwiderte dieser: »Warum kommt ihr so zu uns?« Sein Blick wich nicht von Aelle, der mit der Waffe am Gürtel dastand.

»Ich will Frieden mit euch schließen.«

Colgrim und Octa tauschten verwirrt Blicke. Wieder antwortete Octa, auf Aelle zeigend: »Laß Aelle ziehen, und wir reden mit dir.«

»Aelle kann sich frei bewegen, wie es ihm beliebt.« Artus winkte dem Sachsenführer, und dieser stapfte durch die Furt zu seinen Verwandten. Die drei standen da und unterhielten sich, wobei sie stark gestikulierten und häufig in unsere Richtung deuteten.

Dann drehte Aelle sich um und winkte uns hinüber. Artus saß ab, sobald er das andere Ufer erreicht hatte, und übergab seine

Zügel Kei. Die Sachsen betrachteten ihn mit wachem Argwohn – als könnte das eindrucksvolle Schauspiel sich jählings in einen tödlichen Hinterhalt verkehren. Doch der Anblick eines britischen Feldherrn, der allein und waffenlos auf sie zuschritt, erregte ihre Neugier. Was führte dieser Wahnsinnige im Schilde?

»Ich heiße Artus«, sagte er zu ihnen wie schon zu Aelle. »Ich bin der Feldherr der Briten und komme, um euch und euren Stämmen Frieden anzubieten.«

Colgrim und Octa starrten erst ihn an, dann Aelle. Sie murmelten Aelle etwas auf sächsisch zu. Aelle antwortete ihnen und legte Artus lächelnd eine Hand auf die Schulter.

Und bevor einer von uns einen Gedanken fassen oder etwas unternehmen konnte, schoß Aelles Hand an seinen Gürtel, und ein Messer blitzte auf. Augenblicklich lag das Messer an Artus' Kehle.

Eine Falle! Artus war hilflos. Colgrims Hand fuhr zu dem Messer an seinem Gürtel. Octa hob seine Axt und gab seinen Kriegern ein Signal.

Doch ehe Octa aufschreien konnte – ja, bevor Kei oder ich die Hände rühren konnten, um die Pferde zu Artus' Hilfe zu treiben –, nahm Aelle das Messer, drehte es um und legte den Griff Artus in die Hand. Dann hob er das Messer, das nun Artus hielt, und setzte sich die Klinge an die eigene Kehle.

Bares Entsetzen verzerrte die Gesichter der Sachsen. Colgrim und Octa glotzten, als wären sie gerade Zeuge eines allerhöchsten Wunders geworden. Vielleicht war dem auch so.

Und dann schnatterten mit einemmal alle Sachsen wild durcheinander. Sie berührten Artus und klopften ihm auf den Rücken. Offenkundig hatte Aelle mit einer schlichten Tat – so erregend sie auch war – mehr bewirkt, als tagelanges Zureden und Überzeugen vermocht hätten.

»Ich hatte uns schon als Waisen gesehen«, wisperte ich Kei zu und wischte mir die Stirn ab. Kei knurrte nur und verdrehte die Augen.

Dann setzten wir uns nieder und redeten mit ihnen. Wie zuvor nahmen Octa und Colgrim den Frieden an, den Artus ihnen bot, und ließen dann Speise und Trank bringen, worauf wir mit ihnen aßen und tranken. So zeigt die Sachsenbrut gern ihre friedlichen Absichten.

Als wir damit fertig waren, stand Colgrim auf und erklärte – weitgehend durch Octa, der unserer Sprache ein wenig kundig war –, daß er zu Ehren des neuen Friedensvertrages die Briten feiern wolle. Ich konnte mir nichts Unangenehmeres vorstellen! Mit den Sachsen feiern! Das war ein Unding.

Und doch taten wir es. Artus bestand darauf, und Myrddin gab ihm recht. »Wir müssen ihre guten Absichten anerkennen«, sagte der Emrys. »Dich mit den Sachsen an einen Tisch zu setzen wird dir schon nicht übermäßig weh tun.«

»Trotzdem«, knurrte Kei dunkel, »nehme ich mein Schwert mit.«

Artus gestattete uns unsere Messer, aber keine Schwerter, Lanzen oder Schilde. »Das würde einen falschen Eindruck erwecken.«

Nun ja, ich gebe zu, es war nicht so schlimm, wie ich befürchtet hatte... Es war noch viel schlimmer.

Man denke sich nur! Erstens besteht die Vorstellung, welche die Sachsen von einem Festmahl haben, einfach darin, Berge von schlecht gekochtem Fleisch auf die Tafel zu häufen und es zu verschlingen, bis man satt ist. Und darauf soll man dann ganze Fässer von ihrem sauren Bier trinken. Und wenn alle zum Umfallen betrunken sind, fangen sie miteinander zu ringen an. Die beiden kräftigsten unter ihnen stellen sich auf, und alle anderen sammeln sich um sie und feuern sie lauthals an. Dabei scheint es darauf anzukommen, daß der eine den anderen auf Lebenszeit zum Krüppel macht. Sie grunzen, schwitzen und brüllen – und das für das Vorrecht, einander ins Feuer zu werfen.

Wenn diese Vorführung zu Ende ist, fallen sie alle erschöpft zu Boden, und einer ihrer Barden – oder *Scopen,* wie sie sagen – tritt vor und schlägt den scheußlichsten Lärm. Angesichts der lächerlichen Kunst ihres Barden hauen die Sachsen begeistert mit den Fäusten auf den Boden. Das Geheul, das auf jedes Wort losbricht, reicht aus, um einen taub zu machen.

Kurzum, ein Sachsenfest ist unglaublich gräßlich. Aber schließlich sind sie ja Barbaren.

Ich glaubte, wir würden nach Caer Melyn zurückreiten. Nachdem wir einen Sommer Ruhe von den Raubzügen der Sachsen erreicht hatten – so lange würde meiner Rechnung nach Artus'

Friede dauern –, dachte ich, daß Artus die kleinen Könige unterrichten und ihre Antworten abwarten würde. Bei Gott, ich fürchtete, die ganze Hölle würde über uns hereinbrechen, wenn die britischen Fürsten erführen, was Artus getan hatte. Frieden mit den Sachsen schließen? Der Grund, aus dem er zum Herzog gekürt worden war, lag ja gerade darin, daß er uns von ihnen befreien sollte. Und was tut er? Er umarmt sie bei der erstbesten Gelegenheit und schenkt ihnen das Land, das sie uns gestohlen haben.

Darum glaubte ich also, wir würden nach Caer Melyn zurückkehren, um dort den Sturm zu erwarten. Aber ich irrte mich. Statt dessen ritten wir gen Londinium und bestiegen dort ein Schiff zu den Orkaden. Das heißt Artus, Myrddin und ich. Pelleas und Kei führten das Heer zurück nach Caer Melyn, um dort auf Bors zu warten.

Da wir einige Tage an Bord blieben und nichts Rechtes zu tun hatten, brachte ich aus Artus schließlich heraus, was er mit seinem Friedensangebot zu erreichen hoffte.

»Seit über dreihundert Jahren stehen wir im Krieg gegen Sachsen, Pikten, Skoten und Iren. Überlege dir das, Bedwyr! Auf dieser Insel gibt es keine Generation, die den Frieden erlebt hat!« sagte Artus, während wir auf Deck standen und die Küstenlinie mit den Wellen steigen und fallen sahen.

»Auf der ganzen Erde gibt es keine Generation, die den Frieden erlebt hat, Gott sei mit dir!«

»Das mag ja stimmen«, räumte er ein, »das heißt aber doch nicht, daß er unmöglich ist. Es kann ihn geben. Doch einer muß damit anfangen.«

»Du hast schon angefangen, Bär. Aber glaube nicht, daß die Kleinkönige jetzt Goldgeschenke über dich regnen lassen werden. Eher Stahlgeschenke.«

»Das Töten muß ein Ende haben. Wenn ich die Kränkung ertragen muß, sei's drum. Ich werde sie froh ertragen und noch vieles mehr – aber das Kämpfen muß aufhören.« Er lächelte nachdenklich. »Es ist nichts Geringeres, als unser Herr Jesus Christus für die Menschen getan hat.« Ich schüttelte den Kopf und blickte auf das graue Meer hinaus, lauschte dem Gekreisch der Möwen, die unserem Kielwasser folgten. Artus' Worte ergaben zwar Sinn. Aber ich kannte Artus – ich kannte ihn, gesegneter Erlöser! – und konnte nicht glauben, daß er so einfältig, so arglos und vertrauensselig war.

»Glaubst du mir nicht?« fragte Artus nach einer Weile.

Ich ließ mir zum Antworten Zeit. »Ich glaube dir, Bär. Und ich bete zu Gott, daß du recht hast, das schwöre ich. Aber die Sache sieht dir gar nicht ähnlich.« Als ich mich umwandte, blickten seine klaren, blauen Augen mich an, und sein Mund war fröhlich nach oben gezogen. »Hältst du das für einen Scherz? Ich nicht. Mich erschreckt es bis auf die Knochen, das kann ich dir sagen.«

»Jawohl! Wir haben unseren schlimmsten Feinden Land geschenkt – daran hat nicht einmal Vortigern in all seiner Herrlichkeit gedacht. Ja, wir haben es getan und nichts dafür verlangt als Versprechungen. Sächsische Versprechungen!« platzte ich heraus und schwieg dann.

»Du hältst mich für einen Toren!« sagte Artus ruhig.

»Gott schütze dich, Artus, ich weiß, daß du kein Tor bist. Darum bin ich ja so beunruhigt. Du bist nicht mehr du selbst, seit du von Ynys Avallach wiederkehrtest.«

Artus antwortete mir nicht gleich, sondern wandte seinen Blick zum Horizont; sein Gesicht wirkte so hart wie die Felsklippen in der Ferne.

»Was ist dir in Ynys Avallach widerfahren?« fragte ich, unsicher, ob er mir darauf antworten würde. Eher nicht, dachte ich erst.

Doch schließlich breitete er die Hände in Richtung der fernen Küste aus und sagte: »Ich hatte eine Vision, Bedwyr. Ich sah ein Land voller Licht. Ich sah ein Land, das vom lebendigen Gott gesegnet war, wo alle Menschen als Vettern und Brüder lebten. Ich sah ein Land – dieses Land, dieses Britannien –, das unter der Herrschaft von Recht und Gerechtigkeit im Frieden war.

Das sah ich und noch viel mehr. Und ich gelobte, es wahr werden zu lassen. Ich habe mein Leben dafür verpfändet, Bedwyr. Mein Leben soll dem Sommerreich dargebracht werden, denn ich bin der Sommerfürst.«

Was hätte ich darauf sagen sollen? Wenn er eine Vision gesehen hatte, dann war dem so. Doch durfte er so damit umgehen?

Mit einemmal lachte Artus auf. »Ich bin also vielleicht doch ein Tor, was?«

»Bei Gott, Bär, ich weiß nicht, was ich davon halten soll.«

»Ich werde dir etwas sagen, ja?« Er zog die Brauen hoch und wandte den Kopf zurück, um die Klippen sehen zu können. »Der Norden ist weit weg vom Süden.«

»Ja, das weiß ich. Wir wären nicht auf dieser leckenden Nußschale, wenn es anders wäre.«

Er nickte mit schelmisch werdender Freude. »Noch hat niemand eine Möglichkeit gefunden, gegen die Pikten und Angeln im Norden vorzugehen, während im Süden die Sachsen plündern. Weiß Gott, ich kann nicht an zwei Orten gleichzeitig sein.«

»Das heißt?«

»Der Krieg wird im Norden ausgefochten und gewonnen. Unsere Freiheit wird im Norden gewonnen – oder verloren.«

An meiner Miene erkannte er, daß ich das für unwahrscheinlich hielt.

»Du zweifelst an meinen Worten?« fragte er. »Dann überlege einmal: Alle Invasionen sind bisher von Norden gekommen. Das ist der sicherste Weg in Britanniens Herz. Die Römer haben das begriffen – genauso wie sie begriffen haben, daß das Land unmöglich zu verteidigen ist.« Er zeigte mit der Hand auf die schwankende Küste. »Dort am Gestade befinden sich Tausende von Buchten und Förden. Jede gibt ein Versteck für Seewölfe ab. Sie brauchen nur zu landen, und die Pikten oder ihre eigenen Stämme begrüßen sie.«

»Aelle und Colgrim griffen im Süden an«, warf ich ein.

»Wirklich?«

»Das weißt du doch.«

»Bist du denn wie die anderen? Denk nach, Bedwyr! Warum konnten sie so rasch zuschlagen? Warum konnten sie ihren Angriff so geordnet führen?«

Verständnislos starrte ich ihn an, denn ich wußte es nicht.

»Von den Sachsenlanden her ist es weit. Die Seereise ist schwierig – und danach gleich zu kämpfen, das ist unmöglich. Was taten sie also? Denk nach, Bedwyr!«

»Das tue ich, Artus! Was taten sie?«

»Es ist so einfach! Sie landeten im Norden und überwinterten dort. Das war ihnen möglich, weil Freunde sie dort aufnahmen. Sie zogen ihre Streitkräfte aus denen zusammen, die zuvor gekommen waren. Den Sommer über sammelten sie Schiffe, Waffen und Männer. Und als sie dann bereit waren, stürmten sie vom Norden heran, um die schwächlichen Wehren im Süden anzugreifen.« Artus lächelte finster. »Wie ich sagte: Der sicherste, schnellste Weg zum Süden ist vom Norden her.«

Ja, was er sagte, stimmte. So hatte ich mir die Sache noch nie überlegt, aber als er sie mir erläuterte, sah ich die Wahrheit. Und das war außerdem der Artus, den ich kannte. Das sagte ich ihm.

»Glaubst du, weil ich den Frieden suche, habe ich das Kriegshandwerk verlernt?« Bedächtig schüttelte er den Kopf. »Ich habe mich nicht verändert – nicht genug jedenfalls.«

»Was tun wir jetzt also? Was können wir drei allein im Norden ausrichten?«

»Wir beraten uns mit König Lot von Orkadien. Er ist ein starker Fürst, besitzt viele Schiffe und tüchtige Krieger. Ich möchte wissen, ob er mich unterstützt.«

»Schiffe? Pferde hast du schon, jetzt willst du Schiffe?«

»Ich will so viele Schiffe, wie ich bekommen kann – so viele Lot mir geben will. Ich will eine Flotte, wie sie der große Caesar hatte, als er auf die Insel der Mächtigen kam.«

»Aber auf Schiffen können wir nicht kämpfen.«

»O doch. Und was uns an Erfahrung fehlt, werden wir noch lernen. Und selbst wenn wir nicht auf den Schiffen kämpfen, brauchen wir sie, um unsere Pferde und Krieger rascher fortbewegen zu können als über Land. Das geht zu langsam, und –«

»Ich weiß: Der Norden ist weit weg vom Süden, und du kannst nicht an zwei Orten gleichzeitig sein.«

Da grinste Artus und klopfte mir auf den Rücken. »Recht so! Ich wollte schon fürchten, du seist schwer von Begriff.« Er löste sich von der Reling und streckte sich. »Aber das Gespräch hat mich durstig gemacht. Trinken wir Bier.«

Ich blickte ihm nach, wie er übers Deck davonging, und dachte: Kenne ich diesen Mann eigentlich? – Er drehte sich um und rief: »Hast du keinen Durst?« Und da ich zu einem Becher nie nein sage, eilte ich ihm nach.

Die Orkaden sind ein Haufen nackter Felsen, die aus dem Nordmeer ragen wie Kopf und Schultern ertrunkener Riesen. Sie sind von einer grünen Erdkruste bedeckt, so daß die dürren Schafe etwas zum Fressen haben. Unwahrscheinlich, dort einen Fürsten von Lots Ruf anzutreffen. Es ist eher eine Ansammlung kleiner Weiler als ein Reich. Dennoch waren die Fürsten von Ynysoedd Erch stets feurig und zu Recht stolz auf ihren Besitz.

Ich fragte mich, wie unser Empfang ausfallen würde. Gewiß würde Lot ein Bündnis mit dem Süden begrüßen. Seine Lage konnte selbst in den besten Zeiten nicht angenehm sein – mit den Pikten und Angeln zwischen ihm und den Fürsten im Süden. Aber er lebe, behaupteten einige, von Handel und Freundschaft mit den Angeln und Sachsen. Nie habe ich, wohlgemerkt, jemanden diese Beschuldigung Lot ins Gesicht sagen hören.

Als unser Schiff sich Llyscait näherte, wo Lots Festung die tiefe, mit Steinen umfaßte Bucht überragte, verdunkelte sich die Sonne, weil Wolken vor sie zogen. Der plötzliche Kälteschub vom Wasser her machte mich schaudern. Aber es war wohl nicht nur die Kälte.

Von dem felsenübersäten Kiesstrand fuhr uns ein kleines Boot entgegen. Die Seeleute grüßten uns und fragten nach Neuigkeiten. Einige unserer Matrosen gaben ihnen bereitwillig Auskunft, und dann bat Myrddin sie, uns zu Fürst Lot zu bringen.

Das taten sie gerne, obwohl es bedeutete, daß wir am Schiffsrumpf hinabgleiten und uns unrühmlich in ihr Boot fallen lassen mußten, woraufhin sie uns ans Ufer ruderten. Als wir auf den Kies schrammten, tauchte ein Begrüßungstrupp auf.

»Seid gegrüßt und Gottes Segen mit euch, meine Herren, wenn ihr in Frieden kommt«, sprach der vorderste von ihnen. Seine Worten waren höflich, doch sah ich, daß seine Begleiter Schwerter und in ihren Gürteln lange Messer trugen.

»Gott sei mit euch«, erwiderte Myrddin, »Frieden ist unsere einzige Absicht.«

»Dann möget ihr wohl fahren, solange ihr bei uns Schutz sucht. Wollt ihr zu unserem König?«

»Nichts lieber als das. Und du kannst Herrn Lot sagen, daß der Herzog von Britannien hier ist, um Rat mit ihm zu halten.«

Da legte Lots Ratgeber den Kopf zur Seite. »Bist du der Artus, von dem man spricht?«

Myrddin schüttelte langsam den Kopf und deutete auf den jungen Mann neben ihm. »Das ist Artus.«

Die Miene des Mannes wandelte sich von wachem Interesse in ungläubiges Staunen. »Du? Du bist Artus?«

»Der bin ich«, entgegnete der Herzog.

»Wir haben einen langen Weg hinter uns und sind müde«, sagte Myrddin.

Sogleich wandte der Ratgeber sich an ihn. »Verzeihe, Emrys. Vergib mir, ich –«, hub er an, denn ihm war sogleich klar, wer Myrddin sein mußte.

»Unwichtig. Führe uns bitte zu Herrn Lot.«

»Sofort, Emrys.« Der Mann machte kehrt, und man geleitete uns vom Strand einen langen, gewundenen, in die Felsen gehauenen Pfad zu einer Burg hinauf, die mit Steinmauern und Stechginster umgeben war. Das Tor stand offen. Wir durchschritten es und gelangten in einen kleinen, ordentlichen Hof.

In des Hofes Mitte stand Lot mit über der Brust verschränkten Armen und betrachtete finster drei Pferde, die vor ihm angebunden waren. Als wir hereinkamen, drehte er sich zu uns um und veränderte wie seine Männer am Strand sofort seine Miene – wenn auch nicht ganz zum Besseren.

Obwohl er die Arme breit machte und Myrddin umarmte, wirkte seine Begrüßung auf mich gezwungen. »Myrddin, gut siehst du aus. Es ist ewig her, daß wir uns gesehen haben. Du bist hier willkommen.« Lot lächelte, doch reichte sein Lächeln nicht bis zu seinen kalten Augen.

»Danke, Herr«, erwiderte Myrddin. »Die Zeit hat dir gut getan. Ich sehe, du bist gediehen.«

Lot nickte, sagte aber nichts. Statt dessen drehte er sich jäh zu Artus um. »Das kann nur Herzog Artus sein, von dem soviel die Rede ist.« Er erwies ihm die gleiche frostige Begrüßung und betrachtete dann mich.

»Ich bin Bedwyr«, sprach ich. »Gott sei mit dir, Herr.«

»Ach, Bedwyr ap Bleddyn aus Rheged. Auch von dir haben wir gehört«, sagte Lot und lachte verlegen. »Sei nicht überrascht. Wir leben nicht so abgeschieden, wie es aussieht. Der Handel auf diesen kleinen Inseln kann es, glaube ich, selbst mit Londinium aufnehmen. Wir hören vieles und sehen noch mehr, das andernorts gar nicht wahrgenommen wird.«

»Sehr vieles, in der Tat«, versetzte ich, »wenn du von mir gehört hast.«

Nach diesen Höflichkeiten richtete Lot seine Aufmerksamkeit sogleich wieder auf die Pferde und meinte: »Diese Tiere wurden mir von einem Händler in Monoth geschickt. Ich finde keinen Makel an ihnen. Trotzdem gefallen sie mir nicht.« Der König wandte sich an Artus: »Vielleicht kannst du mir zeigen, was ihnen fehlt.«

»Ich will dir helfen, so gut ich kann«, erwiderte Artus. Er ging zu den Pferden und um sie herum; dann blieb er stehen, strich jedem über die Flanke und betastete ihre Muskeln. Auch ich musterte sie, denn mit Pferden kenne ich mich gut aus.

»Die beiden äußeren sind ganz in Ordnung, wenn auch an den Hinterbeinen etwas schwach. Sie können flink sein, dürften auf rauhem Grund aber rasch ermüden. Doch solltest du das in der Mitte nehmen.«

»Ach? Meiner Meinung nach ist es das am wenigsten geeignete.«

»Es ist noch jung«, hielt Artus dagegen, »aber es wird mit der Zeit Fleisch ansetzen.«

»Schau nur, wie es dasteht – als ob die Beine ihm weh täten«, wandte Lot sanft ein und zeigte, wie ich dachte, wesentlich mehr Urteilsvermögen, als er zugeben wollte.

»Das liegt an den Hufeisen«, erklärte Artus. »Ich vermute, es wurde beschlagen, kurz bevor es hierherkam, aber die Arbeit wurde überhastet und ohne Sorgfalt ausgeführt.«

Lot ging zu dem Pferd, bückte sich und hob ein Vorderbein an, um sich den Huf anzusehen. »Stimmt«, sagte er und ließ den Huf fallen. »Das Hufeisen ist zu groß, und die Nägel sind schlecht eingesetzt. Ein Wunder, daß das Tier überhaupt stehen kann.«

»Laß es anständig neu beschlagen, und du hast ein anderes Pferd vor dir.«

»Das muß ich sagen, Herzog Artus, mit Pferden kennst du dich aus«, sagte Lot und musterte Artus eingehend. »Kennst du dich mit Schiffen genausogut aus?«

»Ich weiß, daß man mit Schiffen schneller als mit Pferden an ferne Orte gelangt, wo der Feind sich verbirgt. Ich weiß, daß die Angeln und Iren auf Schiffen hierher kommen und mit Schiffen aufgehalten werden können. Ich weiß, daß die Schiffsbaumeister von Orkadien die besten Schiffe auf der Insel der Mächtigen fertigen.« Artus hielt inne und fügte dann achselzuckend hinzu: »Darüber hinaus, das gebe ich zu, weiß ich nichts über Schiffe. Darum bin ich ja hier.«

Mit zusammengekniffenen Augen schätzte Lot Artus ab, als würde er ihn an seinen Worten messen. Als der König endlich zufrieden war, wies er mit der Hand auf seine Halle. »Komm, Herr Artus, wir haben, glaube ich, zu reden.«

IV

»Nicht seit die Römer in Muir Guidan Schiffe bauten«, sagte Artus. »Aber die Werften sind noch vorhanden – ich habe sie bei Caer Edyn am Fiorth gesehen. Die Fischer benutzen sie im Winter als Lagerplätze, und manchmal baut dort einer auch ein Boot.«

Tief in Gedanken versunken, nickte Lot. »Wenn dem so ist, ließe es sich machen.« Er schwieg eine Weile. »Gibt es in der Nähe brauchbares Holz?«

»Mehr, als wir verwenden könnten, selbst wenn wir zehntausend Schiffe bauten.«

»Meine Schiffsbauer müßten im Winter hierher zurückkommen, um meine Schiffe zu flicken.«

»Dafür werde ich gerne sorgen. Was meinst du also?«

»Ich meine, daß du dich besser nach Leuten umsiehst, die deine Schiffe steuern können, denn Britannien wird bald wieder eine Flotte haben.«

Strahlend stieß Artus ein wildes Freudengeheul aus, so daß Lots für gewöhnlich eisiges Betragen unter der Sonne von Artus' Freude dahinschmolz. Der König streckte die Hände nach Myrddin aus, als flehe er um den Segen des Emrys für das Bündnis, das er und Artus gerade geschlossen hatten. Myrddin ermutigte Lot dadurch, daß er ihm auf den Rücken klopfte: »Aus dem Bund zweier starker Fürsten folgt die Niederlage des Feindes. Der Spendergott sei gelobt!«

Dann wies Lot seine Diener an, uns Getränke und das Mahl aufzutragen, obwohl der Himmel draußen noch hell war. Denn fürwahr, auf den Nordinseln hält das Tageslicht lange an – manchmal die ganze Nacht hindurch. Um die Sommersonnwende geht die Sonne gar nicht richtig unter!

Wir tranken und redeten darüber, wo und wie die Schiffe sich am wirksamsten einsetzen ließen. Ich bemerkte, wie Myrddin seinen Becher beiseite stellte, aufstand und sich aus der Gesellschaft entfernte. Ich wartete, bis er den Saal verlassen hatte, und ging ihm dann nach.

Er stand draußen mitten im Hof und blickte in den weiten Nordhimmel. »Was ist los, Myrddin?« fragte ich, als ich neben ihm stand.

Er antwortete, ließ den Blick aber nicht von dem wolkenlosen, bernsteinfarbenen Himmel. »Artus hat seine Schiffe – zumindest hat er sie bald, und Lot ist als Verbündeter gewonnen. Was soll da los sein?«

»Du mißtraust Lot. Warum?« Ich hatte schlichtweg geraten, ohne lang nachzudenken. Aber ich hatte genauer ins Schwarze getroffen, als ich ahnte.

Myrddin wandte die Augen vom Himmel und sah mich mit dem gleichen scharfen Blick an: »Ich kenne Lot nicht. Es fällt mir schwer, jemandem ganz zu vertrauen, den ich nicht kenne.«

Das klang mir vernünftig und soweit wahr. Aber ich kannte Myrddin. Dahinter steckte mehr. »Er hat dir in der Vergangenheit Schwierigkeiten bereitet«, riet ich wieder.

»Schwierigkeiten?« Myrddin ging auf das Burgtor zu, das noch offenstand. Ich schloß mich ihm an. »Nein, das kann man nicht sagen. Aber er hat mich oftmals verwirrt. Du wirst wohl gehört haben, daß nur wenige Könige mich bei meinem Vorschlag für den Hochkönig unterstützten. Jawohl, sehr wenige. Aber Lot gehörte zu ihnen. Und er hatte weniger Grund dazu als die anderen ... Das hat mich verwirrt – bis auf den heutigen Tag.«

»Vermutest du Verrat dahinter?«

»Ich vermute ...« Er brach ab, und wir gingen an den Toren vorbei den Pfad zum Meer hinab. Als wir den Felsstrand erreicht hatten, starrte er auf die dämmrige See hinaus. Die Wellen klatschten gegen die Felsen, es roch nach Salz und faulendem Seetang. Lange standen wir so da. Dann wandte Myrddin seine goldenen Augen mir zu. »Du hast ein Gehirn im Kopf«, sagte er. »Was hältst du von Lot? Traust *du* ihm?«

Jetzt war das Schweigen an mir. Traute ich Lot? Was hielt ich von ihm? Ich erwog das wenige, was für und wider ihn sprach. Ich wollte gerecht sein.

»Also?«

»Mich dünkt«, hub ich an, »daß Herr Lot es nicht gewohnt ist, daß die Leute sich in seiner Gesellschaft wohl fühlen. Man erträgt ihn, man folgt ihm natürlich – er ist ja der König. Aber man liebt ihn nicht. Vermutlich hat er gar keine Freunde.«

Myrddin nickte. »Woran liegt das deiner Ansicht nach?«

Teils lag es am Leben in Orkadien. Fern, vom Rest der Welt abgeschieden, durch Meer und Ödland im Norden abgeschnitten, war es schwierig, Freundschaften und Bündnisse mit den Adelshäusern im Süden zu pflegen. Aus diesem und weiteren Gründen blieben die Fürsten des Südens mißtrauisch. Nordleute genossen im Süden kein hohes Ansehen. Sie galten als rückständig, ungehobelt und nieder. Ihr Ruf war nicht viel besser als derjenige der Pikten, wenn nicht schlechter.

Wofern ich nach Fürst und Lot und seinen Leuten urteilen konnte, trafen diese Dinge alle nicht zu; die Menschen hier waren einfach anders. Und trotz ihrer Andersartigkeit genauso höflich und zivilisiert wie alle Fürsten und Stämme im Süden. Doch das Leben auf ihren kargen, vom Meer umgebenen Felsen machte sie streng, wie ihre seltenen Berührungen mit dem Süden sie argwöhnisch und brüsk machten – immer gewahr einer verschleierten Kränkung, die sie dann auch fanden, ob sie beabsichtigt war oder nicht.

Dies alles ging mir durch den Kopf. Ich sagte es Merlin und schloß: »König Lot hat keine Freunde, weil er bei jedem argwöhnt, er wolle ihm Böses. Nein, Arglist ist bei ihm nicht am Werk – es ist Argwohn.«

»Argwohn, jawohl. Doch noch etwas: Stolz.«

»Argwohn und Stolz«, sagte ich, »zwei Hunde, die einander schlecht vertragen.«

»In der Tat«, versetzte Merlin, »und keinem von beiden sollte man in die Quere kommen.«

Schließlich glaubte ich, herausgefunden zu haben, was Myrddin beunruhigte. »Doch das ist nicht der Grund meines Unbehagens«, sagte er.

»Nein?« So ist Myrddin: Wenn man glaubt, eine harte Nuß geknackt zu haben, zieht er eine neue aus der Tasche, die noch härter ist. »Was dann?«

»Ehrlich gesagt, Bedwyr, es hat wenig mit Lot zu tun und doch sehr viel.«

Auch das ist seine Art: Er murmelt in dunklen Rätseln. Myrddin sind Rätsel und Geheimnisse lieb und teuer.

»Nichts und alles«, meinte ich säuerlich. »Wir stehen noch die ganze Nacht hier.«

»Es geht um Lots Vater – oder besser gesagt: um die Gattin seines Vaters.«

»Lots Mutter meinst du?«

»Habe ich das gesagt? Nein, ich habe gesagt: die Gattin seines Vaters. König Loth hatte zwei Gattinnen. Die erste war Lots Mutter und starb. Die zweite war eine Frau namens Morgian.«

»Drücke dich klar aus, Myrddin. Wer oder was ist diese Morgian für uns?« Fürwahr, solange ich ihn kannte, hatte ich diesen Namen nicht über seine Lippen kommen hören. Aber bei Myrddin gab es ja vieles, was keiner wußte.

Myrddin antwortete nicht. Statt dessen fragte er: »Weißt du, warum die Menschen diese Inseln Ynysoedd Erch nennen – die Inseln der Furcht?«

Ich sah die bedrohlichen Felsen um uns herum an und die schattige Festung, die sich über der See erhob. Die Orkaden waren ein einsamer und abgelegener Ort. Das reiche doch schon als Grund, meinte ich zu ihm.

»Nein. Der Grund ist sie, Morgian, die Königin der Lüfte und der Finsternis.«

Nun, ich bin ja ein Mann, der nur vor wenigem zurückschreckt. Aber es hat mich schon immer beunruhigt, wenn das Böse genannt wurde, und sei es nur zum Scherz. Und als Myrddin diesen Namen aussprach, spürte ich ein kaltes Zittern in der Luft, als wäre es plötzlich aus dem Meer aufgestiegen. Aber nicht von der Seeluft lief mir ein Schauer über den Schädel.

»Kennst du sie?«

»Jawohl – und ich wünsche mir beim Himmel, es wäre nicht so!« Seine heftigen Worte erschreckten mich. Außerdem hörte ich in seiner Stimme etwas, was ich bei ihm noch nie gehört hatte: Angst. Der große Emrys fürchtete Morgian – wer auch immer sie sein mochte.

»Myrddin«, sagte ich sanft, »was ist sie dir?«

Rasch drehte er den Kopf um und starrte mich an. Sein Mund war zu einer Grimasse des Abscheus verzerrt, seine Augen hart – helle Schmerzenslichter: »Sie ist mein Tod!«

Die nächsten Tage verbrachten wir mit Überlegungen, wie wir den Schiffsbau am Fiorth am besten anstellen sollten. Artus und Lot steckten in Lots Gemächern die Köpfe zusammen oder schlenderten durch die Burg, in die Welt ihrer eifrigen Pläne und Strategien versunken. Während klar war, daß Lot und Artus sich rasch anfreundeten, war Myrddin über unseren Aufenthalt immer weniger glücklich.

Er verschaffte mir Unbehagen. Ich sah ihn, wie er auf die windgepeitschten Hügel der Insel hinauswanderte oder brütend auf einem Felsen saß und aufs Meer hinausstarrte. In unserer Gegenwart tat er selten den Mund auf. Und wenn, dann nur, um eine knappe Antwort zu geben.

Artus schien das gar nicht aufzufallen. Doch dem war nicht so.

Es vergingen ganze Tage, ohne daß ich etwas zu tun hatte. Die Zeit lastete auf mir, und ich harrte ungeduldig unserer Rückkehr nach Caer Melyn. Dort wartete, wie ich wußte, genug Arbeit auf mich: Es galt, Krieger auszubilden, Pferde zuzureiten, Vorräte und Nachschub zu ordnen und – nicht zu vergessen – zornige Könige zu befrieden. Zweifellos hatten Kei und Pelleas alle Hände voll zu tun, während ich müßig herumsaß.

Immer stärker wünschte ich mir eine Beschäftigung. Und endlich wurde mein Wunsch erfüllt. Sofort bedauerte ich ihn wieder.

Wir erhielten keine Warnung. Eines Morgens erschien in der Dämmerung ein Schiff und hielt auf den Hafen zu. Das löste an Lots Hof ein wenig Aufregung aus. Einige Männer begaben sich hinunter, um es am Strand in Empfang zu nehmen. Das Schiff war kaum gelandet, als wir erfuhren: Iren waren gelandet und zogen landeinwärts, um sich mit den Pikten zusammenzuschließen.

Als ich das vernahm, hastete ich zu Lots Saal, wo er und Artus gerade ihre Beratungen abschlossen. Ich trat gleich nach Lots oberstem Ratgeber ein, der rief: »Herr Lot, Gwalcmai ist mit traurigen Nachrichten zurück: Seewölfe sind zahlreich gelandet und ziehen plündernd ins Land. Die Pikten haben sie willkommen geheißen.«

»Wo geschah das?«

»In der Bucht des Yrewyn.«

Das erschreckte mich, denn die Bucht liegt nicht weit von meiner Heimat in Rheged. »Haben sie Caer Tryfan angegriffen?« fragte ich. Doch auf mich achtete niemand.

»Was ist mit Gwalchavad?« wollte Lot wissen.

In diesem Augenblick flog die Tür auf, und ein junger Mann in einem blaugrünen Umhang stürzte herein. Ein Blick auf sein schwarzes Haar und sein grimmiges Aussehen, und ich wußte, daß er mit Lot verwandt war. Der silberne Torques um seinen Hals verriet mir, daß er von edler Abstammung war.

»Gwalcmai!« rief Lot. »Wo ist Gwalchavad?«

»Er hat mit den Kriegern, die uns begleiteten, den Seewölfen nachgesetzt – um sie im Auge zu behalten. Keine Sorge, er versprach, sich bedeckt zu halten, bis wir kommen.«

Die Erleichterung in Lots Miene konnte nur die eines Vaters um einen geliebten Sohn sein. Diese Ahnung wurde einen Augenblick später bestätigt, als Lot zu Artus gewandt sagte: »Herzog Artus, ich stelle dir meinen Sohn Gwalcmai vor, der gerade aus Manau zurückgekehrt ist, wo wir Handel treiben.«

Der junge Mann – der nicht älter war als Artus oder ich – neigte grüßend den Kopf. »Herzog von Britannien«, sagte er. »Schon lange war es mein Wunsch, dich kennenzulernen, obwohl ich nie erwartet hätte, dich hier anzutreffen.«

»Ich grüße dich, Prinz Gwalcmai. Was kannst du uns noch von der Invasion berichten?«

»Die Iren fuhren in die Bucht des Yrewyn ein und kamen den Fluß herauf. Wir zählten dreißig Schiffe. Sie scheinen ihre Kräfte zu bündeln. Ich glaube, sie warten auf etwas.«

»Der *Cran Tara* ist ausgerufen«, sagte Myrddin und trat aus dem Schatten an den Herd. »Sie warten darauf, daß die anderen Stämme sich ihnen anschließen.«

»Dann schlagen sie nicht vor der Sommersonnwende zu. Da bleibt uns noch Zeit«, versetzte Artus.

»Nicht gerade viel«, warf ich ein. Es war kein Monat mehr.

Artus fragte den König: »Herr Lot, ich werde deine Schiffe schneller brauchen als erwartet.«

»Sie gehören dir«, erwiderte Lot. »Und mein Heer dazu.«

»Ich stelle mich unter deinen Befehl, Herzog Artus«, sagte Gwalcmai. »Mein Schiff liegt im Hafen bereit.«

»Dann stechen wir morgen früh in See.«

Wir hatten gehofft, den Feind in den Kampf zu verwickeln, ehe er seine volle Stärke erreicht hatte. Doch das sollte nicht sein. Als wir Caer Melyn erreichten, schickte Artus Boten zu den britischen Königen, um ihre Krieger einzufordern. Seine eigenen Kymbrogen standen natürlich sofort bereit, und Artus schickte sie mit Kei, Pelleas und Meurig voraus. Sie ritten mit dem größten Teil der Pferde über Land. Die Krieger der übrigen Könige trafen nur langsam ein.

Gott beschütze sie: Sie waren wütend, weil Artus mit Aelle, Octa und Colgrim Frieden geschlossen hatte, und glaubten, den Herzog dadurch zu strafen, daß sie ihre Hilfe zurückhielten. Außerdem widerstrebte es ihnen, zur Verteidigung des Nordens Truppen zu stellen. Schließlich gab es dort ja nur faulige Sümpfe und Heideflächen – sollten die Iren und Pikten sie doch haben. So dachten sie.

Am Ende waren sie jedoch gezwungen, ihren Eid gegenüber Artus als Feldherrn zu halten. Also versammelten wir uns vier Tage vor der Sommersonnwende im Morgengrauen am Strand von Abertaff bei Caer Dydd – Männer und Pferde, Waffen und Vorräte. Drei Könige begleiteten uns: Idris, Bedegran und Maglos.

Der alte Bischof Gwythelyn und sein berühmter Schüler Teilo hielten ein Kriegsmesse für uns. Und von der nahegelegenen Abtei kam der verehrte Illtyd, um uns seinen Segen zu geben. Die frommen Männer ermutigten uns mit zu Herzen gehenden Worten aus den heiligen Schriften und empfahlen uns dem Herrn Jesus Christus. Dann knieten wir alle auf der windgepeitschten Ebene nieder, das Tosen der Brandung und das Kreischen der Möwen in den Ohren. Wir knieten alle und beteten zu Gott dem Allmächtigen um eine rasche Seefahrt und einen noch rascheren Sieg.

Nach den Gebeten standen wir alle auf und sangen das Lob unseres Erlösergottes. Ach, es gibt nichts Schöneres, als wenn die Stimmen der Kymren sich zum Lied erheben, das kann ich euch sagen. Wir waren dreitausend Mann stark. Und das ist eine mächtige Stimme vor dem Lichtthron.

Als die Sonne dann über den fernen Hügeln jenseits des Mor Hafren aufging und die ersten roten Strahlen über das Wasser spielten, gingen wir an Bord und setzten die Segel gen Norden. Insgesamt fünfundvierzig Schiffe – die größtenteils Lot gehörten; dazu ein paar weitere, die Artus aufgetrieben hatte. Seit Römerzeiten war auf der Insel der Mächtigen keine solche Flotte mehr gesehen worden. Und dabei waren die ersten von Artus' Schiffen noch nicht einmal gebaut!

Fünfundvierzig Schiffe! Heiliger Jesus, was für ein Anblick!

V

In der Abenddämmerung fuhren wir in die Bucht des Yrewyn ein und landeten, um ein Lager aufzuschlagen. Die Feuer durften nicht hoch brennen. Um die Hügel herum stellten wir Wachen auf, falls eine Nachhut der Iren zurückgelassen worden war. Aber die Nacht verlief ruhig.

Bei Tagesanbruch des folgenden Tages nahmen wir unseren Marsch landeinwärts auf, um uns Kei und den Kymbrogen anzuschließen. Wir hatten uns an einem Ort verabredet, der mir bekannt war: eine Furt, wo der Glein, aus den Bergen kommend, in den Yrewyn mündet.

In dieser Gegend gibt es keine Dörfer: Schon vor langem wurden die Menschen von den gnadenlosen Plünderern vertrieben. Nach römischer Art stellten wir uns in langen Zweierreihen auf. Artus' *Ala*, die berittenen Krieger, voran, danach das Fußvolk und zum Schluß die Vorratskarren. Da wir zu Schiff gekommen waren, führten wir nur vier Wagen mit uns und nur hundert Pferde – weniger als uns lieb war, das steht fest. Aber da wir Kei in ein, zwei Tagen erreichen wollten, hofften wir, damit so lange auszukommen.

Erst als wir an den Glein kamen, erkannten wir unseren Irrtum.

»Dort unten müssen zehntausend Mann liegen«, flüsterte ich. Artus und ich zügelten unsere Pferde auf dem Hügelkamm und blickten durch die Dämmerung ins Tal des Yrewyn hinab. Wir waren in die Hügel geritten, um das Land auszukundschaften – und das war gut so! Die Zahl der Feinde, die um die Furt lagerten, wirkte wie ein dunkler Fleck, der sich an beiden Flußufern entlangzog. Der Rauch ihrer zahllosen Feuer schwärzte die Luft. »So viele Iren auf einem Haufen habe ich noch nie gesehen. Ich hatte nicht so viele erwartet.« Tatsächlich war der *Cran Tara* ausgerufen worden, und sie waren ihm zahlreich gefolgt.

»Es sind nicht nur Iren«, bemerkte Artus mit zusammengekniffenen Augen. »Schau! Siehst du, wie sie zwei Lager bilden – da und dort?« Er deutete auf die dunkle Masse links. »Die Feuer sind größer und in einem großen Kreis angeordnet. Und dort«, damit zeigte er auf den anderen Fleck, »sind die Feuer kleiner und verstreut. Das sind die Iren.«

»Und wer sind dann die anderen? Sachsen?« Sachsen legten ihr Lager oft kreisförmig um einen Feuerstelle in der Mitte an.

»Angeln«, erwiderte Artus.

»Angeln – Sachsen? Worin besteht der Unterschied? Sie sind alle Barbaren, oder?«

»O ja«, pflichtete Artus mir mit einem grimmigen Lachen bei, »sie sind Barbaren. Aber wenn es Sachsen wären, dann wüßte ich, daß Aelle und Colgrim den Frieden gebrochen haben.«

»Ein schwacher Trost«, meinte ich. »Was sollen wir jetzt tun, Bär? Sie lagern da, wo wir morgen Kei treffen sollten.«

»Wir reiten ein Stück nach Süden und treffen ihn dort.«

»Was tun die da unten?«

»Warten.«

»Das sehe ich. Warum, erhabener Herzog, warten sie deiner Meinung nach?«

Artus schüttelte den Kopf kaum merklich. »Ich weiß es nicht, und das beunruhigt mich.«

»Willst du ihnen Frieden anbieten?«

»Ja. Warum sollten wir um den Frieden kämpfen, wenn wir ihn ohne Blutvergießen erreichen können?«

»Das mag ja sein, Artus«, stimmte ich zu, »und ich bete wahrhaftig darum, daß es so ist. Aber ich glaube nicht, daß sie die Waffen sinken lassen und friedlich fortsegeln. Sie sind zum Kämpfen gekommen, und sie werden ihren Willen haben wollen.«

»Ich fürchte, da hast du recht.« Artus hob die Zügel an und wandte sein Roß. »Komm, wir berichten Myrddin, was wir gesehen haben.«

Unser eigenes Lager befand sich nur zwei Täler östlich von dem der Feinde. Die Dämmerung war hereingebrochen, und das Tal wurde dunkel, obwohl der Himmel im Westen noch hell war. Artus ritt hinunter und rief die Könige in seinem Zelt zusammen. Die Feuer ließ er sofort löschen.

Myrddin traf uns vor Artus' Zelt und hielt unsere Pferde, als wir abstiegen. »Und, war es nach deinem Geschmack?«

»Du hast uns nicht gesagt, daß es so viele sein würden«, entgegnete Artus leichthin – als würde er eine Herde Schafe beschreiben, die er zufällig gesehen hatte.

»Wie viele?« fragte Myrddin, den Kopf zur Seite gelegt.

»Zehntausend«, antwortete Artus.

»Ja?« staunte der Emrys.

»Ich habe sie selber gezählt«, versicherte ich ihm. »Jeden einzelnen.«

Bedächtig schüttelte Myrddin den Kopf. »So sollte es nicht anfangen. So habe ich es nicht gesehen.«

»Das ist doch gleich«, sagte Artus. »Das wird uns nur von Nutzen sein.« Da tauchte Idris auf, hinter ihm Maglos. »Wir halten in meinem Zelt Rat«, sagte Artus zu ihnen, »sobald Bedegran da ist.«

Die beiden traten ins Zelt, und Artus wandte sich an Rhys, seinen Harfner und Pagen. »Laß uns Essen und Trinken bringen.«

Im Zelt brannten bereits die Lampen und warfen ihren schwachen, rötlichen Schein auf das grobe Brett, das uns als Ratstisch dienen sollte. Unsere Becher standen schon da, aber noch leer. Idris und Maglos setzten sich einander gegenüber und stützten sich auf ihre Ellbogen.

»Du hast etwas gesehen, ja?« fragte Idris, als ich mich neben ihn auf die Bank setzte.

»Ich habe das Tal des Yrewyn gesehen«, entgegnete ich. »Ein staunenswerter Anblick.«

Argwöhnisch betrachtete er mich kurz und zuckte dann die Achseln. »Da fragt man leichter einen Stein.« Er drehte sich weg und redete mit Maglos.

Ich mochte Idris schließlich – zumindest war er mir nicht mehr so unangenehm wie früher. Er konnte gut mit seinen Männern umgehen und behandelte sie alle mit Achtung. Schade, daß er sich anfangs auf die Seite von Morcant und Cerdic gestellt hatte. Aber ich spürte, daß ihm das sehr leid tat – darum war er mit uns geritten. Er versuchte, seinen Fehler wiedergutzumachen, indem er genauso heftig für Artus stritt, wie er zuvor gegen ihn gekämpft hatte.

Er war ein kräftiger, aber schlanker Mann und trug Haar und Schnurrbart lang wie die Kelten von einst. Und obwohl er in seinem ganzen Leben nicht zur Kirche gegangen war, hatte er bei den Brüdern im Kloster von Eboracum Lesen und Schreiben gelernt.

Maglos hingegen war fast so breit wie Kei, wenn auch längst nicht so groß. Er saß auf seinem Pferd wie ein Stumpf. Aber wie bei einem Stumpf reichten seine Wurzeln tief. Maglos ap Morganwg vom alten Volk der Dumnonen besaß die Sicherheit seines Volkes – die von der langen Gewöhnung an Reichtum und Macht kam –, hatte aber erstaunlich wenig von ihrem hochnäsigen Stolz an sich. Außerdem war er nur selten schlechter Laune.

Neben diesen Männern hatten wir noch nie zuvor gekämpft, und ich fragte mich, ob sie es ertragen würden, sich Artus so leicht unterzuordnen, wie sie ihre Truppen seinem Befehl unterstellt hatten. Das würde sich zeigen.

Die Zeltklappe ging auf, und Artus trat zusammen mit Gwalcmai, Bedegran und Myrddin ein. Der Herzog trug einen Krug Bier und begann es mit eigener Hand auszuschenken; dann setzte er sich und reichte die Becher herum. Myrddin setzte sich nicht zu uns an den Ratstisch, sondern blieb hinter Artus stehen. Gwalcmai setzte sich zu Artus' Linken, ich saß zu seiner Rechten, Bedegran neben mir.

Artus hob seinen Becher und nahm einen tiefen Schluck. Er füllte ihn wieder und stellte ihn ab. »Wir können Kei und Meurig nicht an der Furt des Glein treffen«, sagte er. »Das Tal des Yrewyn ist voller Iren und Angeln.«

»Angeln?« Überrascht stellte Gwalcmai seinen Becher ab.

»Jawohl«, sagte ich. »Und zwar in Massen.«

»Wie viele?« fragte Idris.

»Zehntausend.«

Die Zahl stand im Raum, und alle dort Versammelten versuchten sie sich bildlich vorzustellen. Artus ließ sie eine Zeitlang daran arbeiten, ehe er sagte: »Wir senden ihnen ein Friedensangebot. Und beten, daß sie es annehmen.«

»Und wenn nicht?« wollte Idris wissen.

»Wenn Friedensworte ihnen nichts sagen, dann hören sie vielleicht auf britischen Stahl.«

Die Runde verfiel in Schweigen und berechnete unsere Aussichten, angesichts einer solchen Zahl zu überleben.

»Natürlich«, fuhr Artus fort, »würde Kei sich eine so ruhmreiche Schlacht nur ungern entgehen lassen.«

Maglos lachte. »Ich kann mir ein paar andere vorstellen, die sie auch nicht verpassen möchten.«

»Darum reiten wir morgen gen Süden und warten auf Kei und die Kymbrogen. Bedwyr und ich nehmen den Weidenzweig und reiten ins Lager der Iren und Angeln.«

Ich dankte ihm im stillen für diese Ehre.

»Und wenn der Feind sich aus dem Tal bewegt?« fragte Bedegran.

»Dann halten wir ihn auf.«

»Wir können uns nicht auf den Kampf einlassen«, beharrte Bedegran. »Wir sind zu wenige.«

»Dennoch sage ich dir, daß wir ihn aufhalten«, erwiderte Artus gleichmütig.

Bedegran machte den Mund auf, um etwas zu erwidern, überlegte es sich aber anders und nahm statt dessen einen Schluck Bier.

Artus schaute uns der Reihe nach an, um festzustellen, ob ihm noch jemand widersprechen wollte. Als kein Einwand kam, fuhr er fort: »Kei wird in den nächsten Tagen erwartet. Er folgt der Römerstraße über Caer Lial am Limes. Wir reiten nach Südosten und treffen ihn dort, wo die Straße endet.«

»Bei aller Hochachtung, Herzog Artus«, räusperte Idris sich. »Sollten wir nicht warten, bis die anderen zu uns kommen? Mit zehntausend Mann steht es drei zu eins gegen uns. Ich weiß, daß mir das Kämpfen mit ein paar Kriegern mehr auf meiner Seite leichter fiele.«

»Mein Vater und mein Bruder kommen bald mit dem Heer aus Orkadien«, fügte Gwalcmai an.

»Mit wie vielen? Dreihundert?« fragte Idris hoffnungsvoll.

»Fünfzig –«

»Fünfzig! Ist das alles?« schimpfte Idris. Er wandte sich hilfesuchend an Artus: »Fünfzig –«

»Ruhig Blut, Idris«, sagte Maglos. »Du solltest dich vor allen Menschen glücklich schätzen. Mit je weniger Königen wir beim Plündern teilen müssen, desto mehr bekommen wir.«

Idris starrte ihn an. »Sage mir nur, daß es ein Glück ist, wenn bei jedem Schwertstreich zehn Feinde an deinem Arm hängen. Sie zerhacken uns zu Streichriemen.«

»Wo bleibt dein Mut, Mann?« fragte Maglos. Er hob seinen Becher und sagte: »Die Schlacht liegt vor uns, es gilt, Ruhm zu erringen. Nur voran! Ho!« Damit goß er sich sein Bier in die Kehle und wischte sich mit dem Ärmel über den triefenden Schnurrbart.

»Betet zu Gott, daß es zu keiner Schlacht kommt«, sagte Artus und erhob sich abschließend. »Betet alle, daß der Frieden triumphiere.«

Am nächsten Tag ritten Artus und ich, während die anderen das Lager abbrachen, zum Lager der Feinde. Am Ufer sammelten wir Weidenzweige. Ich schnitt die größten, die ich finden konnte, damit unsere Absichten ja nicht im unklaren blieben. Dennoch hatte ich keine große Hoffnung, daß die Feinde darauf eingehen würden.

Dann überquerten wir den Fluß, den Feinden entgegen. Sie sahen uns natürlich kommen, so daß uns eine Gruppe von irischen und anglischen Anführern entgegenschritt. Sie machten finstere Gesichter und johlten, brachten uns aber nicht gleich um. Dafür war ich dankbar.

»Ich bin Artus, der oberste Feldherr Britanniens«, sagte Artus zu ihnen. »Ich will mit eurem *Bretwalda* reden.«

Als er das Barbarenwort für Feldherr gebrauchte, blickten die Angeln einander an. Dann trat einer von ihnen vor. »Ich heiße Baldulf«, sagte er in schlechtem Britisch. »Was suchst du?«

»Ich suche Frieden«, erwiderte Artus, »den ich euch freudig gewähre.«

Baldulf murmelte einem seiner Ratgeber etwas zu, und der murmelte zurück. Die Iren aus dem Stamm, den sie die Skoten nennen, zogen die Brauen kräftig hoch, sagten aber nichts.

»Was sind deine Bedingungen?« fragte Baldulf.

»Ihr müßt dieses Land verlassen. Da ihr hier noch keinen Schaden angerichtet habt, werde ich keinen Schaden über euch kommen lassen. Aber ihr müßt sofort weg von hier.«

Wieder beriet Baldulf sich mit seinen Häuptlingen. Dann wandte er sich mit einem hochmütigen Grinsen um und sagte: »Und wenn wir nicht gehen?«

»Dann werdet ihr alle getötet. Denn ich habe Gott mein Versprechen gegeben, daß es Frieden in diesem Land geben wird.«

»Dann töte uns, wenn du kannst«, entgegnete Baldulf kühn. »Vielleicht stirbst du dann mitsamt deinem Gott.«

»Ich habe es dir geschworen. In Britannien wird Frieden herrschen – entweder durch das Wort oder die Tat. Heute schenke ich euch euer Leben, morgen nehme ich es euch. Ihr habt die Wahl.« Damit wandten Artus und ich unsere Pferde und ritten ins Lager zurück.

Alles war zum Aufbruch bereit; man wartete nur auf unsere Rückkehr. Artus suchte Wachen aus, die das Lager der Feinde beobachten sollten, und wir verließen das Tal Richtung Osten, um Kei zu treffen.

Die Sonne war am hellen Himmel aufgegangen, aber vom Meer her kamen regenschwere Wolken, und bis Mittag war der Boden unter unseren Füßen weicher Schlamm. Die Wagen blieben stecken und mußten ab und zu herausgezogen werden. Unser Marsch war elend und langsam.

Das hätte uns eine Warnung sein sollen.

Aber der erste Hinweis auf Ärger kam, als eine der Wachen im Galopp auf schäumendem Roß heransprengte. Der Mann eilte geradewegs zu Artus und mir, die wir an der Spitze des Zuges ritten. »Sie setzen sich in Bewegung«, rief er atemlos von seinem wilden Ritt.

Artus hielt an. »Wohin?«

»Das Tal hinauf – gen Osten ...«

Den Bruchteil eines Augenblicks lang erstarrte Artus und stellte sich das Tal vor. Im nächsten Moment war alles Tat.

»Bedwyr!« rief er und wandte sein Pferd. »Folge mir!«

»Artus! Wo willst du hin?«

»Wenn sie das Tal verlassen, sind wir verloren!«

Ich rief ihm nach, aber er hörte mich nicht. Einen Augenblick später flog ich die Reihen entlang, hielt die Kolonnen an und brachte sie auf unsere neue Richtung. Dann ritt ich zum Ende der Kolonnen und rief den Männern, die für die Wagen zuständig waren, zu: »Laßt die Wagen hier! Greift zu den Waffen!«

Da tauchten Bedegran und Idris auf: »Was ist los?« fragte einer. »Warum kehren wir um?« der andere.

»Die Barbaren bewegen sich. Bewaffnet eure Leute!«

»Wir werden sie doch nicht angreifen!« Bedegran glotzte mich an, als hätte ich den Verstand verloren.

»Ich verstehe nicht, warum –«, hub Idris an.

»Bewaffne deine Leute und folge mir!« rief ich und ritt los, um Maglos und Gwalcmai zu benachrichtigen, ehe ich Artus hinterherraste, der rasch über einem breiten Hügelrücken verschwand. Bei ihm war Myrddin.

Ich holte sie ein, als sie auf einem Hügel standen, von dem aus sie das Tal des Yrewyn überblickten – ein ganzes Stück weiter im Osten, als wir am Tag zuvor gewesen waren. Es waren keine Iren und Angeln zu sehen.

»Wie ich gehofft hatte«, sagte Artus gerade. »Sie sind zu Fuß langsamer als wir. Wir kommen gerade rechtzeitig.«

Das Tal war sehr schmal geworden, und ich erkannte sofort Artus' Absicht. Wenn der Feind sich am Fluß entlang gen Osten bewegte, mußte er durch diese Enge kommen, wo wir ihn erwarten würden. Dann würde ihm seine Überzahl nicht helfen, denn wir waren nicht so leicht zu umgehen.

»Richten wir uns unten am Fluß ein – oder warten wir oben in den Hügeln?«

»Sowohl als auch«, antwortete Artus. »Das Fußvolk soll sich unten bereithalten. Wir warten mit unseren Pferden hier und dort –«, er zeigte auf die steilen Hänge zu beiden Seiten des Flusses, »– und stürmen dann auf sie los, wenn sie uns zu umgehen versuchen.«

Der Herzog wandte sich an Myrddin. »Wirst du uns helfen?«

Myrddin nickte; seine goldenen Augen waren düster. »Da brauchst du nicht zu fragen. Ich werde euch mit der Macht der Drei helfen.« Er blickte zum Himmel im Osten und dann über die Hügel nach Süden. »Das Wetter wird uns zu Diensten sein«, bemerkte er. »Wenn der Regen vorbei ist, kommt Nebel auf. Wenn sie noch lang brauchen, liegen wir am Fluß gut versteckt.«

Es stimmte. Der Regen von Westen her ließ nach, aber hinter uns zog von Osten her bereits dichter, feuchter Nebel auf. Von Süden trieben niedrige, dunkle Wolken heran, und der Wind wurde kalt.

Die ersten Reiter trafen ein, und ich stellte Idris und Maglos auf die andere Seite des Tales. Gwalcmai und ich hielten uns diesseits – mit jeweils fünfzig Pferden. Artus und Bedegran führten das Fußvolk ins Tal und versteckten es dort.

Ob Nebel oder nicht, nach wenigen Augenblicken konnte ich sie kaum mehr erkennen. Neunhundert Mann, die im Nu in dem Tal verschwunden waren. Und darauf legte sich eine unnatürliche Stille über das schmale Tal, während der Nebel heranwogte.

Hinter dem Hügelkamm schloß ich die Augen und betete zum Erlösergott – wie ich es vor einer Schlacht zu halten pflege. Das hilft mir, einen klaren Kopf zu bekommen und mir Mut ins Herz zu pflanzen.

Bald darauf spürte ich, wie jemand meinen Arm berührte. Gwalcmai flüsterte mir ins Ohr: »Sie kommen.«

Flach auf dem Bauch liegend, das Gesicht so nah am Boden, daß ich das Gras riechen konnte, kroch ich vorwärts und spähte über den Hügelkamm. Die ersten Feinde kamen von Westen her in das Tal. Unbekümmert, ein wilder Haufen, bewegten sie sich dicht geballt um ihre Anführer. Erst die Iren, dann die Angeln, beide langsam. Die Pikten sah ich nicht, und das erstaunte mich.

»Sie sind so sorglos«, bemerkte Gwalcmai voll Verachtung ob ihrer Dummheit.

»Aber sie sind so viele«, erinnerte ich ihn.

Er lächelte, daß seine Zähne in der Dämmerung weiß blitzten. »Um so größer der Ruhm für uns, Freund Bedwyr!«

»Horch!«

Das Signal eines Horns hallte im Tal wider. Das war Rhys mit Artus' Jagdhorn – das Zeichen zum Angriff. Und plötzlich war er da: Er sprang aus dem Flußnebel auf und stürzte sich auf die erschrockenen Barbaren. Den ganzen Fluß entlang standen die Männer in einer einzigen Bewegung auf. Ihr Schrei trug bis zu den Hügelspitzen und hallte im ganzen Tal wider.

Das Barbarenheer geriet sogleich in Verwirrung. Die vorderen wurden in die Masse dahinter gedrängt. Die Briten stürmten voran und folgten Artus im Laufschritt. Er hatte ein weißes Roß gewählt, damit er in dem Dunst leichter zu erkennen war, und er flog wie ein beutesuchender Habicht gegen die Feinde.

Als Gwalcmai ihn so furchtlos in die wogende Mauer der Feinde reiten sah, blieb ihm der Mund offenstehen. »Ist er immer so wagemutig?« fragte er erstaunt.

»Das ist seine Art.«

»Dergleichen habe ich nie erlebt. Wer kann es mit ihm aufnehmen?«

Ich lachte. »Niemand. Er ist ein Bär in der Schlacht – ein großer, toller Bär. Keiner kann sich mit ihm an Kraft und Tapferkeit messen.«

Gwalcmai schüttelte den Kopf. »Wir hörten, er sei ein beherzter Feldherr, aber das...« Ihm fehlten die Worte.

»Hab acht«, warnte ich ihn, »er erwartet von den Männern, die ihm folgen, das nämliche.«

»Ich werde ihm folgen, wenn er mich haben will«, gelobte Gwalcmai feierlich.

Ich klopfte dem Prinzen mit einer behandschuhten Faust auf die Schulter. »Ja, du bist in der Tat ein glücklicher Mann, Gwalcmai ap Lot. Denn heute hast du die günstige Gelegenheit, dich als würdig zu erweisen.«

Damit stand ich auf und zurrte meinen Streithelm fest. Ich ging zu dem Pflock zurück, stieg auf mein Pferd, ergriff meinen langen Speer und gab den anderen, die bereits im Sattel saßen, das Signal. Wir rückten zum Hügelkamm vor und bezogen dort Stellung, bereit, uns hinab ins Getümmel zu stürzen.

Lange brauchten wir nicht zu warten, denn die vordersten Reihen der Angeln hatten schon erkannt, was Artus vorhatte, und rannten die Hügelflanken hinan, um dem Durcheinander zu entgehen, das die Talmitte verstopfte, in der Hoffnung, die Kymren zu umgehen. Bisher hatte noch niemand den Fluß überquert, um von der anderen Uferseite anzugreifen.

Ich hob meinen Speer zum Himmel. »Für Gott und Britannien!« rief ich und bekam das gleiche als Antwort zurück. Und dann raste ich den Hügel hinab, mein Mantel flatterte hinter mir, und der Wind pfiff über meine düster funkelnde Speerspitze.

So unachtsam waren die Angeln, daß sie uns nicht sahen, bis wir unmittelbar über ihnen waren. Die ersten Reihen von Kriegern gingen nieder wie reifer Weizen unter der Sichel. Die Geschwindigkeit und Macht unserer Attacke trug uns mitten in ihre rasch sich auflösende Horde.

Wir stellten unsere Linien wieder auf, galoppierten den Hügel hinauf, wendeten und kamen wieder herabgestürmt. Die Angeln sahen, was wir vorhatten, und flohen vor uns: rennend, stolpernd, kugelnd, aufstehend und wieder rennend. Wir trieben sie vor uns her wie Schafe zur Schlachtbank.

Sie machten nicht einmal den Versuch zu kämpfen.

Ich zügelte mein Roß und sammelte die Reiter um mich. »Laßt sie ziehen! Laßt sie ziehen! Wir reiten nun Artus zu Hilfe!« Ich zeigte mit dem Speer den Hügel hinab, wo unsere Hauptstreitmacht focht. Die Iren hatten sie durch ihre Zahl allein zum Halt gebracht. Indem wir von der Seite dazwischen drängten, konnten wir das irische Heer spalten und die Angeln hinter uns abdrängen, wo sie nichts auszurichten vermochten.

Ach, Artus hatte das Schlachtfeld gut ausgewählt. Das Land wirkte sich zu unseren Gunsten aus; ihre Überzahl nützte den Feinden nun nichts.

Ich legte meinen Speer ein, wandte mein Pferd und raste los. Neben mir hörte ich einen wilden Kriegsschrei, und Gwalcmai galoppierte an mir vorbei; sein Gesicht leuchtete. Ich trieb mein Pferd an, um mit ihm Schritt zu halten, und der Boden unter uns erzitterte. Das Hufeschlagen unserer Rösser klang wie Trommelwirbel.

Wie Adler stürzten wir uns hinab, geschwinder als der Wind. Die entsetzten Iren hörten den schrecklichen Lärm unseres Kommens und warfen ihre Rundschilde von sich – als ob das den Donner hätte aufhalten können, der über sie hereinbrach.

Das Klirren unseres Treffens klang, als würde auf tausend Ambosse gleichzeitig geschlagen. Stahl blitzte. Männer schrien. Die Luft schauderte von dem Zusammenprall. Ich stieß immer wieder mit meinem Speer zu und öffnete mir eine breite Gasse.

Gwalcmai ritt zu meiner Rechten und hielt Stoß um Stoß mit mir mit. Gemeinsam stürmten wir geradewegs ins Herz der Schlacht, wo Artus' weißes Pferd stob und sich aufbäumte. Jeder, der sich uns in den Weg stellte, fiel – entweder unter unserem Speer oder den raschen, tödlichen Hufen unserer Schlachtrösser.

Ich werde also erzählen, wie sich's zu Pferde kämpft, ja?

Unter sich spürt man das ungeheuer kraftvolle Wogen und das rhythmische Schwingen der Flanken des Rosses, wenn es die Beine streckt und wieder zusammenzieht. Die Stärke des großen Tieres wird einem zur eigenen Stärke, durchfließt einen und den Speer, den man in der Hand hält. Mit dem riesigen Gewicht des

Pferdes hinter sich wird das gehärtete Eschenholz unzerstörbar; die gespaltene Eisenspitze des Speerkopfs durchdringt alles: Holz, Leder, Knochen.

Wenn man losstürmt, wirken die Feinde so massig und gesichtslos wie eine Wand. Kommt man näher, beginnt die Wand zu zersplittern und nach innen einzustürzen. Dann sieht man einzelne Bretter – Männer – vor sich zusammenbrechen. Es folgt der schreckliche Augenblick, wenn man ihre Augen hervorquellen und sie den Mund aufreißen sieht, während sie fallen. Und dann sind sie fort, und man ist frei.

Die Erschütterungen der Angriffswellen überspülen einen wie Meereswogen, die anschwellen, ihren Scheitel erreichen, abrollen und weiterbranden. Der Schlachtlärm ist wie ein Brausen in den Ohren und ein Flirren vor den Augen. Man sieht Metall funkeln. Man sieht die Spitze seines Speeres wie einen Lichtfleck, wie ein Beltane-Feuer, und er stößt immer wieder zu.

Man riecht die zähe, salzige Süße von Blut.

Man ist zugleich großartiger und mächtiger, als man sich vorstellen kann. Man kann sich ausdehnen, bis man das ganze Diesseits ausfüllt. Man ist fürchterlich. Man ist unbesiegbar. Man ist Gottes Inbild eines Kriegers, und seine Hand stützt einen. Sein Friede fließt einem aus dem Herzen wie aus einem Springquell.

All dies und noch viel mehr war mir bewußt, als ich wie ein flammender Stern an Artus' Seite rauschte. Die Iren fielen vor mir, und die meisten standen nicht mehr auf.

»Artus!« schrie ich und zerstreute die letzten Feinde vor mir, als ich neben ihn ritt.

»Gut gemacht!« rief er. Hier war der Druck der Schlacht stärker und der Speer nutzlos. Artus hatte das Schwert in der Hand, und ich sah seinen Arm in tödlichem Takt auf- und niederfahren. Ich schob meinen Speer in die Halterung neben meinem Bein und zog mein Schwert. Gleichzeitig löste ich meinen Schild aus der Schlaufe. Dann stürzte ich mich auf das finstere Geschäft vor mir.

Überall um uns hieben die Kymren auf die Feinde ein, die immer weiter zurückwichen. Sie verloren an Boden, und das war gut so. Aber es ging alles nur langsam. Wir drängten voran:

es war, als würden wir gegen die verströmende Ebbe ans Ufer waten.

Und dann wechselten jählings die Gezeiten, und wir wurden selbst fortgerissen. Ich schaute ins Tal hinaus, weil ich wissen wollte, was der Grund dafür war. Da sah ich Idris und Maglos den Hügel herabstürmen, um einem anglischen Gegenangriff von der anderen Flußseite zu begegnen. Die Attacke wurde niedergeschmettert, ehe sie richtig begonnen hatte.

Als die Iren erkannten, daß ihre Hoffnung so rasch und wirksam zerstört war, flohen sie das Gefecht.

»Sie ziehen sich zurück!« rief Artus. »Folgt mir!« Er hob sein Schwert, und sein Kriegsschrei verlor sich im Gebrüll der zurückweichenden Iren. Ich sah sein weißes Roß voranstürmen und setzte nach.

Wir verfolgten sie den ganzen Weg zurück bis zur Furt des Glein. Hier wurde das Tal breiter und flacher, und hier entschieden sich die Angeln, ihren Rückzug abzubrechen und sich wieder der Schlacht zu stellen.

Wir machten ein Stück weit weg Halt, um die Schlachtordnung zu überblicken und Atem zu schöpfen, ehe wir angriffen. Die Könige sammelten sich um uns zum Beratschlagen. »Sie meinen, uns hier in die Zange zu nehmen«, sagte Artus.

»Und so könnte es kommen«, gab Idris zurück. »Schaut euch nur die Länge der Schlachtlinie an. Da können wir nicht mithalten – unsere Reihen werden zu dünn. Sie können uns leicht einkreisen.«

Ich hatte endlich genug von diesem Kleinmut. »Wenn das Beherztheit sein soll, Idris«, warf ich ihm vor, »dann stellst du sie auf höchst merkwürdige Art unter Beweis.«

Gwalcmai lachte, und Idris gab klein bei – die Lippen so fest zusammengepreßt, daß das Blut aus ihnen wich.

»Wir schlagen in der Mitte zu, dort«, sagte Artus, der den Feind beobachtet hatte; er deutete auf die geballte Masse vor uns. »Die Angeln kämpfen wie die Sachsen; aber sie haben noch größere Angst vor Pferden. Darum wird die *Ala* sie über die Furt zurückdrängen und die Schlachtlinie zweiteilen. Dann werden die beiden Enden zur Mitte gezogen, um die Lücke zu füllen.«

»Sie werden uns umkreisen und einkesseln, Herzog Artus.« Das war Maglos.

»Ja«, erwiderte Artus kühl, »und dann fallen ihnen unsere Fußsoldaten in den Rücken.«

»Aber wir sitzen in der Falle«, beharrte Bedegran.

»In der Falle muß ein Köder sein«, beschied ihn Gwalcmai, mir die Mühe ersparend, »sonst steckt die Ratte nicht die Nase hinein.«

»Das gefällt mir nicht«, rümpfte Idris die Nase. »Wir begeben uns unnötig in Gefahr.«

Ich ging auf ihn los. »Sie haben Angst vor den Pferden! Hast du nicht gesehen, wie sie bei ihrem Anblick weglaufen? Bis sie uns eingeschlossen haben, stehen ihnen unsere eigenen Krieger im Rücken, und sie sind selber eingekesselt!«

Als ich mich umdrehte, starrte Artus mich an. »Was? Glaubst du vielleicht, du bist der einzige, der die Speerspitze vom Speerende unterscheiden kann?« fragte ich.

Da meinte Artus zu den anderen: »Nun? Ihr habt Bedwyr gehört. Er führt den Angriff auf die Mitte an. Bedegran und ich führen wie zuvor das Fußvolk. Gott sei mit uns.« Darauf ritt er zum Fußvolk, das am Ufer wartete.

Idris hatte recht: Artus' Plan barg Gefahren. Doch er brachte unsere wenigen Pferde bestmöglich zum Einsatz. Indem wir mit ihnen die Feinde sozusagen aus dem Gleichgewicht brachten, war unsere Minderzahl weniger ausschlaggebend.

Die Angeln griffen an, während wir noch überlegten. Mit ungeheuerlichem Gebrüll stürmten sie auf uns ein. »Speere bereit!« schrie ich, steckte das Schwert in die Scheide und griff zu meinem Speer. Ich gab die Zügel los, und mein Pferd verfiel in Trott. Die *Ala* bildete Flügel zu meinen Seiten.

Wir gewannen an Schnelligkeit, aus dem Trott wurde Trab, aus dem Trab Galopp. Gwalcmais Stimme übertönte das Hufedonnern, und im Nu johlten wir alle seinen hohen, unheimlichen Kriegsgesang. Ich spürte, wie mir das Blut heiß durch die Adern schoß und sich dann die eisige Kälte des Schlachtenfurors über mich legte.

Nicht länger war ich Bedwyr, der kopfüber gegen die anbrandenden Feinde ritt. Ich war eine Flamme, ein Feuersbrand im Wind. Mit dem Schlachtgesang flog auch mein Herz empor. Meine Bewegungen waren makellos, meine Gedanken hell und klar wie Kristall.

Die Augen in meinem Kopf hielten Ausschau und gewahrten die Schlachtreihe vor mir. Wir kamen näher … näher … immer näher.

Krach!

Ich hatte die Linie durchbrochen und zügelte scharf mein Roß. Um mich herum lag ein Dutzend Angeln am Boden. Einige von ihnen waren tot umgefallen, andere mühten sich wieder hoch.

Einen Feind sah ich dumpf auf seinen Schild starren, der in seiner Brust zu stecken schien. Er zog daran, und der Schild löste sich, so daß ein schmaler Speerschaft zu sehen war, der ihm zwischen den Rippen steckte. Geheimnisvollerweise hatte mein eigener Speer eine Hälfte eingebüßt. Ich warf ihn weg.

Dann zog ich mein Schwert und wandte mein Pferd, um das Gemetzel zu überblicken. Die Wucht unseres Ansturms hatte tatsächlich die Mitte der Schlachtreihe zum Zusammenbruch gebracht: Fünfzig Pferde können erheblichen Schaden anrichten. Darüber hinaus hatten wir nicht einen Reiter verloren.

Doch hatte unser Angriff uns weiter in die Mitte getragen, als ich es für möglich gehalten hätte. Wir befanden uns an der Furt, beinahe im Wasser. Und die Angeln reagierten schnell. Sofort umringten sie uns, daß wir eingekreist waren. Noch während sie die Lücken füllten, die wir in ihre Linien gerissen hatten, hörte ich hoch und klar Artus' Jagdhorn erschallen.

Ich sammelte die *Ala* um mich. Wir formierten uns, um uns zu Artus durchzuschlagen. Die Schlacht war eng geworden. Wir wurden von allen Seiten bedrängt, aber die Kymren behielten die Fassung, und wir drangen langsam und mühsam vor, denn die Angeln gaben in ihrer Verzweiflung nur widerwillig Boden preis.

Dann, als wir alles auf Artus' Plan gesetzt hatten, geschah das Schlimmste, was geschehen konnte: Die Pikten, die bisher an der Schlacht nicht beteiligt gewesen waren, tauchten mit einemmal auf. Sie strömten von den Hügeln herab und fielen Artus in den Rücken. Sobald sie in genügender Reichweite waren, schossen sie ihre widerlichen, kleinen Pfeile ab.

Da standen wir nun also, an Zahl unterlegen und doppelt eingekreist. Für ein Heer gibt es kaum eine schlimmere Lage.

Artus tat, was er konnte. Er schickte Idris' Truppe in den

Kampf gegen die Pikten. Natürlich schwächte das seine Kräfte. Als die Angeln und Iren sahen, daß Idris ausbrach, antworteten sie mit allerheftigster Wut.

Die Barbaren stießen ein gräßliches Geheul aus und erhoben sich wie eine riesige Meereswelle, die Artus überspülte. Ich sah ihn an der Spitze seiner Truppen auf seinem weißen Roß – erst überragte er alle, dann war er verschwunden.

»Artus!« schrie ich, aber meine Stimme ging im Schlachtlärm unter. Die brodelnden Massen des Feindes schlossen sich über der Stelle, wo er sich befunden hatte.

VI

Die *Ala* stürmte mitten ins Getümmel. Mit der Macht des Stahles allein bahnten wir uns einen Weg – über die zuckenden Körper der Feinde hinweg. Möge Gott mir verzeihen: Die Hufe meines Rosses berührten kaum die Erde!

Wir erreichten die Furt. Das Wasser war rot; der Fluß schäumte rosig. Leichen trieben mit schlaffen Gliedern vorbei. Die Toten, die sich an den Felsen verfingen, starrten mit völliger Blindheit in den dunkler werdenden Himmel.

Sobald wir im Wasser waren, kamen wir leichter voran – aber nur etwas. Die Angeln warfen sich mit der Wildheit ungezähmter Bestien auf uns. Sie schwangen ihre Äxte, stießen mit ihren langen Messern zu, brüllten, sprangen, zerrten.

Wir hieben auf sie ein wie auf Bäume, und sie fielen. Aber es wurden immer mehr.

Ich kämpfte mich durch den Tumult auf der Suche nach Artus. Alles war ein einziges Durcheinander von um sich schlagenden Gliedern und blitzenden Waffen. Ich sah ihn nicht.

Jetzt waren wir in Reichweite der Piktenpfeile – obwohl es Idris gelungen war, sie etwas zurückzudrängen, trafen die hinterhältigen Geschosse doch mit tödlicher Genauigkeit. Den Krieger zu meiner Linken erwischte einer an der Schulter; ein anderer Pfeil prallte an meinem Schildbuckel ab.

Grimmig kämpften wir uns voran. Der bleierne Himmel wurde dunkel wie rußgeschwärztes Eisen. Der Wind kam in Böen und trieb den Nebel am Fluß entlang. Regen begann niederzuprasseln. Der Boden unter uns wurde glitschig. Blut und Wasser vermischten sich, flossen davon. Die Schlacht ging weiter.

Immer wieder rief ich: »Artus! Artus!«

Als Antwort vernahm ich bloß das Getöse der Schlacht, laut und scharf, durchsetzt von zornigen Flüchen und Todesschreien. Und darunter das dumpfe, dröhnende Grollen trappelnder Füße und Hufe…

Hufe. Das konnte doch nicht sein, und doch kannte ich das Geräusch so gut wie meinen eigenen Herzschlag…

Ich hob den Blick. Da sah ich aus dem Dunst eine Herde Pferde ins Tal rasen; im Regen wirkten ihre Umrisse gespenstisch. Flink wie herabstürzende Adler brausten sie kopfüber mitten ins Gewühl.

Konnte das sein? Ich schaute wieder hin und erkannte den Grund dieses Wunders. An der Spitze des Rudels sah ich zwei Gestalten. Die eine war zwar vom Regen unkenntlich, doch die andere war mir vertraut: Niemand sitzt im Sattel wie Kei.

Die Feinde erblickten die Pferde im gleichen Moment wie ich. Im Nu flohen sie über den Fluß. Zu Hunderten und Tausenden flüchteten sie, trampelten bei ihrem Weg durch die Furt übereinander.

Wir hieben auf die Fliehenden ein, aber sie leisteten keinen Widerstand mehr. Blöd vor Angst gaben sie sich gedankenlos unseren Schwertern hin.

Die Pferde kamen näher. Ich sah Gwalcmai eine Reihe Krieger anführen, um die wilde Jagd abzulenken. Und über dem Tumult hörte ich starke und kühne Stimmen ein kymrisches Schlachtlied schmettern. Das waren die Kymbrogen, welche die Pferde vor sich hertrieben und dabei sangen.

Die Schlacht war entschieden. Ich zügelte mein Roß, um Atem zu holen, und beobachtete, wie die riesige Flut der Barbaren über den Glein in die Hügel verebbte. Einige der Kymbrogen nahmen die Verfolgung auf und ritten die Flüchtenden nieder, aber der Feind war zum Großteil entkommen. Das bedauerte ich zwar, hatte aber keine Kraft, ihm nachzusetzen. Ich war erschöpft.

Da unsere Leute meiner Hilfe nicht bedurften, machte ich mich wieder auf die Suche nach Artus. Der Regen hörte so plötzlich auf, wie er eingesetzt hatte. Der Nebel klarte auf, und da stand Artus vor mir.

Er war zu Fuß. Sein Pferd war ihm weggehauen worden, so daß er seine Leute zu Fuß hatte führen müssen. Als der Bär von Britannien meiner ansichtig wurde, grüßte er mich, indem er sein blutüberströmtes Schwert reckte.

»Heil, Bedwyr!« rief er und setzte sich gleich auf einen Stein.

Ich versuchte den Gruß zu erwidern, aber mein Arm wollte

sich unter dem Gewicht des Schwertes nicht mehr regen. Ich glitt aus dem Sattel und lehnte mich an mein Pferd. »Gott liebt dich, Artus«, sagte ich, mir mit dem Handrücken den Schweiß von der Stirn wischend. »Ich hielt dich für tot. Wenn Kei nicht aufgetaucht wäre, wären wir jetzt alle Fleisch für die Krähen.«

Nach Luft ringend lehnte Artus sich auf sein Schwert. »Ja, und jetzt müssen wir wohl die Beute mit ihm teilen.«

»Teilen! Er kann sie ganz haben. Ihn die Pferde hierher treiben zu sehen ist so viel wert wie mein Leben.«

Da erschien Myrddin. »Hier seid ihr.« Er musterte uns genau, und als er sah, daß wir lebten und unversehrt waren, saß er ab. »Was haltet ihr von dem Nebel?«

»Ein großartiger Nebel«, erklärte Artus. »Vergib mir, daß ich ihn nicht höher lobe.« Er wollte aufstehen, brachte es aber nicht fertig. Also ließ er sich mit den Ellbogen auf den Knien wieder sinken.

Angesichts von Myrddins Gleichgültigkeit schüttelte ich den Kopf. »Weißt du denn nicht, daß uns beinahe der Garaus gemacht worden wäre? Diese verfluchten Pikten hätten mit ihren Pfeilen fast Britanniens Heer dahingeschlachtet!«

»Deshalb sind mir die Pferde eingefallen«, versetzte Myrddin ruhig. »Die Pikten glauben nämlich, daß in den Pferden die Geister der Toten wohnen und mögen sie darob nicht töten – damit sie nicht heimgesucht werden.«

»Hör nur einer an! Unsere Kampfesbrüder liegen tot da, und du schwadronierst über Nebel und Pferde!«

»Sieh dich um, Bedwyr der Kühne«, gab Myrddin zurück. »Wir haben nicht einen Mann verloren.«

Da brauste der Zorn in mir auf. Ich starrte ihn an. »Was? Bist du wahnsinnig?«

»Du brauchst dich nur umzusehen«, entgegnete Myrddin und beschrieb mit der Hand einen großen Bogen.

Ich blickte auf die Gefallenen um uns, und ... es stimmte. Herr und Erlöser, gesegneter Jesus, sei gelobt! Es stimmte!

Wo ich auch hinsah – die Gefallenen waren Iren und Angeln. Unter ihnen fand sich nicht ein einziger Brite.

Es war ein Wunder.

Die Dunkelheit senkte sich über uns. Beim Fackelschein suchten wir zwischen den Toten, sammelten Gold und Silber ein sowie die Beute, die wir rasch besonders zu schätzen gelernt hatten: das Kriegshemd der Angeln.

Die Angeln hatten eine einzigartige Schlachtenwehr erfunden. Aus Tausenden winziger Stahlringe geschmiedet, schützte das glänzende Hemd den Träger und erlaubte ihm doch, sich ungehindert zu bewegen. Meist trugen es nur anglische Könige und Adlige, denn es hatte einen hohen Preis.

Ich ging über das Schlachtfeld, drehte Leichen um und begutachtete Gliedmaßen und Kleidung. Manchmal tragen die Barbaren Goldmünzen oder Edelsteine im Mund, und man muß ihnen den Kiefer brechen, um an sie heranzukommen; oder sie verstecken sie in kleinen Lederbeuteln, die man ihnen entreißen muß. Die Toten stört das nicht, sagte ich mir, als ich Ringe von aufgedunsenen Fingern schnitt und Kettenhemden von steifen Oberkörpern zog.

Leichen abzusuchen ist ein greuliches, aber notwendiges Geschäft. Wir hatten die Beute und die Kettenhemden bitter nötig. Zum einen, um das Kriegsheer zu entlohnen und Männer wie Idris und Maglos bei Laune zu halten. Zum anderen, um uns vor Schwertern und Pfeilen zu schützen.

Die Kymbrogen kamen von der Jagd auf die Feinde zurück. Pelleas und Meurig grüßten uns mit dem Bericht, daß die Barbaren sich anscheinend neu aufstellten und gen Norden marschierten.

»Was machen wir mit den Toten?« fragte Maglos. »Wir würden unsere Kräfte verschleißen, wollten wir für alle Gräber ausheben.«

Im flackernden Fackelschein warf Artus einen Blick zum Himmel. Im Osten brachen die Wolken auf, und der Mond ging klar auf. »Wir haben bald Licht«, sagte er. »Flache Gräber dürften uns nicht zu sehr anstrengen.«

Bedegran murrte. Der sanfte Maglos seufzte. Und Idris stieß die Luft aus. Ausnahmsweise war ich ihrer Meinung. »Du bist vielleicht in der Lage, Tag und Nacht zu schuften wie Wieland der Schmied. Aber wir haben fast den ganzen Tag gekämpft und müssen morgen dem Feind nachsetzen. Wir sind schwach vor Hunger. Wir brauchen Essen und Ruhe.«

Es widerstrebte ihm, die Toten nicht zu begraben, selbst wenn es Feinde waren. Aber es hatte keinen Zweck. »Laß es sein, Bär«, sagte ich zu ihm. »Es ist keine Schande.«

Noch immer zögerte der Herzog. Myrddin trat vor ihn und legte ihm die Hand auf die Schulter. »Sie haben recht«, sagte er. »Überlassen wir diesen Ort Gott und seinen Dienern. Laß die Kymbrogen uns voranziehen und ein Lager aufschlagen, damit es bereit ist, wenn wir kommen.«

Artus willigte ein. »Ich beuge mich eurem Rat«, sagte er. »Gib den Befehl, Meurig.« Dann drehte er sich um und ging ins Dunkel hinaus.

Es war schon spät, als wir das Lager erreichten, das ein kurzes Stück weiter östlich am Fluß lag. Aber dort erwarteten uns eine warme Mahlzeit und ein trockenes Plätzchen. In jener Nacht schliefen wir wie Bran der Gesegnete. Am nächsten Morgen folgten wir dem Feind Richtung Norden.

Die Gegend ist mir wohl bekannt, weil sie an Rheged grenzt, das Reich meiner Vorväter. Da nun Kei mit den Kymbrogen bei uns war, verfügten wir über Pferde für vierhundert Mann und kamen viel rascher voran, als wir den Yrewyn entlang den gleichen Weg zurückmarschierten. An seiner Mündung trafen wir König Lot und Gwalchavad, die noch rechtzeitig gekommen waren, um den Rückzug der Angeln gen Norden zu beobachten. Sie waren zur Bewachung der Schiffe dageblieben, falls jene in Versuchung kommen sollten, sie auf ihrer Flucht zu stehlen oder zu zerstören.

»Sie achteten gar nicht auf die Schiffe«, erklärte Lot uns am Strand, »sondern hasteten nach Norden.«

»Genau wie wir dachten«, meinte Kei. »Aber im Dunkeln waren wir uns nicht sicher.«

»Sie folgen dem Tal des Garnoch«, sagte Gwalchavad. »Wir können sie noch einholen, wenn wir uns beeilen.«

Ich mußte ihn zweimal ansehen, um mich zu vergewissern, daß es Gwalcmai in anderer Gewandung war. Lots Söhne waren Zwillinge und unterschieden sich nicht mehr als ein Mann von seinem Spiegelbild. Gwalchavad, dessen Name Sommerfalke bedeutet, schien mir vorsichtiger oder überlegter zu sein als sein Bruder. Doch das ist der einzige Unterschied, der mir jemals zwischen ihnen auffiel.

»Ich möchte, daß du bei den Schiffen bleibst«, sagte Artus zu Lot. »Sie werden versuchen, die Küste zu erreichen.«

»Dann sollten wir die Schiffe wegbringen«, riet Gwalchavad.

»Geht das mit so vielen?« staunte Artus. Denn es waren jetzt über fünfzig Schiffe, dazu noch die irischen, die wir in unseren Besitz gebracht hatten.

Lot lachte. »Über Schiffe mußt du noch vieles lernen, Herzog Artus. Ja, wir können sie allein mit den Männern, die bei mir sind, wegbringen.«

»Dann bringt sie zu den Werften in Caer Edyn«, befahl Artus. »Wir kommen zu euch, wenn wir hier fertig sind.«

Ohne weitere Worte machten wir auf der Stelle kehrt und schlugen das nach Norden gewandte Tal des Garnoch ein, den Barbaren hinterher. Die Spur war leicht zu finden – ein Blinder hätte ihr folgen können. Die ganze Zeit grübelte ich, warum sie gen Norden gezogen waren. Warum hatten sie nicht die Schiffe genommen und waren davongesegelt?

Der einzige Grund, der mir einfiel, war der, daß sie sich noch nicht für besiegt hielten, sondern nur für zurückgeschlagen. Damit lag ich gar nicht so falsch. Wir hatten sie beim ersten Mal überrascht. Sie hatten gewartet: Ich wußte noch, daß ich mit Artus darüber geredet und dieser Umstand ihn beunruhigt hatte. Jetzt beunruhigte er mich. Worauf hatten sie nur gewartet?

Als wir zwei Tage später den Clyd erreichten, blickte ich über die Ebene Richtung Caer Alclyd und hatte meine Antwort.

Das Tal des Clyd bildet einen Einschnitt in der nördlichen Ödnis, vom Osten bei Caer Alclyd bis zum Westen, wo er bei Caer Edyn mündet. Daneben trennt das Tal an der schmalsten Stelle der Insel die Hügel im Süden vom Bergland im Norden. Jeder, der rasch von einem Teil Britanniens in den anderen wechseln möchte, muß das Tal des Clyd queren.

Oder anders gesagt: Wer das Tal beherrscht, dem gehört der ganze Norden. So einfach ist das. Die Barbaren wußten das und hatten am Abberclydd darauf gewartet, daß die Frühlingsfluten verebbten, um dann Caer Alclyd belagern zu können, die alte Festung, die über den Osteingang des Tales wacht – wie Caer Edyn über den im Westen.

Wir hatten sie gezwungen, früher als geplant zu handeln, das war alles. Sie hatten nicht aufgegeben und keineswegs die Absicht zu weichen. Unser Auftreten hatte sie nicht zum Verzicht auf ihr Vorhaben bewogen. Vielmehr wurde, wenn man ihre Reihen um die Burg herum betrachtete, klar, daß weitere Streitkräfte sich ihnen angeschlossen hatten. Vielleicht hatten sich in den Tälern der ganzen Gegend Angeln versteckt gehalten, um sich hier und jetzt zu treffen.

Nun, auch unsere Zahl hatte sich erhöht. Mit Lot und seinen fünfzig Mann, den Kymbrogen und ... Da fiel mir plötzlich etwas ein. »Artus«, sagte ich, mich ihm auf meiner Linken zuwendend, »wer hält Caer Alclyd?«

»Erkennst du das Banner auf dem Wall denn nicht?«

Mit zusammengekniffenen Augen starrte ich zu dem fernen Felsen mit der Festung. Dort hing tatsächlich an einem Speerschaft im Wall ein langes Banner. Es wehte und flatterte im Wind, daß ich mit Mühe Blau und Gold ausmachen konnte. »Bors?«

»Kein anderer!«

»Bors! Was tut er hier?«

Artus zuckte bloß die Achseln. »Das werden wir ihn fragen müssen, wenn wir ihm gegenüberstehen. Aber anscheinend müssen wir erst diese Barbaren vor seinem Tor wegräumen, damit wir ihn sprechen können.«

Bei ihm klang das so, als wäre es die Sache eines Augenblicks. Bei Gott, es war nur der Anfang einer Aufgabe, die uns den gesamten Sommer beschäftigen sollte.

Wir trafen den Feind dreimal und schlugen ihn dreimal. Aber er war entschlossen, denn er kannte die Bedeutung der Festung: Wer sie auch hielt, beherrschte die östliche Hälfte des Tales.

Die erste Schlacht befreite Bors in Caer Alclyd. Nur wenige Tage nachdem Artus von Caer Melyn aus Richtung Norden in See gestochen war, war Bors aus Benowyc eingetroffen. Darum war er uns mit seinen Schiffen gefolgt und hatte gehofft, uns an der Mündung des Clyd zu treffen. Als er in den Fluß einfuhr, war er jedoch dem anglischen Heer begegnet und hatte rasch in der alten Festung Zuflucht gesucht. Daraufhin hatte der Feind ihn belagert, und dabei war es geblieben.

So trafen wir die Dinge an: Der Feind hatte in der Flußebene Aufstellung genommen und mit seinen Lagern die große Feste eingekreist, den *Dun*, wie man in der Gegend sagt. Artus befahl das Tal zu versperren und sandte Eilboten gen Süden nach Celyddon zu Custennin und den Fürsten von Rheged. Sie sollten alle zu ihm kommen. Wir ließen uns nieder und warteten auf das Eintreffen der britischen Könige.

Die Fürsten von Rheged, einschließlich meines Vaters, kamen sofort, als sie hörten, daß Artus hier kämpfte. Fürst Ectorius, Keis Vater, stieß aus Caer Edyn zu uns. Custennin von Celyddon führte eine Schar von zweihundert Kriegern heran.

Sobald diese schließlich eingetroffen waren, versammelte Artus die Kymbrogen und sprach mit uns ein Bittgebet um den Sieg. Myrddin hielt segnend die Hände über uns, worauf wir unsere Schlachtwehren anlegten und aufsaßen. Dann nahmen wir unsere Plätze an der Spitze des vereinigten Heeres ein und ritten aus dem Tal in die Ebene.

Der Angriff war ein Meisterwerk. Artus hatte das feindliche Lager von unserem Spähplatz oben im Tal lange beobachtet. Er wußte, wie die Schlachtlinien verlaufen würden, wußte – noch ehe die Barbaren selbst es wußten –, wie sie auf den Angriff antworten würden. Er wußte es in- und auswendig.

Daher war die erste Schlacht kurz und heftig. Baldulf wurde geschlagen, ehe er eine Abwehr aufbauen konnte. Unsere *Ala* überrannte die Feinde einfach, und das nicht nur einmal: immer wieder, Attacke auf Attacke. Das Gemetzel war groß, schlimm das Blutbad.

Die flache Ebene war der Tod für sie. Sie hielten uns nicht stand. Als die Belagerung gebrochen war, stürmte Bors mit seiner Schar von der Felsenfeste herab und drängte alle vor sich in den Clyd, wo viele ertranken.

Als Baldulf merkte, daß seine Krieger nichts gegen uns auszurichten vermochten, befahl er den Rückzug: Er wollte gen Süden zu seinen Schiffen fliehen. Doch das hatte Artus vorhergesehen – unser Fußvolk riegelte das Tal ab. Verzweifelt flüchteten die Angeln und ihre Verbündeten gen Norden.

Die Barbaren zogen sich in das Seengebiet oberhalb des Clyd zurück, um sich auf den dicht bewachsenen und versteckten Pfaden jener dunklen Hügel zu zerstreuen. Noch auf dem Schlachtfeld rief Artus uns zu sich.

»Kei, Bedwyr, Pelleas, Bors – zieht Krieger zusammen und teilt sie unter euch. Wir setzen ihnen nach.«

Idris und die anderen Könige gesellten sich zu uns. »Diese Wälder sind gefährlich. Die Feinde können uns dort in einen Hinterhalt locken. Sie werden uns dort auflauern«, klagte Idris.

Bedegran blies ins selbe Horn: »In so dichtem Wald können sich die Pferde nicht bewegen. Wir würden uns nur selbst schaden.«

Artus konnte seine Verachtung nicht ganz verbergen. »Da ihr Angst habt, werdet ihr gar nicht gebeten, eine solch gefährliche Pflicht auf euch zu nehmen. Für euch habe ich eine andere Aufgabe im Sinn.«

Wie er sie verhöhnte, gefiel ihnen gar nicht, aber das war nun ihre eigene Schuld. »Was verlangst du von uns?« fragte Maglos.

»Ihr sollt Fürst Ectorius und Myrddin zurück nach Caer Edyn begleiten. Ich möchte, daß die Werften geschützt und wieder aufgebaut werden.«

»Sollen wir Seeleute werden?« rümpfte Idris die Nase. Das hielt er für unter seiner Würde.

»Ehe dieses Land frei ist, werden alle meine Hauptleute zu Seeleuten. Wir werden genauso gut auf dem Deck eines Schiffes kämpfen wie auf dem Rücken eines Pferdes.« Damit entließ Artus sie, um mit Myrddin und Ector zurückzukehren, und wir machten uns an die lange und schwierige Aufgabe, die Feinde vollends aufzureiben.

Idris und Bedegran hatten die Gefahr nicht übertrieben, die Notwendigkeit aber unterschätzt. Es mußte sein: Jeder Barbar, der uns entkam, würde brennend und mordend zurückkehren. Sie hatten Artus' Friedensangebot verachtet und sich statt dessen für die Klinge entschieden. Darum jagten wir sie erbarmungslos, gönnten ihnen weder Rast noch Ruhe. Immer tiefer drangen wir in die wilden Hügel vor und scheuchten die Barbaren vor uns her.

Die Hügel nördlich des Clyd sind steil und eng. Die Seen sind schmal, lang, tief und kalt: schwarze Wasserreiche, die von klagenden Adlern beherrscht werden. Zu diesen trostlosen Hügeln folgten wir den Feinden und trieben sie Tag für Tag weiter. Und es vergingen viele Tage.

Nach langem gelangten wir schließlich an eine Stelle, wo sich zwischen zwei langgestreckten Seen ein ausgedehnter Hügelrücken erhebt. Der eine See öffnet sich zum Meer und trägt keinen Namen; der andere heißt Lomond. Verbunden sind sie durch einen Fluß namens Dubglas, der in einem tiefen Graben verläuft. Und an diesem Fluß scharten sich die Barbaren.

Das bewies Baldulfs Klugheit. Die Schlucht war hier schmal und verbot einen Angriff zu Pferde. Und sie stieg steil an und bot den Feinden die hochgelegene Stellung, die sie bevorzugen: Wenn sie keine Furt finden, ist ihnen ein Hügel am liebsten.

Wir griffen von unten an, und die Gegner stürmten auf uns herab. Wir wichen zurück – als wären sie übermächtig. Baldulf, der begierig war, sich für seine Niederlagen zu rächen, setzte uns nach. Ich erinnere mich noch an den Schein ihrer Waffen im harten Sonnenlicht, als sie kopfüber in den geröllreichen Graben rannten und ein grimmiges Triumphgeheul anstimmten. Diese unmenschlichen Schreie zerstörten die Stille des Waldes und brachten ihn zum Zittern. Sie kamen herabgerast und hatten nur einen Gedanken: uns endgültig zu vernichten.

Das war ihr Fehler.

Artus hatte die zweite Division zurückgehalten, bis Baldulf sich eine Blöße gab. Als die Barbaren über uns herfielen, erklang das Jagdhorn; Pelleas, Kei und Bors erschienen auf dem Paß hinter Baldulf. Sie hatten den Hügel umrundet und sich von der anderen Seite emporgearbeitet.

Jetzt saß Baldulf zwischen zwei Heeren in der Klemme; dazu hielt das größere von beiden die höhere Stellung. Ach, wie rasch diese Schreie sich in Angstgekreisch verwandelten, sobald die Barbaren merkten, was geschehen war!

Kämpften sie erst aus Rachsucht, so fochten sie jetzt um ihr nacktes Leben. Die Schlacht war grausam, der Kampf bitter und heftig. Mit meinem Speer fuhr ich ins Getümmel. Mein Schild klapperte von den Schlägen, die auf ihn regneten. Der Arm tat mir weh. Aber ich holte immer wieder aus, tödlich, jeder Hieb mörderisch. Die Feinde fielen der Reihe nach vor mir.

Ringsum hallten die Täler vom Klirren von Stahl auf Stahl, den Schreien der Verwundeten und Sterbenden. Als die größere Streitmacht von oben auf die Barbaren einstürmte, wichen wir unten zurück und kamen schließlich am Grasufer des Sees zum Stehen.

Das öffnete Baldulf einen Weg, aber es gab nirgendwohin eine Ausflucht. Hinter und zu beiden Seiten der Feinde stand Artus'

Heer und vor ihnen lagen die tiefen Wasser des Lomond-Sees, der wie poliertes Silber funkelte. Ich weiß nicht, was ich an seiner Stelle getan hätte, Baldulf jedoch trat die Flucht in den See an. Den See!

Das war gar nicht so töricht, wie es klingt. Denn in dem See befand sich eine ganze Reihe Inseln. Einige von ihnen sind bare Felsen, die sich nur für Möwen eignen. Andere tragen große Baumgruppen, wo Männer sich verstecken können. Und indem sie von Insel zu Insel liefen, konnten sie womöglich das tiefe Gewässer überqueren und auf die andere Seite entkommen – an manchen Stellen gar keine so große Entfernung.

Rotgesichtig kam Kei angerannt. »Sie entwischen. Sollen wir ihnen nach?«

Wir standen am Ufer und sahen zu, wie die Feinde über das Wasser strampelten. Artus erwiderte nichts.

»Bitte, Artus, machen wir hier Schluß. Sonst kämpfen wir den ganzen Sommer.«

Kei hatte natürlich recht. Doch bei all seiner Aufregung hatte er sich die Sache nicht zu Ende überlegt.

»Was willst du tun?« fragte ich ihn. »Ihnen nachschwimmen?«

»Sie entkommen!« jammerte er, mit dem Schwert auf den See zeigend.

Da griff Artus ein. »Nimm die Kymbrogen«, sagte er zu Kei, »und reite am Südufer um den See bis zur anderen Seite. Töte alle, die sich nicht ergeben wollen.«

Kei grüßte und eilte davon, wie ihm aufgetragen ward. Dann meinte der Herzog zu mir: »Laß den Rest der Krieger aufsitzen und folgt mir.«

»Nein, Artus!« rief ich ihm nach. Denn ich ahnte, was er vorhatte. »Das geht nicht.«

Er blieb stehen und drehte sich um. »Hat das schon einmal jemand versucht?«

»Na ja, nein – ich glaube nicht. Aber –«

»Woher weißt du es dann? Hat es dir vielleicht ein Engel verraten?«

»Rede mir nicht von Engeln, Artus. Gott liebt dich, mir ist es ernst.«

»Mir auch, Bedwyr. Ich will diese Schlacht ohne weiteres

Blutvergießen beenden. Ich kann es, und es braucht sich nicht einmal jemand naß zu machen. Das nenne ich Sieg.« Er drehte sich wieder um und hieß Rhys, das Signal zur Aufstellung zu blasen. Sofort saßen wir auf und ritten gen Süden, Kei hinterher.

Nach jeweils hundert Schritten stellte Artus einen Reiter auf und alle fünfzig Schritte dazwischen einen Fußsoldaten. So umgab er die ganze Südhälfte des Sees. Als wir die Ostküste erreichten, kam uns Kei wieder entgegen.

»Ist einer herübergekommen?« fragte Artus.

»Nur wenige. Die meisten sind ertrunken. Sie wollten sich nicht ergeben, also erlagen sie dem Schwert. Die übrigen haben auf den Inseln Zuflucht gesucht. Ich reite nach Süden weiter, falls sie uns da durch die Maschen gehen wollen.«

»Das ist nicht nötig«, versetzte Artus.

»Aber sie können herüberschwimmen, während wir hier sitzen und reden. Sobald sie im Wald sind, finden wir sie nicht wieder.«

»Es ist nicht nötig«, erklärte ich, »weil Artus den See umstellt hat.«

»Den See umstellt!« rief der rothaarige Feuerbrand. »Höre ich recht?«

»Jawohl«, versicherte ich ihm säuerlich. Der Einfall, ein großes Gewässer zu umstellen, gefiel mir nicht besonders.

Kei schluckte einen Moment, aber ihm kam keine passende Antwort. Am Ende seufzte er – ein Geräusch, als würde ein Hornvoll Bier auf heiße Kohlen gegossen. »Und was sollen wir jetzt tun?«

»Warten«, sagte Artus. »Einfach warten.«

»Wir können den ganzen Sommer hier warten!« klagte Kei. Seine Laune, gesegnet sei er, lag immer rasch bloß. »Auf diesen Inseln gibt es Wild und Geflügel. Sie haben Wasser zum Trinken. Sie können sich monatelang ernähren!«

»Dann warten wir eben Monate!« sagte Artus fest. »Wir warten, bis der Schnee uns zum Hals steht, ehe ich zulasse, daß nur noch einer meiner Männer umkommt, weil wir Baldulf vernichten wollen.«

Wenn er in dieser Stimmung war, ließ er sich durch nichts bewegen. Also versuchte ich es erst gar nicht. Am Ostufer des

Lomond-Sees schlugen wir unser Lager auf und vertäuten unsere Zelte zwischen hohen Kiefern und stämmigen Eichen.

Darauf zu warten, daß jemand verhungert, ist eine langweilige Angelegenheit. Ich rate davon ab.

Allein die Geduld, die man aufbringen muß, ist enorm, und der Preis will wohl überlegt sein. Aus demselben Grund haben mir Belagerungen nie behagt. Lieber eine heftige und rasche Schlacht – ein in die Rippen gestoßener Speer, der flinke Hieb eines Schwertes – als ein langsamer Tod.

Zweimal am Tag brachten Reiter Essen zu den Wachen, die um den See standen; allein diese Aufgabe stellte sich als ungeheuerlich heraus. Das Essen mußte zubereitet, auf einen Wagen geladen und den Wachen geliefert werden. Jeden zweiten Tag wurden die Wachen abgelöst, und andere Krieger nahmen ihren Platz ein, denn es war eine beschwerliche Pflicht.

Im übrigen beschäftigten wir uns, so gut wir konnten. Wir jagten in den Wäldern und fischten im See. Die Krieger rangen und wetteiferten bei verschiedenen Geschicklichkeits- und Glücksspielen miteinander. Und vor allem wachten wir.

Ab und zu erspähten wir einen Feind auf einer der Inseln. Für gewöhnlich in der Abenddämmerung oder am Morgen. Meist hielten sie sich aber verborgen. Allerdings erhob sich am Ende eines langen, verregneten Tages ein Geheul von den Inseln, und die Barbaren kamen ans Ufer, um uns zu verhöhnen und zum Kampf zu reizen.

Kei war ganz dafür, doch Artus wollte nicht. Wir beobachteten sie, und als die Nacht sich senkte, erstarben die Schreie. Die ganze Nacht über hörten wir immer wieder Geheul und sahen auf den Inseln Fackeln und Feuer brennen. Aber auch die erstarben, und die Nacht hüllte alles ein.

Eines Morgens sah ich Pelleas auf einem Stein am Ufer sitzen und auf die größte Insel starren. »Eine schlimme Art zu sterben«, sagte er, als ich mich neben ihn setzte.

»Sie brauchen ja nicht zu sterben«, versetzte ich. »Sie können sich ergeben. Sie brauchen Artus bloß Frieden zu schwören, und er läßt sie ziehen.«

»Menschen, die untereinander schon keine Eide halten, fällt es schwer, an die Ehrlichkeit anderer zu glauben«, sagte Pelleas.

»Schwerer als der Tod?«

»Das werden wir sehen, Bedwyr ap Bleddyn«, sagte er nachdenklich.

Es verstrichen noch viele Tage. Ich wußte jedoch, daß wir uns dem Ende näherten, als wir es eines Nachts kurz nach Mitternacht im Wasser platschen hörten und am nächsten Morgen am Ufer angeschwemmte Leichen fanden. Ob sie von eigener Hand gestorben, von ihren eigenen Leuten umgebracht worden oder bei einem Fluchtversuch ertrunken waren, ließ sich nicht sagen. Aber es war ein Hinweis, daß das Ende nicht mehr fern war.

Artus befahl, daß die Leichen aus dem See gefischt und im Wald begraben wurden. Dann setzte er sich in ein Boot und ruderte ein Stück auf den See hinaus. Er stellte sich ins Boot und rief nach Baldulf.

»*Bretwalda*! Höre mich! Ich weiß, daß ihr am Verhungern seid. Ich weiß, daß ihr kein Essen mehr habt. Höre! Ihr braucht nicht zu sterben. Schwört mir Frieden, und ihr verlaßt diesen Ort als freie Männer. Frieden, *Bretwalda!*«

Baldulf zeigte sich auf der vordersten Insel. Er watete ins Wasser hinaus und stierte Artus böse an. Andere krochen ihm nach. »Du willst uns töten! Wir trotzen dir bis zum Tod!« Seine Stimme klang kühn, aber seine Schultern hingen herab, und er stand da wie einer, der sein Haupt nicht aufrecht zu tragen wagt. Er war ein geschlagener Mann.

»Warum vom Tod sprechen, *Bretwalda*, wenn ihr leben könnt? Schwöre mir Frieden und ziehe ab.«

Baldulf stand noch immer im Wasser und versuchte zu entscheiden, was er tun sollte, als einige seiner Männer sich ins Wasser stürzten und auf Artus' Boot zuschwammen. Andere wandten sich der Stelle zu, wo wir am Ufer standen. Keiner von ihnen trug Waffen.

Als sie das Ufer erreicht hatten, legten sie sich schnaufend, erschöpft auf die Steine, außerstande, sich auch nur ganz aus dem Wasser zu schleppen, geschweige eine Waffe gegen uns zu erheben. Ihre Kraft war dahin.

Diejenigen, die hinter Baldulf standen, sahen, wie Artus ihre Kampfgefährten aus dem Wasser in sein Boot zog. Sie sahen, wie wir ihre Kameraden aus dem See zerrten, anstatt ihnen mit den Enden unserer Speere den Schädel einzuschlagen. Sie sahen, daß wir sie nicht töteten, und als sie dies sahen, war es mit dem Zaudern vorbei. Sie warfen sich in den See und schwammen ihren Genossen am Strand hinterher. So wurde die Belagerung des Lomond-Sees beendet, ob Baldulf wollte oder nicht.

Wir verbrachten den größten Teil des Tages damit, sie aufzuklauben. Sobald das erste Rinnsal eingesetzt hatte, strömten sie bald aus allen Richtungen herbei. Von denen, die Baldulf gefolgt waren, hatten nur etwa dreitausend überlebt, meist Angeln. Es waren nur wenige Iren und keine Pikten darunter. Den Pikten war es wohl gelungen, in die Wälder zu entkommen. Und sie hatten sich nicht wieder dem Kampf gestellt.

Als letzter kam Baldulf ans Ufer, aber er kam in Artus' Boot und hielt das Haupt hoch erhoben – als wäre er der Sieger. Artus half ihm mit eigener Hand aus dem Boot.

Ach, was für ein merkwürdiger Anblick, das kann ich euch sagen. Todfeinde nebeneinanderstehen zu sehen, als wäre nie ein scharfes Wort zwischen ihnen gefallen, als wären die grimmigen Schlachten nur eine Kleinigkeit, als würden tapfere und tüchtige Männer nicht unter dem Gras ruhen, das von ihrem eigenen Blut getränkt war … als wäre der Krieg nur ein Wort.

Und Baldulf stand neben Artus, als hätte er nichts Schlimmes getan. Und Artus' Gnade läßt sich daran ermessen, daß er einem Feind das Leben schenkte, der das seine nicht geschont hätte. Baldulf hätte keinen Augenblick gezögert, Artus' ein Schwert in die Kehle zu stoßen, und alle wußten es.

Artus bewies wahren Geistesadel, als er Baldulf gegenübertrat und ihm Frieden anbot. Seine Bedingungen waren schlicht: Er sollte Britannien verlassen und nie wieder zum Plündern kommen. Als er darauf einging, befahl Artus, den Barbaren zu essen zu geben und sie ruhen zu lassen.

Wir blieben noch zwei Tage am See und machten uns dann auf den langen Marsch zurück gen Süden an den Clyd und von dort nach Caer Edyn und zu den Werften am Fiorth, wo die Schiffe der Angeln hingebracht worden waren.

Es war ein langer, langsamer Marsch, aber wir kamen rechtzeitig nach Caer Edyn, setzten die Angeln auf ihre Schiffe und schärften ihnen ein, unter Androhung der Todesstrafe nie wieder auf die Insel der Mächtigen zurückzukehren. Wir standen am Strand und sahen den Segeln nach, bis sie am Horizont verschwanden.

»Es ist vorbei«, sagte ich zu Artus. Groß war meine Erleichterung, als ich die Barbarenschiffe aus dem Blick verloren hatte.

»Bete zu Gott, daß der Friede hält«, erwiderte Artus und wandte sich dann an die um uns versammelten Krieger. Er wollte ihnen eine Rede halten, aber die Kymbrogen begannen ihn zu bejubeln, und das Beifallsgeschrei übertönte seine Stimme. Der Jubel wurde bald zum Gesang, und Artus wurde von seinen Männern auf die Schultern gehoben.

So zogen wir in Ectorius' Festung ein: Unsere Stimmen hallten in kühnem Gesang, Artus an unserer Spitze ragte hoch über uns empor, sein blondes Haar glänzte in der Sonne, das Gold seines Torques flammte an seinem Hals, und sein Schwert Caledvwlch hielt er zum Himmel gereckt.

VII

Als wir nach Caer Edyn kamen, war Myrddin nicht da. »Er ging vor sieben Tagen fort«, berichtete Ectorius. »Ich dachte, er wollte nach Caer Melyn zurück, aber ich bin mir nicht sicher. Er hat keinem gesagt, wo er hingeht. Ich wollte ihm einen Begleittrupp mitschicken, aber das lehnte er ab.«

Darüber wunderte Artus sich, aber Myrddin ist ein Fall für sich, und keiner weiß, was er gerade denkt, geschweige denn, was er als nächstes tut. Eines ist aber stets gewiß: Es ist das, was man am wenigsten erwartet.

»So ein Pech«, sagte Artus ein wenig enttäuscht. »Ich hätte ihn gern bei der Siegesfeier dabeigehabt.«

Der Herzog wollte die Sache damit auf sich beruhen lassen, aber Pelleas nicht. »Herr Artus, ich muß ihn suchen.«

»Warum, Pelleas?«

»Er braucht vielleicht meine Hilfe.« Darüber hinaus konnte Pelleas nichts sagen. Doch ich entsann mich Merlins eigenartigen Benehmens an Lots Hof und spürte ebenfalls etwas von der Ahnung, die er hatte.

»Natürlich«, erwiderte Artus bedächtig und schaute Pelleas fest an, »wenn du es für nötig hältst.«

Pelleas beharrte selten auf einer Sache. Doch jetzt tat er es. »Das tue ich, Herr.«

»Dann geh, und Gott sei mit dir«, sagte Artus. »Wähle dir aber sechs Männer zur Begleitung aus. Diese Hügel können noch Feinde bergen. Oder nimm noch besser eines der Schiffe, dann bist du schneller.«

Die sieben brachen auf, sobald frische Pferde aufgetrieben und Proviant bereit und an Bord verstaut waren. Ich sah ihnen nach, und die Krieger, die nicht an dem Fest teilnehmen sollten, das sie sich so verdient hatten, taten mir leid. Aber Artus sorgte dafür, daß die sechs, die Pelleas begleiteten, goldene Armreifen und Messer erhielten, und so zogen sie fröhlich davon.

Das Fest dauerte drei Tage, und die Schlacht wurde von Artus'

Harfner Rhys in Liedern von Tapferkeit nacherzählt. Obwohl ich noch immer der Meinung war, daß das Jagdhorn – das er auf dem Schlachtfeld so edel geblasen hatte – eher seinen Fähigkeiten entsprach, mußte ich zugeben, daß er seine Kunst ein gutes Stück weit vervollkommnet hatte. Ja fürwahr, es erzürnte mich nicht mehr, dem Jungen zu lauschen. Das heißt, ich konnte ihm etwas länger lauschen, ohne zu erzürnen.

Aber ach, er war nicht Myrddin Emrys.

Auch die anderen Könige hatten ihre Harfner dabei. Darum mangelte es nicht an Lobpreis in unseren Ohren. Das gute braune Bier von Ectorius und der üppige goldne Met flossen in Strömen. Wir vertranken, glaube ich, seinen ganzen Wintervorrat. Aber das aus gutem Grund.

Ich feiere genauso gern wie jeder andere, aber nach drei Tagen begann ich des Festes überdrüssig zu werden. Das ist seltsam, ich weiß, aber immer wieder wanderte ich zu den Schiffen hinab, die größtenteils in Reihen am Ufer vertäut lagen. Einige lagen etwas weiter draußen im Fiorth vor Anker. Andere waren an den Strand gezogen worden, damit sie sich besser flicken ließen.

Am vierten Tag fühlte ich mich bei Anbruch des Morgens wieder zu den Schiffen hingezogen. Der klare, sonnenüberflutete Himmel leuchtete wie glänzende Bronze, und der frische Seewind blies den Rauch aus Ectorius' Saal davon, der mir in Haar und Kleidung hing. Die Einsamkeit an der Küste wurde von den scharfen Schreien der Stelzvögel durchbrochen, die in Tidepfützen nach Nahrung suchten.

Artus entdeckte mich auf dem verlassenen Deck eines Schiffes, dessen Kiel im Strandgut steckte. »Heil, Bedwyr!« rief er und watete durch den Schlamm zu mir. »Was treibst du hier, Bruder?«

»Ich überlege mir, wie es sein wird, auf dem rollenden Deck eines Schiffes das Schwert zu schwingen und den Speer einzulegen«, erwiderte ich und bot ihm meine Hände, als er sich an Bord schwang. »Und ich überlege, daß es einige Zeit dauern wird, bis wir uns daran gewöhnen.«

»Es ist nicht schlimmer als zu Pferde«, meinte er und lachte plötzlich. »Weißt du noch, was wir Cunomor Schändliches antaten?«

Das wußte ich wohl. Wir waren noch Winzlinge und fingen mit einigen älteren Knaben gerade die Waffenausbildung an – einer von ihnen war ein unerträglicher Prahlhans namens Cunomor ap Cynyr, der Sohn eines kleinen Königs in Rheged. Nachdem wir diesen anmaßenden Kerl und seinen aufgeblasenen Hochmut über einen Monat lang ertragen hatten, machten Artus und ich uns an seinen Waffen und seinem Zaumzeug zu schaffen, so daß die Spitzen von seinen Speeren brachen und sein Sattel seitlich vom Pferd rutschte, als er auf dem Übungsgelände trabte. Er wirkte damit so lächerlich, daß er den ganzen Sommer lang nicht mehr den Kopf zu heben wagte.

»Armer alter Cunomor«, sagte ich, nachdem ich mich bei Artus' Worten wieder an den rotgesichtigen Jungen erinnert hatte. »Ich frage mich, ob wir genauso närrisch aussehen werden, wenn wir versuchen, auf diesen Schiffen zu kämpfen wie er, als er seine hochtrabende Würde aufrecht im Sattel zu halten versuchte.«

»Schlimmer!« rief Artus lachend. Es freute mich, ihn so glücklich zu sehen. Artus schien wieder zu sich gekommen zu sein – wie Myrddin es vorhergesagt hatte. Obwohl sein Sinn weiterhin ungewöhnlich ernst blieb, war ihm dies nicht mehr auf Anhieb anzusehen. Er wurde gerade zu einem neuen Menschen, nehme ich an, und jene fromme Vision vom Sommerreich war sein festes Fundament.

Als wollte er meine Beobachtung bestätigen, sagte er: »Aber wir werden siegen, Bedwyr. Wir müssen es. Sonst ist Britannien verloren – und noch vieles mehr.«

»Daran zweifle ich nicht, Bär.« Ich wandte meinen Blick der weiten, glänzenden Fläche des Muir Guidan zu. Es war friedlich und still, während das sanfte Licht allmählich am Himmel verblaßte.

»Wir brechen bald auf«, sagte Artus und ließ den Blick schweifen. »Nach Lugnasadh.«

Bis dahin waren es nur noch wenige Tage. »So? Aber ich dachte, erst sollten die Werften wiederhergestellt werden.«

»Bei Ector liegt alles in guten Händen. Lot hat eingewilligt, zu bleiben und den Bau der ersten Schiffe zu beaufsichtigen. Ich werde woanders gebraucht. Wir müssen die Tribute eintreiben und vor dem Winter die Pferde zureiten.«

»Die Tribute!« Das hatte ich vollkommen vergessen. »Lieber würde ich gegen die Pikten kämpfen, als Tribute eintreiben!«

»Das eine geht nicht ohne das andere«, versetzte Artus.

»Dann glaubst du also nicht, daß der Friede mit Baldulf halten wird?«

Der Herzog schüttelte sacht den Kopf. »Nein, Baldulf haben wir nicht zum letzten Mal gesehen. Und was die Skoten und Pikten angeht – wann haben die je einen Vertrag beachtet?«

»Wir hätten sie umbringen und die Sache damit erledigen sollen.«

»Sie wären ohnehin wiedergekommen. Auf diese Weise haben sie vielleicht etwas gelernt. Und wenn wir wieder kämpfen müssen, dann lieber gegen einen Feind, den ich kenne. Aber nur Mut, Bedwyr, für dieses Jahr ist es mit dem Kämpfen vorbei.«

»Bist du dir da sicher?«

»Ja.« Er lächelte und klopfte mir auf den Rücken. »Und wir haben uns Ruhm und Ehre errungen – ganz zu schweigen von dem vielen Gold. Wir haben unsere Sache gut gemacht.«

Ein paar Tage nach Lugnasadh, dem Herbstfest, segelten wir mit der Morgenflut nach Caer Melyn. Artus bat jeden Anführer, das Kommando über drei oder vier Schiffe zu übernehmen, so daß wir uns mit diesem schwierigen Gefährten vertraut machen konnten. Bei allen Engeln und Heiligen, sie waren unnachgiebiger als Wale! Es war, als müßte man ein Heer anführen, das auf Schweinen reitet.

Artus wollte zeigen, daß Britanniens Küsten wieder bewacht wurden. Darum ließen wir uns Zeit und liefen auf dem Weg mehrere Häfen an. Wir nutzten jede Gelegenheit, unser Dasein unter Beweis zu stellen. Wir lernten etwas über das Beherrschen von Schiffen und sammelten auch Tribute von den Küstenreichen. Also verbrachten wir unsere Zeit sinnvoll.

Doch als wir Abertaff erreichten, war ich trotzdem froh, das schwankende Wesen zu verlassen und wieder festen Boden unter den Füßen zu haben. Wir luden die Pferde aus und ritten erschöpft zur Burg, voll der Freude auf die Heimkehr, begierig, uns bei einem Krug und einem frischen, warmen Laib Brot an den Herd zu setzen.

Als wir in den Hof traten – ach, was uns die Zurückgebliebenen für einen Empfang bereiteten! –, wurde Artus unruhig. »Was ist los, Artus?« fragte ich ihn. Die lauten Rufe klangen uns noch in den Ohren, denn die Krieger begrüßten ihre Angehörigen.

Er blickte sich geschwind um, als erwartete er, seinen Saal in Trümmern vorzufinden oder ein Dach in Flammen. »Myrddin ist nicht da.«

»Gewiß ist er drinnen und schenkt Bier aus«, meinte ich.

»Wenn er hier wäre, würde er am Tor stehen.« Artus schwang sich aus dem Sattel und eilte in den Saal. »Wo ist Myrddin?« fragte er den Oberdiener, einen hageren Stock von einem Mann namens Ulfin.

»Der Emrys ist fortgegangen, Herzog Artus«, erwiderte Ulfin.

»Wohin?«

»Das hat er mir nicht mitgeteilt, Herr.«

»Sagte er, wann er zurückkommt?«

»Nein, Herr«, entgegnete Ulfin steif. »Du weißt, wie er bisweilen ist.«

»Und wo ist Pelleas?« fragte Artus, nun lauter.

»Herr Pelleas kam hierher, reiste aber sogleich weiter. Er hat sich wohl auf die Suche nach dem Emrys gemacht.«

Mir lief es kalt über den Rücken. »Wann brach er auf?« fragte ich, denn nach meiner Meinung hätte wenigstens einer von beiden inzwischen wieder hier sein sollen.

Ulfin legte den Kopf schief und dachte nach. »Gleich nach Lugnasadh, Herr. Ein paar Tage danach. Und er ging allein.«

Artus entließ den Diener und sagte zu mir: »Das behagt mir gar nicht, Bedwyr. Da stimmt etwas nicht. Ich gehe sie suchen.«

»Ich gehe, Artus«, erwiderte ich. »Du wirst hier gebraucht. Die Könige werden einen Bericht über die Schlachten im Norden hören wollen.«

Der Herzog zauderte, suchte nach Gegenargumenten. »Wo willst du anfangen?«

»In Ynys Avallach«, antwortete ich. »Sorge dich nicht, Bär, ich bringe sie dir zurück, ehe du merkst, daß ich weg war.«

»Nimm Gwalcmai mit«, riet Artus, schließlich nachgebend. »Oder Bors – oder beide, wenn dir das lieber ist.«

»Gwalcmai wird genügen.«

Eine Nacht mit einem richtigen Dach über dem Kopf geschlafen, und schon saß ich wieder im Sattel und war unterwegs. Wir brachen im Morgengrauen auf, als die Sonne im Osten erst zu erahnen war, und schlugen den Weg gen Süden nach Ynys Avallach ein. Um die Reise zu beschleunigen, steuerte ich eines unserer Schiffe über das Mor Hafren. Obwohl mir der Sinn gar nicht nach noch einer Seefahrt stand, sparten wir uns dadurch viele Tage im Sattel. Und ich erwies mich als kein schlechter Steuermann.

Nach der Landung ritten wir schleunigst weiter, hielten nur zum Essen und Trinken und gönnten uns keine Ruhe. Auf diese Weise erreichten wir am Abend des zweiten Tages den Burgberg. Vom See und den Sümpfen stieg Abenddunst auf und umschleierte den hochgetürmten Tor; dieser ragte aus den weißen Nebelschwaden wie eine Luftinsel aus einem Wolkenmeer. Der steile grüne Hügel mit dem anmutigen Palast darauf wirkte wie ein Zauberreich – wie einer jener Hügel der Anderswelt, die vor den Augen von verwirrten Menschen nach Belieben auftauchen und verschwinden.

Nun, wie gesagt, war ich niemals auf der Glasinsel gewesen – auch wenn ich von Myrddin und Pelleas darüber gehört hatte, seit ich eine Erzählung begreifen konnte. Ich hatte den Eindruck, den Ort zu kennen. Und ich erlebte das unheimliche Gefühl, nach langer Abwesenheit in eine Heimat zurückzukehren, die ich nie gesehen hatte. Die Druiden haben dafür, glaube ich, ein Wort. Ich kann es nicht benennen.

Doch als wir im purpurroten Sonnenuntergang den gewundenen Pfad zum Palast des Fischerkönigs hinanstiegen, erinnerte ich mich an winzige Einzelheiten, als wäre ich dort aufgewachsen – sogar an den Lerchenschlag vom flammenden Himmel hoch über dem Tor. Gwalcmai machte Augen, so groß wie Schildbuckel, als er der hochstrebenden Mauern und Türme ansichtig wurde. Die polierten Tore – gute, vertraute Tore, durch die ich tausendmal und doch nie zuvor geritten war – standen offen. Als wir einritten, kamen uns die Diener König Avallachs entgegen.

»Sie sehen alle aus wie Pelleas«, bemerkte Gwalcmai leise. »Sind alle vom Feenvolk so stattlich?«

»Warum werden sie wohl Feenvolk genannt?« fragte ich ihn.

Dennoch war es für mich ein ebenso großes Wunder. Während wir an Pelleas gewöhnt waren und über sein Volk Bescheid wußten, kamen wir beim Anblick der anderen doch in Versuchung, an die törichten und dummen Geschichten zu glauben, die über es erzählt werden.

»Schau dir den an!« kreischte Gwalcmai beinahe, als wir den Saal betraten. Er war außer sich vor Aufregung. Aber schließlich stammte er ja von den Orkaden.

»Hör auf, mit dem Finger zu zeigen! Das ist der Fischerkönig!« zischte ich. »Oder willst du im Stall schlafen?«

König Avallach trat vor, gewandet in scharlachrote Seide, gegürtet mit einem breiten Band aus Silberplättchen wie Fischschuppen, und die dunklen Locken von Bart und Haar waren geölt und glänzten. Sein schönes Antlitz trug ein Willkommenslächeln, und er breitete zur Begrüßung weit die Arme aus. Obwohl er nicht wissen konnte, wer wir waren, spürte ich die Wärme seiner Freude.

»Gott schenke euch seine Güte«, sagte Avallach mit einer Stimme, die tief aus seiner Brust wie aus einem hohlen Hügel kam. »Ruht euch aus und seid willkommen, Freunde.«

»Heil, König Avallach! Ich grüße dich herzlich!« sagte ich und berührte zum Gruß mit dem Handrücken die Stirn.

»Kennst du mich?« fragte der Fischerkönig.

»Wir sind uns nie begegnet, König Avallach. Ich kenne dich nur dem Namen nach. Myrddin Emrys hat mir von dir erzählt.« Als ich Myrddin nannte, nickte der König. »Ich komme im Namen von Artus, Herzog von Britannien.«

»Schon gut«, erwiderte Avallach. »Ihr seid Freunde von Artus?«

»Ich bin Bedwyr ap Bleddyn aus Rheged, und –«

»Endlich lerne ich also den berühmten Bedwyr kennen!« rief der König erfreut aus. »Gottes Segen sei mit dir, Bedwyr ap Bleddyn. Artus hat mir so viel von seinem Kampfgefährten erzählt.«

»Das ist Gwalcmai ap Lot aus Orkadien«, fuhr ich fort, auf den verdutzten Nordländer neben mir deutend.

Daraufhin wurde der König steif und kniff die Augen zusammen. Er betrachtete Gwalcmai, als wäre er eine Art Schlange, deren Zähne noch nicht auf ihr Gift untersucht worden waren.

Darüber wunderte ich mich erst, doch dann fiel mir ein, was Myrddin mir gesagt hatte: Morgian, die Königin der Lüfte und der Finsternis, war Gwalcmais Großmutter. Seine Verwandte!

Wie dumm! Innerlich knirschte ich mit den Zähnen und versetzte mir einen Tritt, weil ich so ein Narr war. Warum, ja warum war mir das nicht vorher in den Sinn gekommen? Ich hätte mir für die Reise keinen schlechteren Gefährten wählen können.

»Willkommen, Gwalcmai ap Lot«, sagte Avallach streng.

Ich glaube nicht, daß Gwalcmai die kühle Begrüßung auffiel. Ich glaube nicht, daß ihm irgend etwas auffiel – außer der bezaubernden Schönheit der Frau, die sich von der anderen Seite des Saales näherte. Sie war hinter Avallach eingetreten und kam festen Schrittes zu uns.

Ich weiß, daß ich nie eine Frau gesehen habe, die an Gestalt und Antlitz schöner war. Ich weiß, daß ich nie wieder eine sehen werde, die der Dame vom See gleichkommt – denn sie war es. Ich erkannte sie, wie ich Avallach erkannt hatte – aufgrund von Myrddins Schilderungen. Aber seine Worte hatten nicht von einem Zehntel ihrer Anmut gekündet.

Ihr Haar war lang und golden wie das Sonnenlicht, das auf eine im Frühling erblühte Aue fällt. Ihre Haut war weiß wie die Schneeschicht auf einem geschwungenen Ast oder wie der seltenste Alabaster; und ihre Lippen waren so rot wie Winterrosen vor der Milchweiße ihrer Haut. Sie blickte uns mit Augen in der Farbe und Ruhe von Waldteichen an. Der zarte Bogen ihrer Brauen verriet Adel und Stolz.

Sie trug ein langes Gewand aus meergrüner Seide, auf das ein wundervoll filigranes Ziermuster aus Rotgold gestickt war, und darüber einen ärmellosen, gelbbraunen Umhang, der mit funkelndem Silber gesäumt war. Um ihren Hals hatte sie einen schlanken Torques aus geflochtenem Gold, wie eine Kymrenkönigin ihn trägt. Aber sie war ja eine Königin – natürlich! – oder war es einst gewesen.

»Wahrhaftig, sie ist eine Göttin!« krächzte Gwalcmai hingerissen.

»Sie ist Myrddins Mutter, vergiß das nicht«, erwiderte ich und konnte doch selbst kaum daran glauben.

Charis trat zu mir und küßte mich zur Begrüßung auf die

Wange. »Der Friede Christi sei mit dir, Bedwyr«, sagte sie sehr sanft und leise.

»Du kennst mich, Herrin?« schluckte ich, erstaunt, aus ihrem Mund meinen Namen zu vernehmen.

Meine Miene muß mein Staunen deutlich verraten haben, denn sie lachte freundlich und sagte: »Wie könnte ich nicht?«

»Aber ich war doch noch nie zuvor hier«, stammelte ich.

»Nein, nicht in Fleisch und Blut«, stimmte Charis zu. »Aber du warst der unsichtbare Geist an Artus' Seite, als er vergangenen Winter hier weilte.«

»Er sprach von mir?«

»Ach, gewiß sprach er von dir«, erwiderte Avallach. »Wenn er von nichts anderem sprach, sang er Loblieder auf seinen Gefährten Bedwyr.«

»Darum erkenne ich dich«, meinte Charis. »Und so erkanntest du mich – durch meinen Sohn, nehme ich an.« Sie blickte Gwalcmai an, der verzaubert neben mir stand.

»Ich darf dir Gwalcmai ap Lot vorstellen, aus Orkadien«, sagte ich und stieß ihm den Ellbogen in die Rippen. Doch es hatte keinen Zweck: Er glotzte sie an, als wäre er blödsinnig und stumm.

Als Charis seinen Namen hörte, änderte sich etwas an ihr – obwohl ihr äußerlich nichts anzumerken war. Dennoch spürte ich eine plötzlich Wärme von ihr zu Gwalcmai ausgehen. Sie blickte ihm fest ins Auge, legte ihm ihre schönen Hände auf die Schultern, näherte ihr Gesicht dem seinen und küßte ihn auf beide Wangen.

»Der Friede Christi sei mit dir, Gwalcmai«, sagte sie.

»Und auch mit dir, Herrin«, flüsterte er, während seine Wangen fuchsrot wurden.

»Du bist hier willkommen«, verkündete sie ihm feierlich. Dann hellte sich ihr Gesicht auf, und sie sagte: »Kommt, das ist ein angenehmes Ende des heutigen Tages. Wir speisen zusammen, und dann erzählt ihr mir, wie es meinem Sohn in der weiten Welt ergangen ist, seit ich ihn zum letztenmal sah.«

Da wußte ich, daß weder Myrddin noch Pelleas auf der Glasinsel gewesen war und daß wir unsere Suche rasch fortsetzen mußten.

Wir wurden in ein kleineres Gemach neben dem Saal geleitet,

wo eine lange Tafel mit Stühlen darum aufgestellt worden war. Daneben standen ein Glaskrug mit Rotwein und Silberbechern. Wir bekamen Wein, tranken und begannen zu schildern, was alles geschehen war, seitdem Myrddin und Artus im Winter zuvor auf Ynys Avallach geweilt hatten. Und es gab viel zu erzählen.

Gwalcmai stocherte mit seinem Messer im Essen herum. Ein Vogel hätte herzhafter zugegriffen. Aber er saß schlaff auf seinem Stuhl und starrte die Dame vom See an – so hingerissen und unverschämt, daß ich mich wundere, daß sie sich seinen Blicken nicht entzog oder ihn mit verächtlichem Lachen beschämte.

Ich war höchst dankbar, keine Maid zu sein, die seine unverblümten, krankhaften Blicke ertragen mußte. Aber Charis war ja auch zweimal mehr Dame, als ich es gewesen wäre!

Trotz Gwalcmais schlechter Manieren verbrachten wir einen angenehmen Abend – fürwahr, die Zeit schien zu verfliegen wie die allzu kurze Melodie einer Nachtigall. In jener Nacht ruhten wir in Betten aus feinstem Linnen über frisch geschnittenem Röhricht, und als ich am nächsten Morgen erwachte, glaubte ich, nie habe ein Mann besser oder bequemer geschlafen.

Aber nachdem wir gefrühstückt hatten, drückte ich mein Bedauern aus, daß wir sofort weiterreisen mußten. Da ich Charis nicht beunruhigen wollte – wie hätte ich mein Leben ertragen können, hätte ich der wunderschönen Dame Schmerz bereitet! –, sagte ich ihr nichts von unserer Suche nach Myrddin, sondern behauptete, in Angelegenheiten des Herzogs unterwegs zu sein und schleunigst weiterziehen zu müssen.

Wir verabschiedeten uns betreten und ritten bald den Pfad vom Tor hinab und über den Damm. »Myrddin war nicht hier«, meinte ich zu meinem Gefährten. »Das hatte ich befürchtet.«

Gwalcmai glotzte, als würde er gerade aus einem Traum erwachen. Über die Schulter blickte er zu dem drohenden Felsen zurück. »Hast du eine Ahnung, wohin er gegangen sein könnte?«

»Nach Llyonesse«, erwiderte ich, denn die Furcht in meinem Herzen wuchs, und ich erinnerte mich nun, wo und wann ich sie zum ersten Mal gespürt hatte: an jenem Tag am Strand, als Myrddin mir von Morgian erzählt hatte.

Ich fühlte nun, daß ich dort, wo Morgian zu finden war, auch Myrddin finden würde. Pelleas hatte es ebenfalls erraten, und darum hatte er sich solche Sorgen um Myrddin gemacht und ihn so dringend suchen wollen.

»Wo ist das denn – dieses Llyonesse?« fragte Gwalcmai.

Seine Frage verblüffte mich. »Du hast nie davon gehört?«

»Wenn ich es wüßte, bräuchte ich ja nicht zu fragen«, erwiderte er leichthin, mit einer Unschuld, die mir echt vorkam. »Weißt du, wo es ist?«

Ich blickte ihn scharf an und beschloß, ihm zu glauben. Dann wandte ich mich wieder dem Pfad vor uns zu. »Es liegt im Süden; mehr weiß ich nicht.«

Llyonesse. Das war die Quelle meiner Angst, der Prüfstein meiner tiefsten Furcht. Jetzt wußte ich es: Myrddin war losgezogen, um sich Morgian zu stellen. Mein Weg war klar vorgezeichnet. Ich mußte nach Llyonesse und ihn finden.

In einem kleinen Weiler unweit des Palastes hielten wir an, um nach dem Weg zu fragen. Während die Leute hinter ihrem Rücken das Zeichen gegen das Böse machten, beschied der Dorfoberste uns knapp, wir sollten uns gen Südwesten halten, dann würden wir es finden … falls wir dies wirklich wünschten.

Von der Reise weiß ich nicht mehr viel. Die Tage und Nächte waren mir alle eins. Mir kam es vor, als würden wir durch eine Welt reiten, die nach und nach starb. Öde Moore erstreckten sich vor uns, und der einsame Wind ächzte. In der Nacht heulte er leise. Mit jedem mühsamen Schritt vorwärts wuchs das Gefühl von Flüchtigkeit und Bedrücktheit. Dieses Gewicht! Die Last auf meinem Herzen zehrte an meinem Gemüt.

Schließlich erreichten wir eine Festung des Feenvolkes, und ich hegte einen Moment lang die Hoffnung, wir könnten Myrddin dort finden oder wenigstens etwas über seinen Verbleib in Erfahrung bringen. Zu meinem Entsetzen war der Burgpalast verlassen. Ich machte mir nicht die Mühe zu suchen. Es gab nichts zu finden. Sogar der Stechginster war verkümmert und abgestorben.

Jedenfalls war Myrddin nicht da. Also eilten wir weiter und folgten der Küste gen Süden. Gwalcmai versuchte uns aufzumuntern, aber seine Lieder verhallten im Wind. An diesem Ort ließ sich kein freundliches Wort sprechen.

Denn wir kamen durch ein verödetes Land: verkrüppelte, krumme Bäume, unfruchtbare, felsenübersäte Hügel und leere Senken; übelriechende Sümpfe, ekle Moraste, aus denen es sikkerte wie aus eitrigen Wunden. An vielen Stellen waren in der Erde klaffende Spalte aufgebrochen, die einen giftigen gelben Nebel verströmten, der die Pfade entlang wirbelte und uns die Sicht verdüsterte, so daß wir fürchteten, kopfüber in eines dieser Höllenlöcher zu stürzen.

Es war nichts Grünes zu sehen. Kein Vogel sang. Keine Kreatur, ob groß oder klein, richtete sich hier mehr ein. Nichts als Tod und Ödnis – ein verfallenes Reich, verunstaltet von dem Bösen, das in seinen Grenzen verübt worden war. Es ging über jegliche Vorstellung, sich auszumalen, was solche Zerstörung angerichtet haben mochte. Wer oder was Morgian auch war, sie besaß anscheinend eine böse Macht, die alles Erdenkliche übertraf.

Wie eine Viper wuchs die Angst in meiner Brust, aber ich ritt weiter und achtete nicht mehr dessen, was mir zustoßen mochte. Ich betete. Ich flehte den großen, gütigen Gott an, mich zu beschützen. Lautlos stimmte ich die mächtigen Psalmen voll Kraft und Preis an. Ich rief Jesu Gnade hernieder über diesen vom Bösen heimgesuchten Ort.

Gwalcmai ritt dicht neben mir, so daß wir einander aufrecht hielten. Vertraulich flüsternd erzählte ich ihm von Jesus, dem Erlösergott. Und jener Sohn Orkadiens glaubte. Was immer unseren Körpern auch widerfahren mochte, unsere Seelen lagen sicher in seiner festen, starken Hand. Das war wenigstens ein geringer Trost.

Trotz allem wurden wir langsamer, der Weg schwieriger zu finden. Und als wir gerade glaubten, überhaupt keinen Pfad mehr vor uns zu haben, sah ich vor uns steil eine Klippe aufragen. Um ihre zerklüfteten Wurzeln brandete ruhelos das Wasser. Hoch über ihr schwebten Seevögel, darunter sonderbarerweise viele Krähen.

Aasvögel! Da wußte ich, daß wir Myrddin finden würden, tot oder lebendig, das war nicht sicher, aber unsere Suche war zu Ende.

»Bleib du bei den Pferden«, hieß ich Gwalcmai. Er erwiderte nichts, saß aber ab und band die Pferde an einen verkümmerten

Baumstumpf. Dort ließ ich ihn sitzen – das gezogene Schwert ruhte auf seinen Knien.

Mit einem Gebet auf den Lippen begann ich den Aufstieg über den rauhen Fels. Ab und zu blieb ich stehen, um zu rufen. Ich erwartete keine Antwort und bekam keine.

Auf der obersten Spitze der Klippe hockend fand ich Myrddin. Er hatte seinen zerschlissenen Umhang eng um sich geschlungen, obwohl es schwül war. Um ihn herum lagen von Feuer gezeichnete Steinbrocken. Er lebte, Gott sei gelobt! Und er drehte sich zu mir um, als ich zu ihm krabbelte.

Ich sah sein Antlitz und wäre beinahe ins Meer gefallen. Seine Augen – lieber Jesus! Die Augen in seinem Kopf waren tote Kohlen, kalt, erloschen, der einst so helle Glanz jener unvergleichlichen, goldenen Augen war bleich wie Asche.

Seine Brauen waren versengt, seine Lippen geschwollen und aufgeplatzt, die Haut an seinen Wangen verbrannt; sie schälte sich. Sein Haar war zerzaust und verfilzt von schwarzem Blut.

»Myrddin!« Schluchzend lief ich zu ihm, halb erfreut, daß er überhaupt noch lebte, halb voll Mitleid, daß er so zugerichtet war. »Was ist geschehen? Was hat sie dir angetan?« Ich nahm ihn in die Arme wie eine Mutter, die ihr sterbendes Kind wiegt.

Als er etwas sagte, war seine Stimme ein rauhes, brüchiges Flüstern, das er nur mit Mühe hervorbrachte. »Bedwyr, du bist endlich gekommen. Ich wußte, jemand würde kommen. Ich wußte es ... aber ich dachte, es würde Pelleas sein ...«

Pelleas! Was war mit Pelleas? Ich suchte die Klippe ab, sah aber nirgends eine Spur.

»Ich habe gewartet ... gewartet ... Ich wußte, Artus würde ... jemanden ... zu mir schicken ... Wo ist Pelleas?«

Der erbärmliche Klang jener feinen, jetzt gebrochenen Stimme trieb mir die Tränen in die Augen. »Sprich nicht, Emrys. Bitte ruhe nun. Ich sorge für dich.«

»Es ist schon gut ... sie ist fort ...«

»Morgian?«

Er nickte und leckte sich über die zerschundenen Lippen. Daraufhin begann ihm das Blut übers Kinn zu rinnen. Er mühte sich, etwas zu sagen.

»Bitte, Emrys«, flehte ich, freiweg weinend. »Sprich nicht. Gehen wir fort von hier.«

Myrddin klammerte sich an meinen Ärmel. Seine toten weißen Augen rollten blind in ihren Höhlen. »Nein ...«, schnarrte er. »Es ist alles gut ... sie ist geflohen ...«

Ich wollte erst nicht glauben, was er mir erzählte. »Gwalcmai ist bei mir. Wir haben Pferde. Wir bringen dich fort von diesem abscheulichen Ort. Sie kommt vielleicht wieder.«

»Sie ist fort ... Ihre Macht ist gebrochen ... Ich habe mich ihr gestellt ... Morgian ist geschlagen ... fort ... sie ist fort ...« Er schauderte, schloß die Augen und lehnte sich schwer an mich. »Ich bin müde ... so müde ...«

Ob Ohnmacht oder Schlaf, für ihn war es ein Segen. Unter Mühen trug ich ihn auf meinen Schultern über die Felsen hinunter bis zu Gwalcmai, der bei den Pferden wartete.

Als dieser Myrddin erblickte, schauderte ihn. »Was ist ihm zugestoßen?« fragte er erschrocken flüsternd.

»Ich weiß es nicht«, entgegnete ich, der Wahrheit ausweichend, so gut es ging. Wie konnte ich ihm sagen, daß Morgian, seine Verwandte, dies angerichtet hatte? »Wenn er aufwacht, erzählt er es uns vielleicht.«

»Und wo ist Pelleas?« fragte er, den Blick wieder zur Klippe wendend.

»Vielleicht wurde Pelleas andernorts aufgehalten. Beten wir, daß es so ist.«

Die Nacht kam zu schnell zu diesem verödeten Fetzen Land, der ins Meer ragte. Wir lagerten uns in einer der Höhlen, und Gwalcmai schleppte genügend totes Holz herbei, daß das Feuer bis zum Morgen brannte. Wir fanden Trinkwasser und bereiteten mit einigen der Kräuter, die wir mitgebracht hatten, einen Sud. Diesen erhitzte ich in meiner Lehmschale und weckte Myrddin, damit er ihn trank.

Nach seinem Schlaf schien es ihm besser zu gehen. Er schlürfte die ganze Brühe und bat um etwas von dem trockenen Brot aus unseren Vorräten. Schweigend aß er. Dann legte er sich hin und schlief wieder ein.

Ich wachte die ganze Nacht bei ihm, aber er schlief fest. Gegen Sonnenaufgang legte ich mich hin, und Gwalcmai übernahm die Wacht. Als wir zum Aufbruch rüsteten, erwachte Myrddin.

»Du mußt mir helfen, Bedwyr«, keuchte er. Ich bemerkte, daß seine Stimme schon etwas kräftiger war.

»Ich will tun, was du verlangst, Herr.«

»Bereite ein wenig Schlamm und verbinde mir die Augen.« Ich zögerte, aber er streckte die Hand aus. »Tu, was ich sage!«

Aus Wasser und Lehm bereitete ich etwas Schlamm und tupfte ihn Myrddin nach seinen Anweisungen auf die Augen. Dann riß ich mir ein Stück von meinem Gewand ab und verband ihm die Augen mit dem Schlamm. Myrddin betastete seine Binden und erklärte meine Arbeit für gut.

So ritten wir nach Hause. Der blinde Myrddin saß aufrecht und schweigend im Sattel, Gwalcmai und ich führten abwechselnd sein Pferd und kehrten langsam ins Land der Lebenden zurück.

VIII

Drei Tage später, als wir am Ende unserer spärlichen Vorräte angelangt waren, verließen wir Llyonesse. Ich sah nicht zurück. Dieses trübsinnige Land hatte auf meiner Seele einen dunklen Fleck hinterlassen.

Myrddin ging die ganze Zeit mit sich selbst zu Rate. Er saß aufrecht im Sattel, gerade und still, die Augen mit einem schlammbefleckten Verband umhüllt. Bisweilen zuckte sein Mund in einer Grimasse des Schmerzes – oder des Abscheus.

Wir reisten den ganzen Tag und die ganze Nacht. Als wir schließlich rasteten, hatten wir ein ganzes Stück Weg zwischen uns und jenes gräßliche, öde Land gebracht. Ich schlug an einem Bach das Lager auf, und Gwalcmai erlegte zwei derbe Hasen zum Essen. Die brieten und aßen wir schweigend, denn wir waren zu müde zum Reden. Für die Pferde gab es Gras – und Wasser für uns alle.

Obschon die Nacht mild war, entfachte ich ein Feuerchen – mehr des Lichtes als der Wärme wegen. Als die Sterne am weiten Herbsthimmel aufgingen und die Nacht langsam ihre dunklen Schwingen über uns zog, hub Myrddin an zu sprechen. Mit einer Stimme, die so trocken war wie leere Strohhülsen, rief er:

»Myrddin war ich und Myrddin bleibe ich. Von nun an werden alle Menschen mich Taliesin heißen.

Auf Erden geboren bin ich, doch meine wahre Wohnstatt ist das Reich der Sommersterne.

Ich wurde erleuchtet im Land der Dreifaltigkeit; und mit meinem Vater wurde ich durchs ganze All geflogen. Ich werde auf Erden bleiben bis zum Tage des Jüngsten Gerichtes, bis Jesus im Triumph wiederkehrt.

Wer kann sagen, daß ich Fisch oder Fleisch bin. Denn ich wurde aus neun Formen der Elemente erschaffen: aus der Frucht der Früchte, aus der ersten Frucht Gottes, des Herrn, am Anbeginn der Welt.

Der Zauberer der Zauberer erschuf mich.

Aus der Quintessenz aller Seelen wurde ich geformt, berühmtes Blut fließt in mir. Völker werden geschaffen, neugeschaffen und abermals geschaffen. Als strahlendster Barde kann ich zum Gesang machen, was die Zunge zu sagen vermag.

Hört mein kühnes Lied:

Auf meinen Ruf hin zerstoben die Kleinmütigen wie Funken eines Feuerbrands, der vom hohen Eryri geworfen wurde.

Ich war ein in einen Berg gebannter Drache; ich war eine Schlange in einem See; ich war ein Stern mit einem Silberschaft; ich war ein rotbefleckter Speer in des Meisters Hand.

Viermal fünfzigmal Rauch wird mir folgen; fünfmal fünfzig Mägde werden mir dienen.

Mein Falbe ist flinker als jede Möwe; flinker als der Jagdfalke.

Ich war eine Flammenzunge im Feuer; ich war das Holz eines Beltane-Feuers, das brannte und sich nicht verzehrte.

Ich war eine Kerze; ich war eine Laterne in der Hand eines Priesters; ein sanftes Licht, das in der Nacht scheint.

Ich war Schild und Schwert eines mächtigen Königs; eine hervorragend geschmiedete Klinge in der Hand des Pendragon von Britannien.

Wie mein Vater habe ich gesungen seit meiner Kindheit. Die Harfe ist meine wahre Stimme.

Ich wanderte; ich zog meine Kreise. Ich rief die rasche, sichere Hand an zu meiner Befreiung. Ich griff an.

Rechtschaffenheit war meine einzige Waffe; der Mut des Erlösers brannte in mir. Der Schlachtenfuror Lleus war nicht herrlicher als mein goldner Zorn.

Ich verwundete ein verzaubertes Tier: Hundertköpfig war es, auf seiner Zunge führte es ein wildes Heer – auf seiner schwarzen, gespaltenen Zunge; neunhundert Klauen erhob es gegen mich. Ich erschlug eine gekrönte Schlange, in deren Haut sechsmal fünfzig Seelen gequält werden.

Ich werde noch ein Blutbad anrichten und darauf sieben Hundertschaften Krieger. Abgesplittert und rot sind Schild und Klinge, aber hellgolden der Ring meines Schildes.

Ein Krieger bin ich und ein Krieger werde ich bleiben.

In hundert Reichen habe ich geschlafen und in hundert Hügelfesten geweilt. Hundertmal hundert Könige werden mich noch grüßen.

Weiser Druide, künde von Artus!

Erzähle von den Tagen des hellen Führers: was war, was kommen wird; was war und sein wird.

Der Strahlende wird sein Volk formen; es wird nach seinem Namen benannt werden: die sichere Hand. Wie ein Blitz wird er das Heer der Ewigkeit anführen!«

Staunend starrte ich ihn an. Myrddin, ein Mann, den ich gut kannte und nun gar nicht zu kennen schien. Der *Awen* des Barden lag über ihm, und sein Gesicht glühte – ob vom Feuerschein oder einem eigenen geheimnisvollen Licht, vermochte ich nicht zu sagen. Er saß da, nickte mit seinem verbundenen Kopf zu dem Singsang, lauschte dem Echo seiner Worte in den leeren Weiten der Nacht.

»Warum staunt ihr nicht über das, was ich euch sage?« fragte er mit einemmal. »Ihr müßt wissen: Ich rede wahr. Doch wappnet euch trotzdem gegen die Ränke des bösen Feindes, meine Freunde. Ach, fürchtet nicht! Fürchtet nicht! Höre mich, Bedwyr! Höre mich, Gwalcmai! Höret die Seele der Weisheit und erkennet die Macht des Hohen Königs, dem wir dienen.«

Damit begann er zu berichten, was sich in Llyonesse zugetragen hatte. Blind, mit verbundenen Augen, erhob er seine heisere Stimme zum funkelnden Himmel und hub an zu sprechen, langsam, stockend zuerst, aber immer schneller, bis die Worte sich zu einem starken, steten Strom schlossen:

»Ich begab mich zur Abendandacht ins Heiligtum des Erlösers. Das hatte ich schon lange tun wollen. Es tat mir leid, so nahe an Ynys Avallach vorbeizureiten, ohne Charis und Avallach zu treffen, aber sie durften nicht erfahren, was ich im Sinn hatte.

Nachdem ich Llyonesse erreicht hatte, begab ich mich unverzüglich zu Belyns Palast und fand diesen gleich der Siedlung des Feenvolks in Broceliande verlassen vor. Aber warum? Ich konnte es nicht begreifen.

Was war mit dem Feenvolk geschehen? Welches Unglück hatte es ereilt? Wie war es möglich gewesen? Welchem Zweck diente der Mord an diesen Menschen? Ja, denn als solchen erkannte ich das Geschehen: als mutwilligen, böswilligen Mord. Und das war es auch. Aber warum? Großes Licht, warum?

Ich hatte keine Ruhe. Je mehr ich darüber nachdachte, um so größere Sorge ergriff mich. Daß irgendein gräßlicher Anschlag Morgians dahintersteckte, daran zweifelte ich nicht –«

»Morgian!« rief Gwalcmai entsetzt.

»Es tut mir leid, Gwalcmai«, sagte Myrddin freundlich. »Es ist wahr. Doch du brauchst dich nicht zu schämen. Die Schuld liegt allein bei ihr.«

Gwalcmais Bestürzung war echt. Er kniete sich vor Myrddin, beugte das Haupt und streckte ihm flehentlich die Hände entgegen: »Vergib mir, Emrys. Wenn ich gewußt hätte…«

»Du bist schuldlos, Junge. Ich mache dir keinen Vorwurf, und du solltest dir auch keinen machen. Du wußtest es nicht.«

»Was ist mit Morgians Anschlag?« fragte ich. Mich quälte die Neugier auf den Rest der Geschichte.

Myrddin schüttelte den verbundenen Kopf. »Ich kam auf keine Weise darauf, was sie vorhaben mochte. Im Wachen und Schlafen schwirrte mir die Frage durch den Kopf wie in ihrem Nest aufgestörte Hornissen. Warum? Warum? Warum?

Ich betete zum Erleuchtergeist, mir ihre Absicht zu enthüllen. Ich fastete und betete, um sie zu erfahren. Ich fastete und betete ganz wie ein Bischof und ritt dabei immer tiefer nach Llyonesse hinein.

Dann kam mir eines Morgens beim Aufwachen in den Sinn, das Morgian, die Königin der Lüfte und der Finsternis, von Angst getrieben wurde. So einfach ist das! Warum handelte sie nach so vielen Jahren? Weil etwas sie dazu trieb – und das war Angst. Morgian fürchtete sich.

Und was konnte dergleichen Angst hervorrufen? Überlegt einmal! Was fürchtet die Finsternis außer dem Licht, das ihr verborgenes, leeres Herz bloßlegt? Was fürchtet das Böse außer dem Guten?

Ich frage dich, Bedwyr: Wer steht zwischen Morgian und ihren gräßlichen Wünschen? Wer ist der Sommerfürst? Wessen Herrschaft kündet vom Beginn des Sommerreichs?«

»Artus«, antwortete ich, wie ich ihn so oft hatte sagen hören.

»Ja … o ja. Artus fürchtet sie. Seine Macht auf Erden wird

größer, und das kann sie nicht ertragen. Denn wenn Artus' Macht wächst, muß ihre abnehmen. Und das haßt sie am meisten.

Sie fürchtet Artus, ja. Aber noch mehr fürchtet sie mich. Denn ich bin derjenige, der Artus' Macht stützt. Es ist nämlich so: Die Macht, die Artus hat, ist die meine. Ohne mich würde er scheitern, denn er ist noch nicht stark genug, auf eigenen Füßen zu stehen. Wenn sie also Artus besiegen will, muß sie zuerst mich vernichten. Und sie ist wahnsinnig vor Haß und Furcht.

Aus dieser treibenden Furcht, erkannte ich, hatte sie die Siedlung des Feenvolkes zerstört. Warum? Weil einer aus dem Rest der verstreuten Kinder von Atlantis ihr Schicksal besiegeln wird. Das ist wahr. So viel habe ich gesehen – aber nur dem Gehalt nach; in welcher Gestalt, weiß ich nicht.

Darum muß sie alle vom Feenvolk vernichten, wenn sie sich retten will. Auf die gleiche Weise, erwog ich, muß sie bald gegen Avallach und Charis auf dem Tor vorgehen – wie sie gegen das Feenvolk in Broceliande und gegen Belyn in Llyonesse vorgegangen war. Sie muß sie alle vernichten, wenn sie ein wenig Ruhe vor ihrer erbarmungslosen Furcht gewinnen will. Und wieder: Sie muß auch mich vernichten.

Ein vergifteter Trunk und ein Dolch – doch das verhinderte Pelleas. Es war ein unbeholfener, kindischer Versuch. Für mich fiel kein Ruhm dabei ab, denn der Versuch wäre beinahe geglückt – aus dem einfachen Grund, daß ich von der bösesten aller Herrscherinnen mehr erwartete als einen so simplen Kniff.

Das ist an sich schon ein Rätsel. Aber die Antwort darauf ist ganz einfach. Pelleas und ich befanden uns einst inmitten ihres Machtkreises und waren dennoch nicht der Vernichtung anheimgefallen. Warum? Das will ich dir sagen: Sie hatte nicht die Kraft dazu. Es war ein Trug! Alles an ihr ist Trug! Sie konnte verzaubern, sie konnte betören und verhexen; aber unmittelbar vernichten konnte sie nicht. Ich sage dir, sie konnte es nicht, andernfalls hätte sie es gewiß getan.«

Myrddin schien zu vergessen, wer bei ihm war, und stellte sich vor, es sei Pelleas. Es spielte keine Rolle. Er war von allem, was er sagte, hingerissen. Denn aus seinen Worten klang die verschleierte Helligkeit der Wahrheit, die zu blendend war, als daß er sie geradewegs hätte aussprechen können.

»Wie töricht ich war! Wie so vieles an Morgian war die Höhe ihrer vielgerühmten Macht eine Lüge! Doch jedenfalls reichte sie für ihr Vorhaben aus. Und sie war in jüngster Zeit gewachsen. Broceliande war die erste Warnung vor dem, was noch kommen sollte.

Ja, Morgian war nicht müßig gewesen. Sie hatte die zerfaserten Fäden ihrer Macht zusammengerafft, ihre weit verstreuten Kräfte gesammelt, die tiefen, verschlungenen Reihen ihrer Heere geordnet – all dies seit ihrem gescheiterten Anschlag auf mich. Und dadurch war sie mächtig geworden.

Täusche dich nicht, sie wollte vollenden, was sie begonnen hatte. Und das bald – ehe Artus durch das Licht zu stark würde, ehe das Blühen des Sommerreiches sie schwach und unschädlich machte.

Darum mußte sie mich ausspähen und zerstören. Sobald sie dies erreicht hätte, würde nichts mehr sie aufhalten können. Sie würde immer stärker werden in dem Maße, wie ihre Saat Früchte trug. Und ihre Bosheit würde jede Vorstellungskraft übersteigen.

Ich war verzweifelt. Ich sage dir die Wahrheit. Alles wußte ich; ich sah es klar vor mir, hatte aber keine Macht, es zu verhindern. Vermutlich war es bereits zu spät. Mein Verstand schrie in mir. Ich weinte ob meiner Schwäche.

Doch beim Mut des lebendigen Lichtes, blickte ich genau in den Schatten der Verzweiflung, in das häßliche, schwarze Herz dessen, was ich mein ganzes Leben lang gefürchtet und gehaßt hatte. Und ich sah ... ich sah folgendes: Ruhm dem Erlösergott! Ich sah, daß meine einzige Hoffnung darin bestand, den Kampf mit ihr aufzunehmen. Ich mußte mich ihr stellen.

Eine dürftige Hoffnung, denkst du vielleicht. Aber es war, überlegte ich, die einzige Waffe, die ich hatte, und eine weitere würde mir nicht gegeben, wenn ich sie nicht aufnahm. Nun, ich nahm sie auf. Ich ergriff sie. Ich sage dir, ich strahlte davon. Ich betete zum Allwissenden um die Klugheit, sie tüchtig zu gebrauchen.

Dann wartete ich. Ich fastete und betete, und als ich spürte, daß meine Seele beflügelt war, kam ich hierher.« Damit meinte er wohl die Meeresklippe, wo ich ihn gefunden hatte. »Ohne an mich einen Gedanken zu verschwenden – mochte ich leben oder sterben! Denn das spielte keine Rolle mehr! Mit Freuden wollte ich mein Leben geben, konnte ich damit die Finsternis ein für allemal bannen.

Merkwürdigerweise wurde mir, sobald ich den Pfad hierher eingeschlagen hatte, Trost in Gestalt von Erkenntnis gewährt. Denn endlich erkannte ich, daß Morgian von ihrer Angst gefangen war – ihrer Angst vor Artus und mir und dem Sommerreich. Ja, sie war verzweifelter, als sie sich anmerken lassen durfte.

Herr und Erlöser, es ist wahr! Verstehst du? Die Angst – die unstillbare Angst ist der Gefährte des mächtigen Bösen. Soll sie stets als Herrin der Angst erscheinen, ist sie doch deren Dienerin.

Und das ist ihr Untergang. Großes Licht! Das ist ihre Schwäche! Die Königin der Lüfte und der Finsternis darf ihre Angst niemals zugeben, ihre unerträgliche Angst, nicht einmal vor sich selbst. Sie muß den Eindruck erwecken, als würde sie gerade die Kraft besitzen, die ihr fehlt. Es muß immer so scheinen, als würde sie gerade das haben, was ihr ewig unerreichbar bleibt.

Ach, aber ich fürchtete mich. Großes Licht, du weißt, ich empfand den Schrecken des Todes und die Verzweiflung der Schwäche. Ich erlebte Scheitern und Schmerz. Ich ertrug den beklagenswerten Mangel an Kraft, ja, und die ekelhafte Ohnmacht des Fleisches.

All dies erlebte und ertrug ich. Ich leerte den Becher, der für mich gefüllt worden war, und warf ihn nicht von mir. Ich begriff, daß darin meine Stärke lag. Dadurch würde ich siegen.

Siehst du es nun? Wie schön, nicht wahr? Die Pläne Gottes sind feinsinnig, aber darin sind sie schön ... sogar herrlich. Sei's drum!

Ich sage dir, ich frohlockte ob dieser Erkenntnis. Ich machte sie mir zum Schlachtliede. Ich schmiedete mir Schwert und Schild daraus. Ich trug sie wie Helm und Kettenhemd. Und ich ritt in den Kampf, den ich so lange gemieden hatte.«

Hier hielt Myrddin inne und streckte die Hand nach dem Becher aus. Ich reichte ihm das Gefäß, und er trank. Es war nun stockdunkel. Die Nachtluft war kalt geworden. Heute nacht würde schwer der Tau fallen, doch das Feuer würde uns trocken halten.

Ich zog Myrddins Umhang fester um ihn, nahm, als er mit

dem Trinken fertig war, den Becher aus seiner Hand und goß frisches Wasser hinein. Dann setzte ich mich wieder, zog mir den Umhang um die Schultern und wartete, daß Myrddin fortfuhr. Auf den Zweigen eines nahen Baumes fing eine Nachtigall zu zwitschern an. Die Stimme der Schwermut; süßer Gram, gehüllt in Musik.

Als hätte er nur auf dieses Signal gewartet, hub Myrddin wieder zu sprechen an. Seine Stimme hatte sich jedoch verändert. Es lag etwas Trauriges darin und auch Schmerz. Eine tiefe, schwere Pein.

»Ich wußte nicht, wo und wie ich sie treffen sollte. Doch dachte ich mir, daß sie von meinem Kommen wissen mußte und mir wahrscheinlich begegnen würde, ehe ich weit gezogen wäre, denn das Licht in mir konnte sie nicht aushalten. Und ich täuschte mich nicht.

Ich hatte geglaubt, die Begegnung würde des Nachts stattfinden, im Dunkeln. Ich war mir sicher, sie würde ihr Element wählen. Und so geschah es auch.

In der Zeit zwischen den Zeiten, wenn der Schleier zwischen dem Diesseits und dem Jenseits dünn wird, kam sie zu mir. In den Überresten eines Eichenhains hatte ich ein Lager zur Nacht aufgeschlagen. Ich hatte ein wenig geschlafen, war jedoch unruhig geworden und aufgewacht. Der Mond stand tief am Himmel, schien jedoch noch so hell, daß man sehen konnte.

Sie ritt auf einem Rappen und war in etwa so gekleidet wie damals, als wir uns an Belyns Hof begegnet waren: schwarzes Gewand und Umhang, hohe schwarze Stiefel, lange Handschuhe, das Gesicht durch eine Kapuze verdeckt. Zu meiner Überraschung kam sie allein. Denn sie mußte wissen, warum ich da war.

Sie wußte es, aber aus Selbsttäuschung ließ sie sich zur Kühnheit hinreißen, und ihr verderbter Stolz ließ sie über ihre überlegene Stärke jubeln. Sie kam allein, weil ihre Eitelkeit es so wollte.

Und obwohl sie wachsam war, blieb sie ganz ruhig. Die strömende Kraft ihres Hasses stieg nicht sofort in ihr hoch. Neugier hielt sie vermutlich einen Augenblick zurück. Morgian konnte meine Absicht weder begreifen noch einschätzen. Sie ist jedoch klug genug, einen Feind nicht anzugreifen, ehe sie die Waffen kennt, die er einzusetzen gedenkt.

Natürlich waren ihr meine Waffen kein Begriff: Glaube, Mut und Hoffnung. Ich zeigte sie ihr deutlich und ohne Arglist, aber sie vermochte sie nicht zu erkennen.

Ich sprach als erster: ›Nun, Morgian‹, sagte ich und erhob mich, als sie näher kam. ›Ich wußte, du würdest mich finden. Und ich habe gebetet, es möge bald sein.‹

›Du bist weit fort von zu Hause, Myrddin Wylt‹, erwiderte sie beim Absitzen. Aus ihrem Tonfall vermochte ich nichts zu entnehmen.

›Mag sein‹, räumte ich ein. ›Wir sind hier wohl beide fremd.‹

Das wurmte sie. ›Du schmeichelst dir sehr, wenn du glaubst, daß wir auf einer Stufe stehen. Ich stehe so hoch über deinen schwachen Kräften wie die Sonne über der kargen Erde, auf der du dich abmühst, so hoch wie der Falke über der Fliege, die deinen elenden Körper quält. Wir stehen uns einander nicht als Gleiche gegenüber.‹

›Einst botest du mir Freundschaft an‹, entgegnete ich. Eine sonderbare Bemerkung. Warum ich sie machte, weiß ich nicht. Könnte Gottes Gnade so groß sein, daß sie sogar Morgian einzuschließen vermöchte? Also kam ich ihr um Jesu willen entgegen. ›Noch ist es nicht zu spät, Morgian. Kehre um, ich komme dir entgegen. Du kannst erlöst werden.‹

Da höhnte sie, wie ich es erwartet hatte: ›Meinst du, du kannst mich damit fesseln, Myrddin? Meinst du, dein verachtenswerter Gott geht mich im geringsten etwas an?‹

›Ich habe dir ein Friedensangebot gemacht, Morgian, und ziehe es nicht zurück.‹

Sie ließ die Zügel aus der Hand gleiten und ging langsam auf mich zu. ›Bist du deshalb gekommen?‹ Ich spürte, wie die eisige Hitze ihres Hasses zu glühen begann.

›Warum haßt du mich so?‹

Sie machte eine Handbewegung, und das Lagerfeuer loderte auf. Darauf nahm sie ihren Schleier vom Gesicht, damit ich ihre schreckliche Schönheit bewundern konnte. Soviel vergeudeter Glanz, soviel befleckte Anmut. Ach, ihr Aussehen ist erstaunlich, blendend. Und so mächtig wie ihr Haß. Doch sie zu sehen bedeutet auch, die höhnische Vergänglichkeit des goldenen Grabes zu erkennen.

Sie machte einen Schmollmund, und sogar ihr Stirnrunzeln

war bezaubernd. ›Aber ich hasse dich doch gar nicht, Myrddin. Ich habe überhaupt kein Gefühl dir gegenüber. Du giltst mir nichts – weniger als nichts.‹

Das war natürlich eine Lüge. Als Herrin der Lügen kannte sie keine andere Sprache. ›Warum vergeudest du dann deinen Atem, um mir dies zu sagen?‹ fragte ich. ›Warum läßt du dich nun dazu herab, mir entgegenzutreten?‹

Da blitzten ihre Augen. ›Was ich tue, tue ich zu meinem Vergnügen. Wenn es mich belustigt, mit dir zu sprechen, dann ist das Grund genug.‹ Mit den behandschuhten Fingern der spitz gefalteten Hände am Mund, ging sie um mich herum. »Außerdem sind wir beide ja Verwandte. Was würden die Leute von mir reden, wenn ich einem Verwandten das Gastrecht verweigerte?‹ Sie war sich noch immer unsicher. Sie argwöhnte Verrat, weil sie die Wahrheit nicht mehr zu erfassen vermochte.

›Du weichst meiner Frage aus, aber ich beantworte sie an deiner Statt, darf ich? Du haßt mich, Morgian, weil du mich fürchtest. Darin gleichst du dem Rest der unerleuchteten Menschheit: Narren hassen, was sie fürchten.‹

›Du bist der Narr, Vetter!‹ zischte sie. Die Worte waren wie Messerstiche. ›Ich fürchte dich nicht! Ich fürchte keinen Menschen!‹ Die Flammen loderten noch höher. Dann lächelte sie, als hätte sie diesen Anfall gar nicht bekommen, und trat leichten Schrittes näher. ›Ich habe dir doch gesagt, daß ich dir gegenüber nichts empfinde.‹

›Nein? Warum willst du mich dann töten?‹

›Dich töten?‹ Sie tat, als müßte sie lachen. Es klang elendig und jämmerlich. ›Mein lieber Myrddin, glaubst du vielleicht, dein Leben bedeutet mir etwas? Dein Dasein ist meiner Betrachtung gar nicht wert.‹

›Du hast schon einmal versucht, mich zu vernichten, und bist gescheitert‹, erinnerte ich sie. ›Es war ein Kindertrick, und dennoch ist er dir mißlungen. Gib dir keine Mühe, es zu leugnen, Nimue.‹

Wieder lachte sie. Die Flammen knisterten bedrohlich. Ich spürte, daß sie gleich zuschlagen würde, wußte aber nicht, wie sie den Schlag führen würde. ›Ach, Myrddin, gut gemacht! Ich beglückwünsche dich zu deinem großen Scharfsinn. Du hast also erraten, daß ich es war? Nun, weiser Myrddin, diesmal wird es dir schlechter ergehen. Diesmal wird dein kostbarer Pelleas nicht dazwischenkommen.‹

Ich hatte erwartet, daß sie zuschlagen würde, und doch hatte sie mich wieder unvorbereitet erwischt. Die Kraft ihres Hasses traf mich wie ein körperlicher Streich. Meine Lungen wurden von einem ungeheuren Druck zusammengepreßt, und ich fühlte mich, als würde ich unter dem Gewicht der ganzen Welt zusammenbrechen – als wäre der Yr Widdfa selbst auf meine Brust gestürzt. Ich taumelte zurück, mühte mich, stehenzubleiben, rang um Atem. Mein Sehvermögen ließ nach. Die zerschmetternde Wucht zwang mich in die Knie.

Morgian war über ihr Werk entzückt. ›Siehst du? Ich könnte dich mit einem Wort zermalmen … Aber ich werde es nicht tun.‹

Sofort wich die Last von mir. Ich stürzte auf Knie und Ellbogen, die Lunge tat mir weh, mein Atem kam hechelnd.

Morgian stellte sich über mich. ›Der Tod fängt gerade erst an, mein Lieber‹, flüsterte sie. ›Ich habe mir deine Vernichtung oft überlegt und habe vor, sie ganz auszukosten. Ich habe so lange darauf gewartet.‹

Sie ging langsam im Kreis um mich herum und streifte dabei ihre Handschuhe ab. Dann streckte sie ihre Arme in Schulterhöhe aus, die Handflächen nach außen, und begann in der Sprache der Finsternis zu singen. Ich sah Augen – Narben, die ihr in Gestalt von Augen ins Fleisch der Handflächen gebrannt und schwarz und silbern bemalt waren. Diese schienen, während sie sprach, wie lebendig zu funkeln und zu schimmern.

Und ich sah, wie hinter ihr die Gestalt der Finsternis anschwoll – eine Finsternis, die sich um sie ausbreitete: Wo Morgian auch hinging, ging jene mit ihr; sie war lebendig, das sage ich dir! Dieses Ding, dieser lebende Schatten fing an, sich zu winden und zu schäumen. Wie ein Haufen Schlangen zog er sich zusammen und streckte sich wieder.

Ich sah wieder hin, und jetzt standen sechs riesenhafte Gestalten da – Dämonen waren es, aus einer namenlosen Hölle herbeigerufen zu Zeugen ihres großen Sieges. Sie standen neben ihr, lauernd, während die kalten Dämpfe ihrer gräßlichen Bosheit in die Luft wirbelten.

Entsetzlich waren sie, aber schön anzuschauen. Schmerzlich schön. Wie Morgian waren sie herrlich in ihrer Vollkommenheit. Doch es war die Vollkommenheit sinnentleerter Präzision. Seelenlos und sinnlos, tödlich, makellos in ihrer Eitelkeit.

Sie zu sehen – ja, nur sie zu sehen, brachte mir das warme Herz in der Brust zum Stocken. Mir wurde kalt; mein Körper schauderte ob ihrer greulichen Bösartigkeit. Die Luft war vom Gestank verwesender Leichen erfüllt. Mir rannen die Tränen die Wangen hinab.

Morgian trat näher. Sie erstrahlte in ihrer fürchterlichen Herrlichkeit. Selbstgefällig, mit vor Bosheit blitzenden Augen, verströmte sie Gift. Die auf ihre Handflächen gezeichneten Augen sandten Morgians Verderbtheit aus, als würden sich Wellen durch einen ins Wasser geworfenen Stein ausbreiten. Das sollte meinen Mut erschüttern.

Doch ich ließ den Mut nicht sinken und hatte auch keine Angst. Fürwahr, sobald ich den ersten Sturm ihres Hasses überstanden hatte, wußte ich, daß sie meiner Seele nichts anhaben konnte. Morgian mochte mich töten – ha! das kann jeder grausame Barbar mit einem spitzen Stock! –, aber zerstören konnte sie mich nicht. Sie konnte mich nicht dazu bringen, vom Licht abzuschwören oder im Tod meinem Herrn zu fluchen.

Ich fand wieder Worte. ›Tu so viel Schlimmes, wie du nur kannst, Morgian. Ich werde nicht wanken. Im Name Jesu, des Sohnes des Lebendigen Gottes, ich besitze die Kraft, dir zu trotzen.‹

Diese Sätze waren meinem Munde kaum entwichen, als ich der Schwingen um mich gewahr wurde. Schwingen! Die mich umfaßten, mich schützten, mich hüteten. Ob es die Flügel von Engeln oder die des gesegneten Jesus selbst waren, kann ich nicht sagen. Aber ich war von ihnen umgeben. Da kam Friede über mich. Friede an diesem grauenvollen Ort. Denke nur! Über jeden Zweifel wußte ich, daß mein Herr und König über mich wachte. Seine rasche, sichere Hand hielt mich aufrecht.

Morgian spürte, daß die Schlacht sich wendete. Das ergrimmte sie, obwohl sie die Quelle meiner Zuversicht nicht zu erkennen vermochte. ›Worte! Worte! Du närrischer Prophet! Dein belangloser Gott kann dich nicht retten. Keine Macht auf Erden kann dich mehr retten!‹ Sie hob die Hände, kreuzte sie über dem Kopf und rief die Mächte der Lüfte und der Finsternis herab.

Sie stimmte ihre gräßlichen Gesänge an, und ich vernahm den eiskalten Schrei der heulenden Leere.

Es war so sonderbar, doch gerade da, auf dem Höhepunkt ihrer Macht, hatte Morgian verloren. Ich hatte ihr nicht nachgegeben. Im Angesicht ihres Hasses haßte ich sie nicht. Noch zuckte ich zusammen oder floh.

Großes Licht, die Macht des bösen Feindes ist so zerbrechlich! Die Teufel können nur die Waffen benutzen, die wir ihnen an die Hand geben. Siehst du das? Gibt man ihnen nichts, ist ihre Macht nichts wert; sie prallt ab wie ein kraftloser Pfeil, wie eine zerbrochene, stumpf gewordene Klinge.

Morgian schimpfte auf mich, sie fluchte. Sie rief alle Dämonen der Hölle zur Unterstützung herbei. Ach, du hättest sie erleben sollen. Aber die Schwingen umgaben mich, ich fürchtete nicht.

Sie beschwor einen Feuersturm. Diese Wut! Ihr Grimm und Haß stiegen aus ihr auf wie ein giftiger, ekliger Strom. Finstere Blitze leuchteten auf, und der abgestorbene Hain fing zu brennen an. Äste loderten und fielen um mich zu Boden. Bäume wurden zu Fackeln und stürzten übereinander. Aber ich spürte keine Hitze. Keine Flamme berührte mich.

Erkühnt schleuderte ich ihr entgegen: ›Endlich siehst du die Wahrheit, Morgian: Bei der Macht des Heiligen, des einen wahren Gottes, ich bin gerettet. Du kannst mir nicht schaden. Der in mir ist, ist größer als der, der in dir ist. Alle Ehre, Macht und Ruhm gebühren ihm. So sei es!‹

Das konnte sie nicht ertragen. Auch konnte sie sich nicht dagegen stemmen. Denn sie hatte ihre Kraft so rasch aufgezehrt, daß ihr nun nichts mehr davon übrig war; sie war erschöpft. Sie konnte nicht einmal mehr die Hände hochhalten.

Ich verhöhnte sie. ›Komm, Morgian!‹ schrie ich. ›Deine Herren sehen zu. Zeige ihnen, wie ihre Kreatur die Waffen schwingt, die sie ihr gegeben haben.‹

Ihre Augen waren schrecklich vor Wahnsinn und Wut. Das Feuer loderte noch höher. Unter der heftigen Hitze barsten Bäume. Doch das Gras unter meinen Füßen welkte kein bißchen. Ich badete in kühler, süßer Luft.

Da durchflutete mich Jubel. Ich öffnete den Mund und sang. Ich sang Hymnen zum Lobpreis meines Herrn. Ich sang meinem König ein Siegeslied. Und ich tanzte vor ihm. Die Dämonen, die hinter Morgian kauerten, schimmerten in der wütenden Hitze, dann verblaßten sie und waren fort.

Morgians Gesicht wurde schwarz, als das Böse in ihr wuchs. Mörderischer Zorn hatte sie in den Klauen und schüttelte sie. Sie kreischte, daß sie ein Heer hätte fällen können!

Dann sprang sie auf mich zu, mit Fingern wie Klauen, die durch die Luft harkten. Ich warf die Arme hoch, um mein Gesicht zu schützen, aber der Angriff blieb aus.

Ich hörte, wie eine Stimme sie rief. ›Morgian!‹ Der plötzliche Ruf hielt sie auf. Ich ließ die Hände sinken und sah mich um. Ein Reiter zu Pferd galoppierte durch die Flammen auf sie zu...«

Myrddin hielt inne. Sobald er den Mann erwähnt hatte, war seine Stimme kummerschwer geworden. »Du erkanntest den Mann«, sagte ich.

»Ich erkannte ihn«, erwiderte Myrddin. »Möge Gott ihn retten: Es war Lot!«

»Lot!« riefen Gwalcmai und ich wie aus einem Mund.

Langsam ließ Myrddin den Kopf sinken. »Jawohl. Selbst durch Flammen und Rauch erkannte ich ihn.

Er rief ihr zu. In ihrer Bosheit erstarrt, stand Morgian da. Aber Lot stürmte zu ihr, beugte sich hinab und hob sie hoch; er hievte sie vor sich in den Sattel. Das Pferd bäumte sich auf, die Hufe blitzten vor mir auf, und sie flohen.

Ich rief ihr nach: ›Komm zurück, Morgian! Beenden wir, was wir angefangen haben.‹ Aber sie wandten sich nicht um. Da wallte Zorn in mir auf. Und Gott helfe mir, ich setzte ihr nach. Ich wollte sie nicht entkommen lassen.

Am Rande des Hains hielten sie an und wandten sich halb nach mir um. Ich glaubte, Morgian wollte sich mir stellen. Ihr war noch ein Zauber verblieben. Sie warf die Hände in die Luft und schrie den Spruch. Häßlich war er, ein letzter Schrei voll Trotz und Verzweiflung.

Ich blieb stehen. Lot lenkte das Pferd davon. Im gleichen Augenblick stürzte ein Blitz vom Himmel und riß zwischen uns einen Spalt in die Erde. Sie flohen gemeinsam. Und ich lag lange auf dem Boden, benommen, erschüttert. In meinem Kopf klang es wie Glockengeläut. Ich schlug die Augen auf und konnte nichts sehen. Der Blitz hatte mich versengt und geblendet.«

Er führte die Fingerspitzen an die Augen. »Meine Sicht ist dahin – mein Zweites Gesicht ebenfalls. Ich kann die verstreuten Pfade nicht mehr vor mir sehen. Meine Füße werden nicht mehr an den Orten der Anderswelt wandeln. Alles ist düster, die Zukunft ist gesichtslos und leer. Ich bin zwiefach blind.« Er hielt inne und schüttelte traurig das Haupt. »Nun ja, es ist meine Schuld. Ich verließ die Obhut meines Herrn, um ihr den Tod zu bringen. Und jetzt trage ich die Narbe meiner Torheit. Ach, wie schwer kam es mich an, sie ziehen zu lassen.«

Gwalcmai, dessen Gesicht selbst im Feuerschein aschfahl wirkte, wandte sich betroffen, tränenden Auges an mich: »Diese Untat werde ich rächen«, gelobte er leise und wußte kaum, was er redete.

»Wie kannst du dir Vorwürfe machen, Myrddin?« fragte ich. »Gewiß trägt Morgian die Schuld: Sie hat dir dies angetan. Sie trifft der Vorwurf.«

Da trat ein spöttisches Lächeln auf Myrddins Lippen. »Siehst du es immer noch nicht? Dies war nie meine Schlacht. Sie fand zwischen dem Fürsten der Finsternis und dem Herrn des Lichtes statt, zwischen dem bösen Feind und Jesus. Ich hatte keinen Anteil daran.«

»Keinen Anteil daran? Wärest du nicht gewesen, hätte sie schon längst triumphiert!«

»Nein.« Myrddin schüttelte bedächtig den Kopf. »Das habe ich auch geglaubt. Lange. Ich habe diese Bürde auf Herz und Seele getragen, aber es war eine Lüge. Ja, auch dies war eine Lüge.«

»Das verstehe ich nicht«, versetzte ich fest.

»Es war nie meine Schlacht«, erklärte der Emrys freundlich. »Mein eigener Stolz, meine Eitelkeit, meine Aufgeblasenheit hielten mich davon ab, dies zu erkennen.« Myrddin lachte bitter und führte eine Hand an die Augen. »Zuvor war ich blind, aber jetzt sehe ich es recht klar: Mein Herr genügt sich selbst zu seiner Verteidigung. Er bedurfte meiner Hilfe nicht. Er rettet und schützt, nicht ich, Myrddin nicht.«

Er hielt inne, als würde er nachdenken, und fuhr dann fort: »Ich sage dir, es entzückt den bösen Feind, daß wir uns überschätzen. Aber erst als ich meine Schwäche erkannt hatte, als ich allein und ungeschützt an diesen Ort kam, ohne anderen Plan oder Absicht, als Morgian zu stellen – erst da konnte mein Herr frei handeln.«

»Aber du hast sie gestellt.«

»Ich habe nichts getan!«

Schweigen. Das Knistern des Feuers und das stille Plätschern des nahen Baches erfüllten die Nacht.

»Ich habe nichts getan, Pelleas!« wiederholte er freundlich.

»Herr«, sagte ich, ihm die Hand auf den Arm legend. »Pelleas ist nicht da. Ich bin es, Bedwyr – und Gwalcmai.«

Myrddin Emrys faßte sich an den Kopf. »Ach«, sagte er, »natürlich. Wo ist Pelleas?«

»Das weiß ich nicht, Emrys. Er brach auf, dich zu suchen. Das war vor Lugnasadh.«

Myrddin stand auf und stolperte ein paar Schritte. »Pelleas!« rief er und reckte sein Gesicht in die Nacht. Heftig stöhnend, fiel er auf die Knie. »O Pelleas, teurer Freund, was hat sie dir angetan!«

Ich eilte zu ihm. »Myrddin?«

Der Gram in seiner Stimme hätte einem das Herz aus der Brust schneiden können. »Pelleas ist tot...«

Da schrak ich zusammen und hörte das düstere Echo von Morgians Worten: *Diesmal wird dein kostbarer Pelleas nicht dazwischenkommen.*

Gesegneter Jesus, flehte ich, laß auch dies eine Lüge sein.

IX

Charis war dem Himmel dankbar, daß ihr Sohn lebendig zurückkehrte. Sie beklagte seine Blindheit, machte sich aber sofort an seine Heilung. Die gewöhnliche Heiterkeit des Lebens im Burgpalast trat vor der Dringlichkeit von Myrddins Heilung in den Hintergrund, denn die Dame vom See durchforstete ihr breites medizinisches Wissen und beratschlagte mit den Brüdern vom Schrein.

Am Ende sahen sie sich jedoch zu dem Schluß gezwungen, daß Myrddins Sehvermögen, sollte es sich wieder einstellen, allein der Gnade des Spendergottes zu verdanken sein würde. Die Bemühungen der Menschen würden wenig ausrichten können. Er mußte warten und Gottes Willen wirken lassen. Bis es soweit wäre, würde Myrddin eine Blindenbinde tragen.

Morgian war nicht vernichtet, ihre Macht jedoch gebrochen. Sie war geflohen und würde uns nicht mehr stören. Myrddin glaubte, sie würde ihre Macht nie wieder zurückgewinnen. Einmal erschöpft, erklärte er, sei sie gewöhnlich für immer dahin. Damit war er vielleicht zu zuversichtlich. Aber er kennt sich besser aus als sonst einer.

Und dann war da noch Lot. Es bestand die Möglichkeit, daß er nach Llyonesse gekommen war: Er war vielleicht in dem Augenblick losgesegelt, als wir Caer Edyn verlassen hatten. Angesichts der Zeit, die wir zu Lande benötigten, hätte er uns mühelos überholen können.

Doch ich hielt das für unwahrscheinlich. Gwalcmai schämte sich zu sehr, als daß er hätte sagen können, was er dachte. Er meinte, sein edler Name sei entehrt worden und Schande über seinen Klan gekommen. Niedergeschlagen und gedemütigt konnte er gerade noch den Kopf hochhalten. Er schleppte sich auf dem Tor herum – dem schönsten Wohnsitz auf Erden! –, ein Inbild der Verzweiflung. Ich tat mein Bestes, um ihn aufzumuntern, aber meine Worte waren nur ein schwacher Trost. Die Wunde in seinem nordischen Stolz saß tief.

Ich sprach mit Myrddin darüber. »Natürlich ist es nicht

Gwalcmais Schuld. Ich verurteile ihn nicht. Aber was ich gesehen habe, Bedwyr, habe ich gesehen. Daran kann ich nichts ändern«, beharrte er.

»Aber vielleicht hast du dich getäuscht? Vielleicht war es jemand anders?«

»Natürlich ist das möglich«, räumte er ein. »Aber dieser Jemand hatte Lots Gesicht und sprach mit Lots Stimme – ein Jemand, der Lot dermaßen glich, daß er sein Zwillingsbruder hätte sein müssen.«

Obwohl Myrddin zugab, daß er sich womöglich irrte, brachte uns das nicht weit. Denn Lot hatte, soviel ich wußte, keinen Bruder.

Auch Gwalcmai war keine Hilfe. »Mein Vater hat keinen Bruder«, bestätigte er traurig. »Loth hatte nur einen Sohn. Von einem zweiten habe ich niemals gehört.«

Auf die Frage gab es keine schnelle Lösung. Daher überließ ich sie der Sorge Gottes und ging meinen eigenen Geschäften nach. In ein paar Tagen sollte es Myrddin wieder so gut gehen, daß er reisen konnte, und mich drängte es, so geschwind wie möglich nach Caer Melyn zurückzukehren. Das Wetter war windig und naß geworden. Die Tage wurden kälter. So angenehm ein Winter auf der Glasinsel ist, wollte ich den bevorstehenden nicht dort verbringen. Wir mußten bald aufbrechen, wenn wir noch vor dem Frühling fortkommen wollten.

Charis, die um ihren Sohn fürchtete, wollte uns nur ungern gehen lassen. Doch sie verstand unser Drängen und zeigte mir, wie ich den Verband über Myrddins Auge zu wechseln und die Lehmmischung zu bereiten hatte, die dem versengten Fleisch ihres Sohnes Linderung verschaffen sollte. Auf der dicht bewaldeten Westseite des Schreinhügels schnitt ich ihm einen langen Ebereschenstab, damit er nicht stolperte. Damit wirkte er wie ein Druide von einst, und viele, die seiner ansichtig wurden, hielten ihn für einen solchen.

Avallach ließ uns in seinen Ställen freie Wahl. Wir suchten ein Pferd für Myrddin aus und ritten am ersten klaren Tag los. Das Schiff wartete, wo wir es zurückgelassen hatten. Ich entlohnte den Fischer, der es für uns bewacht hatte. Wir führten die Pferde an Bord und stachen in See.

Der Tag war hell und der Wind frisch. Doch als ich das Land

hinter mir schwinden sah, durchbohrte mich ein Schmerz wie ein Pfeil. Denn wir ließen Pelleas zurück, und in meinem Innersten wußte ich, daß wir ihn niemals wiedersehen würden.

Wenn mein Kummer schon wie eine eiternde Wunde pochte, um wieviel größer mußte dann Myrddins Gram sein?

»Er ist nicht mehr«, klagte er mit so leiser Stimme, daß es mir das Herz brach. »Ein heller Stern ist vom Himmel gefallen, und wir werden ihn nicht wiedersehen.«

»Wie kannst du dir so gewiß sein?«

»Ruhig, Bedwyr«, tröstete er mich. »Wenn er noch lebte, würde ich mich dann, glaubst du, auch nur einen Augenblick schonen? Als ich in meinem Wahnsinn im Walde hockte, fand Pelleas mich. Er suchte jahrelang, ohne jemals aufzugeben. Wie könnte ich für ihn weniger tun?«

Dies alles hörte Gwalcmai. Als wir in Abertaff von Bord gingen, stieg er wie wir aufs Pferd, wandte seinen Weg aber bald gen Süden. Ich rief ihm nach: »Nach Caer Melyn geht's hier lang! Wo willst du hin?«

Er hielt an und blickte zurück. »Pelleas finden!« erwiderte er. »Ich will nicht mit Artus bei Tisch sitzen, ehe ich ihn gefunden habe.«

»Gwalcmai!«

Der halsstarrige junge Krieger wandte sich nach Süden und hob zum Abschied seinen Speer. »Grüßt mir meinen Bruder und sagt ihm, was vorgefallen ist.«

»Sag es ihm selbst, Gwalcmai! Komm zurück!«

»Laß ihn«, sagte Myrddin. »Laß ihn tun, was er tun muß.«

»Aber du hast doch gesagt, daß Pelleas tot ist.«

»Das ist er auch.«

»Dann ist die Suche sinnlos.«

»Nein«, erwiderte Myrddin. »Seine Suche ist die Erlösung selbst. Er findet Pelleas vielleicht nicht, aber womöglich findet er seine Ehre wieder. Ich will dir etwas sagen: Wenn er bleibt, wird er vor Selbstvorwürfen krank. Laß ihn ziehen, und er kommt als Held zu uns zurück.«

Nur wenige vermögen etwas gegen die unergründliche Weisheit des Emrys auszurichten. Und zu denen gehöre ich nicht. Ich tat, wie mir geheißen, und ließ Gwalcmai ziehen, wohin er wollte.

Artus nahm die Entscheidung hin. Angesichts all dessen, was geschehen war, konnte er gar nicht anders, obwohl es ihn schmerzte, einen so tüchtigen Mann wie Gwalcmai zu verlieren. Er beklagte Myrddins Blindheit, war aber froh, ihn lebend wiederzuhaben. Und das Treiben in Caer Melyn war sehr geschäftig, weil es galt, sich auf den Winter vorzubereiten, so daß wir uns nicht allzu lang beim Elend von Lots Verrat aufhalten konnten. Den ganzen Sommer über hatten wir die Befestigungsanlagen vernachlässigt, und es gab viel zu tun, ehe die Eiswinde vom Norden angebraust kamen.

Auch den langen Winter über ging uns die Arbeit nicht aus: Wir flickten unsere Waffen und schmiedeten neue, besserten Sattelzeug, Ausrüstung und Wagen aus. Bei all dem Hämmern, Schleifen, Glätten und Polieren hätten wir eine Stadt von Schmieden sein können, wie Bran der Gesegnete sie auf einer seiner sagenhaften Reisen kennenlernte.

Aber Artus wußte, daß der kommende Feldzug schwer erkämpft werden mußte. Er wollte, daß alles bereit war. Wenn Bors von seinem Bruder Ban aus Armorica wieder da war, wollte der Herzog nach Caer Edyn segeln. Denn der nächste Angriff, überlegte er, würde gegen die neuen Werften Britanniens geführt werden. Und da hatte er nicht unrecht.

Auf den Hügelflanken lag noch Schnee, als wir in See stachen. Der Wind, der unsere Segel füllte, fuhr auch durch unsere Kleidung und brachte unsere Zähne zum Klappern. Die Küstengewässer waren weniger rauh als erwartet, und nach nur ein paar Mißgeschicken, bei denen der eine oder andere unserer unerfahrenen Seeleute nicht aufpaßte oder den Wind nicht richtig nutzte, kam die Flotte gut voran.

Auch Ectorius war den Winter über nicht müßig gewesen. Er ritt zu den neuen Docks herab, um uns mit dem Bericht zu begrüßen, daß auf dem Fiorth fünf neue Schiffe unserer Besichtigung harrten.

»Kommt und seht euch diese schlanken Schönheiten an«, tönte Ectorius. »Lots Handwerker sind ein Wunder. Solange wir ihnen Holz lieferten, arbeiteten sie. Ja, wir fällten die Bäume, und sie schufteten den ganzen Winter lang und murrten nicht ein einziges Mal über die Kälte.«

»Aber ich hatte sie doch für den Winter beurlaubt, um zu Lot zurückzukehren«, sagte Artus.

»Das sage ich doch auch«, erwiderte Ectorius. »Lot dünkte es jedoch besser, daß sie hier blieben. Da du die Barbarenhorde vertrieben hattest, waren seine Schiffe gerettet, so daß er seine Leute nicht in Orkadien brauchte.«

»Wann brach Lot aus Caer Edyn auf?« fragte ich in der Hoffnung, das Rätsel seines Auftauchens in Llyonesse zu lösen.

»Tja ...« Ector zupfte sich am Bart. »Es war spät.«

»Wie spät?« setzte Artus nach. Er begriff, worauf ich hinauswollte.

»Also, wenn ich's mir recht überlege, so spät auch wieder nicht. Vor Weihnachten.«

»Wie lange vor Weihnachten?«

»Nicht lange – bloß ein paar Tage.«

»Und die übrige Zeit war er hier?«

»Wo hätte er sonst sein sollen?« Ectorius schöpfte allmählich Verdacht.

»Bist du dir sicher?« hakte ich nach. »Lot ist nicht vielleicht fortgefahren und wiedergekommen?«

»Er war hier, Herr Bedwyr. Du sahst ihn selbst. Er war hier und blieb bis Weihnachten – oder bis kurz davor, wie ich sagte.«

»Du bist dir ganz gewiß?« bohrte Artus weiter.

»Bei Gott, das ist die Wahrheit«, schwor Ectorius. »Warum fragt ihr nur?«

Artus wollte es nicht gern sagen, daher antwortete ich an seiner Statt. »Lot wurde im Süden gesehen – kurz nach Lugnasadh, also lange vor Weihnachten.«

»Nein.« Ectorius schüttelte fest den Kopf. »Das ist unmöglich. Ich weiß doch, wer an meiner Tafel sitzt. Lot war hier bei mir.«

Also hatte ich das Rätsel nicht aufgeklärt, sondern es nur noch weiter verworren. Natürlich sagten wir zu Gwalchavad kein Wort davon. Dieser hatte bei Ectorius überwintert und begrüßte uns gleich. Wir erzählten ihm, daß sein Bruder sich auf die Suche nach Pelleas gemacht hatte, aber nichts weiter. Doch fragten wir uns insgeheim: Wer war dieser zweite Lot, der Morgian gerettet hatte?

Die alten römischen Werften lagen einen kurzen Ritt weiter östlich an der Küste. Wir hörten das Klopfen der Hämmer und die Rufe der Arbeiter, ehe wir die Docks sahen. Aber als wir sie plötzlich hinter einer Biegung erblickten, hätte ich schwören können, daß die Römer wieder da waren.

Ein ganzer Wald von Bäumen war gefällt, und die Stämme waren von Zweigen befreit worden, sie lagen am Ufer aufgestapelt, wo Scharen von Männern sie entrindeten, spalteten und zurechtschnitten. Fünfzig Hütten und Unterstände hatte man errichtet – sowohl für die Arbeiter als auch für die Schiffe, damit die Arbeit bei schlechtem Wetter weitergehen konnte. Auf den alten Steinmauern waren neue Holzdocks gebaut worden; die Kanäle hatte man vom Schlick gereinigt, so daß sich die Schiffe zum Ausbessern hochziehen oder wassern ließen, ohne die Flut abwarten zu müssen.

Wo ich auch hinsah, erblickte ich Männer mit allen möglichen Werkzeugen. Und was für ein Lärm! Das Sägen, Hacken, Rufen – Männer, die Befehle brüllten und mit Geschrei und Gegröle antworteten. Über ihren Köpfen kreischten und schnatterten die Möwen, und gegen die Molen klatschten munter Wellen. Die Luft roch nach frisch geschnittenem Holz und Schweiß, nach Meersalz und Sägespänen. Es war, als wäre die Welt mit einemmal aus ihrem langen Winterschlaf erwacht und hätte sich an den Schiffbau gemacht.

Ectorius war stolz auf seine Leistung. Und Artus hatte Mühe, ihn hoch genug zu loben. »Du hast hier Wunder gewirkt, Ector«, sagte er. »Ich schicke dir den vierten Teil des Tributs.«

Leicht abwehrend hob Ectorius die Hände. »Bitte, Herzog Artus, spare dir, was du hast, für deine Krieger. Du wirst es brauchen.«

»Nein.« Der Herzog blieb unnachgiebig. »Du kannst diese Arbeit nicht allein auf dich nehmen. Das ist nicht recht. Von jetzt an empfängst du einen Anteil aus dem Jahrestribut. Und selbst damit, glaube ich, kann ich dir den Dienst nicht lohnen, den du mir erwiesen hast.«

»Was ich getan habe«, erwiderte Ectorius, »habe ich für dich getan, fürwahr. Und zur Rettung Britanniens. Du bist die einzige Hoffnung, die wir haben, Artus.«

Britanniens Bär legte Ectorius einen Arm um die Schulter, und der Fürst von Caer Edyn umarmte seinen einstigen Ziehsohn. »Gib mir nur zwölf Männer deines Schlags«, sagte Artus, »und ich stelle das Imperium wieder her.«

»Imperien bedeuten mir nichts«, entgegnete Ector feierlich und leise. »Aber ich möchte erleben, daß das Hochkönigtum in deiner Hand liegt. Dem gilt mein Eid.«

»Dann sehen wir uns die Schiffe an, auf die du so stolz bist«, sagte Artus fröhlich. »Vielleicht bringen sie uns dem Tag näher.«

Die Schiffe lagen im flachen Wasser. Fünf pralle neue Gefährte: gut bestückt und fertig getakelt. Sie entsprachen größtenteils sächsischem Muster, aber ihre Masten waren stämmiger und die Buge schärfer geschnitten. Bei allen Engeln und Heiligen, Ectorius hatte die Buge mit Eisen bewehrt! Jeder von ihnen schnitt wie die Klinge eines Schwertes durch die Wellen.

»Sie sind zum Kämpfen gebaut«, erklärte Ectorius. »Sie werden weder Ladung noch Pferde befördern, aber versucht sie nur einmal an Schnelligkeit zu übertreffen, und ihr holt eher den Wind ein!«

Artus kletterte aufs Dock hinunter und bestieg das erstbeste Schiff. Die Beine gespreizt, die Fäuste in die Hüften gestemmt, stand er auf den Planken. »Es gefällt mir!« rief er. »Du hast deine Sache gut gemacht, Ector, du Schiffsbauer. Ich kann es kaum erwarten, auf dieser starken Seefestung mein Schwert zu schwingen und meine Lanze einzulegen!«

Die Worte des Herzogs mußten vom geschwinden Wind übers Meer getragen worden sein, denn die Barbaren vernahmen sie in ihrem Land als Herausforderung und erhoben sich in Scharen.

Wir hatten noch nie zur See gekämpft. Und der Anblick der blau gefärbten Segel und dunklen Schiffsrümpfe, die auf uns zurasten, machte uns kaum Mut. Aber Artus hatte das Führungsschiff übernommen und ordnete die übrigen – unter dem Befehl von Bors, Kei, Gwalchavad und dem meinen – um sich wie die Divisionen seiner Kymbrogen. Wir waren eine *Ala* zur See!

Die fünf neuen Schiffe bildeten die scharfe Speerspitze in der Mitte und schossen voran wie Möwen über den Schaumkronen. Die anderen Schiffe – insgesamt dreißig mit jeweils dreißig Mann an Bord – folgten uns als feste Mauer.

Die Angeln hatten fünfzig Schiffe. Als wir so plötzlich auftauchten, wandten sie sich nach Süden und hielten auf die nächstgelegene Küste zu – ein Stück Waldland an der Mündung des Fiorth, das Basas genannt wurde, weil es von Untiefen umgeben war. Basas: ein interessanter Name, der auch – Tod bedeutet.

Die vordersten fünf Schiffe von uns Briten fuhren geradewegs in die entblößte Flanke des Feindes. Hätten die Angeln geahnt, wie schnell Artus' Schiffe waren, sie hätten, glaube ich, schnurstracks den Rückzug angetreten. Aber wie hätten sie es ahnen sollen!

Jedes von Artus' fünf Schiffen traf ein feindliches mittschiffs. Ein Zusammenprall, das die Knochen krachten, die Zähne klapperten! Das Geschrei von Männern! Ein tödlicher, erschütternder Stoß! Unsere eisenbewehrten Schlachtgefährte zersplitterten die dünnen Rümpfe der anglischen Schiffe, zermalmten sie wie Eierschalen. Die ersten fünf, die wir uns vorgenommen hatten, sanken wie Steinbrocken.

Wir stießen uns mit den Speeren von den Wracks ab und wehrten gleichzeitig Barbaren ab, die im Wasser strampelten. Die Schiffe in nächster Nähe wandten sich gegen uns. Als die grausamen Äxte der Angeln an den Rumpf schlugen, duckten wir uns hintere unsere Schilde. Eiserne Enterhaken wirbelten durch die Luft, bissen sich fest, wurden angezogen und zerrten die nämlichen Schiffe in ihr Verderben. Mit Stöcken, Schwertern und Speeren fochten wir gegen die Angeln. Ihre schmalen Planken waren bald blutüberströmt.

Auf einem Schiff den Speer einzulegen und das Schwert zu schwingen unterscheidet sich, wie Artus gemeint hatte, tatsächlich nicht so stark vom Kampf zu Pferde. Die Angeln, die von unserem plötzlichen Auftauchen und unserem mächtigen Angriff entsetzt waren – das Meer gehörte ja ihnen, sie waren es gewohnt, ungezügelt die Küsten entlangzutoben –, wichen zurück.

Weiter entfernte Feindschiffe suchten an einem großen Felsen Schutz, der das Festland überragte. Din-y-bas heißt er: Todesfestung. Und wir erkannten sogleich, daß er diesen Namen verdiente.

Denn die anglischen Schiffe fuhren, die Gefahr nicht gewahrend, in die Untiefen. Die gleich unter der Wasseroberfläche lauernden Felsen verrichteten ihr erbarmungsloses Werk. Aufgeschlitzt brachen die Rümpfe entzwei, und Männer stürzten ins Wasser. Was für ein großer Tumult, was für ein lautes Tosen!

Flüche auf den häßlichen, einäugigen Verschlinger, Wodan, vermischten sich mit den Angstschreien. Die Angeln verließen ihre havarierten Schiffe und schwammen ans Ufer. Einige britische Schiffe brachen aus der Formation und eilten auf den Kiesstrand zu, die angelandeten Eindringlinge zu verfolgen. Der Rest fuhr ruhig weiter und kreiste die rollende Feindesflotte ein.

Die hintersten Angeln – zwischen den Klippen des Din-y-bas und Artus' Schiffen gefangen – refften die Segel und stießen sich mit kreisenden Rudern von den Felsen ab. Sie machten kehrt und fuhren Artus geradewegs entgegen. Leider waren wir nur fünf britische Schiffe, oder wir hätten der Sache ein Ende bereitet.

Aber es stand fünf gegen zwanzig. Und während wir auf die ersten fünf zuhielten, von denen wir zwei ohne Umschweife versenkten, entkamen die übrigen. Sie probierten nicht einmal, ihren Freunden zu helfen, sondern suchten rasch das Weite. Vielleicht wurden sie von den näher kommenden Schiffen hinter Artus entmutigt oder vielleicht hatte ihnen der zunichte gemachte Angriff den Schneid genommen. Wie dem auch sei, die Barbaren flohen.

Insgesamt hatten wir zwölf feindliche Schiffe versenkt. Elf weitere waren auf den Klippen aufgelaufen. Dies rechneten wir als Sieg, auch wenn achtundzwanzig Schiffe entkommen waren. Artus setzte ihnen nicht nach, denn allein die neuen britischen Schiffe hätten sie einholen können, und draußen auf offener See wären diese fünf sofort unterlegen gewesen. Klugerweise begnügte der Herzog sich mit einem Verteidigungssieg und ließ die Barbaren nach Hause humpeln, wo sie sich die Wunden lecken konnten.

Ector und Myrddin hatten die Schlacht von den Wällen Caer Edyns aus beobachtet. Ich sage »beobachtet«, denn obzwar Myrddin sie eigentlich nicht sah, beschrieb Ectorius ihm doch so eingehend, was vonstatten ging, daß Myrddin genau wußte, was geschehen war.

Die zwei erwarteten uns auf dem neuen Dock. »Gut gemacht!« rief Myrddin und stieß mit seinem Ebereschenstab auf die Eichenplanken des Docks. »Gut gemacht, Stolz von Prydein! Es war lange her, daß Britanniens Krieger übers Meer herrschten, aber von heute an ist dies anders. Von nun an bis zum Jüngsten Tag wird Britannien über Manawyddans helles Reich gebieten. Willkommen, ihr siegreichen Helden! Preis euch und willkommen!«

Myrddins Gruß war herzerfrischend, aber sein Lob war übertrieben. Denn obschon wir den Feinden einen heftigen Schlag versetzt hatten, kehrten sie nicht an ihre Heimatküste zurück. Später erfuhren wir, daß sie sich, sobald sie außer Sichtweite waren, einfach nach Süden gewandt hatten und die Ostküste entlanggesegelt waren, wo sie es gewohnt waren, ungeschützte Buchten und Mündungen vorzufinden. Und daneben gab es kleine Barbarensiedlungen, die sie nur zu gern aufnahmen und unterstützten.

Sie taten also folgendes: Sie fuhren in die Mündung des Twide ein und gingen vor den dichten Wäldern Celyddons vor Anker. Dort versteckten sie sich in den Hügeln und warteten, während ihre Boten Waffen und Krieger aus ihrer Heimat über das Meer holten.

Sie warteten, pflegten ihre Wunden und wurden mit den Monaten immer stärker. Mitte des Sommers erreichten uns Berichte von Custennin, dem Herrn über Celyddon, daß sie dort waren und ihr Unwesen trieben. Artus hörte sich die Berichte an und schloß daraus, daß sie im Tal des Twide langsam landeinwärts zogen, um uns in Caer Edyn in den Rücken zu fallen.

Den Sommer über verstärkte Artus unsere Streitmacht. Custennin von Goddeu, mein Verwandter Ennion von Rheged, Owain von Powys und Ectorius hielten zu ihm. Aufgrund ihrer Verwandtschaft und ihres gemeinsamen Zieles hießen sie bald die Männer des Nordens. Auch ein paar Könige des Südens standen uns bei: Cador ap Owen, Vinddu von Cerniw, Ogryvan von Dolgellau und Ceredig von Gwynedd mit seinem Sohn Maelgwn; außerdem Maglos, Meurig und Idris. Weitere Edle und Führer schlossen sich uns an, so daß unsere Ränge wuchsen wie das Korn auf den Feldern.

Als sie sich schließlich bei uns in Caer Edyn versammelt hatten, gürteten wir uns das scharfe Eisen um die Hüfte und setzten uns die Kampfhelme auf. Kei, Ector, Bors, Gwalchavad und Cador gingen an Bord. Ja, wir brauchten jeden von ihnen.

Als die Segel auf dem Muir Guidan verblaßten, saßen wir auf und ritten zu den Hügeln von Eildon und Celyddons dunklen Wäldern: Fünfzehntausend Briten gegen einen Feind, der sechzigtausend Mann stark war.

Wie die Barden singen, brauchten wir uns den Ruhm bloß zu holen. Nun, ich, Bedwyr, focht in jeder blutigen Schlacht, und mein Lied wird ganz anders klingen.

X

Tief versteckt hinter den gewundenen Pfaden des schwarzen Celyddon lauerten die Barbaren. Sie waren nicht müßig gewesen. Gnädiger Jesus, sie waren bestens gedrillt! Baldulf hatte abermals das Kommando über die vereinigten Feinde übernommen und hatte seine Horde dazu gezwungen, sich lange und mühselig auf die Schlacht vorzubereiten.

Sie glaubten, die dunklen Tücken des Waldes auf ihrer Seite zu haben. Und so war es auch. Aber wir hatten Myrddin Emrys auf unserer.

Myrddin hatte gar viele Jahre lang in Celyddon zugebracht, noch ehe Artus geboren worden war. Und er kannte die versteckten Pfade und Schleichwege durch den finsteren Forst. Jeder Hügel und jeder Bach, jedes Tal und jede überwucherte Schlucht, jeder Fels, Baum und grünbedeckter Teich war ihm bekannt. Und trotz seiner Blindheit vermochte er die ihm vertrauten Dinge so gut zu beschreiben wie seine Gesichtszüge.

Auch Artus war der große Wald nicht unbekannt. Er hatte oft dort gejagt. Die Hügel von Eildon waren ihm so geläufig wie die Hügel des südlichen Dyfed. In den Ruinen des alten Trimontium, des römischen Kastells am Twide, und im nahegelegenen Kloster Mailros war er genauso zu Hause wie in Caer Edyn und Caer Melyn.

Während wir also am Megget entlangritten, führten Artus und Myrddin unser großes Heer an. Wir sangen die Lieder der Kymren – die alten Schlachten- und Siegeslieder; die Lieder von Ehre, Tapferkeit und Mut. Und unsere Herzen flogen auf wie die Adler, die auf den hohen Winden über die steilen grünen Täler schwebten.

Drei Tage lang marschierten wir. Währenddessen hatten die Schiffe Zeit, ihren Weg zurückzulegen, und konnte Kei die Ostküste sichern, ehe er landeinwärts zog, um zu uns zu stoßen.

Am vierten Tag, dem Tag vor Beginn der Schlacht, lagerten wir am Ufer eines silbern glänzenden Sees.

Wir aßen tüchtig und schliefen am Nachmittag. Viele badeten und tummelten sich in dem klaren, kalten Wasser des Sees. Einige fischten, und andere überprüften ihre Waffen und Rüstung.

Als ich von einem Hügel herab auf die Tausende blickte, die an dem langgestreckten See lagen, schwoll meine Brust vor Stolz. Myrddin und Artus waren nicht weit. Sie saßen im Gras und spielten eine Partie Gwyddbwyll. »Ist auf der Insel der Mächtigen jemals ein solches Heer aufgestellt worden«, fragte ich laut. »Seht nur! Südländer und Männer aus dem Norden Seite an Seite, im gemeinsamen Kampf, unter dem Oberbefehl eines einzigen Feldherrn. Bei allen Engeln und Erzengeln, ein bewegender Anblick!«

»Ein einziges Mal war es ähnlich«, erwiderte Myrddin sogleich und blickte mit seinen blinden Augen in die Richtung, aus der meine Stimme gekommen war. »Aurelius einte die Könige gegen den Sachsen Hengist und seine Brut.«

»Waren es genauso viele?«

»Nein«, gab der Emrys zu, »aber damals gab es auch weniger Sachsen.«

Artus hob den Kopf vom Brett und ließ den Blick über die Hügelflanke schweifen. Überall standen Zelte, dahinter lange Pflöcke für die Pferde. Die Wagen mit den Vorräten bildeten am Ufer eine Mauer. Dort loderten auch die Kochstellen, an denen Tag und Nacht ganze Ochsen gebraten wurden, um die Bäuche unserer Krieger zu füllen. Ach, es war wahrhaftig ein herrlicher Anblick.

»Was hast du für ein Gefühl, Artus, wenn du das hier siehst?« fragte ich, mich zu ihm ins Gras setzend.

»Ich habe das Gefühl –« Er hielt inne, während seine blauen Augen sich an dem Schauspiel weideten. »Ich habe das Gefühl, ganz klein zu sein, und empfinde Angst.«

»Angst!« grölte ich. »Warum Angst? Dort unten sind zehntausend Männer, und jeder von ihnen würde gern sein Leben hingeben, um das deine zu schützen. Du bist der sicherste Mann in ganz Britannien.«

»Den Tod fürchte ich nicht«, erwiderte Artus. »Ich fürchte, Gott zu mißfallen. Ich fürchte, seine Gunst zu verlieren.«

»Warum denn, Bär?«

»Wenn jemandem viel gegeben wird, wird dafür auch viel von ihm verlangt. Ich fürchte, weniger geben zu können, als ich empfangen habe«, entgegnete er. Da begann ich ihn zu verstehen. Er hob eine Hand und streckte seine Finger in Richtung des Sees aus. »Ja, sieh nur, Bedwyr, mein Bruder, ich habe mehr empfangen als jeder andere in Britannien. Was wird wohl deiner Meinung nach von mir verlangt werden?«

»Ein Mann, der Gott so unbedingt gefallen will wie du, Bär, kann nicht scheitern.«

An diesem Abend sang der Emrys am See, daß seine Stimme von den hohen Hügeln widerhallte. Der Mond stand hoch und schön, die Wellen schimmerten silbern zu seinen Füßen. Die Harfe, die Myrddin an die Schulter stemmte, verströmte ihren unvergleichlichen Gesang, und unsere Herzen flogen hoch empor zum sternenübersäten Himmel. Myrddin sang von heftigen, heißen Schlachten, von Mut, Tapferkeit und Ehre. Er sang uns den Sieg und Ruhm. Er sang die alten Lieder, von denen ich einige nie zuvor gehört hatte.

Er sang vom Sommerreich und dessen vorzüglichem König. Seine klare, kräftige Stimme beschwor in uns Bilder herauf, und diese Bilder lebten. Sein Gesang wurde lebendig und wuchs, bis er für uns wirklicher wurde als die dunkle Erde zu unseren Füßen. Dem Emrys zu lauschen hieß zu sehen, und zu sehen hieß zu glauben.

Das Sommerreich erstand in unserer Mitte. Die Sehnsucht unserer Herzen verlieh ihm Gestalt und Gehalt. Wir schmeckten die Süße seines Duftes auf unseren Lippen und hörten die sanfte Musik seiner leisen Böen in uns aufleben. Der Schein seines unfehlbaren Lichts erfüllte unsere Augen.

Wir waren dafür geschaffen, dachte ich. Wir waren für das Sommerreich geschaffen, und es für uns. Süßer Jesus, lasse es wahr werden.

Im blutroten Morgengrauen erwachten wir; über dem See hing weißer Nebel. Wir nahmen das Essen, das uns während der Nacht bereitet worden war, zu uns: frisches Gerstenbrot und Brühe, dazu guten Braten. Ein Mahl, bei dem sich der Magen des Kriegers mit Wärme füllt und sein Geist Mut schöpft.

Artus ging zwischen den Männern umher, plauderte mit

ihnen, lachte mit ihnen, entzündete ihren Mut mit kühnen Worten, pries ihre Beherztheit, ermunterte sie, ermahnte sie.

Die anderen Könige sahen, wie er mit seinen Leuten umging – und wie die Kymbrogen diese Achtung vergalten –, und begannen dem Beispiel des Herzogs zu folgen. Als es an der Zeit war, das Kampfgewand anzulegen und das Pferd zu zäumen, brannte des Kampfes Feuer bereits in unseren Herzen.

Ich glaube nicht, daß man auf der Insel der Mächtigen jemals ein prächtigeres Heer sehen wird als das, welches an jenem strahlenden, sonnenhellen Morgen den See entlangritt. Der Wald lag gen Osten geradewegs vor uns. Rasch marschierten wir am Yarow entlang bis dorthin, wo seine Wasser in den Etric münden und zugleich der Wald beginnt – ein guter, ebener Ort mit seichtem Wasser, umgeben von dichtbewaldeten Hügeln auf der einen und Celyddon auf der anderen Seite.

Als wir die Schlucht verließen, hatten wir eine merkwürdige und heute nur noch seltene Begegnung: Wir trafen einen Trupp Hügelvolk. Wir sahen diese Leute auf dem Berggrat oberhalb von uns, und als wir vorüberzogen, ritten drei von ihnen auf ihren zotteligen, dickbeinigen kleinen Ponys zu uns herab. Artus, Myrddin und ich sonderten uns ab, um mit ihnen zu sprechen, während das Heer weiterzog.

Obschon ich dabei war und jedes Wort hörte, kann ich unmöglich behaupten, verstanden zu haben, was sie sagten. Ich unterschied lediglich die Worte *Kentigern* und *tyrfa drwg gelyn ffyrnig*. Diese begriff ich auch nur, weil sie sie mehrmals mit großem Nachdruck wiederholten. Denn das Geraschel mit der Luft, das ihnen als Sprache gilt, bedeutete mir nichts.

»Was wollen sie?« fragte ich Artus. »Und wer sind sie?«

Artus wandte sich zu Myrddin um, der an seiner Rechten ritt, ihm aber keine Antwort gab, sondern kurz mit dem Führer der Hügelmenschen redete. Dadurch hatte ich die Gelegenheit, sie in aller Ruhe zu betrachten, was ich hingerissen tat. Sie waren klein, aber von hübscher Gestalt; mit geraden Gliedern, feinen Gesichtszügen und erwachsen – auch wenn keiner von ihnen größer als bei uns ein zwölfjähriger Knabe war. Sie trugen geschabte Häute und viele Gegenstände aus Gold: Ohr- und Halsringe, Armreifen und -bänder. Jeder von ihnen hatte auf der rechten Wange ein blaues Mal: vier winzige Einritzungen.

Als das Gespräch beendet war, meinte Myrddin zu Artus: »Sie gehören zum Wolfsklan und suchen nach dem Führer des Bären-Fhain. Das bist du, Artus. Sie wollen die Tiermenschen bekämpfen, die ihre Crannogs zerstört und ihre Kinder getötet haben.«

»Aber woher kennen sie mich?«

»Sie haben gehört, daß der Ken-ti-gern, der Weise der Groß-menschen – das bin ich –, einen mächtigen Sohn aufgezogen hat, der die Tiermenschen ins Meer werfen wird. Dieses Wunder wollen sie erleben und ihre Unterstützung anbieten.«

»Ihre Unterstützung?« fragte ich belustigt und betrachtete ihre schlanken Bogen und kurzen, zerbrechlich wirkenden Schilfrohrpfeile. »Was können sie schon tun?«

»Tu sie nicht so leichtfertig ab«, ermahnte Myrddin mich. »Die Pfeilspitzen aus Flintstein sind mit einem Gift getränkt, das einem beim geringsten Kratzer den Tod bringt. Und mit welcher Genauigkeit sie schießen können, ist erstaunlich.«

»Aber können sie kämpfen?« wollte Artus wissen.

»O ja. Auf ihre Weise. Sie gehen anders vor, aber höchst wirksam. Sie wollen so oder so in die Schlacht eingreifen. Also brauchst du ihren Mut nicht in Frage zu stellen.«

Da lachte Artus. »Wenn das so ist, dann sind sie frei, sich uns anzuschließen.«

Myrddin senkte den Kopf, als würde er Artus' Beschluß demütig aufnehmen, und gab eine Reihe Flüstergeräusche von sich. Darauf wendeten die Hügelmenschen ihre Ponys und galoppierten grußlos davon. Die kleine Schar verschwand über dem Hügelkamm, und wir sahen sie nicht wieder.

Als wir die Spitze des Heeres wieder erreichten, lag die dunkle, starrende Masse Celyddons unmittelbar vor uns. Und jenseits einer flachen Aue und dem trübe schimmernden Wasser des Etric standen die Scharen der Barbaren in der gewohnten Keilform. Baldulf und seine Vettern Ebbisa, Boerl und Oesc sowie der irische König Fergus hatten an einer breiten Furt vor dem Wald Stellung bezogen.

Artus betrachtete sie lange, dann wandte er sich an die hinter ihm wartende Truppe: »Der Feind steht vor uns, Brüder!« rief er. »Es gibt Ruhm zu erringen! Für den heiligen Jesus und Britannien!«

Seinen Speer in die Luft reckend, gab Artus Rhys das Zeichen.

Dieser hob das Jagdhorn an die Lippen und stieß einen schrillen Ton aus. Artus wandte sein Pferd und begann zur Furt zu trotten. Er brauchte seine Krieger nicht zu ordnen. Wir wußten alle, was wir zu tun hatten. Die britischen Heere nahmen von selbst Aufstellung, noch während wir dem Feind entgegeneilten: In einer breiten Doppelreihe ritt die *Ala* vorneweg; dann folgten das Fußvolk, siebentausend Mann stark.

Unter den donnernden Hufen der Pferde und dem Dröhnen der Marschtritte erzitterte die Erde. Hoch über uns glühte die Sonne am blauweißen Himmel. Die Furt war von der Farbe harten Eisens, und dahinter stand in unzähligen Reihen der Feind. Ich hatte nie zuvor eine solche Menge Barbaren an einem Ort gesehen.

Das Getöse unseres Angriffs war nichts gegen den die Welt zerreißenden Blitz des Zusammenpralls. Alle Engel und Heiligen seien Zeugen! Die Feinde liefen vor uns auseinander wie die Schafe – sie zogen sich bei der ersten Attacke zurück!

Als sie in den Wald flohen, setzten wir ihnen nach und wurden des Grundes ihrer scheinbaren Feigheit zu spät gewahr.

Am Waldesrand standen Reihen über Reihen zugespitzter Stöcke aufgepflanzt. Die grausamen Pfähle rissen an den Beinen der Rösser und schlitzten ihnen die Bäuche auf. Wir verloren Unmengen, ehe wir den Angriff zum Halt bringen können. Nieder sanken sie, die Ränge waren von der jähen Gewalt dieser Falle dezimiert. Überall um mich her waren Männer und Pferde auf den hassenswerten Stecken aufgespießt.

Glück hatten diejenigen, die sofort tot waren. Die Schmerzensschreie waren entsetzlich anzuhören. Noch gräßlicher war der Anblick jener tüchtigen Pferde und Reiter, die um sich droschen und sich aus jener Todesfalle zu kämpfen versuchten, während ihnen Seite und Brust von den bösartigen Stöcken zerfleischt wurden. Blut und Eingeweide der Tapferen strömten in Massen auf die Erde.

Ich selbst entging dem Tod nur knapp. Allein der Gedanke daran läßt mir noch jetzt das Mark in den Knochen erschauern. Ich sah die gefährlichen Pfähle vor mir und riß mit aller Gewalt die Zügel zurück, so daß mein Roß Kopf und Vorderbeine zu einem Wahnsinnssprung hob. Der nächste Pfahl riß die Haut vom Bauch des Tieres, aber wir landeten ansonsten unversehrt an dem einzigen freien Ort, den ich in einem Umkreis von zwölf Schritt sehen konnte.

Die kalte Hinterlist der Barbaren überraschte uns. Sie fürchteten unsere Pferde, und diese Furcht brachte sie auf neue Grausamkeiten. Als sie sahen, daß unsere *Ala* verwirrt zusammenbrach, unsere exakte Formation im Chaos versank, brüllten sie begeistert los und stürmten auf unsere hilflosen Krieger ein. Sie hackten den Wehrlosen mit ihren scharfen Kriegsäxten die Köpfe ab und warfen diese auf uns.

Behutsam, ganz behutsam kämpften wir uns durch die Falle, an den Pfählen vorbeischlüpfend, langsam über die Leichen unserer Mannen reitend. Die Feinde verloren an Boden, aber es war zäh. Jedes kleine Vorwärtskommen war teuer erkauft.

Und dann hatten wir die Falle hinter uns und waren am Wald. Und hier setzten die Barbaren ihren zweiten tödlichen Plan um. Denn sobald wir den Waldesrand erreichten, machten sie kehrt und verschwanden zwischen den Bäumen.

Uns blieb keine Wahl, als ihnen zu folgen, wollten wir unseren Vorteil halten. Also setzten wir ihnen blindlings nach. Das war unser zweiter Fehler.

Wie ich bereits sagte, hatten die Barbaren den Frühsommer lang hart gearbeitet, und als wir tiefer in den Wald drangen, wurden die Früchte dieser Arbeit sichtbar. Den ganzen Sommer lang hatten sie Bäume gefällt und den Boden bewegt und daraus ein vollkommenes Labyrinth aus Erde und Holz gebaut. Sie hatten Gräben ausgehoben und komplizierte Wälle und Barrieren gegen uns errichtet.

Wir stürmten in den Wald und damit kopfüber in Gruben und gegen Mauern. Die Barbaren standen oben auf den Holzgerüsten und warfen Steine und Baumstümpfe auf uns herab. Jählings merkten wir, daß unser Angriff zum Stehen gekommen war und wir unterzugehen drohten. Durch einen einzigen raschen Zug waren unsere Pferde unbrauchbar geworden und wir weit unterlegen.

Dennoch kämpften wir unbeirrt weiter. Wir griffen die Barrieren an und warfen uns gegen sie, als könnten wir sie allein durch Willenskraft zum Einsturz bringen. Wir erschlugen und wurden erschlagen, konnten jedoch keinen Vorteil erringen. Das gerissene Barbarenlabyrinth trennte uns voneinander und verwirrte uns. Wir versuchten, die Wälle zu umgehen, am äußersten Ende eine Bresche zu schlagen, aber der Wald hinderte uns daran. Er stand zu dicht, und man verirrte sich zu leicht. Darum liefen wir gegen die Barrieren an. Immer und immer wieder ... wurden wir zurückgeworfen. Jedesmal ließen wir mehr Tote in den Gräben als das Mal davor. Unsere Anstrengungen wurden allmählich unbedacht, unüberlegt, ungezügelt.

Artus blieb keine andere Wahl, als den Rückzug zu befehlen. Rhys blies den langen, zitternden Ton, und an mir vorbei strömten die Reiter aus dem Wald. Artus war der letzte von ihnen.

»Dagegen können wir nichts ausrichten«, sagte er, heiser vor Erschöpfung. »Wir müssen uns etwas anderes einfallen lassen.«

Draußen vor dem Wald stürzten unsere Truppen über die Furt zurück. Es war ein furchtbarer Anblick. Blutig geschlagen, vor Ermattung hinkend, schleppten sie sich ans andere Ufer und brachen zusammen. Von den Lagerköchen war Essen und Trinken bereitet worden. Es wurde den Kriegern eilends dorthin gebracht, wo sie am Boden lagen.

Rhys blies zum Sammeln, und die Hauptleute suchten uns dort auf, wo Artus seinen Speer in die Uferböschung gebohrt hatte. Mit grimmigem Gesicht glitten sie aus dem Sattel, sich Schweiß und Blut aus den Augen wischend. Die Herren stellten sich im Kreis um Artus auf.

Die Flüche, mit denen sie den Herzog begrüßt hatten, kündeten von ihrer Verzweiflung. Sie machten Artus für den Rückzug verantwortlich, oder vielmehr für dessen Notwendigkeit, und kamen damit gleich zur Sache. Artus nahm ihre Beschimpfungen hin, aber der Emrys runzelte die Stirn und hob seinen Stab.

»Habt ihr euch für unbesiegbar gehalten?« fragte Myrddin erzürnt. »Nein? Warum verurteilt ihr dann Artus ob eurer eigenen Schwäche?«

»Schwäche!« rief Idris. »Du blinder Hund! Ich habe keine Schuld. Mein halbes Heer wurde von diesen verfluchten Pfählen vernichtet.«

Ceredig brummte zustimmend, und Owain meinte taktvoll: »Unser Feldherr hätte es besser wissen müssen.«

»Hast du es besser gewußt?« fragte ich hitzig. »Oder du, Ceredig? Orgyvan? Ich habe keine Einwände von euch gehört, als Artus den Schlachtplan entwarf.«

»Jetzt sind also wir schuld?« jammerte Maglos mit dünner, erbärmlicher Stimme. Zwar litten sie und wußten nicht, was sie sagten, aber es wurmte mich, daß sie Artus die Schuld zuschoben.

»Ich sehe keinen Zweck darin, daß wir uns gegenseitig Vorwürfe machen –«, hub Custennin an. Sogleich ging seine Stimme im Gejohle der übrigen unter.

Myrddin wollte sich wieder einmischen, aber Artus legte ihm die Hand auf den Arm. »Ich bin ganz eurer Meinung, meine Herren«, verkündete er laut, um ihr Getöse zu übertönen. »Ich hätte die Falle früher erkennen sollen. Ich hätte sie ahnen sollen. Es ist meine Schuld. Aber jetzt sitzen wir in der Patsche und müssen überlegen, wie wir am besten wieder herauskommen. Wir können uns gleich hier geschlagen geben, wenn wir jetzt übereinander herfallen wollen.«

»Hört! Hört!« sagten Custennin und einige andere. Meurig setzte hinzu: »Sparen wir uns unseren Zorn für die Feinde.«

Da beruhigten sich die Gemüter, und ein dumpfes Schweigen legte sich über die Fürsten. Die Diener kamen mit Bechern, und wir bekamen frisches Wasser zum Trinken. »Nun denn«, sprach Artus, seinen Becher in einem Zug leerend, »was wolltest du uns sagen, weiser Emrys?«

»Der Grube, in die der Wolf fällt, kann auch der Jäger zum Opfer fallen. Und in Celyddon gibt es viele, sehr viele Fallen«, sagte Myrddin.

»Verschone uns mit deinen Rätseln, Barde«, grollte Idris.

»Der Emrys meint«, erläuterte Artus, »daß wir die Fallen vielleicht zu unserem Vorteil nutzen können.«

»Wie denn?« fragten die verstimmten Könige. »Unsere Pferde nützen uns im Wald nichts. Man kann kaum ein Schwert schwingen, ohne sich mit Arm und Klinge in den Zweigen zu verheddern.«

»Du hast recht«, stimmte Artus ihm zu. Ich blickte ihn an und sah, wie seine Augen hell und wild zu leuchten begannen. »Hört her: Baldulf glaubt, den Wald gegen uns nutzen zu können. Na schön, dann bedienen wir uns eben der Waffen des Waldes: Dunkelheit und Tarnung, Verschlagenheit und Hinterhalt.«

Ich weiß nicht, wie er darauf kam. Steckte ihm die Idee im

Sinn und wartete nur darauf, bei Bedarf gerufen zu werden? Kam sie ihm frisch aus der Anderswelt in den Kopf – wie der *Awen* eines Barden? Oder dachte er sie sich einfach beim Reden aus? Sooft ich ihn dergleichen auch vollbringen sah, kann ich es doch nicht sagen. Aber wenn Not an einem genialen Einfall war, bekamen wir ihn.

Als Artus sein Vorhaben zu erläutern begann, hörten alles Murren und aller Ärger auf. Die Könige scharten sich dichter um ihn, um dem Plan zu lauschen, und ihre Enttäuschung wandelte sich bald in Begeisterung.

Obwohl unsere Schatten lang auf die Wiese fielen, stellten wir uns nach Artus' Befehlen in Schlachtreihen auf und rückten abermals auf Celyddon vor – alle bis auf die Truppen unter meinem Kommando. Denn sobald die ersten Reihen den Wald erreichten und der Kampf einsetzte, nahmen sich die Männer unter meinem Befehl ihre Pferde, saßen auf, überquerten die Furt und galoppierten Richtung Südwesten am Etric entlang.

Unter dem Befehl der jüngeren Hauptleute – Idris, Maelgwn und Maglos – standen mir tausend Mann zur Verfügung. Wir folgten dem Fluß ein gutes Stück, ehe wir die Stelle fanden, die Myrddin uns beschrieben hatte – eine kleine, baumbestandene Mulde, wo der Etric mit einem schmaleren Rinnsal zusammenfloß, einem von Tausenden, die durch den Wald strömten. Das war unser Einfallstor.

Wir saßen ab, packten unsere Speere und machten uns den Bach entlang auf den Weg in den Wald. Ohne Rücksicht rannten wir durch das Unterholz, bald im, bald neben dem Bach. Unser einziger Gedanke war, so rasch wie möglich zum Schauplatz der Schlacht zu kommen. Aber der Bach verlief in die falsche Richtung! Wir bewegten uns vom Getümmel weg.

»Fluch seinen Augen!« rief Idris. »Dieser ränkevolle Barde hat uns auf den falschen Weg geschickt!«

Ich blieb stehen und drehte mich rasch zu ihm um. »Halte den Mund, Idris! Wir gehen weiter.«

Die anderen holten uns ein. »Ich sage, wir kehren um«, beharrte Idris stur.

Maglos stand unentschlossen dabei, neigte aber eher zu Idris als zu Myrddin. Da mischte Maelgwn sich ein: »Einem blinden Barden muß man mehr trauen als allen anderen. Wer sonst sieht die Welt so deutlich?« Er pflanzte den Eschenschaft seines Speeres zwischen seine Füße und wich nicht von der Stelle.

Ich starrte Idris erzürnt an, weil er uns aufhielt und unter den Kriegern Zweifel säte. Ich hätte ihm den Speer in sein hochmütiges Herz bohren mögen. »Ich sage, wir gehen weiter, Idris. Folgt mir.«

Ich drehte mich um und lief weiter. Ohne Zaudern folgte mir Maelgwn. Maglos und Idris blieben störrisch zurück, aber als die Krieger an ihnen vorbeiströmten, kamen sie nach.

Der Bach wand sich noch weiter vom Schlachtfeld fort. Ich traute dem Emrys auf mein Leben, aber als der Klang des Lärmens nachließ, begannen mich Zweifel zu beschleichen. Vielleicht hat Idris recht und Myrddin sich geirrt, dachte ich. Celyddon ist so groß; es gibt so viele Rinnsale und Bäche – vielleicht ist dies nicht der richtige. Oder vielleicht sind wir an einen geraten …

Nein, wir mußten weiter. Es gab kein Zurück. Das Leben unserer Leute hing davon ab. Die Schlacht hing davon ab. Wenn wir es nicht schafften, war die Schlacht verloren. Ich biß die Zähne zusammen und rannte weiter.

Und dann war der Schlachtlärm plötzlich ganz weg. Ich lauschte angestrengt nach ihm, hörte aber nur das Pochen des Blutes in meinen Ohren und mein eigenes Keuchen. Bitte, Gott, flehte ich, lasse uns nicht scheitern. Ich hielt den Blick auf den Pfad gerichtet und rannte, meine Füße rasten über den weichen Boden wie mein Herz in meiner Brust. Mein Mund wurde trocken und meine Lunge brannte, aber ich schluckte den Schmerz, senkte den Kopf und sauste voran.

Dann liefen wir plötzlich einen Hügel hinan, und der Bach wurde zum geraden, offenen Pfad. Die Bäume neigten sich über uns, und das Wasser floß flink. Durch das Rauschen des Wassers war schwach das Klirren des Kampfes zu vernehmen.

Das Klirren schwoll zu einem lauten Tosen an. Da wußte ich, daß wir uns dem Schlachtfeld näherten – aber nun von hinten. Der Himmel segne den hervorragenden Barden: Er hat sich recht erinnert!

Vor uns lag ein Teich, aus dem die Barbaren ihr Wasser bezogen hatten und der im nachlassenden Licht jetzt dunkel schimmerte. Hinter dem Teich erhob sich das Hauptbollwerk aus Erde und Planken, das Baldulf hatte erbauen lassen, um uns zurückzuwerfen. Ich sah es durch die Bäume, und ich sah die auf ihm herumlaufenden Feinde.

Um das Hügelgebilde erstreckten sich wie riesige, verzerrte Gliedmaßen die Holzwälle des Labyrinths. Es war, wie Artus angenommen hatte – das Labyrinth hatte einen Mittelpunkt, der, da es der Verteidigung der übrigen Teile diente, selbst schutzlos war. Die Feinde hatten darauf vertraut, daß der Wald einen Angriff von der ungeschützten Seite her unmöglich machen würde.

Vor mir tobte unvermindert das Chaos der Schlacht. Die britischen Krieger kämpften sich zu den Barbaren vor, erreichten sie und wurden immer wieder zurückgeschlagen. Unsere Kymbrogen kämpften tapfer. Das Schlachtgetöse war so laut, daß der Boden zitterte, ein ständiges Donnern, wenn Schild gegen Schild klirrte und Schwert auf Axt traf. Heftig wogte die Schlacht, gräßlich war das Gemetzel.

Ich mußte mich zusammennehmen, um nicht schnurstracks loszustürmen und den arglosen Feind anzugreifen. Denn der Plan lautete anders.

Wir knieten vielmehr am Rand des Teiches nieder und entzündeten die Brandfackeln, die wir mitgebracht hatten. Das kostete uns wertvolle Augenblicke in der Schlacht. Lichter Vater, entflamme deinen Grimm gegen unsere Feinde und lasse ihn so hell lodern wie die Flammen in unserer Hand.

Als schließlich jeder eine flackernde Lohe in der Hand hielt, stand ich auf und rief zum Angriff. Mein Ruf wurde von eintausend Kehlen erwidert, und eintausend Paar Füße sprangen gleichzeitig voran.

Als die erschrockenen Barbaren sich umwandten, sahen sie einen flackernden Feuerwall auf sich zulaufen. Im Vorüberlaufen steckten wir ihr Lager in Brand. Die Flammen züngelten hoch, und es kräuselte sich dichter, schwarzer Rauch.

Ob dieses Anblicks brüllten die Barbaren auf. Unser jähes Auftauchen versetzte sie in Aufregung, und der Schein unserer Fackeln erhöhte unsere Zahl in ihren Augen gewaltig. Denn im schwindenden Licht des Waldes glaubten sie, von zahllosen mit Feuer bewehrten Feinden umringt zu sein.

Bald schöpften sie jedoch wieder Mut. Einige verließen die

aufgeschüttete Verteidigungsanlage und rasten zum Kampf mit uns. Ihr Ausfall war schlecht berechnet und ungeschickt geführt. Er konnte uns keineswegs aufhalten oder uns aus der Bahn werfen. Wir stürmten geradewegs auf den Holzhügel zu, von dem aus Baldulf die Schlacht leitete.

Als wir den ersten Erdwall erreicht hatten, packten wir die irdenen Krüge an unseren Gürteln und schleuderten sie auf die Plankengerüste, so daß überall Öl verschüttet wurde. Dann hielten wir die Fackeln daran. Das Öl zischte und entflammte. Schmieriger Rauch wallte auf. Vorhänge aus glänzenden Flammen schossen empor. Der Brand loderte gen Himmel. Auf der ganzen Länge des hölzernen Labyrinths wiederholte sich der Angriff, und die Planken brannten lichterloh.

Jetzt saß das Barbarenheer im eigenen Labyrinth gefangen. Die höhnischen Schlachtrufe wurden zu Entsetzensschreien. Männer fielen in den Flammen zu Boden, und wir rannten mit Schwert und Speer zu ihnen und machten ihnen den Garaus.

Wir hatten um Verwirrung gebetet und bekamen das Chaos.

Engel und Erzengel seien Zeugen, wir schenkten den Barbaren einen Vorgeschmack auf die lodernde Hölle, die sie erwartete. Ach, es war ein gräßlicher Anblick!

Die verstörten Ränge der Angeln und Iren brachen zusammen. Die Iren brüllten und flüchteten sich in den Wald. Die Angeln tobten und begannen voller Verzweiflung und Enttäuschung aufeinander einzuschlagen. Insgesamt benahmen die Feindeshorden sich töricht, denn hätten sie nur einen Augenblick fest standgehalten, hätten sie gesehen, wie wenige wir in Wirklichkeit waren und wie dürftig das Feuer.

Doch es heißt und ist erwiesen, daß die Barbaren sich bei all ihrer Wildheit und Verschlagenheit leicht entmutigen lassen. Ihnen fehlt es an Durchhaltevermögen. Sobald ihr Plan zunichte gemacht ist, ergeben sie sich gänzlich der Verzweiflung. Sie stieben auseinander. Sie sterben. Myrddin sagt, das liege daran, daß sie keine Hoffnung kennten, und ich glaube ihm.

Wir brauchten bloß mit Geschrei auf sie zuzurennen und unsere Fackeln unter sie zu werfen, und sie waren verloren. Unser schlichter Überraschungsangriff raubte ihnen den Mut. Sie ergaben sich nicht unseren Schwertern, sondern der Angst. Und das war ihr Verhängnis.

Wäre ihnen Zeit geblieben, hätten sie sich womöglich gesammelt, aber Artus ließ ihnen keine Gelegenheit dazu. Denn sobald die Barbaren sich umwandten, weil sie unser Gemetzel sehen wollten, schwärmten die unerschrockenen Kymbrogen auf und über die Wälle. Mit dem Feuer auf der einen Seite und Artus auf der anderen war es kaum ein Wunder, daß viele sich für die Flammen entschieden.

Mit flinken, sicheren Streichen mähten wir sie nieder. Wären sie ein Wald von Bäumen gewesen, wir hätten sie nicht geschwinder fällen können. Überall um uns jammerten die Feinde. Wo der eine oder andere kühne Hauptmann sich wie ein Mann zum Kampfe stellte, ließen andere dutzendweise König und Sippe im Stich. Tausende sprangen in die finstere Zuflucht des Forstes.

»*Bretwalda!*«

Ich vernahm die vertraute Stimme und suchte im Getümmel nach ihr. Keine hundert Schritt von mir stand Artus am Fuße des Mittelhügels, Caledvwlch blutüberströmt in der Faust. Ich lief an seine Seite.

»*Bretwalda,* ich fordere dich!« rief der Herzog forsch.

Auf dem Erdhügel über uns ertönte ein lauter Wutschrei. Wir blickten durch den schimmernden Feuer- und Rauchschleier empor und sahen, wie ein Knäuel Feinde sich um die Knochen-und-Schädel-Standarte des *Bretwalda* scharte. Aus der Mitte seiner Leibwächter heraus brüllte Baldulf wie ein Stier, sein Helm glänzte im Feuerschein, seine Axt leuchtete dunkelrot. Sein sehniger Arm war bis zum Ellbogen von Blut überströmt. Ohne Rücksicht über die Leichen seiner Leute trampelnd, stürzte der Feldherr geradewegs den Hügel herab, damit die Wucht seines Angriffes um so größer wäre.

Unerschrocken stellte Artus sich ihm. Und als der *Bretwalda* durch den Feuervorhang sprang, die gräßliche Axt emporgereckt, wich der listige Artus aus und streckte nur seine scharfe Klinge hin.

Baldulfs Stahlhemd rettete ihn vor dem tödlichen Hieb, aber die Wut seines Angriffs trug ihn an Artus vorbei. Als er anzuhalten versuchte, rutschte er auf der blutdurchtränkten Erde aus und fiel auf den Rücken. Artus war zur Stelle.

Caledvwlch sirrte durch die Luft. Die durstige Schneide

schnitt tief ein. Baldulfs Kopf rollte glatt abgetrennt von seinem Hals.

Als die Barbaren sahen, daß ihr mächtiger *Bretwalda* erschlagen war, heulten sie auf vor Wut und Angst. Massenweise flüchteten sie in den Wald. Die Hunderte, Tausende verließen die Walstatt wie Hunde, die vor dem Brühen davonlaufen.

Artus schritt zum abgeschlagenen Haupt seines Gegners und schob ihm den Helm vom Gesicht. Die hervorquellenden Augen, die ihn anglotzten, waren nicht die Baldulfs. Das Gesicht gehörte einem anderen: seinem Vetter Boerl.

»Sie müssen Helm und Waffen getauscht haben«, bemerkte ich.

Artus nickte. »Das macht nichts. Baldulf hat sich selbst verurteilt.«

Der Herzog gab Rhys ein Zeichen. Der hob das Jagdhorn an die Lippen und blies zum Nachsetzen. Die Briten verfolgten die fliehenden Feinde auf den finsteren Wegen und Wildpfaden Celyddons. Der Wald hallte von den Schreien der Unglücklichen wider. Es war der Klang ihrer elendiglichen Niederlage. Ich kenne keinen Krieger, der ihn gern hört.

Aber im Wald dämmerte es rasch, so daß wir den Feind nicht vollends vernichten konnten. Viele entwischten in der Dunkelheit.

XI

»Wir schlagen auf der Wiese ein Lager auf und setzen die Verfolgung im Morgengrauen fort«, verkündete Artus. »Ich will Baldulf in Ketten sehen oder seinen Leichnam in der Erde, ehe ich das Schwert beiseite lege.«

Dann gab er den Befehl zur Versorgung der Verwundeten und Plünderung der Toten. Wir arbeiteten stetig bis in die Nacht hinein und suchten die Leichen beim Fackelschein ab. Die toten Feinde warfen wir in die Gräben des Labyrinths. Die britischen Gefallenen wickelten wir in ihre Umhänge und trugen sie zu dem Hügel. Dann übergaben die Geistlichen von Mailros sie ehrenvoll den Flammen. Als der Scheiterhaufen den sich verfinsternden Himmel erhellte, beteten die guten Priester für die Seelen unserer Kampfgefährten. So erlitten die Leichname unserer Kymbrogen und Freunde nicht die elende Schändung durch Vögel und wilde Tiere.

Als wir schließlich über den Fluß zurück auf die Wiese wankten, schien durch die Wolkenfetzen ein fahler Mond. Die Lagerfeuer waren hoch aufgeschichtet; eine warme Mahlzeit und ein kühler Trunk erwarteten uns. Das Heer der Insel der Mächtigen sank dankbar ins kühle Gras, zu müde, um noch einen Finger krumm zu machen. Der Herzog vergewisserte sich, daß sämtliche Männer gut versorgt waren mit allem, wessen sie bedurften. Dann gönnte er sich selbst eine Erholung.

Die anderen Fürsten taten es ihm gleich. Ich fühlte mich alt und schwach, als ich die Masse unserer Truppen am Fluß entlang und auf der Wiese ruhen sah. Es waren viel weniger, lieber Gott, als am Morgen ausgezogen waren – vor einer ganzen Ewigkeit.

Artus und ich schleppten uns zu seinem Zelt. Dort erwartete uns Myrddin am Feuer und stand auf, als wir näher kamen. »Setzt euch«, befahl er. »Ich hole euch Essen.«

Ohne ein Wort ließ Artus sich auf Uthers Feldstuhl fallen. Er war zu erschöpft, um sich zu rühren. Wir hatten uns im Fluß gewaschen, aber die Blutflecken auf unseren Kleidern schimmerten im Feuerschein schwarz. Wir waren von dunklen, verkrusteten Malen übersät.

»Es ist ein schmutziges Geschäft«, murmelte Artus, auf seine Hände starrend.

Ich nickte: »In der Tat, Bär, in der Tat.«

Myrddin kehrte mit zwei Dienern zurück, die auf einem Holztablett Fleisch und Brot brachten, dazu einen großen Krug Bier. Er entließ die Diener rasch wieder und schickte sich an, uns selbst zu bedienen. Obzwar blind, bewegte der Emrys sich flink und ohne Zaudern. Als ich ihn fragte, woran er erkenne, wo wir saßen, lachte er und antwortete: »An eurem Geruch, wohlduftender Bedwyr! Woran sonst?«

Das sollte uns aufheitern und hätte es auch fast. Aber ich war zu müde zum Lachen und brachte nicht einmal ein angemessenes Lächeln zustande. Schweigend trank ich mein Bier und aß ein wenig Brot, obwohl ich meine Kiefer zum Kauen zwingen mußte. Das Brot ließ sich in meiner Hand zwar leicht brechen, ich mußte es aber hinunterwürgen. Mit dem Wildbret erging es mir nicht besser.

Während wir beim Essen waren, gesellten sich einige der Fürsten zu uns, nachdem sie ihre Krieger versorgt hatten. Zuerst Maelgwn und Maglos, dann Owain, Ogryvan, Idris und Ceredig. Sie waren auf die Verteilung der Beute scharf, welche ihrer Ansicht nach sofort erfolgen sollte.

Artus wollte sie nicht enttäuschen, doch ich sah, daß er mit dem Herzen nicht dabei war. »Bringt das Beutegut hierher zu mir, und ich teile es auf.«

Das hatten sie hören wollen. Ja, sie hatten nur auf Artus' Anweisung gewartet, denn sofort tauchten Männer mit Armen voll Schätzen auf. Sie traten vor den Herzog und legten ihm ihre Lasten zu Füßen. Andere kamen mit Essensbeuteln voll Dingen, die sie im Lager der Feinde gesammelt und den Leichen abgenommen hatten. Die Gegenstände waren aus Gold und Silber, Messing, Bronze und Zinn, bunt, mit Edelsteinen und schönen Einlegearbeiten verziert: Becher, Schüsseln, Tabletts, Torques, Armreifen, Armbänder, Broschen, Metkrüge, Fibeln, Messer, Schwerter, Gürtel, Finger- und Ohrringe, Halsbänder, Kessel, Töpfe, Pelze, Kämme, Haarschmuck, Halsbänder für Hunde und wertvolle Sklaven, Münzen, Spiegel, Statuen und Götzenbilder Wotans, Thors und Freyas, Rasierklingen, Scheiben und Täfelchen, Löffel, Diademe, kleine und große Barren in Form von Axtschneiden und vieles mehr.

Anfangs jubelte die versammelte Menge beim Anblick des reichen Fangs. Sack um Sack und Ladung um Ladung wurden herbeigetragen, und der Haufen wuchs immer höher, bis er so groß war wie – Artus selbst! Doch in dem Maße, wie das Beutegut anschwoll, ließen Gelächter und Jubel nach. Der letzte Kelch wurde in vollkommenem Schweigen auf den Stapel gelegt.

Staunend und fassungslos starrten wir auf den Reichtum, den wir errungen hatten. Dann gewann die Scham die Oberhand, und der süße Geschmack des Sieges wurde zu Bitternis in unserem Mund.

Der Schatz stand uns rechtens zu, aber er war mit Blut befleckt – auch viel britischem Blut, denn die Barbaren hatten ihn denen geraubt, die sie den ganzen Sommer lang heimgesucht hatten. Wir nahmen lediglich zurück, was uns gehörte, und darüber gab es nicht viel zu jubeln.

Wir kamen nur langsam durch den Wald voran. Und obschon wir mit dem ersten Lichtstrahl aufbrachen – sobald wir die Pfade durch den wirren Wald erkennen konnten –, scheuchten wir keinen der fliehenden Feinde auf. Sie mußten sich inzwischen schon wieder zu Kriegerbanden zusammengeschlossen haben. Doch wir gaben nicht auf und machten gegen Mittag unheimliche, ungewöhnliche Funde: an Ästen hängende, blutleere Barbarenleichen.

Erst waren es nur ein paar, dann mehr und schließlich viele …

Ich brach die Verfolgung ab und befahl den Kymbrogen, ins Tal des Twide zurückzukehren. »Laßt es gut sein«, sprach ich zu den Männern, »wir finden keine Überlebenden. Reiten wir nach Mailros.«

Am frühen Nachmittag erreichten wir die Hauptstreitmacht. Artus war überrascht, daß wir so rasch wieder da waren. »Was ist denn los, Bedwyr? Kein Jagdglück?«

»Na ja«, erwiderte ich, aus dem Sattel gleitend. »Die Jagd ist uns verdorben. Jemand hat das Wild von der Strecke gescheucht, mein Oberjäger.«

Der Herzog blickte mich fragend an. »Was ist geschehen?«

»Die Hügelmenschen haben, vermute ich, die Blutschuld eingefordert, die ihnen zustand. Wir trafen allenthalben Leichen an – jeweils von einem Pfeil der Hügelmenschen durchbohrt und zum Ausbluten aufgehängt wie Rinderkadaver. Die *Bhean Sidhe* haben Hunderte erschlagen, Bär, aber wir sahen und hörten nichts von ihnen.«

»Du hast recht getan, umzukehren«, lobte mich Artus. »Sollen die Hügelmenschen ihre Schlacht auf ihre Weise austragen.«

Von Baldulf entdeckten wir keine Spur. Denn trotz des gespenstischen Leichenhaines, den ich gesehen hatte, glaubte ich nicht einen Augenblick lang, er könnte tot sein. Zu viele waren nach Celyddon entkommen – einige Tausende. Mindestens die halbe Barbarenhorde lebte noch und konnte abermals kämpfen.

Eine Weile später kehrten die Kundschafter, die der Herzog vor dem Morgengrauen ausgeschickt hatte, mit der Nachricht zurück, daß Baldulf nach Osten geflohen sei, wo ihn an der Küste seine Schiffe erwarteten. Zur Bestätigung brachten sie den irischen König Fergus und die dezimierten Reste seines Heeres mit. Sie waren auf dem Weg nach Abertwide gefangengenommen worden.

Die britischen Fürsten und Krieger eilten zu Artus' Zelt, um zu sehen, was der Herzog tun würde. Sie drängten sich in einem dichten Kreis um ihn. Einige johlten und verhöhnten die Iren, aber die meisten blieben still.

Fergus, dessen Hände mit Lederriemen gefesselt waren, wurde vor Artus gezerrt und zum Niederknien gezwungen. Nach einem kurzen Blick auf das jämmerliche Schauspiel hob der Herzog den König auf. Er nahm ein Messer aus seinem Gürtel und schnitt ihm die Fesseln durch. Dann sah er ihm geradewegs in die Augen und sprach: »Wenn du an meiner Stelle wärest, würdest du mich töten. Kannst du das leugnen?«

Fergus verstand die Sprache des Nordens und entgegnete: »Ich kann es nicht leugnen, Herr, ich würde dich töten.«

»Warum hast du dich dann so hierher schleppen lassen?«

Der Irenkönig hob seinen Kopf und erwiderte mit Augen voller Demütigung und Erniedrigung: »Weil ich hörte, daß du ein gerechter und gnädiger Mann bist, Herzog Artus.«

»Du nennst mich gerecht und gnädig, König. Und dennoch führst du Krieg gegen mich. Wie mag das sein?«

»Ich lüge nicht, wenn ich dir gestehe, daß ich alles andere als reich bin. Einst bedeutete der Name Fergus mac Guillomar etwas in der Welt. Aber der Tribut, den wir dem *Bretwalda* zollen müssen, hat uns ausgeblutet. Jetzt ist mein Land arm; meine Ernten sind mager und mein Vieh verendet, und den Feldern und Herden meines Volkes geht es nicht besser.

Und dabei wird der Tribut nie auch nur um einen Scheffel Weizen vermindert. Wir verhungern, Herr, weil es uns an Korn und Fleisch mangelt. Baldulf versprach, auf den Tribut künftig zu verzichten, wenn ich ihm beim Plündern hülfe. Er verhieß mir reiche Beute.« Fergus senkte jämmerlich den Kopf. »Bitte, Herr, wenn du mir keine Gnade gewähren willst, gewähre sie wenigstens meinen Kriegern, die nur ihrem König gehorcht haben.«

Artus zupfte einen Moment an seinem Kinn und winkte mich dann zu sich. »Was meinst du, Bedwyr?«

»Die Geschichte scheint mir unglaubwürdig.«

»Aber könnte nicht ein Körnchen Wahrheit darin stecken?«

Ich überlegte kurz. »Nun«, sagte ich langsam, »die Iren brauchen zum Plündern nicht groß aufgefordert zu werden. Selbst in fetten Jahren geht es ihnen höchst selten gut.«

»Das ist richtig. Was weiter?«

»Die Sache mit dem Tribut an Baldulf klingt wahr. Sie würde einiges erklären.«

»Ganz deiner Meinung. Also, was sollen wir mit dem hier machen?« Der Herzog deutete mit einem Kopfzucken auf Fergus.

»Frage Myrddin. Er ist dein weiser Ratgeber.«

»Ich frage dich, Bedwyr. Was würdest du tun?«

»Das weiß ich nicht, Artus. Ihn töten, vermutlich. Diese habgierigen Heiden müssen lernen, daß sie nicht gegen Britannien Krieg führen und hoffen können, ohne eine rasche und strenge Strafe davonzukommen. Stärke ist das einzige, was sie achten.«

Artus legte mir die Hand auf die Schulter. »Deine Antwort entspringt der Seele der Weisheit, Bruder. Töricht der Mann, der anders handeln würde. Und doch werde ich es tun.«

»Du willst ihn ziehen lassen?«

»Ja.«

»Warum fragst du nach meiner Meinung? Was ändert sie?«

»Ich mußte sie hören, Bedwyr. Das ist alles. Du sprichst nach dem harten Gesetz des Krieges. Aber es gibt ein höheres Gesetz, auf das wir uns berufen könnten.«

»Welches denn?«

»Wenn ein Mensch um sein Leben bittet, muß man es ihm schenken – selbst wenn es besser wäre, er stürbe.«

Er wandte sich rasch ab und forderte Fergus auf, niederzuknien. Die Kymren sammelten sich murrend dicht um ihn, denn sie ahnten Artus' Beschluß.

»Gelobst du, König, bei Strafe des Todes, niemals wieder Krieg gegen Britannien zu führen? Und willst du, mit Eiden, die du für bindend hältst, mir Gefolgschaft schwören und geloben, mich zu unterstützen und mir Tribut zu zollen, solange du lebst?«

Fergus blickte in Artus' Gesicht auf, und ich sah etwas Seltenes – einen Anblick, der einem auf dieser Welt nicht oft vergönnt ist. Ich sah, wie in einem Menschen Hoffnung geweckt wurde, der wußte, daß er verurteilt war, der überhaupt kein Recht auf Hoffnung hatte. Diese Hoffnung entsprang der Gnade. Und als ich den irischen König betrachtete, wurde mir klar, daß Artus einen ergebenen Freund fürs Leben gewonnen hatte. Fergus schwor seine Eide, knüpfte sein Leben an dasjenige Artus' und stand glücklich auf.

Entgegen jeder Vernunft speiste Artus die Gefangenen und sandte sie nach Hause – ohne Geleit! Nichts konnte sie davon abhalten, ihren Schwur zu brechen und wieder zu rauben, sobald wir sie nicht mehr im Blick hatten. Das führte dazu, daß viele in unserem Lager gegen Artus maulten. Aber wann hätten die Klagen anderer Britanniens Bär jemals zum Wanken gebracht?

Wir ruhten auf der breiten, grasigen Aue des funkelnden Twide, ließen uns Zeit zur Erholung und zur Genesung von unseren Wunden. Es blieb sonnig und warm, und der lange, nordische Tag erstreckte sich sanft und golden vor uns. Artus verbrachte ihn bei den Kymbrogen, er aß, trank und sang mit ihnen. Er schenkte ihnen ob ihrer Tapferkeit goldene Ringe und Armbänder, silberne Becher. Er gab ihnen großzügig von seinem Anteil an der Beute und behielt nichts für sich selbst.

Nach einem Abendmahl aus Laucheintopf, gebratenem Wildbret, hartem Feldbrot und Käse griff Myrddin Emrys nach seiner Harfe. Das ganze Lager versammelte sich am Flußufer, so dicht gedrängt, daß keiner sich rühren konnte. Doch das schien niemanden zu verdrießen, so gespannt waren alle auf das Lied des Emrys.

Seine langen Finger glitten über die Saiten der Harfe und entlockten ihrem singenden Herzen eine Weise – so leicht wie eine Maid, die ihrem Geliebten ein Lächeln abschmeichelt. Dann hob er sein Haupt und begann seine Erzählung. Und was er sang, ging so:

In den ersten Tagen der Menschheit, als der Tau der Schöpfung noch frisch auf der Erde lag, war Bran der Gesegnete, der Sohn Llyrs, König von Gwynedd und Lloegres und dem ganzen Ynys Prydein obendrein. Er war so gerecht und herrlich wie das Sonnenlicht, das vom Himmel scheint, und es ward kein besserer König gekannt seit Beginn des Königtums auf der Insel der Mächtigen, und das ist die Wahrheit …

Eines Tages, als Bran auf dem Felsen von Harddlech saß und aufs Meer hinaus blickte, umgeben von seinen Verwandten und Männern von Rang, wie sie einen so großen König begleiten sollten, erspähte er dreizehn irische Schiffe, die übers Meer auf seine Küste zukamen und mit der Anmut und Leichtigkeit von Möwen vor dem Wind segelten.

Als Bran das sah, rührte er sich und sprach: »Freunde und Verwandte, ich sehe Schiffe, die sich kühn unserem Gestade nähern. Steigt hinab, begrüßt sie und findet heraus, was diese Besucher wohl vorhaben, die so daherkommen.«

Die Männer von Brans Gefolge rüsteten sich und stiegen hinab, um die Irenschiffe zu erwarten. »Lleu zerschmettere mich«, rief einer der Männer aus, als die Schiffe näher kamen, »wenn ich schon jemals so schöne Schiffe wie diese gesehen habe.« Und alle stimmten ihm zu, daß es in der Tat prächtige Schiffe seien.

Das vorderste Schiff war den übrigen um einiges voraus, und sie sahen auf seinem Deck zum Zeichen des Friedens einen Schild erhoben. Dann drehten die Schiffe vor der Küste bei und ließen Boote mit Fremden zu Wasser, die ans Land ruderten.

»Lleu sei euch gnädig«, rief Bran zum Gruß von seinem Felsen herab, als der erste Fremde aus dem Wasser watete, »wenn ihr Frieden wollt, seid ihr willkommen. Wessen Schiffe sind dies, und wer ist ihr Anführer?«

»Herr Sechlainn, König von Ierne«, lautete die Antwort. »Ihm gehören diese Schiffe – und noch viele weitere solche, da du fragst.«

»Was sucht er hier?« wollte Bran wissen. Aus bitterer Erfahrung wußte er, daß man Fremden, die übers Meer kamen, nicht trauen durfte. »Wird er an Land kommen?«

»Nein, Herr«, erwiderte der Gesandte höflich, »König Sechlainn will mit dir ein Bündnis schließen. Zum Zeichen deiner Freundschaft ist er hier, um Bronwen anzuhalten, die Tochter Llyrs, damit eure Häuser auf immer durch die Bande des Blutes und der Ehre verbunden seien. Auf diese Weise können Ierne und die Insel der Mächtigen stärker werden.«

»Sage deinem Herrn, er soll lieber in meinen Saal kommen, wo wir richtig über die Angelegenheit sprechen können.«

Das vernahm König Sechlainn und kam sogleich ans Land, mit ihm seine Ratgeber und Edlen. Und gar groß war in jener Nacht die Schar in Brans Halle.

Bei Anbruch des folgenden Tages trafen sich die Männer der Insel der Mächtigen zum Rat. Sie beschlossen, daß das dauernde Kriegführen gegen die Iren ein Ende haben müsse, je früher, desto besser für alle. Wenn dies durch ein Bündnis mit Sechlainn zu erreichen sei, solle man danach streben. Dennoch tat es ihnen sehr leid, Bronwen ziehen zu lassen, denn sie war eine der Drei Großen Königinnen der Insel und weitum bekannt als die schönste Frau, die damals lebte.

Trotzdem entschied man, daß sie zum Nutzen aller Sechlainns Gattin werden sollte. Und so wurde ein Fest ausgerufen, um den Bund der beiden mächtigsten Häuser auf dieser Welt zu feiern.

König Sechlainn brachte sieben seiner Schiffe ans Ufer und fing an, sie zu entladen. »Was schwimmt da ans Gestade?« fragten die Briten. »Sage es uns bitte, denn dergleichen Wesen haben wir noch nie gesehen.«

»Diese edlen Tiere nennt man Pferde«, erwiderten die Iren. »Ja, ihr mögt wohl staunen ob ihres Aussehens, denn sie wurden uns von Lugh mit der sicheren Hand selbst geschenkt. Sie kommen geradewegs aus der Anderswelt zu euch.«

Die Briten waren verwundert, solch schöne Wesen aus dem Schaum der Wellen entsteigen zu sehen. Sie glänzten im Sonnenschein, als wären sie mit dem Golde des Himmels überzogen. Die Pferde und Knechte wurden mit allen Ehren und Achtung empfangen. Sogleich stellte man ihnen die schönsten Weiden und Täler zur Verfügung, die Bran besaß.

Und seine Schwester Bronwen wurde noch am nämlichen Tage dem Irenkönig Sechlainn vermählt. Zum Beweis ihrer Heirat schlief das Paar noch in derselben Nacht beisammen und verband so die edlen Königreiche Ierne und Ynys Prydein.

Während der Hochzeitsfeierlichkeiten – die so viele Tage dauerten, daß die Menschen mit dem Zählen nicht mitkamen – kehrte Fürst Evnissyen, Brans händelsüchtiger Vetter, von seinen Reisen zurück und sah einige der Pferde. »Was sind das für häßliche Tiere?« fragte er. »Und wer hat sie hierher gebracht, daß sie unser Land kahlfressen?«

»Sie sind der Brautpreis für Bronwen, die jetzt die Gemahlin König Sechlainns von Irland ist«, erwiderte einer der Knechte.

Evnissyen, der Gebückte, runzelte die Stirn, wie er es bekanntlich immer tat, und fauchte den Knecht an: »Was! Haben sie diese herrliche Frau ohne meine Zustimmung weggegeben? In der Tat, mein Vetter hätte mir keine schlimmere Kränkung antun können, und wäre dies sein einziges Ziel gewesen. Was es vermutlich war.«

Damit begann der übellaunige Evnissyen mit den Fäusten auf die Pferde einzuschlagen; erst hieb er ihnen auf Maul und Kopf, dann auf Flanken und Kruppe und schließlich auf Gelenke und Schwanz. Das tat er mit solcher Rachsucht und Bösartigkeit, daß die einst stolzen Wesen über alle Maßen entstellt waren.

Die Kunde von dieser Untat gelangte auf Windesflügeln zu König Sechlainn, der sich über soviel Grausamkeit wunderte. »Die Kränkung meines Geschenks ist auch eine Kränkung meiner selbst. Ja, wenn sie meinen größten Schatz so wenig wert halten, dann wird es mir nicht besser ergehen«, sprach er kopfschüttelnd. »Mein Weg ist klar: Ich muß schleunigst auf meine Schiffe.«

König Sechlainn nahm seine Gemahlin und Männer und eilte übers Meer zurück in sein Reich. Die Schiffe wurden zu winzigen Flecken auf dem Meer und waren ganz verschwunden, ehe

Bran von der Abreise erfuhr. Aber er erfuhr davon und sagte: »Es schickt sich nicht, daß er in solch unziemlicher Hast aufbricht. So will ich ihn nicht ziehen lassen.«

Bran schickte auf seinen schnellsten Schiffen Boten aus, die Sechlainn bitten sollten, zurückzukehren und Brans Hof mit seiner Gegenwart zu beehren.

»Das werde ich nicht«, erwiderte Sechlainn vom Deck seines schmucken Schiffes, »bis ich weiß, wer diesen Makel auf meinen Namen geworfen hat, indem er mein prächtiges Geschenk zerstörte.« Und er schilderte ihnen den Tort, der seinen Pferden geschehen war.

Als Bran den Bericht der Boten vernahm, soll er gesagt haben: »Ich rieche hier Evnissyens Bosheit am Werk. Lleu weiß, er war von jeher ein Störenfried.« Also sandte er wieder die Boten aus – Manawyddan ap Llyr, Heveydd den Langen und Unig mit der starken Schulter –, daß sie das schlechte Benehmen seines Vetters entschuldigen sollten. »Sagt dem König von Ierne«, sprach er, »wenn er über Evnissyens Frevel hinwegsieht, schenke ich ihm einen Silberstab, so groß wie er selbst, und einen güldnen Teller, so breit wie sein Gesicht. Und wenn Sechlainn dies nicht genügt, dann mag er zu mir kommen und nennen, was er will, und ich schließe Frieden mit ihm zu den Bedingungen, die ihm angemessen dünken.«

Die flinken Boten segelten, so schnell sie konnten, zu Sechlainn und boten ihm Brans Worte freundlich dar. Der König hörte sie an, und seine schöne Gemahlin verwendete sich bei ihm für Bran. »Mein Bruder ist ein ehrenhafter Mann, mein Gatte. Gib ihm Gelegenheit, dies hier zu beweisen, und er wird dich nicht enttäuschen.«

Der Irenkönig zupfte sich am Kinn, blies die Backen auf und warf einen Blick auf seine schöne Gemahlin. Er entdeckte ihren Liebreiz und erwiderte also: »Da die Sache von Anbeginn merkwürdig war, bereite ich ihr gern ein Ende. Nun gut, ich will zu Bran zurückkehren und ihn anhören.«

Die Iren segelten abermals zur Insel der Mächtigen, waren aber vorsichtig und auf der Hut, damit ihnen keine weitere Schmach geschehe. Bran sah, daß sie freudlos beim Essen und Gespräch saßen. »Mein Freund, du bist nicht mehr so fröhlich wie zuvor. Deucht dich deine Entschädigung als zu gering?

Wenn ja, füge ich ihr soviel hinzu, wie du magst, um dich glücklich zu machen.«

»Lugh lohne es dir, Herr, ich glaube deinen Worten.«

»Das kannst du. Und zum Unterpfand meiner Ehre schenke ich dir meinen größten Schatz, einen großen güldnen Kessel, dem folgende Eigenart innewohnt: Wenn man heute einen erschlagenen Krieger in den Kessel steckt, kämpft er morgen so gut wie eh und je. Nur daß er kein Wort sprechen kann.«

König Sechlainn dankte Bran artig und freute sich dermaßen über seinen neuen Schatz, daß er die ihm angetane Schmach vergaß. Das Fest ging so viele Tage weiter, und es war ein lustiges Fest. Aber die Zeit zum Abschiednehmen nahte, und der Irenkönig umarmte den Britenkönig wie ein Bruder und sagte: »Komme an meinen Hof, wann es dir beliebt, Herr, und ich werde dir die erwiesenen Wohltaten zehnfach vergelten. Du magst mich auf die Probe stellen, und hoffentlich tust du es.«

Nach vielen herzlichen Lebewohls stachen König Sechlainn und Bronwen in See. Dreizehn anmutige irische Schiffe lichteten in Aber Menei die Anker und brausten übers Meer nach Ierne, wo sie freudig von allen begrüßt wurden.

Bald verbreitete sich die Kunde im Reich, daß König Sechlainn eine Frau genommen hatte, die über die Maßen schön war. Und alle, die an seinen Hof kamen, empfingen vom ersten Tag an aus Bronwens Hand einen goldenen Ring, einen geschliffenen Edelstein, eine Emailbrosche oder ein anderes Kleinod, das ihnen gefiel. Ach, es war ein herrlicher Anblick, wie diese kostbaren Geschenke davongetragen wurden!

Bronwens Ruf als freigebige und freundliche Königin wuchs im Lande, und das war kein Wunder. König Sechlainns Reich erblühte vor Güte und Frieden wie nie zuvor. Groß war die Ehre darin! Und der König liebte und schätzte seine Gattin sehr.

In angemessener Zeit schwoll Bronwens Leib. Sie trug ihr Kind gar königlich aus und gebar schließlich einen Sohn namens Gwern. Gemäß dem Brauch jener Tage wurde der Knabe in das beste Haus des ganzen Reiches gesandt, um dort erzogen zu werden, wie es einem Edelmann geziemte.

Bronwens Vetter Evnissyen, so böse wie die Nacht lang, erwog, welche Wendung die Dinge genommen hatten und wie Bran die Wunde geheilt hatte, die er ihm geschlagen hatte. Und er wurde neidisch auf Sechlainns Glück. »Govannon erschlage ihn mit seinem Hammer, wenn ich der Sache nicht ein für allemal ein Ende mache.« Und er nahm sich ein kleines Lederboot und fuhr damit nach Ierne.

In Ierne gibt es Störenfriede wie überall auf der Welt. Und Evnissyen fiel es nicht besonders schwer, sie zu finden und mit Worten des Hasses und falschen Versprechen aufzustacheln.

Das ließ sich nur allzu leicht bewerkstelligen, denn wegen Königin Bronwens Güte und Ehre und wegen des Erben, den sie dem König geschenkt hatte, waren diese kleinmütigen Kreaturen schon halbwegs eifersüchtig auf Sechlainns Glück. Im Nu wandten die Murrer, angeleitet von dem aalglatten Evnissyen, ihren Sinn auf die Schmach, die ihrem König an Brans Hof zugefügt worden war. Je länger sie darüber nachdachten – und sie dachten kaum an etwas anderes –, um so wütender wurden sie.

Behielten sie ihren Zorn für sich? Nein, natürlich nicht.

Schon bald redeten sie davon im ganzen Königreich und brachten andere dazu, es ihnen gleich zu tun. Dieses Gift breitete sich, wie es so geht, rasch aus und erreichte geschwind Sechlainns Ohren. Als er davon hörte, wurde er traurig und wollte sich zunächst nicht an der Kränkung stören, die durch das Geschenk des Zauberkessels so reichlich geheilt worden war.

Aber die bösen Zungen ließen nicht locker. Und wie die Wellen, die an den Felsen schlagen, diesen nach und nach zum Kieselstein schleifen, so konnte Sechlainn nach einer gewissen Zeit seine Gemahlin nicht mehr betrachten, ohne an den Tort zu denken, der ihm geschehen war.

Aber die Unruhestifter gaben sich damit nicht zufrieden. Sie stürzten den König beständig ins Elend, indem sie verlangten, daß die Schmach an seinem Königreich gerächt werden sollte, damit seine Ehre – und damit die ihre – wiederhergestellt würde.

Kurzum, sie erhoben in ganz Ierne ein solches Geschrei und einen solchen Aufruhr, daß der unglückliche Sechlainn ihnen am Ende nachgab – vor allem, um ein wenig Ruhe zu bekommen. Und so rächte er sich: Bronwen bekam einen Streich auf die Wange und wurde aus seinem Gemach gejagt. Nicht länger Königin, wurde ihr ein Platz in der Küche zugewiesen, wo sie für den Hof zu kochen hatte.

Aus diesem Grunde war der Hieb, den Bronwen empfangen

hatte, von da an als einer der Drei Ungerechten Schläge gegen Britannien bekannt.

Doch wie jedermann weiß, war der Sache damit kein Ende. »Nun, Herr«, sagten die Unzufriedenen, »davon darf nichts an Brans Ohr dringen, oder er kommt gewißlich und überzieht uns mit Krieg, um seine Schwester zu rächen.«

»Was schlagt ihr vor?« erwiderte Sechlainn traurig. Es war ihm jetzt gleichgültig, wie ihm oder seinem Reich geschah. Das Licht in seinem Leben war erloschen.

»Du mußt allen Schiffen untersagen, nach Ynys Prydein zu fahren, und alle Schiffe, die von dort kommen, müssen beschlagnahmt werden, so daß keiner etwas Bran sagen kann. Tue dies, und wir werden endlich zufrieden sein.«

»Ihr mögt vielleicht zufrieden sein, aber ich nicht. Wenn ihr schon dabei seid, könnt ihr mich von nun an gleich Mallolwch nennen, den Allerelendsten, denn ich kann nicht länger Sechlainn heißen, so fühle ich mich.«

»Das liegt bei dir«, erwiderten die Übeltäter. »Wir wollten es gewiß nicht so.« Aber natürlich wollten sie es.

Nachdem Evnissyen weit und breit Zwietracht gesät hatte, reiste er sofort ab, und keiner wußte, wohin er gegangen war. Der armen Bronwen, aller Freunde beraubt und im eigenen Haus allein, wurde schwer und weh ums Herz. »Lleu weiß, ich habe dies durch nichts verdient. Meine Freundlichkeit wurde mir mit Einsamkeit entlohnt und meine Freigebigkeit mit endloser Arbeit. Das darf nicht sein.«

Wie es der Zufall wollte, vernahm Lleu, der in seiner üblichen Gestalt – als riesengroßer, schwarzer Rabe – am Himmel flog, Bronwens Klage. Gut entsann er sich ihres früheren Glanzes. Darum schwebte er auf die Erde, um zu sehen, ob der Sache durch sein Eingreifen zu helfen sei.

Er landete auf Bronwens Backtrog, als sie sich gerade mühte, Brot zu kneten, und beobachtete sie mit dem leuchtend schwarzen Juwel seines Auges. Sie sah den Raben und bot ihm ein Stückchen Fleisch an, was er sofort verschlang und dankbar krächzte. Sie goß ein wenig Milch ein und gab sie dem Raben zum Trinken, was er schleunigst tat. »Wenigstens von einem werden meine Mühen geschätzt«, seufzte Bronwen bekümmert. »Ich wünsche dir einen guten Tag, Freund Rabe.«

Da tat der Rabe den Schnabel auf: »Tochter, wer bist du, daß du ohne Unterlaß hart arbeiten mußt? Gewißlich wurdest du zu etwas Besserem geboren.«

»Ich bin Bronwen, Llyrs Tochter, und Bran der Gesegnete ist mein Bruder. Du hast die Wahrheit gesagt, auch wenn du es vielleicht nicht weißt. Denn einst war ich Königin in meinem Lande und auch hier – und hoch angesehen, auch wenn ich dies selbst behaupte.«

»Was hat dich in diesen niederen Stand geworfen?«

»Du irrst dich, wenn du glaubst, ich trage an meinem Unglück selbst schuld. Ich sage dir fürwahr, an diesem Ort liebt man mich nicht. Einst ja, doch nun nicht mehr – und das verdanke ich bösen Männern, die meinen Ruf höchst grausam schändeten.« Mißtrauisch blickte sie den Raben an. »Nicht, daß dir das etwas zu bedeuten hätte.«

»In der Tat, Schwester, es bedeutet mir alles.«

»Wer bist du, Vogel, daß du Anteil nimmst an meinem traurigen Los?«

»Kümmere dich nicht um mich. Was sollen wir tun?«

»Eine höchst quälende Frage. Vergebens habe ich viele lange Tage des Wägens nach einer Antwort gesucht. Denn nicht nur, daß ich hier wie eine Sklavin gehalten werde, ich darf auch das Meer nicht überqueren. Meine Verwandten könnten ebensogut in der Anderswelt leben, so wenig kann ich sie erreichen.«

»Sprich nicht weiter«, krächzte der Rabe. »Schiffe lassen sich vielleicht vom Segeln abhalten, aber noch hat niemand einen Weg gefunden, einen Vogel daran zu hindern, zu fliegen, wohin er will.«

»Wirst du meinem Bruder also eine Nachricht bringen?«

»Habe ich das nicht gesagt?«

»Na, hoffentlich sprichst du mit ihm deutlicher als mit mir«, fauchte sie.

»Gib mir die Botschaft«, erwiderte Lleu in der Gestalt des Raben. »Dann warte und sieh, was geschehen wird.«

Also erzählte Bronwen dem Raben ihr ganzes Elend. Dann beschrieb sie Bran, wie er war und wo man ihn finden konnte. Und fort flatterte der große schwarze Vogel zu dem wunderschönen Land jenseits des Meeres.

Der listige Rabe fand Bran in seiner Festung und sprach unter vier Augen mit ihm. Bran hörte ihn an und wurde ganz bekümmert und empört ob seiner Schwester Schmach. Er dankte dem Raben und rief im selben Atemzug nach seinen Ratgebern, Druiden und allen, die ihn hörten. Darauf erzählte er ihnen, was Bronwen bei Sechlainn widerfahren war.

»Wie dies geschehen konnte, vermag ich nicht zu begreifen. Ich hatte die höchste Achtung vor dem Irenkönig, und nun dies. Nun, man kann diesen streitsüchtigen Hunden nicht trauen. Sprecht, ihr klugen Weisen! Was meint ihr, ihr Ratgeber? Was soll ich tun?«

Alle blickten sie einander fassungslos an und antworteten dann wie aus einem Mund: »Dein Weg ist klar, Herr und König. Du mußt deine Krieger übers Meer führen, um deine Schwester zu retten und sie zurückzuholen, wenn du der Schande ein Ende bereiten willst.«

Bran pflichtete ihnen bei. Er rief seine Krieger zusammen – und ein besseres Heer hat man bis heute auf der Insel der Mächtigen nicht gesehen –, und sie lenkten ihre Schiffe von Aber Menei nach Ierne. Jeder von ihnen war behelmt und bewaffnet, und jeder ein besserer Krieger als der andere.

Nun waren aber Mallolwchs Schweinehirten unten am Meer und hüteten das Borstenvieh, so daß sie Brans Flotte kommen sahen. Sie warfen ihre Stäbe beiseite, ließen die Schweine laufen, wohin diese wollten, und rannten zu ihrem Herrn, der mit seinen Ratgebern zusammensaß.

»Lugh sei euch gnädig«, grüßte der Irenkönig sie. »Welche Nachricht bringt ihr mir?«

»Wir haben etwas Wundersames gesehen, Herr. Etwas noch Wundersameres läßt sich kaum vorstellen«, erwiderten die Schweinehirten.

»So sagt es mir, denn ich möchte es erfahren.«

Sie antworteten geradeheraus: »Halte uns nicht für betrunken, Herr, aber wir haben einen Wald aus dem Meer auftauchen sehen, wo nie ein einziger Baum stand. Und noch dazu eilt dieser Wald auf uns zu. Denke nur!«

»Ein merkwürdiger Anblick, fürwahr«, entgegnete Mallolwch. »Habt ihr noch etwas gesehen?«

»In der Mitte des Waldes, von diesem umgeben, sahen wir

einen Berg. Von seinem Gipfel strahlten Blitze aus, und seine Felsen waren voll tosendem Donner.«

»Ein stürmischer Berg, von einem Wald umgeben«, grübelte Mallolwch. »Und er kommt hierher, sagt ihr?«

»Jawohl. Was hat das wohl zu bedeuten?«

»Bei meinem Leben, ich kann mir nicht denken, was es bedeutet. Doch die Frau, die meine Gemahlin war, ist klug. Fragen wir sie.«

Also suchten der König und seine Ratgeber sie auf und sprachen: »Herrin, erkläre uns die Bedeutung des Wunders, das wir gesehen haben.«

»Obschon ich keine Herrin mehr bin«, erwiderte sie, »weiß ich nur zu gut, was es bedeutet. Lleu weiß, es ist ein Anblick, der auf dieser Welt seit vielen Jahren nicht mehr zu sehen war.«

»Willst du es uns nicht sagen?«

»O doch. Es ist nicht mehr und nicht weniger als die versammelte Kriegerschar der Insel der Mächtigen, die in die Schlacht segelt. Ich glaube, mein Bruder Bran der Gesegnete hat von meiner schlimmen Not gehört und kommt, mich zu holen.«

»Was ist der Wald, den wir gesehen haben?«

»Das sind die Masten, Ruder und Speere der Schiffe und der Krieger darauf.«

»Was ist der Berg?«

»Das ist Bran selbst in seinem Grimm.«

Als die Iren dies hörten, bekamen sie Angst. »Herr, du kannst ihnen nicht gestatten, Krieg gegen uns zu führen. Sie werden uns gräßlich niedermetzeln.«

Da antwortete Mallolwch ihnen bitter: »Lugh weiß, nichts anderes habt ihr verdient ob der Unruhe, die ihr gestiftet habt.«

»Hadere nicht mit uns«, erwiderten die Übeltäter. »Tue lieber deine Pflicht und schütze uns.«

»Euretwegen wird das nicht leicht sein. Bei Teutates, ihr seid ein böser Haufen! Ich wünschte, ich wäre euch nie begegnet. Dennoch werde ich tun, was mich am besten dünkt, und das ist folgendes: Ich werde meinem Sohn Gwern, Brans Neffen, meine Königswürde anbieten. Bran wird den Sohn seiner Schwester nicht bekriegen.« Damit beauftragte Mallolwch seine Boten, diese Worte Bran zu überbringen, sobald er landete.

Die Boten gehorchten und grüßten Bran freundlich, als er ans

Ufer watete, das nackte Schwert in der Faust. »Welche Antwort sollen wir unserem Herrn ausrichten?« fragten sie, als sie ihre Botschaft überliefert hatten.

»Sagt eurem Herrn, er soll keine Antwort von mir bekommen, ehe er mir kein besseres Angebot macht als jenes, welches ich gerade gehört habe.«

Zurück zu ihrem Gebieter eilten die Iren mit dem Klirren des Stahls in den Ohren. »Herr und Beschützer«, sagten sie, »Bran sagt, er gibt dir keine Antwort, ehe er kein besseres Angebot hört als jenes, welches du ihm gerade gemacht hast. Unser Rat lautet: Überlege dir einen besseren Vorschlag, denn wir lügen nicht, wenn wir sagen, daß er von demjenigen, welches du ihm ausrichten ließest, nichts wissen will.«

Mallolwch nickte traurig. »Sagt meinem Bruder Bran, daß ich die größte Festung bauen werde, welche die Welt je gesehen hat – mit einer Halle, so groß, daß sein ganzes Volk in die eine Hälfte und das meine in die andere paßt. So soll er über Ierne und die Insel der Mächtigen herrschen – mit mir als seinem Diener.«

Mit diesem Angebot traten die Gesandten vor Bran, und ihm gefiel, was er hörte. Er nahm es sogleich an. So wurde Friede geschlossen, und die Arbeiten an der Festung und der riesigen Halle begannen.

Die Männer von Ierne mühten sich, das Holz aufzurichten, und sie fingen untereinander zu reden an, wie Arbeiter es tun. Evnissyen, der sich als Arbeiter verkleidet hatte, begann sich über die Ungerechtigkeit Brans zu beklagen und über die Härte seiner Herrschaft. Von Evnissyen aufgestachelt, sagten die Männer bald Dinge wie: »Es ziemt sich nicht, daß unser Herr und König Knecht in seinem eigenen Reiche sei. Es ist eine große Schande für ihn und auch für uns.«

Also bauten die Arbeiter eine Falle. An jedem Pflock der großen Holzhalle befestigten sie einen weiten Ledersack. Und in jeden Sack steckten sie einen ihrer schrecklichsten Krieger.

Als die Halle fertig war, lud Mallolwch Bran ein, sie in Besitz zu nehmen. Evnissyen hörte den Ruf und richtete es so ein, daß er den Saal vor allen anderen betrat. Er rümpfte die Nase ob der herrlichen Halle, als wäre sie eine schäbige Schäferhütte. Und als er seine listigen Augen dem erstbesten Ledersack zuwandte, fragte er: »Was ist das?«

»Gerste«, erwiderte einer der Arbeiter.

Unter dem Vorwand, das Korn zu prüfen, griff Evnissyen in den Sack, ertastete den Kopf des Kriegers und drückte ihn so fest, bis er merkte, daß seine Finger den Knochen zermalmten und ins Gehirn drangen.

Wie beim ersten Sack, tat er es bei allen übrigen, bis alle zweihundert Krieger gemeuchelt waren und keiner von ihnen mehr im Land der Lebenden weilte. »Nun«, grinste er in sich hinein, »sollen die Iren das Gemetzel entdecken, und sie werden vor Wut über das heulen, was Bran, wie sie glauben werden, ihren Leuten angetan hat.«

Inzwischen waren die Briten eingetroffen. Die Männer von der Insel der Mächtigen saßen auf der einen Seite des großen Feuers und die aus Ierne auf der anderen. Es wurde Friede geschlossen, und der Irenkönig nahm seinen Torques ab und reichte ihn Bran.

Als dieser sah, daß Mallolwch sich ihm unterwarf, sagte er: »Ich habe einen Torques, Herr, und genügend Ländereien und Volk. Räume nur meiner Schwester wieder den geziemenden Platz ein, und ich will's zufrieden sein.«

Dies hörte Mallolwch und weinte vor Freude. »Fürwahr, du bist ein gesegneter Mann«, rief er. »Du behandelst mich besser, als ich es verdiene.«

»Wie könnte ich meinen eigenen Verwandten schlecht behandeln?« erwiderte Bran.

»Zum Zeichen dessen, welche Ehre du mir angetan hast«, sagte der Irenkönig, »soll mein Sohn, dein Neffe, geholt werden. Er wird an meiner Statt gekrönt, und ich werde ihm dienen, wie ich dir gedient hätte.«

Der kleine Gwern wurde geholt, und Mallolwch legte seinem Sohn den Torques um den Hals. Alle, die den Knaben sahen, liebten ihn, denn einen schöneren und aufrichtigeren Knaben hat es nie gegeben.

Da meldete Evnissyen sich zu Wort, dem es keine Ruhe ließ, daß zwischen den beiden Völkern Freundschaft herrschte. »Warum tritt mein junger Vetter nicht zu mir, daß ich ihn segne?« rief er. Und der arglose Knabe ging freudig zu ihm.

Ha! sprach der böse Ränkeschmied bei sich – nicht das kleinste Körnchen Güte steckte in ihm, das dürft ihr glauben! –, nicht einmal Lleu selbst könnte die Untat ahnen, die ich nun begehen werde. Damit packte er den Knaben und schleuderte ihn mit dem Kopf voraus in das riesige Feuer, ehe einer ihn davon abhalten konnte.

Bronwen sah, wie die Flammen sich über ihrem lieben kleinen Sohn schlossen, und schrie vor Entsetzen auf. Dann sprang sie zu ihm, als wollte sie sich selbst ins Feuer stürzen, um ihn zu retten. Aber es war zu spät. Die Flammen loderten heiß und verbrannten den Knaben rasch zu Asche.

Da sprangen die Männer aus Ynys Prydein mit einem Schrei auf. Und dieser Schrei wurde von den Iren erwidert, die mit Evnissyens Hilfe ihre ermordeten Waffengefährten entdeckt hatten. Und nie gab es auf dieser Welt einen größeren Tumult als denjenigen, der nun folgte, denn jedermann griff nach seinen Waffen.

Der Kampf, die Schlacht, das Gemetzel in jener Nacht war schlimmer, ja, viel schlimmer als alle anderen seit Anbeginn der Welt. Das Lärmen dröhnte wie Donner, das Klirren wie ein Gewittersturm. Die Krieger standen bis zu den Oberschenkeln im Blut und erschlugen einander noch immer aufs grausamste.

Inzwischen blieb Evnissyen nicht müßig. Denn während die Schlacht hitzig wogte, kroch er in den Schatten, schlug hier und da zu und raubte mit jedem Hieb seines vergifteten Dolches ein Menschenleben. Er sah, daß Bran seine Schwester Bronwen zwischen seiner Schulter und seinem Schild barg, stach hinterrücks auf beide ein und lachte, als sie fielen.

Noch viele tüchtige Männer fanden den Tod, und mehr gute Frauen, als Sterne am Himmel stehen, wurden zu Witwen. Als die Männer gefallen waren, griffen die Frauen zu den Waffen, so daß Männer, Frauen und Kinder bis zum bitteren Ende fochten.

Bitter war die Schlacht, und bitter die Tränen, die ihr folgten. Und lange, ach, lange die Trauer.

Die Sonne strahlte blutrot, und der Sonnenaufgang im Osten war wie eine Wunde, als der letzte der Streitenden auf immer seine Waffen niederlegte. Nur sieben Männer blieben übrig. Sie starrten einander mit Blut in den Augen und an den Händen an.

Dann sah der Gebückte, daß die Überlebenden den Kessel der Wiedergeburt auf den Herd stellten und die Toten hineinzulegen begannen. Da Evnissyen fürchtete, daß alle seine Mühen vergebens sein würden, kroch er zwischen die nackten Leichen, legte sich hin und wurde mit den übrigen in den Kessel geworfen.

Sobald Evnissyen darin war, machte er sich ganz breit und drückte Hände und Füße gegen die Kesselwände. Dann preßte er mit aller Kraft, bis der Wunderkessel in vier Stücke zerbrach und zerstört war. Dabei zerbarst auch das Herz des bösen Mannes, und er starb elendiglich.

Die Überlebenden, alle Briten, fanden nun Bran, der sterbend neben der schönen Bronwen lag. Sie sanken auf die Knie und weinten über ihm. »Herr und König«, klagten sie, »der Kessel ist zerborsten, und wir können dich nicht retten.«

»Hört mich an, meine Brüder«, sprach Bran, »und tut, was ich euch sage. Wenn ich tot bin, schneidet meinen Kopf ab und nehmt ihn mit euch nach Ynys Prydein. Dort begrabt ihn auf dem Weißen Hügel am Mor Hafren, wo ich den Meereszugang vor jedem Eindringling bewachen werde.

Ich sage euch die Wahrheit, denn solange ihr den Kopf nicht ausgrabt, wird kein Feind euch schaden. Ihr werdet im Land eurer Väter feiern, Rhiannons Vögel werden für euch singen, und achtzig Jahre werden vergehen wie ein Tag. Auf diese Weise wird euch der Kopf ein so guter Gefährte sein wie von jeher, denn Freude und Gedeihen werden euch gewiß sein.

Doch sobald jemand den Kopf ausgräbt, werden wieder Pest und Krieg über die Insel der Mächtigen kommen. Und sobald er ausgegraben wurde, müßt ihr ihn schnell wieder dort eingraben, wo keiner ihn vermutet. Sonst widerfährt euch noch Schlimmeres.

Nun, es ist Zeit für mich zum Sterben. Tut sogleich, was ich euch geheißen habe.«

Voll Trauer taten die Briten, was ihr Herr ihnen befahl. Sie segelten übers Meer zurück in ihre Heimat und begruben den Kopf dort, wo Bran es angeordnet hatte. Und Bronwen beerdigten sie ein Stück daneben, aber nicht weit von der Ruhestatt ihres Bruders, damit sie zusammenblieben.

Und auf einmal erwuchs ein großer Palast mit Wänden und Böden aus geglättetem Stein, die glänzten wie Edelsteine in der Sonne. Darin fanden sie einen riesigen Saal und auf dem sich biegenden Tisch Speisen aller Art. Zum Trinken gab es Wein, Met und Bier. Und Speise und Trank waren vom Feinsten, was sie je gekostet hatten. Als sie zu schmausen begannen, erschienen auf goldenen Stangen drei Vögel, und der schönste Gesang, den sie vernommen hatten, war wie leeres Schweigen verglichen mit dem Gesang jener Wundervögel.

Und die Männer vergaßen den Kummer um ihre verlorenen Verwandten und Gefährten und erinnerten sich nicht mehr an das Leid, das sie erlebt und erlitten hatten, noch an irgendeine Mühsal der Welt.

Achtzig Jahre lang lebten sie so. Ihr Reichtum und ihre Familien wuchsen, ihre Freude kannte keine Grenzen. Diese achtzig Jahre wurden die Versammlung des Wundersamen Hauptes genannt. Aus diesem Grunde wurde die Bestattung von Brans Kopf eines der Drei Glücklichen Geheimnisse genannt. Denn solange der Kopf ungestört blieb, gelangten weder Pest noch Feinde an Britanniens Gestade.

Damit endet der Zweig der Mabigonen.

Als sein Lied zu Ende war, ließ Myrddin die Harfe sinken. Es herrschte vollkommene Stille. Die versammelten Könige und Krieger dünkten sich in der Gegenwart eines wahren Barden und waren stumm vor Ehrfurcht. Ihre Augen glänzten wie verzaubert, und vielleicht waren sie das auch. Denn sie waren gewißlich von der Erzählung in Bann geschlagen, solchen Zauber hatte diese auf sie ausgeübt.

Und auf mich ebenfalls. Auch ich empfand den Gesang als lebendiges Wesen. Ich wußte, daß er lebte wie alle wahren Geschichten. Um so größer das Staunen! Denn ich begriff den tieferen Sinn des Liedes, und ich wußte, wovon der Emrys gesungen hatte:

Artus' sorgenvoller Herrschaft und dem Anteil des Feindes daran.

XII

Da Baldulf Kei und Bors vor sich und Artus hinter sich hatte, blieben ihm nicht viele Möglichkeiten. Nachdem den Barbaren der Fluchtweg zu ihren Schiffen an der Ostküste abgeschnitten war, wandten sie sich gen Norden. Sie hofften, unbemerkt durch eine der verborgenen Talschluchten zu gelangen, welche die flache Hügellandschaft durchzogen.

Dabei schätzten sie sich mehr als glücklich, denn durch Zufall stießen sie auf ein verfallenes römisches Kastell. In den Hügeln gibt es über ein halbes Dutzend alter Heerlager, Lager, die Trimontium angegliedert waren, der stärksten Festung in der Gegend. Von Trimontium ist nichts übrig außer einem Buckel im Gras am Twide, aber die kleineren Befestigungen waren aus Stein gebaut und trotzten Wind und Wetter. Eines davon fand Baldulf: Caer Gwynnion, die weiße Feste. Obschon die Holztore längst nicht mehr standen, beherrschten die starken Steinmauern noch immer das unterhalb liegende Tal.

Am zweiten Tag nach der Schlacht stießen Keis Truppen zu uns. Am nächsten Morgen brachen wir das Lager ab und marschierten im Tal des Aloent gen Norden nach Caer Gwynnion. Alles in allem waren wir guten Mutes: Unsere Kräfte waren wiederhergestellt, die Feinde auf dem Rückzug und unsere Aussichten auf einen entscheidenden Sieg und eine baldige Rückkehr nach Süden gut. Also zogen wir an den grünen Hügeln und den rauschenden Bächen vorbei, und heller Lerchensang erfüllte unser Ohr. Was konnte es Besseres geben?

Ein römisches Kastell hatten wir noch nie angegriffen. Und obgleich wir sehr wohl wußten, wie man eines verteidigt, ist ein Angriff doch etwas gänzlich anderes. Kein Wunder, daß die Kelten nie einen Krieg gewannen. Sogar im Zerfall sind jene Festungen nur teuflisch schwer niederzuringen.

Fürwahr, die Barbaren hatten sich eine neue Taktik angeeignet. Wir trafen sie nicht mehr im offenen Feld an, denn sie wußten, daß sie dort nicht siegen konnten. Nach Celyddon sollte der

Kampf stets aus den schützenden Mauern einer Festung heraus geführt werden.

Die Angeln waren von ihren Verbündeten im Stich gelassen worden. Die Pikten hatten schon längst die Flucht ergriffen und waren in der Wildnis ihrer Hochmoore verschwunden. Die Iren waren, sofern noch übrig, heimgekehrt. Nur Baldulf und seine Vettern Ebissa und Oesc waren samt ihren Kriegern noch da – inzwischen weniger als dreißigtausend Mann.

Auch das britische Heer war dezimiert. Wir zählten kaum mehr als zehntausend Mann: zweitausend zu Pferde und der Rest zu Fuß. Aber einige davon waren frische Truppen – die Leute unter Keis und Bors' Führung. Sie hatten noch nicht in den Kampf eingegriffen und waren begierig, sich ihre Portion Met und ihren Anteil an der Beute zu erkämpfen.

Die Belagerung von Caer Gwynnion begann an einem kalten, stürmischen Tag von der Art, wie sie sich im Norden so plötzlich einstellen. Nieselregen peitschte uns ins Gesicht. Die Pfade wurden matschig und rutschig. Die Pferde und den Troß ließen wir unten im Tal zurück, wo Artus das Lager aufzuschlagen befahl. Eine *Ala* im fliegenden Galopp taugt nicht viel gegen die Steinwälle einer Festung.

So töricht, gegen die Mauern ohne Unterstützung anzurennen, waren wir nicht. Das hätte Wahnsinn und Niederlage bedeutet, wie jedermann weiß. Darum erinnerte Artus sich jener Römer, welche die Festung erbaut hatten, und bediente sich einer Taktik, welche die Legionäre mit unerreichtem Erfolg gegen die Holzburgen der Kelten angewandt hatten. Wir schlossen den Belagerungsring um die Feste und machten uns daran, Kampfmaschinen zu bauen.

Dabei halfen uns Myrddins Kenntnisse, denn er wußte, wie jene Maschinen auszusehen hatten, und leitete ihren Bau. Wir errichteten einen Turm auf Rädern mit einer Tür, der ein wenig höher war als die Mauern der Festung. Außerdem bauten wir einen *Onager*, mit dem wir Steine gegen die Mauern und in den Hof schleudern konnten.

Die Maschinen bestanden aus Holzstämmen, die mit Pferden aus dem Tal heraufgeschleppt werden mußten. Es war eine langsame, mühselige Arbeit, aber nach fünf Tagen hatten wir es geschafft, und die Schlacht konnte ernstlich beginnen.

Als die Barbaren des hohen Turmes gewahr wurden, stießen sie ein gräßliches Geheul aus. Aber als die ersten Steine wie Kometen vom Himmel zu schlagen anfingen, brüllten sie vor Wut und Verzweiflung. Sie zogen sich nackt aus, rannten oben auf den Wällen entlang und boten sich uns ungeschützt dar, in der Hoffnung, uns in Reichweite ihrer Äxte, Hämmer und Steine zu locken.

Doch Artus ließ sich davon nicht beeindrucken. Er befahl, daß kein Mann sich den Mauern nähern durfte, so daß wir uns alle ein gutes Stück entfernt hielten und die Kriegsmaschinen ihre Arbeit verrichten ließen. Wir ließen die Steine Tag und Nacht sausen, hielten den *Onager* ständig in Bewegung, damit der Feind innerhalb der Mauern keinen sicheren Platz fand.

Nach drei Tagen waren die Barbaren übel zugerichtet und hatten Hunger. Als der siebte Tag verstrichen war, waren sie schwach und blöd vor Hunger. Da befahl Artus, den Turm an den Wall heranzufahren. In seinem Inneren saßen die besten Krieger, angeführt von Kei, der um das Vorrecht gebeten hatte, die Schlacht anführen zu dürfen.

Gott liebe ihn, er stritt so eifrig und geschickt darum, daß Artus ihm Caledvwlch gab, um zu zeigen, daß Kei die ganze Macht des Herzogs zum Befehlen besaß.

Die Krieger bildeten die Schildkröte – eine einfache Formation, bei welcher diejenigen, die sich zum Wall vorarbeiten müssen, ihre Schilde ineinander verzahnt zum Schutz über den Kopf halten – und drangen langsam vor, während sie den Turm vor sich herschoben. Artus und ich beobachteten die Schlacht von einem guten Aussichtspunkt auf einer Felsnase in der Nähe.

Tapfer bin ich zwar und stehe in der Schlacht an vorderster Front, doch kann ich nicht sagen, daß ich gern als erster aus dem Turmtor auf den Wall gesprungen wäre. Das tat Kei und bewies damit herrlichen Mut. Ganz allein kämpfte er mit über einem Dutzend Mann, bis seine Recken allmählich neben ihm waren. Ich weiß nicht, wie es geschah, daß er nicht getötet wurde, als sein Fuß die Mauer berührte.

Gwalchavad, Cador und Owain führten als nächste ihre Truppen durch den Turm. Dann folgten Maelgwn, Bors und Ceredig. Sobald erstere den Festungswall erreicht hatten, konnten wir die übrigen nicht mehr zurückhalten. Die Könige drängten sich um einen Platz am Turm, so daß sich eine lange Schlange von Kriegern zurückstaute.

Die ersten Kämpfe fanden auf dem Wall selbst statt, wie ich bereits sagte. Aber die Schlacht verlagerte sich bald in den Hof hinunter, und das war schrecklich. Dort war so wenig Platz, daß man Freund und Feind gleichermaßen traf, sobald man das Schwert schwang. Darum bedienten die Kymbrogen sich ihrer Speere. Wären sie Drescher gewesen, hätte ihre Ausbeute nicht größer ausfallen können! Die Barbaren glaubten, den Angriff durch ihre bloße Überzahl zum Stehen zu bringen, und warfen sich darob mit ihren nackten Körpern den britischen Speeren entgegen. Die Körper türmten sich vor Kei und den Kymbrogen übereinander – ein Wall zuckender Glieder –, so daß die Feinde gezwungen waren, zum Gefecht über die Leichen ihrer Leute zu klettern.

Die Briten schwärmten nun in Scharen über die Mauer und schleuderten Speere hinunter ins wogende Durcheinander. In dem Caer staken so viele Angeln zusammengepfercht, daß unsere Krieger bei jedem Stoß einen töteten.

»Das ist kein ehrenhafter Kampf«, bemerkte ich, »sondern das Gemetzel unwissender Tiere.«

»Baldulf ist so starrsinnig wie stolz«, entgegnete Artus. »Aber die Sache wird bald ein Ende haben.«

Als wollte es aus Artus einen Propheten machen, brach das Tor, das mit Steinen und Geröll zugebaut worden war, plötzlich in einer weißen Staubwolke nach außen, und die Feinde kamen herausgestürmt. Die britischen Könige standen bereit. Custennin, Ennion, Ogryvan und Ceredig rannten ins Gefecht. Das Schlachtgetöse erreichte den Felsen, auf dem wir standen.

»Sollen wir hinunter?« Ich zeigte auf das Getümmel unter uns.

Artus schüttelte heftig den Kopf. »Das ist nicht nötig. Wir lassen Kei und den Königen diesen Sieg.« Er wandte sein Pferd. »Komm, wir erwarten sie im Tal.«

Baldulfs Sturheit kostete ihn die Schlacht. Sein Stolz kostete ihn das Leben.

Der Barbar wollte sich nicht ergeben, und selbst als die Schlacht längst verloren war, bat er nicht um Schonung. Cador tötete ihn und steckte das Haupt des *Bretwalda* oben auf dessen eigene Schädel-und-Knochen-Standarte. Dann pflanzte er das Feldzeichen oben auf den Leichenberg vor dem Kastell.

Artus empfing das siegreiche Heer im Tal. Kei, Cador, Bors und Gwalchavad führten den langen Marsch hinunter ins Lager an. Artus stellte vor der Furt den Feldstuhl auf, und als die Krieger sie überquerten, hieß er sie als Helden willkommen und machte allen Geschenke.

Kei und die übrigen freuten sich sehr, denn hier auf dem Hügel war die Beute gering. Nicht ein goldener Ohrring oder eine Messingfibel fiel ihnen zu. Artus glich diesen Mangel mit dem Teil der Beute aus, den er für sie aufgehoben hatte. Dann regte er eine Siegesfeier an.

Ach, wir waren mit dem Herzen jedoch nicht dabei. Kampfesmüde waren unsere Gedanken auf dem Weg nach Hause. Die Erntezeit nahte, und die Könige hatten es eilig, in ihre Reiche zurückzukommen. Sie waren lange genug von ihren Aufgaben fern gewesen. Der Krieg war wenigstens für dieses Jahr gewonnen. Es war Zeit heimzukehren.

Also bildeten wir Reihen und durchquerten das lange, breite Tal des Twide gen Osten, wo an der Küste die Schiffe ankerten. Dann stachen wir gen Süden in See.

Die höchsten Mächte des Himmels seien gepriesen! Unsere Rückkehr nach Caer Melyn war goldenes Glück und süße Freude. Die Leute sammelten sich in Artus Hügelfeste und drängten sich auf dem Weg von der Furt bis zu den Burgtoren. Sie jubelten und sangen, als wir an ihnen vorüberzogen. Die meisten gehörten Meurigs Stamm an; dazu kamen nicht wenige aus den umliegenden Cantrefs. Aber ihre Begrüßung war bis ins kleinste aufrichtig und herzlich.

Artus, der an Großzügigkeit nicht zu überbieten war, lud sie alle zum Schmause ein und bestritt die Feier unserer Siege dieses Sommers allein aus seinem Schatz. Die anderen Könige genossen diese Freigebigkeit, trugen zu dem Fest aber nicht einmal ein Schwein oder eine Ziege bei.

Mehr ist ihr Ruf nicht wert, sei's drum. Ich würde nicht Gefahr laufen, von der Zunge eines Barden verspottet zu werden, weil mir ein paar Schweine oder Ochsen zu teuer wären.

Nach dem Fest brachen die Könige in ihre Reiche auf, und wir machten uns daran, die Vorratslager in Ordnung zu bringen, denn die Tribute trafen allmählich in Caer Melyn ein. Sie kamen von all denen, die dem Feldherrn die Treue gelobt hatten. Die Nachricht von Artus' Siegen hatte die britischen Fürsten zu fast üppigen Lieferungen hingerissen.

Wir störten uns nicht daran, daß der Winter finster und kalt war und der Schnee hoch lag – so hoch, wie ich ihn, glaube ich, nie wieder gesehen habe: Er kleidete die Hügelkuppen und Berggipfel in Gewänder aus reinstem Weiß und überzog die Täler mit flauschigen Decken. In Artus' Saal brannte hell das Feuer, und Myrddin sang Lieder von Tapferkeit und Heldentaten. Unsere Herzen gingen über.

Zur Wintersonnwende feierten wir ein schönes, frommes Weihnachten. Der frisch ernannte Bischof Teilo zelebrierte die Messe zusammen mit Illtyd und anderen berühmten Geistlichen der Gegend. Ja, die Kirche schien besonders begierig, ihren Segen auf Artus' goldenem Haupt auszugießen, denn sie sah in ihm den Bewahrer ihres frommen Werkes vor dem Wüten der Barbaren und deren widerwärtigen Götzen. Fürwahr, die guten Brüder hatten das Gemetzel und die Foltern der Heiden als erste zu ertragen. Immer wurde auf dem zerstörten Altar das Blut eines Priesters vergossen, der Leib eines Mönchs verbrannt.

Deshalb taten die Kirchenmänner recht daran, Artus zu segnen, darauf bedacht, bei jedem Gebet um Gesundheit und langes Leben für ihn zu flehen. Alles in allem gab uns das Weihnachten auf Caer Melyn in jenem Jahr einen Vorgeschmack auf Artus' Herrschaft. Und ein gesegneteres und freudigeres Reich kann ich mir nicht vorstellen und will ich auch nirgends finden.

Der Winter erwies sich als viel zu kurz für mein Vergnügen. Wärme überzog wieder das Land; die Sonne verweilte länger am hohen Himmel. Die Flüsse schwollen an vor Regen, der Wind ließ nach, und das grüne Land blühte auf.

Sobald die Wege wieder frei waren, ritt ich zu den zwischen den Hügeln versteckten Zuchtweiden hinaus, um das Fohlen dieses Jahres zu überwachen. Die Züchter und Zureiter hatten gute Arbeit geleistet: Zweihundert Pferde standen für die *Ala* bereit. Artus' Heer würde dieses Jahr nicht zu Fuß in die Schlacht gehen müssen – und wie es aussah, auch viele weitere Jahre nicht.

Ich gab mich nicht der Täuschung hin, der Krieg könne vorbei sein. Auch nach dem Tod des *Bretwalda* würden die Angeln nicht lockerlassen. Sie würden sich einfach einen neuen Führer wählen, und der Krieg würde aufs neue beginnen.

Hätte ich selbst Myrddins große Sehergabe besessen, ich hätte nicht vorausbestimmen können, wer dieser Führer sein würde noch wie mächtig.

Die Schiffe fingen mit der Überwachung der Küste an, sobald die Winterstürme endgültig aufgehört hatten. Von Muir Guidan bis zum Wash, die ganze Küste von Bernich entlang, patrouillierten die Schiffe ohne Unterlaß. Doch leider sollte der Feind diesmal auf anderen Wegen zuschlagen. Es sollte keine Raubzüge von See, keine Massenangriffe im offenen Feld, keine Grabenkämpfe an Furten mehr geben. Insofern achteten die Barbaren wenigstens Artus' Genie. Von nun an erprobten sie eine andere Gefechtstaktik.

Eines Morgens kurz nach Beltane traf ein kleiner Troß in Caer Melyn ein. In ihre besten Gewänder gekleidet, erkannte ich sie erst nicht: ein Dutzend Männer in rotschwarz karierten Umhängen, farbenfrohen Hemden und blaugelben Hosen. Ihr Haar war eingeölt und geflochten und die Bärte kurzgeschnitten. An ihren Armen, Hälsen und Ohren glänzten Gold und Silber. Sie hielten sich gerade, stolz und hochmütig, und Männer wie Frauen saßen auf gedrungenen Ponys im zotteligen Winterpelz – alles in allem eine Gesellschaft von dreißig Personen, einschließlich einem graugewandeten Druiden als Anführer.

»Eine bunte Bande«, bemerkte ich, während ich von meinem Platz neben Artus die Fremden betrachtete. »Wer sind sie?«

Artus kniff seine blauen Augen zusammen und musterte die im Hof versammelte Schar. Mit einemmal hellte sein Gesicht sich auf, weil er jemanden erkannt hatte. »Fergus!«

Der Herzog trat vor, um seinen Besucher zu empfangen, während ich vor Unglauben mit aufgerissenen Augen und offenem Mund dastand. Fergus? Hier? Ich hatte geglaubt, wir würden ihn nie wiedersehen.

»Heil, Herzog von Britannien! Ich grüße dich«, rief Fergus mac Guillomar mit seinem schwerfälligen Zungenschlag. Er drückte sich geziemend höflich aus, schwang sich dann aber aus dem Sattel und umarmte Artus wie einen Verwandten.

»Was tust du hier, Ire?« fragte Artus freundlich, aber unverblümt.

»Ich bin mit meinem Gefolge hier, um dir den Tribut an Gold und Geiseln zu entrichten, den ich dir schulde.«

Artus lächelte, offenkundig erfreut. »Ich habe ein Recht auf Tribut, das stimmt. Aber ich habe keinen von dir gefordert.«

»Bin ich ein Barbar, daß ich Ehre mit Unehre vergelte?« fragte Fergus. Rasch wandte er sich an seine Gefolgsleute, die jetzt absaßen, und rief einen von ihnen zu sich.

Ein dunkelhaariger, schlaksiger Junge mit langem, ernsten Gesicht und tiefliegenden schwarzen Augen unter nachdenklichen Brauen trat vor. Er trug einen langen Speer mit einer gleißenden Silberspitze. Über seine Schultern hatte er einen Umhang aus Wildkatzenfellen geworfen. Der Torques aus geflochtenem Silber kündete von edler Abkunft.

»Das ist Llwch Llenlleawg«, sagte Fergus stolz. »Er ist der erste Krieger unseres Volkes und außerdem meiner Schwester Sohn, mein Ziehsohn und Verwandter. Ich übergebe ihn dir als Geisel. Mögen seine Dienste dir großen Lohn eintragen.«

Artus musterte den jungen Mann gedankenvoll – weil er Fergus nicht dadurch kränken wollte, daß er sein Angebot ohne Umschweife ausschlug. Aber ehe er etwas sagen konnte, winkte der Irenkönig noch jemanden zu sich: eine schlanke junge Frau.

Ich habe viele junge Frauen kennengelernt und bewundert, aber diese war anders als alle übrigen. Ihr Haar, so schwarz, daß es in der Sonne blau schimmerte, war zurückgekämmt und fiel ihr in vielen Zöpfen in den anmutigen Nacken und auf die Schultern: tiefstes Schwarz auf dem reinen Alabaster ihrer weißen Haut. Sie machte ein verächtliches Gesicht, drückte ihre Lippen fest zusammen und reckte ihr Kinn empor, als sie Artus mit Augen anblickte, die grau wie Taubenschwingen waren oder der Nebel, der am Morgen vom Berg herniederwallt. Der edle Schwung ihrer hohen Brauen und ihrer geraden Nase verliehen ihr das Aussehen einer Königin.

Ihre langen, schlanken Finger hielten einen Speerschaft fest umklammert. An einer ihrer zarten Hüften trug sie einen goldenen Dolch, ein Kurzschwert an der anderen, und über einer schmalen Schulter einen aus Bronze getriebenen Schild. Ihr Umhang war aus weicher Wolle, tiefrot gefärbt und wurde von einer riesigen Fibel über der Brust zusammengehalten. Doch am überraschendsten von allem war, daß sie ein anglisches Kettenhemd trug, bei dem die Ringe aber klein und erlesen waren, aus Silber geformt. Es glänzte, wenn sie sich bewegte, und gleißte, als würde Wasser über sie rieseln.

Trotz ihres Kampfkleides war sie eine blendende Erscheinung, ohne weiteres die schönste Frau, die ich je gesehen habe. Sie trat langsam vor und stellte sich neben Fergus, und die ganze Zeit ließ sie die Augen nicht von Artus. Der Blick, mit dem sie ihn ansah, hätte, glaube ich, Stahl schneiden können, doch der Herzog schien das nicht zu bemerken.

»Das ist Gwenhwyvar«, sagte Fergus, »meine Tochter.«

Er machte dem Druiden ein Zeichen. Dieser trat mit einem Tuchbündel in seinen ausgestreckten Händen vor. Er überreichte es Artus und schlug das Tuch dann auf, so daß vier goldene Torques von feinster Güte und Gestalt zum Vorschein kamen – einer prächtiger als der andere.

Es stand fest, daß Fergus Artus seine höchsten Schätze schenkte: seinen Helden, seine Tochter, die alten Kostbarkeiten seines Volkes.

Artus war zu Recht sprachlos. Er starrte erst das Gold und dann das Mädchen und den Krieger an, danach wieder Fergus. »Ich fühle mich geehrt«, sagte er schließlich. »Dein Tribut stellt meine geringe Freundlichkeit in den Schatten.«

»Ich habe dir mein Leben verpfändet, Herzog Artus, und ich weiß, was mein Leben wert ist«, erwiderte Fergus stolz.

»Ich nehme deinen Tribut und deine Treue an, o König.«

Was hast du getan, Artus? fragte ich mich. Jetzt hat die Sache nie ein Ende!

Artus packte Fergus' Arme wie die eines Vetters. »Komm, mein Freund«, sprach er kühn, »wir wollen den Gasttrunk teilen.«

Fergus strahlte vor Freude, dankbar, daß Artus ihn so aufnahm. Ich stand im Hof und starrte ihnen hinterher, als sie in die Halle gingen. Ich war nicht der einzige, den dieser Lauf der Dinge verstörte. Denn als ich mich umdrehte, um den übrigen zu folgen, sah ich ein Stück abseits Merlin stehen.

»Hast du das gehört?« fragte ich.

»Ich habe es gehört.«

»Und?«

»Vieles daran gefällt mir nicht.«

»Ach, es verheißt Ärger«, stimmte ich ihm zu. »Alle Heiligen seien Zeugen, wenn man Geschenke aus Irland annimmt, dann erwächst daraus nichts Gutes.«

Myrddin runzelte die Stirn und wischte meine Bemerkung beiseite. »Es ist mehr als das, du Eifersüchtiger.«

Er wandte sich um, und ich lief ihm nach. »Eifersüchtig! Ich? Warum nennst du mich eifersüchtig?«

Aber Myrddin wollte mir keine Antwort geben. Er begab sich in den Saal auf seinen Platz an Artus' Seite am Tisch neben dem Herd. Die Becher waren gefüllt und wurden von Hand zu Hand gereicht. Widerwillig schloß ich mich der merkwürdigen Feier an und trank, als der Becher zu mir kam. Mir fiel auf, daß Myrddin jedoch nicht trank, sondern sich wie ein Schutzengel an Artus' Seite hielt.

Erst am späten Nachmittag bekam Myrddin Gelegenheit, ungestört mit Artus zu sprechen. »Auf ein Wort, Artus«, sagte er und schritt in Richtung von Artus' Gemach am Ende des Saales. Artus stand auf, und da er mich nicht zu bleiben bat, ging ich mit ihm.

»Es ist ein Fehler«, sagte der Emrys sofort leise und ernst. »Du darfst den Tribut nicht annehmen.«

Artus breitete hilflos die Hände aus. »Aber das habe ich schon.«

»Mache es rückgängig.«

»Das kann ich nicht, selbst wenn ich wollte – und ich will nicht.«

»Du kannst und mußt.«

»Warum denn, Myrddin? Was beunruhigt dich?«

Myrddin schwieg einen Augenblick. »Die Frau«, sagte er schließlich.

»Was ist mit ihr?« fragte Artus unschuldig. »Ich habe nichts an ihr entdeckt, was solches Entsetzen rechtfertigt.«

»Sie ist eine Königin ...«

»Sie ist Fergus' Tochter ...«

»Bei ihnen ist es das gleiche. Weißt du das nicht? Wenn du sie annimmst, willigst du ein, sie zu heiraten. Sonst hätte Fergus sie dir nicht gegeben.«

Artus starrte den weisen Ratgeber blöde an.

»Nun, hast du nichts zu sagen, mächtiger Herzog? Ist dir das überhaupt nicht in den Sinn gekommen?«

»Bei meinem Leben, das ist es nicht«, erwiderte Artus entrüstet.

»Dieser Held Llenlleawg ist zwar Fergus' bester Krieger, ja; aber zuvorderst ist er der Beschützer der Königin. Und das Goldgeschenk ist der Reichtum ihres Volkes«, sagte Merlin nun etwas milder. »Artus, es ist ihre Brautgabe, und ein größeres Geschenk wäre gar nicht möglich. Fergus ehrt dich sehr – vielleicht zu sehr.«

»Was soll das heißen?« fragte Artus argwöhnisch.

»Bei den Iren wird das Königtum durch die Frau auf den Gatten vererbt.«

»Ha!« rief ich. »Dann wärest du König von Ierne, Bär! Denke nur!«

»Das ist nichts Geringes!« fauchte Myrddin und meinte an Artus gewandt: »Denke nach! Der Hochkönig von Britannien braucht eine britische Gemahlin!«

Artus starrte Myrddin an und wurde trotzig. »Das ist ja wohl meine Entscheidung. Ich lasse mir von niemandem sagen, wen ich zum Weib nehme.«

»Dein Hochmut wird dich die Hochkönigswürde kosten. Britanniens Fürsten werden dich mit einer irischen Königin als Gemahlin nie als ihren König anerkennen. Wenn du Fergus' Tochter nimmst, erklärst du sie für höheren Ranges als alle edlen Frauen Britanniens und erhebst somit Fergus über alle Könige Britanniens.«

Der Herzog verschränkte die Arme über der Brust. »Dann sei es! Welcher britische König hat mich je mit solcher Hochachtung behandelt wie dieser Feind?«

»Überlege, was du tust, Artus. Gib sie Fergus zurück«, drängte Myrddin.

»Das läßt meine Ehre nicht zu!«

»Von Stolz redest du da, nicht von Ehre«, erwiderte Myrddin ihm unverblümt. »Wenn du diese Frau nimmst, geht deine kostbare Ehre unrettbar zuschanden. Das heißt, damit auch dein Königtum und vieles mehr.«

Der Herzog starrte uns an, sagte aber nichts.

»Bitte tu, was dein weiser Ratgeber dir empfiehlt, und denke wenigstens darüber nach«, sprach ich zu ihm, »ehe du etwas unternimmst, was wir alle bedauern werden.«

Myrddin und ich ließen ihn allein. »Wird er auf uns hören – was meinst du?« fragte ich.

»Willst du die Wahrheit? Nein, ich glaube nicht, daß er das wird«, entgegnete mir der Emrys. Etwas in seiner Stimme machte mich stutzig: Traurigkeit? Verzweiflung? Welche Folgen sah er voraus? Warum wollte er nicht darüber sprechen?

Nun, so ist er eben. Ich maße mir nicht an, über seine Eigenheiten zu urteilen.

Artus gab nicht nach und wies Fergus mac Guillomars Tribut nicht zurück, obwohl es ihm viel Leid erspart und reichlich Seelenfrieden verschafft hätte. Doch dann wäre er nicht Artus gewesen.

Fergus hatte noch ein anderes Geschenk mitgebracht, das auf seine Weise auch wertvoll war: Nachrichten, die er noch am selben Abend beim Braten mit uns teilte.

Die Pikten, sagte er, scharten sich auf den öden Weiten des Nordens und würden vermutlich noch vor dem Ende des Sommers nach Süden losschlagen. Man habe Schiffe erspäht, die sich entlang der Westküste geschlichen hätten und zwischen den Inseln im Westen gekreuzt seien. »Sie suchen Blutrache für die Niederlage, die du ihnen in Celyddon bereitet hast«, meinte Fergus. »Es würde mich nicht überraschen, wenn die Angeln sich ihnen anschlössen. Die werden den Winter über ihre Niederlage zum Haß aufgepäppelt haben.«

»Hast du Kunde, daß die Angeln angreifen wollen?« fragte Artus.

Fergus schüttelte bedächtig den Kopf. »Nein. Ich habe auch keine Kunde, daß der Tag im Morgen grauen wird, halte es aber dennoch für klug, es anzunehmen.«

Artus dankte Fergus für seine Nachrichten, und es fiel für diesmal kein weiteres Wort darüber. Drei Tage später jedoch, als die Iren zum Aufbruch rüsteten, rief Artus Gwalchavad zu sich. »Mache die übrigen Schiffe bereit. Wir segeln mit der Flut nach Norden.«

Gwalchavad tat, wie ihm geheißen, während Kei und Bors die Kriegerschar versammelten. Myrddin und ich hielten mit dem

Herzog in seinem Gemach Rat. »Warte wenigstens, bis die Könige dir zur Seite eilen können«, warnte ich. »Wir sollten uns nicht in einen Hinterhalt stürzen.«

»Zweifelst du an Fergus?«

»Ich zweifle nicht an Fergus, traue aber den Pikten nicht. Wir müssen rasch zuschlagen, zugegeben, aber wir müssen voller Wucht zuschlagen.«

»Mit jedem Tag, den wir zaudern, wird der Feind frecher. Wir werden die Küsten bewachen und ihm so lange zusetzen, bis die anderen Könige sich uns anschließen.«

Myrddin beugte sich über seinen Stab. »Noch ist es nicht zu spät, Artus. Schicke die Frau und ihren Beschützer mit Fergus zurück. Ich übernehme die Sache, wenn du willst. Fergus wird keinen Grund bekommen, sich gekränkt zu fühlen.«

Sanft erwiderte der Herzog: »Ich habe mein Wort gegeben. Und ich nehme es nicht zurück.« Damit war eindeutig das letzte Wort gesprochen. Aber Myrddin ließ nicht locker.

»Wenn du entschlossen bist, Artus, dann lasse die Dame und ihren Schatz nach Ynys Avallach geleiten. Dort ist sie in Sicherheit und aus dem Weg. Meine Mutter wird sich über die Gesellschaft freuen – vielleicht kann sie dieser feurigen Maid sogar britische Manieren beibringen.«

Diesen Vorschlag griff Artus freudig auf. »Es sei so, Myrddin. Ich neige mich vor deinem Rat.«

Ich war alles andere als erfreut, denn im selben Atemzug sagte Artus zu mir: »Du bringst Gwenhwyvar zur Glasinsel, Bedwyr.«

»Ich? Artus, nimm Vernunft an! Das ist keine rechte Aufgabe für einen Feldherrn. Du wirst mich bei dir brauchen. Schicke jemand anders. Schicke Kei, oder noch besser: schicke Bors – er hält sich für einen Frauenhelden. Irgendeiner deiner Krieger tut es.«

Artus klopfte mir mit seiner Riesenpranke auf die Schulter. »Du mußt es sein, Bruder. Ich möchte Fergus oder seine Tochter nicht dadurch kränken, daß ich einen geringeren als meinen besten Mann schicke.«

»Mir dünkt, du hältst zu große Stücke auf diesen irischen Halunken«, grummelte ich. »Du machst dir größere Sorgen über angebliche Kränkungen deiner Feinde als über echte Kränkungen deiner Freunde.«

Eher hätte ich mein Herz einem Stein ausschütten können. Mein Murren half mir nichts. Artus war entschlossen und wollte sich nicht umstimmen lassen. Mir blieb keine andere Wahl, als sofort gen Ynys Avallach aufzubrechen.

War ich unglücklich über diese Vorkehrungen, so war Gwenhwyvar wütend. Sie sah die Vorbereitungen zur Schlacht und erwartete allen Ernstes zu kämpfen. Gleichgültig wie ein Sack Korn weggeschleppt zu werden, entfachte ihren Grimm aufs höchste. Nie habe ich eine Frau so erzürnt erlebt.

Ihre Augen blitzten, und ihre Wangen und ihr Hals liefen puterrot an. Ein Blick auf das gesattelt vor ihr stehende Roß, und sie grub die Fersen in den Boden. Ihre Finger wurden zu Krallen und ihre Zunge zu einer scharfen, behenden Peitsche, mit welcher sie die Ohren der Umstehenden geißelte – vor allem Artus, da sein Name regelmäßig heraussprudelte. Unglücklicherweise fand der größte Teil ihrer Schelte auf irisch statt, so daß ich die feineren Nebentöne nicht begriff, aber die allgemeine Richtung war eindeutig.

Ich berührte sie sanft am Arm, um sie zu dem Pferd hin zu bewegen, und hätte darob bald meine Hand eingebüßt. Im Nu hatte sie ihr Messer gezogen und hielt es in der Hand. Bleich und fauchend ging sie auf mich los. Der Dolch hätte den Weg zu meinem Herzen gefunden, hätte nicht Llenlleawg sich persönlich zwischen Gwenhwyvar und mich geworfen. Er sagte ein, zwei heftige Worte, und sie gab nach. Der Dolch glitt in seine Scheide zurück. Ohne einen weiteren Blick schwang die Königin sich in den Sattel und zog geschickt an den Zügeln.

Der Ire sprach zu mir: »Es war ungeziemend... Es tut mir leid.«

Seine Entschuldigung verdutzte mich: »Macht nichts. Aber weiteren Ärger will ich nicht.«

»Ich bin dein Diener, Herr Bedwyr?«

»Du kennst mich?«

»Wer hätte nicht von Bedwyr gehört, dem hellen Rächer, Artus' schnellem Schwert?« Sofort machte Llenlleawg kehrt und saß auf. Ich stand da, blickte dem hochgewachsenen, jungen Iren nach und fragte mich, inwiefern ich ihm trauen durfte. Die Iren sind als trügerisch und verschlagen bekannt, Wahrheit ist ihnen fremd. Da machte ich mir meine Gedanken.

Wir brachen sogleich von Caer Melyn auf. Ich wollte die Geiseln nach Ynys Avallach bringen und so rasch wie möglich zurückkehren, um zu Artus stoßen zu können. Darum nahm ich nur drei weitere Männer mit. Wir eilten hinab zum Hafen von Abertaff, wo wir gleich an Bord eines der kleineren Schiffe gingen, um auf ihm das Mor Hafren zu überqueren.

Sobald wir eingeschifft waren, begab Gwenhwyvar sich an den Bug und stellte sich dort auf: steif, die Arme über der Brust verschränkt, mit starrer Miene, den Blick stur geradeaus gerichtet. Wäre sie aus festem Stein gewesen, hätte sie nicht härter und unnachgiebiger sein können.

Ich wählte Barinthus, Artus' besten Steuermann, weil ich nach dem Aufenthalt in Ynys Avallach möglichst geschwind nach Norden segeln wollte. Barinthus nahm einen kurzen Weg und brachte uns sicher ans Ufer des Briw, unweit der Glasinsel. In dieser Nacht lagerten wir am Flußufer und ritten am folgenden Morgen zum Burgpalast. Gwenhwyvar behielt die ganze Zeit über ein feindseliges Schweigen bei.

»Du bist hier willkommen«, sagte Charis artig. »Der Friede Christi sei mit dir.« In tiefstes Grün gewandet, mit einem Überwurf aus schimmerndem Gold, wirkte sie in meinen Augen wie eine Königin der Anderswelt. Sie begrüßte jeden von uns mit einem Kuß und zog uns in den funkelnden Saal. Sogleich spürte ich, wie der besänftigende Geist des Ortes meine Seele erhellte.

Auch Gwenhwyvar war von Charis' Freundlichkeit und Anmut eingeschüchtert. Ich betete, die irische Maid möge so bleiben, und vertraute darauf, denn der Tor übte bereits auf uns alle seinen geheimnisvollen Zauber aus.

Sosehr ich es genossen hätte, in Avallachs Palast zu verweilen, so wartete doch Barinthus auf dem Schiff, um mich zurückzubringen. Ich überließ die Geiseln der Obhut König Avallachs und der Dame vom See und ritt am nächsten Morgen bei Tagesanbruch mit dem Geleitschutz zum Schiff zurück.

Als wir das Schiff erreichten, rief ich den Steuermann, und die Männer brachten die Pferde an Bord. Doch als Barinthus den Anker lichten wollte, hielt er plötzlich inne und wies auf den Pfad hinter mir. Ich drehte mich um und saß Llenlleawg zu uns reiten.

»Du sollst in Ynys Avallach bleiben!« rief ich, als er in Hörweite war, und lief ihm entgegen, als wollte ich ihm den Weg versperren.

Er blickte mich vom Sattel aus ruhig an. »Ich bin der beste Krieger der Königin. Sie hat mir befohlen, mich dem Herzog zur Verfügung zu stellen.«

»Und ich habe dir befohlen zu bleiben!«

Er zuckte die Achseln und stieg vom Pferd. »Mein Leben besteht darin, der Königin zu gehorchen«, erwiderte er unbeschwert, ging um mich herum und brachte sein Pferd an Bord.

Ich hätte ihn zurückschicken sollen, wollte aber eilends fort und hatte keine Lust, mich vor den Männern mit ihm zu streiten. »Artus wird schon wissen, was er mit dir zu tun hat«, sagte ich finster zu ihm und ließ die Sache vorläufig auf sich beruhen.

Ich erteilte Barinthus den Befehl, in See zu stechen, und wir stießen vom Ufer ab. Geschwind trieben wir davon und erreichten mit der Ebbe das Mor Hafren. Dann wandten wir uns nach Westen, der untergehenden Sonne zu, setzten die Segel und fuhren aufs offene Meer hinaus.

XIII

Die Pikten hatten Caer Alclyd besetzt und wollten die alte Festung zu einem Bollwerk gegen uns ausbauen. Wie die Angeln hatten sie die offene Feldschlacht aufgegeben. Sie wollten sich in dem Felsennest eingraben und uns dazu zwingen, sie hinter ihren festen Mauern zu belagern.

Bis ich die Ebene unterhalb des Felsens erreichte, waren die Schlachtreihen aufgestellt und hatte Artus mit der Belagerung begonnen. Er hatte den Caer nicht angegriffen, sondern wollte die Belagerung ihren Lauf nehmen lassen. Dieser Plan hatte einen zwiefachen Vorteil: Der Herzog setzte so nicht unnötig das Leben seiner Krieger aufs Spiel und konnte warten, bis die britischen Könige sich ihm angeschlossen und die Streitkräfte ihre volle Stärke erreicht hatten.

Auf dem Clyd schwammen Schiffe, und Krieger umzingelten den großen, grauen Felsen, als wir in die Mündung einfuhren. Artus hatte sein Lager nördlich der Festung aufgeschlagen, wo er sowohl den Felsen als auch das Gewässer überblicken konnte, und ich machte mich zu ihm auf, sobald ich wieder festen Boden unter den Füßen hatte. Die Abenddämmerung war nicht mehr fern, und das klare Licht des Nordens leuchtete honiggelb, als ich die Anhöhe zu seinem Zelt hinanritt.

Er saß auf seinem Feldstuhl vor dem Zelt und sprach mit Cador, der im Laufe des Tages mit einem Heer von fünfhundert Mann eingetroffen war. Als ich aus dem Sattel glitt, stand Artus auf: »Heil, Bedwyr, mein Bruder! Ich heiße dich herzlich willkommen!«

»Heil, Bär von Britannien! Was tust du hier, Herzog? Du ruhst dich aus, während die üblen Pikten dir eine lange Nase zeigen?«

»Besser die Nase als ihre Pfeile.« Er umarmte mich grob und klopfte mir auf den Rücken. Dann löste er sich abrupt und sagte: »Ich wollte dich gerade loben, Bedwyr, aber dieser Preis scheint womöglich voreilig zu sein.«

Ich schaute über meine Schulter zurück, folgte Artus' Blick und sah den schlaksigen Llenlleawg den Hügel herauftrotten. Er war mir vom Schiff her gefolgt. »Ach, der«, sagte ich. »Das kann ich erklären.«

»Das brauchst du nicht«, versetzte Artus. »Ich kann sehen, was geschehen ist.« Er ließ von mir ab und baute sich auf, um mit strenger Miene dem starrsinnigen Iren entgegenzutreten.

Aber als Llenlleawg vor den Herzog kam, warf er sich vom Pferd, zog rasch sein Kurzschwert und legte es vor Artus auf den Boden. Dann streckte er sich mit dem Gesicht nach unten daneben aus. Mit einem neugierigen Lächeln auf den Lippen sah Artus mich an. Ich breitete hilflos die Hände aus.

Artus betrachtete den vor ihm Liegenden. »Steh auf, Ire«, sagte er. »Ich fordere nicht deinen Kopf – zumindest nicht dieses Mal.«

Langsam erhob Llenlleawg sich, nahm sein Schwert auf und steckte es wieder unter seinen Umhang. Währenddessen hielt er die dunklen Augen zu Boden gesenkt.

»Was hast du zu sagen?« fragte Artus nicht gar zu streng.

»Bei Strafe meines Lebens ist mir befohlen, dir zu dienen, Herr Herzog.«

»Wer befahl dir das?«

Llenlleawg legte seinen langen Kopf zur Seite, als hätte sich das eigentlich von selbst verstanden. »Das hat Königin Gwenhwyvar mir befohlen.«

»Du bist meine Geisel«, erinnerte Artus ihn.

»Meine Freiheit liegt in der Hand des Herzogs, doch mein Leben in der Hand der Königin«, erwiderte der Ire. »Ich bin hier zu deinen Diensten, Herr.«

»Wozu taugt mir ein Diener, dem ich nicht befehlen kann?«

»Wenn ich dir mißfallen habe, Herr Herzog, biete ich dir mein Leben.« Llenlleawg machte Anstalten, wieder sein Schwert zu ziehen.

Artus gebot ihm Einhalt. »Steck dein Schwert weg, du irischer Narr. Du machst die Schneide stumpf, wenn du es dauernd ziehst und wieder einsteckst.«

Llenlleawg nahm die Hand vom Knauf und kniete mit beiden Beinen vor dem Herzog nieder. »Ich bin dein Mann, Herzog Artus. Ich gelobe dir Treue bei dem Eid, den dein Volk am höchsten hält. Ich werde dir in allen Dingen treu dienen außer in einem: Ich werde der Königin kein Leid zufügen noch zulassen, daß ihr Leid geschieht.«

»Dann stehe auf und diene mir aus ganzem Herzen, Ire. Denn von meiner Seite wird deiner Königin kein Leid geschehen, solange sie unter meiner Obhut steht.«

Cador starrte Artus an, als hätte dieser den Verstand verloren. »Du kannst ihn doch nicht beim Wort nehmen!« wetterte ich. »Sie könnten etwas gegen uns aushecken.«

»Das könntest du auch, Bedwyr«, erwiderte Artus. »Und Cador ebenso. Idris, Maglos und andere haben es bereits getan!« Er reichte Llenlleawg die Hand. »Wenn du mir Treue geloben willst, dann schwöre bei folgendem: dein Eid auf das Leben deiner Königin.«

Noch im Knien sprach Llenlleawg: »Ich, Llenlleawg mac Dermaidh, gelobe dir Treue bei meinem Leben und beim Leben meiner Königin, Gwenhwyvar ui Fergus. Seien beide verwirkt, wenn ich mich als falsch erweise.«

»Da«, sagte Artus. »Bist du nun zufrieden?« Zu Llenlleawg sprach er: »Bringe die Pferde zum Pferch und suche dir dann etwas zu essen. Wenn du fertig bist, kommst du zu mir zurück.«

Artus und Cador wandten sich wieder ihrer Lagebesprechung zu, und ich zog mir einen Feldstuhl heran und lauschte ihnen. Cador war fast auf dem gleichen Weg gekommen wie ich und lieferte den nämlichen Bericht. »Wir haben gar keine Schiffe gesehen«, sagte er. »Obschon der Feind ja frech zwischen den Inseln im Westen herumschleichen kann, ohne daß wir ihn zu Gesicht bekommen.«

»Was gibt es Neues über Schiffe an der Ostküste?«

»Noch nichts. Aber ich habe Boten zu Ectorius nach Caer Edyn geschickt, um ihn über meine Pläne zu unterrichten. In etwa einem Tag müßten sie mit Kunde aus jener Gegend zurück sein.« Artus hielt inne und betrachtete die Diener, die sich anschickten, ihm das Feuer für die Nacht zu entfachen. »Aber eines macht mir Sorgen...«

»Das wäre?« fragte ich. Der Herzog starrte lange zum dämmrigen Himmel hinauf. Aus der blauen Höhe ergoß sich Lerchengesang. Wäre nicht der Rauch gewesen, der bedrohlich von dem großen Felsen aufstieg, ich hätte geglaubt, die Welt wäre ruhig und in vollkommenem Frieden.

»Was wollen die Pikten mit dieser Festung?« sagte Artus schließlich. »Sie nützt ihnen nichts.«

»Wenn sie Caer Alclyd beherrschen«, meinte Cador, »dann beherrschen sie das ganze Tal bis zum Fiorth.«

»Nicht ohne Caer Edyn«, widersprach Artus.

»Vielleicht hoffen sie darauf, hier zu siegen und dann auch Caer Edyn einzunehmen.«

»Ein sehr ehrgeiziges Vorhaben für die Pikten, oder?«

Das stimmte. Obwohl wild, war das bemalte Volk doch nicht für seine Schläue bekannt. Ein grimmiges Brummen und eine Keule auf den Schädel – das war ihre Sache. Die Wachen zu überwältigen und eine Burg einzunehmen sah den Pikten gar nicht ähnlich. Sie schlitzten lieber Kehlen auf und verdrückten sich dann in Wäldern und Heidemooren.

»Was hat es zu bedeuten, Bär?« fragte ich.

»Es bedeutet meiner Ansicht nach, daß jemand sie führt.«

»Wer?«

Artus zuckte mit den Schultern. »Das müssen wir herausfinden.«

Die nächsten Tage über versammelten sich die britischen Kriegsführer allmählich am Clyd: Owain, Idris, Ceredig, Ennion, Maelgwn und Maglos. Britische Schiffe wimmelten in der Flußmündung, und britische Krieger umzingelten den Felsen von allen Seiten. Die Pikten schienen sich durch diese geballte Macht weder entmutigen noch stören zu lassen. Sie blieben brav hinter den Mauern versteckt und warteten ab. Als der erste von Artus' Boten zurückkehrte, begriffen wir ihr ungewöhnliches Betragen.

»Caer Edyn liegt unter Belagerung, Herzog Artus«, berichtete der Bote. Die in Artus' Zelt versammelten Hauptleute verstummten. »Ich konnte nicht zu Fürst Ectorius vordringen.«

Kei, der neben mir saß, sprang auf. »Ector unter Belagerung! Fluch über die Heiden! Wer steckt dahinter?«

Der Bote blickte nun Kei an. »Es waren Angeln, soweit ich sehen konnte. Und ein paar Pikten.«

»Wie war die Lage in der Burg?« fragte Artus. »Kam es zu Gefechten?«

»Nein, nicht, soweit ich sehen konnte, Herr. Die Festung wirkte sicher. Ich machte kehrt und ritt schleunigst zurück, wurde aber zweimal von Heeren aufgehalten, die vom Süden heranzogen. Ich folgte ihnen, um zu sehen, wohin sie marschierten.«

»Und was hast du entdeckt?«

»Sie hielten auf die alten Festung in Trath Gwyrd zu.«

»Natürlich!« entfuhr es Artus. »Da haben sie endlich das Kriegführen gelernt. Wer mag es ihnen nur beigebracht haben?«

»So denkt kein Barbarenhirn«, warf Myrddin ein. »Jemand, der mit den Briten gekämpft hat, leitet den Krieg.«

Wer mochte das sein? Die meisten britischen Edlen fochten an Artus' Seite oder unterstützten ihn. Nur einer machte sich durch sein Fehlen verdächtig: Lot. Konnte es Lot sein? Das ergab keinen Sinn: Lot hatte uns Schiffe gegeben und Schiffbauer dazu. Seine eigenen Söhne standen in den Diensten des Herzogs. Ich warf einen Blick auf Gwalchavad, der genauso besorgt und wütend wirkte wie wir alle. In ihm steckte kein Arg, und auch Verrat konnte ich nicht erkennen. Gesegneter Jesus, ich hätte mein Leben darauf verwettet!

So blieb das Geheimnis bestehen: Wer mochte es sein?

»Sie werden Trath Gwyrd eingenommen haben«, sprach Artus, nachdem er den Boten entlassen hatte, »und belagern Caer Alclyd und Caer Edyn. Das Ganze haben sie heimlich, still und leise bewerkstelligt. Sie haben sich ihre Standorte gut ausgesucht: Festungen anstelle von Furten, so daß unsere berittenen Krieger fast wertlos sind. Und außer bei Caer Edyn sind sie im Vorteil.« Artus hielt inne und ließ seine blauen Augen über die vor ihm Versammelten schweifen. »Wenn sie Erfolg haben«, fuhr er leise fort, »ist alles, was wir bisher getan haben, vergebens gewesen. Britannien wird fallen.«

Er hatte mit dem kalten Herzen der Angst gesprochen. Keiner sprach mit dem hellen Feuer der Hoffnung. »Doch sie haben noch nicht gewonnen. Die Schlacht muß erst noch gefochten werden. Wir sind noch nicht geschlagen, nur weil sie uns diesmal hinters Licht geführt haben. Der mit der sicheren Hand wird uns halten, Brüder, denn wir streiten für Frieden und Freiheit, was ihm stets zur Freude gereicht.«

Artus hob seine Hände wie ein Priester zum Segen und

sprach: »Begebt euch jetzt in eure Zelte und zu euren Gebeten, denn morgen fangen wir an. Und sobald wir angefangen haben, werden wir nicht ablassen, bis der Tag des Friedens über ganz Britannien dämmert.«

Die anderen gingen, aber Kei, Gwalchavad, Bors, Myrddin und ich blieben, weil der Herzog mit uns allein sprechen wollte. »Möchtet ihr mit mir trinken, Freunde?« fragte er.

»Da kannst du gleich fragen, ob ein Schwein grunzen mag«, erwiderte Bors, »wenn du Kei fragst, ob er trinken will.«

Wir lachten alle und zogen unsere Stühle zu Artus' Tisch heran. Der Diener brachte uns Krüge und Becher und stellte sie zu Artus' Rechter hin.

Sobald wir gemeinsam einen Becher geleert hatten, besprachen wir, was uns am meisten beschäftigte: die morgige Schlacht.

»Ein paar von den Maschinen, wie Myrddin sie uns letztes Jahr baute, würden uns jetzt von Nutzen sein«, sagte Bors. »Wir könnten welche bauen.«

»Keine Zeit«, erwiderte Kei. Er dachte an Caer Edyn und seinen Vater, der dort belagert wurde. »Wir müssen gegen die Mauern anrennen.«

»Du würdest dich den Piktenpfeilen aussetzen?«

»Ich habe keine Angst vor ihren Pfeilen.«

»Dann nur zu mit dir«, meldete sich Gwalchavad. »In Orkadien sagt man: Die Pikten brauchen einen Vogel nur zu sehen, und schon ist er vom Himmel geschossen.«

»Sogar die Pikten können nicht auf etwas schießen, das sie nicht sehen«, warf Artus ein.

»Dann sollten wir vielleicht in der Nacht kämpfen!« sagte ich. Artus lächelte und klopfte sich auf die Schenkel.

Alle Augen wandten sich Myrddin zu, sobald ein einziger Gedanke von uns Besitz ergriffen hatte. »Der Mond wird heute nacht aufgehen«, ließ er uns wissen, »aber erst nach der dritten Wache.«

»Angegriffen wird heute nacht!«

Ich habe den Himmel noch nie so vor Sternen funkeln sehen und so leben vor Licht. Obwohl der Mond längst nicht aufgegangen war, wirkte das wolkenlose Firmament für mich wie heller Mittag. Wir trugen alle dunkle Umhänge und schwärzten unsere Gesichter mit Schlamm. Die Schwerter versteckt, die Speerspitzen und Schilde mit Schlamm verschmiert, krochen wir auf dem Bauch liegend über den kalten Felsen. Wir drückten uns mit der Brust an den rauhen Stein und kletterten auf Händen und Knien zu den dräuenden Mauern über uns.

Jesus bewahre uns, die Piktenwachen schauten regelmäßig auf uns hinab! Aber ihre Aufmerksamkeit wurde von einem Schauspiel gefesselt, das Artus sich ausgedacht hatte, um uns Deckung zu geben: Unten in den Lagern tanzten Männer mit Fackeln um die Feuer und sangen wüste Lieder. Ihre Stimmen trugen bis zur Burg und trieben uns an.

Trotz der Einwände seiner Hauptleute führte Artus den Angriff selbst an – über die zerklüftete Ostseite, weit weg von dem schmalen Pfad zum Tor. Sobald wir die Mauern erreichten, sollte einer von uns hochklettern und das Tor öffnen.

Die Wahl dafür war auf Llenlleawg gefallen. Er hatte sich fast freiwillig gemeldet, ehe Artus die Worte ausgesprochen hatte, und der Herzog war daran gebunden, ihn gewähren zu lassen oder den Iren zu beleidigen, indem er es ihm verweigerte. Da wir keinen Grund hatten, ihm die Sache abzuschlagen – außer dem einen, daß wir ihm nicht vollkommen trauten –, willigte Artus ein. Darum trug Llenlleawg unter seinem Umhang das geflochtene Seil und den Eisenhaken.

Es schien eine ganze Ewigkeit zu dauern, bis wir den ersten Verteidigungsring erreichten. In seinem Schatten warteten wir.

Ich weiß nicht, wie es kam, aber im einen Augenblick schaute ich auf die vom Feuer erhellte Ebene hinab, und im nächsten sirrten Piktenpfeile um mich und trafen auf die Felsen, daß ihre Spitzen aus Flintstein zerbarsten. Ich drückte mich flach gegen die Mauer, und die anderen suchten Deckung, wo sie konnten.

Mit einemmal hörte ich einen Ruf. Aus dem Augenwinkel sah ich jemanden aufstehen. Ein Seil flog hoch und wurde straff gezogen. Die lange Gestalt fing zu klettern an...

Llenlleawg! Der wahnsinnige Ire setzte den Angriff fort. Unter fliegenden Pfeilen hatte er sein Seil eingehakt und erklomm nun die Mauer... Jesus rette ihn, sobald er oben ankäme, würden sie ihn umbringen!

Als nächstes erwartete ich, seinen durchbohrten Leichnam

von der Mauer stürzen und auf die Felsen schmettern zu sehen und mit ihm unsere Hoffnungen, die Festung rasch zu nehmen.

Aber irgendwie krabbelte Llenlleawg die rutschige Steinwand hoch und kam oben an. Ein Körper stürzte herab – aber nicht der Llenlleawgs. Sogar im Dunkeln konnte ich sagen, daß es ein Pikte war.

Irgendwie spielte sich dies alles lautlos ab – dennoch will ich niemals eine noch lautere Stille hören! In wenigen schreckenvollen Momenten verging eine ganze Ewigkeit.

Llenlleawg verschwand hinter dem Mauerrand. Und dann …

Nichts.

Neben mir stand in der Dunkelheit eine Gestalt auf. Artus flüsterte drängend: »Lauf zum Tor hin! Rasch!«

Ich schlängelte mich an der rauhen Wand entlang, so geschwind und leise ich konnte. Von der Mauer über mir hörte ich keinen Laut – nur den Widerhall des Gekreisches aus den Lagern. Der Zugang zur Burg befand sich im Norden: ein einziges, schmales Tor. Vorsichtig spähte ich um die Ecke und sah keine Spur von einem Wächter darauf. Ich rannte zum Tor, erreichte es und hielt das Ohr ans Holz. Ich hörte nichts von drinnen.

Ich ging in die Hocke und wartete, während ich den anderen hinter mir Zeichen machte, daß sie sich fernhalten sollten. Es verging eine Ewigkeit, dann noch eine … Ich wollte gerade zu Artus zurückkehren, als ich auf der anderen Seite des Tores ein leises Kratzen hörte.

Ich drückte mich an das grobe Holz. Das Kratzen wurde zu einem deutlichen Scharren, gefolgt von einem gedämpften Laut: Da fluchte jemand leise. Das war Llenlleawg – das Tor steckte fest!

Ich versuchte ihm zu helfen und drückte mit meiner ganzen Kraft. Einer der Krieger hinter mir half mit, so daß wir uns mit unserem ganzen Gewicht gegen das Tor stemmten. Aber es bewegte sich kein bißchen.

»Tretet zurück!« tönte es leise von der anderen Seite.

Dann hörte man ein Sausen in der Luft und den dumpfen Aufprall eines Pfeiles, der sich in die Holzbohlen des Tores bohrte. Dann noch einer.

Die Pikten hatten den Iren entdeckt! Unser Angriff war bemerkt worden!

»Zurück!« rief Llenlleawg laut – die Stille nützte nun nichts mehr. »Ihr drückt in die falsche Richtung!«

Ich stolperte zurück, und sofort flog das Tor auf. Das Tor ging nach außen auf! Woher sollte ich das wissen?

Ich warf mich in die schmale Öffnung, kugelte über die Pflastersteine und stand mit dem Schwert in der Hand da. Mir auf den Fersen folgten Krieger. Wie die Bienen schwirrten uns Pfeile um den Kopf, bohrten sich in das Holz, fielen klappernd auf den Stein und zerbarsten in stechende Splitter.

Wir schwärmten in den Hof und auf die Mauern. Die Pikten, die jetzt wach waren, schlugen mit ihrem durchdringenden Schlachtruf Alarm, als wir uns durch sie hindurchhieben.

Plötzlich brannten überall Fackeln. Immer mehr Pikten ergossen sich in den Hof. Ihre blaugefärbten Körper wanden sich in dem flackernden Licht, gräßlich wie Nachtmahre. Sie stürmten mit ihren langen Messern und doppelschneidigen Äxten auf uns zu. Sie heulten vor Wut ob unseres Eindringens.

Ehe ich mich's versah, wurden wir vom Druck der Feinde zurück und zur Tür hinaus gedrängt. »Haltet stand!« rief ich, »haltet stand, Kymbrogen!« Aber zu viele von uns waren in die Öffnung gekeilt, so daß diejenigen hinter uns nicht nachkommen konnten. Wir saßen zwischen den Feinden und unseren eigenen Kriegern in der Falle. Und dort würden wir den Tod finden.

Eine Fackel flog durch die Luft auf uns zu. Ich wich ihr aus, als sie neben mir zu Boden fiel, und wollte nach ihr greifen. Aber der Feuerbrand wurde mir weggeschnappt und fortgetragen. Als ich hinsah, erkannte ich, daß die Fackel zu einer leuchtenden Flammenspur wurde, die sich durchs Heer der Feinde fraß.

Überall regnete es Feuerfunken, und wo die Fackel auch hintraf, stürzte ein Körper zu Boden. Das Feuer hüpfte herum wie lebendig. Rasend, tosend, wirbelnd, zuckend und wieder davonjagend, ehe der Feind reagieren konnte. Die Barbaren brüllten und wichen vor diesem furchterregenden, todbringenden Gespenst zurück.

In dem von Flammen durchzuckten Rauch des Halbdunkels erkannte ich das Gesicht unseres Retters: der Ire Llenlleawg. Es war ein Anblick, den ich niemals vergessen werde – brutal und entsetzlich in seiner Wut, glühend wie die Fackel in seiner Hand, mit vor Wahnsinn hervorquellenden Augen, verzerrtem Mund und gebleckten Zähnen wie bei einer Raubkatze! Es war Llenlleawg, den der Schlachtenfuror gepackt hatte.

»Kymbrogen!« rief ich und stürmte in den wogenden Tumult, der blutigen Bahn des Iren hinterdrein.

Ich hieb mit meinem Schwert um mich, stieß in der finsteren Wirrnis auf jedes Stückchen ungeschütztes Fleisch. Daß ich traf, erkannte ich daran, daß meine Klinge erst von einem Gewicht niedergedrückt wurde, sich dann aber wieder ungehindert schwingen ließ. Der Boden unter meinen Füßen wurde rutschig vor Blut. Der Geruch von Blut und Galle hing schwer in der Luft.

Artus konnte ich nirgendwo erblicken.

Ich kämpfte mich voran, ohne groß darauf zu achten, ob mir meine Krieger folgten. Mein einziger Gedanke war, den wahnsinnigen Iren einzuholen. Ich hieb mächtig drein, aber jedesmal, wenn ich mich umsah, war er mir ein Stück voraus: Die wirbelnde Fackel tanzte behende wie Distelwolle im Wind. Ich hörte, wie seine Stimme das Kampfgetöse übertönte, bebend, rufend, niederstoßend wie ein Jagdvogel: Er sang.

»Kymbrogen! Kämpft!« rief ich immer wieder, und mein Rufen wurde vom hohen, klaren Klang aus Rhys' Horn erwidert. Die unterhalb des Felsens wartenden Streitkräfte hatten gesehen, daß der Kampf begonnen hatte, und erstürmten nun den Felsen. Jetzt drängten sie durchs Tor und schwärmten mit Hilfe von Seilen und Leitern, die wir vorbereitet hatten, über die Wälle. Die Pikten gerieten in Panik, rannten hierhin und dorthin, droschen wild und närrisch um sich.

Ich hatte nichts mehr im Blick als die verknäulten Gliedmaßen der Feinde vor mir. Ich haute mit meinem Schwert zu, als würde ich mich durch das wirre Dickicht einer Dornenhecke hacken. Ich mühte mich lang und achtete der Schmerzen nicht, die sich von meiner Schulter bis zu meinem Handgelenk ausbreiteten.

Ich schlug mit meinem Schild Schädel ein, stieß mit meinem Schwert zu, stürzte mich kopfüber unter die heulenden Feinde...

Und dann war der Spuk vorbei.

Wir standen im flammenroten Hof, um uns türmten sich die Leichen der Pikten. Der Gestank von Blut und Eingeweiden in der Luft und an unseren Händen. Schwarzes Blut, das im Schein des aufgehenden Mondes schimmerte. Die Feinde waren tot ... alle tot. Die Burg lag still.

Ich hob den Kopf und sah drei Männer mit einem vierten ringen. Ich eilte ihnen zu Hilfe, weil ich dachte, es handele sich um den gefangengenommenen Häuptling der Pikten. Aber es war Llenlleawg. Der Schlachtenfuror war noch über ihm, und er konnte nicht einhalten, obwohl der Kampf vorüber war. Kei und Cador hatten ihn entdeckt, als er den Leichen die Köpfe abschlug und sie auf die Mauer schichtete.

»Ire!« brüllte ich ihm ins Gesicht. »Friede! Es ist vorbei! Halt ein!«

Er hörte mich nicht. Ich glaube, er hörte gar nichts mehr. Er hatte keinen Verstand mehr. Ich rannte zur Tränke, füllte einen Ledereimer und kippte ihn Llenlleawg ins Gesicht. Er spuckte, glotzte, stieß einen schrillen Schrei aus und fiel kraftlos zu Boden.

»Er muß verwundet sein«, sagte Kei und schob seinen Helm hoch. »Ein Schlag auf den Kopf.«

»Ich sehe kein Blut«, erwiderte Cador, der die Fackel hinhielt, die er dem Iren entwunden hatte.

»Kein Blut? Er ist ja geradezu damit überzogen!«

»Bleibe bei ihm«, befahl ich Cador, »bis er aufwacht, und lasse ihn dann ins Lager bringen.« Zu Kei sagte ich: »Hole noch mehr Fackeln und sieh nach Verwundeten. Ich mache mich auf die Suche nach Artus.«

Ich hätte mir meinen Atem sparen können, denn schon hatten zahlreiche Krieger begonnen, die Verwundeten hinauszuschaffen. Wegen der Enge der Festung und des Schlachtgetümmels konnten sich nicht alle unsere Krieger in den Hof drängen. Die meisten waren offenbar draußen geblieben und konnten erst jetzt hereinkommen. Sie trugen die Fackeln und nahmen sich nun schleunigst ihrer gefallenen Kampfgefährten an. Artus stand über dem Tor auf der Mauer und gab ihnen Anweisungen.

Ich stieg die steilen Stufen zum Wall hinauf und stellte mich neben ihn. »Wir haben die Festung genommen, Feldherr.«

»Gut gemacht, Bedwyr.« Aus seinem Mund klang das so, als hätte ich es allein geschafft. Er ließ den Blick über den von Fackeln erhellten Hof gleiten. Die flackernden Schatten erweckten den Eindruck, als wäre der Kampf um uns herum noch lautlos im Gange. Die wachsende Zahl der Leichen der Feinde sprach eine andere Sprache.

»Lebt Llenlleawg noch?« fragte der Herzog gleich.

»Ja«, erwiderte ich, während die Erschöpfung sich bereits in meinen Knochen bemerkbar machte. »Er lebt, und soweit ich sehen konnte, hat er nicht einen Kratzer davongetragen. Wie – das weiß ich nicht. Hast du das gesehen?«

»Ich habe es gesehen.«

»Er ist wahnsinnig«, sagte ich. »Ich begreife jetzt, warum er Fergus' bester Krieger war. Wer kann schon kämpfen wie ein Wirbelwind?«

Dann bargen wir alle britischen Gefallenen und Verwundeten und töteten die verwundeten Pikten – es ist ein harter Kriegsbrauch, aber wir nahmen den verwundeten Feinden das Leben, da wir am nächsten Tagen aufbrechen wollten und sich niemand um sie hätte kümmern können; besser ein rascher Hieb, der sie über das westliche Meer zu den Inseln des Glücks schickte oder wo immer sie hingehen, als ein qualvoller, langsamer Tod. Wir verbrannten die Leichen unserer Landsleute in der Burg, wo sie gefallen waren, und warfen die Feinde über den Südwall in die Tidepfützen hinunter. Govannon würde sie den Fischen überliefern.

Wir standen hoch auf den Wällen von Caer Alclyd und sahen zu, wie die Flammen gen Himmel züngelten. Der blinde Myrddin hielt die ganze Zeit seine Arme über dem Scheiterhaufen ausgebreitet und sang einen Psalm vom Sieg im Tod. Die Kymren erhoben ihre Stimmen zum Trauergesang, der als Seufzer beginnt, zu einem Jammerlaut anschwillt und als Triumphschrei endet. So sangen wir die Seelen unserer Gefallenen in die freundlichen Arme des gesegneten Jesus.

Dann begaben wir uns zum Schlafen in unser Lager. Die Sonne ging gerade auf und überzog das nächtliche Himmelsgewölbe im Osten mit alabastergrauem Glanz. Der Morgen war schön, das Gras einladend. Ich streckte mich vor Artus' Zelt auf dem Boden aus. Obzwar ich völlig erschöpft war, vermochte ich nicht einzuschlafen, sondern starrte zum Himmel mit den allmählich verblassenden Sternen empor. Nach kurzer Zeit kroch der Ire Llenlleawg leise zu Artus' Zelt. Er gewahrte nicht, daß ich wach lag. Ich beobachtete ihn, um zu sehen, was er vorhatte. Er zog sein Schwert. War es Verrat?

Ich griff nach meinem Messer. Doch nein, ich hätte mich nicht zu beunruhigen brauchen. Llenlleawg legte sich mit dem Schwert über dem Kopf quer vor den Eingang zum Zelt, als wollte er den schlafenden Herzog beschützen.

Als wir am nächsten Tag gegessen hatten, brachen wir gegen Mittag das Lager ab und marschierten auf dem überwachsenen Pfad entlang des Kleinen Limes, der in dieser Gegend Guaul heißt – des nördlichsten Schutzwalles, den die Römer errichtet und dann aufgegeben hatten. Er ist größtenteils verfallen, ein vom Gras überwucherter Steinhaufen. Und die alte Straße taugt nicht mehr viel. Aber weiter im Osten verläuft eine gute Straße von Norden nach Süden. Sobald wir diese erreicht hatten, wandten wir uns gen Norden, der alten Festung Trath Gwyrd zu.

Und mich beschäftigte wieder das eine Rätsel: Wer leitete den Krieg gegen uns?

XIV

Von alters her steht in Trath Gwyrd eine Festung. Wie Caer Alclyd an der Westküste und Caer Edyn im Osten ist sie auf einen riesigen Felsen oberhalb eines Flusses gebaut und steht zwischen den beiden anderen Burgen in der Mitte des Einfallweges. Und wie Caer Alclyd hatten die Pikten die alte Hügelfeste besetzt und wollten sie gegen uns halten.

Als wir das Ufer des Gwyrd unterhalb des Felsens erreichten, schlugen wir ein Lager auf und begannen mit der Umzingelung der Burg. Kurz darauf kehrten Artus' Späher mit weiteren Berichten von der Belagerung Caer Edyns zurück. Ectorius hielt die Festung noch und schien in keiner unmittelbaren Gefahr zu schweben. Die Burg blieb fest und sicher.

Da traf König Custennin von Celyddon mit verstörenderen Nachrichten ein: Es mischten sich weitere Stämme in den Krieg ein. Zusammen mit den Angeln kämen Jüten, Mercier und Friesen über die Nordsee, Skoten und Attacotten aus Ierne und Cruithne gemeinsam mit den blaubemalten Pikten. Kurzum, alle alten Feinde des römischen Britanniens. Der neue *Bretwalda* hatte, wer er auch sein mochte, kräftig die Trommel gerührt.

Gott sei Dank waren keine Sachsen dabei. Irgendwie hielt der Frieden im Süden an, sonst wäre der Kampf vorüber gewesen, ehe er noch begonnen hatte.

Da Artus so rasch wie möglich zu Ectorius eilen wollte, machte er mit der Felsenburg kurzen Prozeß und benutzte die gleiche Taktik wie bei der nächtlichen Eroberung Caer Alclyds. Die Schlacht war rasch und heftig, und wir obsiegten. Sobald die Festung entsprechend gesichert war, wandten wir uns zu Ectorius' Rettung gen Osten.

Auf dem Weg kamen wir durch mehrere kleine Befestigungen und Siedlungen. Die Barbaren waren vor uns da gewesen und hatten die schwarze Spur ihrer Anwesenheit zurückgelassen – eine sengende Narbe der Verwüstung, trostlos und grauenhaft, eine blutende Wunde in der Landschaft. Die Ernte war verbrannt, das Vieh auseinandergetrieben, die Vorräte geplündert und weggeschleppt und alles andere zerstört.

Bitterer Rauch und Asche füllten unseren Mund, Tränen unsere Augen. Denn in jeder Siedlung lagen zwischen den Trümmern verstreut die Leichen von Männern, Frauen und Kindern. Noch nicht damit zufrieden, die Gebäude in Brand gesteckt und die Bewohner niedergemetzelt zu haben, ließen die Barbaren an jedem Ort eine greuliche Erinnerung an ihre Grausamkeit und ihren Haß zurück: eine ausgeweidete Leiche, die auf der Mitte des Weges lag und bei welcher der Bauch aufgeschlitzt war, die Lungen aus der Brust hingen, die Leber herausgerissen und zwischen die Lungen geschoben war, das Herz losgetrennt und obenauf gelegt, die Geschlechtsteile abgeschnitten und in den Mund gestopft.

Von dem Anblick wurde einem übel, er verhöhnte einen und nahm allen Mut. Kein Mann unter uns blieb von dem Bild verschont, daß er oder einer seiner Anverwandten so daliegen könnte – zerstückelt und geschändet. Furcht und Demütigung wurden von dem gräßlichen Schauspiel geschürt und breiteten sich unter unseren Rängen wie ein giftiger Gestank aus.

Aber überall, wo dieser Greuel begangen worden war, handelte Artus ohne Zaudern. Er befahl, den Leichnam in einen sauberen Umhang zu hüllen und anständig unter Gebeten zu begraben.

Das linderte unser Entsetzen, bannte es jedoch nicht ganz. Verzagt und krank vor Furcht näherten wir uns Caer Edyn. Custennin hatte uns gewarnt, und wir waren bereit. Dennoch war der erste Blick auf das Belagerungsheer, das auf den flachen Hügeln um die Burg stand, so niederschmetternd, daß uns dunkel vor Augen wurde und uns die Wärme aus dem Herzen wich.

»Es war keine Lüge, als wir hörten, das gesamte Barbarenreich sei nach Caer Edyn gekommen«, sagte Kei. »Wie konnten so viele von unseren Schiffen unbemerkt bleiben?«

Artus' Gesicht wurde hart wie Flintstein. Seine Augen wurden so kalt wie ein Sturm auf dem Yr Widdfa. »Holt tief Luft, Freunde«, sagte er. Wir atmeten die frische, salzige Brise ein. »Sie schmeckt nach Sieg, oder nicht?«

Als ich den schwarzen Rauch zum blauweißen Himmel aufsteigen und die verhaßten Massen um den Fuß von Ectors starker Festung schwärmen sah, kam mir die bittere Galle hoch. »Sie schmeckt nach Tod, Artus«, erwiderte ich.

»Tod oder Sieg, das eine oder das andere ist mein, ehe der Tag vorüber ist.«

In diesem Augenblick stießen die Barbaren ein ohrenbetäubendes Geheul aus. »Diesen Laut, der uns so verhaßt ist, wird man in Britannien nicht mehr hören«, warf Myrddin ein, der mit ruhig verschränkten Händen auf seinem Pferd saß. Wie immer waren seine goldenen Augen mit einem Stück weißen Tuchs verbunden. »Ich habe das Gesicht des *Bretwalda* gesehen: Es ist das Gesicht eines Briten, und seine Züge sind uns allen wohl bekannt.«

Das sagte der Emrys ganz nebenbei, als würde er über Gerstenbrötchen reden. »Ist das alles? Heraus mit dem Namen! Sage uns, wer es ist, du Weiser«, forderte ich.

»Den Namen kennt ihr bereits. Ich will meine Zunge nicht mit ihm beschmutzen.«

»Weiser Emrys«, bettelte Kei, »ich möchte den Namen des Hundes hören, der diese Ungeheuerlichkeit gegen meine Sippe begangen hat.«

Es hatte keinen Zweck. Mehr wollte Myrddin nicht sagen.

Artus begann unverzüglich, den Angriff vorzubereiten. Unten auf der engen Ebene stellten die Feinde sich bereits in Reihen auf. Ich sah, daß sie das Schlachtfeld gut gewählt hatten. Denn obwohl sie nicht im Besitz der Festung waren, schützte sie die Felswand hinten gut, und die tief eingegrabenen Bodensenken würden es unseren Pferden schwer machen.

Trotzdem stellte die *Ala* sich auf und bildete drei Abteilungen, bestehend aus jeweils vier Reihen. Eine Abteilung führte ich, die zweite Kei und die dritte Bors, jeder von uns mit zwei Königen unter unserem Befehl. Artus wollte mit Llenlleawg an seiner Seite die Fußsoldaten führen, denn wir wußten alle, daß die Schlacht zu Fuß entschieden werden würde, sobald die Reiter das Ihre getan hätten.

Auf Rhys' Signal hin galoppierten wir los, die Speere gesenkt, die Schilde erhoben. Der Hufedonner dröhnte uns durch Kopf und Blut. Ich saß fest im Sattel, glitt mit dem regelmäßigen Schaukeln des furchtlosen Tieres unter mir auf und ab. Auge,

Arm, Hand – mein ganzes Wesen wurde zur scharfen Speerspitze, die am Ende des Eschenschaftes funkelte und die Luft vor mir durchschnitt.

Mit erbarmungsloser Geschwindigkeit rückten wir näher, die erste Reihe sank vor mir nieder, die Krieger hatten Augen und Mund weit aufgerissen vor Staunen und Schrecken. Wie in allen übrigen Schlachten focht ich mich durch das wirre Knäuel aus Körpern, während mir die Waffen in den Ohren laut und scharf klirrten, das Blut mir den Blick verschleierte. Ich erschlug die Feinde vor mir, indem ich sie mit meinem Speer aufspießte. Und als dieser zerbrach, nahm ich mein Schwert.

Ich hieb mächtig drein. Ich schuftete wie ein Bauer, wenn Donner und Blitz sein herangereiftes Feld bedrohen. Aber kein Sämann kann je solch grimme Ernte einbringen oder ekleres Korn sammeln.

Wir waren Löwen! Wir waren angreifende Eber in der Schlacht! Unser erster Angriff, wütend und wild, überrannte die Schlachtlinie der Barbaren an vier Stellen. Sie brach ein, als wollte sie uns alle mitziehen und am Burgfelsen zerschmettern. Und das hätte leicht passieren können – denn der Feinde waren unzählige! –, wäre Artus nicht rasch und sicher von hinten nachgestoßen.

Der Widerstand der Barbaren brach zusammen, und sie begannen in totalem Durcheinander auseinanderzulaufen. Ich lenkte meine Abteilung durch Artus' Leute zurück. Und dann sah ich sie, unmittelbar mir im Weg: die Schädel-und-Knochen-Standarte des *Bretwalda*. Und darunter, umgeben von seinen Leibwächtern, den *Bretwalda* selbst. Und Gott stehe ihm bei, ich erkannte das Gesicht unter dem Eisenhelm: Cerdic ap Morcant.

Es war Cerdic!

Galle wallte mir in Kehle und Mund auf. Schwarze, heiße Wut verfinsterte mir die Sicht. Ich peitschte mein Roß voran und hoffte ihn anzugreifen, ehe er meiner gewahrte. Aber die Leibwächter der Memme schlossen sich um ihn und brachten ihn fort, ehe ich ihn erreichen konnte. Ja, die Barbaren zerstreuten sich und flohen nach Süden und Westen. Verwirrung mußte sie ergriffen haben, denn sie rannten von der Küste fort, wo ihre Schiffen lagen!

Ich ritt geradewegs zu Artus. »Ich habe ihn gesehen, Bär«, rief ich. »Ich habe den *Bretwalda* gesehen.«

Jäh wandte er den Kopf. »Wer ist es?«

»Cerdic ap Morcant«, erwiderte ich. »Ich habe ihn bei den Angeln gesehen.«

Artus tobte. »Dieser Feigling wird noch den Tag seiner Geburt verfluchen«, schimpfte er. Dann fügte er hinzu: »Nun gut. Wenn er im Leben nicht zu mir steht, dann soll er es im Tode. So oder so werde ich ihn zur Treuepflicht zwingen!«

»Laß zur Verfolgung blasen! Wir können ihn fangen«, schrie ich und machte mich zur Jagd bereit.

Zu meiner Überraschung schüttelte Artus bloß den Kopf. »Nein«, entgegnete er. »Ich reite in keinen Hinterhalt. Stelle die *Ala* neu auf und kümmere dich um die Verwundeten. Dann sammle die Hauptleute und komme zu mir in die Burg. Ich will in Ectors Saal Rat halten.« Er ritt davon und ließ mich zurück.

Einen Moment später blies Rhys das Signal zum Sammeln, und die Verfolgung wurde abgebrochen. Reiter kehrten allmählich aufs Schlachtfeld zurück. Sobald die Verwundeten versorgt waren – zum Glück waren es nur wenige –, trommelte ich die Fürsten zusammen, und wir ritten zur Burg hinan. Die Tore standen offen, im Hof redeten Ector und Artus miteinander.

Als wir kamen, hörten sie auf, und Ector eilte in den Saal. Der Herzog drehte sich plötzlich um und wechselte ein Wort mit Llenlleawg, der zu seinem Pferd rannte, sich in den Sattel schwang und davonsprengte.

Ich saß ab und warf meine Zügel einem von Ectors Knechten zu. »Was ist los?« fragte ich, zu Artus eilend.

»Es sind Sachsen hier.«

»Sachsen!«

»Das meint Ector. Er wird uns noch mehr berichten.« Artus warf einen Blick aufs Tor, durch das die ersten Fürsten kamen. »Bringe sie herein. Wir setzen uns im Saal zusammen.«

Sobald wir drinnen waren und unsere Becher in der Hand hielten, hörten wir Ector die von uns am meisten gefürchteten Worte sagen: »Vor der Belagerung erreichte mich die Kunde, daß sächsische Kriegsschiffe unterhalb von Traprain Law gesehen worden seien. Ich nahm zehn Schiffe, und wir fuhren hin, fanden dort aber keine Spur von ihnen.«

»War denn dein Bericht zuverlässig?« fragte Owain.

»Über jeden Zweifel erhaben.«

»Und trotzdem sahen wir heute bei der Schlacht keine Sachsen. Sie müssen umgekehrt sein. Deine Schiffe haben sie verschreckt«, meinte Ceredig.

»Wir sahen keine Sachsen, weil wir sie nicht sehen sollten«, verkündete Myrddin Emrys. »Das heute war keine Schlacht.«

»Keine Schlacht?« dröhnte Maelgwn. »Für mich hat es nach einer Schlacht ausgesehen!« Alle lachten. »Gegen was haben wir denn gekämpft?«

»Gegen einen Schatten«, versetzte Myrddin.

Die sonderbaren Worte des Emrys wirkten auf mich, und ich sah in diesem Moment die schwachen Umrisse der Falle, die uns gestellt worden war. O ja, Cerdic hatte die Sache sorgfältig eingefädelt. Lange hatte er listig überlegt und sich mit Verrat bewehrt. Ich sah es im Nu: Die Belagerung von Caer Edyn sollte uns wie die von Trath Gwyrd und Caer Alclyd nur ablenken und erschöpfen, während er seine Stellungen bezog. Die wahre Schlacht hatte er sich für den Schluß aufgespart.

Der verschlagene Cerdic, geschickt im Betrügen. Er, der unter Artus nicht herrschen wollte, wurde zum Verräter an ihm und seinem eigenen Volke. Der Teufel sollte ihn holen, er war immer ein böser Kerl gewesen.

»Ein Schatten?« Die Fürsten Britanniens glotzten ungläubig. Dann lachten sie höhnisch.

»Hört die Seele der Weisheit an«, befahl Artus. »Ist euch nicht aufgefallen, daß wir zu leicht gesiegt haben? Diese ersten Kämpfe waren nichts als Kleinigkeiten, Nadelstiche, um uns von der wahren Schlacht abzulenken. Hätten wir heute die Verfolgung aufgenommen, wären wir jetzt Futter für Raben und Wölfe.«

Darüber murrten die Fürsten laut: Beschuldigungen von wegen Schwäche und Unentschlossenheit. Einige beklagten sich lauthals, Artus bilde sich zuviel ein. Wenn es Sachsen gebe, warum zeigten sie sich dann nicht? Warum hielten wir uns zurück, wenn wir eine Schlacht gewonnen hatten?

Sie mochten schimpfen und klagen, soviel sie wollten, der Bär von Britannien ließ sich nicht bewegen. Er verschränkte die Arme über der Brust und blickte auf jeden einzelnen von ihnen hinab. Als die Ruhe wiederhergestellt war, wandte er sich an mich. »Bedwyr, sage ihnen, wer der *Bretwalda* der Barbaren ist. Sage ihnen, wen du heute unter der Schädel-und-Knochen-Standarte gesehen hast.«

»Ich sah Cerdic ap Morcant«, verkündete ich laut.

Einige wie Idris und Morcant, die mit Cerdic befreundet gewesen waren und früher auf seiner Seite gestanden hatten, wollten das nicht glauben. »Unmöglich! Du täuschst dich gewiß!«

»Ich weiß, wen ich sah. Ein Gesicht, daß ich auf dem Schlachtfeld mehr als einmal gesehen habe.«

»Er würde nicht sein eigenes Volk meucheln«, behauptete Idris, allerdings schon recht schwach.

»Er hat am Anfang gegen uns gekämpft! Oder habt ihr das vergessen?« schrie ich. Der Ärger wallte in mir auf. »Da er so nicht zum Ziel kam, hat er sich dem Feind angeschlossen. Das fällt mir gar nicht schwer zu glauben.«

Da hatten sie etwas zu kauen. Großer Gott, können sie eine halsstarrige Bande sein! Aber sie krittelten zur eigenen Schande, denn das zeigte, wie wenig sie Artus schätzten. Noch immer! Nach allem, was er getan hatte.

Bors, Gwalchavad und Cador, die sich um die Kymbrogen gekümmert hatten, stießen nun zu uns. Custennin nutzte die kurze Unterbrechung, um den Rat voranzubringen. »Ob Cerdic oder nicht«, sprach er, »spielt im Augenblick keine Rolle. Wenn Sachsen im Hinterhalt liegen, müssen wir rasch entscheiden, was zu tun ist. Artus ist unser Feldherr, und auf ihn müssen wir hören.« Zu Artus gewandt, fragte er: »Sage uns, Herzog Artus, was sollen wir tun?«

Artus stand auf. »Wir senden Späher aus, um auszukundschaften, wohin die Feinde gezogen sind. Sobald wir das wiss–«

»Wir wissen, wohin sie gezogen sind!« unterbrach Owain ihn. »Jeder Augenblick Zaudern stärkt sie.«

Artus schlug mit der flachen Hand auf den Tisch, daß sämtliche Becher wackelten. »Ruhe!«

Endlich verstummten die Fürsten. Artus starrte jeden von ihnen an und fuhr fort: »Ich werde nicht in die Schlacht reiten, ehe ich das Feld kenne, weiß, wie es liegt und wer gegen uns steht. Ihr habt mit eigenen Ohren gehört, daß hier Trug im Spiel ist. Da wir nicht genau wissen, wie, will ich wachsam bleiben.«

Er reckte sich und verschränkte die Arme über der Brust. »Ich danke euch für euer Vertrauen, meine Herren, und werde euch rufen, wenn ich soweit bin.«

Das war keine Art, in die Schlacht zu ziehen. Bitternis und Zwietracht der Anführer können eine Armee schneller schwächen als Furcht. Doch daran war jetzt nicht viel zu ändern. Es war bereits zu spät.

Die Späher wurden ausgeschickt und kehrten kurz vor Einbruch der Dunkelheit mit Kunde von der Stellung des Feindes zurück. Und diese Kunde verhieß nichts Gutes. Artus versammelte die Fürsten, und die Späher lieferten ihren Bericht: Das Feindesheer war am Fiorth entlang zu einer Stelle gezogen, wo der Guaul auf die Flußmündung traf, und war dort von der Küste fort in die waldigen Hügel im Süden marschiert.

»Das sieht mir nicht nach einer kopflosen Flucht aus«, bemerkte Artus, als die Kundschafter geendet hatten. Das mußten die Fürsten anerkennen. Der Feind bewegte sich mit ungewohnter Umsicht. »Habt ihr gesehen, wo sie Halt machten?«

»Halt machten sie in einem Seengebiet«, erwiderte der erste Späher. »Ich sah zwei Hügel mit alten Festungen. Anscheinend wartete dort bereits jemand auf sie.«

»Hast du gesehen, wer?«

»Es schienen Sachsen zu sein, Herzog Artus.«

Die Falle! Ja! Artus' kühles Gespür hatte uns vor einem tödlichen Fehler bewahrt. Ich wäre in die Falle geritten.

»Wie viele?« fragte Artus.

Der Späher zögerte. »Das kann ich nicht sagen, Herr.«

»Über zehntausend?«

»Ja, Herr, über zehntausend.«

»Über zwanzigtausend?«

Wiederum hielt der Späher inne. Ich konnte sein Zögern gut verstehen. »Ja, Herr Artus, über zwanzigtausend. Ich glaube, es waren Octa und Colgrim.«

Artus entließ die Späher und wandte sich wieder an die Fürsten. »Sie wurden von Sachsen erwartet, mindestens zwanzigtausend Mann stark. Vermutlich mehr.«

»Ich kenne die Stelle«, sagte Ector. »Es gibt dort zwei Hügel – oder besser gesagt einen mit zwei Gipfeln und die Überreste einer alten Festung. Der Hügel heißt Baedun!«

»Zwanzigtausend!« schimpfte Maelgwn. »Wir hätten längst davon gehört, wenn so viele Barbaren im Land herumlaufen würden.«

»Nicht, wenn Ohren und Augen abgelenkt waren«, erinnerte ich die Versammlung. Als sie den Ernst unserer Lage erkannten, begannen sie die Gefahr allmählich zu begreifen.

»Was sollen wir tun?« fragte Maglos.

»Wir müssen noch mehr Krieger zusammenziehen«, sagte Owain. Mehrere pflichteten ihm bei. »Fordern wir aus dem Süden noch mehr Krieger an.« Andere Ideen wurden geäußert.

Artus ließ alle zu Wort kommen und sagte dann, wie es gehen sollte: »Auf weitere Krieger können wir nicht warten. Die Feinde dürfen nicht glauben, sie hätten uns in Schrecken versetzt. Wir schlagen rasch zu und kühn. Ordnet eure Krieger. Morgen bringen wir Cerdic und den Barbaren die Schlacht.«

Der Hügel von Baedun erhebt sich als großer, rauher, von Findlingen übersäter, doppelgipfliger Buckel. Er ist steil und trägt eine flache Kuppe. Sein Hauptvorteil lag für die Feinde darin, daß er so groß war und die starken Mauern der beiden alten Festungen hatte. Diese waren riesig und weit genug, daß sie dreißigtausend Mann fassen konnten. Und obwohl die Mauern nicht hoch waren, waren sie doppelt und aus Stein gebaut.

Ich erkannte sogleich, warum sie diese Stelle ausgewählt hatten. Die tiefen Gräben um den Hügel herum machten den Aufstieg gefährlich, und die steinübersäten Hänge waren bedenklich für unsere Pferde. Von den Höhen konnten die Feinde rasch nach unten stürmen, während wir uns empormühten.

Ja, das Schlachtfeld war klug ausgesucht. Cerdic hatte gut überlegt. Der Gedanke, daß dieser Verrat von einem der unseren verübt wurde, brachte mich in Rage. Daß er die Sachsen dazu verleitet hatte, ihren Eid gegenüber Artus zu brechen, war noch schlimmer.

»Eine doppelte Festung«, sagte ich. Artus und ich waren vorausgeritten, um uns das Lager der Feinde anzusehen. »Dergleichen gibt es in Britannien kein zweites Mal. Wenn wir auf der einen Seite angreifen, fallen sie von der anderen über uns her. Wir sind gezwungen, unsere Kräfte aufzuteilen, ehe die Schlacht anfängt. Was willst du tun?«

»Ich werde dafür sorgen, daß sie sich nach Frieden sehnen. Es soll ihnen noch lange leid tun, daß sie einen Krieg gegen mich vom Zaun gebrochen haben.« Beim hohlen Klang seiner Stimme lief es mir kalt den Rücken hinunter. Das hörte sich gar nicht nach Artus an. Aber seine Haltung blieb davon unberührt. Er hatte die Brauen zusammengezogen, hielt das Kinn gereckt. Er zog an seinen Zügeln und wandte sein Pferd. Er hatte sich entschieden. »Komm, Bedwyr, wir reiten zu unseren Leuten zurück.«

»Was hast du vor?«

»Das wirst du schon sehen!«

Ich eilte ihm nach, und wir ritten zu der Stelle, wo die vereinigten Heere Britanniens im Schutze des Waldes an einem See warteten, ganz in der Nähe des Hügels von Baedun.

Die Fürsten hatten sich versammelt und harrten des Herzogs. Dabei waren sie unruhig geworden. Sie eilten auf uns zu, als Artus absaß, und wollten wissen, wie er die Schlacht anzulegen gedachte. »Was hast du vor?« fragten sie. »Willst du sofort angreifen? Was habt ihr gesehen? Was sollen wir tun?«

Aber Artus wollte ihnen keine Antwort geben. »Hohe Herren«, sagte er, »morgen sehen wir weiter. Heute abend speisen und singen wir und erkühnen unsere Herzen mit Preisliedern.«

Diese Antwort gefiel ihnen nicht, aber eine andere bekamen sie nicht. Artus achtete ihres Murrens nicht, sondern zog sich in sein Zelt zurück, um auszuruhen. Kurz darauf kehrte Llenlleawg zurück. Sein Pferd schäumte und war erschöpft. Er ging schnurstracks zu Artus. Dann gesellte Myrddin sich zu ihnen. Die drei redeten lange miteinander.

Gegen Einbruch der Dämmerung kam Artus aus seinem Zelt. Er hatte gebadet und sich das Haar zusammengebunden. Und er hatte frische Kleidung angelegt: eine rote Hose und ein weißes Gewand. Um die Hüfte trug er einen breiten Gürtel aus vergoldetem Leder, über den Schultern einen tiefroten Umhang. An der Seite trug er sein Schwert Caledvwlch.

Die Kochstellen brannten hell neben den Wagen, wo die Knechte eifrig eine Mahlzeit aus Wild und Zwiebeln bereiteten. Die Luft war von blauem Rauch erfüllt, der sich über dem Lager wie ein sanft wallendes Dach ausbreitete. Verschwunden war der übliche Lagerlärm. Überall setzten sich Männer zusammen;

einige unterhielten sich, andere sahen nach ihren Waffen, wieder andere sangen leise – keine Kampflieder, sondern die sanften Heimatlieder von Herd und Familie. Ihre Gedanken kehrten zu denen zurück, die sie vielleicht nie wiedersehen würden. Die eigene Sterblichkeit liegt vor der Schlacht jedem Krieger auf der Seele. Das ist ganz natürlich und notwendig.

Artus ging zwischen den Männern umher, redete mit ihnen, ermunterte sie mit freundlichen Worten, beruhigte sie, gab von seinem Kampfgeist, als wäre dieser ein Schatz, den er unter ihnen verteilen könnte. Ihn sehen hieß echten Adel sehen, und jeder, der ihn erblickte, schöpfte Mut und wurde leichteren Herzens.

Am Strand aßen wir unser schlichtes Mahl. Der See erstreckte sich glatt wie ein Spiegel und war tiefschwarz wie Eisen. Der dunkle Wald stand dicht um uns, aber am Ufer blieb es noch hell, denn das Licht spiegelte sich im Wasser. Als wir gegessen hatten, kam Myrddin mit seiner Harfe, und wir sangen mit ihm unter den Sternen, und der Gesang klang süß.

Dann erhob Artus sich und versammelte die Kymbrogen vor sich am See. »Meine Landsleute!« rief er. »Meine Brüder, hört mich an. Morgen werden wir auf die Feinde treffen – diejenigen, die sich Wolfskinder nennen –, und wir werden kämpfen.

Noch heute in tausend Jahren werden die Barden von dieser Schlacht singen. Unsere Namen werden in den Sälen mächtiger Könige widerhallen, und unsere Taten werden in den Herzen von Menschen weiterleben, die noch nicht einmal geboren sind. Darum frage ich euch, meine Brüder, wie soll man eurer gedenken?«

Die Männer blickten einander verdutzt an.

Artus fing an, am Ufer entlangzuschreiten. Die kleinen Wellen, die im Sternenschein alle silbern glänzten, klatschten leise an seine Füße. »Ich dürste ebensosehr nach Ruhm wie jeder unter euch. Aber nach welchem Ruhm? Das bitte ich euch nun zu überlegen.«

Ein gedämpftes Murmeln lief durch die versammelten Reihen. So haben wir Herzog Artus noch niemals zu uns sprechen hören, sagten die Männer. Was redet der Bär von Britannien da?

»Aber tausend Jahre sind eine lange Zeit«, fuhr Artus fort. »Eine lange Zeit, und vieles fällt vielleicht dem Vergessen anheim. Wer die Schlacht gewann oder wie sie verloren wurde, das

Feld, auf dem wir kämpften, und jene, die gegen uns fochten. Das einzige, was bleiben wird – wenn überhaupt etwas bleibt –, ist, welche Art von Männern wir waren.«

Darauf schlugen sich einige der Männer zustimmend auf die Schenkel. Jetzt würde sicher die Rede auf Mut und Tapferkeit, Ehre und Kühnheit kommen. Aber Artus hatte noch etwas anderes im Sinn.

»Ich bitte euch nun zu überlegen, meine Brüder, welche Art Männer wir sind.« Artus hielt lange inne und ließ sie an der Antwort kauen. Dann blieb er stehen und streckte die Arme aus. »Meine Brüder, welche Art Männer sind wir?«

»Wir sind Briten!« rief einer. »Kymren!« ein anderer.

»Kymbrogen!« brüllten wieder andere. »Herzensgefährten!«

»Hört! Hört!« hallte es wieder. »Wir sind Kymbrogen!«

Artus hob seine Hand, um Schweigen zu gebieten, und als wieder Stille herrschte, sagte er: »Ja, wir sind Landsleute, in der Tat. Aber das ist nicht unser Herkunftsland. Unsere wahre Heimat ist das Himmelreich, in dem der Erlöser auf uns alle wartet, die ihn als ihren Herren anerkennen.

Hört mich an! Morgen ziehen wir in die Schlacht gegen die Barbaren. Sie werden ihren abscheulichen Götzen Wodan anrufen. Aber ich frage euch jetzt, Brüder, wen werdet ihr anrufen?«

Er ließ die Hände bis auf Schulterhöhe sinken und umfaßte die versammelte Menge mit einer weit ausholenden Geste. »Wer wird eure Schreie am Tag des Kampfes erhören?

Überlegt nun klug. Denn wahrlich, ich sage euch, welchen Ruhm wir auch erringen, er wird untergehen, wenn nicht Jesus Christus uns voranschreitet. Aber wenn wir ihn bei seinem heiligen Namen anrufen, wird sein Ruhm uns einhüllen wie ein Gewand aus Gold, und auch wenn wir sterben, wird man unserer noch in tausend Jahren gedenken und in weiteren tausend danach.«

Llenlleawg trat neben den Herzog, dessen Schild in der Hand. Artus nahm ihn, zeigte ihn uns und hielt ihn sich über den Kopf. Auf die frisch gekalkte Oberfläche war ein rotes Kreuz gemalt, das Symbol Christi. »Von diesem Tag an trage ich das Kreuz Jesu. Dadurch geht er mir in der Schlacht voraus. Wenn der hohe König im Himmel für uns kämpft, wer kann uns da besiegen?«

Die Kymbrogen schwiegen. Hinter ihnen standen Massen von

anderen, die Artus' Stimme vernommen hatten und wie von einem Leuchtturm angezogen näher gekommen waren, um zu hören, was er sagte.

Artus stellte den Schild vor sich am Ufer auf. Er hob eine Hand zum Himmel und zeigte auf das Firmament im Dämmerlicht, wo frisch aufgegangene Sterne prangten. »Seht! Die Füße des Allerheiligsten sind bereits auf dem Weg. Er wird uns führen, wenn wir ihm folgen. Ich frage euch, meine Brüder, wer will ihm folgen?«

Da standen sie auf wie ein Mann. Die Kymbrogen traten vor und drängten Artus durch ihre schiere Zahl in den See. Er stand bis zu den Knien im Wasser, achtete dessen aber nicht. »Kniet nieder, Kymbrogen, und schwört dem hohen Himmelskönig einen immerwährenden Bund, denn er hat versprochen, alle zu retten, die ihn als Herrn anerkennen! Er wird euer starker Arm sein und euer weiser Ratgeber; er wird der Schild sein, der euch schützt, und das Schwert, das euch verteidigt!«

Zu Hunderten knieten sie nieder, dort im seichten Wasser. Einige der Priester aus Mailros, die bei uns waren – sie hatten sich zu Ector geflüchtet, als die Barbaren kamen –, gingen zwischen ihnen umher, schöpften mit den Händen Wasser und nahmen die neuen Gläubigen mit der Taufe in die Gemeinschaft des Glaubens auf. Ehrfürchtig sah ich zu, das Herz klopfte mir in der Kehle, denn Artus' Worte hatten in mir den Durst nach dem göttlichen Ruhm ausgelöst, den er schilderte.

Ich war schon einer der Christgläubigen, so daß ich nicht noch einmal getauft zu werden brauchte, aber auch ich ging zum Wasser hinab und wollte um die Vergebung meiner Sünden bitten, so daß ich mit makelloser Seele in die Schlacht ziehen konnte. Viele Christen unter uns taten es mir gleich, während andere ein Loblied auf den Spendergott zu singen begannen, so daß die Hügel im Zwielicht von den heiligsten Klängen widerhallten.

XV

Wir standen vor dem Morgengrauen auf und frühstückten. Dann legten wir Leder und Panzer an. Wir setzten uns Eisenhelme auf und gürteten uns den Stahl an die Seite. Wir schlangen uns die schweren Holzschilde um die Schultern und umwickelten Arme und Beine mit festem Leder. Wir sattelten die Pferde, stellten uns in Reihen auf und zogen dann schweigend durch den Wald gen Baedun.

Noch vor dem ersten Tageslicht versammelten wir uns unter den breiten Flanken des Hügels und blickten zu den beiden düsteren Festungen empor, die über uns dräuten. Die Wachen der Feinde sahen, daß wir uns im Osten am Fuße des Hügels sammelten, und bliesen Alarm. Im Nu drang der ekelhafte Schlachtschrei der verbündeten Barbaren an unsere Ohren: Pikten, Angeln, Iren, Sachsen und andere.

Mit Rhys zu seiner Linken und Llenlleawg zu seiner Rechten ritt Artus langsam den Hügel hinan. Auf halbem Weg steigt dieser steil an, und hier gab Artus dem Heer den Befehl zum Halt, saß ab und ging allein weiter. Kühn schritt er bis an den Rand des ersten Grabens. »Cerdic!« rief er. »Komm herunter. Ich will mit dir reden.«

»Sprich, Bastard von Britannien!« erfolgte die scharfe Antwort. »Ich höre dich.«

»Ich reiche dir die Hand zum Frieden, Cerdic«, sagte der Herzog. »Ich bin bereit, dir zu vergeben, und all denen, die bei dir sind, wenn du mir Treue gelobst.«

»Du Hurensprößling!« brüllte Cerdic. »Ich brauche weder deine Vergebung noch dein Verzeihen. Ich will dir nur den Tod geloben. Komm herauf, wenn du keine Angst hast, und wir werden sehen, wer das Knie beugt.«

»Ich habe dir den Frieden geboten und werde geschmäht«, erwiderte Artus. »Doch am Ende werde ich den Frieden bekommen.« Damit machte er kehrt und ging zu seinem Roß zurück.

Als er wieder im Sattel saß, gab er Rhys einen Wink. Dieser

hob das Horn an die Lippen und blies den langen, hallenden Schlachtruf. Artus zog Caledvwlch und reckte es hoch. Die ersten Sonnenstrahlen trafen auf die gut geschliffene Klinge und entzündeten sie. »Für Gott und Britannien!« rief er, und sein Schrei hallte von allen Seiten wider.

Abermals erklang der Schlachtruf, und Artus' Pferd trottete voran. Die *Ala* eilte ihm hinterher, darauf folgten die doppelten Reihen Fußsoldaten. Der Trott wurde zum Trab und dann zum Galopp.

Die vereinigten Heere Britanniens stürmten den felsenübersäten Hang hinan und erreichten den ersten Graben. Wir polterten hinunter und rappelten uns wieder auf, nach einem Halt auf der gegenüberliegenden Seite suchend. Dann waren wir oben und darüber hinweg und kletterten steil weiter. Die mächtigen Gefechtshörner der Sachsen – sie brüllten wie Stiere, daß die Toten in ihren Gräbern davon hätten wachgerüttelt werden können! – brachten die kühle Luft zum Erzittern. Ich fühlte das dröhnende Hämmern von Kriegstrommeln in meinem Bauch und einen kühlen Luftzug auf meinem Gesicht.

Aber meine Hände umklammerten fest meinen Speer. Mein Schild hing fest an meiner Seite. Ich trieb mein Roß voran und ließ es sich den Weg suchen. Das Gelände war so steinig, daß ich es nicht führen und gleichzeitig kämpfen konnte. Vor mir sah ich den Rand des zweiten Grabens. Ich blickte kurz nach beiden Seiten, um zu sehen, ob meine Männer bei mir waren, und dann stürzten wir uns gemeinsam in den Graben.

Wie bei früheren Schlachten war die *Ala* in Abteilungen untergliedert, welche unter dem Befehl von Artus' Hauptleuten standen: Kei, Bors, Gwalchavad und ich, mit je zwei Königen unter uns. Artus, Cador und die übrigen Fürsten führten das Fußvolk an. Sie kamen uns nach, so rasch sie konnten. Trotz des Donners der Pferdehufe konnte ich das dumpfe Dröhnen ihrer Füße auf dem Boden hören.

Der zweite Graben war tiefer als der erste, seine Wände steiler. Mehrere Pferde strauchelten und warfen die Reiter ab. Einige weitere scheuten vor dem Aufstieg und fielen zurück. Doch die übrigen schafften es über den Graben und stürmten voran.

Als die Barbaren sahen, daß unser Vorstoß von den Gräben nicht besonders behindert wurde, sprangen sie über die Mauer und rannten den Hügel hinab, uns entgegen. Das steile Gefälle verlieh ihren Hieben Schwung, so daß sie uns leicht Wunden zufügen konnten. Und das taten sie.

Viele fielen beim ersten Ansturm. Das schwierige Gelände und die Wildheit der Feinde verschworen sich, um manchem tüchtigen Mann den Tod zu bringen. So wurde unsere erste Attacke abgeschlagen.

Auf meinen Schrei hin griff die *Ala* abermals an.

Diesmal warteten wir, bis die Feinde sich auf uns warfen. Wir hielten uns bis zum letzten Augenblick zurück, so daß sie kopfüber in unsere Speere stürzten. Es war ein schlichter Trick, glückte aber hervorragend. Die Barbaren begriffen recht schnell und zogen sich zurück – nicht ohne Hunderte von Toten und Verwundeten zurückzulassen.

Doch als wir ihnen nachsetzten, stolperten unsere Pferde auf dem höheren Hang. Wir fielen wieder zurück, die Feinde verfolgten uns und attackierten uns heftig im Rücken. Als wir den Rand des oberen Grabens erreichten, trafen wir auf die Fußsoldaten, die von unten nachkamen.

Ich übergab das Kommando über meine Abteilung Owain und ritt rasch zu Artus. »Es hat keinen Zweck«, sagte ich. »Wir können hier oben keinen Angriff führen – es ist zu steil, und sie sind zu viele.«

Artus sah, daß ich die glatte Wahrheit sprach. »Es ist, wie ich fürchtete. Nun gut, schont die Pferde. Wir brauchen sie vielleicht später. Wir führen den Angriff zu Fuß fort.« Seine blauen Augen suchten die Mauer über uns ab, und sein Finger schnellte vor. »Siehst du die Stelle dort?«

»Die niedrige Stelle? Die sehe ich.«

»Dort führen wir den Hauptschlag. Folge mir!«

Ich eilte zu meiner Abteilung zurück und gab Artus' Befehl weiter. Rhys gab das Signal zum Absitzen, und einen Augenblick später brausten wir den Hügel hinunter, strauchelten über die Steine, stürzten, rappelten uns wieder auf, rasten weiter.

Die Feinde sahen, daß wir unsere Pferde aufgegeben hatten, und nahmen dies als gutes Vorzeichen für sich. Mit neuer Kraft erhoben sie ihr böses Geschrei und tanzten ihre wilden Kriegstänze oben auf der Mauer. Sie schäumten wie wahnsinnig vor Blutdurst.

Sobald wir in ihre Nähe kamen, schleuderten die Feinde ihre Wurfäxte gegen uns. Wir hielten unsere Schilde vor uns und stolperten weiter. Einige unter uns hoben die gräßlichen Äxte auf und schmetterten sie zurück. Mehr als nur ein Barbar wurde durch die eigene Axt getötet.

Die Sonne war höher gestiegen, so daß ich ihre Wärme im Rücken spürte. Das Blut klopfte mir heiß in den Adern, und ich sog die kühle Morgenluft tief in meine Lunge. Ein guter Tag für eine Schlacht, dachte ich und erinnerte mich dann, daß Cerdic uns von der Zahl der Krieger und seiner strategischen Lage her überlegen war.

Die Stelle, die Artus erspäht hatte, erwies sich als der einzige Schwachpunkt auf dieser Seite des Walls. Er hatte die Ostseite für den Angriff gewählt, weil die Steigung leichter war, aber auch die Feinde hatten das erkannt und den Wall hier aufgestockt. Die niedrige Stelle, die Artus gesehen hatte, war ein Abschnitt, den man hastig ausgebessert hatte, so daß einige der Steine herausgebrochen waren, als die ersten Feinde darüber schwärmten.

Alle von uns stürmten auf die Stelle zu, so daß unsere Einheit die Speerspitze wurde, welche den Verteidigungsring der Feinde durchstoßen und sich ihnen ins Herz bohren sollte.

Es hätte beinahe geklappt.

Aber es waren einfach zu viele Barbaren und die Steigung zu steil. Obwohl wir unsere Arbeit verrichteten wie Holzfäller, konnten wir keine Bresche schlagen. Pikten, Cruithne, Angeln, Skoten, Sachsen, Friesen und Jüten ... Es waren zu viele, viel zu viele. Wir kamen an die Mauer nicht heran.

Denn bei jedem Schritt, den wir vordrangen, warf der Feind uns um zwei zurück. Für jeden Feind, den wir töteten, tauchten drei weitere vor uns auf. Unsere Krieger wurden von der ungeheuren Wucht des feindlichen Heeres niedergedrückt. Sie stürmten auf uns herab, hackten mit ihren grausamen Äxten auf uns ein: die Augen wild, den Mund verzerrt, die Arme wie Dreschflegel.

Aber unsere Krieger hatten schon gegen Barbaren gestritten und ließen sich nicht einschüchtern. Wir senkten den Kopf und blieben bei unserem grimmigen Werk. Und die Schlacht ging ihren scheußlichen, schleppenden Gang.

Der Tag verstrich in einem Nebel aus Blut und Verwüstung.

Als die Sonne sich gen Westen neigte, hörte ich Rhys zum Rückzug blasen und wußte, daß wir geschlagen waren. Ich sammelte meine Abteilung, und wir zogen uns mit unseren Verwundeten zurück. Überall strömten Krieger den Hügel hinab zu unserer Zuflucht im Wald.

Anfangs schien der Feind uns unbedingt nachjagen zu wollen – hätte er es nur getan! Wir hätten ihn mit unserer *Ala* niedergemetzelt. Aber Cerdic war klug genug, der Verfolgung am unteren Graben Einhalt zu gebieten. Die Barbaren kehrten in ihre Hügelfeste zurück.

Während die Krieger unter den Bäumen lagen, wieder Kraft schöpften und sich die Wunden verbinden ließen, brachten die Köche und Knechte uns Fleisch, Brot und mit Wasser verdünntes Bier, und wir aßen. Sämtliche Glieder taten mir weh, und mein Kopf dröhnte. Meine Kleider waren von Schweiß und Blut durchtränkt. Ich stank.

Eine stille, düstere Dämmerung senkte sich übers Land. Die Bäume um uns füllten sich mit Krähen vom Schlachtfeld, die bei ihrem gräßlichen Mahl abscheulich krächzten. Doch das war nichts im Vergleich mit dem wilden Siegesgeheul vom Hügel. Die Feuer züngelten hoch in den dunkler werdenden Himmel, als dort die Siegesfeier begann.

Diese Nacht schliefen wir unruhig. Der Klang des zügellosen Gelages hallte laut in unseren Ohren. Beim Morgengrauen erwachten wir, frühstückten, nahmen unsere Waffen und erklommen abermals den Hügel. Die Barbaren ließen uns ein Stück weit kriechen und fielen dann von oben mit wirbelnden Äxten über uns her.

Wir spießten sie auf den Spitzen unserer Schwerter und Speere auf und hieben mit unseren Schilden auf sie ein. Aber viele unserer Krieger fielen mit gespaltenem Helm, Schild oder Kettenhemd. Das Gemetzel war grauenvoll, das Getöse ohrenbetäubend.

Abermals röteten sich die Flanken des Hügels von Baedun vom Blut der Tapferen.

Und abermals blies Rhys zum Rückzug, als die Sonne gerade den Zenit überschritt, und wir zogen uns in den Wald zurück, um uns die Wunden zu lecken. Die Krieger sanken ins Gras und schliefen. Die Knechte krochen zwischen ihnen mit Wasserkrügen herum und weckten die Schlafenden zum Trinken. Der Wald wurde still, so daß nur noch das Brummen der Fliegen und das Flattern von Vogelschwingen in den Baumwipfeln zu hören waren. Auf Baedun schwieg der Feind.

Als Britanniens Fürsten sich erfrischt und ihre Waffen abgelegt hatten, hielten sie Rat mit Artus.

»Ich sage, wir müssen den Hügel belagern und aus dem Süden neue Kräfte anfordern.« Das war Maglos' Vorschlag, und nach dem schweren Gang am Morgen pflichteten einige ihm bei.

»Wenn wir nur die Festung nehmen könnten«, hub Ceredig an, wurde aber vom Unmut der anderen unterbrochen.

»Die Festung nehmen!« rief Idris. »Was haben wir denn sonst gemacht dort oben? Es ist unmöglich – es sind zu viele! Ich bin Maglos' Meinung. Wir sollten die Belagerung beginnen und auf Verstärkung warten.«

»Nein«, widersprach Artus, »das können wir nicht.«

»Warum nicht?« fragte Idris. »Bei Caer Alclyd hat es geklappt; bei Trath Gwyrd hat es geklappt...«

»Hier wird es nicht klappen«, entgegnete Artus knapp.

Aber Idris achtete des harten Tonfalls von Artus nicht. Er blieb stur: »Warum? Weil du dich über Cerdic stellen willst?«

»Wenn du das glaubst«, fauchte ich und zeigte mit dem Kopf auf den Hügel, »dann stelle dich auf seine Seite!«

Da rührte sich Myrddin, der in der Nähe auf seinen Ebereschenstab gelehnt stand, und trat näher. »Dieser Hügel ist verflucht«, sagte er leise. Wir verstummten alle, um ihn besser zu verstehen. »Hier herrschen Verzweiflung und Unglück. Die Hänge sind voller Qual, und überall steckt Unheil.«

Wir blickten alle über die Schulter zurück auf den dräuenden Hügel. Die Wolken, die über ihn weg zogen, verliehen ihm ein gefährliches, bedrohliches Aussehen. Gewiß, die Leichen, die auf den steinigen Hängen lagen, kündeten deutlich von Unheil. Myrddin brauchte keine Augen, um unsere Qual zu erkennen – aber was sah er noch?

»In früheren Zeiten haben Heere auf diesem geschundenen Hügel gekämpft. Ein großer Sieg wurde durch Verrat erzielt, und die böse Niederlage guter Männer haftet an Erde und Steinen. Der Berg ist unruhig von dem Bösen, das hier geübt wurde.

Cerdics Verrat hat den üblen Geist des Ortes wiedererweckt. Und nun arbeitet er gegen uns.«

»Rate uns, Emrys«, sprach Custennin. »Lasse uns an deinem klugen Wissen teilhaben. Was sollen wir tun?«

Es war die förmliche Bitte eines Königs an seinen Barden. Myrddin versäumte nicht, ihr nachzukommen. »Diese Schlacht wird weder durch List noch Kraft gewonnen. Sie wird nicht durch Blutvergießen allein gewonnen. Der Geist, der hier wohnt, läßt sich durch nichts niederringen als die Macht Gottes.«

Die Fürsten blickten einander ratlos an. »Was sollen wir also tun?« fragten sie.

»Wir müssen beten, ihr Fürsten Britanniens. Wir müssen eine eigene Festung errichten, deren Wälle nicht niedergerissen oder erstürmt werden können. Eine Burg, die sich nicht erobern läßt. Ein Bollwerk aus Gebeten.«

Einige der Fürsten verzogen darüber mürrisch das Gesicht, verlegen ob ihres mangelnden Glaubens und Verständnisses. Aber Artus stand auf und sagte: »Es soll geschehen, wie du sagst, weiser Ratgeber.«

Myrddin legte Artus die Hände auf die Schultern. »Ich werde alles tun, um dir zu helfen – wie ich es bis heute stets getan habe.«

Auch wenn einige die Nase rümpfen mögen, so ist es doch kein Geringes, vom Oberbarden und Emrys Britanniens Unterstützung zu bekommen.

Als wir uns am nächsten Morgen zur Schlacht aufstellten, sah ich Myrddins einsame Gestalt den Hügel hinanklimmen. Blind suchte er sich mühsam mit seinem Stock den Weg. Seinen Mantel hatte er fest um sich gewickelt. Denn der Tag war grau und dunstig, und vom Norden blies ein kalter Wind.

»Soll ich ihm nachgehen?« fragte ich aus Sorge um Myrddins Sicherheit.

»Warte hier. Ich gehe zu ihm«, erwiderte Artus und lief dem stolpernden Emrys nach.

Ich sah, wie Artus den Hügel hinanschritt. Kei und Bors beobachteten ihn ebenfalls und kamen zu mir an den Waldrand. »Was tut er da?« fragte Bors. »Hält er sich für unsichtbar?«

»Das weiß ich nicht«, gab ich zurück.

»Ich hole ihn zurück«, sagte Kei.

»Er hat gesagt, wir sollen hier warten. Aber sage Rhys, er soll sich bereithalten, um zum Angriff zu blasen. Wenn die Barbaren über den Wall kommen, möchte ich, daß die Kymbrogen sich sofort in Bewegung setzen.«

Llenlleawg, der in der Nähe gestanden hatte, stellte sich neben mich. Er sprach kein Wort und wandte den Blick nicht ein einziges Mal vom Hügel; er ließ mich spüren, daß unsere Herzen gemeinsam für Artus schlugen.

»Was machen sie denn jetzt?« fragte Bors. »Es sieht aus, als würden sie Steine sammeln.«

Bei Gott, das taten sie. Nach einem kurzen Wortwechsel mit Myrddin bückte Artus sich und fing an, Steine aufzuhäufen. Myrddin legte seinen Stock beiseite, kniete nieder und schichtete Steine auf einen Haufen.

»Sie bauen einen Cairn«, bemerkte Kei, mit vor Staunen weit aufgerissenen Augen.

»Keinen Cairn«, erwiderte ich. »Eine Mauer.«

»Pah!« machte Bors, der nichts davon hielt. »Sie werden umkommen, sobald der Feind sich rührt.«

Der bleierne Himmel hatte sich mit der aufgehenden Sonne etwas gelichtet. Artus und Myrddin arbeiteten ungedeckt auf dem Hang. Der Feind mußte ihre Anwesenheit inzwischen bemerkt haben. Unser eigenes Heer hatte sich am Waldrand eingefunden, um den merkwürdigen Vorgang zu beobachten.

»Das können wir nicht so weitergehen lassen«, platzte Bors heraus. »Es ziemt sich nicht für den Herzog von Britannien, Steine aufzuschichten.«

»Was hast du vorzuschlagen?«

»Du mußt ihn aufhalten!«

»Halte du ihn auf!«

Bors richtete sich auf. »Na schön, das werde ich.« Damit stolzierte er aus dem Wald.

Gwalchavad kam zu uns gerannt. »Was ist denn los? Was tun sie da draußen?«

»Sie bauen eine Mauer«, antwortete Kei.

Gwalchavad machte den Mund auf und wollte lachen, doch starrte er staunend. »Das tun sie!« rief er. »Sie werden noch umgebracht!«

»Schon möglich«, räumte ich ein.

»Will sie denn keiner aufhalten?«

»Bors ist gerade dabei«, entgegnete Kei.

Gwalchavad glotzte uns an, als hätten wir den Verstand verloren. Draußen auf dem Hügel schlängelte Bors sich zwischen den Findlingen hindurch. »Er wird Hilfe brauchen«, sagte Gwalchavad und eilte Bors nach, der die Stelle erreicht hatte, wo Artus und Myrddin schufteten.

Der Fürst von Benowyc zeigte auf die Hügelfeste und dann auf den Wald. Artus hob den Kopf, sagte etwas, und Bors hörte zu fuchteln auf. Der Herzog machte sich wieder an die Arbeit, und Bors sah ihm zu.

»Sieh dir das an«, schalt Kei. »Bors hat sie wahrhaftig aufgehalten.«

Gwalchavad erreichte die drei auf dem Hügel und machte sich sofort an ihrer Seite zu schaffen.

Als Gwalchavad zum Hügel hinausgerannt war, brachen alle Dämme, und andere verließen die Deckung des Waldes. Zu zweit und zu dritt gingen sie, dann zu Dutzenden und mehr, um zu sehen, was da geschah.

»Nun, Gwalchavad hat sie zweifelsohne überzeugt«, sagte Kei. »Was sollen wir jetzt tun? Unser Heer rückt ohne uns vor.«

Da sprach Llenlleawg zu mir: »Es ist die schlimmste Schande für einen Feldherrn, hinter seinen Kriegern zurückzufallen.«

»Kei, sollen wir uns von einem Iren an unsere Pflicht gemahnen lassen?«

»Niemals!« rief Kei. »Schimpfe mich einen Pikten! Ich lasse doch nicht herumposaunen, wir hätten unsere Pflicht vernachlässigt!«

»Braver Kei«, sagte ich, »der vorderste im Kampf und beim Mauerbau!«

Gemeinsam marschierten wir aus dem Wald. Llenlleawg gesellte sich zu uns. Ich muß gestehen, ich hatte angefangen, Gefallen an dem Mann zu finden. Er war zwar Ire, das läßt sich nicht leugnen, aber ein bißchen weniger bösartig als die übrigen seines Stammes. Er hatte eine edle Seele und ein aufrichtiges Herz. Um so schändlicher für Cerdic: Wenn ein Barbar größeren Adel bewies als ein echter Brite!

Wir gelangten bis zu Artus und den anderen, die zwischen den Felsen arbeiteten. »Was tust du hier, Bär?« fragte ich.

Artus richtete sich auf. »Ich baue eine Mauer.«

»Das haben wir gesehen«, sprach Kei. »Dürfen wir den Grund für diese ungebührliche Fron erfahren?«

Der Herzog hob einen Stein auf und hielt ihn hoch empor. Er trat auf den Steinhaufen, den er errichtet hatte. »Männer Britanniens!« rief er. »Hört mich an!«

Die Krieger drängten näher, um ihn zu hören. Der kalte Wind ließ Artus' roten Umhang flattern. Seine Haare waren feucht vom Nebel.

»Schaut auf meine Hand und sagt mir, was ihr seht.«

»Einen Stein!« riefen sie. »Wir sehen einen Stein!«

Artus hob den Stein vor ihren Augen. »Nein, ich sage euch: Es ist kein Stein. Es ist etwas Stärkeres als ein Stein und dauerhafter: Es ist ein Gebet!

Ich sage euch«, fuhr er fort, »es ist ein Gebet zur Befreiung Britanniens. Seht euch um, meine Brüder. Dieser Hügel ist mit ihnen bedeckt!«

Wir ließen den Blick über die rauhe, felsige Steigung des Hügels schweifen, wie Artus uns geheißen hatte. Baedun war, wie er sagte, mit Steinen bedeckt – als ob wir das nicht bereits gewußt hätten!

»Ihr fragt, was ich tue. Ich will es euch sagen: Ich sammle die Gebete und baue eine Mauer aus ihnen. Ich errichte ein Bollwerk um den Feind herum.

Unser weiser Emrys hat verkündet, daß wir eine Festung errichten müssen, die nicht niedergerissen noch erstürmt werden kann. Meine Landsleute, das tue ich gerade. Wenn ich fertig bin, wird nicht ein einziger Barbar entkommen.«

Damit trat Artus zu dem Haufen und legte seinen Stein obendrauf. Die Männer betrachteten ihn, als wäre er verrückt geworden. Der Wind peitschte durch die Menge und stieß ein düsteres Geflüster gegen den Herzog aus. Die Stille verdichtete sich vor der Anschuldigung: Er ist verrückt!

Dann warf Kei den Umhang über die Schulter zurück, bückte sich, hob einen riesigen Felsbrocken an, daß jede Sehne seines Körpers sich spannte, und stemmte ihn, das Gesicht vor Anstrengung verzerrt, oben auf Artus' Haufen. Mit einem Knirschen blieb er dort liegen. »Da!« rief Kei laut. »Wenn Steine Gebete sind, habe ich einen Psalm gesungen!«

Alle lachten, und plötzlich begannen Steine auf den Haufen zu purzeln, als wir uns alle bückten und die Steine zu unseren Füßen vom Boden aufhoben und zu denen von Artus legten. Auf diese Weise wurde die Mauer angefangen.

Die Fürsten Britanniens hielten sich von dieser Fron fern, aber als sie den Eifer ihrer Männer sahen und die Betriebsamkeit der Kymbrogen, legten sie ihre Umhänge ab und leiteten die Arbeit an. Es war ein Triumph, sie zu sehen: Ennion und Custennin, Maelgwn und Maglos, Owain, Ceredig und Idris – alle brüllten sie Befehle und feuerten ihre Männer an.

Wir sind sangesfreudige Leute, und die Arbeit wird einem ohne ein Lied zur Aufmunterung lang. Sobald sie ernsthaft in Angriff genommen war, hub auch das Singen an. Erst fromme Lieder, aber als diese uns ausgingen, griffen wir auf die schlichten, vertrauten Lieder von Heim und Herd zurück – und auch diese halte ich für fromm. Der Wall erstand Stein um Stein, und jeder Stein war ein Gebet, das von Herzen kam.

Hoch oben auf dem Hügel standen die Barbaren und beobachteten unser merkwürdiges Treiben. Anfangs wußten sie nicht, was sie davon halten sollten, aber als dann der Wall sich abzuzeichnen und den ganzen Hügel entlang zu erstrecken begann, fingen sie zu schreien und johlen an. Als der Wall höher wurde, wurde ihr Geheul wütend und höhnisch. Sie warfen Steine und schossen Pfeile nach uns, aber wir waren außer Reichweite, und die Steine und Pfeile fielen kraftlos zu Boden, ehe sie uns zu treffen vermochten. Die Feinde tobten, verließen aber nicht den Schutz ihrer Burg.

Also, wenn zwei Männer fleißig arbeiten, können sie einen Abschnitt von zwanzig Schritt an einem Tag mannshoch bauen. Wieviel mehr vermögen dann dreitausend Mann? Bei allen Engeln und Heiligen, ich sage euch, der Wall erstand wie von selbst, so schnell ging es!

Man stelle sich vor: Hände, Tausende von Händen, welche die Steine aufgreifen, sie hochheben, einpassen, dem groben Material Gestalt verleihen. Gebeugte Rücken, gespannte Muskeln, tief atmende Lungen, vor Anstrengung aufgeblasene Backen, in Strömen fließender Schweiß. Die Handflächen und Knöchel aufgerauht, die Finger blutend. Vom Wind geblähte Umhänge, wogendes Gras, wallender Nebel und Regen.

Die Dämmerung brach rasch herein. Und obwohl dunkle Wolken über den Hügel rasten, schien im Westen klar und golden das Licht.

Im letzten Glimmen dieses Lichts setzten wir den Schlußstein auf den Wall und traten zurück, um unser Werk zu betrachten. Es war ein herrlicher Anblick: eine lange, gewundene Barriere bis auf Schulterhöhe, die den gesamten Hügel umgab.

Als die Feinde sie sahen, heulten sie auf vor Wut. Sie fluchten. Sie brüllten. Sie sahen sich von Steinen umgeben und riefen ihren einäugigen Wodan zur Rettung an. Aber ihre Schreie ergriff der Wind und schleuderte sie ihnen ins Gesicht zurück. Der Wall, Artus' Wall, stand trotzig vor ihnen und umringte Baedun mit strenger Botschaft: Ihr werdet dieses Schlachtfeld nicht verlassen. Hier werdet ihr sterben, hier werden eure Knochen auf immer unbetrauert liegen.

Die Arme taten mir weh, auch die Beine, die Füße und der Rücken. Meine Hände waren ganz aufgeschürft, meine Arme zerschunden. Aber ich betrachtete diesen herrlichen Wall – er war der sichtbar gewordene Glaube. Ich sah auf das Werk unserer Hände und kam mir unbesiegbar vor.

Die Barbaren verzweifelten beim Anblick der Mauer. Denn sie erkannten, daß Artus sich den eigenen Rückzug versperrt hatte. Damit sagte Artus ihnen: Euer Schicksal ist besiegelt. Ihr seid verloren. Sie johlten ihre Todeslieder. Und obwohl der Tag fast vorüber war, griffen sie nun an.

In der Nacht zu kämpfen ist schwierig und sonderbar. Der Feind hat zwar eine Gestalt, aber kein Gesicht. Er ist ein Körper mit Gliedmaßen, aber ohne erkennbare Züge und feste Form. Es ist, als würde man gegen Schatten kämpfen. Es ist wie eine jener Schlachten in der Anderswelt, von der die Barden singen, wo unsichtbare Heere sich auf einer düsteren Ebene zu endlosen Zwisten treffen. Es ist merkwürdig und unnatürlich.

Wir fochten, obwohl die Erschöpfung wie ein nasser Mantel an uns hing. Wir fochten, weil wir wußten, daß unsere ganze Mühe vergebens sein würde, wenn wir unsere Müdigkeit nicht abschüttelten und den Feind daran hinderten, den Wall zu erreichen. Ja, die Barbaren schienen mehr darauf aus, die Mauer zu erreichen, als gegen uns zu kämpfen. Vielleicht wollten sie entkommen. Oder vielleicht sahen sie in Artus' Wall etwas, was sie nicht ertragen konnten – etwas, das sie mehr fürchteten als Niederlage oder Tod.

Finsternis hüllte den Hügel ein. Der Wind pfiff uns in den Ohren, und Regen prasselte nieder. Das Barbarenheer drängte uns immer weiter zurück. Der Gefahr und des Todes nicht achtend, stürmte es aus der sturmdurchtosten Dunkelheit auf uns ein. Immer mehr Feinde kamen mit flammenden Fackeln herbei und drückten uns gegen die Mauer, welche wir mit unseren Händen errichtet hatten.

Hell und hoch erklang Artus' Jagdhorn. Kurze Töne schnitten durch das Getöse: der Ruf zum Sammeln. Ich blickte in Richtung des Klanges und sah Artus – sein weißer Schild leuchtete in der Dunkelheit wie ein gleißender Mond. Caledvwlch blitzte auf, wenn er den Arm hob, und sauste in anmutigen, tödlichen Schwüngen hernieder. Der rote Mantel flatterte im Wind, die kräftigen Schultern bebten, als er sich in den Mahlstrom stürzte ... Artus.

Ich konnte sein Gesicht nicht sehen, aber es bestand kein Zweifel. Er kämpfte, wie ich keinen zweiten je habe streiten sehen. Mit so beherrschtem Ingrimm, mit so tödlicher Anmut. Die schreckliche Reinheit seiner sparsamen und knappen Bewegungen wurde zu einer beeindruckenden Lobeshymne auf die fürchterliche Hand, die ihn geschaffen hatte.

Da kam mir in den Sinn, wozu Artus geboren ward: Darob war ihm der Odem eingehaucht worden. Hier zu sein, jetzt, um die Schlacht gerade so zu leiten. Artus war für diesen Moment geschaffen und zu ihm berufen worden. Er hatte den Ruf vernommen und war ihm gefolgt. Jetzt lag alles in seiner Hand.

Ich wollte in seiner Nähe sein, ihm mit meiner Schneide und meinem Leben Treue schwören. Doch bis ich mich an seine Seite gekämpft hatte, war er verschwunden.

Auch Llenlleawg sah ich. Er hatte sich eine sächsische Fackel gegriffen und wurde nun wieder zu dem wirbelnden Feuersturm. Mit der Fackel in der einen Hand und dem Kurzschwert in der anderen tanzte er in seinem wahnsinnigen Schlachtenfuror. Die Feinde fielen vor ihm und um ihn herum wie die Funken, die von den Flammen in seiner Hand stoben.

Gräßliche Gesichter kamen aus der Dunkelheit auf mich zu – tätowierte Pikten und blaubemalte Cruithne, blonde Sachsen und dunkelhaarige Angeln, alle hatten sie haßverzerrte Mienen, blutrünstig, todesversessen.

Das Blut schoß mir heiß durch die Adern, dröhnte mir in den Ohren und pochte gegen meine Schläfen. Die Seiten taten mir weh, die Lunge brannte mir. Aber ich schlug immer wieder und wieder zu, mein Schwert hob und senkte sich im tödlichen Takt: Es sauste vom nachtschwarzen Himmel herab wie das Jüngste Gericht auf die Köpfe der Heiden.

Mit jedem Streich wurde ich stärker – wie Gwyn, der Held von einst, welcher an Stärke zunahm, wenn der Tag voranschritt. Ich spürte, wie der Schmerz aus meinen Muskeln wich und im Regen dahinschmolz. Meine Hände umklammerten nicht länger steif Schwert und Schild. Mein Kopf wurde klar. Mein Blick wurde scharf. Ich spürte die Hitze des Lebens in mir aufwallen, das Kampfglühen, das alles andere beiseite schiebt.

Meine Leute drängten sich dicht um mich. Schulter an Schulter hieben wir auf den Feind ein. Von so tapferen Männern umringt zu sein, die bei allem treu zu einem halten, kann man sich nur wünschen, und mein Herz schwoll vor Stolz. Wir mühten uns im Kampf, wie wir uns mit der Mauer gemüht hatten, trafen Schlag um Schlag, Stoß um Stoß. Ich spürte, wie ihr Kampfgeist mit dem meinen wuchs. Wir wurden nicht länger zurückgedrängt. Wir hatten den Vorstoß des Feindes zum Stehen gebracht und ließen ihn gegen uns anbranden.

Obwohl die Dunkelheit um uns vom Geheul der Barbaren erfüllt war, dem Gebrüll der Berserker und dem düsteren Schall der sächsischen Schlachthörner, hielten wir stand. Die Feinde wurden zu einem Meer, das wütend gegen uns toste wie gegen die Stufen der Riesen. Wie das Meer wogten sie an den Felsen, spülten über ihn hinweg, aber als die Wellen sich brachen, stand der Fels unverrückt.

Wild war die Nacht, wild der Kampf! Vom Wind und Schlachtlärm gezaust, wichen wir dem Barbarenheer nicht. Unsere Schwerter tropften rot. Ich tötete mit jedem Hieb, jeder Schlag raffte ein Leben dahin. Mein Arm hob und senkte sich mit rascher Gründlichkeit, und bei jedem tödlichen Streich fuhr eine Seele hinab in das finstere Reich des Todes.

Die Feinde fielen um mich herum, und ich sah alles mit ungetrübter Klarheit. Ich war erbarmungslos. Ich war so kalt wie die Stahlschneide in meiner Hand. Jesus rette mich! Ich schlachtete die Feinde wie Vieh!

Ich tötete, aber ich haßte nicht. Ich tötete, doch sogar als sie vor mir fielen, haßte ich sie nicht. In mir war kein Haß mehr übrig.

Die Morgendämmerung zog den Schleier der Nacht beiseite, und wir sahen, was wir getan hatten. Diesen Anblick werde ich niemals vergessen: weiße Leichen im grauen Morgenlicht ... Tausende, Zehntausende ... am Boden verstreut wie das Geröll einer Ruine ... leblose Gliedmaßen, verzerrte, reglose Körper, Augen, die zur weißen Sonne emporstarrten, welche an einem weißen Himmel aufging, und die schwarzen Schatten kreisender Krähen ...

Darüber die scharfäugigen Falken. Unten die tiefrote Erde. Überall der Todesgeruch.

Wir hatten gesiegt. Wir hatten den Sieg davongetragen, aber an diesem düsteren Morgen bestand kaum ein Haarbreit Unterschied zwischen den Siegern und den Besiegten. Wir stützten uns auf unsere Speere und hingen über unseren Schilden. Mit großen Augen stierten wir, zu müde, um uns zu bewegen. Benommen.

Jedermann, der uns so angetroffen hätte, hätte geglaubt, wir seien eins mit den Toten. Obschon wir lebten, konnten wir nicht mehr als atmen und mit unseren geschwollenen, roten Augen blinzeln.

Ich setzte mich hin und lehnte mich an einen Felsen, das Schwert in den steifen Fingern. Mein Schild lag neben mir am Boden, zerschlagen und an hundert Stellen zerfetzt. »Bedwyr!« Eine vertraute Stimme rief meinen Namen, und ich sah Artus auf mich zukommen. Ich zog die Knie an und mühte mich, aufzustehen.

Das Gesicht grau vor Erschöpfung, die Arme von Schwerthieben zerschnitten, der stolze rote Umhang zerschlissen und schmutzig von Blut, so zog der Herzog von Britannien mich hoch und drückte mich fest an sich. »Ich habe dich gesucht«, flüsterte er. »Ich hatte schon gefürchtet, du seist tot.«

»Mir ist so, als wäre ich es.«

»Wenn alle Barbaren der Welt dich nicht umbringen konnten, dann vermag dies nichts«, erwiderte Artus.

»Was ist mit Kei? Bors? Cador?«

»Sie leben.«

Ich schüttelte den Kopf. Mein Blick kehrte wieder zu dem von Leichen übersäten Schlachtfeld zurück und zu den gefräßigen Krähen, die über den fahlen Körpern flatterten. Mir drehte es den Magen um, und ich übergab mich. Ich erbrach Galle. Geduldig stand Artus neben mir und klopfte mir auf den Rücken. Als ich fertig war, richtete er mich auf und führte mich weg.

»Wie viele sind übrig?« fragte ich, die Antwort fürchtend. Aber ich mußte es wissen.

»Mehr als du glaubst.«

»Wie viele?«

»Fast zwei Divisionen.«

»Und von den Königen?«

»Maglos und Ceredig sind tot. Ennion ist schwer verwundet. Er wird nicht überleben. Custennin ist tot.«

»Myrddin?«

»Ihm geht es gut. Weißt du – als die Schlacht begann, kletterte er auf den Wall und stand die ganze Nacht mit über uns erhobenem Stab da. Er stützte uns die ganze Schlacht über und betete um den Sieg für uns.«

»Was ist mit Gwalchavad? Er war am Anfang der Schlacht neben mir, aber ich verlor ihn … So ein Durcheinander.«

»Gwalchavad ist unversehrt. Er und Llenlleawg suchen unter den Leichen.«

»Ach«, sagte ich, obwohl mir die Bedeutung seiner Aussage im Augenblick entgangen war.

Wir gingen ein Stück den Hügel hinab, und ich sah, daß andere umhergingen, langsam, sorgfältig bewegten sie sich düster zwischen den stillen Toten. Als wir uns dem Wall näherten, ertönte hinter uns auf dem Hügel ein Ruf. Gwalchavad und Llenlleawg hatten gefunden, wonach sie suchten.

Wir machten kehrt und gingen zu ihnen. Ich sah die Schädel-und-Knochen-Standarte neben einer Leiche liegen und wußte, wen sie entdeckt hatten.

Artus rollte die Leiche mit seiner Stiefelspitze herum. Mit

seinen leeren Augen glotzte Cerdic in den Himmel. Seine Kehle war ein schwarzer Schlitz, und sein rechter Arme war oberhalb des Ellbogens fast abgetrennt. Seine Züge hatten sich zu dem vertrauten Gesichtsausdruck verhärtet: dem unverschämten Hochmut, den ich so oft an ihm gesehen hatte – als wäre der Tod eine Kränkung seiner Würde, eine Demütigung, seiner nicht wert.

Er war von seinen sächsischen Leibwächtern umgeben. Alle waren kurz nacheinander gestorben – ob beim ersten oder letzten Angriff, konnte niemand sagen. Keiner hatte sie sterben sehen. Aber Cerdic war tot und sein Verrat mit ihm.

»Was sollen wir mit ihm anfangen?« fragte Gwalchavad.

»Laßt ihn«, sagte Artus.

»Er ist Brite«, beharrte Gwalchavad.

»Und er hat sich seine Grabstätte ausgesucht, als er Krieg gegen mich anfing. Keiner zwang ihn dazu – es war seine Wahl. Laßt ihn hier bei seinen Barbarenfreunden liegen.«

Schon schafften die Männer die Leichen ihrer Gefährten zum Verbrennen fort. Als Zeugnis und Warnung an alle künftigen Feinde blieben die Leichen der Barbaren liegen, wo sie gefallen waren. Sie sollten nicht verbrannt werden. So verkündete es Artus. Und so geschah es.

Die untergehende Sonne warf lange Schatten auf dem Hügel von Baedun, als das Bestattungsfeuer den Scheiterhaufen aus Holz verzehrte, auf den die Leichen unserer Freunde gelegt wurden. Priester von der Abtei Mailros beteten und sangen Psalmen. Mit Weidenruten in der Hand umschritten sie langsam den brennenden Scheiterhaufen.

Myrddin ging mit ihnen und hielt einen dornigen Rosenzweig vor sich. Die Rose, auch Zauberin des Waldes genannt, bedeute nach druidischer Lehre Ehre, erklärte der Emrys. Und für die Christen versinnbildliche sie den Frieden. Frieden und Ehre. Diese tapferen Toten hatten beides verdient.

Die Asche glühte noch rot, und das Zwielicht färbte leise den Himmel, als wir schließlich von Baedun abzogen. Wir marschierten nicht weit, denn wir waren müde und wund, und die Wagen mit den Verletzten konnten vor Einbruch der Dunkelheit nicht mehr weit fahren. Doch in der Nähe des Hügels wollte Artus keine weitere Nacht bleiben. Daher gingen wir durch den

Wald zu dem See zurück, wo wir unsere Kampfgefährten getauft und uns der Schlacht geweiht hatten.

Neben friedlichen Wassern schlugen wir unser Lager auf und schliefen unter einem ruhigen Firmament im Reich der Sommersterne.

DRITTES BUCH

Aneirin

I

In den Tagen des Kampfes blickten die Heidenschwärme über die wellengepeitschte See auf dieses grüne, liebliche Land und entbrannten nach dem Reichtum Britanniens. Ihre Ruderblätter durchpflügten das helle Gewässer, als sie mit Haß ihre elenden Küsten verließen, um die unsere zu verwüsten. Blutvergießen und Brandschatzung, Schlachten und Schrecken, Zwist und Zerstörung, Plünderungen und Pein, Marodieren und Morden nahmen kein Ende.

O große Schande, die Fürsten Britanniens waren keinen Deut besser. Gar mancher kleine König herrschte auf dieser Welt, und das dauernde Kriegführen verheerte das Land – bis Artus kam.

Rümpft nur die Nase, wenn ihr wollt! Spottet meiner, ihr Viperngezücht! Doch das Sommerreich wurde auf dem Felsen von Jesu heiligem Namen gebaut.

Weiß ich die Wahrheit etwa nicht? Vergißt ein Barde seine Lieder? Nun, ein Barde war ich. Und ein Krieger dazu. Ich bin ein gelehrter Mann. Aneirin ap Caw heiße ich – obzwar man mich jetzt unter einem Namen meiner Wahl kennt.

Geboren wurde ich im Jahr der Schlacht von Baedun. So begünstigte mich das Schicksal, denn mein Leben begann in einer glücklichen Zeit, als alle Kriege geendet hatten und auf dieser Welt großer Friede herrschte.

Baedun – ein Wort des Triumphes auf allen Lippen.

Auf der Höhe von Baedun bot der Herzog von Britannien dem Gemetzel Einhalt. Der Kampf dort gilt den Barden heute als die wichtigste der Drei Großen Schlachten um Ynys Prydein. Ich sage euch, der Sieg war noch keinen Tag alt, als Artus sich in die verfallene Kapelle von Mailros zurückzog, um dem allmächtigen Vater im Gebet für seine Rettung zu danken.

Artus, Hochkönig von ganz Britannien, Pendragon von Rheged, Celyddon, Gwynedd, Dyfed und den Sieben Glücklichen Inseln, Kaiser von Alba und Lloegres, Bär von Britannien. Artus mit der Doppelkrone, dem ewige Chöre singen.

Nur wenige der heute Lebenden erfassen die Tragweite dessen, daß Artus zwiefach gekrönt wurde. Das erste Mal auf einem Hügel in der Nähe seiner nördlichen Hauptstadt bei Caer Edyn; das zweite Mal im südlichen Londinium. Beide Krönungen wurden auf rechte Weise und in aller Frömmigkeit im Angesicht Gottes vollzogen. Aber sie unterschieden sich voneinander wie Getreide von Gold.

Was war der Grund für diese zwei Krönungen? Die schlichte Notwendigkeit. »Ich bin der König aller oder niemandes«, verkündete Artus. »Norden und Süden waren zu lange getrennt. In mir sind sie vereint.« Damit sich dies bewahrheitete, ließ er sich in beiden Gebieten feierlich krönen, damit keines den Vorrang vor dem anderen beanspruchen konnte, wie es in früheren Zeiten der Fall gewesen war.

Seine Krönung in Caer Edyn war alles, was ein Fürst sich nur wünschen konnte. Aber seine Ernennung zum König in Londinium löste in dieser hochfahrenden Stadt beinahe einen Aufruhr aus. Leider war dies nur der Anfang der kommenden Schwierigkeiten! Artus, der Sommerkönig, der den Frieden für ganz Britannien mit seiner eigenen Mühe, seinem Schweiß und Blut erkauft hatte, sollte selbst keinen Augenblick Ruhe finden.

Lauscht mir nun, ihr Schwerhörigen. Achtet der Wahrheit, ihr Begriffsstutzigen. Hier folgt eine Geschichte, die zu erzählen lohnt, eine wahre Geschichte. Das Lied vom Sommerkönig. Horcht und merkt sie euch. Und so trug sie sich zu …

Vom Tal des Twide und Baedun herkommend, ritten Artus und die verbliebenen Kymbrogen nach Caer Edyn. Es war Hochsommer, alles blühte und grünte, der Himmel war blau und klar, ruhig das Meer. Die dunklen Rauchwolken des Krieges zerstoben, so daß nun nur Gottes reines Licht auf Britannien schien.

Natürlich sollte es einige Zeit dauern, bis den Menschen dies klar wurde. Die schlachtenmüden Krieger wußten erst einmal nur, daß des Kämpfens für jenes Jahr ein Ende war. Sie wußten nicht, daß Artus sie zum größten Sieg geführt hatte; sie wähnten nicht, daß es ein Sieg für die ganze Welt war. Ihnen war bloß klar, daß es in jenem Sommer keine Gefechte mehr geben würde.

Fürst Ectorius bewirtete die Sieger an seiner Tafel. Drei Tage und Nächte lang kosteten sie die ersten Früchte des Friedens.

Aber selbst dabei zeigte sich Artus' Gesinnung. Im Beisein seiner vertrauten Kymbrogen ließ unser Herr Jesus Christus seine Gunst auf Artus herniederregnen, und diejenigen, die um ihn waren, staunten gar sehr darob.

Auf den Schultern seiner Krieger wurde Artus aus Ectors Festung auf den Felsen hinauf getragen, der nun nach seinem Namen heißt. Dort setzte man ihn auf einen Thron aus unbehauenem Stein. Dann traten die Überlebenden seines Heeres einer nach dem anderen vor ihn und gelobten ihm Treue bis in den Tod. Die Fürsten Britanniens, die bei ihm geblieben waren, zogen ihre Schwerter und legten sie ihm zu Füßen; sie streckten sich vor ihm auf dem Boden nieder, und Artus setzte ihnen den Fuß in den Nacken und wurde so zum König über sie.

Die Kymbrogen brachten auch ihre Speere und legten sie vor Artus nieder. Sie knieten hin und streckten die Hände aus, um seine Füße zu berühren und ihm Gefolgschaft zu schwören. Er nahm sie als seine Untertanen und sie ihn als ihren Herrn.

Myrddin Emrys hob seinen Ebereschenstab über Artus und erklärte ihn zum Hochkönig. Dann sprach er die heiligen Worte zur Krönung: »Alles Lob und Ehre dem hohen König im Himmel, der einen König erschaffen hat, der Pendragon über uns alle sein soll! Alle Engel und Heiligen seien Zeugen: Heute wird Artus ap Aurelius zum König aller Briten.

Kniet nieder vor ihm, Landsleute! Streckt die Hände aus und gelobt eurem König auf Erden bindende Treueide – so, wie ihr Leben und Ehre dem Gottvater aller Schöpfung gelobt.«

Danach bat Myrddin Dyfrig, den Bischof von Mailros, vorzutreten. Er trat mit einem goldenen Torques in Händen auf Artus zu und rief mit lauter Stimme: »Nenne heute vor deinem Volke den Gott, dem du dienen willst.«

»Ich will Jesus Christus dienen, welcher der Sohn heißt. Ich will Gott dienen, welcher der Vater heißt. Ich will dem Namenlosen dienen, welcher der Heilige Geist heißt. Ich will der Heiligen Dreifaltigkeit dienen.«

»Willst du Aufrichtigkeit üben, Gerechtigkeit walten lassen und die Barmherzigkeit lieben?«

»Der gesegnete Jesus sei mein Zeuge: Ich will Aufrichtigkeit üben, Gerechtigkeit walten lassen und die Barmherzigkeit lieben.«

»Willst du dieses Reich im wahren Glauben an Christus führen, solange du lebst?«

»Bis zum Ende meiner Kraft und bis zu meinem letzten Atemzug will ich dieses Reich auf Erden im wahren Glauben an Christus führen.«

»Dann, bei der Macht der Dreieinigkeit, erhebe dich, Artus ap Aurelius! Schützer und Pendragon Britanniens!«

Myrddin legte Artus den Königstorques um den Hals, und alle jubelten. Dann ging Artus zwischen allen umher und machte seinen Kymbrogen und denen, die ihm in der Schlacht gedient hatten, Geschenke. Er gab ihnen Gold- und Silberbroschen, Messer und Ringe mit Edelsteinen. Diese Dinge tun auch andere Fürsten bei ihrer Krönung. Artus tat noch mehr.

Er verkündete, daß die Kapelle, welche die Pikten in Abercurnig niedergebrannt hatten, wiederaufgebaut werden sollte; ebenso die Abtei Mailros. Aus der Kriegsbeute zahlte er dafür und ließ bei Mailros mit Blick auf Baedun eine Kapelle errichten, damit dort Tag und Nacht für Britannien Psalmen und heilige Lieder gesungen und brünstige Gebete gesprochen würden, bis unser Herr Jesus wiederkommt, um seine Schäfchen ins Paradies zu führen.

Artus begab sich zu den umliegenden Weilern, wo die Frauen lebten, deren Männer von den Barbaren getötet worden waren. Denen gab er willkommene Geschenke: einigen Gold und Silber, anderen Rinder und Schafe. Und er sorgte durch seine Fürsten für die Witwen, auf daß man sich um sie kümmerte und ihre Kinder ohne Not aufwüchsen.

Bei seiner Rückkehr nach Caer Edyn saßen Artus und seine Fürsten bei Speise und Trank zusammen. Hier, wo die Runde freudig feierte, stand Myrrdin Emrys vor allen auf und rief: »Pendragon von Britannien, möge dein Ruhm deinen Namen überdauern, der für immer dauern wird! Es ist recht, daß du die Früchte deiner Mühsal genießt, weiß Gott. Doch du würdest mich für einen nachlässigen und dummen Ratgeber halten, würde ich dich nicht warnen, daß die Menschen im Süden noch nicht von Baedun gehört haben und nichts von deiner Krönung wissen.«

»Still! Erst heute habe ich meinen Torques empfangen«, lachte Artus. »Die Kunde erreicht sie noch früh genug.«

»Aber ich bin überzeugt, daß die Menschen ihren Augen bereitwilliger glauben als ihren Ohren«, entgegnete Myrddin, und die Fürsten schlugen mit den Händen auf den Tisch und drückten ihre Zustimmung aus.

»Nun denn«, meinte Artus. »Was willst du damit sagen?«

»Glücklich die Menschen des Nordens, denn sie ritten neben dir in der Schlacht und kennen deinen Ruhm. Die Männer des Südens werden durch solche Kunde, die sie mit der Zeit erreicht, nicht zu gewinnen sein.«

»Daran kann ich wohl wenig ändern. Ein Mann kann nur einmal zum König gekrönt werden.«

»Da irrst du dich, o König! Du bist jetzt Pendragon von Britannien. Du kannst also befehlen, was geschehen soll.«

»Aber ich habe die Krone doch bereits hier empfangen«, klagte Artus gutmütig. »Wozu brauche ich noch eine Krönung?«

»Wozu brauchst du zwei Augen, wenn du mit einem schon klar genug siehst? Wozu brauchst du zwei Hände, wenn eine das Schwert schon fest genug umfaßt? Wozu brauchst du zwei Beine, wenn eines schon flink genug läuft? Wozu brauchst du zwei Ohren, wenn eines –«

»Genug! Ich verstehe.«

»Aber es ist nicht genug«, versetzte der Emrys. »Das sage ich ja gerade.«

»Dann sage mir, was ich tun muß, um dich zu beruhigen, und du kannst gewiß sein, daß ich es unverzüglich tun werde.«

Darüber lachten die Fürsten laut und spendeten Artus und dem weisen Ratgeber Beifall. Als sie sich beruhigt hatten, verkündete Myrddin seinen Plan. »Rufe die Fürsten des Südens zusammen, daß sie dir in Londinium aufwarten und dort deiner Krönung beiwohnen. Dann werden sie glauben und dir freudig folgen.«

Und genau so geschah es. Sie genossen in jener Nacht ihren Schmaus, und am nächsten Morgen standen sie in aller Frühe auf, sattelten die Pferde und ritten zum Hafen von Muir Guidan. Noch am selben Tag stachen sie in See. Botenschiffe rasten voraus und liefen die Siedlungen an der Küste an, um den Ruf des Königs zu verkünden.

Nach einer Weile kam Artus in der Nähe von Londinium an,

das nun Caer Lundein heißt, und hieß seine Flotte, auf der Themse vor Anker zu gehen. Als er an Land ging, sammelte er seine Kymbrogen um sich, ritt zur Stadt und erreichte kühn deren Tore.

Wie der weise Emrys es vorhergesagt hatte, schätzten die Menschen in Caer Lundein und im Süden Artus nicht besonders. Sie wußten nichts von der großen Schlacht am Baedun. Noch scherten sie sich um die Zwiste im Norden, denn sie hielten das Leben zwischen Festungsmauern für unbedeutend. Das ist zwar Blindheit und Wahnsinn, aber es waren Menschen von geringem Verstand und noch geringerem Verständnis.

Doch Aelle und die Fürsten an der Sachsenküste, die sich nicht in Baedun erhoben hatten, wußten ganz genau, daß Artus ihr rechtmäßiger König war. Auf Artus' Ruf hin sammelten sie ihre Leibwächter und ihre Frauen und Kinder und leisteten ihm sogleich Folge – ganz zur Schande der Briten.

Trotzdem erlebte die Menge von Caer Lundein wie überall auf der Welt gern ein Schauspiel. Bei Artus' Ankunft drängte sie sich in den schmalen Gassen und auf den Dächern der alten Stadt, bemüht um einen kurzen Blick auf den hochgewachsenen, jungen Mann, der die unterworfenen Fürsten vor sich herführte.

»Wer ist er?« fragten sie einander.

»Ein Pikte aus dem Nordland«, erwiderten einige. »Seht euch nur seine Kleidung an!«

»Nein, er ist Sachse«, sagten andere. »Seht euch seinen Zopf und sein blondes Haar an.«

»Er reitet auf einem Pferd!« sagten sie. »Gewiß ist er jener Artus, von dem wir hörten!«

Worauf andere entgegneten: »Aber er ist noch jung. Das muß der Sohn oder Neffe jenes berühmten Kriegers sein.«

Und so ging es in einem fort. Keiner konnte entscheiden, wer mit Heer und Troß in die Stadt ritt. Das einzige, was sie wußten, war, daß sie jemanden sahen, wie sie noch keinen gesehen hatten und nie wieder sehen würden.

Doch nicht alle, die den stattlichen Fremden an jenem Tage erblickten, freuten sich, ihn zu sehen. Weit gefehlt! Längst hatten sie den schlanken Knaben vergessen, der vor sieben Jahren das Schwert aus dem Stein gezogen hatte. Sie hatten den Rat der

Könige vergessen und den Zwist, der die Königreiche Britanniens in Bann hielt und sie kraftlos machte.

Sie hatten all dies vergessen und schimpften daher über das, was sie mit ihren Augen sahen. Hält er sich für einen Macsen Wledig, der in Rom einzieht? fragten sie. Hält er sich für den Kaiser?

Wer ist er? Artus? Was ist das nur für ein Name? Die Barbaren soll er besiegt haben. Wen hat er besiegt? Da laufen Sachsen frech in Caer Lundein herum! Er ist zu stolz, zu hochfahrend! Er ist ein anmaßender Tölpel, und wir lassen uns von keiner Verschwörung der Nordländer hinters Licht führen.

All dies und noch mehr wurde gegen Artus gescholten, ja auch Schlimmeres. Artus hörte das Raunen, und obwohl es ihm weh tat wie Brennesseln, ließ er sich von seinem Vorhaben nicht abbringen.

»Ich sehe, daß sie mich nicht zu lieben gelernt haben«, sagte er zu Bedwyr, der neben ihm ritt.

»Um die Wahrheit zu sagen, Bär, ich habe sie nicht zu lieben gelernt. Nimm die Krone, und ziehen wir wieder fort von diesem elenden Ort.«

Kei entrüstete sich: »Wie lange, glauben sie wohl, würden ihre kostbaren Mauern noch stehen, wenn du nicht wärest, Artus? Lasse die Pikten kommen und sie einnehmen.«

»Ich bin hierher gekommen, um an dem Ort zum König gemacht zu werden, wo mein Vater die Krone entgegennahm. Wenn ich das Erforderliche getan habe, werden wir wieder gehen.«

Artus wurde vom Statthalter von Caer Lundein empfangen, einer fetten Speckschwarte namens Paulus, der die ganze Welt jenseits seiner Säulenhalle als unerträglich rückständig empfand. Aber Paulus war nicht auf der Höhe seines Ehrgeizes angelangt, ohne den Nutzen der Arglist kennenzulernen. Darum hieß er Artus willkommen, verzog sein rundes Gesicht zu einem pausbäckigen Lächeln, erhob die rechte Hand zum Freundschaftsgruß und hielt in der Linken hinter seinem Rücken den Dolch.

Statthalter Paulus wartete nur ab, wie der Wind sich drehen würde, um dann entsprechend mit Artus umzugehen. Ein Feldherr aus den Nordlanden war in Caer Lundein ein seltener Anblick. Dux Britanniarum sagten einige – sehr eindrucksvoll, sehr römisch. Hochkönig? Nun ja, es gab Könige; einige waren offiziell anerkannt. Pendragon? Wie reizend, wie nett. Sehr ländlich, alles in allem; sehr erheiternd.

Bedwyr ließ sich von dem herzlichen Willkommen des verschlagenen Statthalters nicht täuschen. »Er ist eine Schlange, Artus. Glaube ihm kein Wort. Ich würde auch keinen Tropfen von seinem Wein trinken, wenn ich du wäre.«

»Mit unserem Hiersein genügen wir dem Gesetz«, erwiderte Artus seinem Gefolgsmann. »Nichts weiter.«

»Welchem Gesetz?« fragte Kei erstaunt.

»Dem Gesetz, das sich herausbildete, als der große Caesar zum ersten Mal einen Fuß auf diese Insel setzte.«

»Und das lautet?« fragte nun Bedwyr.

»Jeder Herrscher muß Londinium erobern, wenn er Britannien halten will.«

»Von einem solchen Gesetz habe ich nie gehört«, murrte Kei. »Was ist an diesem verfallenen Steinhaufen so großartig?«

»Hier stinkt es nach Urin und Spülicht«, höhnte Gwalchavad. »Soweit ich sehen kann, sind die Bürger von Caer Lundein mit den Barbaren verwandt.«

Artus hörte sich ihre Klagen an und erklärte ihnen geduldig weiter: »Wir bleiben keinen Augenblick länger als nötig. Sobald ich mit dem fertig bin, was ich hier zu tun gedenke, reiten wir nach Caer Melyn.«

Als sie mit dem Statthalter gespeist hatten, verließ Artus mit seinen Gefolgsleuten den Palastbezirk und ritt zur Kirche – der nämlichen, vor welcher Artus mehrmals das Schwert aus dem Stein gezogen hatte. Der Schlußstein saß jetzt fest im Mittelbogen des Eingangs. Hunderte von Menschen gingen täglich unter ihm hindurch, ohne von der Geschichte zu wissen. Für sie war es einfach ein normaler Steinblock in einem normalen Mauerbogen.

So wenige Menschen gewahrten also das Sommerreich. Da es seine großen Vorteile nicht in schimmerndem Gold vor sich hertrug, schätzten sie es nicht. Sie gingen einfach vorüber ohne einen Blick oder einen Gedanken an das, was das Dach daran hinderte, auf ihre dummen Köpfe zu krachen. Sie gingen vorbei und wußten es nicht.

Als Artus zur Kirche kam, die von den Kymbrogen umlagert wurde, kamen ihm Bischof Uflwys und der hagere Erzbischof

Urbanus entgegen. Beide freuten sich aufrichtig, Artus zu sehen. Sie hatten von den Mönchen, die bei den Kymbrogen ihren Dienst versahen, gehört, wie ehrenhaft Artus sich in der Schlacht betragen hatte und wie er Gold zur Wiederherstellung der verfallenen Kirchen gegeben hatte. Sie hießen ihn gern willkommen und segneten ihn, wie es sich gehörte.

Wie Aurelius vor ihm mied Artus den Palast des Statthalters und begab sich in die Arme der Kirche. Er wohnte dort bis zu seiner Krönung.

Der große Emrys war bereits dabei, die notwendigen Vorbereitungen zu treffen. Er hatte nach Dyfed zu dem guten Bischof Teilo geschickt, dem heiligengleichen Dubricius und seinem jungen Helfer Illtyd. Das geschah nicht, um Urbanus zu kränken. Die schlichte Tatsache lautete einfach, daß der ehrgeizige Erzbischof sich durch den Griff nach irdischer Macht kompromittiert hatte und Gott nicht länger aus vollem Herzen dienen konnte.

Emrys Myrddin nahm Urbanus klug beiseite und sagte: »Da Artus ein Mann des Westens und Nordens ist und dorthin zum Herrschen zurückkehren wird, ist es nur angemessen, daß diejenigen, die ihm dienen müssen, ihn auch zu seinem Dienst beauftragen.«

Urbanus mag sich bei diesen Worten beleidigt gefühlt haben, doch dagegen sprechen konnte er nicht. Außerdem war er gewissermaßen erleichtert, daß man ihn Artus nicht segnen sah. Wer wußte schon, was kommen würde. Wenn Artus sich als unwürdig herausstellte, hatte man besser nichts mit ihm zu tun. Die Erleichterung stritt mit dem verletzten Stolz – sie obsiegte. »Ja, da gebe ich dir recht, Myrddin Emrys«, erwiderte der Erzbischof höflich. »Ich überlasse die Sache dir und Gott.«

Ich lüge nicht, wenn ich behaupte, dies war das Beste, was Urbanus tun konnte.

Während die Vorbereitungen voranschritten, trafen Könige, Fürsten, Edle und Hauptleute in der Stadt ein. Einige waren mit Artus in die Schlacht gezogen und hatten ihn bereits als König anerkannt, andere hatten ihn durch Tribute unterstützt und wollten ihn gern anerkennen, wieder andere wußten nichts von ihm und wurden von dem Ruf überrascht. Dennoch kamen sie alle. Denn ein neuer Hochkönig sollte gekrönt werden. Und was sie auch von Artus hielten, diese Gelegenheit durften sie nicht versäumen.

Sie kamen aus Lloegres, Berneich, Rheged, Gwynedd, Dyfed, Mon, Derei und Dal Riata. Alle kamen sie, ja, und von der Sachsenküste kam Aelle, der jetzt der *Bretwalda* des Sachsenstammes war, mit seinen Leibwächtern und seinen Anverwandten Kynric, Kissa und Kymen.

Und andere mehr trafen ein: Ban und Bors aus Benowyc jenseits des Meeres; Cador von Kerniw; Samson, der Bischof von Eboracum, und sein Abt, Karadoc von Karfan, zusammen mit einer großen Schar von Mönchen und Priestern. Meurig von Dyfed und Silurien; Ulfias, der Fürst der Dobunen; Brastias, der Herr der Belgen; Idris, der König der Briganten; Cunomor von Celyddon; Fergus, der König von Ierne, und viele mehr – alle mit zahlreichem Gefolge.

Die Geschenke nahmen kein Ende. Jeder Fürst wollte die anderen mit seiner Freigebigkeit ausstechen. Gold und Silber funkelten in Gestalt von Armbändern, Torques, Broschen, Schalen und Schmuckstücken zahlloser Arten. Es fanden sich bunte Edelsteine und Perlen von hohem Wert, emaillierte Fibeln mit raffinierten Filigranmustern und Kästchen aus duftendem Holz mit Schnitzereien aus phantastischen Tierfiguren; neue Speere in Mengen, Bogen und Köcher mit Pfeilen, zur Jagd abgerichtete Hunde, Schilde aus glänzendem Messing und bemalter Kuhhaut; Fässer mit goldenem Met und Tonnen voll Bier; Gaben von Korn und Leder, Butter, Salz und Honig; und außerdem Rind-, Schweine-, Lammfleisch und Geflügel. Kurzum, mehr als man aufzählen und glauben kann.

Artus' zweite Krönung kam der seines Vaters Aurelius so nahe, wie der weise Emrys es zu bewerkstelligen vermochte. Er lehrte die Kirchenleute sogar die Worte, die sie sprechen sollten. Die Zeremonie fand in der Kirche statt und hatte zu Zeugen die versammelten Fürsten, die Kymbrogen und so viele der selbsternannten Würdenträger von Caer Lundein, wie sich durch die Türen zwängen konnten.

Was sie zu sehen bekamen, ist wohl bekannt. Es wurde vom einen Ende dieser Welt bis zum anderen berichtet – ja sogar in Rom und Jerusalem!

In der Frühe eines makellosen Hochsommermorgens betrat Artus die Kirche, Bedwyr und Kei rechts und links neben ihm, Myrddin bedächtig vor ihm hergehend. Obwohl der berühmte Emrys blind war, verstand er es, so gut mit seinem Ebereschenstab umzugehen, daß er damit besser sah als andere mit den Augen.

Hinter Artus kam Illtyd mit einem Diadem aus Gold.

Die vier schritten durch die ganze Kirche an einer Versammlung vorbei, die von Artus' einzigartigem Anblick völlig verdutzt war: groß, aufrecht, jeder Zoll ein König, gekleidet in eine perlweiße Tunika und eine laubgrüne Hose, mit einem Gürtel aus rotgoldenen Scheiben um die Hüfte und einem goldenen Torques um den Hals, der Umhang tiefrot. Sein blondes Haar war geschoren und aus den Schläfen zurückgekämmt. Seine heiteren blauen Augen waren auf den Altar vor ihm gerichtet und von ehrfürchtiger Freude erfüllt.

Als Artus über die Schwelle trat, stimmten die frommen Brüder von Urbanus' Orden das Gloria an. »Gloria! Gloria! Gloria in excelsis Deo! Gloria in excelsis Deo!«

Preis! Preis! Preis Gott in den Höhen!

Am Altar warteten Dubricius und Teilo mit Kerzen in der Hand. Die ganze Kirche strahlte und leuchtete vom Schein der Kerzen, der wie apostolische Flammenzungen den Geist aller Versammelten mit heiligem Feuer entzündete.

Die Menge verneigte sich, als Artus vorüberschritt, und ging ihm zu Ehren auf den Mosaikfliesen auf die Knie. Sobald Artus am Altar war, kniete er nieder, und die Priester legten ihm jeweils die rechte Hand auf die Schulter und beteten still für ihn.

Dann hob Myrddin flehentlich die Hände, und seine Stimme – die Stimme eines echten Barden – erfüllte die Kirche mit ihrem reichen, sonoren Klang.

»Großmächtiger Himmelskönig, Herr der Höhen, Schöpfer, Erlöser, Freund der Menschheit, wir verehren dich und beten dich an!«

Dann wandte er sich nacheinander allen vier Himmelsrichtungen zu und sprach das Gebet, das damals der gesegnete Dafyd für Aurelius, den Hochkönig Britanniens und Artus' Vater, gesprochen hatte. Laut rief er aus:

Sonnenlicht,
Mondesglanz,
Feuerschein.
Hurtiger Blitz,
Flinker Wind,
Tiefes Meer,
Unbeugsame Erde,
Fester Fels,
Legt Zeugnis ab:

Wir beten heute für Artus, unseren König;
Daß Gottes Kraft ihn stärke,
Gottes Auge ihn leite,
Gottes Ohr ihm lausche,
Gottes Zunge an seiner Statt spreche,
Gottes Hand ihn bewahre,
Gottes Schild ihn beschütze,
Gottes Heer ihn errette,
Vor den Listen der Teufel,
Vor der Versuchung der Laster,
Vor jedem, der ihm Böses will.

Wir rufen alle Mächte zwischen ihm und diesen Übeln an;
Gegen jede grausame Macht, die sich ihm widersetzt,
Gegen Einflüsterungen falscher Druiden,
Gegen die schwarzen Künste der Barbaren,
Gegen die Ränke von Götzenverehrern,
Gegen schwache und starke Zaubersprüche,
Gegen alles Übel, das Körper und Seele verdirbt.

Jesus sei mit ihm, vor ihm, hinter ihm,
Jesus sei in ihm, unter ihm, über ihm,
Jesus sei zu seiner Rechten und zu seiner Linken,
Jesus sei da, wenn er schläft und wenn er wacht,
Jesus sei im Herzen von allen, die an ihn denken,
Jesus sei im Munde aller, die von ihm sprechen,
Jesus sei in den Augen aller, die ihn sehen.

Wir erheben ihn heute, durch eine starke Macht,
Die Anrufung der Dreieinigkeit,
Durch den Glauben an Gott,
Durch das Zeugnis des Heiligen Geistes,
Durch das Vertrauen auf Christus,
Den Schöpfer aller Schöpfung.

So sei es.

Dann trat er wieder vor Artus und sprach: »Beuge dein Haupt vor dem Herrn des Alls und gelobe Treue dem Hochkönig, dem du dienen wirst.«

Artus warf sich mit dem Gesicht nach unten vor dem Altar nieder und streckte nach beiden Seiten die Hände aus wie ein besiegter Feldherr vor seinem Überwinder. Teilo und Dubricius stellten sich neben je eine Hand und Illtyd neben Artus' Kopf.

Dubricius, zu Artus' Rechten, sprach: »Mit dieser Hand wirst du Britanniens Schwert schwingen. Wie lautet dein Eid?«

Ohne das Gesicht zu heben, erwiderte Artus: »Mit dieser Hand werde ich Britanniens Schwert in Gerechtigkeit und Aufrichtigkeit schwingen. Bei der Macht Gottes und durch seinen Willen werde ich es führen, um die Ungerechtigkeit zu besiegen und diejenigen zu strafen, die Schaden anrichten. Ich werde diese Hand benutzen, gehorsam meinem Herrn, der mich gebraucht, daß ich sein Werk auf dieser Welt verrichte.«

Teilo, zu Artus' Linken, sprach: »Mit dieser Hand wirst du Britanniens Schild halten. Wie lautet dein Eid?«

»Mit dieser Hand werde ich fest Britanniens Schild halten, voll Hoffnung und Mitleid. Bei der Macht Gottes und durch seinen Willen werde ich das Volk schützen, das mit mir glaubt und Jesus als seinen Herrn anerkennt. Ich werde diese Hand benutzen, gehorsam meinem Herrn, der mich gebraucht, daß ich sein Werk auf dieser Welt verrichte.«

Illtyd, der neben Artus' Kopf stand, sprach: »Auf deiner Stirn wirst du Britanniens Krone tragen. Wie lautet dein Eid?«

»Auf meiner Stirn werde ich Britanniens Krone tragen in Ehre und Demut. Bei der Macht Gottes und durch seinen Willen werde ich das Reich durch alle Fährnisse führen, die mich ereilen, voll Mut, Würde und des Glaubens an Christus, der mich leiten wird.«

Darauf erwiderten die drei Priester: »Erhebe dich im Glauben, Artus ap Aurelius, nimm Christus zu deinem Herrn und Erlöser und achte ihn vor allen irdischen Herren.«

Artus stand auf, und Illtyd setzte ihm den schlanken Goldreif aufs Haupt. Dubricius drehte sich zum Altar um, ergriff Caliburnus – das ist Caledvwlch oder Schneidestahl, Artus' großes Kampfschwert – und legte es in des Königs rechte Hand.

Teilo nahm Prydwen, Artus' großen runden Kampfschild, der frisch gekalkt und mit dem Kreuz Jesu bemalt worden war, und reichte ihn Artus.

Myrddin hielt Artus ein Holzkreuz hin. »Artus ap Aurelius ap Konstantin, der du Hochkönig über uns sein möchtest, anerkennst du den Herrn Jesus Christus als deinen Hochkönig und schwörst ihm Treue?«

»Ja«, erwiderte Artus. »Treue will ich geloben keinem anderen Herrn.«

»Und dienst du ihm durch alle Fährnisse, wie man dir dienen soll, selbst bis zum Ende deiner Kraft?«

»Ich schwöre, ihm durch alle Fährnisse zu dienen, wie man mir dient, selbst bis zum Ende meiner Kraft.«

Myrddin nickte feierlich und fuhr fort: »Und wirst du Christus freiwillig anbeten, ihn freudig ehren, den treuesten Glauben an ihn und die größte Liebe für ihn bewahren alle Tage, die du leben wirst auf dieser Welt?«

»Ich werde meinen Herrn Jesus Christus freiwillig anbeten, ihn freudig verehren, den treuesten Glauben an ihn und die größte Liebe für ihn bewahren alle Tage, die ich leben werde auf dieser Welt«, erklärte Artus.

»Und gelobst du, Gerechtigkeit zu üben, Barmherzigkeit zu gewähren, die Wahrheit in allen Dingen zu suchen und deinem Volk mit Mitleid und Liebe zu begegnen?«

»Ich gelobe, Gerechtigkeit zu üben, Barmherzigkeit zu gewähren, die Wahrheit in allen Dingen zu suchen und meinem Volk mit Mitleid und Liebe zu begegnen, wie Gott auch mir begegnet.«

Als Myrddin Artus' Eide empfangen hatte, trat er zu ihm und löste seinen Umhang von den Schultern. Teilo und Dubricius brachten einen schönen neuen Umhang in kaiserlichem Purpur, der in Gold gefaßt war. Mit einer großen silbernen Hirschkopffibel befestigten sie ihn um Artus' Schultern. Myrddin hob den Kopf und sprach: »Geh hin, Artus, zu aller Rechtschaffenheit und allen guten Werken, herrsche gerecht und lebe ehrenhaft, sei deinem Volk ein strahlendes Licht und ein sicherer Führer durch alle Fährnisse, welche diese Welt ereilen mögen.«

Schild und Schwert in Händen, drehte Artus sich um; der neue Purpurumhang reichte von seinen Schultern bis auf den Steinboden.

»Volk von Britannien, hier ist dein Hochkönig! Ich trage dir auf, ihn zu ehren, ihm zu dienen, ihm zu folgen und ihm dein Leben zum Pfand zu geben, wie er sein Leben dem hohen Himmelskönig zum Pfand gegeben hat.«

Die Leute standen auf und wollten ihn bejubeln. Doch ehe einer seine Stimme erheben konnte, flogen die schweren Kirchentüren mit lautem Dröhnen auf, und es stürmten zwölf grimmige Krieger mit Speeren herein. Kei und Bedwyr stürzten mit gezogenen Schwertern herbei und wären über die Fremden hergefallen. Aber Dubricius hielt sie mit einer Handbewegung auf und rief: »Haltet ein, Männer! An diesem heiligen Tag soll kein Blut vergossen werden. Steckt eure Waffen weg, und wir werden sehen, was jene verlangen, welche so hier eindringen.«

Furchtlos schritten die fremden Krieger bis zum Altar, wo Artus stand. Ohne ein Wort stellten sie sich um den Altar auf und reckten ihre Speere hoch. Dann bot sich ein ungewöhnliches Schauspiel: Sechzehn schöne, dunkelhaarige Jungfern, die alle in Weiß gekleidet waren und von denen jede eine weiße Taube in Händen hielt, kamen barfuß auf den Altar zugeschritten.

Als sie die Stelle erreichten, wo Artus stand, blieben sie stehen und drehten sich einander zu. Kaum hatten sie dies getan, näherten sich drei ganz in Grün und Schwarz gewandete Hauptleute. Jeder von ihnen hielt am ausgestreckten Arm ein nacktes Schwert, und alle gingen sie rückwärts.

Ohne nach links oder rechts zu blicken, nahmen die drei Männer Plätze neben den Taubenjungfern ein. Darauf ließen die zwölf Krieger ihre Speere auf den Boden knallen, daß es laut widerhallte. Sogleich erschien noch eine Maid, die schöner und anmutiger war als alle übrigen. Sie hielt einen frisch geschliffenen Speer in einer Hand und eine Taube in der anderen.

Diese einzelne Maid trug einen Umhang in zartem Smaragdgrün, purpurn gesäumt, und ein langes Kleid, das strahlend gelb war wie das Sonnenlicht. Ihr rabenschwarzes Haar fiel ungebunden und lang herab; es waren weiße und goldene, wilde Sommerblumen hineingeflochten. Ihre reizenden Wangen erröteten in der Farbe des Fuchsfelles auf dem Moor. Ihre edle Stirn war hoch, glatt und weiß, und sie trug sie mit vornehmem Stolz. In ihren Augen spielte ein Glanz. Sie hatte keine Schuhe an, schritt aber dennoch sicher, dabei mit großem Liebreiz und Würde, zum Altar.

Alle in der Kirche strengten die Augen an, um diese fremde Maid zu sehen. Alle murmelten einander laut zu: »Wer ist sie? Wer kann sie sein? Warum trägt sie einen Speer? Was will sie?«

Doch Artus wußte, wer sie war, und obwohl ihr Auftauchen ihn überraschte, wußte er auch, warum sie gekommen war.

»Was ist los?« fragte Myrddin Bedwyr scharf flüsternd. »Was geschieht? Sage es mir, Mann!«

»Es ist Gwenhwyvar«, erwiderte Bedwyr unsicher. »Sie ist wohl gekommen, um Artus zu ehren!«

»Ihn ehren!« höhnte Myrddin. »Sie ist gekommen, um ihn einzufordern!«

Gwenhwyvar blieb vor Artus stehen, verneigte sich tief und legte ihm den Speer quer vor die Füße. Dann richtete sie sich auf und setzte die weiße Taube auf Artus' Hände. Darauf streckte sie kühn eine Hand aus und nahm vom Hochkönig Britanniens Schwert. Sie faßte es an der Schneide und schlang ihre langen Finger um den hellen Stahl. Und Caliburnus an ihre Lippen führend, küßte sie es auf dem Kreuzpunkt des Heftes und wiegte dann die nackte Klinge an ihrem Busen.

Es ging alles so rasch. Keiner vermutete, was geschehen war – außer Myrddin, der genau wußte, was Schwerter und Tauben zu bedeuten hatten, und Artus, der in seinem Herzen wußte, daß er die eine Frau auf der ganzen Welt gefunden hatte, die es mit ihm an Mut aufnehmen konnte und vor allen anderen seiner Liebe würdig war.

Auf diese Weise wurde Artus zum Hochkönig aller Briten. Und auf diese Weise wurde er auch vermählt.

11

Gwenhwyvar brachte ein Hochzeitsgeschenk mit: eine Rundhalle. Diese war ein architektonisch ausgereiftes Gebilde in einer Form, wie man sie in Britannien nicht kannte. Das heißt, die Königin brachte die Bauzeichnungen dafür mit: fünf in feines Linnen gewickelte, uralte Pergamentrollen. Diese Rollen waren von den Königen Iernes generationenlang gehütet worden. Soweit bekannt, gibt es auf der ganzen Welt nur eine weitere Rundhalle wie diese, und diese befindet sich in Konstantinopel.

Gewiß ein sonderbares Hochzeitsgeschenk. Doch passend für eine Kriegerkönigin wie Gwenhwyvar. Der Gedanke daran war ihr während ihres Aufenthaltes beim Feenvolk in Ynys Avallach gekommen, wo sie Charis kennengelernt hatte, Myrddins Mutter und Tochter des Fischerkönigs.

Myrddin fiel die Aufgabe zu, den Bau der Rundhalle zu beaufsichtigen. Denn der große Emrys war der einzige Mann auf der Welt, der über genug Wissen und Verstand dazu verfügte. Das Werk wurde zum Eckstein von Artus' Regentschaft und ziemte sich auch dafür.

Auch in Caer Melyn, Artus' südlicher Hauptstadt, wurde gebaut und ebenso in Caer Lial, das er sich im Norden als Königssitz erwählt hatte. Der Hochkönig hatte beschlossen, zwei Haupthöfe zu unterhalten, damit Britannien geeint bliebe. Caer Lial oder auch Caer Ligualid, die Stadt der Legionen, genannt, war eine kluge Wahl. Der Ort lag am Limes, aber auch nicht weit von einer geschützten Bucht, wo Artus' Flotte vor Anker gehen konnte. Sieben Straßen trafen dort zusammen und ermöglichten es, rasch in alle Gegenden der Insel der Mächtigen zu reisen.

Caer Lial, das man vor langer Zeit aufgegeben hatte, war verfallen. Die Straßen lagen still, die Häuser hatten keine Dächer mehr und waren eingestürzt, die Innenhöfe der Garnison waren vom Unkraut überwuchert, die Türen herausgebrochen, das breite Forum leer. Die Bewohner der Gegend hatten immer wieder Teile der Wände als Baumaterial niedergerissen, doch hatte man die einst stolze Stadt größtenteils dem natürlichen Zerfall überlassen.

Nach Caer Lial kam ich mit meinem Vater Caw, dem Herrn über Trath Gwyrd, der sein Reich aus der Hand des Hochkönigs empfangen hatte. Er hatte mich zum Dienst bei den Kymbrogen gebracht, wie es ihm anstand.

Zum Barden ausgebildet, seit ich sprechen konnte – und zwar auch in gelehrtem Latein –, fühlte ich mein Herz höher schlagen, wenn ich daran dachte, daß ich zu Füßen des erhabenen Emrys sitzen würde, des Oberbarden von Britannien. Den Tag, als ich in der Stadt des Pendragon ankam, werde ich nie vergessen.

Mit zweien meiner älteren Brüder, die ebenfalls bei den Kymbrogen Dienst tun sollten, ritten mein Vater und ich von Trath Gwyrd herab. Caw hatte neun Söhne, von denen alle außer einem treu dem Hochkönig dienten. Mit dreizehn Jahren war ich der jüngste von ihnen.

Caer Melyn war eine Festung aus Holz, aber Caer Lial war eine aus Stein errichtete Stadt. Ein Wunderwerk der Steinmetzkunst, ein Kleinod des Nordens. Wo ich auch hinsah, strahlte Artus' Glanz in dieser schönen Stadt. Sogar die Straßen leuchteten!

Sobald wir die Tore durchritten hatten, saßen wir aus Achtung ab und führten unsere Pferde durch die Stadt zum Palast des Hochkönigs – der einstigen Residenz des kaiserlichen Legaten, die wiederhergestellt worden war. Wir wurden von Kei in Empfang genommen, Artus' Seneschall, der uns mitteilte, daß der Pendragon nicht da sei, aber jeden Augenblick zurückerwartet werde.

»Ich heiße euch im Namen des Pendragon willkommen«, sagte er, »und nehme den Tribut deiner Söhne an, Herr Caw.« Er packte meine älteren Brüder am Arm, achtete meiner jedoch gar nicht. »Für gute Krieger sind wir Kymbrogen immer dankbar.«

Caius ap Ectorius aus dem mächtigen Caer Edyn war ein vielfacher Held. Er hatte feuerrotes Haar und flinke grüne Augen und war ein Riese von Mann mit einer großzügigen, offenen Art, die von seinem arglosen Herzen und leichten Sinn kündete. Doch, dachte ich, in der Schlacht wäre er ein fürchterlicher Gegner. Ein Mann, dessen Feinde dem Tag ihrer Geburt fluchen mußten. Neben ihm kam ich mir schwach und unwürdig vor. Und das obwohl ich im Haus eines Fürsten aufgewachsen war, mit Kriegern zu Brüdern!

Kei winkte einem der Knechte, und nachdem mein Vater sich von ihnen verabschiedet hatte, wurden meine Brüder in den Kriegerbezirk gegenüber dem riesigen Ausbildungsplatz hinter dem Palast geführt. Kei und mein Vater unterhielten sich eine Weile und kamen dann auf mich zu sprechen.

»Was ist mit dem großen Emrys?« fragte mein Vater. »Mein Aneirin ist ebenfalls Artus' Diensten versprochen, aber da er ein Mabinog ist und bald zum Barden werden wird, dachten wir, der Oberbarde würde vielleicht eher Verwendung für ihn haben.«

Kei klopfte mir auf die Schulter, daß mein ganzes Gestell wackelte, und grinste. »Ein *Filidh* für Myrddin, wie? Herrlich! Ich sage ihm immer wieder, daß er einen Gehilfen braucht. Er hat einfach zuviel zu tun, und Rhys beherrscht nun einmal nicht die Kunst, an drei Orten gleichzeitig zu sein. Es wird uns von Nutzen sein, daß du hier bist.«

Ich dankte ihm und raffte den gesamten Mut zusammen, den ich mit meinen dreizehn Jahren aufbringen konnte: »Wenn du mir sagst, wo er ist, werde ich zu ihm gehen und mich ihm mit deinem Segen empfehlen.«

Über meinen Vorwitz mußte Kei lachen. »Ach, du bist schon richtig, Junge. Aber der Emrys ist nicht hier. Er ist bei den Arbeiten an der Rundhalle. Die Arbeiten haben diesen Frühling angefangen, sobald der Schnee in den Tälern geschmolzen war, und er hat geschworen, daß er nicht eher zurückkommt, als sie abgeschlossen sind.«

»Wenn du mir sagen magst, wo er zu finden ist, begebe ich mich zu ihm und stelle mich in seinen Dienst.«

Kei lächelte geheimniskrämerisch. »Ach ja, da liegt die Schwierigkeit, nicht wahr: Wo ist die Tafelrunde?«

Der Ort, an dem sich Artus' Heiligtum befand, wurde geheimgehalten und sollte vor der Menschenwelt verborgen bleiben. Da er auch als Begräbnisstätte großer Krieger diente, wollte der Hochkönig den geheiligten Boden nicht von neugierigen Wanderern oder eifersüchtigen Heiden entweihen lassen. Er wollte nicht, daß er zu einer Wallfahrtstätte würde, denn obwohl der Ort heilig war, sollte er doch zuvörderst eine Ruhestatt für die kühnen Recken sein, die ihr Leben für Britannien gelassen und sich ihre gesegnete Seelenruhe verdient hatten. Insofern Artus auch selbst einst dort bestattet zu werden gedachte, wollte der Pendragon nicht, daß sein Frieden gestört werde.

»Es wäre ungut, wenn jedermann dort hingehen könnte«, fuhr Kei fort und beäugte mich argwöhnisch. »Doch wenn du Myrddins Gehilfe werden sollst –«

»Herr Kei«, unterbrach ich ihn, »wäre es nicht besser, den erhabenen Emrys bei seinem rechtmäßigen Titel zu nennen?« Meine Unverschämtheit war grenzenlos!

»Du hältst *mich* für dreist?« Kei verschränkte die Arme über seiner breiten Brust. »Nun, ich sage dir eines, wenn ich ihn kühn bei seinem Namen heiße, dann darum, weil ich mir das Recht dazu erworben habe. Beten wir, daß du, wenn du meine Jahre und mein Ansehen erreicht hast, mit mir das nämliche tun kannst!«

Meine Ohren brannten, wie es auch sein sollte. Mein Vater sah mich lange tadelnd an. »Vergib mir, Herr Seneschall«, erwiderte ich jämmerlich, die Wangen rot vor Verlegenheit.

Kei war sofort besänftigt. »Trotzdem, wenn du Myrddin helfen sollst, dann ist es am besten, du bist, wo er ist. Und da er nicht hier ist, mußt du dorthin gehen. Es wird sich einrichten lassen.«

Mein Vater und ich dankten ihm herzlich, worauf Kei sprach: »In Artus' Namen biete ich euch die Gastfreundschaft von des Hochkönigs Saal an. Ihr werdet heute abend mit uns speisen. Morgen ist es noch früh genug, eure Reise anzutreten.«

An den ersten Abend in Artus' Saal kann ich mich kaum erinnern – außer, daß ich vor dem Braten zuviel Wein trank und mit dem Gesicht in meiner Schüssel einschlief. Am nächsten Morgen wachte ich in einem fremden Teil des Palastes auf, unweit der Küchen, und begab mich wieder in den Saal. Dieser war leer, doch hinter der Tür hörte ich Stimmen. Dort in der Säulenhalle fand ich meinen Vater und Kei, als sie sich gerade voneinander verabschiedeten.

Mit einem schweren Kopf sagte auch ich meinem Vater Lebewohl und entschuldigte mich bei Kei für mein peinliches Betragen am Abend zuvor – was ich auch getan haben mochte. »Du wirst mich für gemein und ungezogen halten«, sagte ich, »und ich könnte dir daraus keinen Vorwurf machen. Aber ich versichere dir, ich will mich meines Dienstes als würdig erweisen, Herr Seneschall.«

Der kräftige Kämpe legte mir die Hände auf die Schultern und sah mir fest in die Augen. »Dann sei würdig, Junge. Niemand steht zwischen dir und der Ehre. Nimm sie, ergreife sie! Sie gehört dir, wenn du sie willst.« Und so war es.

Ich frühstückte Wasser und Brot – etwas anderes hätte mein Magen nicht vertragen – und wurde der Obhut einer der Diener des Seneschalls anvertraut. Mein Roß stand fertig gesattelt im Hof. Wir verließen die Stadt und ritten auf der alten Römerstraße gen Norden in die Wildnis von Rheged. Währenddessen erfuhr ich daß mein Begleiter Tegyr hieß. Er war einst Krieger gewesen, hatte aber in der Schlacht von Baedun die rechte Hand verloren. Jetzt war er Keis oberster Diener und stolz darauf, denn er sagte: »Ich hätte ohnehin meine rechte Hand gegeben, um dem Pendragon zu dienen. Der Verlust läßt sich leicht verschmerzen.«

Er gefiel mir sofort, und ich fragte ihn nach Caer Lial und dem Pendragon aus. Er antwortete mir ohne Umschweife und fing an, mich über die Ordnung im Haus des Pendragon aufzuklären und mir alles zu sagen, was ich darüber wissen mußte.

Er erzählte mir auch von dem großen Emrys, wenngleich ich Geschichten über ihn gehört hatte, seit ich Worte verstehen konnte. Je mehr er redete, desto schneller schlug mein Herz bei dem Gedanken, daß ich dem berühmten Manne bald in Fleisch und Blut gegenüberstehen sollte. Der Gedanke überwältigte mich beinahe. Ich, Aneirin, sollte dem Oberbarden der Insel der Mächtigen dienen!

Um Mittag wichen wir von der alten Straße ab und schlugen den Weg nach Westen in die Hügel ein. Aber eine Weile später ritten wir ins Tal des Nith hinab und folgten dem Fluß ein Stück nach Süden bis zu einer von Dünen umgebenen Halbinsel. Hier wurde auf den Fundamenten einer alten Festung Artus' Rundhalle errichtet. Beim Näherkommen sah ich das schmucke Gebilde sich scharf gegen den Himmel abzeichnen. Der Hügel, auf dem es stand, ging aufs Meer hinaus, und anfangs fragte ich mich, ob es so klug sei, dieses geheime Gebäude auf ein Vorgebirge zu bauen, wo jedes vorüberfahrende Schiff es sehen konnte. Aber als wir die Stelle erreichten, erkannte ich, daß das Meer zwar in seiner ganzen Weite vom Hügel aus zu überblicken war, der Rundbau selbst aber vor den Augen eines zufälligen Betrachters hinter der Hügelkuppe verborgen blieb.

Am Fuße des Hügels saßen wir vor ein paar Zelten ab, die für die Arbeiter aufgestellt worden waren. Die Zelte standen leer; niemand war zu sehen. Also ging ich, während Tegyr die Pferde anpflockte, zu dem Bauwerk hinauf, um es mir genauer anzusehen.

Der Rundbau kam mir merkwürdig vor. Gewiß hatte ich ein solches Gebäude noch niemals erblickt: Vollkommen rund, errichtet auf einer Reihe kreisrunder Fundamente oder immer kleiner werdenden Platten, wurde es am Eingang schmaler und dann ausladender, um sich gen Himmel zu verjüngen. Auf den ersten Blick glich das Ding einem riesigen Bienenstock, wie man ihn oft aus gedrehtem Seil macht – dabei jedoch anmutiger und eindrucksvoller. Fürwahr, die Größe und Schönheit der Rundhalle sowie ihre Lage am Meer strahlten Frieden aus. Das Auge genoß die ansteigende Schwingung der Kuppel, das Meer klang einem wohl im Ohr, und die Seele sog die Heiterkeit dieses heiligen Ortes auf.

Ich betrachtete das ehrwürdige Gebäude und spürte, wie mein Sinn sich danach sehnte, Teil all dessen zu werden, was der fromme Bau versinnbildlichte: Frieden, Schönheit, Ehre, Tapferkeit, Mut... Es war das Königreich des Sommers, in Stein gehauen.

Und was für ein Stein! Die feinen Blau-, Grau- und Weißtöne waren so eingesetzt, daß sie dem Ganzen Licht, Farbe und Gestalt verliehen, und zwar mit solchem Geschick, daß ich mich nicht wunderte, daß Vorübergehende es übersahen. Denn seine Farben waren die Schattierungen des Himmels, des Meeres und der Wolken, und bei bestimmten Lichtverhältnissen und zu bestimmten Stunden des Tages ging es beinahe unsichtbar in der Landschaft auf.

Erweckte mein erster Blick auf das Heiligtum in mir das Verlangen, näher zu treten und zu beten, hatte mein erster Blick auf den weisen Emrys die gegenteilige Wirkung. Er kam aus dem Inneren des Rundbaus gerast, einen Maurerhammer in der erhobenen Faust. »Halt!« brüllte er mit einer Stimme, die einen tobenden Stier zum Stillstand gebracht hätte. Wie angewurzelt blieb ich stehen, und er eilte auf mich zu.

Er war viel, viel größer, als ich erwartet hatte, und viel jünger. Es hieß zwar, er entstamme dem Feenvolk, doch hatte ich ihn mir als sehr alten Greis vorgestellt. Er hatte Vortigern gekannt. Er hatte den heiligen Dafyd gekannt. Er war Macsen Wledig begegnet! Er war uralt!

Doch der Mann, der da auf mich losging, sah nicht älter aus als mein eigener Vater. Sein Haar war dunkel und füllig mit nur wenigen silbernen Strähnen hier und da. Obwohl seine Stirn zerfurcht war, hatte sein Gesicht noch keine Runzeln, und auch um die Augen waren keine Falten. Seine Augen! Sie waren klar, tief und von der Farbe hellen Goldes. Sofort mußte ich an den kreisenden Falken und den jagenden Wolf denken.

»Ich dachte, du bist blind!« platzte ich heraus. Das war das erste, was mir in den Sinn kam.

»Das war ich, bin es aber nicht mehr«, erwiderte er. »Wer bist du, und was hast du hier verloren?«

Da kam Tegyr, der die Pferde versorgt hatte, angerannt. Der Emrys wandte sich an ihn: »Tegyr, du bist es. Warum kommst du so hierher?«

»Vergib mir, Emrys. Ich hätte dir unsere Ankunft ankündigen sollen.« Er warf einen Blick auf den Bau, der sich vor uns erhob. »Die Arbeit geht gut voran. Die Halle ist schön.«

Der Emrys wandte den Kopf und blickte über die Schulter nach hinten. »Sie ist fast fertig – endlich«, sagte er. »Es bleiben nur noch ein paar Kleinigkeiten zu tun.« Dann galt seine Aufmerksamkeit wieder mir. »Aber du, Knabe, du hast mir keine Antwort gegeben«, sagte er knapp.

»Herr?«

»Deinen Namen – wenn du einen hast. Wie heißt du?« Er blickte mir so grimmig in die Augen, daß ich seinen Blick auf meine Seele fallen spürte und völlig vergaß, wer oder was ich war.

»An-Aneirin«, stammelte ich unsicher. Mein eigener Name klang mir merkwürdig und fremd in den Ohren. »Ich bin Aneirin ap Caw, Emrys.«

Der große Emrys schüttelte den Kopf. »Dein Name paßt gut zu dir, Knabe. Sehr zutreffend.« Und Tegyr fragte er: »Warum ist er hier?«

»Kei schickt ihn, Emrys. Er soll dir helfen. Wenn du ihn nicht hier haben willst, nehme ich ihn wieder mit.«

Der Emrys betrachtete mich eingehend. Ich spürte schon, wie ich wieder im Sattel saß und nach Caer Lial zurückritt. Mein Herz sank mir in die Hose. Der elendigste aller Menschen, fühlte ich mich abgewiesen.

Aber der Emrys bedurfte der Hilfe zweier williger Hände. Ich bilde mir nicht ein, daß es mehr als das war. Doch reichte es mir. »Da er schon einmal hier ist, soll er bleiben«, entgegnete der Emrys, und ich war gerettet.

»Emrys«, sagte Tegyr, »ich muß sofort nach Caer Lial zurück. Brauchst du irgend etwas? Ich lasse es dir bringen.«

»Nur das eine: Sende mir Nachricht, wenn Gwenhwyvar wieder da ist. Dann habe ich eine Botschaft für sie.«

»So soll es geschehen, Herr Emrys.« Tegyr machte kehrt und eilte fort. Ich sah, daß er mein Pferd mitnahm.

Als ich mich umdrehte, schritt der Emrys bereits den Hügel hinan. Ich rannte ihm hinterher. »Was soll ich tun, Herr?«

Ohne stehenzubleiben oder sich umzudrehen, rief er: »Weißt du, wie man einen Besen macht?«

Ich hatte nie einen gemacht, aber den Frauen in Trath Gwyrd oft dabei zugesehen. »Ich glaube schon«, erwiderte ich.

»Dann mache einen!« sagte der Emrys und ging weiter. Ich verbrachte den Rest des Tages damit, die erforderlichen Zweige und Stecken zu sammeln, und machte mich dann an den Versuch. Ich maßte mir nicht an, in die Nähe der Rundhalle zu gehen oder sie gar zu betreten. Ich hielt mich an meine Aufgabe und blieb für mich.

Gegen Abend kam der Emrys heraus und rief mich zu sich. »Hast du Hunger, Aneirin ap Caw?« fragte er, als ich den sanften Hang erklommen hatte. Er zeigte auf seine Füße. Ich sah, daß vor ihm auf den Stufen zu dem Heiligtum ein Bündel lag. Der Emrys setzte sich und schlug die Lumpen aus getrockneten, miteinander verflochtenen Grashalmen auf. Zwischen ihnen befanden sich frischer Käse, hartes Schwarzbrot und ein kleiner gebratener Lammschlegel. »Das wird mir von den Leuten aus der Gegend gebracht.«

»Hier gibt es Leute?« Und ich fragte nicht zu Unrecht. Denn seitdem ich die Königsstadt verlassen hatte, war mir kein Zeichen eines Weilers oder einer Behausung aufgefallen. Und abgesehen von den Zelten der Arbeiter, sah ich keinen Ort, wo Menschen hätten wohnen können.

»Hügelmenschen«, erwiderte er und berührte mit einer Fingerspitze das verblaßte blaue *Fhain*-Mal auf seiner Wange. »Ich gehörte einst zu ihnen.«

Der Emrys von Britannien brach mit seinen Händen das Brot und reichte mir einen halben Laib. »Komm, nimm es, iß. Besseres hast du nie gekostet.«

Essen der Hügelmenschen! Ich hatte natürlich allerhand über die *Bhean Sidhe* gehört – wer hätte das nicht, der in den nördlichen Bergen groß wurde? Aber nie hatte ich eines jener geheimnisvollen Wesen gesehen und kannte auch niemanden, dem dies vergönnt gewesen wäre. Sie hätten ebensogut Wesen aus der Anderswelt sein können, soweit wir wußten. Viele vernünftige Menschen bezweifelten gänzlich, daß es sie gab.

Ich glotzte den festen, schwarzen Laib in meiner Hand an. Es war eindeutig Brot, aber es roch nach Fenchel und weiteren Kräutern, die ich nicht benennen konnte. »Iß, Knabe!« forderte der Emrys mich auf. »Du kannst nicht arbeiten, wenn du nicht ißt – und ich habe vor, dich arbeiten zu lassen.«

Ich führte eine Ecke des Brotes an den Mund, biß ein Stück ab und kaute. Der Emrys hatte die Wahrheit gesagt: Das Brot war gut. Nie hatte ich besseres gekostet und sagte es ihm.

Der Emrys setzte sich auf eine Stufe, aber da er mich nicht einlud, es ihm gleichzutun, blieb ich beim Essen stehen. Gleich blickte ich auf das Meer im Westen hinaus und gen Süden auf die blaßgrünen Hügel jenseits der Bucht. Die Meeresbrise war kühl. Vom klaren, blauen Himmel strömte Lerchensang, und ich legte den Kopf zurück, schirmte meine Augen mit den Händen ab und blinzelte in die luftige Höhe. Die Lerchen waren kaum zu sehen, so hoch oben flogen sie.

»Lerchenburg«, sagte der Emrys. »So hieß der Ort hier früher. Lange haben die Lerchen hier Hausrecht genossen. Jetzt gehört er Artus.«

Von seiner Stimme war ich hingerissen. Unendlich ausdrucksvoll, diente sie ihm zu allen Zwecken, die er wollte. Wenn er mit ihr peitschte, hätte sie auf einem Stein Striemen hinterlassen können. Wenn er beschwichtigte, hätte sie die Nachtigallen vor

Scham zum Verstummen bringen können. Und wenn er befahl, tauschten Berge und Täler den Platz.

Nachdem wir unser Mahl beendet hatten, nahm er mich mit in die Rundhalle. Von innen war sie noch beeindruckender als von außen. Denn anstatt dunkel, kalt und höhlenartig, wie ich erwartet hatte, war sie offen, luftig und hell. Das Kuppeldach blieb zum Himmel hin offen, so daß reichlich Licht auf die sanft geschwungenen Wände aus behauenem weißen Stein fiel.

Der große Emrys breitete die Arme aus und drehte sich langsam, während er auf die vollkommene Rundheit des Baus wies.

»Das«, sagte er im Kreisen, »ist der Omphalos von Britannien.«

Da ich schwieg, fragte er: »Hast du das Wort noch nie gehört?«

»Nein, Herr Emrys.«

»Es ist der geheiligte Mittelpunkt. Alle Dinge haben einen Mittelpunkt. Derjenige des Sommerreiches befindet sich hier.«

Darüber dachte ich eine Weile nach. »Ich dachte –«, hub ich an, »das heißt, ich hörte, diese Ehre gebühre Ynys Avallach.«

»Der Glasinsel? Nein.« Er schüttelte den Kopf. »Ich weiß, was die Menschen vom Palast sagen, aber das gehört zu einer anderen ...«

Hier unterbrach er sich. »Außerdem«, fuhr er abrupt fort, »ist der Fischerkönig nicht mehr lang dort. In jener Gegend gibt es zu viele Menschen – im Süden wird es zu eng. Ich habe Avallach und meine Mutter davon überzeugt, sich im Norden niederzulassen.«

Ich wußte vom Fischerkönig und von Charis, der Dame vom See, neben Gwenhwyvar bekannt als schönste Frau in Britannien. »Sie kommen hierher?«

»Nicht hierher, aber in die Nähe. Es gibt eine Insel, die Artus ihnen zum Land gegeben hat«, teilte er mir mit.

In jener Nacht schlief ich in einem der Arbeiterzelte. Der Emrys schlief in der Rundhalle. Am Morgen wachte ich auf, nahm meinen Besen und ging zu ihm. Er begrüßte mich und bat mich, einzutreten.

Zögernd stieg ich zum Eingang hinauf und blickte mich im Inneren des Gebäudes um. In der Mitte stand unter dem allsehenden Auge der offenen Kuppel ein riesiger Steinthron, der an

Ort und Stelle aus einem einzigen Felsblock gehauen worden und natürlich im Untergrund verankert war. An den geschwungenen Innenwänden verlief ein Gesims mit einer Reihe von Steinbuchten, Hunderten, jede von ihnen für sich abgeschlossen. Das sah mir ganz so aus wie die Beinhäuser von einst mit ihren Schädelnischen – in den Fels gehauene Spalten zur Aufnahme der abgeschlagenen Köpfe verehrten Ahnen.

Alles wirkte fertig, der weiße Stein glänzte. »Was soll ich tun, Emrys?«

»Fegen«, versetzte er. Der Emrys ging zu einem Tisch, öffnete einen dort liegenden Lederbeutel und zog Werkzeug heraus: einen Eisenhammer, einen Meißel und einen Griffel, um auf den Stein zu schreiben. Er nahm den Hammer, wandte sich der nächstgelegenen Steinkante zu und schrieb Buchstaben auf die glatte Fläche.

»Ein Name, Herr Emrys?«

»Hier werden die Namen derjenigen verzeichnet werden, welche die Tafelrunde erreicht haben«, erläuterte er. »Diejenigen, welche sich im Dienste des Sommerreiches ausgezeichnet haben, bekommen ihren Namen in Stein geschnitten. Wenn der Tod sie ereilt, wird auch dies verzeichnet, und ihr Leichnam wird im heiligen Bezirk bestattet, so daß ihr Ruhm nicht aus dieser Welt verklingt.«

Da dämmerte es mir endlich. Die Tafelrunde sollte zur geistigen Zuflucht werden, ein dem Fürsten des Friedens gewidmeter Hafen der Ruhe, ein Reliquienschrein von höchster Heiligkeit und Hochachtung, wo Namen und Wappen großer Männer in Ehren gehalten werden konnten, ein Denkmal für Taten voll Kühnheit und Wagemut.

So trat ich meinen Dienst an. Ich fegte, schleppte Wasser, sammelte Feuerholz, kümmerte mich um das Lager und kalkte, wenn ich sonst nichts zu tun hatte, den Stein, immer wieder kalkte ich ihn. Wenn ich fertig war, fegte ich das Innere des Rundbaus und kalkte ihn wieder. Ich schrubbte, bis der Stein glänzte.

Täglich kam das Essen. Manchmal ging ich morgens, wenn wir aufstanden, zum Bach unterhalb des Hügels hinab und nahm es aus einem hohlen Weidenstamm. Dann wieder fanden wir, wenn wir hungrig von der Arbeit aus dem Heiligtum traten, das

Bündel aus gewebtem Gras auf den Stufen. Niemals sah ich, wer es daließ, noch fand ich heraus, wann.

Tag um Tag wurden die Namen in den Stein gemeißelt. Manche der Namen kannte ich, die meisten nicht. Bisweilen erzählte mir der Emrys etwas über den Mann, dessen Namen er meißelte. Meistens arbeiteten wir schweigend. Aber dieses Schweigen war nie einsam. Ich wußte, daß der Emrys ganz mit seinen Gedanken beschäftigt war wie ich mit meinen. Nur in seiner Nähe zu sein, stellte sich als lehrreich und fruchtbar heraus. Trotzdem gefiel es mir am besten, wenn er sang.

Nach einer Weile merkte ich kaum noch, wie die Tage vergingen. Meine Hände wurden stark und fest. Mein Leben bewegte sich im steten Rhythmus von Arbeiten und Ruhen. Mehr verlangte ich nicht. Als ich es eines Tages draußen rufen hörte, mißfiel mir die Störung geradezu, obwohl ich außer dem Emrys seit dem Tag meiner Ankunft keine Menschenseele gesehen hatte.

Der Emrys legte seinen Winkel und seinen Griffel weg. »Das ist Tegyr mit einer Nachricht. Sehen wir, was er uns kündet.«

Mir war es lästig, aber ich stellte widerwillig meinen Besen beiseite und folgt ihm hinaus. Am Fuße des Hügels stand Tegyr und hinter ihm noch jemand: ein Krieger – das erkannte ich an seiner Größe. Einer von Artus' Hauptleuten, vermutete ich. Er war dunkeläugig, hatte tiefliegende Augen und eine schöne Stirn. Narben zierten seine Arme und Hände sowie seine linke Wange.

Der Feldherr betrachtete mich ruhig, ehe er seine Aufmerksamkeit dem Hügel und dem Bauwerk zuwandte, das jetzt in kühlem Blauweiß unter den Strahlen der versinkenden Sonne lag. »Heil, Myrddin Emrys!« rief er, als wir auf ihn zugingen. »Was höre ich da von dir? Es heißt, du bist in deine unsichtbare Burg gekrochen und wirst nie mehr zurückkehren.«

»Heil, Bedwyr!« rief der Emrys. »Das sieht dir ähnlich, dem müßigen Klatsch zu glauben, den du hörst.«

Die beiden umarmten einander wie Verwandte, hakten sich unter und gingen den Hügel hinan. Tegyr, der leise lächelte, und ich gingen ihnen nach.

»Sie ist schön«, staunte Bedwyr. »Wahrhaft schön. Artus wird es eine Ehre sein. Und die Königin wird einen ewigen Chor stiften, um dein Loblied singen zu lassen.«

»Ist Gwenhwyvar zurückgekehrt?«

»Ja. Tegyr sagte, du wünschtest, benachrichtigt zu werden, sobald sie da sei. Ich wollte sehen, was du vollbracht hast, seit ich das letzte Mal hier war. Hast du etwas dagegen?«

»Natürlich nicht – außerdem sind wir beinahe fertig, wie du sehen kannst. Morgen kehre ich mit dir nach Caer Lial zurück.«

Ich lauschte ihrem Gespräch und erfuhr, daß die Königin im Süden gewesen war, um dem Feenvolk dabei zu helfen, von Ynys Avallach auf die Insel umzusiedeln, die es sich im Norden erwählt hatte. Inzwischen hielt Artus Hof in Caer Melyn und Caer Lundein. Er wurde nicht vor Lugnasadh zurückerwartet. Das würde der Königin Gelegenheit lassen, das Denkmal abschließend in Augenschein zu nehmen und die Zeremonie zur Feier seiner Fertigstellung vorzubereiten.

Bedwyr und Tegyr blieben die Nacht und den ganzen nächsten Tag über bei uns, während der Emrys seine Arbeit vollendete. Alle drei brachen am folgenden Tag auf, ich aber blieb in dem Rundbau, um den Rest an Staub und Steinsplittern zu fegen und den Boden und die Wände zu kalken. In zwei bis drei Tagen sollte der Emrys mit der Königin zurückkommen.

Sobald die anderen weg waren, arbeitete ich den ganzen Tag lang ohne Rast, bis ich fertig war. Es war Abend, als ich mich endlich zum Ruhen und Essen hinsetzte. Obwohl die Sonne schon lange untergegangen war, war der Himmel nicht vollständig dunkel, wie es in jener Jahreszeit der Fall ist. Darum genoß ich den schönen Abend: Ich saß allein auf meinem Hügel, König über alles, was ich um mich sah, beobachtete die Seemöwen durch die klare Abendluft segeln.

Ich hatte das Feuer noch nicht entfacht. Die Kühle der Nacht hatte sich noch nicht auf den Hügel gesenkt. Ich aß mein köstliches Schwarzbrot und den kalten Lammbraten und stand dann auf der Suche nach dem Wasserkrug auf. Ich hatte ihn im Innern des Heiligtums gelassen und ging also hinein.

Drinnen war es nun dunkel. Trotzdem fand ich den Krug mühelos. Ich löschte meinen Durst und wollte wieder hinausgehen. Als ich mich jedoch umdrehte, tauchte in der Tür eine

Gestalt auf – dunkel vor dem hellen Himmel dahinter. Ich erstarrte und umklammerte den Wasserkrug fest, um ihn nicht fallen zu lassen.

Der Fremde stand mitten im Eingang, reglos, und spähte herein. Ich glaube nicht, daß er mich im Dunkeln sehen konnte, aber ich bildete mir ein, seine Augen würden die Dämmerung wegreißen und mich bloßstellen. Nein, es war nicht nur Einbildung, es war eigentlich mehr ein Gefühl – die Kraft seiner Anwesenheit vielleicht, tastend, suchend, die Dunkelheit durchdringend und mich schließlich streifend. Bei der flüchtigen Bewegung lief es mir kalt den Rücken hinunter und sprang mir das Herz in der Brust.

Gesegneter Jesus, heller Beschützer, rette mich! betete ich – wenngleich ich nicht wußte, warum.

Mit einemmal drehte die Gestalt sich um und verschwand. Ich hörte nur das Rascheln eines Umhangs und dann nichts mehr. Ich wartete einen Augenblick – aber nicht länger – und schlich dann langsam zum Eingang. Vorsichtig spähte ich hinaus, blickte nach links und rechts, ehe ich hinaustrat. Rasch ging ich einmal um das Bauwerk herum. Der Fremde war verschwunden, schloß ich. Auf dem Hügel oder unterhalb von ihm war niemand.

Wo war er hingegangen? Ich hatte kein Pferd gehört, und daß jemand so schnell kommen und gehen konnte, schien unglaubhaft. Vielleicht hatte ich mir nur eingebildet, jemanden zu sehen.

Trotzdem schlief ich in jener Nacht in dem Rundbau und entfachte kein Feuer, um durch dessen Schein nicht noch mehr Eindringlinge anzuziehen. Am Morgen fand ich ein Bündel auf den Stufen und kam mir plötzlich recht töricht vor.

Mein Eindringling war nur einer von den Hügelmenschen gewesen, die jeden Tag das Essen brachten. Er hatte mir dieses Bündel hingelegt, und da er niemanden in der Nähe gewahrt hatte, war er kurz geblieben, um in die Rundhalle zu lugen. Ich hatte zu guter Letzt zufällig einen meiner Versorger gesehen und mich benommen wie ein Kind. Ich war nur froh, daß keiner da war und Zeuge meiner Schande wurde.

Zwei Tage später traf die Gesellschaft aus Caer Lial ein, um das Denkmal zu begutachten. In der Aufregung vergaß ich meinen geheimnisvollen Besucher ganz.

III

Königin Gwenhwyvar wirkte auf den ersten Blick stolzer, als ich sie mir jemals hätte vorstellen können, und zugleich liebreizender. Sie war eine dunkel brennende Flamme, gekleidet in den herrlich gestalteten Körper einer Frau; eine glühende, leidenschaftliche Seele, die gegenüber allem um sie herum offen war. Wegen der Geschichten, welche ich über sie gehört hatte, erwartete ich eine überragende, majestätische Gestalt wie jene berühmten römischen Matronen von einst.

Bezaubernd war sie und anmutig wie der Schwan im Flug, aber sie war keine furchterregende Matrone. Ihr schwarzes Haar leuchtete. Ihre Augen brannten hell vor Entzücken, als sie das Wunder betrachtete, das der erhabene Emrys auf der Lerchenburg gewirkt hatte.

Sie stand vor den Stufen, starrte den herrlichen Schrein an und strahlte vor Freude. Die anderen, einschließlich des Emrys und meiner, warteten ein wenig entfernt und beobachteten ihre Reaktion. Gwenhwyvar blieb eine ganze Weile so stehen und bestaunte die sanften Schwingungen des Denkmals. Dann hob sie den weich beschuhten Fuß, schritt langsam die Stufen hinauf und begab sich hinein.

Gwenhwyvar hatte lange Mühe auf ihr Hochzeitsgeschenk für Artus verwendet. Und vieles an Spott und Verachtung ertragen. Die Unwissenden sagten, Artus habe eine Maid der *Bhean Sidhe* geheiratet, und es ging das Gerücht, sie beschäftige hexerische Druiden, um Wesen aus der Anderswelt zu beschwören, die den geheiligten Stein aus Ierne herbeischaffen sollten. Sie hätten mit Zaubersprüchen den Stein errichtet und den Ort unsichtbar gemacht, damit keiner zufällig auf ihn treffe.

Das war natürlich reiner Aberglaube. Die stolze Gwenhwyvar entstammte nicht dem Hügelvolk und war auch keine Piktin. Sie war Irin, obzwar so hochfahrend wie ein Hügelmädchen. Zudem konnte sie eine Kriegerschar so gut befehligen wie jeder von Artus' besten Hauptleuten.

Das Baumaterial kam zwar zum Teil aus Ierne, aber von König Fergus mac Guillomar, Gwenhwyvars Vater. Der schöne blaue Stein wurde in den Bergen gebrochen, übers Meer geschifft und schließlich auf von Ochsen gezogenen Schlitten zur Baustelle gezogen, die zwar versteckt lag, aber nicht unsichtbar war. Die Königin beschäftigte die besten Steinmetzen, Maurer und Zimmerleute, um den Stein zu bearbeiten und aufzurichten – und keine druidischen Zauberer.

Bei allem folgte sie lediglich der Übung ihres Volkes. Dort sorgten Frauen von Rang für das Überleben ihres *Fhain* oder Klans, im Leben wie im Tode und noch darüber hinaus. Gwenhwyvar, die oberste aller Königinnen auf der Insel der Mächtigen, wollte Artus ein Denkmal schenken, das ewig dauern sollte.

Dreizehn Jahre sind eine lange Zeit, wenn man auf ein Hochzeitsgeschenk wartet. Sie sind auch eine lange Zeit, wenn man auf einen Erben wartet. Nicht wenige von Artus' Fürsten hatten begonnen, gegen die Königin zu murren, weil sie Artus keine Söhne geschenkt hatte. Das, dachten sie, sei wichtiger als irgendwelche Bauwerke.

Nachdem Gwenhwyvar mit der Besichtigung des Schreines fertig war, trat sie triumphierend heraus. »Myrddin Emrys«, sagte sie und faßte ihn bei den Händen, »ich stehe für immer in deiner Schuld. Auf der ganzen weiten Welt hätte keiner außer dir dieses großartige Werk vollbringen können.« Sie drehte sich um und schloß das gesamte Bauwerk mit einer weit ausholenden Handbewegung ein. »Es erfüllt alle meine Hoffnungen.«

»Danke«, erwiderte Myrddin schlicht. »Es ist mir eine Ehre.«

Mit der Königin waren Tegyr und Bedwyr sowie einige andere aus ihrem Gefolge gekommen. Alle redeten sie nun aufgeregt durcheinander und priesen den Emrys ob seiner herrlichen Leistung. »Artus wird sich freuen«, sagte Gwenhwyvar. »Er wird diesen Ort lieben wie ich. Er wird zu seiner Zuflucht werden. Hier herrscht Friede. Nichts wird ihn hier jemals stören.«

Die Königin bezog sich auf Artus' fortwährende Auseinandersetzungen mit den Fürsten und Unterkönigen des Südens, die ihm unablässig zusetzten. Irgendeinen Grund fanden sie immer. Nichts konnte sie jemals zufriedenstellen – außer den Bären von Britannien an der Nase herumzuführen: Das machte ihnen Vergnügen. Wehe ihnen!

Die Könige des Nordens wußten es besser. Die Kriege, die den Süden kaum berührten und inzwischen längst vergessen waren, lebten im Gedächtnis der Menschen fort, deren Ländereien die Barbaren besetzt und deren Familien sie erschlagen hatten. Die Stämme im Norden verehrten ihren Pendragon, während diejenigen im Süden ihn lediglich ertrugen. Immer stärker betrachtete Artus den Norden als seine Heimat und weilte dort, sooft er konnte – doch auf jeden Fall stets zu Ostern und Weihnachten.

So wie die Einstellung des Königs sich allmählich gewandelt hatte, hatte sich auch das Herz des Reiches vom Süden weg verlagert. Weshalb die Fürsten im Süden ein großes Geschrei gegen ihn anstimmten. Kleinliche Hunde allesamt! Sie merkten es nicht, wenn es ihnen gut ging.

Die Königin blieb nicht bei dem Rundbau. Nach ihrer Besichtigung wollte sie unverzüglich in den Palast zurückkehren, um die Einweihungsfeierlichkeiten vorzubereiten. Ehe das Gefolge aufbrach, kam der Emrys zu mir. »Ich besuche jetzt meine Mutter und Avallach in ihrem neuen Heim. Ich möchte, daß du mich begleitest.«

Ich hatte angenommen, bei dem Rundbau zu bleiben. Ja, ich sah dies als meine Pflicht an. Aber ich tat, wie mir geheißen, und ging mit ihm. Wir erreichten Caer Lial im Dämmerschein, schliefen im Palast und brachen am nächsten Morgen in aller Frühe wieder auf. Im Hafen erwartete uns ein Schiff, das uns zur Insel des Fischerkönigs bringen sollte, die Insel, welche die Menschen des Nordens jetzt Avallon nennen oder manchmal auch *Ynys Sheaynt*, Insel des segensreichen Friedens.

Ich wußte nicht, wo diese Insel liegen sollte, noch, wie lange unsere Reise dauern würde. Es kümmerte mich nicht. Denn als die Sonne über dem funkelnden Wasser aufging, wich meine Furcht von mir, und ich konnte nur noch daran denken, daß ich nun bald den geheimnisvollen Fischerkönig und seine berühmte Tochter treffen sollte. Ich hatte nie jemanden vom Feenvolk gesehen – außer dem Emrys, wenn er überhaupt dazugehörte –, und die Vorfreude überwältigte mich. Das Schiff konnte gar nicht geschwind genug segeln.

Die Insel liegt vor der Westküste auf halbem Wege zwischen Ierne und Britannien, eine eintägige Seereise entfernt. Die Eigenheit jenes meerumwogten Eilands besteht darin, daß es von Zeit zu Zeit verschwindet. Die Kymren behaupten, das liege daran, daß Manannan ap Llyr, der Herr des Meeres, auf diese so glückliche Insel eifersüchtig werde und sie dann mit dem *Lengel*, dem Schleier des Verbergens, überziehe, damit die Menschen sie nicht für sich selbst begehrten.

Avallon wird von tiefblauem Wasser umgeben, von einem hohen strahlend blauen Firmament überwölbt, von sanften Winden und freundlichem Wetter liebkost. In den warmen Gewässern gibt es Fische aller Arten in Hülle und Fülle, auf den weiten Ebenen sprießt Korn von unerreichter Güte, und auf den Hügeln weiden fette Rinder und Schafe. Fürwahr, ein glückliches Eiland! Und lieblich in jeder Hinsicht. Artus hatte die Insel in Besitz genommen und zur Krönung ihres unbesungenen Ruhmes eine Kirche und ein Kloster bauen lassen. Über diese sollte Avallach wachen.

Unser Steuermann lenkte das Schiff in eine von Klippen umgebene Bucht, wo wir an einem aus Stein gebauten Pier anlandeten. Wir führten unsere Pferde den Hügel hinan auf den Weg und ritten dann geradewegs über die Insel an die Westküste. Dabei kamen wir durch lichte Laubwälder und dunkle Nadelforste, über breite, grüne, von Blumen übersäte Auen, die von Bächen durchzogen wurden. Als die letzten rotflammenden Strahlen der Sonne im Meer versanken, erreichten wir die Siedlung der Feen.

Zum ersten Mal erblickte ich die beiden hohen weißen Türme, die in der untergehenden Sonne gerade rotgolden glühten und sich auf einem von einer Mauer umgebenen Hügel mit Blick aufs Meer erhoben. Innerhalb der Mauer funkelte das hohe Dach einer stattlichen Halle wie von Silberschuppen oder Glas, als das Licht auf seine Schräge fiel. Auf dem Festungshügel vor der Mauer grasten Schafe, deren weiße Vliese im Licht rötlichgolden schimmerten, während das Gras wie Smaragd glänzte. Um die ganze Anlage rauschte leise ein klarer, gleißender Strom und ergoß sich dann auf die Meeresklippen. Pferde weideten ungebunden, die Nüstern im süß duftenden Gras vergraben.

Der weise Emrys jubelte vor Freude, als er der leuchtenden Festung ansichtig wurde. Er öffnete den Mund, schmetterte ein frommes Loblied und spornte sein Pferd zum Galopp an, damit er die Tore um so schneller erreichte. Ich folgte ihm, so rasch ich konnte, und staunte über den herrlichen Anblick vor mir.

Ja, der Ort kam mir vor wie ein Paradies der Anderswelt, ein Reich der Götter auf Erden. Diese Beobachtung wurde bestätigt, als wir durch das schmale, hoch gewölbte Tor ritten und die Angehörigen des Feenvolkes selbst ihren Tätigkeiten nachgehen sahen, denn es war noch viel zu tun, ehe die Burg ganz eingerichtet sein würde.

Hochgewachsen und von der Natur in vielerlei Hinsicht begünstigt, ist das Feenvolk ein stattlicher Menschenschlag. Schön anzuschauen, anmutig, gerade gewachsen, kräftig, kann man diesen alten Stamm nur bewundern. Der Ruhm des Schöpfers erweist sich in ihnen deutlich. Doch bei all ihrer Ansehnlichkeit und all ihren Gaben sind sie ein schwermütiges Volk. Ihre Zeit auf Erden währt nicht mehr lang, und das beklagen sie bitterlich.

Einige, die den Emrys erkannten und ihn beim Namen riefen, kamen zu uns gerannt und hielten unsere Pferde. »Merlin! Ruft den König! Merlin ist hier!«

Als wir absaßen, kam Avallach zu unserer Begrüßung. Eine dunkle Mähne lockigen Haares, flinke, schwarze Augen und ein dunkler Bart, der nach der Weise östlicher Könige gekräuselt war, verliehen ihm ein geheimnisvolles, bedrohliches Äußeres, welches seine tiefe, donnernde Stimme nur noch verstärkte. Der Bär von Britannien ist ein großer Mann und Myrddin nicht gerade klein, aber der Fischerkönig überragte sie beide um Haupteslänge. Dennoch war er nicht ungelenk oder unbeholfen, wie Männer dieser Größe es häufig sind. Die seiner Rasse eigene Anmut drückte sich durch ihn aufs schönste aus. Als er so auf uns zuschritt, staunte ich dennoch, daß die Erde unter seinen Füßen nicht erbebte.

Die schwarzen Augen des Königs funkelten, und seine weißen Zähne blitzten lächelnd aus seinem dunklen Bart. »Merlin! Sei mir gegrüßt! Herzlich willkommen zu Hause!«

Der Emrys umarmte den König und trat dann zurück, um die Burg zu betrachten. »Es ist nicht der Palast auf der Glasinsel«, sagte er. Ich glaubte, einen traurigen Unterton in seiner Stimme zu vernehmen.

»Nein«, pflichtete Avallach ihm bei, »da hast du recht. Ach, aber ich wurde der Glasinsel allmählich müde. Die frommen Brüder freuten sich, den Palast zu bekommen und werden ihn bestens zu nutzen wissen – ein Scriptorium und ein größeres Hospiz wollen sie dort wohl einrichten. Die Kranken pilgern in immer größerer Zahl zum Heiligtum. Sie werden dort einen friedlichen Ort vorfinden.« Er hielt inne und deutete auf den gleißenden Palast. »Doch komm, Merlin. Mein Saal wurde noch nicht durch ein Lied getauft – und da du nun hier bist, läßt sich dieses Versäumnis nachholen. Komm, wir wollen den Gastbecher heben.«

»Nichts wäre mir lieber«, erwiderte der Emrys, »aber erst muß ich meine Mutter begrüßen.«

»Natürlich!« rief Avallach. »Sie ist im Obsthain und beaufsichtigt das Pflanzen. Geh zu ihr und bringe sie mit. Ich erwarte euch im Saal. Geh!« Der Fischerkönig winkte uns davon.

Wir eilten aus dem Hof, gingen durch die Tore und dann an der Mauer entlang bis zur Westseite am Meer. Dort hatte die Dame vom See auf den steilen Hängen oberhalb der Klippen ihren Apfelhain pflanzen lassen. Die Bäume waren von der Glasinsel hierher geschaffte, winzige Ableger. Sie kniete vor einem und drückte mit ihren Fingern Erde um die Wurzeln.

Als wir näher kamen, hob sie den Kopf, erblickte ihren Sohn und lächelte. Mein Herz schwang sich auf. Sie wirkte wie eine irdische Göttin, wie die Gelehrte Bruderschaft sie in ihren alten Liedern verehrt. Aber die *Derwydd* sprechen voll Unkenntnis, denn die Wirklichkeit aus Fleisch und Blut übertrifft ihr blutleeres Götzenbild bei weitem.

Charis stand auf, wischte sich den Schmutz von Gewand und Händen und kam rasch zu uns. Ich konnte mich nicht rühren noch den Blick von ihr wenden. Mein ganzes Leben lang hatte ich von der Dame vom See gehört und erkannte nun, als ich sie sah, wie völlig wertlos Worte sind, um gerecht zu beschreiben, was außerhalb ihrer Reichweite liegt. Haar wie Sonnenlicht auf Flachs, Augen, so grün wie Waldseen, eine Haut, so weich und weiß wie … Es war aussichtslos.

»Meine Mutter Charis«, sagte der Emrys gerade. Hochschreckend kam ich wieder zu mir und merkte, daß ich von der erstaunlichen Schönheit der Dame vom See gebannt gewesen war.

»Ich – ich bin dein Diener«, stotterte ich und erblaßte ob meiner Ungeschicklichkeit.

Charis ehrte mich mit einem Lächeln. Sie hakte sich bei ihrem Sohn unter, und gemeinsam gingen sie zum Hof zurück. Ich wurde über ihrem Wiedersehen glücklich und dankbar vergessen und war es mehr als zufrieden, ihnen hinterherlaufen zu dürfen. Bruchstücke ihrer Unterhaltung erreichten mich, und ich lauschte ihnen.

»... hat mir leid getan, von der Glasinsel wegzugehen«, sagte Charis, »aber so ist es am besten ...«

»... schwierig, ich weiß ... viel näher ... werden wir uns häufiger sehen ...«

»... ein gesegneter Ort. Wir werden hier alle glücklich sein ... die Glasinsel ... zu viele ... Avallach hielt es nicht mehr aus ... sich so vieles geändert ...«

Wir erreichten das Tor. Charis blieb stehen und drückte ihren Sohn lange an sich. »Ich bin froh, daß du hier bist. Glücklicher könnte ich gar nicht sein. Artus war so gut zu uns. Wir werden alles tun, um ihm Vertrauen und Großmut zu vergelten.«

»Das ist nicht nötig. Ich sagte dir ja, der Hochkönig betrachtet Avallach als Verbündeten und braucht eine starke Hand, welche diese Insel hält. Sie ist ein alter, heiliger Ort, hier muß eine Kirche stehen. Wenn du und Großvater hier seid, wird es eine Kirche geben und noch mehr: ein Kloster, einen *Llyfrwy* für deine Bücher, ein Hospiz für die Kranken. Dein Werk wird hier gedeihen.«

Die Dame vom See küßte ihren Sohn, und sie durchschritten das Tor. Wir überquerten den Hof und traten in des Königs Saal, wo wir mit prächtigen Silberbechern und Hörnern voll süßem goldenem Met empfangen wurden. Auch mir bot man zu trinken an. Ich nahm den Becher entgegen, doch hätte ebensogut schlammiges Wasser darin sein können, so wenig achtete ich darauf. Die Halle des Fischerkönigs ließ mich meinen Durst vergessen.

Mit dem hochgewölbten Dach und den vielen Säulen hätte der Raum an seiner Tafel dreihundert Krieger aufnehmen können und noch dazu die Barden, Priester, Diener, Pagen, Hunde und ihr gesamtes Gefolge. An einem Ende des langen Saales befand sich ein riesiger Herd, am anderen ein Wandschirm aus einer golden bemalten Ochsenhaut, hinter welcher die Gemächer des Königs lagen. Der Boden bestand aus weißen Steinfliesen und war mit frisch gemähten Binsen bestreut. Die Säulen waren aus entrindeten Holzplanken, die zusammengebunden worden waren und deren geschnitzte Rillen sich in luftige Höhen emporwanden.

Der König hatte Stühle aufstellen lassen, aber wir setzten uns nicht. Statt dessen nippten wir im Stehen an unserem Met und plauderten – das heißt, sie plauderten, und ich sah mich staunend in der Halle um. Herd und Säulen, der geflieste Boden, das hohe Dach – alles war so unwirklich, wie ich dergleichen nie gesehen hatte. Was ich erblickte, war natürlich die Handwerkskunst des Feenvolkes in Verbindung mit der lebendigen Kunstfertigkeit der Kelten.

Später, nach unserem Abendmahl, sang der große Emrys im Saal des Fischerkönigs für seine Mutter und alle, die versammelt waren. Er sang »Rhonabwys Traum«, eine Geschichte, die ich noch nicht kannte und nie zuvor gehört hatte. Schön und verstörend zugleich, halte ich sie für eine wahre Geschichte, deren Gehalt in die Welt der Menschen jedoch noch nicht Eingang gefunden hat. Vieles an dem Lied hatte, glaube ich, mit künftigen Dingen zu tun. Obschon der Hochkönig nicht namentlich genannt wurde, spielte Myrddins Lied doch mehrmals auf ihn an.

Und es ging so:

In den ersten Tagen von Ynys Prydein, als der Tau der Schöpfung noch frisch auf Erden lag, herrschte auf der Insel der Mächtigen Manawyddan ap Llyr, und es begab sich folgendes:

Manawyddan, der Erstgeborene des mächtigen Llyr, lebte lang und erwarb sich durch seine tapferen und mutigen Taten großen Ruhm. Er hatte einen Verwandten von geringerem Wert und Rang, und diesen Vetter namens Medyr wurmte es sehr, den Glanz seines Verwandten zu sehen, während ihm dergleichen nicht zuteil wurde. So springt er eines strahlenden Morgens auf und ruft den Männern seines Stammes zu: »Lleu weiß, ich habe es satt. Den ganzen Tag lang bin ich bekümmert, aber nimmt Manawyddan meinen Gram etwa wahr? Nein, ganz und gar nicht. Was sollen wir da tun?«

Seine Männer sahen einander an, doch keiner fand eine Antwort. Da schüttelte Medyr seine Faust gegen sie. »Nun? Ich höre, aber vernehme nichts als die Winde aus allen vier Himmelsrichtungen, die euch durch eure Köpfe blasen, welche leer sind wie taube Nußschalen.«

Da meldete sich einer der Älteren zu Wort und sprach: »Herr Medyr, wenn du eine Empfehlung willst, dann wären wir nichts wert, würden wir dir nicht raten, die Schwarze Hexe von Annwfn aufzusuchen, die weiß, was überall geschieht und solche Macht zu Ratschlägen besitzt, daß sie aus jedem einen König macht, der auf sie hört.«

»Endlich!« rief Medyr. »Lleu weiß, ihr habt lang genug gebraucht. Aber dieser Wink scheint mir gut. Ich werde tun, was du sagst.« Und sogleich stieg er auf sein Pferd und ritt davon, um die Schwarze Hexe aufzusuchen.

Dieses Wesen lebte unter einem Hügel in einem Birkenhain nahe einem Fluß. Als Medyr sie fand, rief er sie aus ihrer düsteren Höhle. Eklig war ihr Anblick, noch ekliger ihr Geruch, der die Nase des armen Medyr beschmutzte. Aber er war entschlossen, die Sache durchzustehen und befolgte ihren Rat – welcher lautete, daß Medyr zu Manawyddan gehen und verlangen sollte, daß jener ihn in seine Obhut nehme.

Und das tat er. Manawyddan, dem nichts Böses schwante, empfing Medyr artig und ehrte ihn weit über seinen Rang hinaus, denn er bot ihm an, Feldherr und Führer einer beträchtlichen Kriegerschar zu werden. Medyr willigte ein und war's eine Weile lang zufrieden. Aber am Ende wurde er der Sache überdrüssig und glaubte, sein Los schneller zu befördern, wenn er auf Beutezug ginge. Also ritt er davon und begann, zu rauben und zu plündern, Weiler zu brandschatzen, Vieh zu stehlen und alle zu morden, die sich ihm kühn in den Weg stellten.

Manawyddan war kein König, der sich hinstellte und zusah, wie sein Volk derart geplagt wurde. Darum rief er seine besten Leute zusammen und bat sie, die edelsten und tapfersten unter sich auszuwählen. Diese sollten Medyr verfolgen und seinem üblen Gemetzel ein Ende setzen. Folgende Männer wurden gekürt: Rhonabwy, Kynrig mit den roten Flecken und Cadwgan der Stämmige. Alle waren sich über eines einig: Sollten diese Männer scheitern, dann nicht aus Mangel an Mut, List oder Geschicklichkeit noch durch irgendeinen Fehler – denn keiner von ihnen hatte welche –, sondern allein durch finsteren Verrat.

»Nun gut«, sprach Manawyddan, als sie vor ihn traten, »ihr wißt, was ihr zu tun habt. Geht in Frieden und kehrt siegreich zurück.«

Die drei machten sich sofort auf den Weg. Medyrs Spur war nicht schwer zu finden, denn sie brauchten bloß der verbrannten Erde zu folgen. Tagelang ritten sie dahin und gelangten schließlich zu der Siedlung Heilyn Langschenkel. Da es bereits dämmerte, beschlossen sie, dort zu übernachten, und näherten sich einem Hause.

Als sie in den Hof kamen, erblickten sie eine alte, dunkle Höhle als Saal. Aus ihr drang Rauch. Drinnen erblickten sie einen Boden, der so löchrig und holprig war und so glitschig von Rinderdung und Urin, daß man kaum darüber gehen konnte, ohne auszurutschen und in den stinkigen Morast zu fallen. Und überall lagen Hollerzweige und Nesseln verstreut, welche das Vieh gekäut hatte.

Unverzagt gingen sie weiter und gelangten am Ende des Saales zu einem Gemach, wo sie vor einem fauchenden Feuer eine abscheuliche Alte fanden. Als das Feuer niederbrannte, warf die Alte eine Handvoll Spreu in die Flammen, daß der aufwallende Rauch einem die Tränen in die Augen trieb. Der einzige weitere Gegenstand in diesem kargen Raum war eine abgewetzte, gelbe Ochsenhaut. Glücklich der Mann, der darauf schlafen durfte!

Die Reisenden setzten sich und fragten die Alte, wo die Bewohner des Weilers zu finden seien, aber sie verzog nur höhnisch das Gesicht, ihre fauligen Zähne bleckend. Gleich darauf trat ein dünner, völlig kahlköpfiger und verhutzelter Mann in den Saal. Ihm folgte eine graue, gebeugte Greisin, die ein Reisigbündel trug. Die Greisin warf der alten Hexe das Bündel hin, und diese schürte das Feuer. Dann begann die Greisin ein Mahl zu bereiten, von dem sie den drei Fremden zu essen gab: hartes Brot, Hafergrütze und wäßrige Milch.

Während die drei von der schmalen Kost aßen, erhob sich ein heftiger Gewitterregen. Der Wind blies so stark, daß die Bäume sich beinahe zur Erde neigten und der Regen schräg fiel. Da es keinen Zweck hatte, weiterzureiten, und sie müde von der langen Reise waren, beschlossen sie, in dem Saal zu bleiben. »Es ist ja nur für eine Nacht«, sagten sie. »Glücklich können wir uns fürwahr preisen, wenn uns nichts Schlimmeres widerfährt.«

Dann bereiteten sie sich zur Ruhe. Und ihr Bett war nichts als ein Haufen Stroh voller Flöhe und ein zerlumpter, alter und schmieriger Umhang als Decke. Sie hielten sich die Hand über die Nase und legten sich nieder. Rhonabwys Gefährten schliefen unter den Foltern der Flöhe ein. Aber jener merkte, nachdem er sich auf dem schmutzigen Stroh hin und her geworfen hatte, daß für ihn an Ruhe und Schlaf nicht zu denken war, wenn er kein gemütlicheres Plätzchen fände. Er erspähte die gelbe Ochsenhaut und dachte, daß er auf dieser zumindest den Flöhen entkommen könnte. Darum stand er auf und legte sich auf die Ochsenhaut.

Kaum hatte sein Kopf die abgewetzte alte Haut berührt, als er einschlief. Sogleich hatte er einen Traum. Und er sah folgendes:

Er und seine Freunde ritten an einem Eichenwald entlang, als sie ein Getöse hörten, wie sie dergleichen noch nie vernommen hatten. Sie blieben stehen und blickten sich ängstlich um: Da sahen sie einen jungen Mann mit lockigem Haar und einem frisch gestutzten Bart auf einem goldenen Rosse reiten. Dieser Mann war von der Hüfte bis zu den Zehen grün gekleidet und trug ein schönes gelbes Gewand, das in der Sonne leuchtete. An der Seite hatte er ein Schwert mit goldenem Heft, das in einer prächtigen Lederscheide stak und von einem Gürtel mit einer riesigen goldenen Schnalle gehalten wurde. Und der Mann war fast zweimal so groß wie jeder der drei Gefährten!

Die drei erkannten, daß sie einen mächtigen, einflußreichen Mann vor sich hatten, und warteten darum, daß er näher kam. »Friede, Freund«, rief Rhonabwy, als der Mann zu ihnen gelangte. Und weil dieser so groß war, fügte Rhonabwy hinzu: »Und Gnade auch.«

Der junge Mann in Grün und Gold zügelte vor ihnen sein Roß. »Ihr erbittet Frieden und Gnade und sollt beides gerne bekommen. Fürchtet euch nicht.«

»Unser Dank sei dir und auch der unseres Herrn. Da du uns Gnade gewährst, Herr, nenne uns deinen Namen.«

Darauf lächelte der junge Mann und sprach: »Ich heiße Gwyn Ysgawd, und mein Vater ist der Herrscher dieses Reiches.«

»Wie lautet sein Name?« fragte Rhonabwy.

»Seinen Namen nennt man nur zum Lobpreis«, erwiderte Gwyn. »Er ist der Oberdrache der Insel der Mächtigen und der

Sieben Glücklichen Inseln und vieles mehr, denn er ist der Kaiser des Westens.«

Die drei Freunde blickten einander besorgt an. »Von diesem Manne haben wir nie gehört, so groß er zweifellos ist.«

»Das ist wahrhaftig ein Wunder«, versetzte Gwyn. »Aber ich will euch selbst urteilen lassen, denn ich werde euch zu ihm bringen. Da könnt ihr ihm die Ehre zollen, die ihm eurer Ansicht nach gebührt.«

»Das ist recht und billig«, erwiderte Rhonabwy, und der Hüne setzte seinen Weg fort. Die drei ritten ihm nach und hielten mit ihm Schritt, so gut sie konnten. Doch so geschwind sie auch ritten, der Falbe vor ihnen galoppierte schneller. Wenn sie einatmeten, schienen sie ein Stück aufgeholt zu haben, doch wenn sie wieder ausatmeten, war der Falbe weiter voraus.

Auf diese Weise überquerten sie eine große Ebene – sie war breiter und ausgedehnter als Argyngrog. Und sie passierten viele Flüsse, von denen jeder breiter und mächtiger war als das Mor Hafren. Und sie ritten durch viele Wälder, von denen jeder größer, dunkler und ausgedehnter war als Celyddon. Aber schließlich gelangten sie an ein mächtiges Gestade ganz am Rande der Insel der Mächtigen. Und am Ufer standen in jeder Richtung, so weit das Auge reichte, bunte Zelte in allen Größen – genug, um das größte Heer zu fassen, das die Welt jemals zu sehen bekommen hat.

Sie ritten bis an den Wellenrand und gelangten zu einem flachen Eilande, unweit der Küste. Auf diesem kleinen Eilande saß ein riesenhafter Mann auf einem steinernen Thron, daneben zu seiner Rechten Bischof Bedwini und zu seiner Linken der Oberbarde Hafgan. Vor ihnen stand ein ganz in Schwarz gekleideter Krieger. Vom Scheitel bis zur Sohle war er schwarz. Seine Hände staken in schwarzen Handschuhen, und sein Umhang, sein Gewand und sein Unterkleid waren schwarz. Das einzige, was von dem Krieger zu sehen war, war ein Stück Handgelenk zwischen Ärmel und Handschuh – und seine Haut war weißer als das Weiß im Auge einer Maid, weißer als Lilien. Und das Handgelenk war dicker als Cadwgans Unterschenkel. Der fremde Krieger hielt eine Scheide mit einem Schwert darin in der Hand.

Gwyn führte Rhonabwy und seine Gefährten über das Wasser, bis sie vor dem mächtigen Mann auf dem Throne zu stehen kamen. »Gott sei dir gnädig, Vater!« rief er zum Gruße.

Der Mann auf dem Throne hob zum Willkommen die Hand. »Gott sei dir gnädig, mein Sohn!« rief er mit einer Stimme, daß die Berge wackelten. Neugierig betrachtete er die drei Reisenden und sprach: »Wo hast du nur diese drei kleinen Männchen gefunden?«

»Herr, ich fand sie, als sie an der Grenze deines Reiches entlangritten«, erwiderte Gwyn Weißschild.

Darauf schüttelte der große König den Kopf und stieß ein scharfes, höhnisches Lachen aus.

»Oberdrache«, sagte Gwyn, »worüber lachst du?«

»Ich lache aus Trauer darüber, daß die Erde im Besitz so mickriger Menschen wie diesen ist – nach denen, welche sie zuvor im Besitz hatten!«

Da wandte Gwyn sich an Rhonabwy und fragte: »Siehst du den Ring an des Kaisers Hand?«

Rhonabwy schaute und sah einen goldenen Ring mit einem purpurnen Edelstein. »Ich sehe ihn«, antwortete er.

»Dem Ring ist eigen, daß du, wenn du ihn gesehen hast, dich an alles erinnern wirst, was während deines Aufenthaltes bei uns geschieht. Wenn du ihn nicht gesehen hättest, würdest du dich an gar nichts erinnern.«

Sie sprachen so weiter, als sich an der Küste ein großer Aufruhr erhob. Rhonabwy sah hin und erblickte eine ungeheure Kriegerschar auf sie zureiten. »Was ist das für ein Heer?« fragte er.

»Die Drachenschar! Und ihr Stolz und ihre Pflicht liegen darin, daß sie in jeder Gefahr vor und hinter dem Kaiser reiten. Denn dafür haben sie das Vorrecht, um die edelsten Töchter Britanniens zu werben.«

Rhonabwy beobachtete die Kriegerschar vorüberziehen und sah, daß sich nicht einer unter ihnen fand, der nicht tiefrot gekleidet gewesen wäre, so rot wie das röteste Blut auf der Welt. Gemeinsam wirkten sie wie eine von der Erde zum Himmel aufsteigende Feuersäule. Diese hohen Krieger grüßten den Kaiser im Vorüberreiten und begaben sich zu ihren Zelten am Ufer.

Der Pendragon bewirtete seine Drachenschar mit süßem, goldenem Met und saftigem Schweinebraten. Rhonabwy und seine

Begleiter schmausten mit den Kriegern und sagten dauernd zueinander wie auch zu Gwyn, daß sie nie dergleichen Mahl gekostet hätten.

Am Morgen standen die Krieger auf, legten ihre Kampfkleidung an und sattelten ihre prächtigen Pferde. »Was geschieht hier?« fragte Rhonabwy, sich den Schlaf aus den Augen reibend.

»Das Kriegsheer ist versammelt«, erwiderte Gwyn. »Es ist an der Zeit, in die Schlacht bei Caer Baddon zu reiten.«

Damit saßen sie alle auf und ritten zum Schlachtfeld. Nun ritt aber des Kaisers Heer so schnell, daß sie es nicht sehen konnten – nur das Rauschen des Windes, als sie vorüberzogen, spürten sie. Doch Gwyn führte die drei, bis sie schließlich ein breites Tal erreichten, wo sie das Heer unterhalb von Caer Baddon versammelt sahen.

Ein Krieger sprengte an ihnen vorbei, wo sie warteten, und ritt sogleich ins Tal weiter. Als dieser Reiter kam, zerstreute sich das Heer. »Was ist denn das?« fragte Rhonabwy Kynrig mit den roten Flecken. »Flieht des Kaisers Heer etwa?«

Das hörte Gwyn und erwiderte: »Des Kaisers Heer ist noch nie geflohen, sondern immer siegreich geblieben. Du hast Glück, denn wäre diese Bemerkung da unten vernommen worden, wärest du schon tot.«

»Wer ist also jener Reiter«, fragte Rhonabwy, »daß er eine solche Aufregung unter den Kriegern verursacht?«

»Der Reiter, den du hier zur vordersten Schlachtreihe sprengen siehst, ist kein anderer als der größte Held im Heere des Pendragon. Das Durcheinander, das du siehst, bedeutet nur, daß jeder der Männer versucht, in der Schlacht möglichst neben ihm zu stehen.«

Das Durcheinander drohte, sich zu einem Aufruhr auszuwachsen. Darum gab der Kaiser seinem Schwertträger ein Zeichen, dem jungen Mann in Schwarz, der die Waffe des Pendragon in die Höhe reckte – ein großes Schwert mit goldenem Heft in Gestalt zweier Schlangen. Er zog das Schwert aus der Scheide, und die Klinge funkelte hell wie die Sonne, so daß man sie kaum anblicken konnte. Sogleich hatte die Unruhe ein Ende.

Gwyn, Rhonabwy, Kynrig und Cadwgan schnalzten mit den Zügeln und ritten ins Tal hinab. Dort fanden sie des Kaisers Zelt. Ein hünenhafter Mann mit gelbem Haar kam an, ein riesengroßes Bündel auf dem Rücken. Er setzte sein Bündel ab und zog eine herrliche Decke aus reiner weißer Wolle mit einem goldenen Apfel in jeder Ecke heraus. Der Riese breitete die prächtige Decke vor dem Zelt auf dem Boden aus. Dann zog er einen Feldstuhl hervor, so groß, daß drei Könige zugleich auf ihm hätten sitzen können. Diesen stellte er in der Mitte der Decke auf. Und dann zog er ein silbernes *Gwyddbwyll*-Brett und Spielfiguren aus reinem Gold hervor und stellte sie in der Mitte des Stuhles auf.

Rhonabwy und die anderen saßen ab und stellten sich ein wenig abseits, um beobachten zu können, was dann geschah. Da trat der Kaiser aus seinem Zelt und setzte sich neben dem *Gwyddbwyll*-Brett auf den Stuhl. Er hob den Kopf, sah sich um und rief: »Wer will sich gegen mich bei diesem Brettspiele versuchen?«

Sofort sammelte sich eine Menge um die Decke. Und was für eine Menge! Denn jeder in der Menge war von edlem Geblüt, und keiner hatte einen geringeren Rang als König, und manche waren Könige, die andere Könige im Gefolge hatten.

Da meldete sich ein König mit braunem Haar und einem hängenden braunen Schnurrbart und sagte: »Ich will mein Glück versuchen, Herr und Pendragon.«

»Ich erkenne dich, Vortiporix«, erwiderte der Pendragon. »Nun gut, ich gestatte dir den ersten Zug. Wähle ihn gut.« Und sie begannen zu spielen.

Sie waren ganz in das Spiel vertieft, als sich ein solches Getöse erhob, ein solches Geschrei, Gebrüll und Waffengeklirr, daß nur eine ungewöhnlich heftige und große Schlacht im Gange sein konnte. Das ging so weiter und wurde immer lauter, bis aus einem Zelt in der Nähe ein Krieger trat. Das Zelt war ganz weiß. Vor ihm flatterte ein Banner mit dem Bild einer pechschwarzen Schlange mit giftigen Augen und einer Feuerzunge. Der Krieger war vom Hals bis zu den Knien ganz in Gelb und Grün gekleidet, und auch eine Hälfte seines Gesichtes war gelb bemalt.

»Kaiser und Pendragon«, sprach der Krieger, »geschieht es mit deiner Erlaubnis, daß die Raben von Annwfn an deinen Kriegern reißen?«

»Keineswegs«, erwiderte der Kaiser. »Das werde ich nie erlauben.«

»Dann sage mir, was zu tun ist, und ich werde es tun«, entgegnete der Krieger.

»Nimm mein Banner und pflanze es auf, wo die Schlacht am heftigsten tobt«, sagte der Kaiser. »Dann tritt zurück, und Gottes Wille geschehe.«

Der Krieger ritt geradewegs dorthin, wo die Schlacht für die Drachenschar einen üblen Lauf nahm. Dort pflanzte er das Banner des Kaisers auf, einen rotgoldenen Drachen, der Zähne und Klauen zeigte. Und als die Drachenschar sah, daß das Banner in ihrer Mitte stand, faßten die Krieger Mut und erhoben sich mit gestärkter Kraft. Sie warfen die Raben zurück, erschlugen sie und erstachen sie, daß sie verwundet und getötet fielen.

Vortiporix unterlag dem Kaiser, und das Spiel war aus. »Wer will als nächster spielen?« fragte der Pendragon laut und herausfordernd.

»Ich will mein Glück wagen«, sagte ein Mann und trat aus der Menge, die sich um das Spielbrett eingefunden hatte.

»Dann nimm Platz«, erwiderte der Kaiser. »Ich erkenne dich, Urien Reget, und gewähre dir den ersten Zug. Tue dein Bestes.«

Dann fingen sie mit dem Spiel an und beugten sich über das niedrige Brett, um die Züge zu beobachten. Als sie eine Weile gespielt hatten, hörten sie ein großes Lärmen von Männern und Tieren, die kämpften und einander in Stücke rissen. Bei diesem Krawall hoben sie den Kopf und sahen einen Reiter auf einem Schimmel herbeigaloppieren. Der Reiter trug einen weißen Umhang über der Schulter und ein weißes Gewand, aber seine Beine und Füße waren in graues Linnen von der Farbe von Rauch oder Morgennebel gehüllt. In der Hand hielt er ein langes, dreifach gerilltes Schwert. Und auf dem Kopf trug er einen Helm mit einem mächtigen Saphir über der Stirn und dem Bild eines weißen Löwen mit giftigen, blutroten Augen darüber.

Dieser Krieger ritt geradewegs zu den Spielenden auf der Decke und sprach, ohne abzusitzen: »Herr und Pendragon, Kaiser über die Insel der Mächtigen und andere bedeutende Länder, ich bitte dich.«

»Worum bittest du mich?«

»Ich möchte, daß du weißt, daß die besten Krieger der Welt, die Edlen und Könige Britanniens und ihre berühmten Gefolgsleute von wilden Tieren getötet werden – von so vielen, fürwahr, daß es nicht mehr leicht sein wird, das Reich dieser Welt zu verteidigen.«

»Das darf niemals sein«, erwiderte der Kaiser, als er diesen traurigen Bericht vernommen hatte.

»Sage mir, was zu tun ist, und ich werde dafür sorgen, daß es geschieht«, sprach der Krieger.

»Nimm mein Schwert in deine Hand und trage es an der Klinge vor dir her, im Zeichen des Kreuzes Christi.«

Der Krieger ritt geradewegs dorthin, wo die Schlacht für die Drachenschar einen üblen Lauf nahm, und dort hob er des Kaisers Schwert hoch und hielt es an der nackten Schneide vor sich. Als die wilden Tiere das gleißende Schwert zum Zeichen Christi erhoben sahen, schrien sie vor Angst auf, legten sich nieder und wurden sanft wie neugeborene Lämmer.

Urien Reget erlitt eine schwere Niederlage aus des Kaisers Händen. Aber der Kaiser wollte noch ein ehrliches Spiel. Darum rief er aus: »Wer sonst will sein Glück gegen mich wagen?«

»Ich will mein Glück und mein Geschick gegen dich wagen, o mächtiger Pendragon«, sagte ein König und trat aus der Menge.

»Ich erkenne dich, Maglocunus«, erwiderte der Pendragon. »Nun gut, mache deinen Zug und sieh zu, daß du ihn gut machst.«

Sie beugten sich tief über das Spielbrett und bewegten die goldenen Figuren hierhin und dorthin, wie das Spiel es verlangte. Sie hatten noch nicht lange gespielt, als sich der größte Tumult erhob, den die Welt jemals vernommen hat. Obwohl der Krach entsetzlich war, war das darauf folgende Schweigen noch schlimmer. Alle zitterten und sahen sich ängstlich um.

Aus dem Osten kam ein Krieger auf einem grauen Schecken mit vier roten Läufen, als wäre das Tier durch Blut geschwommen, und doch waren seine Hufe grün. Roß und Reiter trugen eine merkwürdige, schwere Rüstung, die wie Silber glänzte und deren Nieten und Schnallen rotbraun waren. Der Krieger hielt einen langen, schweren Speer aus gerilltem Eschenholz, der halb weiß von Kalk und halb blau von Waid war, während an der blattförmigen Spitze frisches Blut klebte. Auf dem Kopf hatte er einen Helm, in den rundherum leuchtende Kristalle eingesetzt waren und auf dessen Spitze das Bild eines Greifen mit einem mächtigen Edelstein im Schnabel saß.

Dieser Krieger ritt zum Kaiser und rief: »Herr und Pendragon! Deine Krieger werden abgeschlachtet, dein Volk niedergemetzelt, alle, welche dir folgten, werden vertrieben und unterdrückt!«

Als der erhabene Pendragon dies hörte, nahm er eine Handvoll Spielsteine vom *Gwyddbwyll*-Brett und drückte sie in seiner Hand zusammen, bis sie zu feinem Goldstaub zerrieben waren. Dann blickte er sich grimmig um und fragte die königliche Menge: »Was soll nur aus uns werden? Warum steht ihr mit leeren Händen da? Warum steht ihr müßig da und seht einem dummen Spiel zu, während der Feind unsere Lande verwüstet und unser Volk niedermäht? Seid ihr überhaupt Männer?«

Der Kaiser stand auf und warf das Spielbrett von sich. Er rief nach Schwert und Roß. Er ergriff Speer und Schild und setzte seinen Drachenhelm auf. »Wer mir folgen will, ergreife ein Schwert!« rief er.

Bei diesen Worten verschwand die Menge – sie verblaßte einfach und löste sich auf wie Nebelschwaden. Die Zelte lösten sich auf, ebenso die Pferde und Krieger und alles, was im Tal unterhalb von Caer Baddon versammelt gewesen war. Schließlich verblaßten auch der Kaiser und sein Sohn. Eine leuchtende Wolke hüllte sie ein und entführte sie.

Von dem großen Heer war nicht einmal mehr eine Fußspur zu sehen. Alles war verschwunden – nur Rhonabwy und seine beiden Freunde standen noch, wo sie waren. »Ach, wir unglücklichsten aller Menschen«, rief Rhonabwy jämmerlich aus. »Wir haben ein Wunder gesehen, doch keiner kann uns sagen, was es zu bedeuten hat. Und obendrein haben wir uns nun verirrt und müssen nach Hause finden, so gut wir können.«

Kaum hatten diese Worte seine Lippen verlassen, als ein Wind zu tosen und heulen begann und Regen und Hagel einsetzten. Donner grollte und Blitze zuckten, und im Gewittersturm wachte Rhonabwy auf und fand sich auf der gelben Ochsenhaut in dem gräßlichen, schwarzen Saal wieder. Seine Freunde standen neben ihm und zogen die Stirn vor Sorge kraus, denn Rhonabwy hatte drei Tage und Nächte lang geschlafen.

So endet »Rhonabwys Traum«.

Der Emrys sang im *Awen* des Barden und wollte über sein Lied und dessen Bedeutung nichts äußern. Am nächsten Tage jedoch spürte ich bei seiner Unterhaltung mit Charis und Avallach das nämliche Unbehagen. Eindeutig hatte sich etwas in den Gedanken des Emrys eingenistet. Ich beschloß, herauszufinden, was das war. Die nächsten Tage und Nächte lang horchte ich auf jedes Wort, daß mir Aufklärung hätte verschaffen können.

Unser Aufenthalt verlief ereignislos. Ich verbrachte ein paar Tage damit, allein entlang der Klippen zu wandern und den grauen Robben dabei zuzusehen, wie sie nach Fischen tauchten oder sich auf den Felsen sonnten. Ich redete mit den Feenmenschen, sooft ich einen von ihnen in ein Gespräch verwickeln konnte, und knüpfte mit einem der Knechte in Avallachs Stall eine merkwürdige Freundschaft an. Auf diese Weise erfuhr ich einige überraschende Dinge über das Feenvolk, doch nichts über die Sache, die mich beschäftigte.

Des Abends blieb ich in der Nähe des Emrys, um alles mitzubekommen, was vor sich ging. Meine Wachsamkeit trug jedoch erst am letzten Abend Früchte. Wir wollten am folgenden Morgen aufbrechen, um zur Rückkehr des Pendragon wieder in Caer Lial zu sein – er wurde in Bälde erwartet. Der Emrys saß zwischen dem Fischerkönig und seiner Mutter, und ich wartete ihnen auf, um in ihrer Nähe sein zu können. Sie redeten von der Ernte und vom Vieh, vom Fischen und der Winterwitterung auf der Insel…

Mit einemmal wurde der Emrys ernst. Er ließ sein Messer auf den Tisch fallen, ließ es fallen, als hätte seine Hand keine Kraft mehr. Dann fragte er seine Mutter: »Wo ist Morgian?«

Charis drückte sich rasch die Hand an den Mund. »Was meinst du damit?«

»Muß ich noch einmal fragen?«

»Ach, mein Falke, du glaubst doch nicht etwa, sie würde –« Sie sprach die Worte nicht aus. »Warum fragst du?«

»Seitdem ich hier bin, habe ich ihre Anwesenheit gespürt. Wenn sie noch nicht hier ist, dann kommt sie sicher bald.«

Avallach, bemerkte ich, hörte zu essen auf und schluckte schwer, als müßte er das Essen hinunterwürgen. Er legte sein Messer beiseite und umklammerte die Tischkante mit beiden Händen.

Er weiß etwas! schoß es mir durch den Kopf. Ich fragte mich, ob es dem Emrys auffallen würde. Aber er drehte sich nicht zum Fischerkönig um und sprach nur mit seiner Mutter weiter. »Glaubst du, das würde sie tun?« fragte Charis. »Warum denn?«

Der Emrys schüttelte langsam den Kopf. »Das kann ich nicht sagen. Sie ist unberechenbar.« Dann streckte er seine Hand aus, ergriff die seiner Mutter und drückte sie fest. »Habe Acht«, warnte er. »Hier ist etwas im Gange, das ich nicht fassen kann, und es wird ein Zweck verfolgt, den ich nicht voraussehe. Bitte, habe Acht.«

Mehr wurde nicht gesagt, und danach kehrte das Gespräch wieder auf angenehmere Dinge zurück. Doch ich überlegte. Die Worte des weisen Emrys setzten sich bei mir fest und hallten wider wie die Saiten einer Harfe: *Wenn sie noch nicht hier ist, dann kommt sie sicher bald.*

Ich fand keine Gelegenheit, mit dem Emrys über das zu sprechen, was ich an der Tafel des Fischerkönigs beobachtet hatte, bis wir an Bord und weit weg von der Insel waren. Der Emrys stellte sich ein Stück von den Matrosen weg, um auf die Wellen zu schauen, die sich vor dem scharfen Bug des Schiffes teilten. Ich ging zu ihm und sprach: »Herr Emrys, auf ein Wort, bitte.«

Geistesabwesend und ohne sich umzudrehen, antwortete er: »Ja? Was ist denn, Aneirin?«

Merkwürdigerweise sagte ich nicht, was ich hatte sagen wollen, sondern redete von etwas, das meinem Herzen womöglich näher lag: »Warum wolltest du, daß ich dich nach Ynys Avallach begleite?«

Die Frage kam ihm nicht gerade gelegen, und er erwiderte: »Ich weiß es nicht, Junge.« Seine Augen wichen nicht vom Meer. »Warum fragst du?«

Jetzt mußte ich zugeben, daß ich es nicht wußte.

»Nun«, meinte der Emrys klug, »da hast du es.« Er lächelte und drehte sich dann zu mir um. Mein Anblick muß ernüchternd auf ihn gewirkt haben, denn er fragte: »Aha, du hast etwas Ernsteres auf dem Herzen. Stimmt's?«

»Ja, Emrys.«

»Dann heraus damit, Bursche.«

Ich erzählte ihm, was mir an des Fischerkönigs Benehmen aufgefallen war. Während ich sprach, kniff der Emrys die Augen zusammen. »Ich habe nicht daran gedacht, ihn zu fragen«, murmelte er.

»Wer ist diese Morgian?« erkundigte ich mich ganz arglos. Groß war der Gram! Ich wünschte, ich hätte diesen Namen nie gehört noch ihn über meine Lippen kommen lassen.

Ein müder Schmerz verzerrte das Antlitz des Emrys. »Sie ist...«, hub er an und hielt inne. Dann schüttelte er den Kopf und fragte: »Hast du denn nie von der Königin der Lüfte und der Finsternis gehört?«

»Nein«, entgegnete ich achselzuckend. »Der Name sagt mir nichts.«

»Kann das sein?« wunderte sich der Emrys. »Das Gedächtnis der Menschen ist kurz, aber das Böse besteht lang.« Er widmete sich wieder seiner Betrachtung des Meeres, aber ich wußte, daß er es nicht sah. Denn sein Blick war nach innen gewandt und schweifte nicht mehr über die hellen Wogenpfade vor uns.

IV

Vier Tage vor Lugnasadh kehrte der Pendragon nach Caer Lial zurück. Dreihundert Kymbrogen begleiteten ihn als Gefolge. Auf einem milchweißen Hengst ritt er an ihrer Spitze. Er trug einen hohen Helm aus poliertem, mit Gold eingelegtem Stahl auf dem Kopf und das berühmte Schwert Caliburnus an seiner Seite. Um die Schulter hatte er Prydwen geschlungen, den Schild, auf dessen gekalkter Fläche in roter Farbe das Kreuz Christi prangte. Caval, sein riesengroßer Hund, trottete neben ihm, den Kopf hoch und stolz gereckt. Vor ihm flatterte der Rote Drache, das Banner des Hochkönigs aus feinstem Rotgold. Getragen wurde es von Rhys, der die Ehre hatte, allen voran zu ziehen.

Ich stand auf dem Festungswall, als der Hochkönig angeritten kam. Leute aus der Stadt rannten zu den Toren auf die Straße hinaus. Sie winkten mit bunten Tüchern und riefen ihm Grußworte zu. Mein ganzes Leben hatte ich von Artus, dem herrlichen Pendragon, dem Hochkönig der Insel der Mächtigen, dem prächtigsten Herrscher auf Erden gehört. Doch nichts davon hatte mich auf den Glanz des Mannes vorbereitet, den ich auf der Straße heranreiten sah.

Der Bär von Britannien war ein stattlicher Mann, groß und stark, mit wachem Blick und Verstand, fester Hand und scharfen Sinnen, schneidend wie das Schwert an seiner Seite und so hell wie die Sonne, die auf ihn herabschien. Sommerkönig wurde er genannt, und, Gott sei gelobt, das war keine Prahlerei.

Gwalchavad und Bors ritten zu des Königs Linken und der erhabene Llenlleawg zu seiner Rechten. Diese Kämpen hätte ich überall erkannt, obwohl ich bis dahin noch nie einen Blick auf sie geworfen hatte. Sie ritten auf langbeinigen Rössern und trugen Speere mit gleißenden Silberspitzen. Kühne und tapfere Recken, traten sie gebieterisch auf. Um die Schultern hatten sie bunte Umhänge.

Der König und die Kymbrogen, die wegen des Banners mit dem roten Drachen unter dem Namen Drachenschar bekannt geworden waren, zogen durch die hohen Holztore in die Stadt. Caer Lial war zur Rückkehr des Pendragon geschmückt worden. Dafür hatte die Königin gesorgt. Die Straßen waren mit Wasser gespült worden, und überall hingen Girlanden aus zusammengeflochtenen Bergblumen. Das Volk bejubelte seinen König und rief ihm laut Willkommensgrüße und Lobpreisungen zu. Allen gewährte der Pendragon die geschätzte Ehre seines freudigen Grußes. Caer Lial war eindeutig sein Lieblingssitz geworden. Hier wurde er geliebt und von allen verehrt.

Ich verließ den Wall und rannte durch die Menge zum Palast, während mir der frohe Beifall in den Ohren klang. Im Palasthof stand die Menge so dicht gedrängt, daß ich mich kaum rühren konnte. Der Hochkönig saß ab und erklomm die Stufen. Oben blieb er stehen und hielt eine Begrüßungsrede an sein Volk. Aber ich war so weit weg und die Menge so laut, daß ich kein Wort verstehen konnte.

Erst als der Pendragon hineingegangen war und die Menge sich zerstreut hatte, gelangte ich zur Rückseite des Palastes, wo ich Einlaß fand. Alle hatten sich im Saal versammelt, und Königin Gwenhwyvar hatte Metfässer bereitstellen und Becher füllen lassen. Sie tranken auf den Erfolg von des Hochkönigs Reise in den Süden, denn er hatte einen lange währenden Zwist zwischen Sachsen und Briten über ein Stück Ackerland entlang der Grenze zwischen beiden Völkern geschlichtet.

Folglich waren der *Bretwalda* Aelle und seine Leibgarde mit Artus nach Caer Lial gekommen, um ihre Treue gegen den Hochkönig unter Beweis zu stellen und den Feierlichkeiten der Tafelrunde beizuwohnen. Auch andere Fürsten des Südens waren gekommen, unter ihnen Idris und Cador mit ihren Kriegern.

Die Becher mit dem süßen, gelben Met kreisten. Stolz stand Königin Gwenhwyvar neben dem König, der ihr den Arm um die Hüfte geschlungen hatte und auf die fröhliche Versammlung blickte. Der Emrys stand nicht weit, bei ihm waren Bedwyr und Kei. Um mich zu ihnen stellen zu können, ergriff ich einen Krug, füllte ihn aus einem Metfaß und begann einzuschenken. Kei winkte mich zu sich und hielt mir seinen Becher hin.

»Aneirin, bring deinen Krug!« rief er, und ich gehorchte ihm flugs. Ich goß seinen Becher randvoll und ebenso Bedwyrs, worauf der Seneschall sagte: »Artus' Becher ist leer, Bursche. Fülle ihn!«

Ich drehte mich um und sah die blauen Augen des Pendragon auf mir ruhen. Er lächelte und streckte sein in Gold gefaßtes Horn hin. Zitternd hob ich den Krug, ohne es zu wagen, den Kopf zu ihm zu erheben. Ich spürte, daß jemand meine Hand berührte. Der Hochkönig half mir, den Krug gerade zu halten, und sprach: »Nur ruhig, junger Freund.« Er betrachtete mich sorgfältig: »Wie heißt du?«

»Ich bin Aneirin ap Caw«, erwiderte ich. »Ich stehe dir zu Diensten, Pendragon!«

»Frecher Bengel!« rief Kei lachend.

»Ich erinnere mich an dich«, sagte Bedwyr, »obwohl ich gestehen muß, daß ich dich nicht gleich erkannte, weil du das letzte Mal so mit Schleifstaub bedeckt warst.«

»Pfui, Bedwyr!« schalt die Königin freundlich. »Ich entsinne mich, daß ich dich bei Myrddin sah. Vergib mir, Aneirin, ich wußte nicht, daß du Caws Sohn bist.«

»Er hat mir beim Schrein und in Ynys Avallach geholfen«, sagte der Emrys näher tretend. »Er hat sich bereits als würdiger Freund und Verbündeter erwiesen.«

Es gefiel mir über die Maßen, so gelobt zu werden, und ich errötete darüber.

»Bleib in der Nähe, Aneirin ap Caw«, sagte der Hochkönig liebenswürdig. »Das scheint eine durstige Runde zu sein. Wir brauchen deinen Krug wohl bald wieder.«

»Und ob!« rief Kei. »Lauf nicht weit weg, Bursche, und laß uns den Met nicht ausgehen!«

Mit solch hohem Lob in den Ohren schuftete ich die ganze Nacht und hielt nur einmal inne, als der Emrys zur Harfe sang. Die ganze, riesige Halle wurde mit einem Schlag still wie ein Tal im Wald – fürwahr, die Welt selbst schien den Atem anzuhalten, um ihm zu lauschen –, und als die Musik des wahren Barden mein Herz erfüllte, schwor ich, daß ich stets nach dem rechten Weg suchen würde, und betete, daß es mir gestattet würde, auf immer in Artus' Diensten zu verweilen.

Am nächsten Tag verließen der König und die Königin Caer Lial und ritten zur Tafelrunde. Nur diejenigen, deren Namen dem Bauwerk eingeschrieben waren, durften sie begleiten. Ich kam mit, weil der Emrys meine Dienste für nützlich hielt. Jemand mußte ja auf die Pferde aufpassen. Und da ich bereits wußte, wo der Schrein sich befand, nahm er lieber gleich mich als einen anderen.

Als wir in Sichtweite des Rundbaus gelangten, saß König Artus ab und ging den Rest der Strecke zu Fuß. Er sagte, aus Achtung vor dem Opfer derjenigen, welche dem Denkmal Bedeutung verliehen hätten, wolle er sich ihm nur demütig zu Fuß nähern. Er stieg den Hügel hinan und kniete ehrfürchtig vor dem Schrein nieder.

Gwenhwyvar beobachtete ihren Gemahl aufmerksam. Ihre dunklen Augen kündeten von dem tiefen Gefühl, das sie für ihn und diesen Tag empfand. Erwartungsvoll verschränkte sie immer wieder ihre Hände.

Der Hochkönig erhob sich, legte sein Schwert ab und trat in die Tafelrunde. Daraufhin folgten ihm seine Hauptleute in feierlichem Zug: Kei, Bedwyr, Bors, Gwalchavad und Llenlleawg. Jeder entledigte sich vor dem Eintreten seiner Waffe. Der Emrys, Gwenhwyvar und ich blieben eine Weile draußen. Dann ging die Königin hinein und zuletzt der Emrys.

Ich ließ mich dort nieder, wo die Pferde in der Nähe des Baches angepflockt standen, und hatte auch vor, dort zu bleiben. Die anderen waren noch nicht lange im Schrein, als ich die galoppierenden Hufe eines Pferdes hörte, das sich unten am Meeresstrand näherte. Ich rannte auf den Hügel und blickte hinab. Ein Krieger sprengte an dem von Wellen überspülten Gestade herbei.

Ich versteckte mich hinter einem Busch, um nicht seine Aufmerksamkeit zu erregen und ihn zu dem Heiligtum zu locken. Aber die Mühe hätte ich mir sparen können. Denn obwohl er weder nach rechts noch links blickte, ritt er bis auf Höhe des Monumentes, wandte sein Pferd und lenkte es geradewegs den Hügel hinan zum Pfad, der zu dem Rundbau führte.

Erst wollte ich loslaufen und den Emrys holen oder die Menschen in dem Gebäude warnen, aber etwas hielt mich davon ab – der Reiter wirkte irgendwie vertraut. Denn obwohl er fremd aussah – er hatte eine hellrote Hose und ein ebensolches Hemd an und trug einen schönen blauen Umhang mit Pelzbesatz und um seinen Hals einen silbernen Torques –, hatte ich das Gefühl, ihn zu kennen.

Er zügelte sein Pferd und schwang sich mit einem Sprung aus dem Sattel. Erst heute morgen hatte ich es einen anderen genauso machen sehen. Gwalchavad war auf die gleiche Weise abgesessen.

Ja, es war Gwalchavad! Unmöglich! Ich hatte ihn eben erst in den Rundbau gehen sehen. Also war es ein anderer, aber ihm sehr ähnlich ...

Aus dem Augenwinkel heraus mußte er mich im Dickicht lauern sehen haben, denn er wandte sich jählings um und legte den Speer an. »Bitte, Herr«, sagte ich. »Nimm deinen Speer weg. Dies ist heiliger Grund.«

Er lächelte erfreut. »Wenn du einen Krieger erschreckst, läufst du große Gefahr«, sagte er. »Ich habe nichts Böses im Sinn. Sind sie schon hineingegangen?«

Ich nickte. Er ließ die Zügel fallen und betrachtete den Bau. Dann stieg er ohne ein Wort die Stufen hinauf, um einzutreten. Ich rannte ihm nach, weil ich ihn abhalten wollte, aber er erreichte den Eingang zuerst. Weil ich die Störung fürchtete, eilte ich ihm nach und kam gerade rechtzeitig, um zu sehen, wie der Hochkönig mit erstaunter Miene hochsprang.

Die anderen wirkten ebenso überrascht, aber keinen schien der Eindringling zu stören. Gwalchavad faßte sich als erster.

»Gwalcmai!« rief er. »Bruder, wo warst du so lange?«

Gwalcmai beachtete ihn nicht und ging geradewegs zum Hochkönig. Er sank vor ihm nieder und warf sich, die Hände ausgestreckt, aufs Gesicht. Artus bückte sich, faßte ihn bei den Schultern und hob ihn auf. »Steh auf, Gwalcmai, du bist in meinem Gefolge willkommen. Steh auf, Bruder, und laß dich ansehen!«

Gwalcmai raffte sich auf und umarmte den König, während ihm Freudentränen über die Wangen liefen. Gwalchavad klopfte ihm glücklich auf den Rücken, und die beiden Brüder fielen einander in die Arme. Kurzum, es war ein frohes Wiedersehen. Bedwyr und Kei kamen und schüttelten ihm ebenfalls die Hand.

Ich sah den Emrys ein wenig abseits stehen und schlich mich neben ihn. »Ich habe versucht, ihn aufzuhalten«, flüsterte ich.

»Nicht nötig«, erwiderte er. »Er gehört zu uns und ist von einer langen Reise heimgekehrt.«

»War sie sehr lang?«

»Siebzehn Jahre lang.«

Eine weite Reise, dachte ich, wenn sie so lange gedauert hatte. »Wohin ging er?«

»Ach«, entgegnete der weise Emrys, »er begab sich auf die Suche nach sich selbst und fand statt dessen Gott.«

Das ergab für mich keinen Sinn, aber im Augenblick ließ ich die Sache auf sich beruhen. Ich überließ die anderen ihrer Feier und kehrte an meinen Platz bei den Pferden zurück. Das plötzliche Auftauchen des Reiters erinnerte mich an einen anderen Eindringling – denjenigen, der in jener Nacht zum Heiligtum gekommen war. Der Gedanke behagte mir nicht, obzwar ich nicht wußte, warum.

»Ich habe mehrere Jahre bei Bischof Sepulcius verbracht und bin von jenem guten Menschen in den heiligen Dingen unterwiesen worden«, erzählte Gwalcmai. »Und davor wanderte ich lang durch Llyonesse, Gorre und Armorica.«

Wir saßen beim Mahle in Caer Lial, nachdem wir in der Dämmerung von der Tafelrunde zurückgekehrt waren. Überall wurde Gwalcmai willkommen geheißen und von allen und jedem begrüßt. Er war so lange fort gewesen, daß niemand erwartet hatte, ihn jemals wiederzusehen. Man hatte ihn für tot gehalten.

Auf dem Weg zurück zur Stadt erklärte mir der Emrys, wie es kam: »Er begab sich auf die Suche nach Pelleas.«

»Du sagtest, er habe sich auf die Suche nach sich selbst begeben«, erinnerte ich ihn.

»So war es auch. Er glaubte, nach Pelleas zu suchen, doch bedurfte seine eigene Seele der Rettung.«

»Wer war dieser Pelleas?«

Der große Emrys seufzte. »Pelleas war mein Diener und mein teuerster Freund.«

»Was geschah mit ihm?«

Der Emrys blickte mich mit seinen goldenen Augen streng an. »Du stellst zu viele Fragen, Junge.« Er wandte sich ab, und wir ritten schweigend weiter.

Als wir in Artus' Saal saßen, hörte ich genau zu, um jedes Wort mitzubekommen, welches das Geheimnis von Pelleas lüftete. Gwalcmai redete freimütig über die Jahre, die er fern seiner Gefährten verbracht hatte. Ich erfuhr, daß Gwalchavad und er Söhne des rebellischen Lot waren, der einst einer der wichtigsten Befürworter des Pendragon gewesen war.

Das waren Neuigkeiten! Jeder wußte, daß Lot von Orkadien und Artus immer schwierige Verbündete gewesen waren. Es ging das – nie widerlegte – Gerücht, Lot habe es in den Tagen von Cerdics Aufstand versäumt, dem Ruf zum Kampfe nachzukommen. Darum ward Lot für immer von Artus verstoßen.

Aber hier saßen die Söhne Lots, Artus' Feind, an des Königs Tafel und genossen die Gunst seiner Gesellschaft, ausgezeichnet unter den Menschen durch silberne Torques und goldene Ringe, welche sie von Artus persönlich empfangen hatten. Nie hatten sie auch nur einen Tag lang in der Geiselgrube geschmachtet. Es gab keinen Sinn. Fürwahr, das Geheimnis wurde damit nur noch undurchdringlicher.

»Ich war sechs Jahre in Gallien«, berichtete Gwalcmai, »am Hofe von Clovis, dem König der Ffreincen. Als er starb, kehrte ich nach Ynys Prydein zurück und nahm meine Suche nach Morgian wieder auf.«

Als er Morgian erwähnte, erwachte mein Interesse abermals. Mit dem Krug in der Hand schlich ich mich näher heran. Was war mit Morgian?

Gwalcmai sah nun den Emrys an und sagte: »Ihre Spur führte nach Norden.« Kei und Bedwyr tauschten besorgte Blicke, und alle am Tisch wurden still. Eindeutig war diese Morgian jemand mit einer gewissen Macht – allein die Erwähnung ihres Namens warf einen Schatten auf das Festmahl.

König Artus schlug mit der flachen Hand auf den Tisch. »Gott liebe dich, Gwalcmai, wie schön, dich wieder bei uns zu haben! Wir haben in den kommenden Tagen vieles zu bereden!« Der Hochkönig schob seinen Stuhl zurück und stand auf. »Bitte, freut euch, meine Freunde, und genießt den Abend. Ich geselle mich morgen wieder zu euch.«

Das Gespräch bei Tisch ging weiter, aber ich folgte Artus mit dem Blick und sah, daß Gwenhwyvar in den Saal getreten war. Der König ging zu ihr und umarmte sie. Arm in Arm verließen sie den Saal und begaben sich in die dahinter liegenden Gemächer.

Über Gwalcmais lange Abwesenheit wurde nicht weiter gesprochen. Gwalcmai wollte von den Kriegen hören, und die anderen waren begierig, ihm alles zu berichten. Bedwyr, der sich gut an jeden einzelnen Kampf und jede Schlachtordnung von der am Glein bis zu der bei Baedun erinnerte und noch dazu an alle vorigen, sprach mit großer Beredsamkeit und Ausführlichkeit. Die anderen überließen ihm das Feld und ermunterten ihn nur zwischendurch mit eigenen Erinnerungen.

Gwalcmai hörte sich alles hingerissen an – bald mit halb geschlossenen Augen, wenn er sich das Schlachtfeld vorstellte, bald mit Rufen des Erstaunens und des Lobes ob der Beherztheit der Kämpfenden. Mitten unter dem langen Bericht verließ der Emrys den Saal. Ich merkte es erst gar nicht, weil ich selbst von Bedwyrs Schilderung gebannt war. Aber als ich einmal zu seinem Platz hinsah, war er verschwunden.

Da der weise Emrys in Sachen Morgian zu schweigen beliebte, hoffte ich, Gwalcmai habe nichts dagegen, darüber zu sprechen, und beschloß, ihn bei der erstbesten Gelegenheit nach ihr zu fragen.

Als er nun am nächsten Morgen zum Frühstücken in den Saal kam, ging ich keck auf ihn zu und gestand ihm, was ich auf dem Herzen hatte.

»Bitte, Herr Gwalcmai, auf ein Wort mit dir.«

Ich glaube, er war entsetzt über meine Anmaßung – ein Diener, der einen Feldherrn aus dem Gefolge des Hochkönigs um einen Rat bat. Aber meine Keckheit gefiel ihm in gewisser Weise wohl doch oder verdutzte ihn zumindest. »Kenne ich dich, Bursche? Warst du nicht vergangene Nacht bei der Tafel?«

»Das war ich«, erwiderte ich, »und zuvor trat ich dir bei dem Schrein entgegen.«

Da lachte der Feldherr gutmütig. »Ja! Jetzt erinnere ich mich an dich. Mutiger Bursche, in dir steckt ein Krieger. Sage mir, wie du heißt, Junge, denn mich dünkt, du bist zu höheren Dingen geboren als zum Auftragen von Bierkrügen.«

»Ich bin *Filidh* des Emrys«, erwiderte ich stolz. »Es stimmt, daß ich zu höheren Dingen geboren wurde. Aber ich bin es zufrieden, dem Hochkönig zu dienen, wie es auch sei – ob durch das Reichen von Bierkrügen oder das Fegen der Fußböden. Ich heiße Aneirin ap Caw. Mein Vater ist Herr über Trath Gwyrd.«

»Ich grüße dich, Aneirin ap Caw. Was möchtest du von mir wissen?« Der Feldherr betrachtete mich belustigt und neugierig.

»Ich möchte mehr über diese Morgian erfahren«, sagte ich, ohne so recht zu wissen, nach wem ich mich da erkundigte.

Gwalcmai schöpfte Argwohn. »Was hast du mit ihr zu schaffen, Junge?«

»Gar nichts, Herr. Aber ich vermute da ein Geheimnis, denn keiner will auch nur ihren Namen laut aussprechen.«

»Das glaube ich wohl«, erwiderte Gwalcmai. Er zupfte sich am Kinn und musterte mich eingehend. Dann wandte er sich zum Gehen und sagte: »Komm mit, ich werde dir erzählen, was du wissen willst. Aber nicht in diesen Mauern.«

Wir gingen aus dem Saal auf den Übungsplatz hinter dem Palast. Gwalcmai blieb eine Weile stumm, und wir spazierten mit zu Boden gerichteten Augen ein Stück des Weges.

»Möge mein Herr Jesus mir verzeihen«, hub er plötzlich an. »Vielleicht wäre es am besten, diese Dinge blieben verborgen. Doch ich kann das nicht entscheiden. Gott allein weiß, was am besten ist. Aber ich glaube, es ist an der Zeit, daß Morgians Herrschaft ein Ende findet, und ich habe geschworen, dieses Ende herbeizuführen. Und wenn es mir nicht gelingt, dann gebührt die Aufgabe einem anderen. Darum erzähle ich es dir.« Er blieb stehen und packte mich an den Schultern. »Verstehst du, Aneirin ap Caw?«

Ich nickte feierlich. Auch ich fühlte das schreckliche Gewicht seiner Worte wie Blei in den klaren Bronnen meines Herzens fallen. Das Geheimnis war eindeutig größer, als ich ahnte.

»Es begann vor siebzehn Jahren. Wir hatten im Norden gefochten, und als wir nach Caer Melyn zurückkehrten, entdeckten wir, daß Myrddin verschwunden war. Pelleas machte sich auf die Suche nach ihm, und als beide nicht zurückkamen, schickte Artus Bedwyr und mich nach ihnen aus.«

Er hielt inne und schüttelte den Kopf. »Pelleas – ach, dieser Name ist mir lange nicht über die Lippen gekommen.«

»Wer war das, Herr?«

»Pelleas war ein unvergleichlicher Krieger. Er war ein Prinz aus dem Feenvolk, der dem Emrys diente, und in jener Zeit zugleich einer von Artus' Feldherrn. Daß beide von ihnen vermißt wurden, betrübte Artus sehr. Bedwyr und ich ritten ihnen nach.« Er hielt inne, um sich an jene Zeit vor vielen Jahren zu erinnern. Als er weitersprach, war seine Stimme von Gram beladen. »Wir fanden Myrddin auf einer Klippe in Llyonesse sitzen, blind und von der Sonne versengt und außerdem völlig wahnsinnig – so dachte ich zunächst.«

»Was war mit Pelleas?«

»Von ihm gab es keine Spur. Wir brachten Myrddin zum Palast in Ynys Avallach und machten uns dann wieder auf die Suche... Doch von Pelleas fanden wir kein einziges Lebenszeichen.

Dennoch suchte ich weiter. Von Llyonesse reiste ich nach Gorre – jener elenden Inselgruppe im Süden. Dort fand ich zwar nichts, erfuhr jedoch von einem Dorf des Feenvolkes in Armorica. Ich segelte hin und begab mich zu Ban. Die Siedlung, die ich suchte, liege unfern seines Reiches, sagte man mir, aber sie war nicht mehr zu finden. Da reiste ich nach Gallien und gelangte an den Hof von Clovis, wo ich Bischof Sepulcius kennenlernte und zum Christen getauft wurde. – Meine Suche führte nicht zum Erfolg«, schloß Gwalcmai traurig.

»Das würde ich nicht sagen«, erwiderte ich. »Der Emrys meinte, du habest dich auf die Suche nach Pelleas begeben und statt dessen Gott gefunden.«

Gwalcmai lachte. »Oh, weise ist er fürwahr. Ja, so war es wohl schließlich. Darum blieb ich so lange bei Sepulcius: Ich spürte, daß mein Leben einen Sinn hatte, wenn ich bei ihm war. Und da König Clovis auf diesen frommen Mann baute, blieb ich, um ihm zu helfen. Die Ffreincen sind noch streitsüchtiger als die Briten – wenn du das glauben kannst.«

»Du hast mir von Pelleas erzählt«, sagte ich. »Aber was ist mit Morgian?«

»Darauf wollte ich gerade kommen.« Gwalcmais Miene verdüsterte sich wieder. »Sie ist diejenige, welche Myrddin blendete und in Llyonesse sterben lassen wollte.«

»Was!«

»Es ist bei Gott die Wahrheit, was ich dir sage.«

»Aber wie nur?« Ich konnte mir niemanden vorstellen, der imstande gewesen wäre, den erhabenen Emrys auszustechen, den Oberbarden der Insel der Mächtigen.

»Sie ist eine Zauberin des Feenvolkes, eine Hexe des Feenvolkes, höchst mächtig und schrecklich. Sie ist das Böse selbst und so stark wie der Tod.« Er sprach mit solcher Heftigkeit, daß ich ihn erstaunt anstarrte.

»Kennst du sie gut?«

»Ja«, antwortete er bedauernd, »ich kenne sie gut genug, daß ich sie lieber nicht kennte.«

»Du sagtest, sie sei hierher gekommen. Wir haben nichts davon gehört.«

»Ich sagte, ihre Spur führe nach Norden«, verbesserte er mich. »Aber es gibt Orte, wo sie willkommen wäre. Wo immer Artus einen Feind hat oder jemand Myrddin Böses will – dort wird sie einen Freund finden.«

»Will sie Artus schaden?«

»Sie will allen Menschen schaden, Junge. Lasse dies nie außer acht. Und lasse dir nie von jemandem etwas anderes einreden. Höre gut zu, ich weiß, wovon ich spreche: Morgian ist Gift. Sie ist eine Viper, eine Teufelin in Menschengestalt. Und sie hat es auf unseren Untergang abgesehen.«

Darauf begaben wir uns zurück in den Palast. Ich ging meinen Pflichten nach und mußte die ganze Zeit an das denken, was Gwalcmai mir erzählt hatte. Immer wieder kamen mir seine Worte in den Sinn, und den ganzen Tag über wuchs das Gefühl einer bösen Vorahnung in mir. Ich spürte das Verhängnis in der sonnenhellen Luft von Caer Lial und konnte meine Aufgaben nicht zufriedenstellend erfüllen. Ich hatte niemanden, mit dem ich meine Last hätte teilen können, damit sie leichter würde. Elendig mühte ich mich ab.

Doch wir sind nicht für langes Leiden geschaffen. Wir vergessen. Nach ein paar Tagen wich das erstickende Gefühl des Verhängnisses von mir, und ich dachte wieder an andere Dinge. Der Himmel fiel mir nicht auf den Kopf, die Erde verschlang mich nicht, und das Meer erhob sich nicht, um Britannien zu überfluten. Ich verlor das Interesse an Morgian und ihren Ränken und wandte mich wieder anderen Dingen zu. Vor allem weil der Emrys mich erkor, mit ihm zu dem Heiligtum zu gehen.

Artus wollte die erste Versammlung der Tafelrunde abhalten – jener vertrauten Gefährten, deren Namen in die Wände des Rundbaus gemeißelt waren. Myrddin und ich sollten die Vorhut bilden und alles vorbereiten.

Die Aussicht, dorthin allein mit dem Emrys zurückzukehren, erfüllte mich mit Freude. So schön der Palast auch war, ich mochte den kahlen Rundbau lieber. Seine Einsamkeit zog mich an. Mein Geist war dort in Frieden. Frieden, habe ich gelernt, ist auf dieser Welt selten und hoch zu schätzen.

V

Ich weiß nur wenig von dem, was sich bei der Versammlung der Tafelrunde abspielte. Die Beteiligten – Bedwyr und Kei natürlich, Bors, Gwalchavad, Cador, Llenlleawg, Idris und der Emrys – waren Artus' treueste Gefährten. Sie waren die ersten. Andere würden dazukommen, wofern tüchtige Männer an Artus' Hof gezogen wurden.

Drei Tage lang hielten die Fürsten täglich Rat mit dem Hochkönig. Drei Abende lang speisten sie jeweils gemeinsam und sang der Emrys. Eines der Lieder, das er sang, war »Taliesins Vision«, auch das »Lied vom Sommerreich« genannt.

Ich schätze mich glücklich, daß ich es hören durfte.

Am dritten Tage der Versammlung traf Gwalcmai ein. Ob er geladen worden war oder aus eigenem Antrieb kam, weiß ich bis heute nicht. Aber er tauchte am Mittag auf, grüßte mich und begab sich zum Schrein. Er kniete am Eingang nieder, betete und durfte eintreten. Ich brachte sein Pferd zu den übrigen und wartete ab, was geschehen würde.

Nach kurzem tauchte er wieder auf, allein, und ging den Hügel hinab. Das tat er rasch wie ein Mann, der einer wichtigen Pflicht nachzukommen hat. Später erfuhr ich, daß man Gwalcmai eingeladen hatte, zum Mitglied der Tafelrunde zu werden und seinen Namen neben die der übrigen stechen zu lassen. Aber da er nicht bei den Kriegen gegen die Barbaren mitgefochten hatte, mußte er erst einen großen Dienst an Gott, dem Pendragon oder Britannien vollbringen.

Diese Tat konnte er sich frei auswählen. War sie vollbracht, durfte er zurückkehren und mit dem Beweis seines Erfolges vor den Pendragon treten. Wurde er von den anderen dann als würdig befunden, wollten sie ihn in ihren Reihen aufnehmen.

Darum sah ich an jenem Tage, als er wegritt, einen entschlossenen, harten Glanz in seinen Augen. Ich glaube, er wußte bereits, was er tun wollte, um sich seinen Platz in der Tafelrunde zu verdienen.

Am Morgen des vierten Tages brachen der Hochkönig und seine Gefährten wieder auf. Der Emrys und ich blieben jedoch beim Schrein, da der Emrys ein wenig Zeit alleine verbringen wollte.

In jener Nacht saßen wir beim Mahl am Feuer. Ich sagte: »Ich frage mich, woher die Hügelmenschen wissen, daß wir hier sind.« Denn das Essen war wieder eingetroffen, sobald Artus und die anderen fort waren.

»Es geschieht in diesem Lande nicht vieles, ohne daß sie es erfahren.«

»Warum bringen sie das Essen?«

»Es ist ihre Art, mir Ehre zu erweisen. Ken-ti-gern nennen sie mich. Kennst du das Wort?«

Ich schüttelte den Kopf. »Nein – sollte ich?«

Traurig betrachtete der Emrys mich einen Moment lang. »So vieles geht verloren«, sagte er schwermütig. »Das Sommerreich erblüht, und die alte Welt muß Platz machen.«

Dann schwieg er eine Weile. Ich beobachtete sein Gesicht im Schein des flackernden Feuers. Er war alt, wiewohl er nicht so aussah. Lange hatte er auf dieser Erde Weisheit erworben, und deren Gewicht war ihm zur Bürde geworden.

Um seine Stimmung aufzuhellen, sagte ich: »Letztes Mal habe ich einen von den Hügelmenschen gesehen.«

»Letztes Mal?« Der Emrys blickte auf, und seine goldenen Augen funkelten im Feuerschein.

»Als ich hier blieb – nachdem du mit Tegyr und Bedwyr gegangen warst. Ich war allein und sah einen von ihnen, als er das Essen brachte. Er kam zum Schrein hinauf und stellte sich einen Augenblick auf die Schwelle. Dann verschwand er. Er dachte vermutlich, wir seien alle fort, und wollte den Schrein betrachten. Er kam aber nicht herein, und es war dunkel. Er sah mich nicht.«

Myrddin starrte mich lange fest an. »Das hast du mir bisher verschwiegen. Weshalb?« fragte er schließlich.

Entgeistert erwiderte ich: »Es schien mir nicht wichtig. Es geschah nichts. Er ließ das Essen da und ging. Ich sah ihn nicht wieder. Warum? Habe ich etwas falsch gemacht?«

»Es ist nicht deine Schuld. Du konntest es nicht wissen.«

»Was wissen?« fragte ich entrüstet. »Was habe ich getan?«

»Ist dir nie eingefallen, daß die Hügelmenschen kein Essen gebracht hätten, wenn sie geglaubt hätten, du seist gegangen?«

Seine Frage versetzte mir einen Stich. Ich spürte, wie mir das Blut in die Wangen schoß, und war dankbar, daß der rötliche Feuerschein meine Scham verbarg.

»Und?«

»Nein, wohl nicht«, erwiderte ich schmollend. Er hatte recht, und das wußte ich.

»Nein, das hätten sie nicht. Wenn sie Essen brachten, wußten sie, daß du noch da warst. Und dann hätten sie nicht zugelassen, daß du sie siehst.« Der Emrys hielt inne und sprach dann freundlicher weiter: »Nun, vermutlich war es nicht wichtig, ganz wie du sagtest.«

Mein Herz pochte heftig und sagte mir, daß es sehr wohl wichtig gewesen war. Es ging hier um ernstere Dinge, als man mir gesagt hatte. »Wenn es keiner von den Hügelmenschen war«, sagte ich. »Wer war es dann?«

»Das kann ich nicht sagen.« Abrupt wandte der Emrys den Blick ab.

»Morgian?« fragte ich, ohne recht zu wissen, was ich da fragte.

Der Kopf des Emrys schnellte herum. »Warum sprichst du diesen Namen aus?«

Entsetzt starrte ich ihn an. »Vergib mir! Ich weiß nicht, warum ich ihn nannte.« Das war die Wahrheit, bei Gott – der Name entschlüpfte mir einfach so.

Der Emrys kniff die goldenen Augen zusammen. »Vielleicht«, sagte er langsam. »Oder vielleicht gibt es noch einen anderen Grund.« Sein Tonfall war äußerst furchterregend.

»Was meinst du damit, weiser Emrys?« fragte ich voll Angst vor der Antwort.

Er starrte ins Feuer, auf die kirschrote Glut in dessen flammendem Herzen. Was er sah, freute ihn nicht. »Damit meine ich«, sagte er schließlich, »daß ich fürchte, du hast richtig geraten – falls du geraten hast.«

Den ganzen Abend fiel kein weiteres Wort. Wir schliefen ein und erwachten am nächsten Morgen bei Nieselregen. Der Regen hielt fast den ganzen Tag an, und erst gegen Abend klarte es endlich auf. Der Emrys und ich gingen unserer Arbeit nach und verließen den Schrein erst wieder in der Dämmerung, als die Sonne anfing, die Hügel und das Meer hell zu vergolden.

»Aneirin!« rief mich Myrddin Emrys von der Hügelspitze. Ich stand unten am Bach und füllte die Wasserkrüge für die Nacht. »Willst du die *Bhean Sidhe* sehen? Dann komm her.«

Ich beeilte mich mit den Krügen und hastete den Hügel hinauf. »Geh in den Schrein und bleibe dort, bis ich dich rufe.«

Ich tat, wie mir geheißen. Der Emrys legte die Hände wie einen Trichter um den Mund und stieß ein Pfeifen aus, das sich anhörte, als würden Wellen über die Kieselsteine am Strand rollen. Er wiederholte es und wartete vollkommen reglos. Einen Augenblick später hörte ich einen Antwortpfiff, der genau mit dem seinen übereinstimmte. Myrddin Emrys erwiderte ihn ebenso, und aus dem Dickicht am Rande des Baches traten zwei junge Knaben, schlank und braun wie Weidengerten. Sie trugen ein Bündel mit Essen.

Flink wie Schatten rannten die beiden den Hügel hinan und näherten sich dem Schrein. Der vordere von beiden schlich vorsichtig heran und legte das Bündel auf den Boden. Mit beiden Händen faßte er die Rechte des Emrys und küßte sie. Der andere tat es ihm gleich, und dann fingen sie an, sich zu unterhalten. Ich verstand nichts von ihrer Sprache – für mich klang sie weniger menschlich als alles, was ich bis dahin gehört hatte. Sie war wie Windesbrausen und Laubesrascheln, Schlangengezisch, Bienengesumm und Wassergurgeln.

Nachdem sie eine Weile so geredet hatten, drehte der Emrys sich zum Schrein um und zeigte darauf. Die beiden blickten einander an und nickten. »Du kannst herauskommen, Aneirin«, rief Myrddin. »Sie gestatten, daß du sie anblickst.«

Behutsam trat ich durch die Tür des Rundbaus und ging die Stufen hinab. Erst als ich neben dem Emrys zu stehen kam, wurde mir klar, daß unsere Besucher keine Kinder, sondern erwachsene Männer waren. Ausgewachsen – und doch kleiner als ich!

Sie betrachteten mich mit offener Neugier und ich sie. Sie hatten kurze, ärmellose Hemden aus Leder und Vogelfedern an. Ihre Hosen waren aus weichem Schafsfell, die Stiefel ebenfalls. Sie trugen kleine Holzbogen, und jeder hatte einen Köcher mit kurzen Pfeilen am Gürtel hängen. Um den Hals hatten sie Ketten aus winzigen gelben Muscheln, und jeder trug einen breiten goldenen Ring um den Arm. Winzig kleine blaue Schnitte, drei über jeder Wange – ihre *Fhain*-Male –, wiesen sie als dem Lachs-Fhain zugehörig aus. Ihre Augen und Haare waren pechschwarz. Ihre Haut war braun und so faltig wie ihre Hemden.

Der Emrys sagte etwas zu ihnen, und ich hörte meinen Namen. Darauf lächelten die zwei. Der erste deutete auf seine Brust und sagte: »Rei.« Er wiederholte es, bis ich es ihm nachsprach. Dann stellte der zweite sich vor: »Vranat«, sagte er.

Ich nannte ihnen meinen Namen, und sie wiederholten ihn – nur mit dem Unterschied, daß sie »Nee-rin« sagten und lachten, als wäre es ein großartiger Witz. Dann wurden sie plötzlich ernst und sprachen abermals mit dem Emrys, besorgt und nachdrücklich. Das dauerte nur einen Augenblick. Myrddin antwortete ihnen etwas, und nachdem jeder dem Emrys die Hand geküßt hatte, brachen sie auf. Im Nu waren sie verschwunden.

»Da«, sagte Myrddin Emrys, »jetzt hast du Hügelmenschen gesehen. Besteht noch ein Zweifel?«

Ich wußte, was er meinte. »Keiner«, erwiderte ich. »Selbst im Dunkeln würde ich den Unterschied merken – der, den ich sah, war ganz anders als diese.«

Der Emrys drehte sich um und ging den Hügel hinab ans Meer. Ich folgte ihm, und wir spazierten eine ganze Weile. Am Wasser war es kühler. Der Geruch nach Tang und Salz drang mir in die Nase. Und der Klang der anbrandenden und verebbenden Wellen beruhigte meinen verwirrten Sinn. »Was werden wir nun tun?« fragte ich.

»Wir werden tun, was von uns verlangt wird.«

»Werden wir wissen, was das ist?«

»Alles kommt zu seiner Zeit. Alles, wessen wir bedürfen, wird auch gewährt. Wir brauchen nur darum zu bitten, und wenn unser Herz bei der Sache ist, wird die Bitte erfüllt.«

»Immer?«

»Du steckst voller Fragen, Junge«, sagte der weise Emrys lachend. »Nein, nicht immer. Wir dienen dem Wohlgefallen des Spendergottes. In ihm bewegen wir uns und haben wir unser Dasein. In ihm leben wir sowohl hier als auch in der künftigen Welt. Wenn uns etwas vorenthalten wird, dann zu einem künftigen größeren Wohle.«

»Immer?«

Jetzt wurde der Emrys streng. »O ja! Immer. Die Güte ist immer gut, und der allwissende Gott ist ein guter Gott. Von ihm leitet sich die Bedeutung des Begriffes Güte ab.«

»Also ist es immer noch zu einem größeren Wohle, wenn das Böse uns ergreift«, sagte ich, bemüht, diese Auslegung zu verstehen.

Der Emrys nahm meine törichte Antwort hin, verbesserte sie aber leicht. »So kann man es auch sagen, aber vielleicht läßt es sich besser ausdrücken. Böses zu sehen und es gut zu nennen heißt, Gott zu verhöhnen. Noch schlimmer, es macht das Gute bedeutungslos. Ein Wort ohne Bedeutung ist ein Greuel, denn wenn das Wort nicht mehr verstanden wird, dann verschwindet das Ding, für welches das Wort steht, aus der Welt und läßt sich nicht wieder zurückrufen. – Das ist eine große und tiefe Wahrheit, Aneirin. Darüber denke nach.«

Das tat ich, fand mich aber nicht damit zurecht. »Aber«, sprach ich, auf die vorige Erörterung zurückkommend, »wenn der Heilige Geist gut ist und mich dennoch das Böse ergreift – was soll ich dann sagen?«

»Sage einfach: ›Das Böse hat mich ergriffen.‹ Gott hat es nicht gewollt, aber da er Gott ist, kann er sogar das gebrauchen, was böse ist und zu Bösem führen soll, und es zum Guten wenden. Es ist seine Mühe auf der Welt wie auch die unsere, die Gefallenen aufzuheben und das Böse in Gutes zu verwandeln.« Er führte sich eine Hand ans Gesicht. »Sogar meine Blindheit wurde schließlich zum Guten gewendet.«

Das überraschte mich. »Weil deine Augen wieder sehen durften?«

»Nein«, erwiderte er. »Weil sie es nicht durften.«

Jetzt war ich vollends verwirrt. Der Emrys sah mich damit ringen und sprach: »Da du nicht glaubst, begreifst du es nicht.«

»Ich will es aber begreifen.«

»Dann höre mich an: Gott ist gut. Jedem werden nach seinem Maß und nach Gottes Zweck hohe Gaben gewährt. Ich erlitt die Blindheit, damit ich die tiefgründigen Schliche der Finsternis ergründete und das Licht um so mehr schätzte. Als mir diese Wahrheit aufgegangen war, gefiel es Gott, meine Augen wieder sehen zu lassen – als er es für richtig hielt.«

Ich wußte, daß dies alles mit Morgian zu tun hatte, konnte mir aber nicht vorstellen, auf welche Weise. Der Emrys sprach ein wenig wie ein Priester, der seine Schäfchen unterweist. Ich wußte, daß das, was er sagte, wahr war, aber die Wahrheiten, die seine Worte mir enthüllten, waren mir damals zu hoch. Entweder war es das, oder ich war ein zu seichtes Gefäß.

Als wir an jenem Abend unser Mahl beim Feuer einnahmen, erzählte Myrddin Emrys mir von seiner Zeit bei den Hügelmenschen: wie er von seinem Volk getrennt worden war, wie er von den *Bhean Sidhe* gefunden worden war, wie sie ihn fast geopfert hätten, wie er ihre Sitten und Bräuche erlernt hatte und die Mär ihrer Gern-y-fhain, der weisen Frau des Klans.

Während er mir aus seinem Leben berichtete, begann ich die Bedeutung seiner Worte zu begreifen: *So vieles geht verloren.* Mir wurde klar, daß die Welt, die ich kannte, ganz anders war als diejenige, welche er schilderte – und noch immer änderte sie sich rasch in fast jeder Hinsicht.

Siehe! Das Sommerreich erblüht, und die alte Welt muß Platz machen. Friede! So sei es!

Ein paar Tage danach verließen wir den Schrein und kehrten nach Caer Lial zurück. Da der Hochkönig nun hier weilte, war des Pendragon Hof mit den Angelegenheiten Britanniens beschäftigt. Ein ständiger Strom von Fürsten und Landeignern ging in Saal und Gemächern ein und aus.

Priester und fromme Männer kamen mit Bittgesuchen zu ihm. Der Hochkönig gründete Kirchen, stiftete fromme Orden und gewährte Klöstern Land. Königin Gwenhwyvar half ihm eifrig dabei. Aus ihren eigenen Mitteln und Schätzen säte sie den Samen der Aufrichtigkeit und beförderte sie gute Werke aller Art. Sie war schrecklich in ihrer Tugend und fürchterlich in ihrer Frömmigkeit. In ihrer Liebe war sie unbändig. Kein geringerer Krieger als Artus, kämpfte sie gegen Bosheit und Unwissenheit und wich nie einen Fußbreit.

Ich beobachtete alles, lauschte allem und merkte mir alles – barg es in meinem Gedächtnis gleich einem Schatz, wie es sich ziemte. Ich führte lange Gespräche mit Bedwyr, der mir zum Freund wurde. Bedwyr besaß die Seele eines Barden und das Gedächtnis eines Druiden. Oft begannen wir am Abend unser

Gespräch und standen erst auf, wenn die rosigen Finger der Morgenröte sich in den Saal schlichen.

Auch mit Kei freundete ich mich an, und er half mir, wo er konnte. Doch Keis fraglose Treue machte es schwierig herauszufinden, was bei den Schlachten tatsächlich geschehen war. »Nun«, pflegte er zu sagen, »Artus ist Artus, ja? Er ist der Bär. Keiner gleicht ihm in der Schlacht – wer kann ihm standhalten?« Das war dann alles über einen ganzen Feldzug!

In jenem Jahr wurde von der Tafelrunde noch zweimal Rat gehalten: einmal zur Herbst-Tagundnachtgleiche und einmal zur Wintersonnwende kurz vor Weihnachten. Bei der ersten Versammlung war ich nicht zugegen, nahm bei der zweiten aber meine übliche Aufgabe wahr und hütete die Pferde.

Drei kalte, nasse Tage verbrachte ich vor einem knisternden Feuer unterhalb des Hügels, während der stürmische Wind vom Meer Schnee hereinblies. Als die anderen schließlich aus dem Rundbau kamen, war ich fast erfroren. Singend traten sie in die Winterböen, mit lauten, fröhlichen Stimmen. Da wußte ich, daß etwas Bedeutsames geschehen war. Ich versäumte keine Zeit, herauszufinden, was.

»Welchen Grund hat euer Singen, weiser Emrys?« fragte ich, zu ihm laufend.

König Artus hörte meine Frage und erwiderte: »Heute ist ein Tag zum Feiern!« rief er. »Es soll ein großes Werk vollbracht werden. Größer als alles, was die Insel der Mächtigen je erlebt hat, seit Bran der Gesegnete seinen goldenen Thron errichtete.« Damit meinte er den sagenhaften Richterstuhl – Brans goldenen Sitz, auf dem er saß, wenn er über sein Volk Recht sprach. Brans Urteile, deren Gerechtigkeit begnadet war, wurde tausend Jahre lang Recht. In früheren Zeiten war Brans Recht das einzige im Lande, und es war gerecht.

»Was soll denn geschehen, Pendragon?« fragte ich.

»Der heiligste Gegenstand auf Erden soll in der Tafelrunde gehütet werden.« Er lächelte und klopfte mir auf die Schulter, daß ich beinahe umgefallen wäre. Er und der Emrys gingen zum Feuer, und ich war kein bißchen klüger als zuvor.

Da sprang Bedwyr mir zu Hilfe. »Was meinen sie?« fragte ich. »Welcher ist der heiligste Gegenstand?«

»Hast du nie vom Kelch des Herrn gehört?« sagte er im Weitergehen. Ich lief neben ihm her. »Dem Gral Jesu bei seinem letzten Abendmahl auf Erden. Den, welchen er ergriff und mit dem Sakrament des Weines segnete. Worauf er sprach: ›Dies ist mein Blut, daß für euch, meine treuen Brüder, vergossen wird. Trinkt oft daraus und gedenket meiner.‹«

»Ach, *der* Kelch«, erwiderte ich. »Natürlich weiß ich von ihm. Aber was hat er mit uns zu tun?«

»*Der* Kelch, wie du ihn nennst, ist hier in Britannien. Der Emrys hat ihn geschaut, und ebenso, heißt es, Avallach und einige andere.«

»Wo ist er?«

Bedwyr lachte. »Das müssen wir herausfinden.«

»Wie?«

»Ja, wie!« Er lachte über meine Neugier – sie ist von jeher mein Fluch gewesen – und sagte dann: »Nicht mir Waffengewalt, da kannst du dir sicher sein. Auch nicht mit List, Tücke oder Verrat. Aber«, fuhr er nachdenklich fort, »vielleicht durch die Beständigkeit des Glaubens und die Stärke der Rechtschaffenheit, durch die feste Hingabe des wahren Herzens – damit wäre er wohl zu erringen.«

»Der Mensch müßte ein Engel sein«, bemerkte ich.

Bedwyr blickte mich mit seinen scharfen, dunklen Augen an und nickte, während ein schwacher Anflug von Lächeln um seine Lippen spielte. »Jetzt sind die Menschen aufgerufen, zu Engeln in dieser Welt zu werden, Aneirin, und der Engel Arbeit zu tun.«

Was er damit meinte, habe ich inzwischen entdeckt, aber zu spät. Es lag so nahe, daß ich es nicht sah. Möge mir verziehen werden, ich war noch jung, und es gab so vieles auf der Welt, das ich nicht begriff.

Weihnachten in Caer Lial… Nichts, was ich kenne, kommt dem Himmel näher. Die Christmesse war seit je der feierliche Höhepunkt im Hause meines Vaters, aber es gab nie eine Festlichkeit, wie ich sie an Artus' Hof erlebte. Bischöfe und Erzbischöfe, Mönche und Priester, Könige und Fürsten mit ihren Gefolgen fielen so zahlreich in Artus' Stadt ein, daß man mit ihnen einen Schlacht hätte schlagen können. Und das taten sie in gewisser Weise vielleicht auch.

Ich hatte von Tagesanbruch bis weit nach Schlafenszeit damit zu tun, hin und her zu laufen und als Knecht und Türsteher zu dienen, als Mundschenk und Diener. Bald in den Ställen, bald in den Küchen, bald im Gemach – wo immer zwei Hände gebraucht wurden. Ich arbeitete schwer und legte mich erschöpft schlafen. Aber niemals war ich glücklicher.

Denn Artus' Palast, der immer ein froher Ort war, erfüllte sich mit dem Geist ausgelassener Freude, mit Entzücken, so süß wie Honigmet, mit freundlicher Einmütigkeit und Eintracht. Ach, es war ein Duft, der einem zu Kopfe stieg. Mir ward ganz schwindelig davon! Noch immer höre ich das Lachen in den abgelegensten Winkeln aufsteigen und in den Höfen widerhallen. Becher, die zur Freundschaft, und Stimmen, die zum Gesang erhoben waren.

Der fromme Samson von Dol hatte die Ehre, die Messe selbst zu zelebrieren, unterstützt von seinem Schüler Columcill. Groß und hager stand er da und las aus der Heiligen Schrift, daß seine tiefe Stimme uns wie Glockendröhnen in den Ohren klang. Er las die heiligen Worte und erhob seine außergewöhnliche Stimme zum Gebet, und jeder von des Teufels Gehilfen, der in der Nähe lauerte, wurde gewißlich in die Flucht geschlagen, während unsere Seelen auf die schwindelnden Höhen der Frömmigkeit geführt wurden.

Nach der Messe hob ein Schmausen an, es wurde gesungen und Geschenke wurden verteilt. Ich selbst empfing aus der Hand des Hochkönigs ein Messer mit goldenem Griff und bekam von Bedwyr einen prächtigen blauen Edelstein. Kei goß mir einen Becher Gewürzwein ein und bat mich, diesen mit all seinem Segen zu leeren. Auf dem Höhepunkt dieser fröhlichen Zeit kamen jene, die Artus Treue gelobt hatten. Einige waren Fürsten, andere die Söhne von Fürsten, welche sich den Kymbrogen anzuschließen wünschten. Unter ihnen befanden sich mehrere junge, adelige Pikten, die ebenfalls gekommen waren, um Artus' Frieden und Freundschaft zu suchen. Einer von ihnen war ein junger Mann namens Medraut.

Die Bittsteller traten in den Saal des Hochkönigs, wo dieser saß, um sich ihre Gesuche anzuhören. Einer nach dem anderen durften sie ihre Sache vortragen, und da es ein heiliger Tag war, wurde einem jeden das Gewünschte gewährt.

Und dann war die Reihe an Medraut.

Kühn schritt er auf den Sitz des Hochkönigs zu und kniete sogleich nieder. Mit demütigem, niedergeschlagenem Blick brachte er sein Begehren vor: »Herrlicher Pendragon, ich bitte, nimm mich als Zögling in deinem Hause auf.« Er sprach gut und ohne den geringsten Hinweis auf den schweren Zungenschlag der Pikten.

Einige atmeten hörbar ein, als sie das vernahmen, denn es war ein Anschlag auf die Großzügigkeit des Hochkönigs. Sie hielten den jungen Mann für schlecht beraten, daß er sich die fromme Feier zunutze machte, um etwas Derartiges zu verlangen. Aber Medraut war schlau. Er wußte, daß er an jenem Tage auf gar keinen Fall abgewiesen werden würde. Und wenn Artus einmal vor allen Edlen sein Wort gegeben hätte, würde er es nie wieder zurücknehmen.

Da hatte Medraut recht, aber er erwarb sich damit keine Freunde. Keinem gefiel es, daß die Freigebigkeit und Rechtschaffenheit des Hochkönigs auf solche Weise mißbraucht wurde. Viele murrten von jenem Augenblick an gegen ihn.

»Als Zögling angenommen zu werden, ist kein Geringes«, sprach Artus vorsichtig, »und nicht leicht zu erreichen. Wie heißt du?«

»Ich bin Medraut ap Urien, Prinz von Monoth.« Wo dieses Land liegen sollte, wußte ich nicht, und doch hatte ich mein ganzes Leben im Norden verbracht.

»Komm zu mir, wenn die Feier vorüber ist, Medraut. Noch besser, bringe deinen Vater mit, und wir sprechen darüber.«

Der junge Mann ließ sich nicht abschütteln. »Um deiner Feier willen, hoher Herr, flehe ich dich an: Weise mich nicht ab.«

Der Emrys beobachtete den Vorgang und sah, was geschah. »Ach, das war gut gemacht. Spiele mit dem nicht *Gwyddbwyll*«, warnte er mich und fügte hinzu: »Und borge ihm nicht dein Messer.« Er tippte mit dem Finger auf mein neues Messer und ging davon.

Da musterte ich den Jungen genauer. Seine Haut war bleich und blaß, als würde er sich niemals in die Sonne begeben. Sein Haar war schwarz. Es hing ihm glatt in die dunklen Augen und lockte sich auf seinen Schultern wie das einer Frau. Er war schlank und bewegte sich anmutig. Wenn er ging, dann berührten nur die Ballen seiner Füße den Boden, nicht die Fersen. Er hatte feine Gesichtszüge wie die eines Mädchens, war aber alles in allem keine unangenehme Erscheinung. Einige der jüngeren Damen an Artus' Hof fanden ihn wohl recht ansehnlich.

Auch der Hochkönig betrachtete den jungen Mann vor sich, und nichts Böses ahnend, gab er dessen Wunsche nach. »Ich weise dich nicht ab. Gegen deine Treue gewähre ich dir die Aufnahme als mein Zögling, bis es mich an der Zeit dünkt, daß du deinen Platz in der Welt einnimmst.«

Als Medraut dies hörte, warf er sich vor dem Hochkönig mit dem Gesicht zu Boden. »Herr und Pendragon«, sagte er, »ich biete dir meine Treue und Ehre. Solange mein Leib atmen kann, bin ich dein Untertan.«

Artus nahm Medraut auf und lud ihn zu der Feier ein. »Ein Bett für dich wird sich finden lassen, und du sollst es bequem haben. Doch lassen wir nun das Reden. Komm, schmause mit uns und freue dich über diesen frohen und heiligen Tag.« Dann stand er auf und erklärte die Ratsversammlung für beendet, worauf wir uns alle ans Feiern begaben. Mir fiel die Aufgabe zu, Medraut eine Schlafstatt zu suchen, denn alle Zimmer und Betten waren bereits vergeben.

Am Ende richtete ich es nach beträchtlicher Mühe so ein, daß er bei einigen der Knechte im Stall schlafen konnte. Als ich ihn darüber unterrichtete, entrüstete er sich: »Du glaubst wohl, ich stehe unter dir, Sklave!« rief er hitzig.

»Ich habe nicht gesagt, was ich von dir halte«, erwiderte ich wütend. Ich gestehe, daß ich nur wenig über ihn wußte, aber das kümmerte mich nicht. Ich hielt ihn für hochfahrend und kleinmütig, daß er Artus an sein Wort gebunden und sich seine Großzügigkeit zunutze gemacht hatte. »Ich bin hier ein Zögling wie du.«

Er stierte mich an. »Ich bin adelig!«

»Ich will es dir glauben.« Fürwahr, Beweise hatten wir keine.

»Hüte deine Zunge, du Diener! Ich bin jetzt Artus' Mann und könnte dich hinauswerfen lassen.«

Er prahlte vergebens, denn ich fürchtete ihn nicht. »Du bist der Zögling des Pendragon«, verbesserte ich ihn kühl.

»Weil du das weißt, willst du mich demütigen – was?«

»Ich will nur meinem Herrn gehorchen, indem ich die Aufgabe erfülle, die er mir aufgetragen hat.«

»Du sollst mich also verhöhnen und erniedrigen.« Er zog ein mißtrauisches Gesicht.

»Ich soll dir einen Platz zum Schlafen suchen«, erwiderte ich. »Wenn du dich dadurch gedemütigt fühlst, dann hast du dir vielleicht das falsche Haus ausgesucht, um es mit deiner Anwesenheit zu beehren.«

Er war so eingebildet, daß er meinen Spott nicht einmal bemerkte. »Ich will dein Bett«, sagte er listig.

»Mein Bett, aber –«

»Da haben wir's!« Er lachte kurz und scharf, wie ein Wiesel bläkt. »Ich will dein Bett, und du wirst im Stall schlafen.«

Seine Augen funkelten, als hätte er einen Sieg errungen.

»Wenn du das willst –«, hub ich an.

»Ja, das will ich.«

»Dann sei es.« Ich ging davon und ließ den jungen Tyrannen sich seiner Schläue erfreuen.

Tyrann, jawohl. Seine Frechheit war atemberaubend. Soviel Unverschämtheit konnte ich nicht glauben – noch, wie schnell er sich bei Artus eingeschmeichelt hatte. An Eitelkeit mangelte es ihm nicht.

Ich sah ihn erst nach dem Mahle jener Nacht wieder, als er zu mir kam und verlangte, daß ich ihn zu seiner Kammer führte. Er nahm an, ich verfügte über einen derartigen Luxus. Bei ihm waren die beiden piktischen Edlen. »Aber dies, Herr Medraut, ist meine Kammer«, sagte ich und zeigte auf die Halle, die jetzt von Rauch und den lauten Stimmen derjenigen erfüllt war, die noch immer zechten. »Und das ist mein Bett.« Ich deutete auf eine staubige Ecke neben dem großen Herd.

Dort hatten sich bereits zwei Krieger in ihre Mäntel gehüllt und schnarchten fröhlich vor sich hin. »Sieh nur, deine Gefährten liegen bereits zu Bette. Am besten, du weckst sie nicht auf, wenn du hineinfällst.«

Medrauts Gesicht wurde starr vor Zorn. »Lügner!«

»Es ist die Wahrheit«, erwiderte ich glatt. »Mein eigenes Bett wurde vor Tagen an einen anderen weggegeben. Und seitdem schlafe ich im Saal.«

Es stimmte. Mein Schlafplatz war von einem Fürsten eingenommen worden, seitdem die Edlen zu Weihnachten herbeigeströmt waren. In meine Decke gewickelt hatte ich auf einer der Bänke oder in einer Ecke des Saales geschlafen.

Ich weiß nicht, wieviel die beiden Pikten neben ihm begriffen, aber einer von ihnen lachte und klopfte ihm auf den Rücken. »Komm, schlafen wir in unseren Bechern!« rief er. Die Pikten verloren das Interesse und zogen davon.

»Wenn du sonst nichts verlangst, gehe ich jetzt in den Stall«, sagte ich, als sie fort waren.

»Du hast mich getäuscht, Sklave!« Er war aschfahl.

»Du hast die Täuschung gewollt«, fauchte ich. »Wenn du mich für einen Sklaven hältst, warum glaubst du dann, daß ich ein besseres Gemach habe als den Stall!« Er verzog das Gesicht, wußte aber keine Antwort.

Ich ließ ihn stehen, ging in die kalte Winternacht hinaus und über den Hof zum Stall. Der Himmel war klar, und der Mond stand hoch und hell am Himmel. Als ich die Tür erreichte, drehte ich mich rasch um und vermeinte, jemand an der Palastmauer entlang durch den Hof schleichen zu sehen. Aber es war schon spät und meine Augen müde vom Rauch und zu wenig Schlaf.

VI

Als der Frühling kam, unternahmen der Emrys und ich noch eine Reise nach Avallon im westlichen Meere. Diesmal begleitete uns die Königin mit einigen ihrer Damen. Kirche und Kloster, die dort gebaut wurden, lagen Gwenhwyvar am Herzen, und sie wollte selbst nach dem Rechten sehen.

Eines herrlichen Morgens stachen wir von Artus' Hafen aus in See. Ein frischer Nordwestwind blähte unsere Segel und trieb uns geschwind über die schaumbekrönten Wellen. Die Königin und der Emrys verbrachten die ganze Reise im ernsten Gespräch. Ich weiß nicht, worüber sie redeten, aber am Ende umarmte die Königin den Emrys und legte ihm lange den Kopf an die Schulter. Dann küßte sie ihn auf die Wange.

Mir schien, als hätten die beiden etwas geklärt. Oder vielleicht hatten sie sich in einer Sache miteinander versöhnt. Mir kam darüber nie etwas zu Ohren, daher weiß ich nicht mehr zu sagen. Doch fiel mir auf, daß die Stimmung zwischen des Pendragon Gemahlin und seinem weisen Ratgeber fortan herzlicher war.

Die Reise verlief ohne Zwischenfälle, und wir erreichten Avallon, als der Himmel im Westen von Lapislazuliblau zu grünlichem Gold verblaßte. Ein Teil der Mönche kam zu unserer Begrüßung ans Gestade. Sie führten Pferde mit sich, die uns einen rascheren Weg ermöglichten. Dennoch war es längst dunkel, als wir am Palast des Fischerkönigs anlangten.

Wir wurden erwartet und freudig begrüßt. Die ersten Boote, die im Frühling zu den Inseln fuhren, hatten den Bewohnern des Eilands die Nachricht gebracht, daß die Welt sie nicht vergessen hatte, und sie grüßten uns darob desto herzlicher.

Abermals versetzte mich König Avallachs mächtige Statur in ehrfürchtiges Staunen, noch mehr jedoch die Schönheit seiner Tochter Charis. Königin Gwenhwyvar und die Dame vom See nebeneinander zu sehen war, als würde man zu lange in das helle Funkeln der Sonne schauen. Das Herz tat einem vor Sehnsucht einen Sprung, und es fehlten einem die Worte.

Charis und Gwenhwyvar umarmten einander zur Begrüßung und blieben dann eine ganze Weile beisammen, um über frühere Begegnungen zu sprechen. Sie waren offenkundig Herzensfreundinnen.

In jener Nacht hallten Harfe und Gesang in des Fischerkönigs Saal wider, denn der erhabene Emrys spielte Lieder aus alten Zeiten. Diese Weisen hatte ich noch nie gehört, sie waren älter als alle Menschen, die heute leben, und schilderten Dinge, die sich vor so langer Zeit zugetragen hatten, daß die Menschen sich ihrer gar nicht mehr entsannen – außer im Gesang. Ich lauschte und sehnte mich nach nur ein wenig von jener Begabung, welche Myrddin Emrys in so hohem Maße besaß.

Jesus bewahre mich, im Saal des Fischerkönigs schien die Zeit stillzustehen, als der Emrys sang. Wie am Hofe von Bran dem Gesegneten achtzig Jahre zu einem Tage schmolzen, wenn Rhiannons Vögel zwitscherten, verebbte der unablässige Strom der Zeit zu nichts, und wir alle standen einen ewigen Augenblick lang beieinander.

Und in jenem ewigen Augenblick verloschen aller Gram, alle Sorge und alles Leid, wie Wassertropfen in der Sonne verdunsten. Dann wirkten wir alle schöner und edler, als wir jemals waren, wacher und flinker, ja, lebendiger als das Leben selbst.

Diese Momente sind wahrhaftig selten, aber es gibt sie. Glücklich der Mensch, der wenigstens einmal im Leben einen davon erlebt, denn er hat vom Himmel gekostet.

Als ich einschlief, klang mir die Harfenmusik noch immer in den Ohren, und als ich aufwachte, war ich allein im Palast, und der Morgen war bereits weit fortgeschritten. Ich stand auf und ging über den Hof zum Burgwall, stieg hinauf und ging oben entlang, um zu schauen, was ich entdecken würde.

Nicht weit im Süden glänzten die weißen Steinmauern des Klosters in der Sonne. Da ging mir auf, daß es nichts Schöneres geben könne, als in jenem heiligen Bezirk zu wohnen und mein ganzes Leben dem Dienste am Allerhöchsten und seinem Sohne, dem Erlöser, zu widmen. Ich beschloß, mich dorthin zu begeben, um zu erfahren, was für ein Leben das sein mochte.

Da wurde ich enttäuscht, denn obzwar die Mauern standen, war das Kloster noch nicht fertiggestellt. Steinhaufen lagen in dem weiten Hof neben Bretterstapeln. Die Grundmauern mehrerer Gebäude waren gelegt, und die Bautätigkeit war mit dem Frühling wiederaufgenommen worden. Überall waren Männer bei der Arbeit. Sie schnitten, hauten und gruben. Die Brüder mühten sich eifrig ab, schien es, aber es blieb noch viel zu tun.

Ich sah eine Weile zu und wurde kaum bemerkt, ehe ich über das weiche, grüne Gras zum Palast zurückspazierte, während der Wind mir den Umhang blähte. Mitten auf dem Weg von dem unfertigen Kloster zum Palast konnte ich nicht weitergehen.

Es ist merkwürdig, dergleichen zu sagen – noch merkwürdiger, es zu spüren –, aber mir schien plötzlich, als wären das Kloster und der Palast zwei Pole meiner Seele. Und ich war zwischen ihnen hin- und hergerissen. Ich muß, dachte ich, mir einen von beiden erwählen, und zwar bald.

Ich weiß nicht, warum ich das dachte oder warum der Gedanke mir in jenem Augenblick so dringend vorkam. Das weiß Gott allein. Ich stand eine Zeitlang da, mein Herz bebte vor Erregung und neigte sich bald dem einen, bald dem anderen zu. Und dann war das Gefühl wieder weg, so schnell es mich überkommen hatte, und ich konnte weitergehen. Aber nichts war mehr wie zuvor. Damals wußte ich es noch nicht, aber mein Leben sollte nie wieder sein, was es zuvor gewesen war. Die Ereignisse überstürzten sich bereits, um uns alle zu überrollen.

Ein paar Tage später reisten wir zurück nach Caer Lial und berichteten Artus, daß die Arbeiten an Kirche und Kloster tüchtig vorangingen. Besonders Gwenhwyvar schien erfreut, daß in so kurzer Zeit soviel geschafft worden war. »Nächstes Jahr um diese Zeit«, verkündete sie, »ist die Kirche vollendet und das Hospiz fertig.«

Der Pendragon war froh, daß wir wieder da waren, denn es ging auf Ostern zu. Und da sollte die nächste Versammlung der Tafelrunde stattfinden. Artus bat den Emrys, zum Rundbau vorauszureiten und alles vorzubereiten. Ich begleitete ihn natürlich, und wir richteten den Schrein her – fegten ihn aus, wuschen die Böden und Stufen, sammelten reichlich Feuerholz und bereiteten das Essen, das Artus zu verzehren wünschte.

Am Vorabend der Frühlings-Tagundnachtgleiche saßen der Emrys und ich wieder vor dem Feuer und aßen unser Nachtmahl unter dem Sternenhimmel. »Morgen beginnt die Ratsversammlung«, sagte er, brach das Brot mit seinen Händen und bot mir den halben Laib an. Das wußte ich natürlich, aber etwas in seiner Stimme ließ mich aufhorchen und überlegen, was er wohl meinen mochte.

»Soll es denn eine besondere Versammlung werden, Emrys?«

Mit geheimnisvoll zusammengezogenen Brauen blickte er ins Herz des Feuers. Seine Antwort fiel anders aus, als ich gehofft hatte. »Auf dieser Welt sind starke Mächte am Werk. Mächte, welche weitreichende Ereignisse bewirken. Wo das Gute im Überfluß herrscht, sammelt sich im Überfluß das Böse.«

Dann sagte er, als wollte er mich trösten: »Doch ich sehe das Ende noch nicht ab; ich sehe nur den Anfang.«

Ich weiß, daß er mich nicht erschrecken wollte, aber die Wahrheit ist manchmal grauenhaft. Mir sank das Herz, und ich kam mir klein und schwach vor. Ich spürte das Schattenheer des großen Feindes heranrücken, und das Licht erschien mir als etwas Kraftloses, Jämmerliches und Unbedeutendes. In jener Nacht träumte mir, ich sähe einen weiten, dunklen Abgrund vor mir gähnen und einen einzigen, unsicheren Pfad hinunterführen wie in den abscheulichen Rachen eines Raubtieres. In meinem Traum sah ich meine Füße diesen hoffnungslosen Pfad betreten und mich selbst in der Finsternis versinken.

Doch frisch und freundlich dämmerte der neue Tag. Die Schreckensbilder der Nacht wurden abermals von der Macht des Lichtes aus dem Felde geschlagen. Die Treue des großen Gottes ward abermals sichtbar der ganzen Welt. Das tröstete mich.

Am Mittag trafen Bedwyr, Bors und Kei mit Packpferden ein, auf die Vorräte und Zelte geladen waren. Zu meiner Bestürzung war Medraut bei ihnen. Seit jener Nacht, als ich ihn mit den Betten an der Nase herumgeführt hatte, war es mir gelungen, ihn zu meiden. Das war nicht schwierig gewesen, denn man hatte ihm außerhalb des Palastes ein Quartier bei den Kriegern des Pendragon zugewiesen.

Daß er jetzt hier auftauchte, empörte und erzürnte mich. Er war der letzte Mensch, den ich an diesem Orte hätte sehen wollen. In meinen Augen entweihte er den heiligen Grund. Wie es ihm gelungen war, sich in die Gesellschaft von Männern wie Britanniens Helden Bedwyr, Bors und Kei einzuschleichen, wird mir immer ein Rätsel bleiben. Es sei denn – und das kam der

Wahrheit recht nahe –, Medraut verbarg sein wahres Wesen vor ihnen.

»Heil, Myrddin Emrys!« rief Kei. »Welches Heilmittel weißt du für eine von der Straße ausgetrocknete Kehle?«

»Caius, Gott schütze dich, ich stehe mit dem Krug bereit.« Der Emrys bückte sich und hob das Gefäß zu seinen Füßen auf. Mit dem Becher in der Hand ging er zu den dreien. Er reichte den Becher Kei und schenkte ihm ein.

»Wasser!« kreischte Kei.

»Kühl und klar aus der Quelle am Fuße des Hügels«, erwiderte der Emrys. »Gut für Leib und Seele zugleich.«

Bedwyr kostete Keis Kümmernis aus. »Leere den Becher, Bruder. Wir haben auch Durst.«

»Nur zu«, neckte Bors ihn, »dein Bauch wird schon nicht davon verrosten.«

Lachend stolzierte Medraut herbei. Er klopfte Kei auf den Rücken, als wäre er sein Kampfgefährte. »Könnte es sein, daß der mächtige Kei Angst vor ein bißchen heiligem Wasser hat?« krähte er.

Kei richtete sich auf und warf Medraut einen warnenden Blick zu. Der junge Tyrann lachte darob um so fröhlicher und lehnte sich auf Keis Arm. »Ein Scherz, Bruder! Wie Bedwyr meine ich es nicht böse damit.«

Kei schimpfte und starrte in den Becher. Dann hob er ihn, leerte ihn in einem Zug, drückte Medraut den Becher in die Hand und stapfte davon.

»Damit bist du zu weit gegangen«, sagte Bors geradeheraus zu ihm.

»Ha! Das war doch nichts«, versetzte Medraut gutgelaunt. »Er wird es schnell vergessen haben.«

»Vielleicht«, sagte der Emrys streng, »aber dein Scherz ist an diesem Orte nicht willkommen. Der Hügel ist einem anderen Gott geweiht. Merke dir das.« Er gab mir den Krug und ging Kei hinterher.

Das Lächeln wich niemals von Medrauts Gesicht, aber als der Becher abermals gefüllt und der Reihe nach geleert wurde, sah er mit Augen zu, so wachsam wie die eines Wolfes auf der Pirsch. Seine Finger streiften meine Hand, als ich ihm Wasser eingoß, und diese Berührung ließ mich erschaudern.

Später trafen der Hochkönig und sein Gefolge ein, angeführt von Gwalchavad und Llenlleawg. Zu meiner Überraschung befand sich auch Gwenhwyvar ein, sie sollte an der Ratsversammlung teilnehmen. »Ich sehe, daß Gwalcmai nicht gekommen ist«, sagte Artus. »Nun, wir beginnen ohne ihn. Vielleicht taucht er ja noch auf.«

Sie versammelten sich sogleich in dem Rundbau, und ich versorgte ihre Pferde. Medraut hatte die Anweisung bekommen, am Fuße des Hügels zu warten und mir mit den Zelten und den Pferden zu helfen, aber das wollte er nicht. Also tat ich die ganze Arbeit allein, weil er über den Hügel und am Bach entlangstreifte. Er schien etwas zu suchen, aber ich war froh, nicht mit ihm reden zu müssen, und ließ ihn ziehen.

Die Dämmerung verdichtete sich in den Tälern, und die Gipfel glühten, als wäre auf jedem von ihnen ein goldenes Leuchtfeuer entfacht worden. Im Osten sammelten sich dunkle Wolken und trieben mit der Nacht herbei. Der Wind roch nach Regen, als ich mit dem Tränken der Pferde fertig war. Die Versammelten waren gerade aus dem Rundbau gekommen und gingen nun den Hügel herab, als ich auf dem Sand Hufschlag hörte. Ich lief zum Ausblick und sah über den Strand zwei Rösser heranpreschen. Ich machte kehrt und rannte den Hügel hinauf, um die anderen zu benachrichtigen.

»Gwalcmai!« rief ich. »Gwalcmai kommt!«

Bors und Gwalchavad standen noch oben und drehten sich rasch in die Richtung, in die ich wies. »Das ist Gwalcmai«, bestätigte Gwalchavad. »Aber wen hat er bei sich?«

»Das kann ich auf diese Entfernung nicht sagen«, erwiderte Bors. »Aber er sitzt leicht im Sattel.«

»Es ist eine Frau«, bemerkte Gwenhwyvar.

»Da bringt Gwalcmai tatsächlich eine Frau mit«, schalt Kei.

»Und was ist daran falsch?« fragte die Königin.

»Wer mag das nur sein?« fragte Bedwyr. Er blickte über die Schulter nach Merlin, der gerade aus dem Bauwerk trat. Der Emrys blieb stehen. Er wurde stocksteif.

Die Reiter gelangten in den Windschatten des Hügels und verschwanden kurz aus dem Blick. Einen Augenblick später sprengten sie über den Hügel, so daß ich sie deutlich sehen konnte. Der Reiter bei Gwalcmai war tatsächlich eine Frau: ganz schwarz und sandfarben gekleidet, das Gesicht von einem Schleier verhüllt.

Gwalcmai hielt die Zügel ihres Pferdes fest in der Hand. Etwas an der Art, wie er es führte, verriet mir, daß sie seine Gefangene war.

Da beschlich mich ein großer Schrecken. Mir lief es kalt den Rücken hinab. Ich wußte, daß Gefahr und Tod sehr nahe waren. Als ich einen Blick auf Medraut warf, sah ich, daß ein dünnes Lächeln seine vollen Lippen umspielte, und dieser Anblick fuhr mir durch Mark und Bein.

Der Emrys blickte hinter sich auf Artus und streckte die Hand aus, daß jener zurückbleibe. Da der Pendragon den Blick auf das Paar vor ihm geheftet hatte, übersah er die Warnung und kam näher. Die anderen stellten sich um die Pferde. Gwalcmai zügelte sie und saß ab.

»Sei gegrüßt, Bruder!« rief Gwalchavad. Sein Willkommen erstarb in der reglosen Luft und wurde nicht erwidert.

Gwalcmai ging zu seiner Gefangenen, zerrte sie grob aus dem Sattel und stellte sie auf die Füße. Er packte sie fest am Arm und schleppte sie vor den Hochkönig.

»Wer ist diese Frau und was hat sie getan, um so behandelt zu werden?« verlangte der Pendragon zu wissen.

»Sie ist eine Feindin«, erwiderte Gwalcmai. »Ich habe sie hierher gebracht, damit sie sich der Gerechtigkeit stelle, der sie so lange entflohen ist.« Damit hob er die Hand, zog den Schleier weg und riß ihr die Kapuze vom Kopf. Es war...

Die Dame vom See!

Aber nein... Als ich verblüfft die Frau vor mir anstarrte, erkannte ich, daß es nicht Charis war, sondern eine Frau, die ihr stark ähnelte. Schön war sie, unleugbar schön, aber hart wie aus Stein gemeißelt. In ihr brodelte Haß und strömte aus wie Gift vom Biß einer Schlange.

Ich blickte zum Emrys hinüber, um mich zu vergewissern. Aber er hielt sich grimmig fern. Wie ein wildes Tier, das in einer Falle gefangen sitzt, wirkte er verängstigt und unsicher, ob er fliehen oder kämpfen sollte. Ihn so zu sehen, war derart unnatürlich, daß ich mich unverzüglich abwandte und nicht wieder zu ihm hinsah.

»Eine Feindin?« staunte Artus.

»Sogar einer Feindin gebührt ein gewisses Maß an Würde«, sagte Gwenhwyvar scharf. »Laß sie los, Gwalcmai. Wir sind keine Barbaren.«

Der Krieger tat, wie ihm geheißen, und lockerte seinen Griff. Die Frau richtete sich auf und blickte dem König tief in die Augen. Dieser fragte sie: »Wer bist du, Frau?«

»O großer König«, erwiderte sie mit einer Stimme, so kalt und herzlos wie Stahl, »dieser Mann –«, dieses Wort spuckte sie aus, »– erniedrigt mich durch Verleumdung. Er nennt mich Verräterin. Wo liegt mein Verrat? Ich verlange zu wissen, warum ich hierher gebracht wurde.«

»Du wurdest hierher gebracht, um auf die Anschuldigungen gegen dich Rede zu stehen«, versetzte Gwalcmai, »und dich der Gerechtigkeit des Hochkönigs zu stellen.«

»Anschuldigungen?« höhnte die Frau. »Ich habe keine solchen gehört. Du weißt nichts von mir.«

»Aber ich kenne dich, Morgian«, erwiderte Myrddin leise und angespannt.

Der Emrys trat vor. Bedwyr hielt ihn zurück und rief: »Nein, Myrddin, bei der Liebe Jesu, tu es nicht.«

»Es steht mir an«, entgegnete der Emrys und schob Bedwyrs Hand weg. Der Hochkönig wollte ihn abhalten. »Ruhig, Artus. Es ist meine Stunde. Vertraue auf Gott.«

Ich hörte seine Stimme, fremd und gespannt. Ich drehte mich um und mir blieb der Mund offenstehen, denn der Emrys hatte sich sichtlich verändert. Die Furcht, die ich an ihm wahrgenommen hatte, war verschwunden, und er schien größer geworden zu sein. Er überragte uns nun mit wuchtiger und schrecklicher Kraft, seine goldenen Augen flammten von einem fürchterlichen Schein.

Er trat vor Morgian. Sie senkte den Kopf und öffnete den Mund zu einem bezaubernden und zugleich furchterregenden Lächeln. Mir wurden die Knie weich bei ihrem Anblick.

»Ach, ich kenne dich gut, Morgian. Du hast die Menschen immer mit Lügen verführt. Lange hast du gegen den wahren Gott gekämpft und gegen seine Diener, aber ich sage dir, heute geht dein Kampf zu Ende.«

»Ist dies das Verbrechen, daß ihr mir vorwerft?« schalt sie. »Wo liegt der Schaden? Wo der Frevel? Wem habe ich Unrecht getan, außer deinem schwachen und fehlbaren Gott? Wenn er durch die belanglosen Taten Sterblicher so leicht zu verwunden ist, dann soll er vor mich treten und es mir sagen!«

Ach, sie war schlagfertig und schlau. Sie wirkte sogleich so ungerecht beschuldigt, daß ich ihr glaubte. Die anderen schwankten. Allein Myrddin blieb standfest.

»Halt ein, Morgian. Deine Ränke werden dir nichts nützen.« Er wandte sich an den Hochkönig und sprach: »Was diese Frau mir angetan hat, verzeihe ich bereitwillig. Ob des Schadens, den sie anderen zufügte, muß sie verurteilt werden.«

»Du bist nicht mein Richter«, zischte die Frau.

»Der hohe König im Himmel ist dein Richter«, erwiderte der Emrys. »Und der Pendragon von Britannien dient ihm als Rechtsvollstrecker hienieden.«

»Gut gesprochen«, sagte Artus. »Hören wir uns die Klagen gegen sie an.«

Der Emrys wandte sich wieder Morgian zu und deutete mit dem ausgestreckten Zeigefinger auf sie. »Ich beschuldige dich zahlreicher kleiner und großer Verrätereien gegen die Menschheit und gegen Britannien. Ich beschuldige dich des Aufruhrs, des Hinterhalts, der Bosheit und der Gotteslästerung. Ich beschuldige dich des abscheulichsten und ekelhaftesten Bösen. Ich beschuldige dich des Mordes an Pelleas, meinem Freund und Artus' treuem Diener. Ich beschuldige dich des Todes meines Vaters Taliesin.«

Der Pendragon hörte sich dies mit ernster Miene an. »Was hast du zu diesen Anschuldigungen zu sagen?«

Die Königin der Lüfte und der Finsternis warf den Kopf zurück und lachte. Einen grausigeren Laut hoffe ich nie mehr zu hören. »Glaubst du, diese Kleinigkeiten kümmern mich.«

»Mord ist keine Kleinigkeit, Frau«, versetzte Artus.

»Nein? Wie viele Männer hast du getötet, großer König? Wie viele hast du grundlos erschlagen? Wie viele hast du gefällt, die du hättest schonen können? Wie viele starben, weil du in deiner Kampfeswut ihres Flehens nicht achtetest?«

Der Hochkönig öffnete den Mund, um etwas zu erwidern, brachte aber nichts heraus.

»Höre nicht auf sie, Bär!« rief Bedwyr. »Es ist eine List!«

»Sprich mir nicht von Listen, kühner Bedwyr!« wirbelte sie zu ihm herum. »Du, der du im Hinterhalt auf ahnungslose Beute lauertest, der du voll Heimlichkeit angriffest und tötetest! Wie war es in Celyddon, als du durch den Wald schlichest? Schlug da dein Herz nicht schneller vor Erregung über deinen Trug? Sprang es nicht vor Freude, als der Brand sich im Rücken deiner Feinde ausbreitete? Du bist ein Meister der List, scheint mir.«

Bedwyr starrte sie an und wandte den Blick. Kei eilte zu seiner Verteidigung. »Es war Krieg! Wir taten nur, was wir tun mußten!«

Wie eine Katze mit gespreizten Krallen stürzte Morgian sich auf ihn. »Krieg! Spricht dies dich von Schuld frei? Du hast Männer gemordet, deren einziges Verbrechen darin bestand, daß sie ihre Kinder nähren und großziehen wollten. Du machtest jene Kinder zu Waisen und gabst sie dem qualvollen Hungertod anheim. Du machtest Frauen zu Witwen, die nichts von Reichen und Herrschern wußten. Du stahlst ihnen auf immer den Atem aus der Brust und das Licht aus den Augen. Aber woher solltest du das wissen – du, der du nie das Bett mit einer Frau geteilt hast?«

Kei wurde puterrot und schwieg beschämt. Aber Morgian war noch längst nicht am Ende. »Nichts mehr zu sagen, kühner Kei? Komm, erzähle mir noch mehr von der grausamen Notwendigkeit des Krieges.«

»Hüte deine Zunge«, warnte Gwalcmai sie drohend.

»Mißfällt dir etwas, mein Sohn?« ging Morgian auf ihn los. »Du und dein Bruder solltendie letzten Männer auf Erden sein, die mir nach dem Tode trachten. Wir sind Blutsverwandte, oder etwa nicht? Was würde euer Vater sagen, wenn er erführe, daß seine Söhne am Tod seiner Mutter schuld sind?«

»Du bist nicht mit uns blutsverwandt!« fauchte Gwalchavad.

»Fragt Herrn Lot von Orkadien danach«, erwiderte sie süßlich. »Oder habt ihr euch nie gefragt, wie er zu Zwillingssöhnen kam, als seine eigene Frau unfruchtbar war?«

Das war ein gräßliches Schauspiel. Sie wußte genau, was sie sagen mußte, um jeden von ihnen in die Schranken zu weisen. Ich fragte mich, ob irgend jemand auf Erden gegen sie bestehen konnte. Ja, sie war die Königin der Lüfte und der Finsternis!

Das Kinn gereckt, trat Gwenhwyvar unerschrocken vor. »Du bist verschlagen, Frau«, sagte sie. »Das will ich dir zugestehen. Aber Söhne sind nicht für die Taten ihrer Väter verantwortlich.«

»O ja, sprich mir nur von Vätern und Söhnen«, erwiderte Morgian hochmütig. »Die unfruchtbare Königin – heißen dich die Leute nicht so? Anscheinend weißt du so viel – du, deren Leib versiegelt ist wie ein Grabhügel. Und warum? Könnte es sein, daß du die alte Prophezeiung fürchtest, dein Gatte werde von seinen Söhnen erschlagen?«

Gwenhwyvar war fassungslos: »Woher weißt du das?«

»Ich sprach mit den Druiden von Ierne, wo die Sache wohl bekannt ist – und wohl bekannt ist auch, was du tust, damit diese Prophezeiung sich nicht erfüllt.«

Entsetzt blickte Artus seine Gemahlin an. »Sie lügt!« rief Gwenhwyvar. »Artus, mein Herz, glaube mir! Es ist gelogen!«

»Alle unsere Sünden«, sagte der Emrys langsam, »werden wir vor Gott zu verantworten haben. Du hast jetzt dem Hochkönig zu antworten.«

»Wie könnt ihr nur daran denken, mich zu verurteilen, wenn ihr Verbrechen geübt habt, die meine bei weitem übertreffen! Wo bleibt da die Gerechtigkeit, auf die ihr so stolz seid? Antwortet mir!«

Morgian hob ihren Arm und schleuderte unsere Vorwürfe auf uns zurück. Ich krümmte mich vor ihrem Zorn. »Ihr sprecht euer Urteil gegen euch selbst! Eure Worte sind sinnlos. Eure Anklagen sind das Geblök verendender Schafe. Ihr elende Rasse, ihr eilt kopfüber in euer Verderben!«

Sie trat auf Artus zu. Bei ihrem höhnischen Lächeln wurde mir übel. »Hast du dich für besser gehalten als mich? Deine Gerechtigkeit stinkt nach Urin und Erbrochenem! Du machst mich krank«, kreischte Morgian. »Narr!« schrie sie, richtete sich auf und spuckte dem Hochkönig mitten ins Gesicht.

»Nein!« Gwalcmai sprang vor. Er packte Morgian an den Armen und wirbelte sie herum. Sie spuckte auch ihn an und fuhr ihm, fauchend wie eine teuflische Katze, mit den Fingernägeln übers Gesicht. Er schrie auf und wich zurück. Aber tretend und kratzend sprang sie ihn an. Plötzlich hatte sie ein langes Messer in der Hand, und ich sah entsetzt zu, wie sie es nur ein Haarbreit von seiner Kehle entfernt durch die Luft sausen ließ.

Doch Gwalcmai war flinker, als sie ahnte. Noch als er sich auf den Boden rollte, griff er mit der Hand nach dem Schwert, zog es und hielt es empor, als sie sich auf ihn stürzte. Die Klinge drang Morgian unterhalb der Rippen in die Seite und stieß bis in ihr schwarzes Herz.

Sie kreischte einmal auf, erstarrte, stellte sich aufrecht hin und umklammerte das Schwert. Das Messer fiel ihr aus der Hand und klapperte laut auf die Steine. Morgian taumelte zurück und brach vor Artus' Füßen zusammen. Blut schoß aus der Wunde und schwärzte den Boden unter ihr. Ihre Augen rollten in den Höhlen, und ihre Glieder verkrampften.

Es war alles so schnell gegangen, daß wir fassungslos und verwirrt dastanden, wie von einem Zauberspruch gebannt. Der Emrys rührte sich als erster und beugte sich über den noch zuckenden Körper.

Gwalcmai stand da und blinzelte ungläubig über das, was er getan hatte. Er kniete nieder und streckte Artus die Hände entgegen. »Gnade, Herr! Vergib mir, mein König, ich konnte es nicht ertragen, wie sie dich schmähte.«

Artus starrte ihn an, und erst dachte ich, er würde ihm Vorwürfe machen. Aber der Emrys stand auf und sagte: »Morgian ist tot. In ihrer Blutgier ist sie in das Schwert gefallen, das Gwalcmai zu seiner Verteidigung erhoben hatte. Ich erkenne hier keinen Frevel.«

Artus wandte sich an Gwalcmai, der noch immer vor ihm kniete. »Steh auf, Gwalcmai, dir ist vergeben. Zweifellos hat Gott sie gerufen, damit sie für ihre Verbrechen geradestehe, wie wir für die unseren geradestehen werden.«

Ich hörte ein ersticktes Geräusch und drehte mich um. Medraut starrte den Leichnam am Boden an; sein Gesicht war zu einem merkwürdigen, unnatürlichen Ausdruck entstellt: Die Augen waren groß vor Angst, die Lippen zu einer gräßlichen Grimasse des Hasses verzerrt, die fahle Haut dunkel vor Wut. Seine Finger waren gespreizt wie Raubtierkrallen, und er kratzte sich lange Striemen übers Gesicht. Aus den Wunden sickerten rote Blutstropfen und rollten ihm die Wangen hinab.

Bedwyr stand ihm am nächsten und streckte eine Hand aus, um ihn zu beruhigen. Medraut wich ihm aus. »Zurück!« rief er erschüttert. »Rühre mich nicht an!«

Wir blickten einander erstaunt an.

»Ruhig, Medraut. Es ist vorbei«, tröstete der Pendragon.

»Mörder!« kreischte Medraut und wich zurück. »Mörder!«

Kei näherte sich ihm und wollte ihn packen. Da schnellte Medrauts Hand hoch. Im fahlen Licht funkelte eine Messerklinge, und aus Keis Arm schoß Blut. Er stieß einen Schrei aus, mehr vor Überraschung als vor Schmerz, und machte einen Satz zurück.

Medraut drehte sich um und floh zu den Pferden. Llenlleawg zog sein Schwert und rannte ihm nach. Medraut schnitt die Zügel vom Pflock ab und sprang in den Sattel – all dies in einer einzigen Bewegung. Er wendete das Pferd und galoppierte davon, ehe der Ire ihn erreichen konnte.

»Soll ich ihn zurückholen?« rief Llenlleawg.

»Nein«, sagte der Hochkönig, »laß ihn. Es ist bald dunkel. Weit kann er nicht kommen.«

Oh, Artus, hättest du nur das nicht gesagt!

Ich starrte dem rasch verschwindenden Reiter nach, erstaunt über das, was ich erlebt hatte. Als ich mich wieder umdrehte, hatte der Emrys bereits Schleier und Kapuze über Morgians Gesicht gezogen.

Er stand langsam auf und legte Gwalcmai die Hand auf die Schulter. »Es ist keine Schande für dich«, sagte er. »Wisse, daß Morgian den Tod verdient, der sie ereilt hat. Du hast ihr nur gewährt, was sie sich vieltausendmal erworben hat.«

»Was sie alles sagte«, murmelte Gwalcmai. »Es entsprach alles der Wahrheit…«

»Glaube nur das nicht«, versetzte der weise Emrys streng. Dann wandte er sich an uns übrige, die um den Leichnam standen. »Hört mich nun alle an! Was Morgian vor uns sprach, das waren Lügen. Lügen mit gerade so viel Wahrheit vermischt, daß sie trafen. Sie war verloren und wußte es. Sie hoffte, uns mit ihrer Verderbnis anzustecken. Meine Freunde, laßt sie nicht siegen.«

Ich wußte, daß er die Wahrheit sprach, aber es fiel schwer, ihm zu glauben – und noch viel schwerer fiel es den anderen, welche Morgian mit ihren Worten verwundet hatte.

Wir begruben Morgian an einer unauffälligen Stelle im Sand oberhalb der Flutmarke. Als wir fertig waren, stand der Mond am Himmel, und wir hatten Hunger. Das Gespräch beim Mahle am Feuer war zögernd und freudlos. Nacheinander krochen alle in ihre Zelte. Zuerst Artus und Gwenhwyvar, dann die anderen, bis nur der Emrys und ich übrig waren.

»Mache dir keine Sorgen über das, was heute geschah, mein Junge«, sagte er nach einer Weile zu mir. Ich blickte auf und sah, daß er mich durch die flackernden Flammen beobachtete. »Es läßt sich nicht ungeschehen machen. Wir überlassen die Sache Gott.«

»Das würde ich gern«, versicherte ich ihm, »wenn ich es könnte. Aber ich kann sie immer noch diese ... diese Lügen ausstoßen hören.«

»Du hast ihr geglaubt«, bemerkte er, und ich schämte mich, es zugeben zu müssen. »Nun, das gehört zu ihren Künsten. Es ist kein Makel, in eine Falle zu gehen, die eine so listige Gegnerin aufgestellt hat. Aber du darfst nicht darin schmachten, sobald du entdeckt hast, daß es eine Falle ist. – Morgian war eine Meisterin im Lügen«, sagte er. »Reibe dich nicht auf, weil du ihr glaubtest. Du mußt nur aufhören, ihr zu glauben. Verstehst du, was ich sage?«

Ich nickte, obwohl ich es nicht ganz begriff. Dies wußte der weise Emrys. Darum sprach er: »Du kennst Avallach, den Fischerkönig, und weißt, daß er noch immer an einer Wunde leidet, die er vor vielen Jahren empfing. Hast du Kenntnis, wie er zu dieser Wunde kam?«

»Nein«, erwiderte ich. »Was hat Avallachs Wunde mit alledem hier zu tun?«

»Das will ich dir sagen. Avallach war König von Sarras, einem Lande fern der Insel der Mächtigen. Es herrschte Krieg, und er stritt tapfer gegen seine Feinde. Aber eines Nachts, als er einem seiner Söhne zu Hilfe eilte, geriet er in einen Hinterhalt und wurde niedergestreckt. Es war dunkel, und er trug seine Königsrüstung nicht. Darum blieb er unerkannt auf dem Felde liegen.

Seine Feinde dachten sich eine Folter für ihre Gefangenen aus: Sie banden jeden Überlebenden an einen Toten. Avallach wurde, wie der Zufall es wollte, Handgelenk an Handgelenk, Knöchel an Knöchel, Mund an Mund an den Leichnam seines Sohnes gebunden.

Die Feinde überließen ihn und die anderen dieser wahnsinnigen Folter: Avallach sollte in der giftigen Umarmung seines Sohnes verenden.«

So etwas Häßliches hatte ich noch nie gehört und sagte dies Myrddin.

»Ja«, erwiderte er, »es ist greulich und abscheulich. Avallach ist noch heute davon krank.« Er blickte mich fest an, damit ich ihn verstünde. »Und das hoffte Morgian zu tun: uns mit ihren Halbwahrheiten an ihre verderblichen Lügen zu binden. Und wie Avallach und seine in den Hinterhalt geratenen Soldaten sollen wir uns in deren tödlicher Umarmung winden, bis wir vergehen.«

»Gibt es denn kein Entkommen?«

»Vertraue auf Gott, Aneirin. Vertraue auf den gütigen Gott. Wir habe gesündigt, das ist wahr. Aber wir haben Christi gewisse Vergebung. Bitte nur darum, und sie wird dir gewährt. Dadurch werden wir von Morgians Fluch befreit.«

Ich hörte ihm zu und begann schließlich zu begreifen, was er meinte. »Was ist mit Medraut?«

Der Emrys schüttelte bedächtig den Kopf und ließ den Blick auf die Glut sinken, als könnte er dort die Zukunft schauen. »Medraut bleibt mir dunkel. Sein Pfad liegt in Schatten und Finsternis. Eines ist jedoch gewiß: Wir haben Medraut nicht zum letzten Mal gesehen.«

VII

Sieben strahlende Sommer gingen ins Land und sieben milde Winter. Das Sommerreich erlebte seine schönste Zeit. Alles, was der Hochkönig segnete, gedieh, und Frieden herrschte auf der Insel der Mächtigen und den Sieben Glücklichen Inseln. Es fielen keine neuen Barbaren ein, und die Sachsen hielten Artus die Treue. Die Menschen fingen an, von der Schlacht am Baedun als von dem größten Sieg zu sprechen, der jemals in Britannien errungen worden war, und hielten Artus Pendragon für den größten König, der jemals auf der Welt geherrscht hatte.

Über alle Meere – aus Ierne, Dänenland, Sachsenland, Jütland, Norwegien, Gotland, Hoiland, Gallien, Ffreincland, Armorica und Rutien – kamen Könige und Herrscher, um Artus Ehre zu bezeugen und von seiner Gerechtigkeit zu lernen. Kurzum, es war eine Zeit, wie man sie nicht mehr erlebt hatte, seitdem Bran der Gesegnete den Krieg aus Ynys Prydein bannte. Jesu heilige Kirche schlug in Britanniens Boden tiefe Wurzeln und breitete ihre schützenden Äste über das Land.

Schiffe durchpflügten das weite, wogende Meer und brachten kostbare Güter aus allen fremden Häfen: köstlichen Wein in versiegelten Amphoren, den schönen, Sammet genannten Stoff in allen Farben des Regenbogens, prächtige Pferde, gegerbtes Leder, Kelche, Schalen und Teller aus Gold, Silber und feinem Glas. Andere Waren verließen Britannien: harter Stahl, Blei, Silber, Wolle, Fleisch und Jagdhunde.

Eine Weile erblühte die schönste Insel, die es auf der Welt gibt, und erfüllte das Diesseits mit himmlischem Duft.

Alle Prüfungen bestand Britannien, und an allem Guten herrschte Überfluß. Die Insel der Mächtigen erreichte eine Blüte, welche selbst jene übertraf, die es in alten Zeiten unter den römischen Herrschern erreicht hatte. Britannien war damals groß.

Aus diesem Grunde wurde beschlossen, daß Artus die höchste Ehre empfangen sollte. Zur Sommersonnwende im einundzwanzigsten Jahre seiner Herrschaft als Hochkönig sollte er noch einmal gekrönt werden: mit dem Lorbeerkranz des römischen Kaiserreiches. *Yr Anheradwyr Arthyr* sollte er heißen, *Imperator Artorius, der erhabene Artus*, Kaiser des Westens und Oberdrache der Insel der Mächtigen. Die letzten Reste des Reiches sollten ihm unterstellt werden.

So weithin berühmt und verehrt war unser Pendragon, daß die vier Winde die Kunde von seiner bevorstehenden Ehrung alsbald durch die ganze Welt und in sämtliche Länder trugen. Und die besten Männer jener Zeit machten sich auf nach Britannien, um den neuen Kaiser zu bejubeln. Könige, Fürsten, Edle, Bischöfe und Erzbischöfe – Männer, deren Wert in ihrer jeweiligen Heimat über alle Maßen ging. Sie kamen, um Artus zu ehren und zu erleben, wie er ruhmvoll gekrönt wurde.

Es waren so viele, daß Artus gezwungen war, sein geliebtes Caer Lial zu verlassen und sich nach Caer Legionis im Süden zu begeben. Denn obwohl weniger schön als Caer Lial, war es größer und konnte allen, die nach Britannien strömten, Unterkunft gewähren. Außerdem bot die nahegelegene, tiefe Uisc den zahllosen Schiffen einen sicheren Ankerplatz. Diese trafen zu zweien, fünfen und zehnen ein, sobald schönes Wetter wurde.

Auf diese Weise gelangte die altehrwürdige Stadt der Legionen abermals unter die Herrschaft eines Kaisers und erlebte etwas von ihrer einstigen Größe wieder. Caerleon, wie sie heute bisweilen genannt wird, rühmte sich noch eines Vorzugs – der Zwillingskirchen des Julius und des Aaron, denen Artus' Freund Illtyd vorstand. Er war erst kürzlich Erzbischof geworden.

Die Vorbereitungen für die Krönung begannen gleich nach Weihnachten. Den Winterstürmen trotzend, segelte ich mit dem Emrys, Bedwyr und einer Hundertschaft Kymbrogen nach Süden, um die Arbeiten einzuleiten. Meine Aufgabe bestand hauptsächlich darin, die lange verlassenen Lagerhäuser ausbessern und neu decken zu lassen, damit sie die Tribute an Korn, Speck, Wein, Bier und Futter aufnehmen konnten, welche in die Stadt zu strömen begannen, sobald die Straßen und Bergpässe im Frühjahr schneefrei waren.

Alle anderen leiteten ebenso ehrgeizige Reparaturarbeiten zur Wiederherstellung der Hallen, Häuser, Straßen und Mauern. Fürwahr, die ganze Stadt hallte vom Getöse so vieler Zimmerleute und Maurer wider, daß sie Caer Terfsyg genannt wurde – Burg des Lärmes. Ich schuftete von Sonnenaufgang bis weit nach Sonnenuntergang unermüdlich an meinen vielen Aufgaben. Meine Hände wurden schwielig und meine Muskeln fest. Ich führte Männer an und befahl ihnen Arbeiten. Als der Emrys sah, daß ich viel leisten konnte, bekam ich noch mehr zu tun. So wurde ich zu einem von Artus' Hauptleuten, obwohl ich nie eine Schlacht angeführt hatte.

Vom tiefsten Winter bis zum Ende des Frühlings mühten wir uns, und die alte Siedlung ward einer Wandlung unterzogen. Mauern wurden wiedererrichtet, Straßen frisch gepflastert, Fundamente abgestützt, Dächer gedeckt und mit Blei versiegelt, Tore ausgebessert, Aquädukte neu gefliest. Das Sumpfland im Süden der Stadt wurde trockengelegt, um die unzähligen Zelte beherbergen zu können – so sprossen sogar auf dem Ödland wieder Wildblumen. Das Volk von Caerleon selbst stürzte sich in den Aufbau seiner Stadt, und nirgends mangelte es einem Arbeiter an Fleisch, Trank oder einer hilfreichen Hand, wenn er ihrer bedurfte.

Der Emrys überwachte die Hauptarbeit: die Wiederherstellung der Residenz des Statthalters. Eigentlich hatte in Caer Legionis nie ein Statthalter residiert. Die Festung war einst von einem *Vicarius* namens Matinus beherrscht worden, der ein gutes Leben führte und im weiten Umkreis als ehrlich und gerecht bekannt war. Sein ausgedehnter Palast wurde später von einer Reihe Legaten und Tribunen bewohnt, welche dessen Luxus und Ländereien mehrten, so daß er es in späteren Zeiten mit den Statthalterpalästen in Londinium und Eboracum aufnehmen konnte.

Dieser Palast, hatte der Emrys beschlossen, sollte der Schauplatz von Artus' triumphalem Empfang werden. Die Krönung selbst sollte in den Zwillingskirchen stattfinden: in der Aaronskirche diejenige Artus' und in der Juliuskirche diejenige Gwenhwyvars. Der Palast war vor langer Zeit aufgegeben worden. Die Einheimischen hatten ihn als Steinbruch für gutes Baumaterial betrachtet, einen großen Teil der behauenen Steine herausgerissen und das Mobiliar geplündert. Nur die Fußbodenmosaike waren dem Verschleppen entronnen.

Doch der Emrys beharrte darauf, daß allein dieses Haus geeignet sei. Und als die Bürger von der hohen Ehre erfuhren, Artus zu seiner Krönung aufnehmen zu dürfen, und die Ausbesserungsarbeiten ernstlich in Angriff genommen wurden, begann das geplünderte Mobiliar wieder aufzutauchen. Sogar die behauenen Steine kehrten zurück, befreit von allem, wofür sie generationenlang gedient hatten, seitdem sich der letzte Tribun nach Rom abgesetzt hatte.

Nach seiner Vollendung war der Palast ein Wunder anzuschauen. Alle, die ihn erblickten, fühlten sich freudig erregt, daß der kaiserliche Glanz wiederhergestellt war. Doch nicht nur das Imperium war wiederbelebt, auch der keltische Adel war aus seinem Schlaf erweckt. Unter des Emrys' leitender Hand entstand eine atemberaubende Mischung aus beidem: Gestalt und Grundlagen waren römisch, Ausführung und Ausdruck keltisch. Keinem, der des vollendeten Werkes ansichtig wurde, entging, daß hier eine neue Kunstform geboren worden war.

»Der Palast ist herrlich!« rief Artus aus, als er ihn endlich besichtigte. »Myrddin, du bist wahrhaftig ein großartiger Zauberer!«

»Sprich nicht von Zauberei!« widersprach der Emrys. »Ließe sich dies durch Zauber vollbringen, hätte ich den Schweiß tüchtiger Männer und den Schlaf vieler Nächte vergebens geopfert.«

»Nicht vergebens«, tröstete Gwenhwyvar, deren dunkle Augen funkelnd umherblickten. »Sage das nicht. Dein Geschenk ist uns um so teurer, als es in jeder Linie von deiner Liebe zeugt.«

»Das ist wahr, erhabener Emrys«, meinte Gwalcmai, der mit seinem Bruder und den übrigen Männern der Tafelrunde den Hochkönig begleitet hatte, um das Werk zu begutachten und die abschließenden Vorkehrungen zu treffen. »Kein König besaß jemals einen prächtigeren Palast. In ihm«, er deutete mit ausgebreiteten Armen auf die Halle um uns, »hat das Sommerreich seine schönste Blüte.«

Der Emrys lächelte, schüttelte aber den Kopf. »Seine erste vielleicht, aber nicht seine schönste. Höhere, edlere Dinge werden vollbracht werden. Was ihr seht, ist erst der Anfang, größere Aufgaben stehen bevor.«

»Größere Aufgaben werden vollbracht werden«, bekräftigte

Artus. »Doch bezeugen wir diesem Werke die angemessene Hochachtung. Ich danke dir, Myrddin. Dein Geschenk macht mich zum Bettler an Worten.«

Der Emrys genoß die Freude, welche sein Geschenk dem Pendragon bereitete, doch durfte er sie nicht lange auskosten. Denn am übernächsten Tag schon trafen die ersten Gäste des Hochkönigs ein. Einige hatten in Caer Lial überwintert, andere weiter südlich in Caer Cam und Caer Melyn. Zu Schiff oder hoch zu Roß kamen sie, und nachdem der Strom einmal in Gang gekommen war, erreichte er erst nach vielen Tagen seinen Höchststand.

So waren am Tag der Krönung, einem Tag unvergleichlichen Glanzes für die Insel der Mächtigen seit Urzeiten, Fürsten, Könige, Edle und Würdenträger von hohem Rufe versammelt: Fergus und Sedd aus Ierne, Cador von den Cernuinen, Meurig Hen aus Dyfed, Ectorius aus Caer Edyn, Caw aus Alclyd, Maelgwn aus Gwynedd, Maluasius aus Hisland, Doldaf aus Gotland, Gonval aus Llychllyn, Acel aus Druim, Cadwallo von den Venedoten, Holdin von den Rutenen, Leodegarius aus Hoiland, Gwilenhin aus Ffreincland in Gallien, Ban aus Armorica und unzählige andere von unterschiedlichstem Range und aus allen möglichen Stämmen waren zur Ehre des Pendragon in die Stadt geeilt.

Am Tag der Sommersonnwende versammelten wir uns in aller Frühe in der Aaronskirche und beugten vor Christi Altar die Knie. Als alle sich eingefunden hatten, trat Artus ein. Er trug ein schneeweißes Gewand mit einem Gürtel aus reinem Gold. Vor ihm gingen vier Könige: Cador, Meurig Hen, Fergus und Ban, jeder mit einem roten Galaumhang um die Schultern und einem hoch erhobenen goldenen Schwert in der Hand. Die Kirche war erfüllt vom Gesang eines Mönchschores, der Loblieder und Psalmen von Ruhm und Ehre mit herrlichen Weisen anstimmte, begleitet von Britanniens Bischöfen und Erzbischöfen, welche die Gewänder und Insignien ihres Amtes trugen.

Ein zweiter Zug, gleich dem ersten, aber aus Frauen bestehend, verließ den Palast und machte sich auf den Weg zur Juliuskirche. Dieser Zug wurde von Erzbischof Dubricius angeführt, welcher Königin Gwenhwyvar zu ihrer eigenen Krönung geleitete. Vor ihr schritten die Gemahlinnen von Cador, Meurig

Hen, Fergus und Ban, jede mit einem roten Umhang angetan und mit einer weißen Taube in der Hand. Hinter der Königin folgten die edlen Damen Britanniens, welche Gwenhwyvar der Feierlichkeiten würdig dünkten, und danach die Frauen, Töchter und weiblichen Verwandten der Fürsten in des Pendragon Reich.

Als diese prächtige Gesellschaft aus dem Palast trat, war der Prunk der Kleider und der Glanz der Freude so herrlich, so schön anzuschauen, daß die Menge, welche die Straßen säumte, den Zug beinahe nicht zur Kirche durchgelassen hätte. So stark war das Gedränge und so laut der Jubel, daß Gwenhwyvar kaum vorwärts kam.

Als alle königlichen Gäste und das Volk versammelt waren, wurde in beiden Kirchen die hohe Messe gefeiert. Niemals vollzog sich in jener Stadt ein freudigerer oder ehrwürdigerer Festakt, weder in früheren noch in späteren Zeiten. Zum Abschluß setzte Erzbischof Illtyd Artus den Lorbeerkranz auf die Stirn und rief ihn zum Kaiser des Westens aus.

Um nicht im Schatten ihres Gemahls zu stehen, empfing auch Gwenhwyvar eine Krone und wurde Kaiserin des Westens. Dann brach in beiden Kirchen ein solcher Jubel aus, daß die entzückten Festgäste zwischen ihnen hin und her eilten, um an allem teilzuhaben und mit Augen und Ohren den himmlischen Gesang der Mönche und die Schönheit des Kaisers und seiner Kaiserin aufzunehmen.

In ganz Britannien wurde dieser Sommersonnwendtag einträchtig und glanzvoll begangen, denn das Licht des Himmels strahlte an jenem Tage ungetrübt auf den Sommerkönig.

Nachdem Artus und Gwenhwyvar gekrönt worden waren, luden sie ihre Gäste zu einem Festmahl ein. Dafür wurden die Speicher, die ich so mühselig wieder aufgebaut und eingerichtet hatte, bis auf den letzten geplündert, damit es an Speisen nicht mangelte. Fleisch und Met, Brot und Bier, Wein und süße Früchte gab es im Überfluß. Als an den Tischen im Palast kein Platz mehr war, dehnte das Gelage sich in die Höfe aus, dann auf die Straßen und von dort aus bis über die Stadtmauern hinaus auf die umliegenden Wiesen und Felder.

Auf dem Höhepunkt der Feier begaben die Festgäste sich aus der Stadt in die mit Zelten bestandene Aue und fanden sich in

Gruppen zum Spiele ein: Reiten und Wettlaufen, Lanzen- und Steinewerfen, Ringen und Schwertkampf, Geschicklichkeits- und Mutproben. Der Tag verging für alle in einem Übermaß an Freude, und von Stund an wußten die Menschen, was Glückseligkeit bedeutete.

Das Fest ging drei Tage so weiter. Am vierten tauchte aus dem Osten ein kleines Gefolge von Männern auf, mit weißen Bärten und runden Schultern, ein Dutzend an der Zahl, von denen jeder einen goldenen Ring am Finger und einen Ölbaumzweig in der Hand trug. Diese verehrungswürdigen Fürsten traten vor den Thron des Hochkönigs und grüßten ihn gar artig.

»Heil, großer König! Und heil deinem ganzen Volke!« sagte ihr Sprecher. »Wir kommen vom Hofe des Lucius, des Kaisers über den Osten. In seinem Namen suchen wir dich auf und überliefern dir sein Begehren.«

Darauf zog der Mann aus seinem Gewand ein versiegeltes Pergament und reichte es dem Pendragon. Es wurde erbrochen, und Artus befahl, es vor allen Versammelten zu verlesen. Mit lauter und klarer Stimme las der Emrys, neben dem König stehend:

»Lucius, Procurator der Republik, an Artus, Hochkönig und Pendragon der Briten, gemäß seinen Verdiensten.

Ich staune im höchsten Maße über den undenklichen Stolz, der Dich entflammt hat. Du hast alle Königreiche in Deiner Hand und deuchst Dich höchst glücklich, geachtet unter den Menschen. Und doch verschwendest Du nicht einen Gedanken an Rom, das Dich Recht und Gerechtigkeit lehrte, welche Du so geziemend ehrst.

Muß ich Dich daran gemahnen, daß Du ein römischer Bürger bist? Schätzest Du Rom so gering? Du vermeinst, das Westreich zu beherrschen, und wer sollte Dich daran hindern?

Doch ich, Lucius, sage Dir, solange noch ein Feind unter dem blauen Himmel Roms atmet, bist Du kein wahrer Herrscher! Barbaren sitzen auf den Sieben Hügeln und streifen über das leere Forum. Feinde töten unsere Bürger und verwüsten das Land. Freie und treue Römer werden in Ketten davongeschleppt, um fremden Herren als Sklaven zu dienen. Die Schreie der Heimatlosen und Sterbenden hallen im Senat wider, und Schakale verstümmeln die Leichen von Kindern.

Wir hören vom mächtigen Pendragon, dem erhabenen Herrn über Britannien, dem König über Helden. Den ganzen Tag lang erfüllt Artus' Lobpreis unsere Ohren. Dein Ruf ist bis ans Ende der Erde gedrungen, werter Herrscher. Aber sehen wir Deine Heere zur Verteidigung deines Geburtsrechtes aufstehen? Sehen wir Dich die Hand rühren, um jenen zu helfen, welche Dir die Vorteile verschafften, mit welchen Du nun protzt?

Hast Du die Schuld vergessen, in der Du stehst? Wenn Dein Mut nur halb so groß ist, wie die Ruhmessänger preisen, warum zauderst Du dann? Die Barbarenhunde reißen an der Kehle der Mutter aller Völker. Wo ist der wunderbare Pendragon?

Du heißt Dich Kaiser! Heißt Dich Gott! Du weißt nicht, wer Du bist, noch welchem Staube Du entsprossest, wenn Du der Mutter Deiner Jugendzeit nicht zum Schutze beispringst. Du bist nur ein treuloser Schurke, wenn Du Dich nicht sogleich in Marsch setzt, um die *Pax Romana* wiederherzustellen.«

Als Myrddin Emrys zu Ende gelesen hatte, herrschte im Saale lange Schweigen. Daß eine solch bittere und schmähliche Botschaft dem Hochkönig im Augenblicke seines Triumphes überbracht wurde, verschlug den versammelten Fürsten die Sprache. Artus zog sich sofort in das Ratszimmer zurück, um mit seinen Vertrauten zu sprechen, sechzig an der Zahl, und zu entscheiden, welche Antwort sie Kaiser Lucius übermitteln sollten.

Als alle um den Tisch versammelt waren, sprach Artus mit strenger und feierlicher Stimme: »Ihr seid meine treuesten Gefährten, Kymbrogen. In guten wie in schlechten Zeiten habt ihr mir beigestanden. Helft mir nun wieder. Laßt mich an eurem scharfen Urteile teilhaben und sagt mir, was wir angesichts einer solchen Botschaft tun sollen.«

Cador meldete sich als erster zu Wort: »Bisher fürchtete ich, daß das leichte Leben, welches wir uns errangen, uns zu Feiglingen machen würde, daß wir in den Jahren des Friedens verweichlichen würden. Schlimmer noch, daß unser Ruhm als Helden der Schlacht in Vergessenheit geraten und die Drachenschar aus dem Gedächtnis unserer jungen Männer verschwinden würde.« Lächelnd blickte er sich unter seinen Kampfgefährten um. »Vielleicht hat Gott uns diese Schmähung zukommen lassen, damit wir jener Schande entgehen. Können wir wirklich unseren Frieden genießen, wenn der Sitz des Reiches von Barbaren entehrt wird?«

Einige pflichteten Cador bereitwillig bei, doch da mischte Gwalcmai sich rasch ein. »Herr König«, sagte er und sprang auf, »wir sollten uns nicht um die Torheiten unserer jungen Männer scheren. Wenn sie das Opfer vergessen, das wir gebracht haben, um dieses frömmste aller Reiche zu schaffen, dann ist das ihr Verlust, nicht unserer. Selbst wenn dem nicht so wäre, ist der Friede dem Krieg unendlich vorzuziehen.«

Gwalcmais Worte beruhigten die Hitzigeren unter ihnen sehr, und viele gaben ihm recht. Also war die Versammlung gespalten, und die Angelegenheit wurde aufs heftigste erörtert. Artus hörte sich alles an und machte eine ernste Miene dazu.

Als es eine Zeitlang so gegangen war, stand Ban von Benowyc auf und brachte den Streit mit erhobenen Händen zum Verstummen. »Herr König«, erklärte er laut, »lange habe ich dir mit Waren, Gold und Kriegern gedient. Ich glaube nicht zu prahlen, wenn ich sage, daß kein anderer Herr treuer oder fester an deiner Seite gestanden hat.

Nun denn, es ist mir gleich, ob wir nach Rom ziehen oder bleiben. Was kümmern mich die Ansichten unserer müßigen jungen Leute? Der Ruhm, den ich habe, genügt mir. Ich brauche meinen Namen nicht höher steigen zu sehen.

Doch frage ich mich, ob ein größerer Gewinn daraus zu ziehen wäre, wenn wir zur Verteidigung Roms marschierten. Falls wir dadurch den Frieden, den wir genießen, auf den Rest der Welt ausdehnen könnten, wäre dies, selbst wenn wir die Rache der Barbaren zu gewärtigen hätten, nicht etwas Lohnendes? Und würde es uns nicht als Sünde angerechnet, diesen Hilferuf zu überhören, wenn wir ihm ohne weiteres nachkommen könnten? Ich bin ein alter Mann und bedarf des Beifalls anderer nicht länger, um mich selbst zu schätzen. Aber ich kann meinen eigenen Frieden nicht genießen, wenn andere Unrecht leiden, das ich verhindern könnte.«

Bei diesen Worten brüllten die Fürsten vor Zustimmung. Wer könne so vernünftiger Rede widersprechen, riefen sie. So müsse man es gewiß machen. Nicht um unseretwillen retten wir Rom, sagten sie, sondern um derentwillen, welche die Unterdrückung der Barbaren zu erdulden haben.

Als alle gesprochen hatten und wieder Ruhe eingekehrt war, stand der Hochkönig langsam auf. »Ich danke euch, meine Brüder«, sagte er, »daß ihr mir so klugen Rat gewährtet. Ich werde mich nun zurückziehen und überlegen, wofür ich mich entscheide.«

Artus wandte sich um und verließ den Raum. Die Fürsten kehrten zum Feste zurück, außer Bedwyr, Kei, dem Emrys und mir, die dem Hochkönig in sein Privatgemach folgten.

»Ich kann nicht glauben, daß du auch nur einen Augenblick überlegst, nach Rom zu ziehen«, sagte Bedwyr ohne Umschweife. »Du bist machtlüstern, wenn du daran denkst, Lucius' Schreiben zu folgen.«

»Sprich dich nur aus«, erwiderte Artus lächelnd. »Löse deine Zunge, zügle dich nicht.«

»Ich meine es ernst, Bär«, sagte Bedwyr kalt. »Daraus kann nichts Gutes erwachsen. Kein Brite, der nach Rom marschierte, ist jemals wiedergekehrt. Macsen Wledig ging nach Rom und wurde geköpft. Konstantin wurde Kaiser und vergiftet. Es ist eine Schlangengrube. Halte dich fern von dort.«

Kei war anderer Meinung. »Wie kann er sich Kaiser nennen, wenn er den Kaisersitz den Barbaren überläßt? Ziehe nach Rom, sage ich, befreie es und bringe den Thron nach Britannien. Dann ist er für alle Zeiten gerettet.«

Ich wußte nicht, was ich glauben sollte. Beide Standpunkte zogen mich an. Es stimmte, daß die Briten, welche Träume vom Imperium hegten, umgekommen waren, sobald sie Rom erreicht hatten. Genauso stimmte es aber meiner Ansicht nach, daß der Friede, für den wir so mühevoll gestritten hatten, befleckt wurde, wenn man es den Heiden gestattete, die Gerechtigkeit zu verhöhnen.

So geschah es, daß wir und Artus schließlich den weisen Emrys anblickten. »Warum starrt ihr mich an?« fragte der Emrys. »Ihr habt euch ja schon entschlossen. Geht hin und tut, was ihr entschieden habt.«

»Aber ich habe noch nichts entschieden«, wand Artus ein. »Gott weiß, daß ich hierin schwanke.«

Der Emrys schüttelte den Kopf. »Nichts, was ich sage, wird dein Herz umstimmen, Artus. Ich wundere mich, daß du nicht bereits den Befehl gegeben hast, in See zu stechen.«

»Was habe ich getan, um so beschimpft zu werden?« fragte Artus gekränkt. »Sage es mir, und ich werde es wiedergutmachen.«

»Ich sage dir eines. Wenn du den Rat von Männern wie Cador und Bors gutheißt, dann verdienst du den Schimpf.«

»Aber ich heiße ihren Rat nicht gut. Ich frage nach deinem.«

»Dann höre mir gut zu, denn wenn ich geendet habe, werde ich nichts weiter dazu sagen.«

»Wie du wünschst«, erwiderte Artus und nahm wieder Platz.

»Lausche denn, o König, der Seele der Weisheit!« Nach Art der Druiden von einst zog der Emrys seinen Umhang fest um sich und stellte sich vor den König, erhobenen Hauptes, die Augen geschlossen, die Stimme laut erschallend. »Alle Dinge habe ich nur zu diesem einen Zwecke ertragen: daß das Sommerreich auf dieser Erde geboren werde. Mit dir, Artus Wledig, wurde dies erreicht. Du bist der Held des Lichtes, der in alten Zeiten geweissagt wurde. Du bist die lichte Verheißung Britanniens, du bist der Oberdrache der Insel der Mächtigen, du bist der von Gott Begünstigte, der vom Höchsten so reich Gesegnete.

Artus, höre mich an! Rom liegt im Sterben – ist jetzt vielleicht schon tot. Wir können es nicht wiederbeleben, noch wäre es recht, dies zu tun. Das Alte muß verschwinden, um dem Neuen Platz zu machen. So ist der Lauf der Welt. Im Sommerreich ist eine neue Ordnung erstanden. Sie darf sich nicht mit der alten verbünden, sonst geht sie gewißlich zugrunde.

Gestatte dem verblaßten Glanz des Imperiums nicht, daß er deine Augen blende, noch den Reden der Menschen, daß sie dein Ehrgefühl entzünden. Sei der Kaiser des Westens, wenn du magst, aber gründe ein neues Reich hier in Britannien. Lasse den Rest der Welt auf die Insel der Mächtigen blicken, wie wir einst nach Rom blickten.

Sei der erste an Mitleid! Sei der erste an Freiheit! Aber lasse diese Freiheit und dieses Mitleid hier beginnen. Lasse Britannien wie ein Leuchtfeuer in die dunklen Winkel der Welt strahlen. Rom ist ein Leichnam, Artus, lasse die Barbarenheere es begraben. Lasse das römische Recht untergehen. Lasse Gottes Recht obsiegen. Lasse Britannien zum ersten Vorkämpfer für Gottes Werk auf Erden werden. Lasse Britannien zum Sitz des neuen Imperiums des Lichtes werden!«

Mit diesen Worten zog sich der Emrys den Umhang über den Kopf und verhüllte sein Gesicht. Und mehr wollte er nicht sagen.

Drei Tage vergingen. Artus ging mit sich zu Rate und wachte in seinem Gemach, bis die Angelegenheit, die ihn so umtrieb, entschieden war. Am Ende berief er seine Fürsten ein und teilte ihnen seinen Entschluß mit.

»Lange habe ich über diese Angelegenheit nachgedacht und die verschiedenen Standpunkte erwogen. Ich habe beschlossen, daß es nichts Schlechtes sei, nach Rom zu ziehen und zu tun, was ich tun kann, um das Leiden der Menschen dort zu lindern und den Lorbeerkranz aus ihren Händen zu empfangen. Wenn ich Rom in meiner Hand habe, werde ich nach Britannien zurückkehren und das Neue Imperium von der Insel der Mächtigen aus regieren.

Darum befehle ich, daß die Schiffe meiner Flotte und die Schiffe aller, die mit mir segeln wollen, zusammengezogen werden, auf daß wir in aller Eile nach Rom fahren und der barbarischen Unterdrückung dort ein Ende bereiten können. Denn ich bin überzeugt, daß kein Mann wahrhaft frei ist, wenn die Ungerechtigkeit irgendwo ungestraft herrschen darf–«

Das Vorhaben des Hochkönigs wurde von der Versammlung mit wilder Begeisterung aufgenommen, vor allem von den jüngeren Männern. Aber mir fiel auf, daß Artus bei seiner Rede unverwandt seine Parteigänger anblickte. Nicht einmal schaute er zum Emrys.

Gleich darauf, im Gemach des Hochkönigs, forderte Bedwyr den Pendragon kühn heraus. Da sie einander näherstanden als Brüder, hörte Artus ihn an. »Das ist Wahnsinn, Artus. Einen hirnverbrannteren Einfall hast du nie gehabt. Trotze mir, wenn du willst, aber trotze nicht dem Emrys.«

»Ich trotze niemandem«, behauptete Artus. »Außerdem, was ist so falsch daran, die Mutter Kirche von der Verfolgung durch die Heiden befreien zu wollen?«

»Sprich mir nicht von der Kirche, Bär. Wir wissen beide, warum du marschierst. Was ist, wenn du dort drüben getötet wirst wie Macsen Wledig?«

»Es ist bloß ein Feldzug.«

»Tatsächlich? Wenn der Sitz des Imperiums befreit werden

muß, dann soll Kaiser Lucius ihn doch befreien! Hat er dir Hilfe angeboten? Bis die kommt, haben wir alle graue Haare! Er erwartet, daß du die ganze Arbeit machst. Paß nur auf, ob du auch nur eine warme Mahlzeit von ihm empfängst, wenn du fertig bist. Ich sehe nicht, daß er dir die Hände zur Freundschaft reicht.«

»Du bist so argwöhnisch, Bruder«, erwiderte Artus lachend.

»Und du so bockbeinig.«

»Da bilden wir ja ein hübsches Paar, was?«

Bedwyr wollte sich nicht mit Scherzen abspeisen lassen. »Höre mich an, Artus. Ziehe nicht nach Rom.« Er verschränkte die Arme über der Brust. »Deutlicher kann ich es nicht sagen.«

Der Pendragon schwieg lange. »Soll das heißen, daß du nicht mit mir ziehen wirst?«

»Bei allen Engeln und Heiligen!« seufzte Bedwyr. »Natürlich ziehe ich mit dir. Wie soll ich denn sonst verhindern, daß du dir närrischerweise von einer Barbarenaxt den Kopf abschlagen läßt?« Nach einer kurzen Pause fügte er hinzu: »Doch das bringt mich auf eine andere Frage: Wer wird das Reich halten, wenn du fort bist?«

»Daran habe ich bereits gedacht«, erwiderte Artus fröhlich. »Gwenhwyvar ist eine Königin aus eigenem Recht. Sie wird an meiner Statt herrschen, solange ich nicht da bin.«

»Nun gut«, erwiderte Bedwyr. »Das ist die erste wirklich kluge Entscheidung, die du heute getroffen hast. Zumindest wird sie nicht in Versuchung geraten, zur Rettung versinkender Reiche zu eilen!«

Am Ende blieben der Emrys und ich zusammen mit Gwenhwyvar und einer kleinen Leibwache zurück, um das Reich in Artus' Abwesenheit zu halten. Gwenhwyvar zürnte Artus ob seines Feldzuges – vor allem, weil sie meinte, an seiner Seite kämpfen zu sollen, anstatt allein in Britannien zu schmachten. Sie raste und tobte eine ganze Weile lang, aber als der Tag des Aufbruchs graute, trug sie artig ihre Pflicht.

Sobald Artus' Vorbereitungen befohlen waren, kamen sie rasch in Gang. Im Frühsommer stand alles bereit, und Britanniens Krieger waren versammelt – wie die Legionäre dreihundert Jahre zuvor. Am Ufer der Uisc wollten sie sich nach Rom einschiffen.

Nachdem die Schiffe die Anker gelichtet hatten, blieben wir noch ein paar Tage lang in Caer Legionis, gingen dann an Bord unserer Schiffe und segelten an der Westküste entlang gen Caer Lial. Mir tat es nicht leid, mit dem Emrys und der Königin zurückzubleiben. Obwohl ich gerne nach Rom gegangen wäre, um es einmal zu sehen, war ich der geringste unter Artus' Kriegern und konnte ihm besser dienen, wenn ich mich zu Hause in Britannien um seine Angelegenheiten kümmerte.

Die Reise nach Caer Lial verlief angenehm. Wir machten auf dem Wege in Avallon Halt und blieben ein paar Tage bei Avallach und Charis, ehe wir zu unserer Stadt segelten. Ein weiterer Tag auf See führte uns sicher in den Hafen. Endlich waren wir wieder im Norden.

Ich war überrascht, wie sehr ich Caer Lial vermißt hatte. Nach der dicht gedrängten Stadt des Südens wirkte es geräumig, die Luft war frischer, die Tage waren heller. Froh, wieder in der Heimat zu sein, verbrachte ich die folgenden Tage damit, die Dinge zu erledigen, die seit dem Winter liegen geblieben waren. Daneben schmiedete ich Pläne, nach Caer Alclyd zu reiten, um meine Mutter zu besuchen, die ich seit Artus' Kaiserkrönung nicht mehr gesehen hatte – und dort auch nur einen Augenblick.

Als der Tag angebrochen war, an welchem ich hatte aufbrechen wollen, ging ich in den Stall, um mir ein Pferd auszusuchen. Während das Roß gesattelt wurde, eilte ich in den Palast zurück, um die Geschenke einzupacken, die ich meiner Familie mitbringen wollte. Dann suchte ich den Emrys auf, um ihm Lebewohl zu sagen und ihn zu fragen, ob er mir eine Botschaft mitgeben wollte.

Als ich von meinem Zimmer durch den langen Gang zum Saal hastete, hörte ich einen Warnruf. Er hallte aus dem Palast.

Ich rannte hin, verstreute auf dem Weg mein ganzes Bündel und platzte in den Saal – dort stand Medraut.

VIII

In einer Blutlache lagen vier Krieger tot am Boden. Der Raum war voller Pikten, die ihre Schwerter, Speere und Keulen schwangen. Ich war der einzige noch lebende Brite, der die Königin verteidigen konnte, und ich war unbewaffnet. Medrauts Schwert stieß gegen meine Kehle.

»Was ist das für ein Verrat?« fragte ich.

»Wir kamen, um dem Kaiser unsere Aufwartung zu machen«, erwiderte Medraut höhnisch. »Stelle dir unsere Enttäuschung vor, als wir entdeckten, daß er gar nicht hier ist, um uns zu empfangen.«

Zwei Pikten zielten von beiden Seiten mit ihren Speeren auf mich. Ich wußte, sie hätten mich im gleichen Augenblick umgebracht, wenn Medraut sie nicht abgehalten hätte. »Cadw! Ymat!« rief er in ihrer rauhen Sprache. Dann sagte er zu einem anderen dunkelhäutigen Pikten, der wie ein König aussah: »Der hier ist lebendig mehr für uns wert. Lasse ihn fesseln und zu den übrigen werfen.«

Mir wurden Handgelenke und Knie mit dicken Lederfesseln gebunden. Dann schleppten sie mich durch den Palast und zerrten mich in den Hof. Dort fanden sich Spuren ganz kurzer und flüchtiger Kämpfe. Hier und da lagen ein paar Leichen, einige bewaffnet, die meisten waffenlos – Männer, die gefällt worden waren, wo sie gerade standen.

Geordneter Widerstand war nicht möglich gewesen. Sie hatten uns überwältigt, ehe wir einen Speer erheben oder ein Schwert ziehen konnten. Und diejenigen unter uns, welche noch lebten, wurden Medrauts Geiseln. Die Demütigung war schlimmer als der Tod.

Entsetzen und Empörung wanden sich in mir wie zwei Schlangen des Ekels. Solche Bosheit! Abscheuliche Schande! Verderbt und lasterhaft hatte Medraut das Unerdenkliche ausgebrütet.

Über dreißig Krieger der Königin waren in Gefangenschaft

geraten – ein Zeichen, wie vollkommen die Stadt überrascht worden war. Nicht ein Mann, vom edelsten Krieger bis zum niedersten Stallburschen, hätte sich je lebend gefangennehmen lassen, hätte er eine Waffe in der Hand gehabt oder wenigstens die nackte Faust erheben können.

Wartend standen die Krieger da. Sie hielten beschämt die Häupter gesenkt, waren an den Händen gefesselt und von Piktenwachen umgeben. Rauch wogte über den Hof und wallte an zahlreichen Stellen in der Stadt auf. In der Ferne hallten Gekreisch und Geschrei wider. Ich wurde neben die anderen Briten gestellt und sah nach kurzem, wie man den Emrys und die Königin grob aus dem Palast zerrte. Als ich gewahr wurde, daß Myrddin und Gwenhwyvar gefesselt und geknebelt waren und die Feinde sie gepackt hielten, kam mir die Galle hoch. Ich würgte und übergab mich. Tränen traten mir in die Augen.

Mit wilder, entstellter Miene stolzierte Medraut über den Hof, einen kräftigen Piktenhauptmann zu jeder Seite. Er war selbst kein echter Krieger und bewegte sich deshalb nur unter Schutz solcher fort. Fürwahr, er war nichts als ein verschlagener Feigling.

Als er zu den wartenden Gefangenen gelangte, erteilte er in der Barbarensprache einen scharfen Befehl. Sogleich hoben die Pikten Speer und Schwert und erstachen die Geiseln. Um mich herum fielen mutige Männer. Die Schwerter bohrten sich in die wehrlosen Menschen, die ohne einen Klagelaut fielen, tapfer bis zum letzten Atemzug. Ein von Kämpfen vernarbter Veteran packte sogar das Schwert, das auf ihn gerichtet war, und stieß es sich selbst ins Herz, um nicht so schändlich von einem Barbaren getötet zu werden.

Ich wurde niedergeschlagen und mit einer Speerspitze zu Boden gedrückt. Als das Gemetzel vorüber war, lebten nur noch elf von uns. Medraut hob sich die bedeutendsten Gefangenen für die Geiselgrube auf: die Königin, den Emrys, mich und acht weitere, um deren Leben er zu feilschen hoffte.

Sollte er das Schlimmste verüben! An jenem Tag sah ich mit an, wie tüchtige Männer starben, und gelobte, mein Leben daranzugeben, damit Medrauts enthaupteter Leichnam von des Hochkönigs Hunden in Stücke gerissen werde.

Ich wurde in eine ekelhafte Grube tief unter der Festung geworfen. Dort blieb ich mit einigen der anderen Geiseln. Ob Tag oder Nacht war, wußte ich nicht. Wo man die Königin festhielt und was aus dem Emrys geworden war, konnte ich nicht sagen.

Bisweilen wurden wir aus der Grube gezerrt und mußten in Ketten vor unsere piktischen Häscher ziehen, damit sie sich vor ihren Häuptlingen großtun konnten. Bei einer dieser Gelegenheiten fand ich heraus, daß wir die Gastfreundschaft Keldrychs genossen, eines mächtigen Piktenkönigs, der Medraut beigesprungen war, als jener von Artus floh.

Keldrych rief die wilden Stämme des Nordens zu sich nach Caer Lial, damit sie selbst sähen, daß er und Medraut des Pendragon Stadt eingenommen hatten. Die Kunde vom Aufruhr breitete sich unter den Pikten aus wie die Pest, denn jene hatten Artus nie geliebt und bedurften keiner großen Aufforderung, um ihm die Treue zu brechen.

Ein Blinder hätte sehen können, was geschah! Nachdem der Verräter die Königin geraubt hatte, feilschte er mit den Fürsten und Feldherrn anderer Piktenstämme um Unterstützung. Und die errang er sich.

Merkwürdigerweise glauben die Pikten gleich anderen einfachen Völkern, daß das Königtum eines Herrn auf seiner Königin gründet. Des Königs Gemahlin ist das lebendige Sinnbild seiner Herrschaft. Dieser Glaube ist uralt und unverwüstlicher als Stein.

Aus diesem Grunde waren die Pikten von Medrauts Entführung der Königin äußerst beeindruckt: Sie *war* Artus' Königtum. Da Medraut sie besaß, besaß er auch Britanniens Thron. Für die Pikten war dies sonnenklar. Mit der Ergreifung Gwenhwyvars war Medraut König geworden, und in ihren Augen wurde die stolze Königin zu seiner Frau. Dieser Verrat brachte die Pikten in Bewegung, wie nichts anderes es vermocht hätte. Im Verrat war Medraut ein Meister.

Von Artus erwartete man natürlich, daß er zurückkehrte und um seinen Thron stritt. Medraut wollte bereit sein. Mit außergewöhnlichen Versprechungen und geschickten Täuschungen umwarb er die aufständischen Könige. Als der Hochsommer nahte, sammelten die Streitkräfte der Pikten sich zum Krieg. Jeden Tag wurde der Feind stärker, denn immer mehr Kriegertrupps strömten nach Caer Lial, von Keldrych und Medraut herbeigerufen und von der Aussicht auf Artus' Niederlage erkühnt.

Aus den wilden Hügeln des Nordens kamen sie – aus Sci, aus Druim und Gododdin, Athfotla und Cait. Sie kamen zu Hunderten und scharten sich zu einem mächtigen Heer. Die einzelnen Stämme waren einzig geeint durch den rasch angestachelten Haß auf Artus und die Verheißung ungeheuren Reichtums, den die Kriegsbeute versprach.

Zur lärmigen Lugnasadh-Feier wurden die Geiseln wiederum hervorgezerrt, um vor den versammelten Feldherrn vorgeführt zu werden. Deren Anblick hätte mir fast den Atem verschlagen. In Artus' Saal war eine riesige Schar blaubemalter Piktenfürsten versammelt, jeder ein Häuptling mit vielen hundert Kriegern unter sich. Nie hat sich ein solches Heer in Britannien zusammengerottet, dachte ich. Einer solchen Streitmacht kann der Pendragon gewiß nicht beikommen.

Zu unserer Schande mußten wir unseren Bezwingern Speise und Trank auftragen und ihren großen Spott ertragen, indem sie uns hinterhältig herumschubsten und uns mit unseren Ketten würgten. Als das Lärmen seinen Höhepunkt erreichte, stand Medraut auf und hielt den versammelten Häuptlingen eine großspurige Rede. Was er sagte, weiß ich nicht, aber in jener Nacht wurden wir nicht wieder in die Geiselgrube gesteckt. Wir schliefen an unseren Ketten in einem Lagerraum und wurden am nächsten Morgen in den Hof geführt.

Dort trieb man die Geiseln zusammen, und ich sah zu meiner Freude, daß der Emrys und die Königin unversehrt waren. Ich hatte sie seit dem Fall von Caer Lial nicht mehr gesehen und um ihre Sicherheit gefürchtet. Obgleich die Königin ein Stück von uns entfernt festgehalten wurde, ermutigte es mich, daß sie trotzig und ungebrochen wirkte, voller Feuer. Verstohlen gelang es mir, neben den Emrys zu kriechen.

»Emrys, bist du heil?«

»Heil genug, Aneirin«, erwiderte er leise und heiser. »Und du?«

»Mir ist kein Leid geschehen – und den anderen auch nicht«, entgegnete ich. »Weißt du, was hier vor sich geht?«

»Artus kehrt zurück«, berichtete mir der Emrys. »Vor ein

paar Tagen erreichte Medraut die Kunde, die Flotte des Hochkönigs sei gesichtet worden. Heute geht es in die Schlacht.«

Diese Worte ermunterten mich, aber mir fiel auf, daß sie den weisen Emrys gar nicht freuten. »Das ist doch eine gute Neuigkeit«, sagte ich. »Was hast du?«

»Da haben wir uns so lange gemüht und so vieles ertragen, daß jetzt alles auf diese Weise zuschanden wird«, sagte er, »und du fragst, was ich habe.«

»Artus wird obsiegen.«

Der Emrys sah mich lange an. Über seinen goldenen Augen lagen traurige Schatten. »Vertraue auf Gott, Aneirin, und bete, daß uns der Himmel nicht auf den Kopf fällt.«

Verwirrt und erschrocken, kroch ich wieder fort. Alles, was ich bis dahin erlitten hatte, war nichts im Vergleich zu der Verzweiflung, die mir aus den wenigen Sätzen des Emrys entgegenschlug. Zum ersten Mal wurde ich mir der Unermeßlichkeit von Medrauts Verrat bewußt. Mir brach das Herz, und meine Seele rief nach dem Ende. So unglücklich war ich.

Nach einer Weile führte man uns durch die Stadt zum Hafen, wo einige Schiffe von den Orkaden eintrafen. Ich hatte nicht geahnt, daß Lot mit Medraut unter einer Decke steckte, aber zu seiner ewigen Schande tat er nichts, um der Königin beizustehen. Statt dessen watete er im Angesicht aller mit seinen Hauptleuten ans Ufer und umarmte den Tyrannen wie einen Verwandten.

»Wie kann er nur?« fragte ich erstaunt den Emrys, während wir auf dem Kies hockten. »Ich hielt Lot für Artus' Verbündeten.«

»Begreifst du es noch immer nicht?«

Abermals mußte ich zugeben, daß ich nichts begriff. Ich hatte keine Ahnung, worauf Myrddin abzielte. »Willst du damit sagen, Lot habe sich den Verrätern angeschlossen?«

»Erkennst du Medraut noch immer nicht?«

»Er sagte, er sei der Sohn eines Piktenfürsten – Urien von Monoth. Das behauptete er, als er zu Artus kam«, antwortete ich.

»Er ist kein Pikte«, fauchte der Emrys. »Denke nach! Hast du nicht gesehen, wie sie ihn behandelten und er ihnen schöntat und mit ihnen Pläne schmiedete?«

»Ich war in der Geiselgrube!« erinnerte ich ihn. »Ich sah nichts.«

»Medraut ist Morgians Sohn!« Der Emrys machte mir auf mein Erstaunen hin eine weitere Enthüllung. »Und der Mann, den er am Strand begrüßt, ist nicht Lot, sondern dessen Halbbruder Urien.«

»Aber Medraut sagte doch, Urien sei sein Vater«, meinte ich. »Warum sollte er gelogen haben?«

Der Emrys schüttelte bedächtig den Kopf. »Das ist die einzige Wahrheit, die Medraut gesprochen hatte – und diese brachte schließlich auch Lot ins Grab.«

Langsam dämmerte mir die ungeheuerliche Bedeutung von Myrddins merkwürdigen Worten. Mein Magen verkrampfte sich vor Ekel. »Morgian vermählte sich Urien, ihrem eigenen Sohn«, sagte ich, als ich es endlich begriffen hatte. Aus der Blutschande war ein Sohn hervorgegangen, und dieser Sohn war Medraut.

»Meine Jahre der Blindheit waren nichts gegen dies«, schalt der Emrys bitter. »Als einziger unter den Menschen hätte ich wissen müssen, wogegen wir kämpften. Es war wohl mehr als nur meine Sicht zerstört. Aber es lief auf folgendes hinaus: Morgian brachte ihren Teufelssproß an Artus' Hof unter, weil sie wußte, daß sie ihre Rache auf die eine oder andere Weise bekommen würde.«

Rache. Das Wort stank nach Tod. Ich hörte es im Gekrächz der Raben, die sich über blutbefleckten Schlachtfeldern scharten. Ach, der Feind ist unermüdlich an Haß und unerschöpflich. Ich kam mir plötzlich ganz klein und unwissend vor. Vom wahren Wesen der Welt wußte ich nichts. Nichts von den Kräften, die gegen uns standen. Nichts, gar nichts wußte ich!

»Was ist zu tun?« fragte ich voll Sehnsucht nach einem Wort der Hoffnung aus des Emrys Munde.

»Was uns zu tun gegeben wird, das werden wir tun«, erwiderte er und wandte sich ab. »Wir sind ja schließlich Menschen und keine Engel.«

Diese Worte bescherten mir weder Trost noch Hoffnung, so daß ich wieder dem Elend der Verzweiflung anheimfiel wie in jener abscheulichen Geiselgrube. Wenn ich den Verräter an Ort und Stelle hätte töten können, ich hätte nicht gezögert. Doch ich vermochte nichts zu tun – außer dazusitzen und zuzusehen.

Uriens Schiffe wurden an den Strand gezogen, und zwar, um den Hafen zu versperren. Wenn Artus käme, sollte er nicht geradewegs an Land gehen können, sondern sich den Weg ans Ufer erkämpfen müssen. Der listige Medraut verschaffte sich jeden erdenklichen Vorteil.

Doch da hatte ich mich getäuscht, denn nachdem die Sperre errichtet war, befahl Medraut den Pikten, sich in die Berge zurückzuziehen. Gwenhwyvar, der Emrys und die übrigen Geiseln wurden auf Pferde gesetzt und von Keldrychs Kriegern abgeführt.

Dann wandte Medraut sich mir zu. »Dein herrlicher Pendragon kommt bald. Wenn er hier eintrifft, dann eröffne ihm dies: Ich erwarte ihn in den Bergen. Der Emrys und Gwenhwyvar sind bei mir. Er soll allein zu mir kommen, und ich werde ihn empfangen.«

»Das wird er nie tun!« rief ich.

Medraut schlug mir hart auf den Mund. »Sage es ihm! Wenn er sein Heer mitbringt, töte ich die Königin, ehe er einen Fuß ins gewundene Tal gesetzt hat. Die Sache geht nur uns beide an. Wenn wir die Blutschuld für meine Mutter geregelt haben, lasse ich meine Geiseln frei – und keinen Augenblick früher.«

Ich starrte den Tyrannen mit zusammengekniffenen Augen an. »Sage, was du willst, und wisse, daß ich es ihm bestellen werde. Aber du bist wahnsinnig, wenn du glaubst, der Pendragon von Britannien werde dich allein an einem Ort deiner Wahl treffen.«

Medraut erstarrte. Seine Hände fingen zu zittern an, als würde er mit sich selbst kämpfen, um seine Bewegungen zu beherrschen. Sein Gesicht war zu einem wilden Höhnen verzerrt. »Dann soll er seine engsten Vertrauten mitbringen. Ja, seine besten Leute soll er bringen! Aber wenn sie nur eine Klinge dabeihaben, stirbt die Königin und der Emrys mit ihr.«

Dann wurde meine Kette an einem Eisenring befestigt, an welchem sonst die Schiffe vertäut wurden, und ich blieb allein am Ufer. Den ganzen Tag wartete ich und hielt Ausschau. Dann ertrug ich eine lange kalte Nacht ohne Nahrung oder Wasser am Strand.

Als der Morgen im Osten wie Stahl graute, erwachte ich und sah dreißig Schiffe in den Hafen segeln. Die vordersten von ihnen führten den roten Drachen auf den Segeln. Gleich dahinter folgten fünfzehn weitere und danach noch einmal zwanzig kurz vor der Hafenmündung.

Nachdem der Pendragon sich durch den verschanzten Hafen einen Weg gebahnt hatte, ging er an Land. Ich stand bis zu den Knien im Wasser und wartete, daß die ersten zu mir kamen. Unter ihnen befand sich Artus selbst. Besorgt grüßte er mich. »Wo sind sie? Was geht hier vor?« Rasch sammelten sich Bedwyr, Kei, Cador und Gwalcmai um uns.

»Wir sind Geiseln, Herr«, erwiderte ich, auf meine Kette weisend. Darauf zog der Hochkönig seinen Schneidestahl und befreite mich mit einem mächtigen Hieb von dem Eisenring. »Danke, Pendragon. Ich wußte, daß du kommen würdest. Ich wußte, du würdest uns nicht Medrauts Verrat überlassen.«

»Wo ist diese Ratte?« fragte Kei. »Ich will sie an den Toren von Caer Lial hängen sehen.«

Bedwyr nahm mir die Kette ab. »Was ist mit der Königin und dem Emrys? Leben sie noch?«

»Sie leben noch«, entgegnete ich. »Aber außer den Geiseln wurden alle ermordet.«

»Das soll er mit seinem Leben büßen!« rief Cador. Er schlug sich mit der Faust an die Brust.

Artus blickte auf seine zerstörte Stadt und dann wieder zu mir. »Wohin sind sie gezogen?«

»Herr, ich soll dir folgende Botschaft ausrichten«, sagte ich. »Doch bedenke, daß dies Medrauts Worte sind, nicht meine.«

»Bei der Liebe Jesu, heraus damit!« brüllte Kei.

Ich schluckte und hub an: »Ich soll dir sagen, daß er dich in den Bergen erwartet. Der Emrys und Gwenhwyvar sind bei ihm. Du sollst ihn allein aufsuchen und allenfalls deine Vertrauten mitbringen. Dann wird Medraut dich empfangen.«

Kei schnaubte, und Bedwyr schimpfte in seinen Bart. Cador wollte etwas sagen, aber Artus gebot mit einer Handbewegung Schweigen und hieß mich fortzufahren.

»Medraut sagt, wenn du dein Heer mitbringst, wird er die Königin und den Emrys töten, ehe du einen Fuß in das gewundene Tal setzt. Er sagt, wenn die Blutschuld geregelt ist, wird er seine Gefangenen freilassen – vorher nicht.«

»Blutschuld?« überlegte Bedwyr. »Welche Blutschuld könnte zwischen euch stehen?« fragte er Artus.

»Der Tod seiner Mutter«, versetzte ich.

Alle blickten einander unbehaglich an. »Wer war seine Mutter?« fragte Kei.

»Morgian«, antwortete ich. »Das sagt der Emrys.« Und ich erzählte ihnen, was ich von Myrddin über Medrauts unnatürliche Zeugung erfahren hatte. Vor Verblüffung schweigend hörte Gwalcmai zu.

»Das erklärt vieles«, meinte Artus. Er wandte sich an Gwalcmai. »Dich trifft keine Schuld.«

»Ich habe diesem Ränkeschmied nie getraut.«

»Was kannst du uns noch sagen?« wollte Bedwyr wissen.

»Nur dies: Daß ihr unbewaffnet kommen müßt. Wenn er auch nur eine Klinge bei euch sieht, stirbt die Königin und der Emrys mit ihr. Das sagt euch Medraut.«

»Wie viele sind bei ihm?«

»Tausende – mindestens fünfzigtausend. Ich bin mir nicht sicher, aber es sind mehr, als ich jemals gesehen habe. Sämtliche Piktenstämme sind hier.«

Einen Moment glaubte ich, an Artus' Blick zu erkennen, daß er geschlagen war. Aber ich täuschte mich.

»Das gewundene Tal...«, überlegte er, die von Wellen überspülten Kiesel zu seinen Füßen betrachtend. »Camboglana – Camlan?« Grimmig lächelnd hob er den Kopf.

»Medraut ist listig«, bemerkte Bedwyr, »falls er sie dorthin gebracht hat. Eine schmale Schlucht mit einer Burg darüber – der Ort ist wie zum Morden geschaffen.«

Ja, ich hielt Bedwyrs Einschätzung für nur allzu richtig, als ich die Stelle später mit Artus, Bedwyr und Kei von einem Hügel aus begutachtete. Ich verzweifelte ob unserer aussichtslosen Lage.

Medraut hatte sein Heer nämlich nach Osten geführt, in ein geschütztes Tal am Limes. Im Norden erhob sich ein steiler Felsgrat, im Süden ein hoher Berg, auf dem ein altes Römerkastell stand, die Festung Camboglana, die nun Camlan hieß. Das alte Wort bedeutet »gewundenes Tal« und stellte sich als sehr passend für den Ort heraus. Langgestreckt und schmal, mit einer scharfen Biegung dort, wo der Felsgrat hereinragte, schien das verlassene, von Felsen übersäte kleine Tal wie geschaffen für Verrat.

Die Festung beherrschte selbst im verfallenen Zustand durch ihre überlegene Stellung die ganze Gegend. Medrauts Streitkräfte konnten sich mit wesentlich geringerer Mühe behaupten, während der Pendragon von Anfang an auf zwei Fronten zu kämpfen hätte.

Kei betrachtete das Gelände und meinte: »Du kannst unmöglich dort hinab und ihm unbewaffnet gegenübertreten.«

»Ich sehe keine andere Wahl«, erwiderte Artus.

»Es gibt immer eine Wahl.« Bedwyr ließ den Blick über die Hügelflanke und die Festung schweifen. »Sie warten dort oben, um uns in einen Hinterhalt zu locken. Ich kann den Verrat geradezu riechen.«

»Daran zweifle ich nicht, Bruder«, entgegnete der Pendragon gleichmütig.

Kei brach in Lachen aus – ein lauter freudiger Schrei. Bedwyr drehte sich im Sattel nach ihm um. »Fünfzigtausend Pikten erwarten uns – und jeder dürstet nach unserem Blut. Findest du das lustig?«

»Nein, nein«, erwiderte Kei. »Ich erinnere mich nur. Wißt ihr noch, als Cerdic Bors gefangennahm?«

Artus lächelte. »Natürlich.«

»Du hast seine Hoffnung ziemlich rasch vernichtet, als du sagtest: ›Töte ihn, wenn du das willst…‹ Das hatte Cerdic nicht erwartet.« Kei deutete auf das Tal vor uns. »Medraut würde seine Zunge verschlucken, wenn du ihm das erwidertest.«

Er lachte wieder, und Artus lachte mit ihm. Ich merkte, daß ich den Pendragon nie hatte laut lachen hören. »Das möchte ich sehen!«

Bedwyr sah sie beide verächtlich an. »Diesen rothaarigen Brüllstier kannst du doch nicht ernst nehmen, Artus. Schließlich reden wir über Gwenhwyvars Leben.«

»Keine Angst, Bruder«, erwiderte Artus leichten Herzens. »Ich kenne meine Gemahlin – der Scherz wird ihr behagen.« Er blickte sich auf den umliegenden Hügeln um. »Wir nehmen die hoch gelegenen Stellungen ein – hier und dort –«, sagte er, auf zwei Zwillingsgipfel über dem Tal zeigend. Er war wieder zum Kriegsführer geworden.

»Cador übernimmt die rechte Flanke und Ban die linke…« Der Pendragon machte kehrt und stieg den Hügel zum Heer hinab, das im Tal versteckt wartete. Kei und Bedwyr gingen ihm nach. Und ich eilte ihnen hinterher, während die drei den Schlachtplan festlegten.

Sobald wir das wartende Heer erreichten, wurden des Pendragon Befehle weitergegeben. Sogleich nahmen die Krieger ihre Stellungen ein. Artus legte sein Kampfhemd und seinen hohen Helm an. Er gürtete sich Caliburnus um, warf sich Prydwen, den weißen Schild mit dem Kreuz Jesu, über die Schulter. Er ergriff Rhon, seinen Speer – der unerschütterliche Veteran vieler wilder und heftiger Schlachten.

Alle seine großen Hauptleute rüsteten sich ebenso zur Schlacht: Bedwyr, Kei, Gwalcmai, Gwalchavad, Bors, Llenlleawg und Rhys. Helden waren sie alle, behelmt und bewaffnet zum Streit. Mein Herz schlug höher, als ich sie Medrauts Herausforderung annehmen sah.

Als der Hochkönig bereit war, schwang er sich in den Sattel und die anderen mit ihm. Gemeinsam ritten sie in das gewundene Tal – Camlan, das Tal des Todes.

Anfangs sah es so aus, als würden meine Gebete erhört.

Als der Pendragon und seine Männer ins Tal hinunterzogen, tauchte Medraut aus seinem Versteck in der verfallenen Festung auf. Bei ihm waren Keldrych und die Geiseln, daneben mindestens dreißig Pikten – nackt und mit Waid blau bemalt, das lange Haar mit Kalk versteift und zu weißen, spitzen Kämmen aufgerichtet. Auch ihre Schilde und Speerspitzen hatten sie gekalkt.

Auf halbem Wege zu dem Bach, der durch das gewundene Tal fließt, machte Medraut Halt. Er hatte gesehen, daß der Pendragon bewaffnet geritten kam und seiner Anweisung nicht achtete. Medraut drehte sich rasch um, riß den Arm hoch und zeigte auf die Geiseln.

Keldrych trat zu ihm. Sie besprachen sich kurz und marschierten weiter. Kein Zweifel, Keldrych hatte dem Hitzkopf Medraut klargemacht, daß die Geiseln zu töten sie jeden Vorteils über Artus berauben würde. Wie es auch sein mochte, der eiserne Trotz des Pendragon hatte sich wieder als richtig erwiesen.

Die beiden Parteien hielten mit einigem Abstand und dem Bach zwischen sich an. Artus saß ab, die anderen blieben jedoch im Sattel. Artus und Medraut gingen unbegleitet aufeinander zu. Ich hätte meine rechte Hand gegeben, um zu erfahren, was von ihnen gesprochen wurde, aber von meinem hohen Ausguck sah ich recht gut, wie die Sache ihren Lauf nahm.

Sie redeten eine Weile, worauf Medraut dorthin zurückging, wo die Geiseln warteten, umgeben von Piktenkriegern. Gwenhwyvar trat zwischen den anderen hervor; der Tyrann faßte sie am Arm und zerrte sie mit sich zu Artus. Keis Hand fuhr an sein Schwert. Bedwyr hielt ihn zurück.

Als Medraut den Bach erreichte, wo Artus wartete, packte er die Königin. Er rief etwas – ich hörte das Echo, konnte aber nichts verstehen. Dann schlug er der Königin grausam ins Gesicht, und sie fiel auf die Knie.

Artus stand da wie aus Stein gemeißelt. Er zuckte kein bißchen.

Medraut stand über der Königin und packte eine Handvoll ihres dunklen Haares. Er riß ihren Kopf hoch und legte ihre Kehle bloß. Da funkelte ein Stahl in seiner Hand. Ein Dolch!

Medraut rief wieder. Artus antwortete ihm.

Der Dolch blitzte hoch in der Luft auf und fuhr rasch nieder.

Mir stockte das Herz.

Doch bevor ich den Mund zum Schrei öffnen konnte, sauste Artus' Speer durch die Luft.

Gerade und sicher wie Gottes rasches Urteil flog der Speer zu Medraut. Nie habe ich erlebt, daß ein Speer so geschwind und mit solcher Wucht geschleudert wurde. Er traf Medraut in der Brust und durchbohrte ihn.

Im gleichen Augenblick war Artus über ihm und trieb den Speer tiefer in ihn hinein. Aber Medraut ergriff, seiner Wunde nicht achtend, den Speer mit den Händen und zog sich an seinem Schaft hoch. Er fuhr wild mit dem Messer durch die Luft und streifte Artus damit.

Artus ließ den Speer los. Der Verräter fiel nach hinten und lag zuckend am Boden. Darauf zog der Pendragon Caliburnus und hieb Medraut den Kopf ab.

Das sah ich ganz deutlich – genauso deutlich, wie ich sah, daß Keldrych seinen Speer hob und das Zeichen zum Angriff gab. Sofort wimmelte das Tal von Pikten! Sie schienen sich aus dem Boden selbst zu winden – sprangen hinter Fels und Busch auf und aus Vertiefungen hervor, in denen sie sich versteckt hatten.

»Hinterhalt!« rief Cador und haute mit dem Schwert um sich.

Keldrych hatte die Hälfte seiner Schar im Tal versteckt. Und nun griffen seine Krieger an – wenigstens sechzig. Der Pendragon war eingekreist.

Gwenhwyvar rannte zu Medraut, riß ihm den Speer aus der Brust und stellte sich neben ihren Gatten. Gemeinsam waren sie zum Kampf bereit.

Im gleichen Augenblick brach jenseits des Tales ein fürchterlicher Schrei aus fünfzigtausend Kehlen. Die versteckten Pikten erhoben sich. Mit Speeren in der Hand standen sie oben auf den Hügeln, zum Angriff bereit, ihren gräßlichen Schlachtruf ausstoßend, daß mich schauderte.

»Rasch!« rief ich Cador zu. »Blase zum Angriff!«

Mit grimmiger, finsterer Miene schüttelte Cador den Kopf. »Ich darf nicht. Ich habe Befehl, mich nicht zu rühren, es sei denn, die Pikten greifen an.«

»Sieh!« Ich deutete auf das Schlachtfeld hinunter. »Sie greifen an!«

»Ich darf nicht!« schrie Cador. »Ich habe meine Befehle!«

»Sie werden umgebracht!«

»Weiß Gott!« brüllte Cador. »Aber solange das Heer uns keine Schlacht liefert, darf ich nichts unternehmen!«

Da begriff ich. Wie die Dinge zwischen Medraut und dem Hochkönig auch liefen, hatte dieser Cador und Ban schwören lassen, nicht einzugreifen. Solange die Hauptstreitmacht der Pikten sich zurückhielte, würden die Briten sie nicht herausfordern. Wenn es Krieg geben sollte, würde er nicht vom Heer des Pendragon ausgehen. Da die Hauptstreitmacht des Feindes noch nicht in die Schlacht gezogen war, durfte Cador nichts unternehmen.

In einem Anfall aus Wut und Schrecken wandte ich mich wieder dem Tal zu. Artus hatte Prydwen vom Riemen gelöst. Jetzt hielt Gwenhwyvar den Schild. Die Pikten fielen über sie her, aber nun stürzten die Krieger der Tafelrunde sich ins Getümmel.

Die berühmte Drachenschar traf genau in dem Moment auf die Pikten, als diese Artus erreichten. Ich staunte darüber, wie meisterlich die Briten die Feinde ins Gefecht verwickelten und den Angriff abwehrten.

Kei und Bedwyr, die Seite an Seite ritten, fuhren mitten in

Keldrychs Truppe und nahmen die Barbaren auf die Speere. Gwalcmai und Gwalchavad griffen von rechts ein und zerstreuten die Feinde vor den donnernden Hufen ihrer Pferde. Bors, Llenlleawg und Rhys kamen von links, auf die Pikten einhauend, Schnitter einer blutigen Ernte.

In der wogenden Masse von Leibern, Gliedmaßen und Waffen sah ich des Pendragon mächtiges Schwert Caliburnus mit unerbittlichen Streichen auf und nieder sausen: Jeder Streich war tödlich. Der Bach färbte sich rot.

Jeden Augenblick erwartete ich, daß das große Piktenheer zu Keldrych ins Tal stoßen würde. Aber immer wenn ich kurz zu den Hügeln hinaufblickte, sah ich die Krieger dastehen wie zuvor. Worauf warteten sie?

Scharf erfüllte der Kampflärm die Luft, ein ohrenbetäubender Krach: Geschrei, Gekreisch, Gebrüll, gar schrecklich anzuhören. Der erste Ansturm ging vorüber, und die Kämpen hatten zu ihrem unerbittlichen Kampfrhythmus gefunden. Wo ich auch hinsah, tauchten neue Feinde auf und schlossen die Reihen. Keldrych stand in der Mitte des Schlachtfeldes und versuchte seine wütende Truppe zu beruhigen.

Denn die Pikten liefen ohne großen Erfolg hierhin und dorthin, schlugen wild um sich und rannten dann fort. Die Briten machten sich diese Schwäche zunutze, so daß ich über ihre fürchterliche Durchschlagskraft staunte. Mehr als die Hälfte von Keldrychs Truppe lag schon erschlagen am Boden, ehe es ihm gelang, die Krieger zu ordnen.

Doch sobald er dies erreicht hatte, begann sich das Blatt zu wenden. Die Pikten rückten vor, über die Leiber ihrer gefallenen Gefährten stolpernd, und drängten die Drachenschar über den rotschäumenden Bach zurück.

Gott im Himmel! Gwenhwyvar fiel! Vier große Barbaren mähten sie mit ihren Speeren nieder... Ich konnte nicht hinsehen!

Doch der Sturz der Königin blieb nicht unbemerkt. Wie aus dem Nichts tauchte Llenlleawg auf. Er stieß dem größten Pikten seinen Speer durch den Bauch. Augenblicklich wichen die anderen zurück. Da warf der unerschrockene Ire sich aus dem Sattel, packte Gwenhwyvar und setzte sie aufs Pferd.

Die Königin, welche den blutigen Schaft eines abgebrochenen

Speeres in Händen hielt, warf die unbrauchbar gewordene Waffe beiseite, und der Recke drückte ihr sein Schwert in die Hand. Die Feinde stürmten wieder herbei. Llenlleawg drehte sich zu ihnen um. Er sprang dem vordersten Pikten auf den Rücken, hieb mit seinem Messer auf ihn ein und stürzte mit dem fallenden Körper. Dann sah ich ihn nicht mehr.

Die kaum vom Tod errettete Gwenhwyvar sah sich dem nächsten gegenüber. Drei weitere Pikten drangen auf sie ein, als sie gerade Llenlleawg zu Hilfe eilen wollte. Zwei zielten mit ihren Speeren auf sie, während der dritte seinen gegen die Beine ihres Rosses richtete. Mit einem Streich ihres Schwertes schlug sie die Speerspitze glatt ab, während sie zugleich die Zügel anzog, daß der Gaul die Vorderläufe hob. Ein rascher Huf traf den Angreifer unmittelbar hinter dem Ohr. Sein Schädel zerknackte wie ein Ei, und er fiel tot zu Boden.

Die beiden übrigen Pikten machten verzweifelt einen Satz nach vorn. Die Königin schob ihre Speere mit dem Rand von Artus' Schild fort und fuhr mit einem einzigen, weit ausholenden Streich beiden über die Kehle. Sie ließen ihre Speere fallen und umklammerten ihre sprudelnden Wunden.

Auf dem Weg zurück an Artus' Seite, ritt Gwenhwyvar die beiden nieder. Bors und Rhys stießen zu ihnen, und gemeinsam drangen die vier tiefer in den Tumult, wo Gwalchavad und Gwalcmai eingekreist waren. Die zwei kämpften wie die Riesen. Doch es flogen Speere und Hände empor, und ich sah, wie Gwalcmai aus dem Sattel gezerrt und überwältigt wurde.

Gwalchavad kämpfte allein weiter. Konnte niemand ihn retten?

Ich ließ den Blick übers Schlachtfeld schweifen und sah, daß der Emrys die übrigen Geiseln hinter Keldrych in Stellung brachte. Die Pikten waren so begierig gewesen, Artus anzugreifen, daß sie die Geiseln unbewacht am Fuße des Hügels zurückgelassen hatten. Rasch war es ihnen gelungen, sich von den Fesseln zu befreien, so daß sie nun den Feinden in den Rücken fallen konnten. Sie benutzten Waffen, welche sie den Getöteten abnahmen.

Jetzt wird das Piktenheer bestimmt eingreifen, dachte ich. Aber es blieb oben auf dem Hügel und bewegte sich keinen Deut.

Mit einem Schrei mengten die Geiseln sich ins Getümmel. Keldrych wandte sich zu ihnen um, und das war sein Verhängnis. Es waren zwar keine zehn Geiseln und alle zu Fuß. Weit gefährlicher war die Drachenschar, die noch immer in den Reihen der Pikten wütete. Aber die Barbarentruppe befand sich in Auflösung: Die Krieger sprangen wirr hin und her und droschen sinnlos um sich.

Vielleicht glaubte Keldrych, wenn er die Briten zu Fuß niederstreckte, würden seine verbliebenen Krieger ermuntert – es waren derer keine zwanzig mehr. Oder vielleicht hoffte er, den Emrys wieder gefangenzunehmen und Artus dadurch zu zwingen, ihm Schonung zu gewähren. Ich weiß es nicht, aber dem Pendragon den Rücken zuzukehren, erwies sich als tödlicher Fehler. Keldrych lebte nicht mehr lang genug, einen weiteren zu begehen.

Denn der Pendragon sah, wie der Piktenkönig sich umwandte, und schlug im selben Moment zu. Caliburnus hieb eine gräßliche Schneise. Keiner konnte der unbesiegbaren Klinge in Artus' Hand standhalten. Zu spät bemerkte Keldrych Artus' Vorsturm. Er wirbelte herum und schwang sein Schwert zu einem tödlichen Streich. Aber Artus lenkte den Hieb mit seinem Schild ab und stieß mit der Spitze seines Schwertes zu, da Keldrych nun ungedeckt stand.

Der Piktenhäuptling starrte erstaunt, als Caliburnus ihm ins Herz drang. Rücklings stürzte er so jäh zu Boden, daß beide Fersen auf die Erde knallten.

»Die Schlacht ist gewonnen!« rief ich. »Habt ihr das gesehen? Artus hat gesiegt!«

Der Jubel erstarb mir auf den Lippen, als Cador sein Schwert zog und zu den Hügelspitzen auf der anderen Seite des Tales zeigte: Das große Piktenheer nahm die Schlachtordnung ein. Die vordersten Reihen bewegten sich bereits langsam zum Angriff hinab.

»Kymbrogen!« rief Cador, sein Schwert reckend. Sein Ruf wurde weitergegeben, so daß ich die ganze Linie entlang Stahl klirren hörte, als die Briten sich zum Kampf bereit machten. Auf dem Hügel zu unserer Linken gingen Bans Truppen in Kampfstellung. Das Sonnenlicht funkelte auf ihren blank polierten Helmen, die Speere starrten wie ein Wald aus jungen Bäumen.

Fünfzehntausend Briten standen zur Schlacht bereit. Irgendwo begann jemand mit dem Schaft seines Speeres auf seinen Schild zu trommeln – die alte Aufforderung zum Kampf. Ein zweiter tat es seinem Gefährten gleich, dann noch einer und wieder einer, schließlich immer mehr, bis das ganze britische Heer auf die Schilde klopfte. Der Lärm rollte über die schmale Schlucht wie Donnergrollen und hallte von den umliegenden Bergen wider.

Ich spürte das Dröhnen durch meine Fußsohlen, Bauch und Gehirn aufsteigen. Das Herz pochte mir wild in der Brust. Ich riß den Mund auf und stimmte mit einem Jubelruf in das Getöse ein. Mir kam es vor, als würde der Ton sich meiner Kehle entringen und sich über die Hügel ausbreiten wie die große, furchteinflößende Stimme des Schicksals.

Zwar war das Piktenheer der Streitmacht des Pendragon zahlenmäßig weit überlegen, doch hatten wir sechstausend Pferde zur Verfügung. Dies, glaube ich, und nicht unser Kriegsschrei – so erschreckend er auch war – stimmte die Pikten schließlich um. Und daraus kann ich ihnen keinen Vorwurf machen. In der Tat wäre es der Gipfel des Wahnsinns gewesen, die berittenen Krieger von des Pendragon *Ala* leichthin abzutun. Es heißt, ein Krieger zu Pferde wiege zehn zu Fuß auf, und daran ist etwas Wahres.

Außerdem hatten den Aufruhr Medraut und Keldrych angezettelt, und diese Verräter waren beide tot. Jeder ihnen geschuldete Eid starb mit ihnen. Sogar die Pikten bedurften eines besseren Köders als bloßer Kriegsbeute, um den Tod verlockend zu finden.

Da nun also die Schlacht von Camlan ihrem blutigen Ausgang zutrieb, machte das Heer der rebellischen Pikten einfach kehrt und schmolz dahin – es verschwand einfach wieder in den nördlichen Bergen. Als Artus schließlich den Blick vom Gemetzel wenden konnte, hatte der Feind sich in Luft aufgelöst. Der Aufruhr war zu Ende.

IX

Rhys blies den Siegesruf, und wir erwiderten ihn mit einem Triumphschrei, der die Hügel selbst erschütterte. Wir scharrten mit Speeren und Schwertern auf den Schilden, warfen die Waffen hoch empor und jauchzten vor Freude. Dann rannten wir mit einemmal ins Tal zu Artus hinab. Die Männer rasten, die Pferde galoppierten, das Heer stürmte los, um die Sieger zu umarmen.

Ich schrie mich heiser, rannte und rannte, von Freude und Erleichterung getrieben. Ich rief meine Freude dem blendenden Himmel über mir zu, dem großen Geber, dem allwissenden Erlöser, der uns nicht im Stich gelassen hatte. Ich sauste den felsigen Hang hinab, und die Tränen strömten mir aus den Augen.

Überall um mich herum erhoben frohe Briten die Stimmen zum Siegesschrei. Der Aufruhr war niedergeschlagen. Medraut war tot. Die Pikten waren geflohen und würden uns keine Scherereien mehr machen.

Atemlos erreichte ich das Tal und platschte über den Bach. Auf der anderen Seite kam ich unvermittelt zu einer Gruppe von Briten, die dicht geschart einen Mann umstanden, der auf dem Boden lag. Daneben stand ein Pferd mit leerem Sattel. Ich drängte mich durch die Menge, die jetzt plötzlich verstummt war, und hörte eine vertraute Stimme klagen.

»Es ist ja nichts – ein Kratzer! Laßt mich aufstehen, bei der Liebe Gottes. Ich kann stehen …«

Ich trat noch näher und erspähte einen roten Haarschopf. Kei.

Der Eber in der Schlacht lag an einen Stein gelehnt, die Beine von sich gespreizt. Er schien sich aufrappeln zu wollen, aber keiner half ihm dabei. Darüber wunderte ich mich, als ich den bösen Schlitz in seinem Oberschenkel gewahrte.

»Ruhe einen Augenblick«, sagte einer der Männer. »Der Emrys soll nach dir sehen.«

»Dann laßt mich aufstehen!« rief Kei. »Ich will nicht, daß er mich flach auf dem Rücken liegend findet. Ich kann stehen.«

»Dein Bein ...«

»Bindet es mit etwas zusammen. Rasch! Ich muß zu Artus.«

Schon war einer der Männer dabei, die Wunde mit einem Stück Tuch zu verbinden. Ich stahl mich aus der Menge und rannte, über die auf dem Schlachtfeld verstreuten Leichen stolpernd, zum Emrys, den ich schließlich dabei antraf, wie er einem Krieger den Arm verband. »Weiser Emrys!« rief ich. »Rasch! Kei ist verwundet! Schnell!«

Sofort wandte er sich um. »Bringe mich zu ihm!«

Ich führte ihn an den Bach, wo die Männer um Kei standen. Der Emrys eilte mit mir. Als wir die Stelle erreichten, öffnete die Menge eine Gasse, um ihn durchzulassen, und schloß sich dann wieder. Ich drängte ihm nach bis zur vordersten Reihe und sah gerade noch, wie Myrddin sich über Kei beugte, der nun fahl wie der Wintermond war.

»Ich kann stehen. Bei der Liebe Gottes!«

»Kei«, redete der Emrys ihm gut zu. »Es sieht schlimm aus.«

»Es ist bloß ein Kratzer«, wandte er ein, aber sein Widerstand klang nun schwächer. »Der Heide hat wild um sich geprügelt. Er hat mich kaum berührt.« Der große Recke versuchte sich hochzustemmen und klammerte sich an den Emrys, der ihn stützte. Am Boden sammelte sich eine Blutlache.

»Ruhig, mein Freund«, sagte der Emrys leise, aber gebieterisch. Er zog das Stück Tuch um Keis Bein gleich oberhalb des Knies fester an.

»Willst du mir erzählen, daß ich verletzt bin?«

»Die Wunde ist tiefer, als du ahnst, Kei.«

»Dann verbinde mich. Ich muß zu Artus.«

Der Emrys blickte rasch auf, sah mich und sagte: »Hole Artus sofort hierher.« Von Keis verändertem Aussehen abgelenkt, zauderte ich, doch nur einen Augenblick. »Geh!« sagte Myrddin drängend. »Um Himmels willen, geh!«

Ich drehte mich um und rannte ohne nachzudenken los, erblickte den Schein der rotgoldenen Drachenstandarte und lief darauf zu, den Scharen jubelnder Krieger ausweichend, die sich durchs Tal wälzten. »Bitte, Herr«, rief ich atemlos und drängte mich durch die Menge zu Artus. »Kei ist verwundet«, platzte ich heraus. »Der Emrys sagt, du sollst sofort kommen.«

Artus drehte sich um. »Wo ist er?«

Ich deutete quer durchs Tal. »Da drüben am Bach. Der Emrys ist bei ihm.«

Der König sprang aufs nächstbeste Pferd, schnalzte mit den Zügeln und sprengte übers Feld. Bis ich die Stelle wieder erreicht hatte, konnte Kei den Kopf schon nicht mehr heben. Artus wiegte ihn in seiner Armbeuge und strich ihm über die Stirn. »Ich bin alt geworden, Bär.«

»Sage so etwas nicht, Bruder«, erwiderte Artus mit erstickter Stimme.

»Nein, laß nur. Wir zogen als Könige übers Land, nicht wahr?«

»Das taten wir, Kei.«

»Was braucht ein Mann mehr?«

In den Augen des Hochkönigs glitzerten Tränen. »Leb wohl, Caius ap Ectorius«, sagte er leise.

»Leb wohl«, flüsterte Kei. Zitternd hob er die Hand, und Artus drückte sie an sich. »Gott sei dir gewogen, Bär.« Seine Stimme war kaum mehr als ein Hauch im Wind und verstummte dann ganz.

Artus Pendragon kniete lange neben dem Leichnam seines Freundes. Ihrer beider Hände waren zu einem letzten Treueschwur verschränkt. Kei starrte ins Gesicht des Königs empor, während aus seinen grünen Augen bereits die Farbe wich. Ein leises, zufriedenes Lächeln weilte noch auf seinen Lippen.

»Leb wohl, mein Bruder«, murmelte Artus. »Möge es dir auf deiner Reise von hier wohl ergehen.«

Dann ließ der Hochkönig den Leichnam sanft sinken und stand auf. »Holt einen Wagen. Wir bringen ihn zum Schrein. Ich will nicht, daß er hier begraben wird.«

Der Pendragon befahl, Keis Leichnam in Hirschhäute zu nähen und auf den Wagen zu legen. Als dies gerade geschah, tauchte aschfahl Bedwyr auf. Er führte sein Pferd. Über dem Sattel lag ein Leichnam. Ich blickte hin und sank in die Knie.

Artus ging ihm ohne ein Wort entgegen, nahm Gwalcmais zerschlagenen Körper vom Sattel und legte ihn auf die Erde. Gleich oberhalb des schützenden Kettenhemdes ragte der abgebrochene Schaft eines Pfeils aus der Brust. Das Gesicht war blutverschmiert, ebenso die Hände, mit denen er vergebens an dem Pfeil gezogen und diesen nur abgebrochen hatte.

»Wo ist Gwalchavad?« fragte Bedwyr leise. »Ich will es ihm sagen.« Dann sah er den Wagen und die Männer, die den Leichnam dort aufbahrten. »Gesegneter Jesus! Kei!«

Steif schritt Bedwyr zu dem Wagen und stellte sich mit geschlossenen Augen davor. Dann ergriff er Keis kalte Hand und drückte sie sich ans Herz. Nach einer Weile drehte er sich um und ging weg.

Ich blieb, um beim Wagen zu helfen, und kurz darauf kehrte Bedwyr mit Gwalchavads Leichnam über dem Sattel zurück. Behutsam hob Bedwyr den Leichnam seines Kampfgefährten hoch und legte ihn neben Gwalcmai. Bitter war der Tod dieser beiden Recken, deren Leben der verhaßte Medraut zum Blutzoll gefordert hatte.

Artus sah bekümmert zu, als wir die Leichen in Hirschhäute hüllten. Myrddin kehrte zurück, bemerkte das Blut auf dem Kampfhemd des Pendragon und sagte zu ihm: »Setze dich, Artus. Du bist verletzt. Lasse mich die Wunde versorgen.«

»Nur ruhig«, erwiderte Artus. »Kümmere dich um die anderen.« Abermals ließ er den Blick übers Schlachtfeld schweifen. »Wo ist Gwenhwyvar?«

Artus entdeckte die Königin, wie sie sich an den Leichnam ihres Vetters Llenlleawg klammerte. Als ihr Gemahl sich ihr näherte, blickte sie tränenden Auges auf. »Er ist tot«, sagte sie leise. »Weil er mich schützte.«

Artus kniete neben ihr auf dem Boden nieder und legte ihr den Arm um die Schultern. »Kei ist tot«, sagte er. »Ebenso Gwalcmai und Gwalchavad.« Er betrachtete den Recken der Königin voll Gram. »Und Llenlleawg.«

Ob dieser schmerzlichen Zeitung ließ Gwenhwyvar das Gesicht in ihre Hände sinken und weinte. Nach einer Weile holte sie tief Luft, faßte sich und sprach: »So düster dieser Tag für mich ist, er wäre tausendmal düsterer gewesen, wärest du gefallen.« Sie hielt inne, strich Artus übers Gesicht und küßte ihn. »Ich wußte, daß du mich holen würdest, mein Herz.«

»Ich hätte nicht fortziehen dürfen«, sagte der Hochkönig voller Bedauern. »Mein Stolz und meine Eitelkeit haben meinen edelsten Freunden den Tod gebracht. Er wird mir auf ewig wie eine Bürde auf der Seele lasten.«

»Das darfst du nicht sagen«, schalt Gwenhwyvar sanft. »Medraut trifft die Schuld, und er wird seine Verbrechen vor Gott zu verantworten haben.«

Artus nickte. »Wie ich die meinen.«

»Wo liegt Kei? Und die anderen – wo sind sie?«

»Ich habe befohlen, einen Wagen bereitzustellen. Sie werden zur Rundhalle gebracht und dort bestattet, wie es sich geziemt«, erwiderte er. »Ich könnte es nicht ertragen, sie hier zu lassen.«

»Das ist recht«, pflichtete Gwenhwyvar ihm bei. Da erst gewahrte sie Artus' Wunde. »Artus, mein Liebster, du blutest ja!«

»Es ist bloß ein Kratzer«, sagte er. »Komm, wir müssen uns um die Toten kümmern.«

Von Medrauts Geiseln waren nur der Emrys, die Königin und ich selbst am Leben. Die anderen waren beim Angriff auf Keldrych gefallen. Sie wurden an eine Stelle unterhalb der Festung gebracht. Dort hoben wir ein einziges, großes Grab aus und legten die Leichen unserer Schwertbrüder behutsam hinein. Der Emrys betete und sang heilige Lieder, als wir den *Gorsedd*, den Grabhügel, über ihnen aufrichteten.

Die Leichen der Feinde wurden den Wölfen und Raben zum Fraß überlassen. Ihre Knochen sollten von den wilden Tieren in alle Winde zerstreut werden, und nicht ein einzelner Felsen sollte die Stelle bezeichnen, wo sie gestorben waren.

Kurz nach Mittag versammelte der Pendragon das Heer. Rhys blies den Marsch, und wir zogen Richtung Westen am Limes entlang nach Caer Lial zurück. Jeder Schritt war schwer vor Kummer und Gram.

Die Leichname der berühmten Recken wurden nach Caer Lial gebracht, wo man sie in den Überresten von Artus' Saal auf von Fackeln erhellten Tragen aufbahrte. Ein großer Teil von des Pendragon geliebter Stadt lag in Schutt und Asche. Die Pikten hatten sich keineswegs zurückgehalten, sondern großzügig alles zerstört, was sie anrührten.

Am nächsten Morgen brachen wir zur Tafelrunde auf. Aus Achtung vor der Heiligkeit des Schreins und seiner geheimen Lage durften nur die Fürsten Britanniens und Artus' Unterkönige – die Neun Würdigen – der Bestattung im Schrein beiwohnen. Der Emrys bat mich, ihn zu begleiten, wenn auch nicht aufgrund meiner Verdienste. Er brauchte einen Gehilfen, und da ich die Örtlichkeit gut kannte, ersparte er sich, das Geheimnis jemand anderem anzuvertrauen.

Es dämmerte ein schöner Tag. Die Sonne war eine blendende weiße Scheibe, als wir durch die Tore zur Straße hinausritten. Die Fürsten ritten zu zweien nebeneinander. Dann folgten die vier Wagen, jeder mit einem karmesinroten Umhang als Leichentuch bedeckt und von einem schwarzen Roß mit einer einzigen Rabenfeder im goldenen Stirnriemen gezogen.

Ich ritt nicht mit dem Trauerzug, sondern fuhr, sobald wir die Tore hinter uns gelassen hatten, mit einem der großen Vorratswagen voraus. Als ich den Schrein erreichte, lud ich die Zelte ab und baute sie auf, damit sie fertig wären, wenn die anderen einträfen. Ich ging rasch zu Werk, mit dem Gefühl, daß ich meinen Freunden damit ein schönes Geschenk machte und ihnen meine Mühe widmete.

Nach getaner Arbeit umstanden die Zelte den Rundbau – das Lager war bereit. Der Zug traf ein, während ich die Vorräte ablud. Sofort begann ich ein Mahl zu richten. Einige der Fürsten halfen mir dabei, während die anderen die Rundhalle ausstaffierten, wo die Leichname unserer Freunde aufgebahrt liegen sollten, bis sie am folgenden Morgen begraben würden.

Als das Essen fertig war, brachte ich eine Portion ins Zelt des Pendragon, wohin der Hochkönig sich mit der Königin zur Ruhe zurückgezogen hatte. Dann setzte ich mich selbst zum Mahle. Aber als ich mich umblickte, bemerkte ich, daß Myrddin nicht bei uns war, und erinnerte mich, daß er nicht wieder aus dem Schrein gekommen war. Ich stellte meine Schüssel weg und ging rasch zum Rundbau hinauf.

Ich trat in den kühlen, schwach erhellten Innenraum. In seiner Mitte brannte ein kleines Feuer und am Kopf jeder Trage eine Fackel. Ich erkannte, daß die Bahren jeweils vor die Leiste mit dem Namen des Toten gestellt worden waren, und deren Waffen – Schwert, Speer und Schild – auf dem Sims lagen. Der Emrys kniete neben Keis verhülltem Leichnam und packte das Lederbündel mit seinen Steinmetzwerkzeugen aus.

»Ich habe das Essen bereitet, Emrys«, sagte ich.

»Ich habe keinen Hunger, Aneirin.« Er griff nach dem Griffel, wandte sich der Leiste zu und begann mit geübten Strichen unter

Keis Namen den Todestag einzumeißeln. Es brach mir das Herz zu sehen, wie das Eisen sich in den Stein biß, denn was dort geschrieben stand, war unveränderlich.

»Soll ich dir etwas hierher bringen?«

»Ich esse nichts, bis ich mit dieser Arbeit zu Ende bin«, erwiderte er. »Jetzt lasse mich allein.«

Den Rest des Tages hielten wir betend Wacht. Als in der Dämmerung die ersten Sterne am Himmel blinkten, trat der Emrys aus der Rundhalle. Artus und Gwenhwyvar kamen zu uns, und ich sah, daß der Tod seiner Freunde den Pendragon sichtlich geschwächt hatte. Er wirkte hager und unausgeruht, obwohl er die ganze Zeit in seinem Zelt gewesen war.

Ich war nicht der einzige, dem dies auffiel, denn ich sah, wie Bedwyr den Emrys beiseite nahm und vertraulich mit ihm sprach. Und dann ließ Bedwyr die ganze Zeit kein Auge von Artus.

Wir aßen ein schlichtes Mahl am Feuer und lauschten dem Lerchensang am dunkelnden Himmel über uns. Die Nacht legte sich übers Lager, und Artus befahl, das Feuer hoch aufzuschichten. Dann verlangte er nach einem Lied. »Ein Lied, Myrddin«, sagte er. »Bringe uns etwas von der Tapferkeit kühner Männer zu Gehör – zum Gedenken an die Freunde, die wir morgen zur letzten Ruhe betten.«

Der Emrys willigte ein und griff zu seiner Harfe, um ein Trauerlied für die Toten zu spielen. Er sang »Britanniens tapfere Recken«, ein Lied, das er erstmals nach der Schlacht am Baedun vorgetragen hatte und welchem er nun Weisen über das Leben von Kei, Gwalcmai, Gwalchavad und Llenlleawg hinzufügte. Wenn es je einen schöneren oder innigeren Klagegesang gegeben haben sollte, so habe ich ihn nicht vernommen.

In jener Nacht schlief ich vor dem Zelt des Pendragon auf einem roten Kalbsfell: Ich wollte meinen Pflichten nachgehen, ehe jemand aufwachte. Dementsprechend erhob ich mich vor dem Morgengrauen und eilte zum Bach hinunter, um zu trinken und mich zu waschen. Als ich über die dem Meer zugekehrte Seite des Hügels kam, erspähte ich zufällig ein Schiff, das mitten auf den Wogen dahergeglitten kam, geradewegs aufs Ufer zu.

Ich blieb stehen. Wer mochte das sein? Nur wenige von denen, die in Caer Lial zurückgeblieben waren, kannten die Lage der Tafelrunde.

Ich beobachtete, wie das Schiff sich näherte – ja, es hielt eindeutig auf den Schrein zu. Dann machte ich kehrt und rannte ins Lager zurück. Da ich den Pendragon nicht stören wollte, lief ich zum Zelt des Emrys. »Emrys«, flüsterte ich durch die Zeltklappe. Er wachte sofort auf und kam heraus zu mir.

»Was ist los, Aneirin?«

»Da naht ein Schiff. Komm, ich zeige es dir.«

Gemeinsam hasteten wir zu der Stelle zurück, von der aus ich das Schiff erblickt hatte. Da tauchten gerade sechs weitere aus dem Nebel auf. Das erste Schiff war schon fast am Ufer. »Es ist die Flotte des Pendragon«, bemerkte ich, als ich die Segel mit den Drachen darauf erkannte.

»Das hatte ich befürchtet«, sagte der Emrys.

»Was tun sie hier?«

»Sie kommen zur Bestattungsfeierlichkeit.«

Es stimmte. Die Kymbrogen hatten einzig daran gedacht, ihre toten Gefährten zu ehren, und so hatte sich das gesamte Heer Britanniens eingeschifft, um den Schrein zu suchen. Und sie hatten ihn gefunden. Der Emrys und ich beobachteten, wie ein Schiff nach dem anderen in die Bucht segelte und die Krieger ans Ufer wateten.

Sie kamen wie zur Schlacht gerüstet. Ein jeder hatte seinen Helm blank poliert und den Schild frisch bemalt. Die Schwerter waren neu geschärft, und die Speerspitzen funkelten. Sie sammelten sich auf dem Strand und zogen dann schweigend den Hügel empor auf uns zu.

»Was sollen wir tun, weiser Emrys?«

»Nichts«, erwiderte er. »Da kann man nichts tun. Diese Männer haben den Zorn des Pendragon in Kauf genommen, um hierher zu kommen. Sie werden sich nicht abweisen lassen und sollen nicht abgewiesen werden.«

»Aber der Schrein ...«

»Nun«, meinte Myrddin Emrys, »die Tafelrunde wird eben kein Geheimnis bleiben. Von heute an wird die ganze Welt von ihr wissen. Leichter könntest du die Flut mit deinem Besen aufhalten, Aneirin, als ein Wort zurückrufen, das einmal ausgesprochen wurde.«

Während sie sich auf dem Strand einfanden, schickte mich der Emrys, den Pendragon zu holen. Das tat ich und kehrte mit ihm, Gwenhwyvar und Bedwyr zurück: Wir sahen zehntausend Krieger: Sämtliche Kymbrogen natürlich und eine ganze Reihe anderer waren gekommen, um am Begräbnis ihrer Feldherrn teilzunehmen.

»Gott segne sie«, sagte Artus, auf den Strand blickend, auf dem jetzt Krieger in glänzender Rüstung in Reih und Glied standen. »Einer größeren Ehrbezeugung als ihres Ungehorsams können wir uns nicht rühmen. Mögen sie zu uns kommen.«

»Nun gut«, sagte Bedwyr und ging den Pfad zum Gestade hinab.

»Wie haben sie diesen Ort nur gefunden?« wunderte Gwenhwyvar sich.

»Durch Tegyr, nehme ich an«, sagte Myrddin, und der Diener fiel mir wieder ein.

»Oder Barinthus«, riet Artus.

»Dein Steuermann? Er hätte dergleichen nie getan«, widersprach die Königin. Sie blickte auf die geordneten Reihen der Krieger und lächelte. »Ich hoffte, daß mir solche Ehre zuteil wird, wenn ich in mein Grab steige.«

»Mir möge«, sagte der Pendragon, »ein ständiger Chor singen, in einer Kirche, die über meinem Grab erbaut werden soll. Ich werde solcher Gebete bedürfen, fürchte ich.«

Bei diesen Worten betrachtete der Emrys den Hochkönig eingehend. »Bist du krank, Artus?«

»Ich bin heute morgen sehr müde«, gab er zu. »Die Schlacht hat ihre Spuren hinterlassen. Es geht schon vorbei.«

»Lasse mich deine Wunde versorgen.«

»Es ist nur ein Kratzer«, sagte Artus und machte eine wegwerfende Handbewegung. »Es ist nichts zu sehen.«

Aber der weise Emrys ließ sich nicht abweisen. »Dann will ich sie mir trotzdem anschauen. Öffne dein Gewand und bringe die Sache hinter dich.«

Der Pendragon zauderte, doch kein Mensch auf Erden vermag dem Emrys lange zu widerstehen. Schließlich gab Artus nach, schob seinen Umhang beiseite und öffnete sein Gewand. Die Wunde war tatsächlich nur ein langer, gezackter Kratzer am Hals, wo Medraut ihn mit dem Dolch gestreift hatte.

Aber dieser Kratzer schwärte und bildete jetzt einen entzündeten, roten Striemen, der sichtlich erhöht und vermutlich sehr schmerzhaft war. Die Wundränder waren grün gefärbt, und an mehreren Stellen sickerte wäßriger Eiter heraus, wo die Wunde durch das Bewegen wieder aufgebrochen war.

Gwenhwyvar blieb der Mund offenstehen. »Kein Wunder, daß du aufschriest, als ich dich berührte – es ist ein übles Ding.«

»Die Wunde heilt langsam«, räumte Artus ein und zog den Umhang wieder über die Schulter. »Aber ich habe schon schlimmere gehabt.«

Der Emrys schüttelte den Kopf. »Wir gehen ins Lager zurück, und ich verbinde sie richtig.«

»Die Begräbnisfeierlichkeiten«, sagte Artus, auf die am Strand versammelten Krieger deutend. »Wir dürfen die Kymbrogen nicht warten lassen.«

»Gleich danach«, sagte Myrddin ohne Umschweife. »Ich habe die Wunde bereits zu lange vernachlässigt.«

Auf der Westseite des Hügels wurden vier Gräber ausgehoben. Tief wurden sie ausgehoben und mit weißen Steinen gesäumt, welche die Kymbrogen auf den umliegenden Hügeln sammelten. Als die Gräber fertig waren und jeder im Schrein seine Ehrbezeigung geleistet hatte, erklommen die Neun Würdigen unter Anführung des Emrys den Hügel und traten in die Rundhalle. Nach ein paar Momenten kamen sie mit Keis Leichnam wieder heraus und wollten ihn auf seiner Bahre zum Grab tragen.

Aber die Kymbrogen sahen dies, eilten zu ihnen, drängten sich um sie und hielten die Bahre auf. Dann bildeten sie eine lange Doppelreihe, ganz ähnlich einer Schlachtreihe, und reichten die Bahre einer dem anderen weiter, von Schulter zu Schulter, den Hügel hinab vom Schrein bis zum Grab. Die Leichname Gwalcmais, Gwalchavads und Llenlleawgs wurden ebenso geehrt, so daß ihre Freunde sie zu Grabe trugen und sie zur sanften Ruhe im Hügel betteten.

Artus und Gwenhwyvar standen am Fuß der Gräber, und jedesmal, wenn ein Leichnam hinabgelassen wurde, legte die Königin ihm ein kleines Steinkreuz auf die Brust. Auf dem glatten, schwarzen Kreuz standen der Name und die Lebensdaten des Toten in lateinischer Sprache. Neben jedes Kreuz legte Artus einen schönen, goldenen Becher – aus welchem sie einander im Palast des Königs der Könige im Himmel zutrinken sollten, sagte er.

Als so jeder Leichnam zu Grabe gelegt war, stimmte der Emrys die Totenklage an, in welche wir alle einfielen, bis die Berge und Täler im Umkreis von dem traurigen Gesang widerhallten, der immer weiter anschwoll, bis er jäh abbrach. Dies versinnbildlichte das Wachsen im Leben und den abrupten Tod jener, die wir beweinten.

Nach der Klage sang der Emrys den Psalm und betete zu Jesus, dem Sohn des lebendigen Gottes, daß er die Seelen der Tapferen in seine herrliche Runde aufnehme. Danach hoben wir jeder Steine auf, legten sie auf die Gräber und bauten so den *Gorsedd* über ihnen. All dies geschah unter Artus' Augen, und als am Ende die Grabhügel vollendet waren, wandte der Pendragon sich an seinen weisen Emrys und sprach: »Emrys und Wledig, ich möchte das Gebet wieder hören, welches du so oft gesungen hast.«

Myrddin willigte ein, hob seine Hände nach Weise der Barden von einst, wenn sie vor den Königen sangen. Aber anstatt eines Lobliedes sang er sein Gebet.

»Großes Licht, Beweger all dessen, was sich bewegt, und all dessen, was ruht, sei mein Weg und mein fernes Ziel, sei meine Not und meine Erfüllung, sei mein Säen und mein Ernten, sei mein frohes Lied und mein karges Schweigen. Sei mein Schwert und mein starker Schild, sei meine Laterne und meine dunkle Nacht, sei meine immerwährende Kraft und meine erbarmungswürdige Schwäche. Sei mein Gruß und mein Abschiedsgebet, sei meine leuchtende Vision und meine Blindheit, sei meine Freude und mein heftiger Schmerz, sei mein trauriger Tod und meine gewisse Wiederauferstehung!«

»So sei es!« riefen wir alle. »So sei es!«

X

In jener Nacht schürten wir die Feuer hoch und erhoben unsere Stimmen zum Gesang und zu Geschichten von früheren Zeiten. Obwohl weder Wein noch Met, ja nicht einmal Bier ausgeschenkt wurden, versammelten sich die Kymbrogen zu freundschaftlichen Runden um die Feuer und erfüllten die sternklare Nacht mit der Fülle ihres Lachens. Wenn die Geister der Toten etwas von der Welt erfahren, die sie hinter sich lassen, dann, so bin ich mir sicher, hätten sie sich gefreut, wie sehr ihre Freunde sie liebten und in Ehren hielten. Als ich zu Bett ging, wünschte ich mir ernstlich, der Tag meines eigenen Todes möge so hochgehalten werden.

Wie zuvor legte ich mich auch in dieser Nacht unter freiem Himmel auf den Boden vor dem Zelt des Pendragon, gehüllt in ein rotes Kalbsfell. Ich war unruhig. Irgend etwas vertrieb den Schlaf von mir. Während der Nacht hörte ich es rascheln, wachte auf und sah den Emrys vor dem nächstgelegenen Feuer stehen und mit finsterer Miene in die Glut starren. Ich stand auf und ging zu ihm. »Du bist besorgt, weiser Emrys. Was hast du?«

Er betrachtete mich lange, das Antlitz tief umschattet. Ich sah seine Augen scharf im Feuerschein funkeln, als würde er den Wert seiner Worte wägen. Endlich sagte er: »Darf ich dir vertrauen, Aneirin?«

»Bitte, Emrys, wenn ich dir gegenüber auch nur ein einziges Mal falsch war, schlage mich auf der Stelle nieder.«

»Gut gesprochen«, erwiderte der Emrys und wandte den Blick wieder der Ascheglut zu. »Du hast dir das Vertrauen verdient, das ich in dich setzen will – obwohl du vielleicht bald wünschen wirst, ich hätte es nicht getan.«

»Wenn die Last dir durchs Teilen leichter wird, dann will ich sie tragen, Herr.«

Der Emrys holte tief Luft. »Artus' Wunde gefällt mir nicht. Sie müßte verheilen, aber statt dessen wird sie schlimmer. Ich fürchte Gift.«

Die Pikten strichen mitunter Gift auf ihre Klingen, ehe sie in die Schlacht zogen. Das hatte Medraut sicher zugesagt.

»Was kann man tun, Emrys?«

Da ging die Klappe von Artus' Zelt auf, und Gwenhwyvar trat heraus. Rasch stellte sie sich neben den Emrys. In ihren Umhang gehüllt, die Augen hell, das dunkle Haar glänzend, das Antlitz im schwachen Feuerschein sanft, erschien sie mir, wie ich nie wieder eine Frau sehen werde, keine so stolz noch so schön.

»Er liegt im Fieber«, sagte sie. »Er schläft, aber es ist kein heilsamer Schlaf. Myrddin, ich habe Angst. Du mußt etwas tun.«

Der Emrys runzelte die Stirn. »Ich werde die Wunde aufschneiden und sie mit Kräutern verbinden, die das Gift herausziehen sollen.«

»Und dann?«

»Und dann werden wir sehen.«

Gwenhwyvar ging ins Zelt zurück, und der Emrys und ich hüllten uns in unsere Umhänge und stiegen zum Bach hinab. Im hellen Mondenschein sammelten wir Blätter und Stiele bestimmter Pflanzen, von denen er wußte, daß ihnen Heilkräfte innewohnten. Dann gingen wir den Bach entlang zum Strand, wo die Ebbe frische Meerespflanzen zurückgelassen hatte. Auch von diesen pflückten wir einige und kehrten dann ins Lager zurück, wo der Emrys das Feuer neu entfachte.

In einem Eisenkessel holte ich klares Wasser und setzte es aufs Feuer. Als es kochte, gab der Emrys sorgsam einige der Blätter hinzu, welche wir gesammelt hatten, und braute so einen Heilsud. Wir rührten den Topf die ganze Nacht um und gossen das heilende Naß im Morgengrauen in eine Schale, die wir ins Zelt des Pendragon brachten.

Ich gestehe, daß ich vom Anblick, der sich meinen Augen bot, erschüttert war. Derart verändert war der Hochkönig, daß ich ihn nicht wiedererkannte: Die Haut war grau und feucht, das Haupthaar stumpf, die Lippen rissig und trocken, die Sehnen an seinem Hals traten hervor, während er zitterte und stöhnte... Sogar im vagen Schein der qualmenden Binsenfackeln hätte ich geschworen, daß dies nicht der Mann war, den ich kannte.

Gwenhwyvar saß neben ihrem Gemahl und hielt seine Hände in den ihren. Als wir eintraten, rührte sie sich, und ich sah, daß ihre Augen rot geweint waren. Aber Tränen sah ich keine.

»Artus«, sagte der Emrys leise, neben dem Lager niederkniend. »Höre, Artus, ich bringe dir einen Sud.«

Bei diesen Worten schlug der Pendragon die Augen auf. Diese Augen! Hart und hell vom Fieber, stechend, schmerzerfüllt. Ich konnte den Anblick nicht ertragen und mußte mich abwenden.

Der Emrys beugte sich über Artus und hob ihn auf. Er hielt ihm die Schale an die aufgeplatzten Lippen und flößte dem Pendragon den Trunk ein. Lob und Preis, die Wirkung des kräftigen Gebräus war erstaunlich und trat sofort ein. In das Gesicht des Hochkönigs kehrte Farbe zurück, er hörte zu zittern auf und entkrampfte sich, als er spürte, daß er wieder zu Kräften kam.

»Myrddin«, sagte er und sah ihn erst jetzt. »Ich hatte einen Traum.«

»Das wundert mich nicht«, erwiderte der Emrys. »Du bist krank, Artus. Deine Wunde ist vergiftet. Sie muß sofort aufgeschnitten und das Gift herausgesogen werden.«

»Es war ein merkwürdiger und wunderbarer Traum.«

»Erzähle ihn mir, Artus, während ich deine Wunde versorge.« Damit zog der Emrys sein Messer heraus, das er mit Sandstein und Meerwasser gewetzt hatte. Er lockerte das Gewand des Pendragon und schob es von der Wunde weg.

Bittere Galle kam mir hoch. Der Schnitt war geschwollen und rot, die Ränder schwarz und schwärend. Es sah aus, als würde eine häßliche Schlange sich um des Hochkönigs Hals ringeln, giftig und tödlich. »Nimm die Schale, Aneirin«, sagte der Emrys streng.

Aber als ich meine Hand ausstreckte, um die leere Schale zu ergreifen, trat Gwenhwyvar freundlich dazwischen. »Erlaube. Ich werde die Schale halten.«

»Nun gut«, erwiderte der Emrys. »Aneirin, hole frische Binsen für die Lampe. Ich muß sehen können, was ich tue.«

Ich rannte los zum Vorratswagen und holte frische Binsen für die Lampe. Bedwyr tauchte am Eingang des Zeltes auf, als ich gerade zurückkam. »Wie geht es ihm?« flüsterte er leise und verstohlen.

»Nicht gut«, antwortete ich. »Der Emrys will die Wunde aufschneiden, um das Gift herauszuziehen.«

Bedwyr nickte und folgte mir ins Zelt. Sobald die Lampe

frisch entzündet war und hell leuchtete, machte der Emrys sich ans Werk. Mit kurzen, raschen Schnitten öffnete er die schwärende Wunde. Blut und Eiter schossen aus dem geschwollenen Fleisch und rannen in die Schale.

Artus verzog keine Miene und schrie auch nicht auf.

Schweigend ertrug er die Qual. Gwenhwyvar biß sich auf die Lippe, und auf ihrer Stirn perlte Schweiß, aber sie hielt die Schüssel fest und ruhig in Händen. Während Myrddin sanft die lange, gezackte Kerbe knetete, kniete Bedwyr auf der anderen Seite von Artus nieder und stützte Artus' rechte Schulter, damit der Eiter leichter abfließen konnte. Ich hielt die Lampe über den Kopf des Pendragon, so daß der Emrys genug Licht hatte. Der Gestank, der von dem Ausfluß in der Schale aufstieg, bereitete mir Übelkeit.

»Da«, sagte der Emrys schließlich. »Du kannst die Schüssel wegnehmen.« Gwenhwyvar stellte die Schüssel beiseite. Myrddin nahm die übrigen Blätter, die wir gesammelt hatten, und legte sie eines nach dem anderen auf den langen Schnitt. »Die werden das Gift herausziehen«, erklärte er. »Ich werde sie in kurzem ersetzen. Bis dahin lassen wir die Wunde unbedeckt.«

»Sie fühlt sich besser an«, sagte Artus. »Ich habe Hunger.«

Über Bedwyrs Gesicht breitete sich ein Lächeln der Erleichterung aus. »Du hast immer Hunger, Bär. Es ist deine einzige nie nachlassende Tugend.«

Gwenhwyvar legte Artus sanft ihre Hand auf die Stirn und strich ihm darüber – eine Geste, die so zart und persönlich war, daß sie in mir Sehnsucht weckte. »Ich hole Essen und Wein.«

»Ein wenig Brot, aber kein Fleisch«, versetzte der Emrys. »Und Met – der hilft ihm zu schlafen.«

»Ich hole alles«, sagte ich und eilte sofort davon.

Die Sonne stand im Osten am Himmel und färbte die tief hängenden grauen Wolken mit kaiserlichem Purpur. Von Osten wehte eine kühle Brise, und das Lager regte sich allmählich. Auf dem Hügel jenseits des Baches, wo die Kymbrogen schliefen, waren die Lagerfeuer neu entfacht worden, und die Krieger erwachten in ihrer Wärme. Als ich an den Zelten der Könige vorüberging, trat Cador heraus, erblickte mich und rief mich zu sich. »Ich wünsche dir einen guten Tag, Aneirin«, sagte er. »Ist der Pendragon wohlauf?«

Seine Frage traf mich unvorbereitet. Ich hatte keine Ahnung, wieviel er wußte, und war mir nicht sicher, wieviel ich sagen durfte. »Er verbrachte eine unruhige Nacht, Herr«, erwiderte ich. »Ich hole ihm zu essen.«

»Dann rasch weiter. Ich will dich nicht aufhalten.« Er gähnte und ging wieder in sein Zelt.

Vom Vorratswagen nahm ich zwei gute Laibe und füllte aus einem Metschlauch einen kleinen Krug. Beides steckte ich unter meinen Umhang und hastete zum Zelt des Pendragon zurück.

Gwenhwyvar und der Emrys standen gemeinsam davor und unterhielten sich leise. Bei meinem Auftauchen hielten sie inne. Die Königin nahm das Essen entgegen und kehrte an Artus' Seite zurück. »Emrys«, sagte ich, »Cador hat sich nach dem Pendragon erkundigt –«

»Was hast du ihm gesagt?«

»Ich wußte nicht, was ich ihm sagen sollte«, gab ich zu. »Darum sagte ich ihm nur, der Pendragon habe eine unruhige Nacht verbracht. Ich hielt es für das Beste, nicht zuviel zu sagen.« Der Emrys schürzte die Lippen. »War das richtig?«

»Ja«, sagte er schließlich. »Aber sage keinem, der fragt, mehr – wenigstens nicht, bis wir sehen, wie die Sache ausgeht.«

Ich hielt mich den ganzen Tag in der Nähe von des Pendragon Zelt auf. Die Könige und die Kymbrogen trieben an dem sonnenhellen Tag unten im Tal Wettspiele. Einmal ging ich halb den Hügel hinab, um besser sehen zu können. Ich setzte mich auf einen Stein und beobachtete ihre lebhaften Wettkämpfe.

Der Klang ihres Lachens und ihres Jubels drang den Hügel herauf bis zum Pendragon, der erwachte und rief. Ich lief zu seinem Zelt zurück, um zu sehen, was er brauchte. Keiner war in der Nähe. Darum öffnete ich die Klappe und lugte hinein.

Der Pendragon stand in der Mitte des Zeltes und umklammerte die Zeltstange. »Vergib mir, Pendragon«, sagte ich. »Ich wollte dich nicht stören.«

Sofort ließ er die Zeltstange los. »Ach, Aneirin«, sagte er mit hohler und leiser Stimme. »Ich habe Durst.«

»Ich hole den Emrys.«

»Lasse ihn ruhen. Bedwyr, Gwenhwyvar – lasse auch sie ruhen. Hole einfach Wasser.«

»Ja, Herr«, sagte ich und schlüpfte unverzüglich hinaus. Neben dem Eingang stand ein Wasserkrug. Ich ergriff ihn und rannte zum Bach hinunter, um ihn mit frischem Wasser zu füllen. Ich tauchte den Krug in den munter plätschernden Strom und stieg dann wieder den Hügel hinan.

Artus stand vor dem Zelt und schirmte die Augen vor dem hellen Sonnenlicht ab. Er sah sich im Lager um. Ich brachte ihm den Krug. Er hob ihn an seine Lippen und trank sofort, ohne auf einen Becher zu warten. »Danke, Aneirin«, sagte er, »jetzt bin ich erfrischt.« Er rückte seinen Umhang gerade und ergriff seinen Speer Rhon, der vor dem Zelt im Boden stak. Dann spazierte er den Hügel hinab ins Tal, wo die Kymbrogen bei ihren Spielen weilten.

Ich folgte ihm und ging dann neben ihm her. Wir kamen zum Bach und überquerten ihn. Einer der Krieger am Rande des Spielfeldes sah uns kommen und rief: »Der Pendragon! Da kommt der Pendragon! Heil, Pendragon!«

Sofort scharte sich eine Menge dicht um ihn. »Wir hörten, du seist verwundet, Pendragon!« rief einer, und ein Dutzend Stimmen gleichzeitig verliehen ihrer Sorge deutlich Ausdruck.

»Sehe ich verwundet aus?« fragte der Hochkönig. »Ein wenig Fieber störte meinen Schlaf. Jetzt geht es mir besser.«

Dann ging Artus unter seinen geliebten Kymbrogen umher, plauderte mit ihnen, nannte sie beim Namen, erkundigte sich nach ihren Frauen und Familien. Dieser hatte einen neugeborenen Sohn, jener hatte gerade eine Frau aus dem Süden geheiratet, ein anderer richtete Hunde ab und wieder andere waren Söhne früherer Krieger – Artus kannte sie alle. Bemerkenswert, dachte ich, daß er die kleinen Sorgen eines jeden kennt. Aber so schien es. Und aus ihren Antworten hörte ich große Erleichterung heraus, ebenso aus der Prahlerei, mit der sie das Gespräch schmückten. Sie hatten sich eindeutig Sorgen um ihren König gemacht und waren nun beruhigt.

Der Pendragon lief in Begleitung seiner Mannen weg, und bald begann der Wettkampf aufs neue. Ich sah eine Zeitlang zu und widmete mich dann wieder meinen Pflichten. Ich sammelte Feuerholz und füllte die Wasserkrüge. Dann nahm ich ein Pferd und ritt zu einem nahegelegenen Hügel, um für das Lager des Pendragon frisches Heidekraut zu schneiden. Als die Sonne die

Hügel im Westen berührte, kehrte ich mit einem Bündel Heidekraut ins Lager zurück.

Vor Artus' Zelt erwartete mich der Emrys. Er hielt die Tasche mit dem Steinmetzwerkzeug in der Hand, denn er hatte in der Tafelrunde gearbeitet. »Wo ist er?«

Ich zeigte aufs Tal. »Bei den Kymbrogen. Er erwachte und ging zu ihnen hinunter.«

Der Emrys machte kehrt, ging durch das Lager und stieg den Hügel hinab. Plötzlich besorgt, schwang ich mich aus dem Sattel und eilte ihm nach.

Gleich goldenem Honigmet erfüllte Sonnenlicht das Tal. Der Himmel glänzte wie geschmolzene Bronze, das Feld wie Smaragd. Wir trafen Artus an, als er auf einem Stein saß wie auf einem Thron, den Speer quer auf dem Schoß, die Augen halb geschlossen, ein Lächeln auf den Lippen. Neben ihm stand Gwenhwyvar. Sie hatte ihm die Hand auf die rechte Schulter gelegt und beobachtete den Wettkampf: zwei Reiter, die in vollem Galopp lospreschten, um mit der Speerspitze einen Armreifen aus dem Gras zu heben. Sie wandte den Kopf zu uns um und lächelte, aber ihr Lächeln wirkte gespannt und unnatürlich.

»Artus«, sagte der Emrys leise.

Der Pendragon öffnete die Augen und wandte sich ihm zur Begrüßung zu. »Ein herrlicher Tag, nicht wahr?«

»Ja. Wie geht es dir?«

»Mir geht es gut.«

»Wenn die Sonne untergeht, wird es kalt. Wir sollten nun ins Lager zurückgehen.«

»Aber die Sonne ist doch noch nicht untergegangen«, erwiderte Artus. »Setze dich ein wenig zu mir.«

»Gerne«, sagte der Emrys und kniete sich neben ihn.

Die drei beobachteten die Reiter eine kurze Weile. Die Sonne sank tiefer, und die Schatten wurden länger. Der Himmel wurde fahl. Die leuchtenden Farben verblaßten. Über uns kreisten Seevögel und kreischten dem ersterbenden Tag ihren traurigen Ruf nach. Das Licht im Tal wurde schwächer.

Der Emrys stand auf und berührte Artus am Arm. Der Pendragon schreckte auf – er hatte geschlafen. Bei Myrddins Berührung erhob er sich jedoch, streckte sich und rief die Sieger des Wettkampfes zu sich. Mit guten Worten pries er ihre Leistungen, während Gwenhwyvar ihnen Edelsteine zum Geschenk machte. Als der Sitte Genüge getan war, verabschiedete Artus sich bei seinen Mannen und kehrte ins Lager zurück.

Zum Abendessen verzehrten wir Wildbret, das einer der Krieger in den nahen Wäldern erlegt hatte, und tranken Bier aus den Vorräten der Schiffe. Die Nacht wurde kalt und feucht, wie der Emrys es vorhergesagt hatte, also schichtete man die Feuer hoch auf. Gwenhwyvar und Bedwyr versuchten mehrmals, Artus zu überreden, er solle sich zur Ruhe in sein Zelt zurückziehen, aber das wollte der Pendragon nicht.

Statt dessen beharrte er darauf, bei seinen Fürsten und Feldherrn zu bleiben, und verlangte nach einem Lied. Myrddin Emrys widerstand der Aufforderung zunächst, willigte aber schließlich ein und befahl, seine Harfe zu bringen. »Welche der Geschichten Britanniens möchtest du hören, Pendragon?«

Artus runzelte nachdenklich die Stirn, dann erwiderte er: »Nicht von Britannien möchte ich heute abend hören, sondern von der Anderswelt. An einem kalten Abend, an dem ein frischer Wind bläst – in sturmdurchtosten Nächten wie dieser sollten solche Lieder gesungen werden.«

»Nun gut«, willigte Myrddin Wledig ein, »höre also, wenn du magst, das Lied von Bladydd, dem makelhaften König.«

Ich wunderte mich über diese Wahl, denn es ist eine düstere und äußerst merkwürdige Geschichte. Sie handelt von einem Fürsten mit einem unstillbaren Durst nach Weisheit, der an einen König der Anderswelt gerät und von dem Wissen, nach dem er suchte, verdorben und schließlich vernichtet wird.

Doch die Runde der Fürsten und Feldherrn mochte diese Erzählung, und fürwahr, der erhabene Emrys trug sie wunderschön vor – er, der letzte wahre Barde auf der Insel der Mächtigen.

Die Erzählung dauerte lang, und als sie vorüber war, wünschte Artus seinen Gefährten eine gute Nacht und begab sich mit Gwenhwyvar am Arm in sein Zelt. Ich streckte mich auf dem roten Kalbsfell am Feuer aus, wickelte meinen Umhang fest um mich und schlief ein.

In der Nacht hörte ich ernste Stimmen. Ich stand auf und sah im Zelt des Pendragon Fackeln flackern. Es war etwas vorgefallen. Vor Besorgnis krampfte mein Magen sich zusammen.

Das Lager war dunkel und sonst keiner wach. Ich kroch zum Zelt und lugte hinein.

Bedwyr und der Emrys waren beim Hochkönig. Gwenhwyvar stand ein wenig abseits, ließ die Arme hängen und preßte mit den Händen fest ihr seidenes Gewand zusammen. Ihr Gesicht und Gewand waren blutverschmiert.

»Liege ruhig, Bär«, sagte Bedwyr gerade. »Lasse den Emrys für dich sorgen.«

»Nur keine Angst, Bruder«, röchelte Artus. »Ich stehe jetzt auf. Ich kann nicht zulassen, daß die Kymbrogen mich so sehen.«

Der Emrys mühte sich mit der Wunde ab. Seine Hände troffen von Artus' Blut.

»Die Kymbrogen haben dich schon liegen sehen«, erwiderte Bedwyr. »Sie sind den Anblick gewohnt. Halte jetzt still.«

»Nein! Hilf mir aufzustehen.« Er klammerte sich an Bedwyrs Umhang und wollte sich daran hochziehen. Da rutschte ihm der Verband vom Hals. Als ich die Wunde sah, verschlug es mir die Sprache.

Sie war scheußlich graugrün, und über die Schulter des Pendragon erstreckten sich krallenartige Striemen. Das Fleisch an der Wunde war welk, schwarz und faulig. Artus' Hals war von der Kehle bis zur Achselhöhle rot und entzündet. Offenbar war die Wunde in der Nacht aufgebrochen – die Schmerzen müssen unerträglich gewesen sein! –, und der Emrys war gerufen worden, um die Blutung zu stillen.

»Ich bin fertig«, sagte Myrddin schließlich. »Hier kann ich nichts mehr tun.« Bedwyr und der Emrys legten Artus den Arm um die breiten Schultern und richteten ihn auf.

»Schließlich haben wir Medraut den Garaus gemacht«, sagte Artus. »Eher gibt es einen kalten Tag in der Hölle, ehe wieder jemand den Kaiser über Britannien anzugreifen wagt. Wo ist Gwenhwyvar?«

»Sie wartet da drüben«, erwiderte der Emrys.

»Sie ist hoffentlich nicht verletzt...«

»Nein, es geht ihr gut. Artus«, sagte der Emrys leise und eindringlich, »deine Wunde ist geschwollen und aufgebrochen. Ich bin am Ende meiner Kunst, Artus – verstehst du? Ich kann nichts mehr für dich tun. Aber ich weiß, wo wir Hilfe bekommen können.«

Bedwyr blickte auf und sah mich. Er winkte mich zu sich und faßte mich fest an der Schulter. »Rasch!« sagte er mit vor Angst fast erstickter Stimme. »Suche Barinthus auf und sage ihm, daß er ein Boot bereit machen soll.« Ich trat zum Zelteingang. Da fügte Bedwyr hinzu: »Aneirin, sei vorsichtig. Keiner darf davon erfahren.«

Während Sorge und Angst in mir stritten, rannte ich zu Artus' Steuermann und gab ihm seinen geheimen Auftrag. Barinthus war immer leicht zu finden, denn er entfernte sich nie weit von den Schiffen. Ich hastete den Hügelpfad hinab; eine steife Brise peitschte mir den Umhang gegen die Beine. Wolkenfetzen zogen über den Mond weg. Die schaumbekrönten Wellen funkelten düster in seinem wechselnden und unsicheren Schein.

Ich lief geradewegs zu dem einsamen Lagerfeuer, das vor den dunklen Umrissen eines kleinen Zelts aus Häuten gleich oberhalb der Flutmarke am Strand flackerte. »Barinthus!« zischte ich zwischen dem Ächzen und Stöhnen von Wind und Wellen.

Er rührte sich und streckte seinen Kopf durch eine mit Häuten verdeckte Öffnung. Ich erteilte ihm Bedwyrs Auftrag. Er verschwand wieder in seiner Behausung, um seine Lampe zu holen, und tauchte in seinem Bärenfell auf. Dann marschierte er in die Strömung, wo sein Lederboot vertäut war.

Ich eilte über den Strand zurück und sah über mir den Schein einer flackernden Fackel auf dem Pfad. Bedwyr und Myrddin, die zwischen sich Artus schleppten, trafen mich am Fuße des Hügels. Vor ihnen ging Gwenhwyvar mit einer Fackel in einer Hand und dem Schwert des Hochkönigs in der anderen.

»Das Boot wird bereit gemacht«, meldete ich Bedwyr.

»War jemand bei Barinthus?«

»Er war allein. Niemand weiß etwas.«

»Gut.« Der Emrys blickte aufs Meer. Obwohl der Wind noch immer wehte und starker Seegang herrschte, gingen die Wellen nicht allzu hoch. »Es wird eine rauhe Fahrt, aber sie wird rasch gehen. Um so besser. Wir haben nicht mehr viel Zeit.«

»Ich setze dich jetzt hin, Artus.« Bedwyr verlagerte das Gewicht des Hochkönigs.

»Nein, ich will stehen bleiben. Bitte, Bedwyr. Nur noch ein wenig länger.«

»Nun gut.«

»Bedwyr, mein Bruder ...«

»Was ist, Bär?«

»Kümmere dich um Gwenhwyvar. Sorge für sie.«

Bedwyr schluckte. »Tue das selbst, Bär.«

»Wenn mir etwas zustößt ...«

»Nun schön ... wenn du es wünschst«, entgegnete Bedwyr und zog den roten Mantel fester um Artus' Schultern.

Der Pendragon konnte kaum den Kopf heben. Seine Stimme war leise geworden, fast ein Flüstern. »Myrddin«, wisperte er, »es tut mir leid, daß ich nicht der König werden konnte, den du wolltest – der Sommerkönig.«

»Du warst der König, den Gott wollte. Nichts sonst spielt eine Rolle.«

»Ich tat alles, was du jemals von mir verlangtest, nicht wahr, mein Vater?«

»Kein Mensch hätte mehr tun können.«

»Es war genug, nicht wahr?«

»Artus, meine Seele, es war genug«, sagte Myrddin leise. »Ruhe nun.«

Die Königin trat näher und reichte mir die Fackel. Sie umarmte ihren Gemahl und hielt ihn fest. »Lege deinen Kopf an meine Schulter«, sagte sie und legte ihre Wange an seine. So standen sie einen Moment lang da, und Gwenhwyvar flüsterte ihm Worte ins Ohr. Was sie sagte, hörte ich nicht.

Nach einer Weile ertönte ein Pfiff. Bedwyr drehte sich um. »Das war Barinthus. Das Boot ist bereit.«

Mit hoch erhobener Fackel vorangehend, wies ich den Weg über den felsenübersäten Strand bis ans Ufer, wo Barinthus mit dem Boot wartete. Er hatte ein kleines, kräftiges Gefährt mit einem einzigen Mast und einer schweren Ruderpinne ausgewählt. Die Mitte des Bootes war mit einer Plane überdacht. Dort konnte Artus ruhen.

Ich watete ins Wasser und stellte mich mit der Fackel neben das Boot. Die Wogen schlugen ans Boot und schaukelten es hin und her. Darum ergriff ich mit meiner freien Hand die Bootskante und half, es ruhig zu halten. Bedwyr und Myrddin wollten Artus ins Boot tragen, doch dem verweigerte er sich. Der Pendragon von Britannien schritt aus eigener Kraft ins Wasser und stieg in das rollende Gefährt.

Während Barinthus sich am Segel zu schaffen machte, umsorgte die Königin Artus, damit er es unter dem Baldachin bequem hatte. Schließlich sagte der Emrys: »Wir müssen fahren. Es dämmert bald. Wir müssen fort sein, ehe man uns sieht.«

»Laß mich mit euch fahren«, flehte Gwenhwyvar.

»Du wirst hier gebraucht, Gwenhwyvar. Du und Bedwyr, ihr müßt Artus Zeit zur Genesung verschaffen«, erläuterte Myrddin. »Um die Wahrheit zu sagen, ich fürchte um die Welt, wenn die Kunde von Artus' Schwäche Britanniens Feinde erreicht. Keiner darf davon erfahren«, sagte der Emrys voll Ernst. »Sorgt, daß das Geheimnis gut bewahrt wird.

Sendet morgen die Fürsten in ihre Reiche und die Kymbrogen nach Caer Lial zurück. Ich kehre in drei Tagen wieder und bringe Artus mit oder dich zu ihm.«

Gwenhwyvar umklammerte Artus' Hand. »Habe keine Angst«, flüsterte Artus. »Ich fahre zu meiner Genesung nach Avallon. Wenn ich wieder bei Kräften bin, kehre ich zurück. Warte nur ein wenig auf mich.«

Gwenhwyvar nickte und sagte nichts weiter. Sie kniete nieder und gab Artus einen langen Kuß. »Leb wohl, mein Herz«, flüsterte sie und drückte ihrem Gemahl sein Schwert Caliburnus in die Hand.

»Bedwyr – er soll es nehmen.«

»Behalte es«, erwiderte Bedwyr. »Du wirst es brauchen, wenn du wiederkommst.«

Gwenhwyvar küßte Artus abermals, legte ihm den Kopf auf die Brust und flüsterte ihm etwas zu. Er lächelte. Sie stieg aus dem Boot und sah Bedwyr und mir zu, als wir es tiefer ins Wasser schoben. Sobald es nicht mehr im Sand steckte, wendete der Steuermann den Bug aufs offene Meer und hißte das Segel.

Der Emrys stand auf und rief: »Habt keine Angst! Artus kehrt wieder. Bewahrt den Glauben, meine Freunde. Die letzte Gefahr steht noch aus. Wacht um uns!«

Wir drei standen am Strand und sahen dem Boot nach. Wir schauten, bis der kleine helle Punkt, der Barinthus' Lampe war, in der von Wolken schweren Dunkelheit des Meeres und der Nacht verschwunden war. Gram, so scharf wie ein Speer, bohrte sich mir durchs Herz. Denn aus dem traurigen Seufzer von Wind und Wogen hörte ich die Klage um die Verlorenen.

Ein Seevogel, der von seiner Nachtruhe aufgescheucht worden war, schwang sich hoch über uns auf und stieß einen einzigen Schrei aus. Nach einem Wort des Trostes suchend, sagte ich: »Wenn er irgendwo auf der Welt geheilt werden kann, dann gewiß auf Avallon.«

Gwenhwyvar, deren dunkle Augen vor unvergossenen Tränen schimmerten, schlug den Mantel um ihre Schultern hoch. Dann wandte sie sich ab, richtete sich auf und ging den Hügelpfad hinan. Bedwyr blieb lange stehen und starrte ins Leere, während die Wellen seine Füße umspielten. Als ich so neben ihm stand, wäre mir beinahe das Herz gebrochen. Schließlich streckte er die Hand zu mir aus, nahm mir die Fackel ab und schleuderte sie mit mächtigem Schwung ins Meer. Ich sah zu, wie der flammende Bogen ins Meer tauchte, ein auf die Erde stürzender Stern, und ich hörte das Zischen, als sie aufs Meer traf und verlosch.

XI

»Myrddin müßte längst wieder hier sein. Irgend etwas ist geschehen!« Bedwyr knallte seine Schüssel hin und stand auf.

»Er sagte, wir sollten warten. Was können wir sonst tun?« fragte Gwenhwyvar mit vor Gram heiserer Stimme.

»Er sagte, er würde in drei Tagen zurückkommen. Nun, der dritte Tag ist vorüber und er nicht wieder hier!«

In der Tat hatten wir seit dem Morgengrauen, als ich aufstand und die Wacht am Ausguck übernahm, gen Westen aufs Meer gestarrt, von wo das Boot des Emrys kommen sollte. Ich stand den ganzen Tag auf Posten, gelegentlich von Bedwyr oder Gwenhwyvar abgelöst, bisweilen von beiden zugleich. Wir sprachen von diesem und jenem, Nebensächliches, Belanglosigkeiten. Das einzige, was wir nicht erwähnten, war das Boot, obwohl uns nichts anderes durch den Kopf ging.

Der Tag war mit einem faden und trüben Sonnenuntergang verklungen. Noch immer sah keiner von uns auch nur einen Faden des Segels oder einen Splitter des Mastes. Doch am Tag zuvor hatte es in der Bucht vor Schiffen gewimmelt. Die Königin hatte kund und zu wissen getan, daß der Pendragon und sein weiser Ratgeber Zwiesprache hielten und nicht gestört zu werden wünschten. Sie bat die Fürsten und Könige Britanniens, in ihre Reiche zurückzukehren und zu warten, bis der Hochkönig sie wieder zu sich rufe. Die Kymbrogen schickte sie nach Caer Lial zurück.

Fergus und Ban machten sich Sorgen und suchten die Königin insgeheim auf. Doch Gwenhwyvar wahrte bei allen ihren Versicherungen das Geheimnis und verriet nichts, obschon ihr die ganze Zeit das Herz brach.

Bors, Cador und Rhys waren als letzte aufgebrochen. Sie hatten darauf beharrt, zu warten und mit dem König zurück zum Palast reiten zu wollen, aber Gwenhwyvar bedrängte sie, vorauszueilen und alles für die Rückkunft des Pendragon zu bereiten, denn vieles war ja von den Pikten zerstört worden. Am

Ende gaben sie widerstrebend nach und ritten fort, so daß wir drei uns am Abend des zweiten Tages allein auf dem Hügel der Tafelrunde fanden.

Dann hatten wir gewartet und Ausschau gehalten, als die Sonne am Himmel höher stieg und dann wieder auf ihrer langen Bahn nach Westen sank. Doch das Meer blieb leer; kein Boot tauchte auf. Auch in der Dämmerung sahen wir kein Zeichen davon, als Bedwyr ein Leuchtfeuer am Strand unterhalb des Hügels entfachte.

Jetzt saßen wir schweigend vor des Pendragon Zelt. Das rotgoldene Drachenbanner flatterte im Abendwind. Wie zur Antwort auf Bedwyrs Ausbruch begann ein über uns kreisender Schwarm Möwen zu kreischen. Ihre Klage hallte vom Tal unter uns wider. Bedwyr starrte auf die Schüssel, die er hingeworfen hatte, und stieß sie beiseite. »Wir hätten ihn nicht fahren lassen dürfen«, schalt er gepeinigt und vorwurfsvoll.

»Dann fahren wir eben zu ihm«, sagte Gwenhwyvar leise. Sie drehte sich zu mir und legte mir eine Hand auf den Arm. »Du warst auf der Insel, Aneirin.«

»Mehrere Male, ja. Wie du, Herrin.«

»Du wirst unser Schiff steuern«, verkündete Bedwyr.

»Aber wir haben keines!« gemahnte ich ihn.

»Artus, der Schiffsbauer, ist unser Herr«, sagte Bedwyr schniefend. »Und der Bursche sagt, wir hätten kein Boot. Ich werde uns eines holen.«

»Dann will ich euer Steuermann sein – möge Gott uns begleiten«, erwiderte ich.

Bedwyr sattelte eines der Pferde und ritt sofort los. Gwenhwyvar und ich verbrachten einen besorgten Abend am Feuer. Keiner von uns sprach ein Wort. Als der Mond aufging, zog sie sich in ihr Zelt zurück. Ich breitete mein rotes Kalbsfell vor dem Eingang aus und legte mich mit dem Speer an meiner Seite nieder – ohne ein Feuer, um mich zu erwärmen oder zu erfreuen, ohne ein Dach über mir außer dem Sternenfirmament, das hell und heilig funkelte.

Ich streckte mich aus, schlief aber nicht ein. Die ganze Nacht lang wälzte ich mich auf meinem Kalbsfell, beobachtete den langsamen, langen Lauf des Mondes am Himmel und betete zu Jesus um unseren Schutz – den er uns gewährte. Schließlich fiel ich kurz vor dem Morgengrauen in einen merkwürdigen Schlaf: Er war tief, aber dennoch wachsam. Ich wußte, daß ich schlief, hörte aber trotzdem das Stöhnen der See am Fuße des Hügels und das Seufzen des Windes im Gras um mich herum.

Es war die Zeit zwischen den Zeiten, wenn weder Tag noch Nacht herrscht, weder Licht noch Dunkel, wenn die Tore zwischen dieser und jener Welt offenstehen. Das ruhelose Branden der See an der Klippe klang mir wie das beunruhigte Gemurmel einer weit entfernten Menge ans Ohr. Das Seufzen des Windes wurde zum Geflüster von Wesen der Anderswelt, die mich aufzustehen und ihnen zu folgen hießen.

Ich lag an einem Ort der Anderswelt und hatte einen Traum.

In meinem Traume erwachte ich, schlug die Augen auf und erblickte das grüne Avallon, die Apfelinsel, das schönste Eiland auf der Welt nächst der Insel der Mächtigen. Ich hörte die merkwürdige, bezaubernde Musik von Rhiannons Vögeln und roch den süßen Duft von Apfelblüten. Auf meinen Lippen schmeckte ich warmen Honigmet und stand sogleich auf.

Ich ging über den ausgetretenen Pfad von der Meeresklippe zum Palast des Fischerkönigs. Wo der Palast hätte stehen müssen, sah ich nichts als ein Kreuz Jesu aus Stein, das am Boden lag, und daneben einen Säckel mit Myrddins Steinmetzwerkzeug. Ich bückte mich, um die Worte zu lesen, die in das Kreuz gestochen waren. Da schwebte eine Wolke über die Sonne und verdunkelte sie, so daß ich nicht lesen konnte, was da geschrieben stand.

Ich blickte nach Osten und sah Sterne am Himmel funkeln, obschon im Westen noch die Sonne schien. Über mir ballten sich Gewitterwolken. Blitze zuckten, und Donner grollte. Die ganze Erde erzitterte vor dem Laut.

Auf dem grünen Land wurde der Donner zu einem Brüllen und das Beben zum Aufstampfen eines schrecklichen Untieres. Ich wandte mich nach Osten, von wo der Sturm kam, und sah einen großen goldenen Löwen übers Land auf mich zustürmen. Der Löwe packte mich und nahm mich zwischen seine Kiefer. Und dann fing er zu rennen an. Das riesige Tier trug mich über die Insel ans Meer. Dort warf es sich in die weißschäumenden Wellen und schwamm los.

Die Wellen schlugen hoch, und der Löwe verwandelte sich in

einen Fisch, der mich auf seinem Rücken zu einem Felsen mitten im Meere trug und mich dort aussetzte. Das Gewitter, das mich verfolgt hatte, brach nun wütend über dem Felsen herein. Der Sturm toste und peitschte das Meer auf. Das Wasser brandete heran, und die Wogen schlugen auf mich ein, aber ich hielt mich mit meiner ganzen Kraft an dem Felsen fest, um nicht fortgerissen zu werden und in der alles überspülenden Flut zu ertrinken.

Krank vor Kummer klammerte ich mich an den kalten, nassen Felsen – denn alle meine guten Gefährten waren von mir gegangen, und der Tod nahte. Ich zitterte und fing zu schlottern an, daß ich dachte, mir würden die Knochen im Leibe zerspringen. Mein Körper begann zu brennen wie von den Flammen eines Feuers.

Über den Felsen legte sich ein schimmernder Nebel, und aus diesem drang eine Stimme, die mich beim Namen rief: »Aneirin«, befahl sie, »lasse dein Zittern und fürchte dich nicht. Ich habe deinen jämmerlichen Kampf gesehen und werde dir helfen. Steh auf! Ich werde dir zeigen, was du tun mußt.«

Ich stellte mich auf den Felsen, und dieser wurde zu einem hohen, mächtigen Berg. Und obwohl der Sturm und die Wogen tobten, konnte das wütende Wasser ihn nicht überfluten. Oben auf dem Gipfel wuchs eine uralte Eiche. Ich brach einen Zweig von ihr ab und schlug auf die Erde. Da entsprang zwischen ihren Wurzeln ein Quell und begann den Berg hinabzufließen.

Der Quell ergoß sich kalt und klar. Und wo das Wasser hinfloß, entsprossen Wälder und erblühten Auen, um die kahlen Hänge zu bekleiden sowie den Tieren des Feldes und den Adlern hoch in den Lüften Schutz und Nahrung zu gewähren.

Die alte Eiche stürzte ein, aber der Quell floß weiter und schwoll zu einem Bach an und der Bach zu einem mächtigen Strom. Ich hob meinen Zweig auf und lief los. Wo meine Füße die Erde berührten, begann Gras zu wachsen, so daß mein Schritt leicht wurde und mein Pfad deutlich. Schließlich gelangte ich zu einer grünen Wiese – die Wiese, auf der ich zuvor gewesen war. Und ich erkannte, daß der Berg Avallon war.

Da lagen das Steinkreuz und der Ledersäckel mit dem Werkzeug. Und nun sah ich, was ich zuvor nicht hatte sehen können. In das Kreuz gemeißelt war ein Name:

ARTORIVS REX QVONDAM REXQUE FUTURUS.

Artus, König einst und künftiger König... So wohl die Inschrift angefangen war, war sie doch unvollendet.

Die Stimme, die aus der Wolke zu mir gesprochen hatte, grüßte mich wieder: »Steh auf, Gildas. Vollende, was vor dir liegt.«

»Ich heiße Aneirin«, erwiderte ich. »Und ich verstehe nichts vom Steinhauen.«

Die Stimme entgegnete mir: »Aneirin warst, Gildas sollst du sein, der wahre Barde des Hochkönigs im Himmel.«

Der Traum war vorbei, und ich wachte gleich auf. Es dämmerte, die Zeit zwischen den Zeiten war dem Tag gewichen, und ich befand mich wieder in der Welt der Menschen. Ich stand auf und eilte, aufs Meer zu blicken. Und siehe! Als die Sonne über den Hügeln im Osten aufging, erblickte ich ein Schiff. Ich rannte zur Königin und berichtete es ihr, und gemeinsam gingen wir an den Strand hinunter, um es zu erwarten.

»Er muß die ganze Nacht durch geritten sein«, sagte ich, als das Schiff ein Lederboot zu Wasser ließ, um uns aufzunehmen. Die Königin nickte, erwiderte aber nichts. Ihre Augen waren rot umrändert: Ob von zu wenig Schlaf oder vom Weinen, weiß ich nicht.

Als das Boot sich näherte, erkannte ich Bedwyr, der uns zu holen kam. »Es tut mir leid«, sagte er, während er der Königin ins Boot half. »Ich wäre früher zurückgekommen, aber das Pferd stürzte, und ich mußte ein Stück des Weges zu Fuß gehen.«

Gwenhwyvar öffnete den Mund, um etwas zu entgegnen, da glitt ihr Blick an Bedwyr vorbei. Sie sah die anderen, die hinter ihm standen – Rhys, Bors und Cador: Reumütig und stur zugleich blickten sie vor sich hin, die Arme trotzig über der Brust verschränkt.

»Ich konnte das Schiff nicht holen, ohne daß sie es merkten«, erklärte Bedwyr. »Darum brachte ich sie mit.«

»Bei aller Hochachtung vor den Wünschen des Emrys«, warf Cador ein, »aber wir wollten auf keinen Fall zurückbleiben.«

»Ich begreife«, erwiderte Gwenhwyvar. »Da es nun einmal so steht, erlaube ich euch, mich zu begleiten – wenn ihr Schweigen gelobt.«

»Das wollen wir«, sagte Bors, »mit Freuden.«

»Schwört bei eurer Treue zu Artus«, verlangte die Königin.

»Herrin«, wand Cador ein, »haben wir so lange Zeit in Artus' Diensten verbracht, daß wir uns so behandeln lassen müssen?«

»Schwört!« forderte die Königin. »Oder ich werfe euch eigenhändig über Bord.«

Die drei schworen, wie die Königin sie hieß, und sie gab den Befehl zum Segeln. Bors, der ebensoviel Zeit auf dem schwankenden Deck von Schiffen wie auf dem Rücken galoppierender Pferde verbracht hatte, übernahm das Ruder. Doch da er niemals auf Avallon gewesen war, stellte ich mich neben ihn, um ihm, so gut ich nach der Erinnerung an frühere Fahrten konnte, den Weg zu weisen.

Der Tag war klar, der Seewind stark. Wir flogen gar geschwind übers Meer, den Möwen gleich, die um unseren Mast schwebten. Und es schien, als wären die dunklen Klippen von Rheged gerade hinter uns verschwunden, als ich den blassen blauen Fleck des Eilands im Südwesten am Horizont erblickte. »Da ist es!« rief ich. »Da liegt Ynys Avallon!«

Bors berichtigte seinen Kurs und hielt darauf zu. Ich setzte mich an den Bug und schlief ein, während ich auf das Klatschen der Wellen am Rumpf lauschte. Kurz darauf wachte ich auf und erwartete, die Insel geradewegs vor mir zu erblicken. Aber statt dessen sah ich nichts als grauen Himmel und graues Meer um uns.

Meine Schiffsgefährten schliefen alle außer Bors, so daß ich wieder neben ihn ans Steuer kroch. »Wo ist es?« fragte ich, auf die Ruderbank gleitend.

Er zeigte nach vorn. »Von Osten kommt Regen auf, und es ist neblig geworden. Aber das Eiland liegt gerade vor uns, keine Sorge.«

Es stimmte. Die Insel lag vor uns, auch wenn ich sie nicht sehen konnte. Das ist ihre besondere Eigenart, und deshalb betrachten die Menschen in Ierne sie als der Anderswelt zugehörig: Sie taucht auf und verschwindet anscheinend nach Belieben.

Aber Bors erwies sich als tüchtiger Steuermann, so daß wir Avallon nach Mittag erreichten. »Wo ist der günstigste Ort, um an Land zu gehen?« fragte er und ließ den Blick über die Küste schweifen, soweit wir sie sehen konnten.

»Wir müssen um die Südspitze bis zur Westseite fahren«, erwiderte ich. »Dort ist der Hafen zwar nicht so gut, aber da liegt Avallachs Palast. Dorthin hat Myrddin Artus zu seiner Heilung gebracht.«

Also fuhren wir um die Südspitze der Insel auf ihre Westseite. Im Nebel war dies schwierig, aber die Königin half uns, denn sie hatte das Eiland ja schon besucht und entsann sich, wo man nach Felsen unter dem Wasser Ausschau halten mußte und wo die Einfahrt zum Hafen zu finden war.

Trotzdem war es spät, als wir endlich im Hafen einfuhren und neben dem Boot anlegten, das Barinthus gelenkt hatte. Wir fuhren ans Ufer und vertäuten unser Gefährt neben dem von Barinthus. Dann versammelten wir uns auf dem roten Kies unterhalb von Avallachs stark bewehrter Festung. Wir blickten zu den hoch ragenden Klippen auf, deren emporstrebende Gipfel sich im Nebel verloren. »Sie haben uns gewiß nicht kommen sehen«, sagte Bedwyr. »Führe uns lieber an, Aneirin.«

Ich wandte mich zur Königin, aber sie sprach: »Geh nur voraus, Aneirin. Du kennst den Weg besser als wir alle.«

Ich tat, wie mir geheißen, und fand die gewundenen, in den Fels gehauenen Stufen, die zum Palast führten. Sie waren feucht vom Nebel und schlüpfrig. Darum kamen wir nur langsam voran.

Bis ich oben ankam, konnte ich den Boden vor mir kaum mehr wahrnehmen, der leicht anstieg, ehe er sich in der grauen Düsternis der treibenden Schwaden verlor. Ich tat ein paar Schritte über das feuchte, schwere Gras bis zu dem Pfad, der zu Avallachs Palast führte, und hatte die ganze Zeit das Gefühl, eine jener unsichtbaren Grenzen überschritten und die Anderswelt betreten zu haben. Denn noch als mein Fuß den Pfad betrat, wurde der Nebel glänzend und hell. Er funkelte golden, und das Licht der nach Westen sich neigenden Sonne schien durch ihn hindurch.

Das plötzliche Leuchten blendete einen Moment lang meine Augen, muß ich zugeben. Aber nicht länger. Aber ob mit oder ohne Nebel – ich weiß, wir hätten des Fischerkönigs Palast gesehen, wäre er dagewesen.

Doch er war verschwunden. Weder Turm noch Tor, weder Mauer noch Saal waren übrig. Nichts war übrig.

XII

Ein Grab für Konstantin, ein Grab für Aurelius, ein Grab für Uther. Doch, o Wunder über Wunder, kein Grab für Artus!

Ich weiß weder wie noch wohin, noch warum. Ich weiß nur eines: Der Palast des Fischerkönigs war verschwunden. Der Nebel verzog sich, und wir sahen nichts als den ebenen Flecken Gras und die Bäume dahinter. Die glatten weißen Türme, der hohe Saal, das mächtige Tor und die dicken Mauern – kein Stein und kein Strohhalm waren davon übrig. Unter jenem Dache hatte ich geschlafen! An jener Tafel hatte ich geschmaust! Wie ein Traum, der einem beim Aufwachen aus dem Gedächtnis gleitet, war alles aus der Menschenwelt verschwunden.

Als der Nebel sich gelichtet hatte, standen wir blinzelnd im starken Sonnenschein und wußten, daß wir Zeugen eines Wunders waren. Da wir es nicht glauben wollten, redeten wir Torheiten.

»Eine Meereswelle hat sie weggetragen!« sagte Cador. Und doch gab es keinen Sturm, und Barinthus' Boot lag noch immer in der Bucht.

»Seewölfe!« rief Bors. »Barbaren haben sie angegriffen!« Selbst die Barbaren haben die Kunst der Zerstörung noch nicht so weit gebracht, daß sie weder Rauch noch Asche hinterlassen, wo sie brandschatzen.

Wir sagten noch vieles mehr und schmiedeten sogleich Pläne, die Insel und das umgebende Meer nach Spuren abzusuchen. Noch als wir unsere Suche aufnahmen, wußten wir – jeder von uns *wußte* im tiefsten Inneren –, daß alle unsere Bemühungen erfolglos bleiben würden. Wie ein mit Wucht geschleuderter Speer traf uns die Verzweiflung.

Trotzdem suchten wir. Kein Feuer ist verzehrender als die Ungeduld, mit der wir auf Avallon das Unterste zuoberst kehrten. Kein Regen ist durchnässender als die Emsigkeit, mit der wir das Meer um die Insel durchkämmten. Tage und tagelang suchten wir Land und Meer ab. Gwenhwyvar sandte Bors aus, daß er die Kymbrogen hole, um vom einen Ende der Insel zum anderen zu reiten, daß er Artus' Flotte versammle, um das Meer zwischen Caer Lial und Ierne und von Môn bis Rheged zu erkunden.

Bei unserer Suche beteten wir. Gwenhwyvar sandte nach dem berühmten Illtyd und vielen seiner Anhänger, daß sie sich den Brüdern auf Avallon anschließen und unablässig mit ihnen beten sollten. Und solange ein Boot oder ein Reiter nach Artus und dem Emrys suchten, belagerten die frommen Männer den Allerhöchsten mit ihren Bittgesängen.

Am Ende fanden wir, was wir die ganze Zeit zu finden erwartet hatten.

Über dem Meer kamen Winterstürme auf, Regen und Schnee trieben herein, der Himmel wurde schiefergrau und die Welt kälter. Der Königin blieb kaum eine andere Wahl. Traurig gab Gwenhwyvar die Weisung, die Suche zu beenden. Mit Tränen in den Augen befahl sie Schiffe und Kymbrogen zurück nach Caer Lial, wo sie es unternahm, allein zu herrschen. Aber die Kunde von Artus' Verschwinden hatte sich in ganz Britannien verbreitet, und die Menschen duckten sich ängstlich.

»Artus ist fort!« klagten sie einander. »Was soll aus uns werden?«

»Die Feinde werden uns angreifen! Sie werden uns töten!« schrien sie.

»Weh! Ach und Weh! Um unser Leben ist es geschehen!« weinten sie voll bitteren Jammers.

Und je häufiger sie dergleichen sprachen, desto größere Furcht zerstörte ihre Seelen. Dagegen vermochte Gwenhwyvar nichts zu tun. Trotz ihres Geschickes und ihres Mutes konnte sie gegen diesen Feind nicht ankommen. Und die Unterkönige begannen, nachdem Artus' starke Hand sie nicht mehr im Zaum hielt, wieder die alten Klagen gegen sie anzustimmen. »Sie ist Irin! Sie ist keine von uns! Sie ist eine Barbarin!«

In Wahrheit lief es auf folgendes hinaus: Sie wollten keine Frau als Herrscherin über sich dulden.

Ach, sie wehrte sich tapfer. Sie war jedem Gegner mehr als gewachsen. Aber niemand kann regieren, wo kein Vertrauen herrscht. Die kleinmütigen Könige und Fürsten Britanniens waren gegen Gwenhwyvar eingenommen und ließen sich nicht bezähmen. Von den Artus untertanen Fürsten hielten nur Bors, Ector, Meurig, Cador und Bedwyr treu zu Gwenhwyvar.

An Ostern des folgenden Jahres übergab Gwenhwyvar den Befehl über die Kymbrogen an Cador und kehrte in die Heimat ihres Vaters und ihrer Sippe zurück, wo sie am Meer in Sichtweite von Avallon ein Kloster stiftete, um dort ihr Leben dem Gebet und den guten Werken unter ihrem Volke zu widmen.

Bors, Bedwyr und Rhys, die dem Pendragon so lange gedient hatten, konnten unter einem geringeren Herrn nicht glücklich werden – nicht einmal unter dem ehrenhaften Cador. Gemeinsam beschlossen sie, dem Ruf des lange vernachlässigten Grals zu folgen. Auf der Suche nach diesem allerheiligsten Gefäß ritten sie davon, es zu finden und in die Tafelrunde zu bringen.

Damit hofften sie Artus' teuersten Wunsch zu ehren und, glaube ich, den rasch verblassenden Glanz seiner Herrschaft wiederherzustellen. Denn die Dunkelheit, welche Artus und Myrddin so lange in Schach gehalten hatten, strömte wie die Flut, welche einen Erddeich überschwemmt, bereits herein, um den schwachen Schein zum Verlöschen zu bringen, der noch über Britannien leuchtete. Die letzten der berühmten Drachenschar hofften noch immer, die Furcht von den Herzen der Menschen zu wenden und das vergehende Zeitalter mit der höchsten Ehre zu krönen.

Leider war ihnen kein Erfolg beschieden. Später erfuhr ich, daß von den dreien allein Bedwyr lebend wiederkehrte. Bors und Rhys fanden das Ende ihrer Tage im Heiligen Land. Dort, ging das Gerücht, zierte Rhys' Kopf ein Tor in Damaskus. Bors, hieß es, habe lange gelebt und sei im Bett gestorben, umgeben von seiner Gattin und fünf dunkelhäutigen Kindern. Nur Bedwyr kam nach Britannien zurück. Er wurde zum Einsiedler und wählte sich die Rundhalle zur Klause. Ich sah ihn nie wieder, denn bald darauf starb er in dem heiligen Bezirk.

Cador bat mich, ihm zur Seite zu stehen, aber ich hatte vom Kämpfen genug und sehnte mich danach, mich in Gebet und Studium zu versenken. Ich reiste mit den Kymbrogen bis nach Dyfed und fand Aufnahme im Kloster Abertaff – unter den Fittichen des verehrten Teilo und seines Oberhauptes Illtyd. Dort blieb ich und lernte vieles zu meinem großen Nutzen.

Nach einer Weile ereilte mich ein Ruf der Briten in Armorica.

Angesichts der wachsenden Zwiste zwischen den Unterkönigen verzweifelnd, verließen immer mehr tüchtige Männer die Insel der Mächtigen. Die Ausgewanderten baten mich, zu ihnen zu kommen. Also kehrte ich meiner Zelle den Rücken und nahm die Arbeit in der Kirche von Rhuys auf. Dort weilte ich lange. Ich heiratete, zog in Frieden meine Kinder auf und sah sie wachsen. Aber stets sehnte ich mich danach, noch einmal Britanniens grüne Hügel zu sehen. Ich kam zurück und schloß mich den guten Brüdern beim Schrein des Erlösergottes in Ynys Avallach an, wo ich bis heute überdauert habe.

Ich bin ein alter Mann, und mein Herz wird schwer vor Gram. Der unglücklichste aller Menschen bin ich, zur Unzeit geboren: Denn ich war Zeuge des blendenden Glanzes jenes wahren Lichts wie auch der blind machenden Finsternis des schwarzen und wuchernden Bösen. Weit glücklicher sind die Männer, welche mit Artus lebten und starben, welche nichts kannten als die von seiner Gegenwart strahlende Welt. Wäre ich doch nur in seinem Boot mit ihm nach Avallon gefahren!

Ihm zu dienen, an welchem Hofe er auch residiert, ist mein einziger Wunsch. Meine Stimme würde in seinem Saal niemals verstummen, noch würde es seinem Ohr am erfreulichen Klang herzlichen Lobes mangeln. Ich würde aus seinem Namen ein Lied schaffen, aus seinem Leben eine Erzählung, die Könige lehren könnte.

Von der Höhe vieler Jahre blicke ich auf mein Leben herab und sehe noch immer jene goldene Zeit, als ich jung war. Und bei der jetzigen Düsternis gleißt sie um so heller. Sie schillert wie ein geschliffener Edelstein, der vom letzten Strahl der untergehenden Sonne erwählt und zu funkelndem Feuer erweckt wurde, so daß alles um ihn erleuchtet und voller Glanz ist.

Aber die Sonne versinkt, wie sie muß. Und der Edelstein wird wieder dunkel.

Ich wartete – mein ganzes Leben wartete ich auf ein Wort oder ein Zeichen von Artus und dem Emrys, ob sie tot wären oder noch lebten. Auf all meinen Wanderungen habe ich gefragt, gesucht und auf das gelauscht, was ich mich zu hören sehnte. Darüber bin ich alt geworden!

Von Artus und seinem weisen Ratgeber gelangte niemals mehr ein Zeichen zu den Menschen. Von Avallach, seiner Tochter

Charis, der Dame vom See, und ihrem Stamm war nie mehr etwas zu hören. Das Feenvolk war auf dieser Welt nicht mehr aufzufinden. Sein Verschwinden vollzog sich unbemerkt und unbetrauert.

Seit den ersten unglücklichen Tagen habe ich viele Jahre hieran gearbeitet. Leider bin ich trotz all meiner eifrigen Betrachtungen kein bißchen weiser!

Vielleicht streckte Gott in seiner unendlichen Weisheit und Barmherzigkeit einfach die Hand aus und hob jene strahlende Gesellschaft an sein liebendes Herz. Vielleicht sah unser Herr Jesus in seinem nie versiegenden Mitleid auf Artus' Leiden hinab, ersparte ihm die Schmach des Todes und führte – wie einst Elias – unseren König auf einem goldenen Wagen mit Rädern aus Feuer leiblich ins Paradies.

Oder vielleicht verbarg der letzte der drei wahren Barden den geliebten Pendragon mit solch mächtigem Zauber vor den Augen der Sterblichen, bis die Zeiten der Not ihn dazu bringen wird, abermals gegen Britanniens Feinde zu kämpfen.

So wird es erzählt, und so glauben es viele. Ich sage nicht, daß es so sein wird. Ich will nur sagen, daß Artus' Leben auf dieser Welt anders wurde. Denn Myrddin Emrys war ein Prophet, und wie sein Vater Taliesin war er ein Barde, in dem Gottes Tugend selbst loderte. In seinem heiligen *Awen* weissagte er viele Dinge, doch immer sprach er die Wahrheit. Und der weise Emrys sagte, daß Artus wiederkommen würde, um die Seinen zu führen.

Epilog

Falsche Könige! Machtlüsterne Hunde in purpurnen Gewändern! Blutrünstige Barbaren! So tief sind wir nicht gesunken, als daß wir eure Namen im Gesang ehrten! Wenn ihr, sobald ihr müßt, sterbt, wird sich keine Klage erheben, kein Grablied angestimmt, keine herzlichen Tränen vergossen werden. Die Augen eurer Völker werden trocken sein wie der Staub in euren Gräbern, und eure Namen werden rascher verfallen als eure abscheulichen Knochen!

Hättet ihr doch nie gelebt! Mit beiden Händen verschleudertet ihr Artus' Frieden wie Kinder Korn aus einem Sack. Ihr tauschtet die schwer errungene Freiheit gegen die Sklaverei des Lasters und jeglicher Verderbnis. In eurer Gier verwüstetet ihr das ganze Land! Und was ihr nicht zerstörtet, überließet ihr dem Feind zur Plünderung!

Seht euch nur an! Mit euren dickbäuchigen Kriegern sitzt ihr in euren stinkenden Metsälen, besinnungslos betrunken, erregt von euren kleinen Verrätereien. Viehdiebe! Ihr überfallt eure Nachbarfürsten und Menschen eurer Rasse und eures Blutes, bekämpft euch in unwürdigen Zwisten, bekriegt eure Verwandten und Brüder, während die Heiden brandschatzen und rauben!

Euer Vermächtnis ist der Tod! Euer Ruhm ist der Abscheu tüchtiger Menschen! Die Niedriggeborenen schmachten. Das gemeine Volk benützt eure Namen zum Fluche! Behagt euch dies? Schwillt euer Herz darob vor Stolz?

Sprecht mir nicht mehr von großen Fürsten! Nichts mehr hören will ich von Königen und ihren hohen Angelegenheiten. Ihre Sorgen sind die Sorgen von Maden im Misthaufen. Ich, der ich mit Adlern schwebte, will mich nicht mit den Schweinen suhlen!

Zu unserer ewigen Schande erweisen sich die Barbaren, die uns allerorten verdrängen, als bessere Christen denn die Briten, welche jene anfangs ihren Glauben lehrten! Ihr Eifer ist so scharf wie die Speere, die sie einst gegen uns erhoben, während der Eifer unserer Könige abgestumpft ist, ihre Herzen erkaltet sind. Sollen sich die Barbaren als die besseren Menschen erweisen?

Einst gab es eine Zeit, welche nun vollkommen vergessen ist, da wußte die Welt, was es heißt, von einem gerechten Herrn regiert zu werden, da ein Mann des Glaubens alle Reiche in seiner starken Hand vereinte, da der Hochkönig im Himmel den Hochkönig auf Erden segnete.

Da war Britannien hoch angesehen.

Nicht den Zungen sterblicher Menschen steht der Trauergesang auf den Pendragon zu. O Artus, dein unvergleichlicher Schöpfer allein singt dein Grablied. Dessen Echo hallt bis ans Ende der Welt in den Seelen der Menschen wider. In der Zwischenzeit wühlt der Dolch großer Sehnsucht im Herzen. Der Hochkönig im Himmel hat das Volk ohne Dach gelassen.

Jammer und Weh! Der Untergang Britanniens! Denn die Bosheit der Menschen dauert bis ans Ende dieses Zeitalters! Bis zum Tag des Verhängnisses und des Gerichts drücken Ungerechtigkeit und Grausamkeit uns wie Plagen nieder. Das Böse gedeiht, das Gute gerät in Vergessenheit. Der Thronräuber sitzt auf dem Platz des rechtmäßigen Herrn. Der Ungerechte wird zum Richter. Der Lügner bestimmt die Wahrheit. So ist der Lauf der Welt. So sei es!

Mein düsteres Buch ist zu Ende. Ich, Gildas, schreibe dies, und mehr werde ich nicht schreiben.

Stephen Lawhead

Taliesin

Sänger und Seher.
Die Pendragon-Saga. Aus dem Englischen von Frieder Peterssen.
576 Seiten. SP 3282

Charis, die schöne, weise Königstochter aus dem versunkenen Atlantis und Taliesin, der berühmte junge Barde, Heerführer und Seher aus Walis, lieben sich. Doch Neid und Intrigen verhindern eine Heirat. Da nehmen Charis und Taliesin ihr Schicksal selbst in die Hand – mit allen furchtbaren Folgen.

Merlin

Magier und Krieger.
Die Pendragon-Saga. Aus dem Englischen von Frieder Peterssen.
527 Seiten. SP 3283

Prinz Merlin, tapfer, vielseitig begabt, besitzt magische Kräfte und die Gabe der Weissagung. Sein Stiefvater erhebt ihn zum Mitregenten. Als Merlins Geliebte, die Waldprinzessin Ganieda, Opfer eines brutalen Überfalls wird, entfacht Merlin ein Massaker unter den Mördern, verzichtet auf den Thron und zieht sich in die Wälder zurück. Sein Leben bekommt einen neuen Sinn, als er ein bedrohtes Kind retten kann: Artus, der später Britanniens König werden wird.

»Lawheads süffige, actionreiche Interpretation des Artus-Stoffes ist von hoher Qualität und ein Muß für alle Fantasy-Fans...«
Brigitte

Artus

Der legendäre König.
Die Pendragon-Saga. Aus dem Englischen von Frieder Peterssen.
544 Seiten. SP 3284

Der weise Zauberer Merlin begleitet den jungen Artus auf seinem schwierigen Weg zum Hochkönig. Als der legendäre Herrscher der Tafelrunde sein Reich in ein friedliches, blühendes Land verwandelt hat, droht Artus tödliche Gefahr vom bösen Zauberer Medrant.
»Ein fesselndes Epos über den sagenumwobenen Herrscher der Tafelrunde.«
Buchreport

Pendragon

Artus auf dem Weg zum heiligen Gral.
Die Pendragon-Saga. Aus dem Englischen von Frieder Peterssen.
485 Seiten. SP 2614

Stephen Lawhead

In der Halle des Drachenkönigs

Die Saga des Drachenkönigs. Roman. Aus dem Englischen von Frieder Peterssen. 399 Seiten. SP 2721

Mensandor steht unter der Herrschaft des ungerechten Prinzen Jaspin und finsterer Mächte. Mit Mut und Tapferkeit gelingt es dem jungen Novizen Quentin, das Reich an den gütigen König Eskevar zurückzugeben. Dies ist der Auftakt zu einer neuen spannenden Fantasy-Saga aus der Welt der Raubritter und Magier, der Verschwörungen und Intrigen, in der das Gute mit aller Kraft gegen das Böse kämpft.

Die Kriegsherren des Nin

Die Saga des Drachenkönigs. Roman. Aus dem Englischen von Frieder Peterssen. 415 Seiten. SP 2722

Im mythischen Königreich Mensandor herrscht Unruhe unter den friedfertigen Bewohnern, denn die Sterne verkünden Unheil. Im Süden des Reiches hinterläßt der grausame Herrscher Nin eine Spur der Verwüstung und zieht mordend und plündernd der Burg des Drachenkönigs entgegen. Doch der König liegt im Sterben, und sein designierter Nachfolger, der listige und mutige Quentin, ist in den Händen der wilden Horden Nins.

Das Schwert und die Flamme

Die Saga des Drachenkönigs. Roman. Aus dem Englischen von Frieder Peterssen. 397 Seiten. SP 2723

Im Reich des Drachenkönigs Quentin herrscht endlich Frieden – als heidnische Priester auf dem alljährlichen großen Jagdfest seinen kleinen Sohn Gerin entführen. Die Priester wollen Druck auf den christlichen Herrscher des Königreichs Mensandor ausüben, um in den Besitz des Flammenden Schwertes Zallkyr zu gelangen, dem Symbol der königlichen Macht. Quentins Machtfülle beginnt zu schwinden, nachdem mehrere seiner stets unzuverlässigen Lehensfürsten die Gelegenheit nutzen, um in offene Rebellion auszubrechen.

Alan Garner

Eulenzauber

Roman. Aus dem Englischen von Frederik Hetmann. 219 Seiten. SP 2587

Ein altes Landhaus in Wales wird zum Schauplatz seltsamer Ereignisse, als eine Legende aus dem Mittelalter plötzlich durch drei junge Menschen zu neuem Leben erweckt wird. Unheimliche Geräusche auf dem Dachboden, ein geheimnisvolles Gemälde im Billardzimmer, der Zwang, Eulen aus Papier auszuschneiden, vor allem aber ein grünes Blumenmuster auf einem alten Porzellanteller, das sich auf mysteriöse Weise in einen Eulenkopf verwandelt – es entsteht ein gefährlicher Sog, dem sich die junge, sensible Alison, ihr Bruder Roger und ihr Freund Gwyn nur schwer entziehen können.

Der Strandläufer

Roman. Aus dem Englischen von Ingo Berensmeyer. 237 Seiten. SP 2586

Der junge William Buckley wächst auf in einem abgeschiedenen Tal in England, in dem die vorchristlichen Mythen noch lebendig sind. Doch das Zeitalter der Französischen Revolution bekämpft die alten Magien, William wird verhaftet und in Ketten nach Australien deportiert. Zu langjähriger Verbannung verurteilt, kann er unter dramatischen Umständen aus dem Straflager fliehen. Trotzig kämpft er in der Wildnis um sein Leben und schließt sich einem Aborigines-Stamm an, bei dem er aufgrund seiner seherischen Fähigkeiten hohes Ansehen genießt.

Feuerfrost

Die phantastische Geschichte des Zaubersteins von Brisingamen. Aus dem Englischen von Werner Schmitz. 255 Seiten. SP 2843

Der magische Berg Edge mit seinen unheimlichen Minenschächten hat es den Geschwistern Colin und Susan angetan. Auf ihrer neugierigen Suche nach seinen sagenumwobenen Schätzen geraten sie in die Auseinandersetzung zwischen dem mächtigen Zauberer Cadellin und Nasrod, dem Herrscher der Finsternis.

Gisèle Pineau

Die lange Irrfahrt der Geister

Roman aus Guadeloupe. Aus dem karibischen Französisch von Gunhild Niggestich. 191 Seiten. SP 2640

Eine frischgebackene Studentin reist – auf der Suche nach ihren Wurzeln und den Spuren ihrer Familie – nach Guadeloupe und trifft dort in einer Hütte auf Eliette, eine alte Frau, die ihr unversehens ihre Geschichte erzählt: Da ist Léonce, der Schwarze, in Liebe entbrannt zur schönen Myrtha und begabt mit übernatürlichen Fähigkeiten, da ist Célestina, die Tochter der beiden, die der Ich-Erzählerin wiederum die Geschichte von Sosthène, dem Großvater, erzählt, der einem eigenartigen Fluch unterliegt. Wie Aufnahmen in einem alten Familienalbum entwickelt sich ein Geflecht von Geschichten zwischen Hoffnungen und Träumen, Realität und Magie, Liebe und Tod, zwischen Geisterglauben und europäisch geprägter Vernunft.

Maryse Condé

Das verfluchte Leben

Roman. Aus dem karibischen Französisch von Volker Rauch. 334 Seiten. SP 2642

An ihr haftet der Makel der unehelichen Geburt, und zu einer eigenen Identität hat sie noch nicht gefunden. So beginnt die Ich-Erzählerin Claude die Geschichte ihrer Familie auf Guadeloupe zu recherchieren und das Epos ihrer Schicksale. Da ist zunächst ihr Urgroßvater Albert, »ein schöner Neger von ungefähr zweiunddreißig Jahren«, der, jung und zupackend, sich auf-macht, der Armut und dem Elend der Zuckerrohrplantagen zu entkommen. Er verläßt Guadeloupe, arbeitet mit beim Bau des Panamakanals, verliebt sich unsterblich in die sechzehnjährige Lisa, folgt den Goldgräbern nach Kalifornien, kehrt zurück auf seine Insel. Das abenteuerlich-spannende Schicksal Alberts, seiner fünf Söhne, seiner Enkel und seiner Urenkelin Claude spiegelt in prächtigen Farben und nuancierten Facetten das Leben der Menschen in Guadeloupe wider.